8वीं आदत

8वीं आदत

प्रभावकारिता से महानता तक

स्टीफ़न आर. कवी

अनुवाद : डॉ. सुधीर दीक्षित

MANJUL
मंजुल पब्लिशिंग हाउस

Published in India by

MANJUL

Manjul Publishing House

Corporate and Editorial Office
• 2nd Floor, Usha Preet Complex, 42 Malviya Nagar, Bhopal 462 003 - India
Sales and Marketing Office
• C-16, Sector 3, Noida, Uttar Pradesh 201301 - India
Website: www.manjulindia.com
Distribution Centres
Ahmedabad, Bengaluru, Bhopal, Kolkata, Chennai,
Hyderabad, Mumbai, New Delhi, Pune

Hindi translation of *The 8th Habit - From Effectiveness to Greatness*
by *Stephen R. Covey*

Hindi edition first published in 2009
Sixth impression 2024

FranklinCovey Training and Consulting LLP
JIL Tower A, Institutional Area, Ground Floor, Plot No. 78, Sector-18,
Gurgaon, Haryana - 122 001 India Tel: +91 124 4782222
Mumbai: +91 22 42754444, Bangalore: +91 80 40716888
connect@franklincovey.co.in
www.franklincovey.com, www.franklincoveysouthasia.com

ISBN 978-93-5543-643-6

Translation by Dr. Sudhir Dixit

Printed and bound in India by Repro India Ltd.

प्रशंसा

"स्टीफ़न कवी ने एक बार फिर अपने चिंतन का कमाल दिखाया है। यह पुस्तक यह पता लगाने के बारे में है कि आप यहाँ क्यों हैं और फिर यही करने में दूसरों की मदद करने के बारे में भी है। क्या कोई ज़्यादा महान उद्देश्य है? यह पुस्तक ज़रूर, ज़रूर पढ़ें!"

-केन ब्लैंचर्ड, *द वन मिनट मैनेजर* और *कस्टमर मैनिया* के सह-लेखक

"कवी के काम ने दुनिया भर के लाखों-करोड़ों लोगों पर असल डाला है। इस पुस्तक में वे अवधारणा की एक विशाल छलाँग लगाते हैं और हमें उन विचारों तथा व्यवहारों से परिचित करवाते हैं, जो हम सभी के जीवन पर गहरा प्रभाव डालेंगे। यह पढ़ने में ज़बर्दस्त है, आत्मा की विजय है और मेरी राय में कवी की सबसे महत्वपूर्ण पुस्तक है।"

-वॉरेन बेनिस, डिस्टिंग्विश्ड प्रोफ़ेसर ऑफ़ मैनेजमेंट, यूएससी;
***ऑन बिकमिंग अ लीडर* के लेखक और *गीक्स एंड गीज़र्स : हाऊ इरा, वैल्यूज़, एंड डिफ़ाइनिंग मूमेंट्स शेप लीडर्स* के सह-लेखक**

"बड़ी कंपनियों में परिणाम पाना बहुत दुर्लभ योग्यता है और यह पुस्तक इसे करने का तरीक़ा बताती है। यहाँ पर जो मार्गदर्शन दिया गया है, वह उन लीडर्स के लिए अमूल्य साबित होगा, जो अपने संगठनों में बेहतर क्रियान्वयन की कोशिश कर रहे हैं।"

-केविन रॉलिन्स, प्रेसिडेंट और सीईओ, डेल इंक.

"बरसों से मैं अपने बिज़नेस में 7 आदतों का इस्तेमाल मार्गदर्शक सिद्धांतों के रूप में कर रहा हूँ। मुझे यह पढ़नी *ही थी।* इसे करने के बाद मैं बिलकुल मंत्रमुग्ध हूँ, रोमांचित हूँ और सशक्त बन गया हूँ। यह एक मास्टरपीस है, जिसे पढ़ना अनिवार्य है। अगर व्यक्तिगत और संगठनात्मक लीडरशिप के इन सिद्धांतों पर अमल किया जाए, तो ये मानवीय प्रतिभा को मुक्त कर देंगे, गहरी प्रतिबद्धता को प्रेरित करेंगे और सेवा तथा संतुष्टि के ज़बर्दस्त स्तर प्रदान करेंगे। यह पुस्तक मेरे सभी सहयोगियों को मेरा उपहार होगी और यह मेरे सभी भावी प्रयासों में मेरा मार्गदर्शन करेगी।"

-होर्स्ट शुल्ज़, रिट्ज़-कार्लटन होटल कंपनी के पूर्व प्रेसिडेंट और सीओओ

"स्टीफ़न कवी लंबे समय से उन लोगों के अचूक मार्गदर्शक हैं, जो बेहतर बनना चाहते हैं। यह पुस्तक दिखाती है कि वे पूर्णता और उपलब्धि के शिखर पर कैसे पहुँच सकते हैं।"

-स्टीव फ़ोर्ब्स, फ़ोर्ब्स के प्रेसिडेंट और सीईओ तथा
***फ़ोर्ब्स* मैग्ज़ीन के एडिटर-इन-चीफ़**

"मुझे आशा है कि स्टीफ़न एक दर्जन पुस्तकें और लिखेंगे। लेकिन अगर वे ऐसा न करें, तो यह पुस्तक आजीवन सेवा की चरम उपलब्धि के रूप में स्पष्टता से उभरती है। आशा करता हूँ कि दुनिया के लाखों लोग इसे पढ़ें, दूसरों को इसके विचार बताएँ और परिणामस्वरूप अपने जीवन की लगाम को कसकर थामने के लिए प्रेरित हों!"

–टॉम पीटर्स, *रि-इमेजिन! : बिज़नेस एक्सीलेंस इन अ डिसरप्टिव एज* के लेखक

"यह उल्लेखनीय नई पुस्तक एक अद्‌भुत उपहार का ताला खोलने की कुंजी प्रदान करती है – वह महानता, जो हममें से हर एक के भीतर है। यह उन्हीं मानदंडों पर खरी उतरती है, जो स्टीफ़न कवी ने *द 7 हैबिट्स ऑफ़ हाईली इफ़ैक्टिव पीपुल* में बताए हैं।"

–जॉन आर. वुडन, कोच एमेरिटस, यूसीएलए बास्केटबॉल, और *माई पर्सनल बेस्ट* के लेखक

"स्टीफ़न कवी हैरान करना जारी रखते हैं। इस पुस्तक द्वारा वे पाठकों को उस महानता को हासिल करने की दिशा में एक बड़ा क़दम उठाने में समर्थ बनाते हैं, जो हमारे और सबके भीतर है। उनकी पुस्तक दरअसल लीडरशिप का एक शाश्वत सिद्धांत है – व्यक्ति के प्रति सम्मान का सिद्धांत, एक शाश्वत सत्य जो उस संसार में खो गया है, जो कर्मचारियों को उत्पादन के साधन से ज़्यादा कुछ नहीं मानता है। ऐसे बाज़ार में जो अंतर्राष्ट्रीय बन चुका है और असीमित नेटवर्क से जुड़ा है, स्टीफ़न अनगिनत लोगों की अनूठी महानता को प्रकट करने और उसका जश्न मनाने में हमारी मदद करते हैं, जो हमारे जीवन को हर दिन स्पर्श करते हैं। लगभग 150 देशों में कार्यरत 1,20,000 प्रतिभाशाली व्यक्तियों के लीडर के रूप में मैं इस बात की सराहना करता हूँ – और लीडरशिप के उस ढाँचे की भी, जो यह ज्ञानी व्यक्ति इतनी उन्मुक्तता से दूसरों को बताता है।"

–विलियम जी. पैरेट, चीफ़ एक्ज़ीक्यूटिव ऑफ़िसर, डेलॉइट टच टोहमैट्सू

"*इसके* माध्यम से स्टीफ़न कवी ने लीडरशिप को एक नए, प्रेरक स्तर पर पहुँचा दिया है। यह पुस्तक नेतृत्व के पद की आकांक्षा रखने वाले सभी लोगों को पढ़नी चाहिए।"

–अरुण गाँधी, प्रेसिडेंट, एम.के. गाँधी इंस्टीट्यूट फ़ॉर नॉनवायोलेंस

"महान लीडर लोगों के महत्व को जानते हैं और उसका सम्मान करते हैं। वे सिर्फ़ दूसरों की राय सुनते ही नहीं हैं, बल्कि उसे खोजते भी हैं। वे यह सुनिश्चित करते हैं कि उनकी टीम के हर सदस्य के पास सार्थक और स्थायी योगदान देने का

अवसर हो। वे यह जानते हैं कि लीडर के रूप में उनकी सबसे महत्वपूर्ण ज़िम्मेदारी उनके लोगों को विकसित करना, उन्हें विकास की जगह देना और उन्हें अपनी पूर्ण क्षमता तक पहुँचने के लिए प्रेरित करना है। यह काफ़ी समय से मैरियट में हमारा जीवनदर्शन है, जहाँ हम यक़ीन करते हैं कि अगर हम अपने सहयोगियों की बहुत अच्छी देखभाल करेंगे, तो वे हमारे ग्राहकों की बहुत अच्छी देखभाल करेंगे। स्टीफ़न कवी यही जीवनदर्शन बताते हैं और उनकी यह पुस्तक एक उत्कृष्ट मार्गदर्शक है कि अधिक सशक्त, अधिक प्रभावी और सचमुच प्रेरक लीडर कैसे बना जाए।"

-जे.डब्ल्यू. मैरियट, जूनियर, चेयरमैन और
सीईओ, मैरियट इंटरनेशनल, इंक.

"हमेशा की तरह स्टीफ़न आर. कवी उन चीज़ों पर ध्यान केंद्रित करने में उत्कृष्ट हैं जो हृदय को प्रेरित करती हैं और साथ ही कारगर भी हैं। - मानसिक शांति और गहन एकाग्रता - अनिवार्य है।"

-*राम चरण, व्हॉट द सीईओ वान्ट्स यू टु नो* के लेखक और
***एक्ज़ीक्यूशन : द डिसिप्लिन ऑफ़ गेटिंग थिंग्स डन* के सह-लेखक**

"मैं एक दशक से भी ज़्यादा समय से *द 7 हैबिट्स ऑफ़ हाईली इफ़ैक्टिव पीपुल* पर स्टीफ़न कवी के काम के अगले चरण का इंतज़ार कर रहा हूँ। जब मैंने पहली बार *द 7 हैबिट्स* पढ़ी थी, तब से मेरे जीवन की आवश्यकताएँ बहुत बदल गई हैं और मुझे अपने जीवन तथा संतुलन की ओर देखने के एक और तरीक़े की ज़रूरत थी। मैं दोबारा प्रेरित हो चुका हूँ!"

-ग्रेग कोलमैन, ईवीपी, याहू! मीडिया एंड सेल्स

"यह प्रभावकारिता से आगे प्रगति करने के लिए एक सशक्त, व्यावहारिक नक़्शा है। जो भी ख़ुशी और संतुष्टि पाने की चाह रखता है, उसे यह पुस्तक पढ़नी चाहिए।"

-क्लेटन एम. क्राइस्टेनसन, रॉबर्ट और जेन सिज़िक प्रोफ़ेसर
ऑफ़ बिज़नेस एडमिनिस्ट्रेशन, हार्वर्ड बिज़नेस स्कूल

"लीडरशिप के गॉडफ़ादर ने पहले से बेहतर कर दिखाया है! स्टीफ़न कवी की यह पुस्तक सच्ची *भविष्य-दृष्टि* की खोज में आपकी अचूक *आवाज़* को पहचानने के लिए चरम साधन उपलब्ध कराएगी।"

-पैट क्रॉस, पूर्व प्रेसिडेंट, फ़िलाडेल्फ़िया 76अर्स (एनबीए)
और *आई फ़ील ग्रेट एंड यू विल टू!* तथा *लीड ऑर गेट*
***ऑफ़ द पॉट!* की बेस्टसेलिंग लेखिका**

प्रशंसा

"इसे पढ़ना उन महत्वाकांक्षी बिज़नेस एक्ज़ीक्यूटिव्ज़ के लिए अनिवार्य है, जो कार्यस्थल और घर पर अपनी व्यक्तिगत प्रभावकारिता को महत्त्वपूर्ण तरीक़े से बढ़ाना चाहते हैं। कवी ने नई सदी में कैरियर तथा व्यक्तिगत सफलता दोनों के लिए बेहतरीन ब्लूप्रिंट तैयार किया है।"

-डगलस आर. कॉनैन्ट, प्रेसिडेंट और सीईओ, कैंपबेल सूप कंपनी

"यह शाश्वत सिद्धांतों से भरी हुई है, जो उत्कृष्टता की खोज में व्यक्तियों और संगठनों दोनों की मदद करेंगे। स्टीफ़न की नवीनतम अंतर्दृष्टियाँ चुनौतीपूर्ण और विचार करने योग्य हैं। यह पुस्तक इक्कीसवीं सदी के लीडर्स के लिए कर्म का आव्हान है।"

-टिम टैसोपुलॉस, सीनियर वाइस प्रेसिडेंट, ऑपरेशन्स, चिक-फ़िल-ए

"स्टीफ़न कवी का नया काम मेरे इस विश्वास से प्रबलता से मेल खाता है कि हर व्यक्ति और हर संगठन में महानता हासिल करने और क़ायम रखने की क्षमता होती है। वे समझते हैं कि महानता के लिए जोश की ज़रूरत होती है और जोश को मूलभूत बिज़नेस व्यवहार द्वारा संचालित होना चाहिए, जो सहयोग, विकास व प्रतिबद्धता को बढ़ावा दे तथा पुरस्कृत करे।"

-एन लिवरमोर, एक्ज़ीक्यूटिव वाइस प्रेसिडेंट,
टेक्नोलॉजी सॉल्युशन्स ग्रुप, एचपी

"मेरा मानना है कि स्टीफ़न कवी ने सचमुच लीडरशिप के सार को पकड़ लिया है। यह सफल एक्ज़ीक्यूटिव्ज़ के लिए सबसे महत्वपूर्ण पुस्तक साबित होगी।"

-माइकल एच. जॉर्डन, चेयरमैन और सीईओ, ईडीएस

हममें से उन विनम्र, साहसी "महान" लोगों
को, जो मिसाल पेश करते हैं कि लीडरशिप
पद नहीं, बल्कि चयन है

आभार

मेरे जीवन का एक महान सबक़ यह रहा है : अगर आप कोई नया योगदान देना चाहते हैं, तो आपको बिलकुल नई तैयारी करनी होगी। हालाँकि मेरी हर महत्वपूर्ण लेखन परियोजना ने इस सिद्धांत की पुष्टि की है, लेकिन इसे भूलना बहुत आसान है। मैंने इस पुस्तक पर पाँच साल पहले यह सोचकर काम करना शुरू किया कि मैं लीडरशिप के क्षेत्र में जीवन भर के अध्ययन, शिक्षण और परामर्श का उपयोग करके इसे कुछ महीनों में ही "बाहर निकाल दूँगा।" एक साल तक सामग्री और लेखन सिखाने के बाद मेरी टीम और मैंने शुरुआती कच्चा मसौदा तैयार कर लिया - हम लोग रोमांचित थे कि हम कामयाब हो गए थे। उसी पल हमने वह अनुभव किया, जो पर्वतारोही को पहाड़ों पर चढ़ते समय अक्सर होता है। हम दरअसल शिखर पर नहीं पहुँचे थे, हम तो सिर्फ़ पहली चोटी पर ही पहुँचे थे। मेहनत से हासिल इस ज्ञान की नई चोटी से हम वे चीज़ें देख सकते थे, जो हमने पहले कभी नहीं देखी थीं - जो उस पहाड़ी की चोटी से ही दिख सकती थीं। तो हमने अपनी निगाह "असली" पहाड़ पर जमा लीं और नई चढ़ाई शुरू कर दी।

हम शब्दशः इसी अनुभव से एक दर्जन बार और गुज़रे। हर बार हम सोचते थे कि आख़िरकार हम "शिखर" पर पहुँच गए थे, हर बार हमें विश्वास होता था कि पुस्तक आख़िरकार "पूरी" हो गई है और हर बार हमें विनम्र बनाने वाला एहसास होता था कि हम ज्ञान के एक और अत्यावश्यक स्तर तक ही उठ पाए थे। तथा आगे एक और पहाड़ था।

इतिहास में सबसे महान और प्रेरक पर्वतारोहरण उपलब्धियाँ व्यक्तिगत सफलता की कहानियाँ नहीं हैं। वे तो एकीकृत, योग्य, तैयार *टीम* की असाधारण शक्ति की कहानियाँ हैं, जो वफ़ादारी से एक दूसरे के प्रति और *अंत तक* साझी भविष्य-दृष्टि के प्रति समर्पित रहती है। माउंट एवरेस्ट पर चढ़ना शुरू करने वाली अधिकांश पर्वतारोही टीमें कभी शिखर तक नहीं पहुँच पाती हैं - सिर्फ़ बहुत कम, बहुत ही कम। जब विपरीत परिस्थितियाँ उनकी सीमाओं पर दबाव डालती हैं, तो किसी न किसी कारण ज़्यादातर लोग और टीमें, रास्ते में ही मिट जाती हैं या फिर वापस लौटने का विकल्प चुनती हैं या फिर उन्हें मजबूरन वापस लौटना पड़ता है। इस पुस्तक को पूरी करने की पाँच साल की चढ़ाई के पीछे की कहानी भी इससे अलग नहीं है। अगर मेरी उल्लेखनीय टीम का संकल्प, अटूट समर्पण, धैर्य, प्रोत्साहन और सिनर्जिस्टिक योगदान नहीं होता, जिसने इस प्रोजेक्ट में मेरी मदद की, तो यह पुस्तक न सिर्फ़ इस रूप में नहीं होती, बल्कि कभी प्रकाशित ही नहीं हो पाती!

आभार

गहरी कृतज्ञता से मैं निम्नलिखित के योगदान के लिए उन्हें धन्यवाद देता हूँ :

- दुनिया भर के लाखों लोगों को, जिन्होंने ईमानदारी से फ़ीडबैक दिया और असल जीवन के मुद्दों, दर्द और आशाओं को स्वेच्छा से बताया। इससे मैं पहाड़ों की श्रृंखला" सीखने के पर्वतारोहण में जुटा, जिसका परिणाम था - लगातार पुनर्आविष्कार, मूल्यवान ज्ञान और टीम के धैर्य के अंतहीन इम्तहान।
- बॉयड क्रेग को। उनके असाधारण, योग्य, पाँच साल के समर्पण, जोश और निष्ठा के लिए, जिसके साथ उन्होंने इस पुस्तक के विकास हेतु संपादन किया। इस वृहद टीम बुक प्रोजेक्ट के सभी पहलुओं के प्रबंधन के लिए, हमारे प्रकाशक, एजेंट और हमारी कंपनी के भीतर उनकी लीडरशिप और सिनर्जिस्टिक पार्टनरशिप के लिए; और सबसे बढ़कर उनकी आध्यात्मिकता, विवेक, लचीलेपन, धैर्य और सामग्री संबंधी विशेषज्ञता के लिए। मेरी दिली कृतज्ञता बॉयड की पत्नी मिशेल डेन्स क्रैग के प्रति भी है, जिनके ज़बर्दस्त सकारात्मक उत्साह और अटूट समर्थन तथा त्याग ने "मैराथॉन" को क़ायम रखा।
- मेरे ऑफ़िस स्टाफ़ और विस्तृत ऑफ़िस सपोर्ट टीम - पैटी पलत, जूली जूड गिलमैन, डार्ला सैलिन, जूली मैकएलिस्टर, नैन्सी एल्ड्रिज, कारा फ़ोस्टर होम्स, लूसी एन्सवर्थ, मारिया माइनर, डियान थॉमसन और क्रिस्टी ब्रेज़िन्स्की - को सचमुच असाधारण निष्ठा और वफ़ादारी के लिए, एक मील आगे जाकर इसे-कर-दिखाने-वाली सेवा और विश्वस्तरीय प्रोफ़ेशनेलिज़्म के लिए।
- फ़्रैंकलिनकवी के मेरे समर्पित सहयोगियों को, ख़ासकर बॉब व्हिटमैन और मेरे बेटे सिएन को अंतिम पांडुलिपि की विचारशील, गहरी समीक्षा और उनके अमूल्य, व्यावहारिक फ़ीडबैक के लिए।
- एडवर्ड एच. पाउले को लीडरशिप संबंधी साहित्य समीक्षा में उनकी अग्रणी सहायता के लिए और रिचर्ड गार्शिया व माइक रॉबिन्स को उनके अथक, सतत शोध सहयोग के लिए।
- टेसा मेयर सैंटियागो को पुस्तक के शुरुआती मसौदों में संपादकीय सहयोग के लिए।
- शेरिल हॉल एवरेट को पुस्तक के ग्राफ़िक्स बनाने और दोबारा बनाने के बरसों के काम के लिए।
- ब्रैड एन्डरसन, ब्रूस नीबॉर, मिकाह मेरिल और कई अन्य गुणी सहकर्मियों को, जो बरसों तक पुरस्कार विजेता फ़िल्मों की रचनात्मक ऊर्जा रहे, जिन्हें आप www.The8thHabit.com/offers पर देख सकते हैं।

आभार

- ग्रेग लिंग को उनके भविष्यदृष्टा मार्केटिंग कौशल और हमारे मिशन के प्रति सतत समर्पण के लिए।
- मेरे पुत्र स्टीफ़न को उसकी व्यक्तिगत मिसाल द्वारा मुझे विश्वास के बारे में बहुत कुछ सिखाने तथा इसके सैद्धांतिक और व्यावहारिक आधारों की तह में जाने के लिए।
- मेरी ख़ुशमिज़ाज लिटरेरी एजेंट जैन मिलर और उनकी पार्टनर शैनॉन माइज़र-मर्वेन को, बरसों की विजयी सेवा और समर्थन के लिए।
- मेरे दीर्घकालीन विश्वस्त संपादक बॉब असाहिना को, एक बार फिर मुझे अपने दिमाग़ के दायरे से बाहर निकलवाने और यह याद करवाने के लिए कि मुझे हमेशा वहीं से शुरू करना है, जहाँ पाठक है।
- साइमन और शस्टर में हमारे महत्वपूर्ण प्रकाशन साझेदारों को - ख़ासकर कैरोलिन रीडी, मार्था लेविन, सूज़न डोनाहूयू और डॉमिनिक अनफ़्यूज़ो को - "श्रम और परिणाम" की लंबी प्रक्रिया में बने रहने के लिए, जिसमें शिखर की राह में कई "ग़लत संकेत" भी आए थे।
- मेरी प्रिय पत्नी सैन्ड्रा, मेरे बच्चों और नाती-पोतों को भी, जिन्हें इस कभी ख़त्म न होने वाली पुस्तक की योजना ने विचलित कर दिया था, लेकिन उन्होंने मेरा गला दबोचने के बजाय मुस्कराने और प्रोत्साहित करने का विकल्प चुना। मेरे प्रिय दादाजी स्टीफ़न एल. रिचर्ड्स; मेरे पिता स्टीफ़न जी. और माँ लुइसा रिचर्ड्स कवी और मेरी प्यारी बहनों तथा भाइयों आइरीन, हेलन जीन, मैरिलिन और जॉन को, जिन्होंने बचपन से लेकर आज तक मुझ पर गहरा प्रभाव डाला है।
- हम *सबके* परम पिता ईश्वर को, उसके सभी बच्चों की ख़ुशी की योजना के लिए।

विषय सूची

अध्याय **1**

दर्द

ये आवाज़ें सुनें :

"मैं ज़िंदगी के चक्रव्यूह में फँसा हुआ हूँ।"

"मेरी कोई ज़िंदगी नहीं है। मैं थक चुका हूँ, ऊब चुका हूँ।"

"कोई भी सच्चे दिल से न तो मेरी क़द्र करता है, न ही प्रशंसा। मेरे बॉस को तो अंदाज़ा भी नहीं है कि मैं कितना सक्षम हूँ।"

"मुझे नहीं लगता कि किसी को मेरी कोई ख़ास ज़रूरत है - न तो ऑफ़िस वालों को, न ही मेरे किशोर और वयस्क बच्चों को, न ही मेरे पड़ोसियों और समाज को, न ही मेरे जीवनसाथी को - मेरी ज़रूरत तो सिर्फ़ बिलों के भुगतान के समय पड़ती है।"

"मैं कुंठित और हताश हूँ।"

"मैं घर ख़र्च बमुश्किल चला पाता हूँ। लगता है, मैं कभी आगे नहीं बढ़ पाऊँगा।"

"शायद मुझमें सफल होने की क़ाबिलियत ही नहीं है।"

"मेरे कारण कोई फ़र्क़ नहीं पड़ता।"

"मुझे अंदर से खोखलापन लगता है। मेरे जीवन का कोई अर्थ नहीं है; किसी न किसी चीज़ की कमी है।"

"मैं नाराज़ हूँ। मैं डरा हुआ हूँ। मैं अपनी नौकरी गँवाना बर्दाश्त नहीं कर सकता।"

"मैं तन्हा हूँ।"

"मैं तनाव में हूँ; हर चीज़ बहुत जल्दबाज़ी में करनी पड़ती है।"

"मैं माइक्रोमैनेजमेंट का शिकार हूँ और मेरा दम घुट रहा है।"

"मैं सामने की चापलूसी और पीठ पीछे की राजनीति से उकता चुका हूँ।"

"मैं ऊब चुका हूँ - नौकरी में सिर्फ़ समय जाया होता है। अधिकांश संतुष्टि तो ऑफ़िस के बाहर ही मिलती है।"

"लक्ष्य पूरे करने के लिए मुझ पर भारी दबाव डाला जाता है। सफल होने का

दबाव बहुत ज़्यादा है। मेरे पास यह सब करने का न तो समय है, न ही संसाधन।"

"मेरी पत्नी मुझे नहीं समझती। बच्चे न तो मेरी सुनते हैं, न ही मेरा कहना मानते हैं। ऐसे में घर ऑफ़िस से बेहतर नहीं है।"

"मैं हालात नहीं बदल सकता।"

• • •

ये ऑफ़िस और घर के संबंध में लोगों की **आवाज़ें** हैं - ये दुनिया भर के लाखों माता-पिताओं, श्रमिकों, सेवा-प्रदाताओं, मैनेजरों, प्रोफ़ेशनल्स और एक्ज़ीक्यूटिव्ज़ की आवाज़ें हैं, जो नई वास्तविकता में सफल होने के लिए जूझ रहे हैं। दर्द *व्यक्तिगत* है और गहरा है। इन कथनों में से कई शायद आप पर भी लागू होते होंगे। जैसा कार्ल रॉजर्स ने कहा था, "जो सबसे व्यक्तिगत होता है, वही सबसे आम होता है।"[1]

ज़ाहिर है, कुछ लोग अपने काम में रुचि लेते हैं, योगदान देते हैं, ऊर्जावान हैं ... लेकिन उनकी संख्या बहुत कम है। मैं अक्सर विशाल श्रोतासमूह से पूछता हूँ, "आपमें से कितने सहमत हैं कि आपके संस्थान के अधिकांश कर्मचारियों में उससे ज़्यादा योग्यता, बुद्धि, क्षमता और रचनात्मकता है, जितनी उनकी वर्तमान नौकरियों में ज़रूरी हैं या इस्तेमाल होती है?" ज़्यादातर लोग अपने हाथ उठाकर इस बात का समर्थन करते हैं और यह दुनिया भर में होता है। लगभग इतनी ही ज़्यादा संख्या में लोग यह भी मानते हैं कि उन पर बहुत ज़्यादा दबाव है कि वे कम तनख़्वाह में ज़्यादा काम करके दिखाएँ। ज़रा इस बारे में सोचें। आज की बेहद जटिल दुनिया में कर्मचारियों से यह नई और बढ़ती हुई उम्मीद की जा रही है कि वे कम तनख़्वाह में ज़्यादा परिणाम दें, लेकिन उन्हें अपनी प्रतिभाओं तथा बुद्धि के एक महत्वपूर्ण हिस्से का इस्तेमाल करने की इजाज़त ही नहीं दी जाती।

अपनी सर्वोच्च प्राथमिकताओं पर *ध्यान केंद्रित करने* और उन पर *अमल करने* की असमर्थता का यह दर्द *संस्थानों* में जितनी स्पष्टता या व्यावहारिकता से प्रकट होता है, उतना कहीं और नहीं होता। xQ (एक्ज़ीक्यूशन कोशंट) क्वेस्चनेअर* के इस्तेमाल से हैरिस इंटरएक्टिव, जो हैरिस पोल के प्रवर्तक हैं, ने कुछ समय पहले 23,000 अमेरिकियों निवासियों का सर्वे किया, जो *प्रमुख उद्योगों*** व *महत्वपूर्ण कार्यकारी क्षेत्रों**** में पूर्णकालिक नौकरी करते हैं। इस सर्वे के कुछ बेहद आश्चर्यजनक

---

*23,000 कर्मचारियों, मैनेजरों और एक्ज़ीक्यूटिव्ज़ को दी गई प्रश्नावली के आधार पर हैरिस इंटरएक्टिव स्टडी के परिणामों के अधिक विस्तृत संक्षेप के लिए देखें परिशिष्ट 6 : एक्सक्यू परिणाम।

**प्रमुख उद्योगों में शामिल हैं : आवास/आहार सेवाएँ, ऑटोमोबाइल, बैंकिंग/फ़ाइनैंस, संचार, शिक्षा, स्वास्थ्य सेवा, सेना, लोक प्रशासन/सरकार, रिटेल व्यवसाय, टेक्नोलॉजी सेवाएँ और दूरसंचार।

***प्रमुख कार्यकारी क्षेत्रों में शामिल हैं : अकाउंटिंग, प्रशासनिक सहयोगी/सेक्रेटरी, विज्ञापन/मार्केटिंग प्रोफ़ेशनल, बिज़नेस एक्ज़ीक्यूटिव, कंप्यूटर विशेषज्ञ, एज्युकेशन एडमिनिस्ट्रेटर, वित्तीय प्रोफ़ेशनल, शासकीय प्रोफ़ेशनल, स्वास्थ्य सेवा के प्रोफ़ेशनल और सेल्स एजेंट/प्रतिनिधि।

परिणामों पर ग़ौर करें :

- सिर्फ़ 37 फ़ीसदी स्पष्ट रूप से जानते थे कि उनका संस्थान क्या हासिल करने की कोशिश कर रहा था और क्यों।
- 5 कर्मचारियों में से सिर्फ़ 1 अपनी टीम और संस्थान के लक्ष्यों को लेकर उत्साहित था।
- 5 कर्मचारियों में से सिर्फ़ 1 ने कहा कि उसे अपने काम और टीम व संस्थान के लक्ष्यों के बीच स्पष्ट "संबंध" नज़र आता है।
- सिर्फ़ आधे कर्मचारी ही सप्ताह में निबटाए काम से संतुष्ट थे।
- सिर्फ़ 15 फ़ीसदी को ही लगता था कि उनका संस्थान प्रमुख लक्ष्यों को पाने में उन्हें पूर्ण समर्थ बनाता है।
- सिर्फ़ 15 फ़ीसदी को महसूस हुआ कि वे उच्च-विश्वास के माहौल में काम करते हैं।
- सिर्फ़ 17 फ़ीसदी को लगता था कि उनका संस्थान खुले संप्रेषण को बढ़ावा देता है, जिसमें भिन्न राय का सम्मान किया जाता है, जिसकी बदौलत नए व बेहतर विचार उत्पन्न होते हैं।
- सिर्फ़ 10 फ़ीसदी को लगता था कि उनका संस्थान परिणामों के लिए कर्मचारियों को जवाबदेह ठहराता है।
- सिर्फ़ 20 फ़ीसदी कर्मचारियों को ही उस संस्थान पर पूरा भरोसा था, जिसमें वे काम करते थे।
- सिर्फ़ 13 फ़ीसदी कर्मचारियों के अन्य समूहों या विभागों से उच्च-विश्वास, उच्च सहयोग के कार्यकारी संबंध थे।

अगर यह स्कोर किसी फ़ुटबॉल टीम का होता, तो मैदान में उतरे ग्यारह खिलाड़ियों में से सिर्फ़ चार को ही पता होता कि उनका गोल कौन सा है। ग्यारह में से सिर्फ़ दो को ही परवाह होती। ग्यारह में से सिर्फ़ दो को ही यह पता होता कि वे किस पोज़ीशन में खेलते हैं और उन्हें क्या करना है। और दो खिलाड़ियों को छोड़कर बाक़ी सब विरोधियों के बजाय अपनी टीम के सदस्यों के ख़िलाफ़ प्रतिस्पर्धा कर रहे होते।

ये आँकड़े गंभीर हैं। ये दुनिया भर के हर तरह के संस्थान में कर्मचारियों के साथ मेरे अनुभव की पुष्टि करते हैं। प्रौद्योगिकी, उत्पाद के नवाचार और विश्व बाज़ारों में हमारी तमाम प्रगति के बावजूद अधिकांश लोग उन संस्थानों में सफल नहीं हो पा रहे हैं, जहाँ वे काम करते हैं। वे न तो संतुष्ट हैं, न ही रोमांचित। इसके बजाय वे तो कुंठित हैं। उन्हें यह भी पता नहीं है कि उनका संस्थान किस दिशा में जा रहा है या इसकी सर्वोच्च प्राथमिकताएँ क्या हैं। वे दलदल में फँसे हुए हैं और उनका ध्यान

भटक चुका है। सबसे बड़ी बात, उन्हें यह महसूस ही नहीं होता कि वे ज़्यादा कुछ बदल सकते हैं। क्या आप कल्पना कर सकते हैं कि कर्मचारियों के जोश, योग्यता और बुद्धि का पूरी तरह दोहन न करने की व्यक्तिगत या संस्थागत लागत क्या होगी? यह सभी टैक्सों, ब्याज और श्रम की कुल लागत से बहुत ज़्यादा होगी!

8वीं आदत क्यों?

1989 में *द 7 हैबिट्स ऑफ़ हाइली इफ़ेक्टिव पीपुल* के प्रकाशन के बाद से दुनिया काफ़ी बदल चुकी है। आज हम अपने व्यक्तिगत जीवन व संबंधों, परिवार, व्यावसायिक जीवन और संस्थानों में जिन चुनौतियों तथा जटिलता का सामना करते हैं, वे ज़्यादा व्यापक हैं। दरअसल, कई लोग 1989 को - जिस साल हमने बर्लिन की दीवार को ढहते देखा - सूचना युग का प्रारंभ, एक नई वास्तविकता का उदय, अतुल्य महत्व का विराट परिवर्तन मानते हैं - दरअसल एक नया युग मानते हैं।

कई लोगों ने पूछा है कि क्या 7 आदतें मौजूदा नवीन वास्तविकता में भी प्रासंगिक हैं। मेरा जवाब हमेशा वही होता है, "परिवर्तन जितना बड़ा होगा और चुनौतियाँ जितनी ज़्यादा मुश्किल होंगी, 7 आदतें उतनी ही *ज़्यादा* प्रासंगिक होंगी। देखिए, 7 आदतें *अति* प्रभावकारी बनने के बारे में हैं। वे चरित्र और मानवीय प्रभावकारिता के सार्वभौमिक, *कालजयी* सिद्धांतों का *संपूर्ण* ख़ाका पेश करती हैं।

व्यक्तियों और संस्थानों के लिए *प्रभावकारी* होना आज की दुनिया में वैकल्पिक नहीं रह गया है - यह तो खेल के मैदान में दाख़िल होने का टिकट है। लेकिन इस नई वास्तविकता में जीने, फलने-फूलने, नवाचार करने, उत्कृष्ट बनने और नेतृत्व करने के लिए हमें प्रभावकारिता से भी आगे पहुँचने की ज़रूरत होगी। नए युग की यह माँग और आवश्यकता *महानता* के लिए है। यह *संतुष्टि, उत्साही क्रियान्वयन* और *महत्वपूर्ण योगदान* के लिए है। ये एक अलग ही *आयाम* पर हैं। वे अंश में नहीं, प्रकार में भिन्न हैं - जिस तरह *महत्ता* सफलता से अलग होती है। मानवीय प्रतिभा और प्रेरणा - जिसे हम *आवाज़* कह सकते हैं - के ज़्यादा ऊँचे धरातल के दोहन के लिए हमें एक नई मानसिकता, नई योग्यता और नए साधनों ... एक नई आदत की ज़रूरत है।

तो 8वीं आदत का मतलब 7 आदतों में सिर्फ़ एक और आदत जोड़ना ही नहीं है - कोई ऐसी आदत, जिसे हम भूल गए थे। यह तो 7 आदतों में *तीसरे आयाम* की शक्ति को देखने और उसका दोहन करने के बारे में है, जो नए ज्ञानकर्मी युग (knowledge worker age) की प्रमुख चुनौती का सामना करती है। यह 8वीं आदत है *अपनी आवाज़ खोजना और दूसरों को उनकी आवाज़ खोजने के लिए प्रेरित करना*।

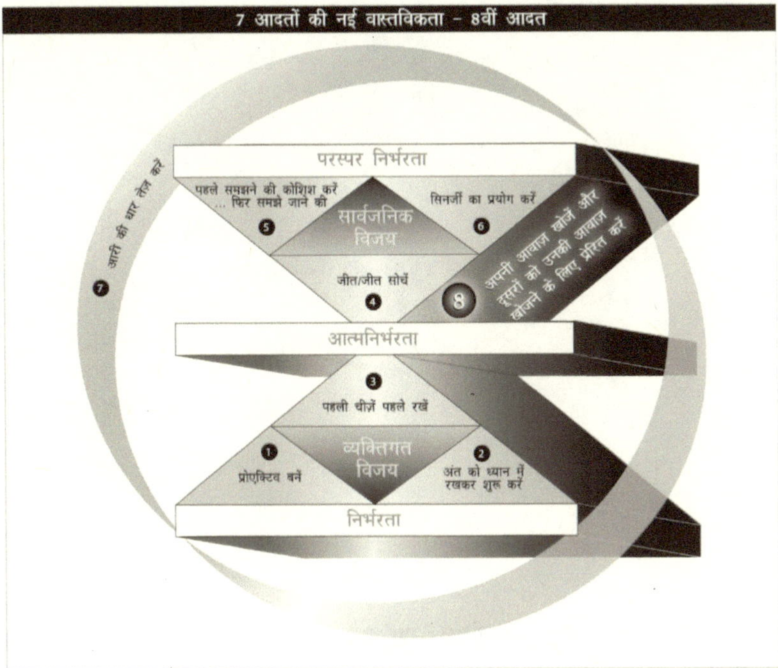

फ़िगर 1.1

8वीं आदत वर्तमान वास्तविकता के अत्यंत आशाजनक पहलू की राह का प्रतिनिधित्व करती है। यह उस दर्द और कुंठा के बिलकुल विपरीत है, जिसका मैंने वर्णन किया है। दरअसल, यह कालजयी वास्तविकता है। यह मानवीय आत्मा की आवाज़ है - आशा और बुद्धि से ओत-प्रोत, प्रकृति से लचीली, सामान्य हित की सेवा करने की क्षमता में असीमित है। यह आवाज़ उन संस्थानों की आत्मा में भी रहती है, जो सफल होंगे, समृद्ध होंगे और विश्व के भविष्य पर गहरा असर डालेंगे।

आवाज़ का मतलब है *अनूठी व्यक्तिगत महत्ता*। यह तब प्रकट होती है, जब हम अपनी सबसे बड़ी चुनौतियों का सामना करते हैं। यह हमें उन्हें पार करने की सामर्थ्य देती है।

जैसा फ़िगर 1.2 में दर्शाया गया है, आवाज़ *योग्यता* (आपकी नैसर्गिक प्रतिभाओं और शक्तियों), *जोश* (वे चीज़ें जो स्वाभाविक रूप से आपको ऊर्जावान बनाती हैं, रोमांचित करती हैं और प्रेरित करती हैं), *आवश्यकता* (जिनमें वह भी शामिल है, जिसकी ज़रूरत के कारण दुनिया आपको पैसे देती है), और *अंतरात्मा* (वह धीमी, छोटी भीतरी आवाज़, जो आपको बताती है कि क्या सही है और फिर आपको वह सही काम करने के लिए प्रेरित करती है) के प्रतिच्छेदन (intersection) में निहित होती है। जब आप किसी ऐसे काम में लगे होते हैं, जिसमें आपकी योग्यता का दोहन होता है और आपके जोश को ईंधन मिलता है - जो दुनिया की किसी बड़ी

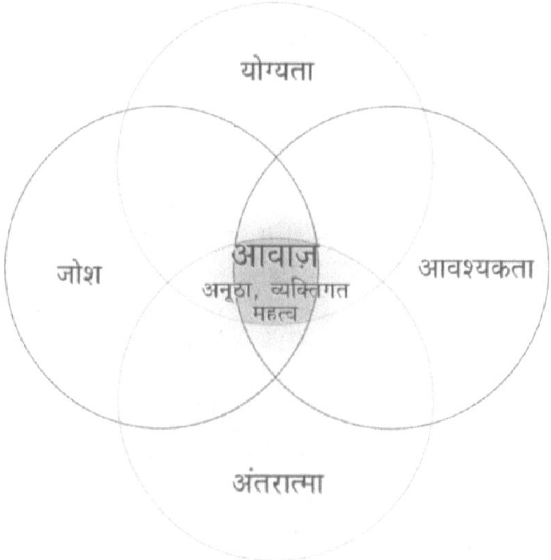

फ़िगर 1.2

आवश्यकता से उत्पन्न होता है, जिसे पूरा करने के लिए आप अपनी अंतरात्मा से आकर्षित होते हैं - वहीं पर आपकी आवाज़, आपकी पुकार (calling), आपकी आत्मा का सूत्र निहित है।

हममें में से हर एक के भीतर एक गहरी, अंतर्निहित, लगभग अवर्णनीय आकांक्षा होती है कि हम जीवन में अपनी आवाज़ खोजें। इस सच्चाई की सबसे सशक्त आधुनिक अभिव्यक्तियों में से एक इंटरनेट का घातांकीय (exponential) और क्रांतिकारी विस्फोट है। इंटरनेट संभवतः नई दुनिया, सूचना/ज्ञानकर्मी अर्थव्यवस्था और घटित नाटकीय परिवर्तनों का आदर्श प्रतीक है। 1999 में प्रकाशित पुस्तक *क्लूट्रेन मेनिफ़ेस्टो* में लेखक लॉक, लेवाइन, सियर्ल्स और वेनबर्गर ने इसे इस तरह से कहा है :

> हम सभी अपनी आवाज़ें दोबारा पा रहे हैं। हम सीख रहे हैं कि एक-दूसरे से किस तरह बात करना है। ... भीतर, बाहर, आज ऐसी चर्चा आम है, जो पाँच साल पहले बिलकुल भी नहीं हो रही थी और न ही औद्योगिक क्रांति की शुरुआत के बाद से ही ज़्यादा हुई थी। अब इंटरनेट और वर्ल्ड वाइड वेब के माध्यम से पूरी दुनिया को आगोश में लेती यह चर्चा इतनी वृहद है, इतनी बहुआयामी है कि यह किस बारे में है, इसका पता लगाने की कोशिश बेमानी है। यह हताश आशाओं, भयों और स्वप्नों के अरबों वर्षों के बारे में है, जो सर्पाकार चक्रों के कोड में है, जो हमारी अनोखी प्रजाति का सामूहिक फ़्लैशबैक है। इनमें से कुछ प्राचीन, मौलिक, पवित्र है, तो कुछ बहुत, बहुत मज़ेदार है, जो टूटकर इक्कीसवीं सदी के पाइपों और तारों में बहने लगा है।

... इस चर्चा के लाखों-करोड़ों सूत्र हैं, लेकिन हर एक के प्रारंभ और अंत में एक मानव है...

वेब की यह प्रबल इच्छा उस गहरी हसरत को दर्शाती है, जिसे सिर्फ़ आत्मिक स्तर पर ही समझा जा सकता है। हसरत इस बात का संकेत है कि ऐसा कुछ है, जो हमारे जीवन में नहीं है। वह खोई हुई वस्तु मानवीय आवाज़ की ध्वनि है। वेब का आत्मिक प्रलोभन आवाज़ की वापसी का वादा है।[2]

आवाज़ का ज़्यादा वर्णन करने के बजाय मैं एक इंसान की सच्ची कहानी बताकर इसकी मिसाल देता हूँ। यह ग्रामीण बैंक के संस्थापक मुहम्मद यूनुस के बारे में है। ग्रामीण बैंक बांग्लादेश का एक अनूठा संगठन है, जिसे समाज के बेहद ग़रीब लोगों को माइक्रोक्रेडिट (बहुत छोटे-छोटे क़र्ज़) देने के उद्‌देश्य से स्थापित किया गया है। मैंने मुहम्मद यूनुस से पूछा कि उन्हें अपनी भविष्य-दृष्टि कब और कैसे हासिल हुई। उनका कहना था कि शुरुआत में तो उनके पास शुरू करने की भविष्य-दृष्टि थी ही नहीं। उन्होंने तो बस ज़रूरतमंद लोगों को देखा, उनकी ज़रूरतें पूरी करने की कोशिश की और भविष्य-दृष्टि विकसित हो गई। ग़रीबी से रहित विश्व की मुहम्मद युनुस की भविष्य-दृष्टि बांग्लादेश की सड़क पर हुई एक घटना से प्रेरित हुई। जब मैं लीडरशिप पर अपने सिंडिकेटेड कॉलम* के लिए उनका इंटरव्यू ले रहा था, तो उन्होंने मुझे अपनी कहानी सुनाई :

यह सब पच्चीस साल पहले शुरू हुआ। मैं बांग्लादेश के एक विश्वविद्यालय में अर्थशास्त्र पढ़ा रहा था। हमारा देश अकाल की चपेट में था। मुझे भयंकर महसूस हो रहा था। मैं अमेरिका से नई-नई पीएच.डी. लेकर लौटा था और पूरे उत्साह से क्लास में अर्थशास्त्र के परिष्कृत सिद्धांत पढ़ा रहा था। लेकिन क्लास से बाहर निकलने पर मुझे हर तरफ़ लोगों के कंकाल नज़र आते थे, जो मौत का इंतज़ार कर रहे थे।

मुझे ग्लानि हुई कि मैंने जो भी सीखा था, मैं जो भी सिखा रहा था, वे सब परीकथाओं की तरह काल्पनिक कहानियाँ थीं, जिनका लोगों के जीवन से कोई लेना-देना नहीं था। तो मैंने यह पता लगाना शुरू किया कि यूनिवर्सिटी कैंपस के क़रीबी गाँव में लोग कैसे जीते हैं। मैंने यह पता लगाने की कोशिश की कि क्या इंसान होने के नाते मैं ऐसा कुछ कर सकता हूँ, जिससे एक मौत भी रोकी जा सके या टाली जा सके। मैंने पक्षियों के उस विहंगम दृश्य को छोड़ दिया, जिसके चलते आप हर चीज़ को ऊपर से, आसमान से देखते हैं। इसके बजाय मैंने एक कीड़े का दृष्टिकोण अपनाया, और अपने ठीक सामने वाली चीज़ का पता लगाने की कोशिश की - उसकी गंध लो, उसे छुओ और यह देखो कि आप उसके बारे में क्या कुछ कर सकते हो।

एक ख़ास घटना मुझे एक नई दिशा में ले गई। मैं बाँस की तिपाई बनाने वाली एक महिला से मिला। उससे हुई लंबी बातचीत में मुझे पता चला कि उसकी दैनिक

**न्यूयॉर्क टाइम्स सिंडिकेट*

आमदनी सिर्फ़ दो अमेरिकी पेनी है। मुझे यक़ीन ही नहीं हो रहा था कि इतनी कड़ी मेहनत करने और बाँस की इतनी सुंदर तिपाई बनाने के बावजूद किसी को इतनी कम आमदनी कैसे हो सकती है। उसने बताया कि स्टूल बनाने में बाँस लगता है, लेकिन उसके पास बाँस ख़रीदने के पैसे नहीं हैं, इसलिए उसे साहूकार से उधार लेना पड़ता है – और साहूकार इस शर्त पर उधार देता था कि वह सिर्फ़ उसे ही अपना सामान बेचेगी और क़ीमत भी वही लेगी, जो वह तय करेगा।

इससे मात्र दो पेनी की आमदनी समझ में आ जाती है – एक तरह से वह उस साहूकार की बँधुआ मज़दूर थी। और बाँस की लागत कितनी थी? उसने कहा, "ओह, लगभग बीस सेंट। बहुत अच्छा बाँस हुआ, तो पच्चीस सेंट।" मैंने सोचा, "लोग बीस सेंट के लिए कष्ट उठा रहे हैं। क्या कोई इस बारे में कुछ नहीं कर सकता?" मैंने इस बारे में सोचा कि क्या मुझे उसे बीस सेंट दे देने चाहिए, लेकिन तभी मेरे दिमाग़ में एक और विचार आया – मैं ऐसे लोगों की सूची बनाता हूँ, जिन्हें इतनी छोटी रक़म की ज़रूरत हो। मैं अपने एक विद्यार्थी के साथ कई दिनों तक गाँव में घूमा और हमने बयालीस ज़रूरतमंद लोगों की सूची बना डाली। जब मैंने हिसाब लगाया कि उन्हें कुल मिलाकर कितनी रक़म चाहिए, तो मुझे ज़िंदगी का सबसे बड़ा सदमा लगा : कुल सत्ताईस डॉलर! मुझे ख़ुद पर शर्म आई कि मैं ऐसे समाज में रहता हूँ, जो बयालीस मेहनती, कुशल इंसानों को सत्ताईस डॉलर भी मुहैया नहीं करा पा रहा है।

उस शर्म से बचने के लिए मैंने अपनी जेब से पैसे निकाले और अपने विद्यार्थी को देते हुए कहा, "तुम यह पैसा उन बयालीस लोगों में बाँट दो, जिनसे हम मिले थे। उनसे कहना कि यह क़र्ज़ है, लेकिन वे इसे जब भी लौटा सकें, लौटा दें। अब वे अपना सामान कहीं भी बेच सकते हैं, जहाँ उन्हें उसके अच्छे दाम मिलें।"

> *बुराई की जीत के लिए सिर्फ़ इतना ही ज़रूरी होता है कि अच्छे लोग कुछ न करें।*[3]
>
> **एडमंड बर्क**

पैसे मिलने के बाद वे लोग बहुत रोमांचित थे। उनका रोमांच देखकर मैं सोचने पर मजबूर हुआ, "अब मैं क्या करूँ?" मेरे मन में बैंक की उस शाखा का ख़्याल आया, जो हमारी यूनिवर्सिटी के कैंपस में थी। मैं उसके मैनेजर के पास गया और उसे उन ग़रीबों को क़र्ज़ देने की सलाह दी, जिनसे मैं गाँव में मिला था। यह सुनते ही वह आसमान से ज़मीन पर गिर पड़ा! उसने कहा, "आप होश में तो हैं? यह नामुमकिन है। हम ग़रीब लोगों को क़र्ज़ कैसे दे सकते हैं? वे क़र्ज़ देने योग्य नहीं हैं। उन पर विश्वास कैसे किया जा सकता है?" मैंने उससे आग्रह करते हुए कहा, "कम से कम कोशिश तो करें, पता तो लगाएँ – आख़िर रक़म बहुत छोटी है।" उसने कहा, "नहीं। हमारे नियम इसकी इजाज़त नहीं देते। वे लोग कोई चीज़ गिरवी नहीं रख सकते और

इतनी कम रक़म क़र्ज़ देने लायक़ नहीं है।" उसने मुझे बांग्लादेश में बैंक के उच्चाधिकारियों से मिलने का सुझाव दिया।

उसकी सलाह मानकर मैं बैंक के उच्चाधिकारियों के पास गया। हर एक ने मुझसे वही बात कही। आख़िर, कई दिनों की दौड़-धूप के बाद मैंने ख़ुद को गारंटर के रूप में पेश कर दिया। "मैं क़र्ज़ की गारंटी दूँगा। मैं हर उस दस्तावेज़ पर साइन कर दूँगा, जिस पर मुझसे साइन करने को कहा जाएगा। बैंक मुझे क़र्ज़ देगा और मैं उन्हें उधार दूँगा, जिन्हें मैं देना चाहता हूँ।"

तो यह शुरुआत थी। उन्होंने मुझे बार-बार चेतावनी दी कि मैं जिन ग़रीब लोगों को क़र्ज़ दूँगा, वे उसे कभी नहीं लौटाएँगे। मैंने कहा, "मैं यह जोखिम लेकर देखता हूँ।" और आश्चर्यजनक बात यह थी कि उन्होंने पाई-पाई चुका दी। मैं बहुत रोमांचित हो गया और मैनेजर के पास जाकर बोला, "देखा, उन्होंने क़र्ज़ चुका दिया, कोई समस्या नहीं आई।" लेकिन उसने कहा, "ओह नहीं' वे लोग तो आपको बुद्धू बना रहे हैं। जल्द ही वे ज़्यादा क़र्ज़ ले लेंगे और फिर कभी नहीं लौटाएँगे।" मैंने उन्हें ज़्यादा पैसे दिए; उन्होंने वे भी लौटा दिए। मैंने जब यह बात मैनेजर को बताई, तो वह बोला, "ठीक है, शायद आप यह एक गाँव में कर सकते हैं, लेकिन यह किसी दूसरे गाँव में नहीं चल पाएगा।" जल्द ही मैंने दूसरे गाँव में भी यह काम कर दिखाया - और यह वहाँ भी सफल हुआ।

अब एक तरह से मेरे और बैंक मैनेजर तथा उसके उच्चाधिकारियों के बीच मुक़ाबला होने लगा। वे कहने लगे कि पाँच गाँवों में हक़ीक़त सामने आ जाएगी। मैंने यह काम पाँच गाँवों में किया और इससे सिर्फ़ यही पता चला कि हर व्यक्ति ने क़र्ज़ लौटा दिया। इसके बावजूद उन्होंने हार नहीं मानी। वे गाँव की संख्या बढ़ाते चले गए, "दस गाँव। पचास गाँव। सौ गाँव।" इस तरह से उनके और मेरे बीच का मुक़ाबला बढ़ता चला गया। मैं जो नतीज़े दे रहा था, उससे वे इंकार नहीं कर सकते थे, क्योंकि मैं उन्हीं का पैसा क़र्ज़ में दे रहा था, लेकिन वे फिर भी इसे मानने को तैयार नहीं थे, क्योंकि उन्हें प्रशिक्षण दिया गया था कि ग़रीब लोग विश्वसनीय नहीं होते। सौभाग्य से मुझे इस तरह का कोई प्रशिक्षण नहीं मिला था, इसलिए मैं उसी पर यक़ीन कर सकता था, जो मैं देख रहा था, जैसा मेरे सामने प्रकट हो रहा था। लेकिन पूर्वाग्रहों के कारण बैंक वालों के दिमाग़ और आँखें बंद थीं।

आख़िरकार मेरे मन में एक विचार कौंधा। मैं उन्हें विश्वास दिलाने की कोशिश आख़िर क्यों कर रहा हूँ? मुझे पूरा यक़ीन था कि ग़रीब लोग क़र्ज़ लेकर उसे चुका सकते हैं। क्यों न हम एक बैंक बना लें? इससे मैं रोमांचित हो गया और प्रस्ताव लिखकर सरकार से बैंक खोलने की अनुमति माँगी। सरकार को यक़ीन दिलाने में दो साल लग गए।

2 अक्टूबर 1983 के दिन हमारा बैंक शुरू हो गया - एक औपचारिक, स्वतंत्र बैंक। हम सबके लिए यह बड़ा रोमांचक था कि अब हमारे पास अपना ख़ुद का बैंक

है। और हम जिस तरह चाहें, विस्तार कर सकते हैं। और हमने विस्तार किया।

> *जब आप किसी महान उद्देश्य, किसी असाधारण योजना से प्रेरित होते हैं, तो आपके सभी विचार अपनी सीमा तोड़ देते हैं। आपका मस्तिष्क सीमाओं से परे हो जाता है, आपकी चेतना का हर दिशा में विस्तार हो जाता है, और आप ख़ुद को एक नए, महान व अद्भुत जगत में पाते हैं।*
>
> **पतंजलि का योगसूत्र**

ग्रामीण बैंक आज बांग्लादेश के 46,000 से अधिक गाँवों में काम करता है। इसकी 1,267 शाखाएँ और 12,000 कर्मचारी हैं। यह 4.5 बिलियन डॉलर से ज़्यादा क़र्ज़ दे चुका है। राशि अमूमन बारह से पंद्रह डॉलर के बीच होती है और प्रायः 200 डॉलर से कम। हर साल बैंक लगभग आधा बिलियन डॉलर क़र्ज़ में देता है। यह भिखारियों को भी क़र्ज़ देता है, ताकि वे भीख माँगना छोड़कर कुछ बेचना शुरू करें। मकान के लिए क़र्ज़ तीन सौ डॉलर का है। व्यवसायियों के लिहाज़ से ये आँकड़े बहुत छोटे हैं। लेकिन व्यक्तिगत प्रभाव के संदर्भ में सोचें : 37 लाख लोगों को 50 करोड़ डॉलर सालाना क़र्ज़ दिया गया, जिनमें 96 प्रतिशत महिलाएँ थीं। उन सभी ने यह निर्णय लिया कि वे अपने तथा परिवार की ज़िंदगी बदलने के लिए क़दम उठा सकते हैं और उठाएँगे। 37 लाख लोगों को निर्णय लेना था कि वे परिवर्तन करने में सक्षम हैं। 37 लाख लोग रात भर जागते रहे, ताकि काँपते हुए लेकिन संकल्प के साथ वे अगली सुबह ग्रामीण बैंक जा सकें। इस सशक्तिकरण के केंद्र में महिलाएँ थीं, जिन्होंने व्यक्तिगत रूप से और समान रुचियों वाले उत्पादक समूहों में आत्मनिर्भर, स्वावलंबी उद्यमी बनने का विकल्प चुना। उन्होंने अपने घर या पड़ोस या अहाते में सामान बनाकर आर्थिक रूप से कामयाब और सफल होने का विकल्प चुना। उन्होंने अपनी आवाज़ें *पा लीं*।

दुनिया के कुछ महान लीडर्स का अध्ययन करने और उनसे बातचीत करने के बाद मैंने देखा कि उनकी भविष्य-दृष्टि का एहसास और आवाज़ आम तौर पर धीरे-धीरे विकसित हुई। हालाँकि मैं जानता हूँ कि इसके अपवाद भी अवश्य होंगे। शायद क्या संभव है कि भविष्य-दृष्टि कुछ लोगों की चेतना में विस्फोट की तरह अचानक आई होगी। लेकिन आम तौर पर मैंने पाया है कि भविष्य-दृष्टि तब आती है, जब कोई व्यक्ति मानवीय आवश्यकता को भाँपता है और उसे पूरा करने की कोशिश में अपनी अंतरात्मा को टटोलता है। और जब वह उस आवश्यकता को पूरा कर देता है, तो उसे एक और आवश्यकता नज़र आती है। वह उसे भी पूरा कर देता है और यह सिलसिला चल पड़ता है। धीरे-धीरे वह आवश्यकता के इस एहसास को व्यापक बनाता जाता है और अपने प्रयासों को संस्थागत बनाने के तरीक़े सोचने की कोशिश करता है, ताकि वह आगे भी चलता रहे।

मुहम्मद यूनुस उस व्यक्ति की मिसाल हैं, जिन्होंने ठीक यही किया - उन्होंने मानवीय *आवश्यकता* को भाँपा और अपनी अंतरात्मा को टटोला, उस आवश्यकता को पूरा करने के लिए अपनी *योग्यता* और *जोश* को ललकारा - पहले व्यक्तिगत रूप से, फिर विश्वास बनाकर और समस्याओं के रचनात्मक समाधान खोजकर और आख़िरकार समाज की आवश्यकताओं को पूरा करने की क्षमता को संस्थागत रूप देकर एक संस्थान के माध्यम से। उन्हें अपनी आवाज़ तब मिली, जब उन्होंने दूसरों को उनकी आवाज़ खोजने के लिए प्रेरित किया। माइक्रोक्रेडिट मुहिम अब पूरी दुनिया में फैल रही है।

> *हममें से बहुत कम लोग बड़े काम कर सकते हैं, लेकिन हम सभी बड़े प्यार के साथ छोटे-छोटे काम कर सकते हैं।*
>
> **मदर टेरेसा**

दर्द - समस्या - समाधान

मैंने कर्मचारियों के दर्द के वर्णन से शुरुआत की थी। हर तरह के संगठन में हर स्तर के लोग इसे महसूस करते हैं। यह आम तौर पर परिवारों, समुदायों और पूरे समाज में महसूस किया जाता है।

इस पुस्तक का उद्देश्य आपको उस राह का नक़्शा बताना है, जो आपको इस दर्द और कुंठा से उबारे तथा आज के नए परिदृश्य में सच्ची संतुष्टि, प्रासंगिकता, महत्व और योगदान की ओर ले जाए - सिर्फ़ आपके काम और संस्थान में ही नहीं, बल्कि आपके पूरे जीवन में। संक्षेप में, यह आपको *अपनी आवाज़ खोजने* की ओर ले जाएगा। अगर आप चाहें, तो यह आपके प्रभाव को बढ़ाने में भी मदद कर सकता है। चाहे आप किसी भी पद पर हों, आप ऐसा कर सकते हैं। आप अपने प्रियजनों, टीम और संगठन को उनकी आवाज़ खोजने के लिए प्रेरित कर सकते हैं और इस तरह उनकी प्रभावकारिता, विकास और प्रभाव को *कई गुना* बढ़ा सकते हैं। आप पाएँगे कि इस तरह का प्रभाव और लीडरशिप पद या पदनाम नहीं, बल्कि *विकल्प के चयन* से हासिल होती है।

दर्द से उबरकर स्थायी *समाधान* तक पहुँचने का सबसे अच्छा और अक्सर एकमात्र तरीक़ा यह होता है कि सबसे पहले दर्द पैदा करने वाली आधारभूत *समस्या* की जड़ को समझ लिया जाए। इस मामले में, अधिकांश समस्या उस व्यवहार में निहित होती है, जो किसी अपूर्ण या बहुत दोषपूर्ण पैरेडाइम से प्रवाहित होता है या मानवीय प्रकृति के नज़रिए से - जिसमें लोगों के महत्व के एहसास, योग्यताओं और संभावनाओं को कम आँका जाता है।

समस्या का समाधान मानवीय इतिहास के सबसे महत्वपूर्ण आविष्कारों जैसा है। यह सोचने के पुराने तरीक़ों को पूरी तरह *छोड़ने* के बाद सामने आता है। इस पुस्तक का वादा है कि अगर आप धैर्य रखेंगे और समस्या की जड़ को समझने की क़ीमत चुकाएँगे और फिर इस पुस्तक में बताए गए समाधान में निहित कालजयी, सार्वभौमिक सिद्धांतों के अनुरूप अपने जीवन की दिशा तय करेंगे, तो धीरे-धीरे आपका प्रभाव अंदर से बाहर की ओर बढ़ने लगेगा। आप अपनी आवाज़ पा लेंगे। यही नहीं, आप नाटकीय रूप से बदल चुके संसार में अपनी टीम तथा संस्थान के लोगों को भी उनकी आवाज़ पाने के लिए प्रेरित करेंगे।

अध्याय 1 में दर्द भरी वास्तविकता को संक्षेप में बताया गया है।

अध्याय 2 में मूल समस्या को पहचाना गया है। इस गहरी समस्या को समझने से उन चुनौतियों पर विस्तृत प्रकाश पड़ेगा, जिनका हम व्यक्तिगत रूप से सामना करते हैं- अपने परिवार में, ऑफ़िस और संस्थानों के आपसी संबंधों में, जहाँ हम अपना ज़्यादातर जीवन बिताते हैं। इसमें कुछ मानसिक प्रयास की ज़रूरत होगी - जो चौदह पृष्ठ पढ़ने में लगेगा। लेकिन पिछली सदी में *संस्थानों* में जो हुआ है, उसके *मानवीय* पहलू में गहराई तक उतरने का निवेश ज़रूरी है। इससे आपको बाक़ी पुस्तक के लिए प्रमुख पैरेडाइम मिलेंगे और बुद्धि, मार्गदर्शन व शक्ति भी, ताकि आप अपने सामने आने वाले सर्वाधिक महत्वपूर्ण *व्यक्तिगत* और *संबंधों* की चुनौतियों व अवसरों से निबट सकें। इसे पढ़ें; यह पढ़ने लायक़ है।

अध्याय 3 8वीं आदत के समाधान का अवलोकन है, जो बाक़ी की पुस्तक में प्रकट होता है। इसके अलावा एक संक्षिप्त खंड भी है, जिसमें बताया गया है कि इस पुस्तक का अधिकतम लाभ कैसे लिया जाए।

फ़िल्म : *लीगेसी*

अगले अध्याय पर पहुँचने से पहले मैं आपको तीन मिनट की एक छोटी सी फ़िल्म *लीगेसी* देखने के लिए आमंत्रित करता हूँ। यह अमेरिका भर के सिनेमाघरों में प्रदर्शित हो चुकी है। यह आपको अपनी आवाज़ और चार जुड़ी हुई शाश्वत मानवीय आवश्यकताओं - जीना, प्रेम करना, सीखना और विरासत छोड़ना - के मूल तत्वों पर विचार करने के लिए कुछ पल देगी। यह सूक्ष्म रूप से पुस्तक के एक मूलभूत मॉडल या पैरेडाइम को व्यक्त करेगी, जिस पर अगले अध्याय में विचार किया गया है - **पूर्ण व्यक्ति** का मॉडल।

इस पुस्तक के अधिकांश अध्यायों में मैं इसी तरह की किसी *संक्षिप्त फ़िल्म* का संदर्भ दूँगा, जो उस अध्याय की बातों का सार सिखाने की कोशिश करती है। *आप कई प्रतिष्ठित राष्ट्रीय और अंतर्राष्ट्रीय फ़िल्म पुरस्कार जीतने वाली इन फ़िल्मों को www.The8thHabit.com/offers पर बिलकुल मुफ़्त देख सकते हैं। आप इस पुस्तक के साथ के डीवीडी को भी मँगवा सकते हैं, जिसमें वे सभी फ़िल्में हैं, जिनका*

संदर्भ इस पुस्तक में दिया गया है। इसके लिए आप वेबसाइट के माध्यम से ऑर्डर दे सकते हैं। शिपिंग तथा हैंडलिंग चार्जेस के अलावा आपसे कोई मूल्य नहीं लिया जाएगा। इन फ़िल्मों में से कुछ जीवन पर आधारित हैं तथा कुछ काल्पनिक, सशक्त और भावपूर्ण हैं। मुझे यक़ीन है कि उनकी मदद से आप इस सामग्री को बेहतर तरीक़े से *देखने, महसूस करने* और *समझने* में समर्थ होंगे। मुझे यह भी यक़ीन है कि आप उनका आनंद लेंगे और उन्हें बहुत महत्वपूर्ण पाएँगे। अगर आपकी फ़िल्मों में रुचि नहीं है, तो कोई बात नहीं। उनके संदर्भों को न पढ़ें; बाक़ी सामग्री पढ़ते रहें।

अब www.The8thHabit.com/offers वेबसाइट पर जाएँ और *Films* मीनू में से *Legacy* को चुन लें। और इसका आनंद लें।

• • •

अध्याय 2

समस्या

जब इन्फ्रास्ट्रक्चर परिवर्तित होता है, तो हर चीज़ गड़गड़ाती है।[1]

स्टैन डेविस

हम मानव इतिहास में एक बेहद महत्वपूर्ण परिवर्तन (shift) के साक्षी हैं। हमारे समय के महान प्रबंधन चिंतक पीटर ड्रकर ने इसे इस तरह से कहा है :

"कई सदियों बाद जब हमारे समय का इतिहास दीर्घकालीन दृष्टिकोण से लिखा जाएगा, तो संभवतः इतिहासकार जिसे सबसे महत्वपूर्ण घटना मानेंगे, वह प्रौद्योगिकी नहीं होगी, इंटरनेट नहीं होगा, ई-कॉमर्स भी नहीं होगा। यह घटना होगी मानवीय स्थिति में अभूतपूर्व परिवर्तन। पहली बार लोगों के महत्वपूर्ण हिस्से के पास, जिनकी संख्या तेज़ी से बढ़ रही है - विकल्प होंगे। पहली बार, उन्हें अपना प्रबंधन ख़ुद करना होगा।

"और समाज इसके लिए बिलकुल तैयार नहीं है।"[2]

मूल समस्या को समझने और ड्रकर के भविष्यसूचक कथन के गहरे निहितार्थ समझने के लिए हमें पहले तो इतिहास के संदर्भ में झाँकना होगा - यानी, सभ्यता की आवाज़ के पाँच युगों को : पहला, शिकार और भोजन एकत्रित करने का युग; दूसरा, कृषि युग; तीसरा, औद्योगिक युग; चौथा, सूचना/ज्ञानकर्मी युग; और आख़िरी, बुद्धि के युग का आविर्भाव।

पल भर के लिए कल्पना करें कि आप अतीत में चले गए हैं। आप एक शिकारी हैं और भोजन एकत्रित करते हैं। हर दिन आप तीर-कमान या पत्थर और छड़ियाँ लेकर बाहर निकलते हैं, ताकि परिवार के लिए भोजन जुटा सकें। आप अब तक बस इतना ही जानते हैं, आपने इतना ही देखा है और आपने ज़िंदा रहने के लिए इतना ही किया है। अब कल्पना करें कि कोई आपके पास आकर कहता है कि आपको "किसान" बन जाना चाहिए। आपको क्या लगता है, आपकी प्रतिक्रिया क्या होगी?

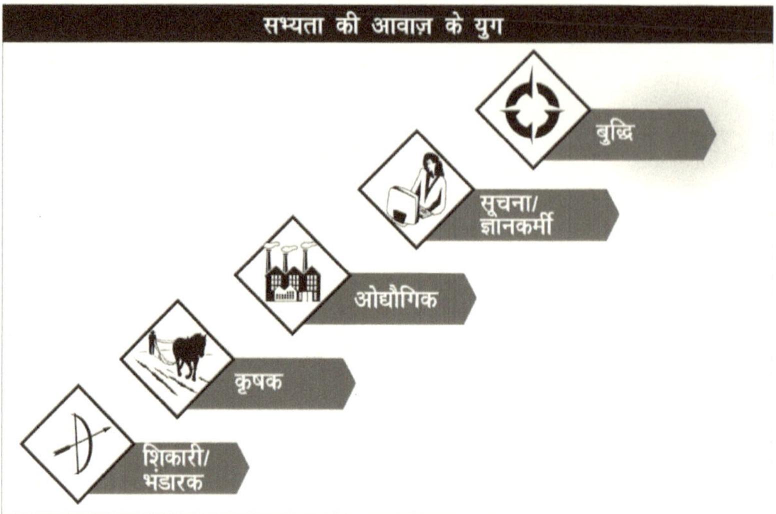

फ़िगर 2.1

आप देखते हैं कि वह ज़मीन खोदता है और उसमें छोटे-छोटे बीज डाल देता है, हालाँकि उस जगह आपको कुछ नज़र नहीं आता है। आप उसे ज़मीन को पानी देते और खरपतवार हटाते देखते हैं, मगर आपको अब भी वहाँ कुछ नज़र नहीं आता। लेकिन अंततः वहाँ आपको लहलहाती फ़सल नज़र आने लगती है। आप पाते हैं कि "किसान" के रूप में उसका उत्पादन शिकारी और एकत्रित करने वाले व्यक्ति यानी आपके मुक़ाबले पचास गुना है, हालाँकि आप अपने काम में बेहद निपुण माने जाते हैं। आप क्या करेंगे? संभव है कि आप बुदबुदाएँगे, "मैं करना भी चाहूँ, तब भी वह काम नहीं कर सकता। मुझमें योग्यता नहीं है और मेरे पास साधन भी नहीं है।" आपको पता ही नहीं है कि उस तरीक़े से कैसे काम किया जाए।

आप देखते हैं कि अब किसान सफल हो चुका है। उसके पास इतने पैसे आ गए हैं कि वह अपने बच्चों को स्कूल भेजता है और उन्हें जीवन में ज़्यादा अवसर प्रदान करता है। दूसरी ओर, आप बमुश्किल ज़िंदा हैं। धीरे-धीरे, आप किसान बनने की गहन प्रक्रिया के प्रति आकर्षित होते हैं। आप अपने बच्चों और नाती-पोतों का पालन-पोषण किसान के रूप में करते हैं। यही हमारे शुरुआती इतिहास में हुआ है। शिकारियों और भोजन एकत्रित करने वालों की संख्या में ९० प्रतिशत से ज़्यादा की कमी हुई; उनके काम ख़त्म हो गए।

कई पीढ़ियाँ गुज़रने के बाद औद्योगिक युग आता है। लोग फ़ैक्ट्रियाँ बनाते हैं और विशेषज्ञता, काम बाँटना तथा व्यापक उत्पादन के गुर सीखते हैं। वे सीखते हैं कि किस तरह कच्चे माल को बेहद कुशलता के साथ असेम्बली लाइन से गुज़ारा जाए। औद्योगिक युग की उत्पादकता पारिवारिक खेत की तुलना में पचास गुना ज़्यादा हो जाती है। अब मान लीजिए, आप किसान हैं, जो शिकारियों और भोजन

एकत्रित करने वालों के मुक़ाबले पचास गुना ज़्यादा लाभ ले रहे हैं। अचानक आप एक औद्योगिक फ़ैक्ट्री बनते देखते हैं और फिर उसे पारिवारिक खेत से पचास गुना ज़्यादा उत्पादन करते देखते हैं। अब आप क्या सोचेंगे? हो सकता है कि आपको जलन होने लगे या ख़तरा भी महसूस होने लगे। लेकिन औद्योगिक युग का खिलाड़ी बनने के लिए आपको किस चीज़ की ज़रूरत होगी? आपको बिलकुल नई योग्यताओं और साधनों की ज़रूरत होगी। इससे भी अहम यह है कि आपको एक नई मानसिकता - सोचने के एक नए तरीक़े - की ज़रूरत होगी। सच्चाई यह है कि औद्योगिक युग की फ़ैक्ट्री पारिवारिक खेत से पचास गुना ज़्यादा उत्पादन करती है और ९० प्रतिशत किसान ख़त्म हो जाते हैं। जो अब भी खेती कर रहे हैं, उन्होंने औद्योगिक युग की अवधारणा को अपना लिया है और औद्योगिक खेती शुरू कर दी है। आज अमेरिका के सिर्फ़ ३ प्रतिशत लोग ही किसान हैं, जो पूरे देश और अधिकांश दुनिया की ज़रूरत का अन्न उगाते हैं।

क्या आपको यक़ीन है कि हम जिस सूचना/ज्ञानकर्मी युग की तरफ़ बढ़ रहे हैं, वह औद्योगिक युग से पचास गुना ज़्यादा उत्पादन करेगा? मुझे तो यही लगता है। हम इसे अभी देखना शुरू ही कर रहे हैं। यह पचास गुना ज़्यादा उत्पादन करेगा - दोगुना नहीं, तीन या दस गुना नहीं, बल्कि पचास गुना। माइक्रोसॉफ़्ट के भूतपूर्व चीफ़ टेक्नोलॉजी ऑफ़िसर नैथन मिरवोल्ड ने इसे इस तरीक़े से कहा है : "शीर्ष सॉफ़्टवेयर डेवलपर्स औसत सॉफ़्टवेयर डेवलपर्स की तुलना में 10 या 100 या 1,000 गुना नहीं, बल्कि 10,000 गुना ज़्यादा उत्पादक हैं।"

गुणवत्तापूर्ण ज्ञानकर्म इतना मूल्यवान है कि इसकी संभावना को मुक्त करने से संस्थानों को मूल्यात्मक उत्पादन का असाधारण अवसर मिलता है। अगर यह सच है, तो सोचें कि आपके बच्चों की संभावना को मुक्त करने का कितना ज़्यादा महत्व है। ज्ञानकर्म किसी संगठन या परिवार द्वारा किए बाक़ी सारे निवेशों को लीवरेज प्रदान करता है। दरअसल, ज्ञानकर्मी किसी संगठन के बाक़ी सारे निवेशों की कड़ी हैं। वे उन निवेशों का उपयोग करने की एकाग्रता, रचनात्मकता और लीवरेज प्रदान करते हैं, ताकि संगठन अपने उद्‌देश्यों को बेहतर तरीक़े से हासिल कर सके।

क्या आपको यक़ीन है कि ज्ञानकर्मी युग अंततः औद्योगिक युग के ९० प्रतिशत कर्मचारियों को कम कर देगा? मुझे तो यही लगता है। वर्तमान आउटसोर्सिंग और बेरोज़गारी की प्रवृत्तियाँ तो बस आइसबर्ग की ऊपरी नोंक हैं। दरअसल, ये प्रवृत्तियाँ गर्मागर्म राजनीतिक मुद्‌दा बन गई हैं। लेकिन वास्तविकता तो यह है कि औद्योगिक युग की ज़्यादातर बेरोज़गारी का सरकारी नीति व पूँजीवादी अनुबंधों से बहुत कम लेना-देना है। इसका असली लेना-देना तो ज्ञानकर्मी युग की ओर हमारी अर्थव्यवस्था के नाटकीय झुकाव से है। क्या आपको लगता है कि आज के कर्मचारियों के लिए इस नए युग की नई मानसिकता, नई योग्यताओं और नए औज़ारों को हासिल करना जोखिम भरा है? कल्पना करें कि इसमें किस चीज़ की ज़रूरत पड़ेगी। कल्पना करें

कि *आपको* इसके लिए किस चीज़ की ज़रूरत होगी - नए युग का खिलाड़ी बनने के लिए किस चीज़ की ज़रूरत होगी। कल्पना करें कि आपके संगठन को इस युग में किस चीज़ की ज़रूरत पड़ेगी!

ड्रकर औद्योगिक श्रमिक युग और वर्तमान ज्ञानकर्मी युग की इस तरह तुलना करते हैं :

> 20वीं सदी में मैनेजमेंट का सबसे महत्वपूर्ण और सचमुच अनूठा योगदान यह था कि इसने निर्माण में **श्रमिक** की उत्पादकता को पचास गुना बढ़ा दिया।
>
> मैनेजमेंट को 21वीं सदी में सबसे महत्वपूर्ण योगदान यह देना होगा कि यह **ज्ञानकर्म** और **ज्ञानकर्मी** की उत्पादकता को भी इसी तरह बढ़ा दे।
>
> 20वीं सदी की कंपनी की सबसे मूल्यवान संपत्तियाँ इसकी *उत्पादन मशीनें* थीं। 21वीं सदी की संस्था की सबसे मूल्यवान संपत्ति, चाहे यह व्यवसाय हो या न हो, *ज्ञानकर्मी* और उनकी *उत्पादकता* होगी।[3]

महान इतिहासकार अरनॉल्ड टोयनबी ने कहा था कि आप समाज और इसमें मौजूद संस्थाओं के इतिहास को बहुत अच्छी तरह से सात शब्दों में कह सकते हैं : *सफलता की तरह कोई असफल नहीं होता।* दूसरे शब्दों में, जब आपके सामने चुनौती होती है और आपकी प्रतिक्रिया चुनौती के बराबर होती है, तो इसे सफलता कहा जाता है। लेकिन जब आपके सामने कोई नई चुनौती आती है, तो पुराना तरीक़ा, पुरानी सफल प्रक्रिया कारगर साबित नहीं होती। इसीलिए इसे असफलता कहा गया है। हम ज्ञानकर्मी युग में रहते हैं, लेकिन हम अपने संस्थानों को औद्योगिक युग के नियंत्रित मॉडल पर चलाते हैं, जो मानवीय संभावना की मुक्ति का पूर्ण दमन करता है। यहाँ आवाज़ मूलतः अप्रासंगिक बन जाती है। यह एक आश्चर्यजनक खोज है। अगर औद्योगिक युग की मानसिकता वर्तमान कार्यस्थल पर अब भी हावी है, तो यह ज्ञानकर्मी युग और नई अर्थव्यवस्था में काम नहीं कर पाएगी। और सच्चाई यह है कि लोगों ने इसी नियंत्रणकारी मानसिकता को अपना लिया है। अक्सर यह उस तरीक़े पर हावी हो जाती है, जिससे हम अपने जीवनसाथी के साथ संप्रेषण और व्यवहार करते हैं। और उस तरीक़े पर भी, जिससे हम अपने बच्चों का प्रबंधन करते हैं या उन्हें प्रेरित और अनुशासित करने की कोशिश करते हैं।

औद्योगिक युग की वस्तु केंद्रित मानसिकता

औद्योगिक युग में आर्थिक समृद्धि की मुख्य संपत्तियाँ और मूलभूत साधन थेः मशीनें और पूँजी यानी *वस्तुएँ*। लोग ज़रूरी तो थे, लेकिन उन्हें हटाया जा सकता था। आप श्रमिकों को नियंत्रित कर सकते थे और हटाकर दूसरे रख सकते थे, जिसका परिणाम पर कोई ख़ास फ़र्क़ नहीं पड़ता था - आपूर्ति माँग से ज़्यादा थी। आपको तो सिर्फ़

ज़्यादा सक्षम शरीर चाहिए थे, जो कठोर स्थितियों में काम कर सकें। लोग वस्तुओं की तरह थे - आप उनके साथ कार्यकुशल हो सकते थे। आपको तो सिर्फ़ व्यक्ति के शरीर से मतलब था और दरअसल उसके मस्तिष्क, हृदय या आत्मा (ये सभी औद्योगिक युग की प्रक्रियाओं में बाधक थे) की कोई परवाह ही नहीं थी। इस तरह से आपने इंसान को छोटा करके वस्तु बना दिया था।

हमारे बहुत से आधुनिक मैनेजमेंट सिद्धांत औद्योगिक युग की देन हैं।

इससे हमें यह सूत्र भी मिला है कि आपको लोगों को नियंत्रित करना है और उनका प्रबंधन करना है।

इससे हमें जवाबदेही का दृष्टिकोण मिला, जो कर्मचारियों को व्यय और मशीनों को संपत्ति मानता है। ज़रा इस बारे में सोचें। प्रॉफ़िट एंड लॉस स्टेटमेंट में कर्मचारियों को व्यय वाले कॉलम में लिखा जाता है, जबकि बैलेंस शीट में मशीनों को निवेश का दर्जा दिया जाता है।

इसने हमें गाजर-और-छड़ी का प्रेरणावादी दर्शन दिया - गधे वाली तकनीक, जिसके सामने गाजर (पुरस्कार) लटकाकर आप उसे प्रेरित करते हैं और पीछे से छड़ी (डर और सज़ा) से हाँकते हैं।

इसने हमें केंद्रित बजट प्रक्रिया की राह सुझाई - जहाँ प्रवृत्तियों के आधार पर अनुमानित भविष्यवाणी की जाती है और "लक्ष्य के आँकड़ों को पाने के लिए" अफ़सरशाही तथा पदतंत्र बनाया जाता है। यह एक दक़ियानूसी प्रतिक्रियावादी तरीक़ा है, जिससे "दिखावटी" और अपने विभाग की रक्षा करने की संस्कृति उत्पन्न होती है, "इसे ख़र्च कर दें, ताकि हम इसे अगले साल न गँवा दें।"

ये सभी और इन्हीं जैसी बहुत सी आदतें औद्योगिक युग से आई हैं - श्रमिकों के साथ काम करके।

समस्या यह है कि मैनेजर आज भी औद्योगिक युग के नियंत्रण मॉडल को ज्ञानकर्मियों पर थोप रहे हैं। चूँकि अधिकार वाले पदों पर बैठे कई लोग अपने कर्मचारियों के सच्चे मूल्य तथा संभावना को नहीं देख पाते हैं और उन्हें मानव स्वभाव की पूर्ण, सटीक समझ नहीं होती है, इसलिए *वे लोगों का प्रबंधन वस्तुओं की तरह करते हैं।* समझ का यह अभाव उन्हें लोगों की सर्वोच्च प्रेरणाओं, योग्यताओं और प्रतिभाओं का दोहन करने से भी रोकता है। जब आप लोगों के साथ वस्तुओं जैसा बर्ताव करते हैं, तो क्या होता है? इससे उनका अपमान होता है और वे दूर छिटक जाते हैं। इससे काम का अवैयक्तीकरण होता है। इससे कम-विश्वास, यूनियनबाज़ी और विवाद की संस्कृति निर्मित होती है। जब आप अपने किशोर बच्चों के साथ *वस्तुओं जैसा बर्ताव करते हैं*, तो क्या होता है? इससे उनका भी अपमान होता है और वे भी दूर छिटक जाते हैं। इससे मूल्यवान पारिवारिक संबंधों का अवैयक्तीकरण होता है और कम विश्वास, विवाद तथा विद्रोह का वातावरण बनता है।

सहनिर्भरता का निम्नवर्ती चक्र

जब आप लोगों का प्रबंधन वस्तुओं की तरह करते हैं, तो क्या होता है? वे यह मानना छोड़ देते हैं कि लीडरशिप एक विकल्प है। ज़्यादातर लोग सोचते हैं कि लीडरशिप का संबंध पद से है, इसलिए वे ख़ुद को लीडर नहीं मानते। व्यक्तिगत लीडरशिप (प्रभाव) को विकल्प बनाना पियानो बजाने की स्वतंत्रता होने जैसा है। इस स्वतंत्रता को हासिल करना पड़ता है - सिर्फ़ तभी लीडरशिप चुनाव बन सकती है।

सामान्यतः कर्मचारी सोचते हैं कि सिर्फ़ ऊँचे पदों पर बैठे अधिकारियों को ही तय करना चाहिए कि वे क्या करें। वे किसी वस्तु की तरह नियंत्रित होने के लिए अपनी सहमति दे चुके हैं, शायद अचेतन रूप से। ज़रूरत भाँपने के बावजूद वे काम करने की पहल नहीं करते। वे इंतज़ार करते हैं कि औपचारिक पद पर बैठा अधिकारी उन्हें बताए कि क्या करना है। इसके बाद वे उसके आदेश के अनुरूप काम कर देते हैं। फलस्वरूप, जब ग़लत परिणाम मिलते हैं, तो वे औपचारिक लीडर को दोष देते हैं और जब सही परिणाम मिलते हैं, तब भी उसे ही श्रेय मिलता है। उन्हें तो "सहयोग और समर्थन" के लिए बस धन्यवाद दिया जाता है।

पहल करने और आत्मनिर्भरता से काम करने की व्यापक रूप से व्याप्त अनिच्छा औपचारिक लीडर्स की इस मानसिकता को बढ़ावा देती है कि उन्हें अपने अधीनस्थों का प्रबंधन या मार्गदर्शन करना चाहिए। वे मानते हैं कि अधीनस्थों से काम करवाने के लिए उन्हें ऐसा करना ही होगा। और यह चक्र जल्द ही सहनिर्भरता में बदल जाता है। हर पक्ष की कमज़ोरी अंततः दूसरे के व्यवहार को प्रबल बनाती है और तार्किक साबित करती है। मैनेजर जितना ज़्यादा नियंत्रित करता है, कर्मचारियों में ऐसे उतने ही ज़्यादा व्यवहार उत्पन्न होते हैं, जिनमें अधिक नियंत्रण या प्रबंधन की ज़रूरत हो। परिणामस्वरूप उत्पन्न सहनिर्भर संस्कृति आख़िरकार इस बिंदु तक संस्थागत हो जाती है कि कोई भी ज़िम्मेदारी नहीं लेता। समय के साथ लीडर्स और अधीनस्थ दोनों ही अचेतन अनुबंध में अपनी भूमिकाओं की पुष्टि करते हैं। वे यह यक़ीन करके ख़ुद को अशक्त बना लेते हैं कि उनकी परिस्थितियाँ दूसरों के सुधरने के बाद ही बदलेंगी। यही चक्र परिवार में माता-पिता और बच्चों के बीच प्रकट होता है।

यह मौन षड्यंत्र हर तरफ़ देखा जा सकता है। ज़्यादा लोग इतने बहादुर नहीं होते कि वे इसे ख़ुद में पहचान सकें। जब भी वे यह विचार सुनते हैं, तो सहज बोध से ख़ुद से *बाहर* देखने लगते हैं। जब मैं इसका ज़िक्र विशाल जनसमुदाय के सामने करता हूँ, तो मैं अक्सर दो घंटे बाद यह सवाल पूछता हूँ, "आपमें से कितनों को यह सामग्री अच्छी लगती है, लेकिन आपको लगता है कि जिन लोगों को *सचमुच* इसकी ज़रूरत है, वे यहाँ नहीं हैं?" लोग आम तौर पर ज़ोर से हँस देते हैं, लेकिन ज़्यादातर हाथ ऊपर उठ जाते हैं।

शायद आप भी यह सोच रहे होंगे कि जिन लोगों को इस तरह की पुस्तक की

सचमुच ज़रूरत है, वे इसे नहीं पढ़ रहे हैं। यह विचार ही सहनिर्भरता को प्रकट करता है। अगर आप किसी दूसरे की कमज़ोरियों के माध्यम से इस सामग्री की ओर देख रहे हैं, तो आप ख़ुद को अशक्त और अपनी कमज़ोरी को सशक्त बना रहे हैं, क्योंकि आप अपने जीवन से पहलशक्ति, ऊर्जा और रोमांच को चूस रहे हैं।

फ़िल्म : *मैक्स एंड मैक्स*

ज़्यादा गहराई में जाने से पहले मैं उस *समस्या* की प्रकृति पर रोशनी डालना चाहूँगा, जिस पर हम चर्चा कर रहे हैं। मैं एक बेहतरीन छोटी फ़िल्म के माध्यम से ऐसा करना चाहूँगा, जिसका टाइटल *मैक्स एंड मैक्स* है। यह मैक्स नामक शिकारी कुत्ते और मैक्स नामक कस्टमर सर्विस रिप्रज़ेन्टेटिव की काल्पनिक कहानी है। यह हैरॉल्ड नामक बॉस के बारे में भी है, जो अपने कर्मचारियों का प्रबंधन भी उसी तरह करते हैं (जिनमें उनका नया कर्मचारी मैक्स भी शामिल है), जिस तरह वे अपने कुत्ते मैक्स का करते हैं।

इस लघु फ़िल्म की पृष्ठभूमि कार्यस्थल है। ध्यान रहे, *हर व्यक्ति का* एक कार्यस्थल होता है। विद्यार्थियों, टीचर्स और प्रशासकों के लिए यह स्कूल होता है। कई के लिए यह कार्यस्थल कंपनी, समाज या शासकीय सेवा की जगह होता है। परिवारों के लिए घर कार्यस्थल होता है। कई अन्य लोगों के लिए यह समुदाय, चर्च, सिनागॉग या मस्ज़िद होता है। कार्यस्थल सिर्फ़ काम के बारे में नहीं है; यह तो लोगों के आपसी मानवीय संबंधों और अंतर्क्रियाओं के बारे में है, जो किसी साझे लक्ष्य के लिए एकत्रित होते हैं। मैं आपको चुनौती देता हूँ कि आप इस फ़िल्म की पृष्ठभूमि को अपने जीवन के हर क्षेत्र में दूसरों के साथ रूपांतरित करके देखें।

दर्शक व्यक्ति और कर्मचारी दोनों रूपों में इस फ़िल्म के साथ काफ़ी जुड़ाव महसूस करते हैं। मैं आपको आमंत्रित करता हूँ कि आप www.The8thHabit.com/offers वेबसाइट पर जाकर *Films* मीनू से *Max & Max* चुनें और इसका आनंद लें।

अब इस फ़िल्म के बारे में सोचें, जो आपने अभी देखी है। नया काम शुरू करते समय हममें से अधिकांश लोगों की तरह ही मैक्स में भी जोश, उत्साह और आग है। जब वह ग्राहक बनाने और बनाए रखने के लिए पहल करता है, तो मि. हैरॉल्ड उसकी खाल खींच लेते हैं। मैक्स का माइक्रोमैनेजमेंट किया जाता है और उसे इतना ज़्यादा नियंत्रित किया जाता है कि उसका जोश ठंडा पड़ जाता है। परिणामस्वरूप वह संकोची हो जाता है और उद्‌देश्य, संभावना तथा चुनाव की स्वतंत्रता की अपनी भविष्य-दृष्टि गँवा देता है। वह अपनी *आवाज़* खो देता है। वह क़सम खाता है कि अब दोबारा पहल नहीं करेगा। मैक्स नामक व्यक्ति मि. हैरॉल्ड के साथ सहनिर्भरता की मानसिकता में आ जाता है और आप उसे धीरे-धीरे मैक्स नामक कुत्ते की तरह बनते देखते हैं - जो मालिक के अगले आदेश पर अमल करने के लिए चौकन्ना खड़ा है। आपके मन में यह प्रलोभन जागेगा कि आप इस समस्या का दोष मि. हैरॉल्ड पर मढ़

दें, लेकिन ग़ौर करें कि *उसका* बॉस उसके साथ भी वैसा ही व्यवहार करता है, जैसा वह मैक्स नाम के कुत्ते के साथ करता है। इस तरह की अपमानजनक माइक्रोमैनेजिंग पूरी कंपनी में प्रदूषण की तरह फैली है। पूरी संस्कृति सहनिर्भर है। कोई भी कर्मचारी लीडरशिप (पहलशक्ति और प्रभाव) नहीं दिखा रहा है, क्योंकि हर कर्मचारी यह मानता है कि लीडरशिप पद पर बैठे व्यक्ति का काम है।

सच तो यह है कि ज़्यादातर संस्थानों के हालात काफ़ी हद तक मैक्स और मि. हैरॉल्ड की तरह ही हैं। मैंने पिछले चालीस सालों में जिन संस्थानों के साथ काम किया है, उनमें से सबसे अच्छे संस्थानों में भी काफ़ी समस्याएँ थीं। दुनिया में हो रहे परिवर्तनों की वजह से इन समस्याओं और चुनौतियों का दर्द अब ज़्यादा कष्टकारी होने लगा है। *मैक्स एंड मैक्स* की तरह ही इस तरह की चुनौतियों को भी आम तौर पर तीन श्रेणियों में बाँटा जा सकता है : *संस्थागत, संबंधवाचक* और *व्यक्तिगत*।

संस्थागत स्तर पर नियंत्रणकारी प्रबंधन दर्शन से प्रदर्शन, संप्रेषण, भुगतान/पुरस्कार, प्रशिक्षण, सूचना और अन्य मूल तंत्र प्रभावित होते हैं, जो मानवीय योग्यता और आवाज़ का दमन करते हैं। इस नियंत्रणकारी दर्शन की जड़ें औद्योगिक युग में हैं और यह सभी उद्योगों तथा व्यवसायों में पदासीन लोगों की प्रमुख प्रबंधन मानसिकता बन चुका है। एक बार फिर मैं इसे *औद्योगिक युग की "वस्तुवादी" मानसिकता* कहता हूँ।

संबंध के स्तर पर भी अधिकांश संगठन *सहनिर्भरता* से भरे हैं। विश्वास की आधारभूत कमी है और कई में सच्चे रचनात्मक तरीक़े से अपनी भिन्नताओं को सुलझाने की क्षमता व मानसिकता की कमी है। हालाँकि संस्थागत तंत्र और नियंत्रणकारी मैनेजमेंट परंपराएँ सहनिर्भरता को बढ़ावा देने के लिए काफ़ी कुछ करती हैं, लेकिन समस्या इस बात से कई गुना बढ़ जाती है कि ज़्यादातर लोगों को घर पर दूसरों से तुलना करके पाला गया है। वे स्कूल, खेल और ऑफ़िस में प्रतिस्पर्धा करते-करते बड़े हुए हैं। ये सशक्त प्रभाव एक तरह की अभाव मानसिकता विकसित करते हैं, इसलिए ज़्यादातर लोगों को दूसरों की सफलताओं पर सचमुच ख़ुश होने में बहुत मुश्किल आती है।

व्यक्तिगत स्तर पर इन संगठनों में हर स्तर पर ऐसे प्रतिभाशाली, योग्य, रचनात्मक लोग भरे रहते हैं, जो दबाव महसूस करते हैं और मानते हैं कि उन्हें महत्त्व और प्रेरणा कम मिल रही है। वे कुंठित हैं और उन्हें नहीं लगता कि उनके पास स्थितियों को बदलने की शक्ति है।

पैरेडाइम की शक्ति

लेखक जॉन गार्डनर ने एक बार कहा था, "ज़्यादातर बीमार संगठनों ने अपने दोषों के प्रति आँखों पर पट्टी बाँध रखी है। वे कष्ट इसलिए नहीं उठा रहे हैं, क्योंकि वे अपनी समस्याएँ नहीं सुलझा सकते, बल्कि इसलिए उठा रहे हैं, क्योंकि वे अपनी समस्याओं को *देख* नहीं सकते।" आइंस्टीन ने इसे इस तरह कहा था : "हमारी

महत्वपूर्ण समस्याएँ सोच के उसी स्तर पर नहीं सुलझाई जा सकतीं, जिस स्तर पर हमने उन्हें पैदा किया था।”

ये कथन मेरे जीवन के एक बहुत गहरे सबक़ को रेखांकित करते हैं : अगर आप *छोटे-छोटे*, क्रमिक परिवर्तन और सुधार करना चाहते हों, तो अभ्यास, व्यवहार या नज़रिए पर काम करें। लेकिन अगर आप महत्वपूर्ण, क्वांटम (वृहद्) सुधार चाहते हों, तो *पैरेडाइम* पर काम करें। *पैरेडाइम* शब्द ग्रीक शब्द *पैरेडेमा* से उत्पन्न हुआ है। यह मूलतः वैज्ञानिक शब्द था, लेकिन आज आम तौर पर इसका इस्तेमाल उस अनुभूति, धारणा, प्रतिमान, दृष्टिकोण या नज़रिए के रूप में किया जाता है, जिससे आप संसार को देखते हैं। यह किसी इलाक़े या शहर के नक़्शे की तरह है। अगर यह सटीक न हो, तो इससे कोई फ़र्क़ नहीं पड़ता कि आप कितनी मेहनत से अपनी मंज़िल खोजने की कोशिश कर रहे हैं या आप कितनी सकारात्मकता से सोच रहे हैं - आप भटकते ही रहेंगे। जब नक़्शा सटीक होगा, तभी मेहनत और नज़रिए से फ़र्क़ पड़ेगा। लेकिन उसके बिना कोई फ़र्क़ नहीं पड़ता है।

उदाहरण के लिए, मध्य काल में लोगों का इलाज कैसे किया जाता था? *जवाब है, ख़ून निकालकर।* पैरेडाइम क्या था? जवाब है, बीमारी ख़ून में होती है; उसे बाहर निकालो। अब अगर आप इस पैरेडाइम पर सवाल नहीं उठाते हैं, तो आप क्या करेंगे? इसे ज़्यादा करो। इसे ज़्यादा तेज़ी से करो। इसे ज़्यादा दर्दरहित तरीक़े से करो। ख़ून निकालने की तकनीक पर टीक्यूएम (Total Quality Management) या सिक्स सिग्मा लागू करो। आँकड़ों पर आधारित क्वालिटी कंट्रोल और वेरिएन्स एनालिसिस करो। स्ट्रेटेजिक फ़ीज़िबिलिटी स्टडीज़ (रणनीतिक कार्यान्वयन अध्ययन) करो और मार्केटिंग की लुभावनी योजनाएँ बनाओ, ताकि आप विज्ञापन कर सकें, “हमारी ख़ून निकालने वाली मशीन दुनिया में सर्वोच्च गुणवत्ता की और विश्वस्तरीय है!” या आप कर्मचारियों को पर्यटन स्थलों की सैर पर भेज सकते हैं, जहाँ वे चट्टान से एक-दूसरे की बाँहों में बाँहें डालकर कूद सकें, ताकि वे लौटकर अस्पताल के ख़ून निकालने के यूनिट में ज़्यादा प्रेम और विश्वास से काम करें। या आप ख़ून निकालने वाली यूनिट के सदस्यों को गर्म टब में बैठा लें और उन्हें आपस में अपनी आत्मा टटोलने दें, ताकि वे अपने संप्रेषण में सच्चाई ला सकें। आप अपने रोगियों तथा कर्मचारियों को सकारात्मक चिंतन का प्रशिक्षण भी दे सकते हैं, ताकि ख़ून निकालते समय अधिकतम सकारात्मक ऊर्जा का संचार हो।

क्या आप कल्पना कर सकते हैं कि जब हंगरी के सेमेलवीज़, फ़्रांस के पास्चर और अन्य अनुभववादी वैज्ञानिकों ने खोजा कि रोग का मूल कारण विषाणु हैं, तो इसके बाद क्या हुआ? इससे तत्काल स्पष्ट हो गया कि महिलाएँ दाइयों से ही बच्चे पैदा क्यों करवाना चाहती थीं? दरअसल दाइयाँ ज़्यादा साफ़-सुथरी होती थीं। वे हाथ धोती थीं। इससे यह स्पष्ट हुआ कि युद्ध में ज़्यादातर सैनिक गोलियों के बजाय घाव के संक्रमण से क्यों मरते थे। रोग के विषाणु अग्रिम पंक्ति के घायल सैनिकों से दूसरे

घायल सैनिकों तक पहुँच जाते थे। विषाणु सिद्धांत ने शोध के बिलकुल नए क्षेत्र खोल दिए। यह सिद्धांत आज भी स्वास्थ्य सुविधाओं का मार्गदर्शन कर रहा है।

यही सटीक पैरेडाइम की शक्ति है। यह *स्पष्ट करता है* और फिर *मार्गदर्शन देता है*। लेकिन समस्या यह है कि परंपराओं की तरह ही पैरेडाइम भी मुश्किल से मरते हैं। बेहतर पैरेडाइम खोजे जाने के बावजूद दोषपूर्ण पैरेडाइम सदियों तक चलते रहते हैं। इसका उदाहरण देखें। हालाँकि इतिहास की पुस्तकों में लिखा है कि जॉर्ज वॉशिंगटन गले के संक्रमण से मरे थे, लेकिन शायद उनकी मौत ज़्यादा ख़ून निकाले जाने की वजह से हुई थी। संक्रमण बीमारी का लक्षण था, मगर चूँकि पैरेडाइम यह था कि बुरी चीज़ ख़ून में है, इसलिए तथाकथित डॉक्टरों ने चौबीस घंटे में उनका कई पिंट ख़ून निकाल लिया। जबकि आपको और मुझे सलाह दी जाती है कि अगर हम स्वस्थ हैं, तो हमें हर दो महीने में एक पिंट से ज़्यादा ख़ून नहीं देना चाहिए।

नया ज्ञानकर्मी युग एक नए पैरेडाइम पर आधारित है, जो औद्योगिक युग के *वस्तु* आधारित पैरेडाइम से बिलकुल अलग है। आइए, हम इसे पूर्ण-व्यक्ति पैरेडाइम का नाम दें।

पूर्ण-व्यक्ति पैरेडाइम

मूलतः एक आसान और सर्वव्याप्त कारण है कि इतने सारे लोग अपने काम में असंतुष्ट क्यों हैं और अधिकांश संगठन अपने कर्मचारियों की महानतम क्षमता, कुशलता और रचनात्मकता को बाहर निकालने में क्यों असफल होते हैं तथा सचमुच महान, स्थायी संगठन क्यों नहीं बन पाते हैं। इसकी जड़ है एक *अपूर्ण पैरेडाइम कि हम कौन हैं - मानव स्वभाव के बारे में हमारा आधारभूत दृष्टिकोण*।

बुनियादी सच्चाई यह है कि इंसान *वस्तुएँ नहीं* हैं, जिन्हें प्रेरित और नियंत्रित किए जाने की ज़रूरत हो। उनके चार आयाम हैं - शरीर, मस्तिष्क, हृदय और आत्मा।

पूर्ण-व्यक्ति पैरेडाइम

फ़िगर 2.2

अगर आप इतिहास की शुरुआत से सारे दर्शनशास्त्र और धर्मों- पाश्चात्य भी और पूर्वी भी- का अध्ययन करें, तो आपको मूलतः यही चार आयाम मिलेंगे : शारीरिक/आर्थिक, मानसिक, सामाजिक/भावनात्मक और आत्मिक। इनके लिए अक्सर अलग-अलग शब्दों का इस्तेमाल होता है, लेकिन वे जीवन के इन्हीं चार शाश्वत आयामों को दर्शाते हैं। वे *सभी लोगों की चार मूलभूत आवश्यकताओं और प्रेरणाओं*

लोगों की चार आवश्यकताएँ

फ़िगर 2.3

का प्रतिनिधित्व करते हैं, जिनका वर्णन हमने पहले अध्याय की फ़िल्म में किया था : ज़िंदा रहना (बचना), प्रेम करना (संबंध), सीखना (विकास) और विरासत छोड़ना (सार्थकता और योगदान) - फ़िगर 2.3 देखें।

लोगों के पास विकल्प होते हैं

तो क्या आज के कार्यस्थलों पर हावी नियंत्रणकारी "वस्तु" (आंशिक-व्यक्ति) पैरेडाइम का इस बात से संबंध है कि मैनेजर और संस्थान लोगों को स्वेच्छा से अपनी सर्वोच्च क्षमता से काम करने व योगदान देने के लिए प्रेरित नहीं कर पा रहे हैं? जवाब सरल है। कर्मचारी विकल्प चुनते हैं। चेतन या अवचेतन रूप से वे यह फ़ैसला करते हैं कि वे अपने काम में कितना योगदान देंगे। यह फ़ैसला इस बात पर निर्भर करता है कि उनके साथ कैसा बर्ताव होता है। इसके अलावा, यह उनकी प्रकृति के *सभी* चार हिस्सों के इस्तेमाल के अवसरों पर भी निर्भर करता है। ये विकल्प विद्रोह और नौकरी छोड़ने से लेकर रचनात्मक रोमांच तक होते हैं।

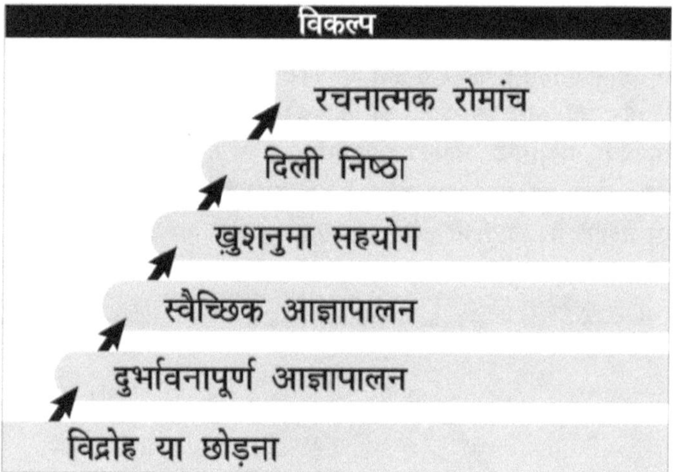

फ़िगर 2.4

अब पल भर के लिए विचार करें कि फ़िगर 2.4 में जो छह विकल्प दिए गए हैं - विद्रोह या छोड़ना, दुर्भावनापूर्ण आज्ञापालन, स्वैच्छिक आज्ञापालन, ख़ुशनुमा सहयोग, दिली निष्ठा या रचनात्मक रोमांच - उनमें से आप नीचे दिए गए पाँच दृश्यों लिए कौन सा चुनेंगे :

पहला दृश्य, आपके साथ न्यायसंगत व्यवहार नहीं होता। दरअसल, आपके संगठन में बड़ी राजनीति है। वहाँ पर भाई-भतीजावाद है। तनख़्वाह का तंत्र भी न्यायसंगत नहीं लगता है। आपकी तनख़्वाह आपके योगदान के स्तर के अनुकूल नहीं है। आप कौन सा विकल्प चुनेंगे?

दूसरा दृश्य, मान लेते हैं कि तनख़्वाह के संदर्भ में आपके साथ न्यायसंगत व्यवहार किया जाता है, लेकिन आपसे अच्छा बर्ताव नहीं होता। इसका मतलब है कि आपका सम्मान नहीं होता। आपके साथ बॉस काफ़ी हद तक अपने मूड के हिसाब से असंगत, मनमौजी, सनकी व्यवहार करता है। आप कौन सा विकल्प चुनेंगे?

तीसरा दृश्य, आइए मान लें कि आपकी तनख़्वाह भी न्यायसंगत है और आपके साथ अच्छा बर्ताव भी होता है, लेकिन आपसे राय नहीं ली जाती; बल्कि दी जाती है। दूसरे शब्दों में, आपके शरीर और हृदय को तो महत्व दिया जाता है, लेकिन आपके मस्तिष्क को नहीं दिया जाता। आप कौन सा विकल्प चुनेंगे?

चौथा दृश्य, अब हम मान लेते हैं कि आपको तनख़्वाह भी अच्छी मिलती है (शरीर), आपके साथ अच्छा बर्ताव भी होता है (हृदय), आपको रचनात्मक रूप से जोड़ा भी जाता है (मस्तिष्क), लेकिन आपसे एक गड्ढा खोदने और उसे वापस भरने को कहा जाता है या ऐसी रिपोर्टें तैयार करने को कहा जाता है, जिन्हें न तो कोई पढ़ता है और न ही इस्तेमाल करता है। दूसरे शब्दों में, आपसे निरर्थक काम (आत्मा) करने को कहा जाता है। आप कौन सा विकल्प चुनेंगे?

पाँचवाँ दृश्य, अब हम मान लेते हैं कि आपको तनख़्वाह भी न्यायसंगत मिलती है, बर्ताव भी अच्छा होता है और सार्थक काम में रचनात्मक रूप से शामिल भी किया जाता है, लेकिन ग्राहकों और सप्लायर्स या दूसरे कर्मचारियों से काफ़ी झूठ बोला जाता है और धोखेबाज़ी की जाती है (आत्मा)। आप कौन सा विकल्प चुनेंगे?

अब ध्यान दें कि हम पूर्ण-व्यक्ति पैरेडाइम के सभी चार हिस्सों से गुज़र चुके हैं : शरीर, मस्तिष्क, हृदय और अंततः आत्मा (आत्मा को दो हिस्सों में विभाजित

पूर्ण व्यक्ति पूर्ण काम में

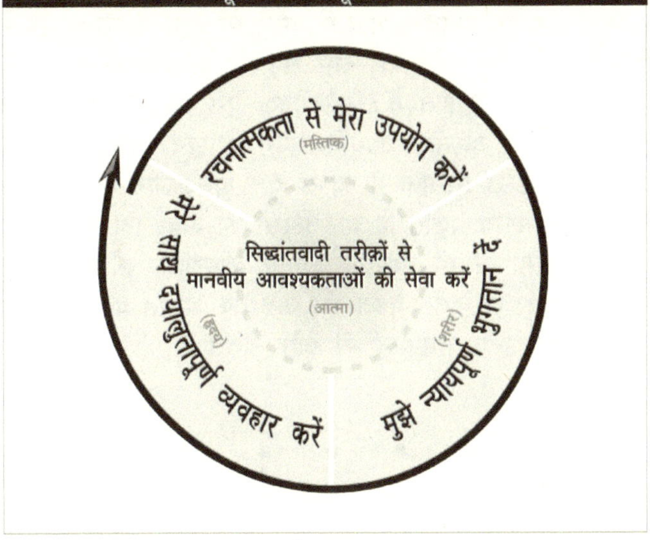

फ़िगर 2.5

किया गया है - काम की निरर्थकता और इसे करने के ग़ैर-सैद्धांतिक तरीक़े)। मुद्दे की बात यह है कि अगर आप मानव स्वभाव के चार हिस्सों में से एक को भी नज़रअंदाज़ करते हैं, तो आप इंसान को वस्तु में बदल लेते हैं। और आप वस्तुओं के साथ क्या करते हैं? आपको उनका नियंत्रण करना होता है, उनका प्रबंधन करना होता है और उन्हें प्रेरित करने के लिए गाजर-और-छड़ी की नीति का इस्तेमाल करना होता है।

मैंने पूरी दुनिया में हर जगह ये पाँच सवाल पूछे हैं और लगभग हमेशा जवाब नीचे की तीन श्रेणियों में मिले हैं - लोग या तो विद्रोह करेंगे या छोड़ देंगे, दुर्भावनापूर्ण आज्ञापालन करेंगे (इसका अर्थ है कि वे काम तो करेंगे, लेकिन आशा करेंगे कि यह कामयाब न हो), या सबसे अच्छी बात यह है कि वे स्वैच्छिक आज्ञापालन करेंगे। लेकिन आज के सूचना/ज्ञानकर्मी युग में सिर्फ़ वही व्यक्ति ऊपर के ख़ुशनुमा सहयोग, दिली निष्ठा या रचनात्मक रोमांच (एक बार फिर देखें फ़िगर 2.4) के तीनों विकल्प चुनता है, जिसे *तनख़्वाह भी न्यायसंगत मिले*, जिसके साथ *अच्छा बर्ताव* हो, जिसका *रचनात्मक उपयोग* किया जाए और जिसे सिद्धांतवादी तरीक़ों से *मानवीय आवश्यकताओं की पूर्ति के अवसर प्रदान किए जाएँ*।

पहचान ही प्रारब्ध है।

क्या आप देख सकते हैं कि आज के कार्यस्थल की मूल समस्याएँ और उन समस्याओं के मूल समाधान मानव स्वभाव के हमारे पैरेडाइम में किस तरह निहित है? क्या आप देख सकते हैं कि हमारे घरों और समुदायों की कितनी सारी समस्याओं के समाधान इसी पैरेडाइम में निहित है? औद्योगिक युग "वस्तु" पैरेडाइम और इससे प्रवाहित होने वाली सारी तकनीकें आधुनिक युग में ख़ून निकालकर उपचार करने जैसी हैं। हम अध्याय 6 से संस्थानों में व्याप्त *चार दीर्घकालीन समस्याओं* का विस्तृत वर्णन शुरू करेंगे, जो मानव प्रकृति के चार हिस्सों की अवहेलना से उत्पन्न होती हैं। इसके साथ ही हम समाधान भी सुझाएँगे, जिनमें *लीडरशिप की चार भूमिकाओं* का प्रभाव शामिल है। बहरहाल, इससे पहले हम अब तक वर्णित दर्द और समस्याओं के प्रति *व्यक्तिगत* प्रतिक्रिया व समाधान की ओर चलते हैं।

• • •

अध्याय 3

समाधान

उस विचार जितना शक्तिशाली कोई नहीं, जिसका समय आ चुका हो।

विक्टर ह्यूगो

हेनरी डेविड थोरो ने लिखा था, "बुराई की शाखाओं पर हज़ार प्रहार करने से अच्छा है जड़ पर एक प्रहार करना।"[1] यह पुस्तक हमारे सामने आने वाली महत्वपूर्ण समस्याओं की जड़ पर प्रहार करने के प्रति समर्पित है।

हमने *दर्द* से शुरुआत की है। हम अंतर्निहित *समस्या* की तह तक पहुँचे हैं - जिसकी जड़ें व्यक्तिगत हैं और कार्यस्थल में गहरे जमे एक पैरेडाइम तथा कई परंपराओं से जुड़ी हैं। अब हम *समाधान* के लिए संदर्भ निर्धारित करते हैं और यह समीक्षा करते हैं कि यह बाक़ी की पुस्तक में किस तरह प्रकट होगा।

मैं चालीस साल से ज़्यादा समय से दुनिया भर के संगठनों के साथ काम कर चुका हूँ। मैंने संगठनों का अध्ययन करने वाले महान मस्तिष्कों से भी सीखा है। ज़्यादातर बड़े सांस्कृतिक परिवर्तन - जिनकी बदौलत ऐसे महान संगठन बने, जो दीर्घकालीन विकास, समृद्धि और विश्व के प्रति योगदान को *क़ायम रख पाए* - *किसी एक* व्यक्ति के विकल्प चुनने से शुरू हुए हैं। कई बार तो यह व्यक्ति औपचारिक लीडर - सीईओ या प्रेसिडेंट - था। लेकिन अक्सर इसकी *शुरुआत* किसी और कर्मचारी से हुई - कोई प्रोफ़ेशनल, कोई लाइन मैनेजर, किसी का सहायक। चाहे पद जो भी हो, इन लोगों ने पहले ख़ुद को *अंदर से बाहर की तरफ़* बदलना शुरू किया। उनका चरित्र, सामर्थ्य, पहलशक्ति और सकारात्मक ऊर्जा - संक्षेप में, उनकी नैतिक सत्ता - ने दूसरों को प्रेरित किया और ऊपर उठाया। उनमें पहचान का लंगर जैसा एहसास था। उन्होंने अपनी शक्तियाँ और प्रतिभाएँ खोजीं और उनका इस्तेमाल आवश्यकताओं को पूरा करने तथा परिणाम पाने में किया। लोगों का ध्यान इस पर गया। उन्हें ज़्यादा ज़िम्मेदारी सौंपी गई। उन्होंने नई ज़िम्मेदारी को भी बढ़ा लिया और ज़्यादा अच्छे परिणाम देने लगे। अब वे और ज़्यादा लोगों की निगाह में आ गए। शीर्षस्थ लोग उनसे सलाह माँगने लगे - उन्होंने *इतना कुछ* कैसे हासिल किया। उनकी भविष्य-दृष्टि

और उनके कार्यों के इर्द-गिर्द संस्कृति का विकास हुआ।

इस तरह के लोग ज़्यादा समय तक संस्थान की नकारात्मक, मनोबल घटाने वाली या अपमानजनक शक्तियों से नहीं दबे या नीचे नहीं गिरे। और दिलचस्प बात यह है कि उनके संगठन बाक़ी संगठनों की तुलना में ज़्यादा अच्छे नहीं थे। कुछ हद तक, वे *सभी* बदहाल थे। इन लोगों को तो बस एहसास हो गया कि वे बदलाव के लिए अपने बॉस या संगठन का इंतज़ार नहीं कर सकते। वे दोयमता के समुद्र में उत्कृष्टता के टापू बन गए। और यह संक्रामक है।

आख़िर इंसान को बहाव के ख़िलाफ़ तैरने और नकारात्मक सांस्कृतिक उद्दीपनों को झेलने, स्वार्थपूर्ण हितों को अनदेखा करने और इस तरह की भविष्य-दृष्टि तथा संकल्प को विकसित करने व क़ायम रखने की आंतरिक शक्ति कहाँ से मिलती है?

वे अपनी सच्ची प्रकृति और उपहारों के बारे में जान लेते हैं। वे इनका इस्तेमाल करके उन महान कामों की भविष्य-दृष्टि विकसित कर लेते हैं, जिन्हें वे हासिल करना चाहते हैं। अपनी बुद्धिमत्ता के सहारे वे पहल करते हैं और अपने आस-पास मौजूद आवश्यकताओं तथा अवसरों की महान समझ हासिल करते हैं। वे अपनी अनूठी योग्यताओं से मेल खाती आवश्यकताओं की पूर्ति करते हैं, जो उनकी ज़्यादा उच्च प्रेरणाओं का दोहन करती हैं और फ़र्क़ पैदा करती हैं। संक्षेप में, *वे अपनी आवाज़ पा लेते हैं और उसका इस्तेमाल करते हैं*। वे दूसरों की सेवा करते हैं और उन्हें प्रेरित करते हैं। वे उन **सिद्धांतों** पर अमल करते हैं, जो इंसानों **और** संगठनों में विकास और समृद्धि पर शासन करते हैं - वे सिद्धांत, जो "पूर्ण व्यक्ति" - शरीर, मस्तिष्क, हृदय और आत्मा - से सर्वश्रेष्ठ और सर्वोच्च प्रदर्शन बाहर निकालते हैं। यह भी उतना ही महत्वपूर्ण है कि वे *बाक़ी लोगों को भी उनकी आवाज़ खोजने के लिए प्रेरित और प्रभावित करने* का विकल्प चुनते हैं।

यह दो हिस्सों का समाधान - *अपनी आवाज़ पाएँ* और *दूसरों को उनकी आवाज़ खोजने के लिए प्रेरित करें* - संगठन के **किसी भी** स्तर पर व्यक्तियों के लिए राह का नक़्शा है, जिससे वे अपनी संतुष्टि और प्रभाव को अधिकतम कर सकते हैं, अद्वितीय योगदानकर्ता बन सकते हैं और अपनी टीम तथा पूरे संगठन को भी ऐसा ही करने के लिए प्रेरित कर सकते हैं। इसीलिए इस पुस्तक को भी ऐसा ही करने के लिए दो प्रमुख खंडों में व्यवस्थित किया गया है :

1. अपनी आवाज़ खोजें
2. दूसरों को उनकी आवाज़ खोजने के लिए प्रेरित करें

आइए, संक्षेप में इन दोनों का परिचय देता हूँ।

अपनी आवाज़ खोजें

> *जंगल में दो राहें सामने थीं और मैंने –*
> *मैंने वह राह चुनी, जिस पर कम लोगों ने यात्रा की थी,*
> *और इसी से सारा फ़र्क़ पड़ा।*[2]
> **रॉबर्ट फ्रॉस्ट**

फ़िगर 3.1 में जीवन की दो राहों का चित्र है, जो एक-दूसरे से बिलकुल अलग हैं। यह 8वीं आदत की सरल रूपरेखा या नक़्शा है : अपनी आवाज़ खोजें और दूसरों को उनकी आवाज़ खोजने के लिए प्रेरित करें। दो राहों का यह चित्र अध्याय 14 तक हर अध्याय के शुरू में दिया जाएगा। *विकसित होने वाले डायग्राम का हर नया संस्करण उस अध्याय के केंद्रीय बिंदु को रेखांकित करेगा*। इस तरह आप देख सकेंगे कि आप कहाँ थे, कहाँ हैं और कहाँ जा रहे हैं।

सभी लोग – बूढ़े और जवान, अमीर और ग़रीब, पुरुष और महिलाएँ जीवन में दो में से एक राह *चुनते* हैं। एक तो दोयमता (mediocrity) की चौड़ी राह है, जिस पर बहुसंख्यक लोग चलते हैं। दूसरी महानता और सार्थकता की राह है। इन दो

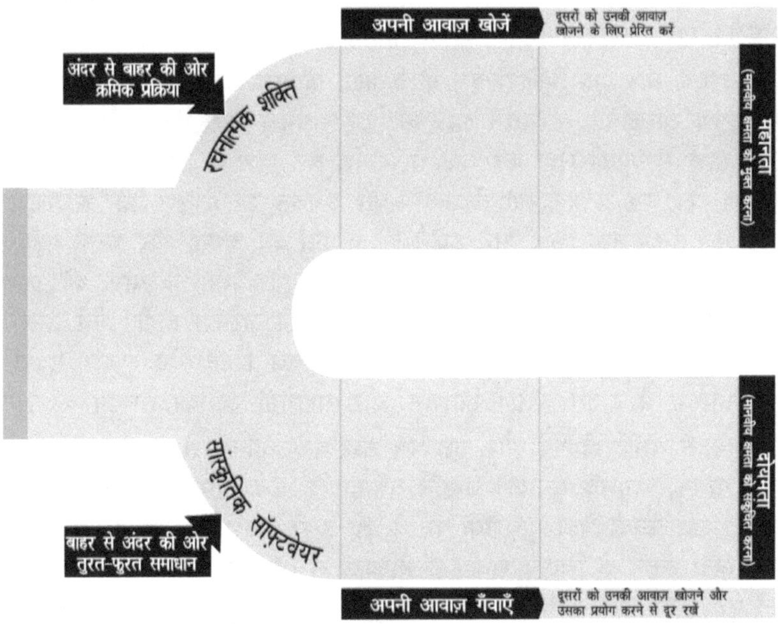

फ़िगर 3.1

गंतव्यस्थलों में से प्रत्येक में विद्यमान संभावनाएँ उतनी ही व्यापक हैं, जितनी कि इंसान की क्षमताओं और व्यक्तित्वों की भिन्नता। लेकिन दोनों गंतव्यस्थलों में उतना ही फ़र्क़ है, जितना कि दिन और रात में।

दोयमता की राह मानवीय संभावना को संकुचित करती है। महानता की राह मानवीय संभावना को मुक्त और साकार करती है। दोयमता की राह जीवन की तुरत-फुरत, शॉर्टकट नीति है। महानता की राह अंदर से बाहर की ओर क्रमिक विकास की प्रक्रिया है। दोयमता के निचले मार्ग पर चल रहे लोग अहं, उपभोग, अभाव, तुलना, प्रतिस्पर्धा और शिकारवाद (victimism) के सांस्कृतिक "*सॉफ़्टवेयर*" के अनुरूप जीते हैं। महानता के उच्च मार्ग पर चल रहे लोग नकारात्मक सांस्कृतिक प्रभावों के ऊपर उठ जाते हैं और अपने जीवन की रचनात्मक शक्ति बनने का विकल्प *चुनते* हैं। महानता के इस मार्ग को एक शब्द अभिव्यक्त करता है; आवाज़। इस राह पर चलने वाले लोग अपनी आवाज़ खोज लेते हैं और दूसरों को भी उनकी आवाज़ खोजने के लिए प्रेरित करते हैं। बाक़ी लोग ऐसा कभी नहीं करते हैं।

आत्मा के अर्थ की खोज

हममें से हर एक के भीतर *महानता* और योगदान भरा जीवन जीने - सचमुच सार्थक बनने, सचमुच फ़र्क़ पैदा करने - की आंतरिक उत्कंठा होती है। हम ख़ुद पर और ऐसा करने की हमारी क्षमता पर शंका कर सकते हैं, लेकिन मैं चाहता हूँ कि आप मेरे इस गहरे विश्वास को जान लें कि *आप* ऐसा जीवन जी *सकते हैं*। आपके भीतर ऐसी क्षमता है। यह हम सबमें होती है। यह इंसान का जन्मसिद्ध अधिकार है।

मैंने एक बार एक मिलिट्री बेस के कमांडर के साथ यात्रा की, जो अपने संगठन में महत्वपूर्ण सांस्कृतिक परिवर्तन लाने के लिए सचमुच संकल्पवान और उत्साही थे। वे तीस साल से ज़्यादा सेवा कर चुके थे, कर्नल बन चुके थे और उसी साल रिटायर होने वाले थे। जब वे कई महीनों तक अपने संगठन को शिक्षण और प्रशिक्षण देते रहे, तो मैंने उनसे पूछा कि उन्होंने रुकने की योजना क्यों बनाई और इतनी बड़ी पहल क्यों की - जिसमें परंपरा, आलस, उदासीनता और कम विश्वास की ज़बर्दस्त प्रतिरोधक शक्तियों के (बहाव के) ख़िलाफ़ तैरने की ज़रूरत होगी। मैंने उनसे यह भी कहा, "आप चैन से बैठ सकते थे। आप अच्छा रिटायरमेंट गुज़ार सकते थे। आपके सम्मान में दावतें होतीं। प्रियजन और सहयोगी आपका सम्मान करते।"

वे बहुत गंभीर हो गए और कुछ पल ठहरकर उन्होंने मुझे एक बहुत व्यक्तिगत, लगभग पावन, अनुभव सुनाया। उन्होंने बताया कि उनके पिता कुछ समय पहले ही गुज़रे थे। जब उनके पिता मृत्युशैया पर थे, तो उन्होंने अपनी पत्नी और बेटे (कर्नल) को अलविदा कहने के लिए बुलाया। वे मुश्किल से बोल पा रहे थे। उनकी पत्नी इस दौरान पूरे समय रोती रहीं। बेटा पिता के क़रीब पहुँचा और पिता ने उसके कान में

फुसफुसाकर कहा, "बेटे, तुम अपनी ज़िंदगी उस तरह मत जीना, जैसे मैंने जी है। मैंने तुम्हारे या तुम्हारी माँ के साथ ठीक नहीं किया और मेरे कारण कभी सचमुच कोई फ़र्क़ नहीं पड़ा। बेटे, वादा करो कि तुम मेरी तरह ज़िंदगी नहीं जियोगे।"

ये आख़िरी शब्द थे, जो कर्नल ने अपने पिता के मुँह से सुने, क्योंकि कुछ समय बाद ही उनका देहांत हो गया। लेकिन उन्होंने उन शब्दों को अपने पिता के सबसे बड़े तोहफ़े और विरासत के रूप में लिया। उन्होंने तभी फ़ैसला कर लिया कि वे फ़र्क़ पैदा करेंगे - अपने जीवन के हर क्षेत्र में।

बाद में कर्नल ने मुझे निजी तौर पर बताया कि वे रिटायर होकर आरामदेह जीवन गुज़ारने की योजना बना चुके *थे*। दरअसल, वे मन ही मन उम्मीद कर रहे थे कि उनके बाद आने वाला कर्नल उनके जितना अच्छा प्रदर्शन न कर पाए और यह सबको स्पष्ट दिख जाए। लेकिन पिता के शब्द सुनने के बाद उन्होंने फ़ैसला किया कि वे अपनी कमान की संस्कृति में स्थायी लीडरशिप के सिद्धांत बनाने में न सिर्फ़ परिवर्तन के उत्प्रेरक बनेंगे, बल्कि यह भी सुनिश्चित करेंगे कि उनके बाद आने वाला कर्नल उनसे *ज़्यादा* सफल हो। इन लीडरशिप सिद्धांतों को अपने संगठन की संरचना, तंत्रों और प्रक्रियाओं में संस्थागत करने की कोशिश करके वे एक लीडर-पीढ़ी की विरासत अगली पीढ़ी तक पहुँचाने की संभावना बढ़ा रहे थे।

उन्होंने आगे कहा कि पिता के शब्द सुनने से पहले वे जान-बूझकर ज़्यादा आसान राह पर चले थे। उन्होंने मूलतः अतीत की परंपराओं के प्रहरी की भूमिका निभाई थी और दोयमता का जीवन जिया था। लेकिन पिता के सामने उन्होंने संकल्प किया कि वे महानता का, सच्चे योगदान का, महत्व का जीवन जिएँगे - एक ऐसा जीवन, जिससे सचमुच फ़र्क़ पड़े।

हम सभी चेतन रूप से दोयम जीवन को पीछे छोड़ने और महानता का जीवन जीने का फ़ैसला कर सकते हैं - घर पर, कार्यस्थल पर और समाज में। चाहे हालात कैसे भी हों, हममें से हर व्यक्ति इस तरह का निर्णय ले सकता है। यह महानता किसी भी रूप में प्रकट हो सकती है - चाहे यह किसी लाइलाज बीमारी का सामना उत्साह से करने का चुनाव हो, किसी बच्चे के जीवन में फ़र्क़ पैदा करके हो, उस बच्चे को महत्व और संभावना का एहसास देकर हो, संगठन में परिवर्तन का उत्प्रेरक बनकर या समाज में किसी महान उद्देश्य की पहल करके हो। हम सभी में *महान* जीवन जीने का निर्णय लेने की शक्ति है। आसान शब्दों में कहें, तो हममें अपने दिन को न सिर्फ़ अच्छा, बल्कि *महान* बनाने की शक्ति है। चाहे हम जीवन के दोयमता के रास्ते पर कितनी ही आगे आ चुके हों, हम हमेशा मार्ग बदलने का विकल्प चुन सकते हैं। हमेशा। इसमें कभी देर नहीं होती। हम अपनी आवाज़ खोज सकते हैं।

• • •

एक बार जब आप "कम चली गई राह" पर चलने का *विकल्प* चुन लेते हैं, तो अपनी आवाज़ खोजने का मार्ग यह है :

1. **अपनी आवाज़ खोजें** : अपने सच्चे स्वभाव को समझकर – जिसे मैं *तीन अमूल्य जन्मजात उपहार* कहता हूँ (अध्याय 4) – और अपनी प्रकृति के चारों हिस्सों से जुड़ी *बुद्धि* का विकास करके तथा इसका अखंडता से इस्तेमाल करके।
2. **अपनी आवाज़ व्यक्त करें** : इन मानवीय बुद्धियों – *भविष्य-दृष्टि, अनुशासन, जोश और अंतरात्मा* (अध्याय 5) *के सर्वोच्च प्रकटीकरण का विकास करके।*

फ़िल्म : *डिस्कवरी ऑफ़ अ कैरेक्टर*

मैं आपको एक ज़ोरदार, सच्ची कहानी बताना चाहूँगा, जिसमें अपनी आवाज़ खोजने की प्रक्रिया निहित है। कई साल पहले हमारी कंपनी ने स्थानीय पीबीएस स्टेशन के साथ मिलकर एक वीडियो नाटक प्रसारित किया, जिसे हमने इंग्लैंड में तैयार किया और फ़िल्माया था। इस उल्लेखनीय कहानी का प्रमुख पात्र एक अँग्रेज है, जिसका बचपन अनाथ के रूप में सड़कों पर बीता था। बाद में वह सफल लेखक बन गया और परिवार के साथ प्रेमपूर्वक एक अच्छे घर में रहने लगा। बहरहाल, कहानी में मोड़ आया और वह "राइटर्स ब्लॉक" (लेखकीय अवरोध) का शिकार हो गया। ऐसा लग रहा था, जैसे उसकी रचनात्मकता ख़त्म हो गई हो। उसके क़र्ज़ बढ़ते जा रहे थे। उस पर प्रकाशक की डेडलाइन का ज़बर्दस्त दबाव था। तनाव दिनोदिन बढ़ता जा रहा था। उसे डर लगने लगा कि उसके बच्चे भी कहीं उसकी और उसके पुराने साथियों की तरह सड़कों पर न आ जाएँ – ख़ास तौर पर जब उसके पिता क़र्ज़ न चुका पाने के कारण जेल में थे।

वह हताश था। उसकी नींद उड़ चुकी थी। वह रात को लंदन की सड़कों पर घूमने लगा। उसने ग़रीबी देखी, रात को फ़ैक्ट्रियों में काम करते बच्चों की अमानवीय स्थिति देखी, अपने परिवार के लिए आजीविका कमाने की कोशिश करने वाले माता-पिताओं का भयंकर संघर्ष देखा। धीरे-धीरे, सामने दिख रही सच्चाई ने उसे झकझोर दिया – स्वार्थी लोग किस तरह दूसरों का फ़ायदा उठाते थे। यह विचार उसके दिल को छू गया और दिमाग़ में विकसित होने लगा। वह कोई ऐसी चीज़ कर सकता है, जिससे फ़र्क़ पड़े!

वह अपने लेखन की ओर इतनी ऊर्जा और उत्साह से लौटा, जो उसने पहले कभी महसूस नहीं किया था। योगदान की भविष्य-दृष्टि ने उसमें जोश भर दिया और उस पर हावी हो गई। अब उसे कोई शंका या हताशा महसूस नहीं हो रही थी। अब

उसे आर्थिक चिंताएँ नहीं सता रही थीं। वह इस कहानी को पूरी करके छपवाना चाहता था, इसकी कम से कम क़ीमत रखना चाहता था, जिससे यह ज़्यादा से ज़्यादा लोगों तक पहुँच सके। उसकी पूरी ज़िंदगी बदल चुकी थी। उसने सचमुच अपनी आवाज़ खोज ली थी।

अब मैं आपको यह संक्षिप्त फ़िल्म देखने के लिए आमंत्रित करता हूँ, जो इस उल्लेखनीय व्यक्ति के सच्चे अनुभव को चित्रित करती है। इसे देखने के लिए www.The8thHabit.com/offers वेबसाइट पर जाएँ और फ़िल्म्स मीनू से *डिस्कवरी ऑफ़ अ कैरेक्टर* चुन लें।

दूसरों को उनकी आवाज़ खोजने के लिए प्रेरित करें

जब आप अपनी आवाज़ खोज लें, तो अपना प्रभाव और योगदान बढ़ाने का विकल्प *चुनना* दूसरों को उनकी आवाज़ खोजने के लिए प्रेरित करने का विकल्प चुनना है। Inspire (प्रेरणा) लैटिन के *inspirare* शब्द से निकला है, जिसका मतलब है किसी में जान फूँकना। जब हम पहचानते हैं, सम्मान करते हैं और दूसरों के लिए ऐसे तरीक़े खोजते हैं, जिनसे हम *उनकी प्रकृति के सभी चार हिस्सों* - शारीरिक, मानसिक, भावनात्मक/सामाजिक और आत्मिक - *को* आवाज़ दे सकें तो निहित मानव प्रतिभा, रचनात्मकता, जोश, योग्यता और प्रेरणा मुक्त हो जाती हैं। जो संगठन लोगों के महत्वपूर्ण हिस्सों तक पहुँचेंगे, जो टीमें अपनी पूरी आवाज़ को पुरज़ोर तरीक़े से व्यक्त करेंगी, वे ही बाज़ार और समाज में उत्पादकता, नवाचार और लीडरशिप में अगले स्तर तक का उछाल हासिल कर पाएँगी।

8वीं आदत का खंड 2 अध्याय 6 से शुरू होगा। यह है दूसरों को उनकी आवाज़ खोजने के लिए प्रेरित करना। चूँकि दुनिया का ज़्यादातर काम संगठनों में होता है, इसलिए मूल ध्यान उन सिद्धांतों पर है, जिन पर अमल करके आप किसी भी संगठन में (व्यवसाय, शिक्षा, सरकार, सेना, समाज, यहाँ तक कि परिवार में भी) दूसरों पर सकारात्मक प्रभाव डाल सकते हैं।

इस बात की काफ़ी संभावना है कि आपके मन में "हाँ, लेकिन" से शुरू होने वाले कई व्यावहारिक सवाल घुमड़ रहे होंगे। आपकी मदद के लिए *हर अध्याय के अंत में अक्सर पूछे जाने वाले सवालों और मेरे जवाबों का संक्षिप्त खंड दिया गया है*। मुझे उम्मीद है कि इससे आपको मदद मिलेगी, लेकिन अगर इनमें आपकी दिलचस्पी न हो, तो आप इन्हें छोड़ भी सकते हैं। पुस्तक के आख़िरी अध्याय के बाद आपको एक "अध्याय" मिलेगा, जिसमें ज़्यादा आम और व्यापक प्रकृति के सवाल-जवाब दिए गए हैं।

इस पुस्तक से अधिकतम लाभ पाना : सिखाकर और करके सीखना

अगर आप इस पुस्तक से अधिकतम लाभ पाना चाहते हैं और अपने जीवन तथा संगठन में सशक्त परिवर्तन तथा विकास शुरू करना चाहते हैं, तो मैं आपको दो सरल कामों की सलाह दूँगा। अगर आप ये दो काम कर लेते हैं, तो उल्लेखनीय परिणाम की पक्की गारंटी है। पहला तो यह कि आप जो सीखते हैं, वह दूसरों को *सिखाएँ*; दूसरा यह कि आप जो सीखें, उस पर योजनाबद्ध तरीक़े से *अमल करें* - यानी उसे करें!

दूसरों को सिखाएँ

लगभग हर व्यक्ति मानता है कि *आप सबसे अच्छी तरह तभी सीखते हैं, जब आप किसी दूसरे को सिखाते हैं* और यह भी कि आपका सबक़ तब आत्मसात होता है, जब आप इसे *जीते* हैं।

बरसों पहले यूनिवर्सिटी में पढ़ाते समय मैं एक विज़िटिंग प्रोफ़ेसर डॉ. वाल्टर गॉन्ग से मिला, जो सैन जोस, कैलिफ़ोर्निया के थे। उन्होंने एक सेमिस्टर की क्लास ली, जिसका विषय था : अपने शिक्षण को कैसे सुधारें। उनके कार्यक्रम का सार यह महान सिद्धांत था : *लोगों को सिखाने का सबसे अच्छा तरीक़ा उन्हें टीचर्स बनाना है।* दूसरे शब्दों में, आप कोई चीज़ सबसे अच्छी तरह तब सीखते हैं, जब आप इसे सिखाते हैं।

मैं फ़ौरन अपनी यूनिवर्सिटी और घर पर इस सिद्धांत पर चलने लगा। जब मैंने यूनिवर्सिटी में पहलेपहल पढ़ाना शुरू किया, तो मेरी क्लास में सिर्फ़ पंद्रह से तीस विद्यार्थी होते थे। डॉ. गॉन्ग के सिद्धांत पर अमल करने के बाद मैंने पाया कि मैं इससे ज़्यादा विद्यार्थियों को प्रभावकारी अंदाज़ में पढ़ा सकता हूँ। दरअसल, मेरी कुछ क्लासों में तो लगभग एक हज़ार विद्यार्थी होते थे, लेकिन इसके बावजूद उनका प्रदर्शन और टेस्ट का स्कोर बहुत अच्छा था। क्यों? जब आप सिखाते हैं, तभी आप सबसे अच्छी तरह सीखते हैं। हर विद्यार्थी टीचर बन जाता है और हर टीचर विद्यार्थी बन जाता है।

अब, आम पैरेडाइम यह है कि शिक्षक-विद्यार्थी अनुपात महत्वपूर्ण है - कम विद्यार्थी यानी उच्च-गुणवत्ता का शिक्षण। लेकिन अगर आप अपने विद्यार्थियों को टीचर्स में बदल दें, तभी आप लीवरेज हासिल कर लेते हैं। आप आधार (fulcrum) बढ़ा लेते हैं।

इसके अलावा, जब आप सीखी हुई बात दूसरों को बताते या सिखाते हैं, तो आप एक तरह से अपने सिखाए सिद्धांत के अनुरूप जीवन जीने की प्रतिबद्धता भी प्रकट करते हैं। ज़ाहिर है, आप जो सीख रहे हैं, उसके अनुसार जीने के लिए ज़्यादा प्रेरित होंगे। यह आदान-प्रदान ज़्यादा गहरे सबक़, प्रतिबद्धता और प्रेरणा का आधार

बनेगा। यह परिवर्तन को वैध बनाएगा और समर्थन समूह को बढ़ाएगा। आप यह भी पाएँगे कि जानकारी बाँटने से लोगों के बीच बंधन बनता है - ख़ास तौर पर आपके बच्चों के साथ। उनसे कहें कि वे आपको नियमित रूप से स्कूल में सीखी चीज़ें सिखाएँ। मेरी पत्नी सैन्ड्रा और मैंने पाया है कि इस आसान उपाय से उनके अध्ययन में बाहरी प्रेरणा की ज़रूरत मूलतः ख़त्म हो जाती है। जो लोग सीखी हुई बात सिखाते हैं, वे ज़्यादा अच्छे विद्यार्थी साबित होते हैं।

आप जो सीखते हैं, उसे अपने जीवन में उतारें

जानना और नहीं करना दरअसल नहीं जानना है। सीखना और नहीं करना दरअसल नहीं सीखना है। दूसरे शब्दों में, कुछ समझना लेकिन उस पर अमल नहीं करना दरअसल उसे नहीं समझना है। सिर्फ़ *करने* और *अमल करने* के दौरान ही समझ और ज्ञान आत्मसात होते हैं। उदाहरण के लिए, आप किताबें पढ़कर और लेक्चर सुनकर टेनिस के खेल का अध्ययन कर सकते हैं, लेकिन जब तक आप इसे सचमुच नहीं खेलेंगे, तब तक आप वास्तव में इसे नहीं जान पाएँगे। जानना और नहीं करना दरअसल नहीं जानना है।

> *आत्म-ज्ञान सबसे अच्छी तरह मनन के नहीं, बल्कि कर्म के ज़रिए सीखा जाता है। अपना कर्तव्य करने की कोशिश करते रहें। जल्दी ही आप जान जाएँगे कि आप किस मिट्टी के बने हैं।*
>
> **जोहानन गेटे**

इस पुस्तक में आप जो सीखते हैं, उस पर अमल करने के लिए आप कम से कम चार नीतियों पर चल सकते हैं :

1. पहली नीति, पूरी पुस्तक पढ़ लें। फिर फ़ैसला करें कि आप अपने जीवन और काम में कौन सी चीज़ लागू करना चाहते हैं। अधिकांश लोग आम पुस्तकों के प्रति ऐसा ही रुख़ अपनाते हैं। इससे हममें से कई लोगों की यह इच्छा प्रकट होती है कि किसी पुस्तक के विचारों के प्रवाह से भावनात्मक या मानसिक रूप से जुड़ें और फिर उन्हें अमल में लाएँ।
2. दूसरी नीति पूरी पुस्तक पढ़ जाना है और फिर व्यापक समझ तथा संग्रहीत प्रेरणा के साथ उसे दोबारा पढ़ना है - इस बार अमल करने के इरादे के साथ। यह नीति कई लोगों के लिए बहुत अच्छी तरह काम कर सकती है।
3. तीसरी नीति - मैं व्यक्तिगत रूप से मानता हूँ कि इसके सबसे अच्छे परिणाम मिलेंगे - यह होगी कि आप इसे *वार्षिक व्यक्तित्व विकास और*

विकास योजना के रूप में देखें। बाक़ी बचे बारह अध्यायों में से हर एक पर अमल के लिए एक महीना लें। अगला अध्याय पढ़ना शुरू करें, उसे सिखाएँ और महीने भर तक उस पर अमल करें। आप पाएँगे कि अगर आप हर अध्याय में सीखी हुई बातों पर एक महीने तक अमल करने की सच्ची कोशिश करेंगे, तो आगे आने वाले अध्यायों में मिलने वाला अंतर्ज्ञान बहुत ज़्यादा बढ़ जाएगा।

4. चौथी नीति बस तीसरी नीति को अपनी समयसीमा के हिसाब से ढालना है। हो सकता है कुछ पाठक एक महीने में एक अध्याय से ज़्यादा या कम गति से अमल करना चाहें। हर नए अध्याय को पढ़ने और अमल करने के लिए एक सप्ताह, दो सप्ताह, दो महीने या जो भी समय आपको सही लगता है, लें। इसमें तीसरी नीति की शक्ति क़ायम रहती है, लेकिन आपको यह छूट मिल जाती है कि आप अपनी इच्छाओं और परिस्थितियों के अनुरूप इसे ढाल लें।

पुस्तक के हर अध्याय में दिए सिद्धांतों पर अमल करने के लिए आप चाहे जिस नीति का प्रयोग करें, आपकी सुविधा के लिए मैंने कुछ विचार और अभ्यास दिए हैं, जिनसे आप शुरू कर सकते हैं। आप www.The8thHabit.com/offers वेबसाइट पर उन्हें देख सकते हैं। पुस्तक के आख़िरी दो पन्नों में मैंने एक चार्ट भी दिया है। इससे आपको उसे पूरा करने में सहायता मिलेगी, जिसे हम "8वीं आदत की चुनौती" कह सकते हैं। इस चुनौती में हर अध्याय के लिए विकास/कार्य क़दम उठाना शामिल है :

1. अध्याय पढ़ें।
2. कम से कम दो लोगों को अध्याय सिखाएँ, जिसमें आपके ऑफ़िस के सहयोगी, परिवार के सदस्य, मित्र आदि शामिल हों।
3. एक महीने तक अध्याय में दिए सिद्धांतों के अनुरूप जीने की सच्ची, गंभीर कोशिश करें।
4. किसी विश्वसनीय सहयोगी, परिवार के सदस्य या मित्र को अध्याय में दिए विचारों के अनुरूप जीने के परिणाम बताएँ।

जब आप "8वीं आदत की चुनौती" का चार्ट पूरा कर लें, तो आप www.The8thHabit.com/offers पर जाकर यह प्रमाणित कर सकते हैं कि आपने यह काम कर लिया है। आपकी उपलब्धि के लिए आपको विशेष प्रशस्ति-पत्र मिलेगा।

अब हम *खंड 1 : अपनी आवाज़ खोजें* की ओर बढ़ते हैं। इस मोड़ पर अब्राहम लिंकन के शब्दों पर विचार करें : "शांत अतीत के सिद्धांत तूफ़ानी वर्तमान के लिए अपर्याप्त हैं।" हमें नया सोचना होगा। हमें न सिर्फ़ एक नई मानसिकता विकसित करनी होगी, बल्कि नई योग्यताएँ और उनसे प्रवाहित होने वाले नए औज़ार विकसित करने होंगे। यह करना मुश्किल है; इससे हर व्यक्ति अपने आरामदेह दायरे से बाहर निकलने पर मजबूर होता है। लेकिन एक नई वास्तविकता, एक नई अर्थव्यवस्था, एक नई चुनौती प्रकट हो चुकी है। इस नई चुनौती - इस नई वास्तविकता में न सिर्फ़ बचे रहना, बल्कि सचमुच समृद्ध होना - में एक नई प्रतिक्रिया, एक नई आदत की ज़रूरत होती है। याद रखें, आदतें ज्ञान, नज़रिए और योग्यता के प्रतिच्छेदन (intersection) पर रहती हैं। जब आप 8वीं आदत के इन तीन आयामों को विकसित करेंगे, तो आप नई चुनौती का सामना करने में अधिकाधिक सक्षम होते चले जाएँगे और अपनी असीमित संभावनाओं को प्रकट करने लगेंगे।

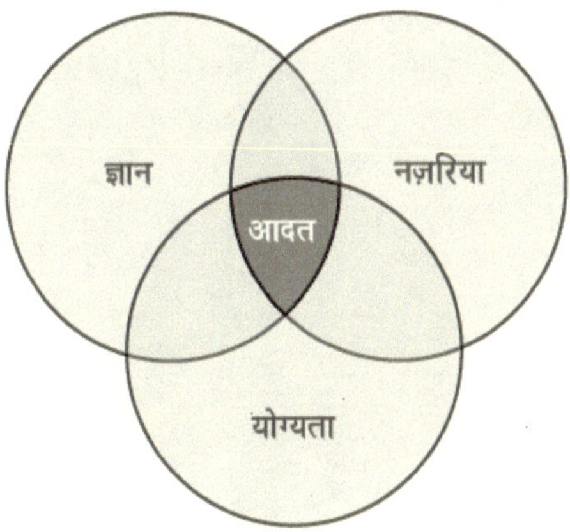

फ़िगर 3.2

• • •

भाग 1

अपनी आवाज़ खोजें

अध्याय 4

अपनी आवाज़ खोजें - अनखुले जन्मजात उपहार

इतने सारे उपहार हैं,
जो तुमने जन्म से अब तक नहीं खोले हैं,
इतने सारे हाथ से बनाए तोहफ़े हैं
जो तुम्हें ईश्वर ने भेजे हैं।
प्रेमपूर्ण ईश्वर बार-बार दोहराता है,
"मेरी हर चीज़ तुम्हारी भी है।"
इतने सारे उपहार हैं, मेरे प्यारे,
जो तुमने जन्म से अब तक नहीं खोले हैं।[1]

हाफ़िज़

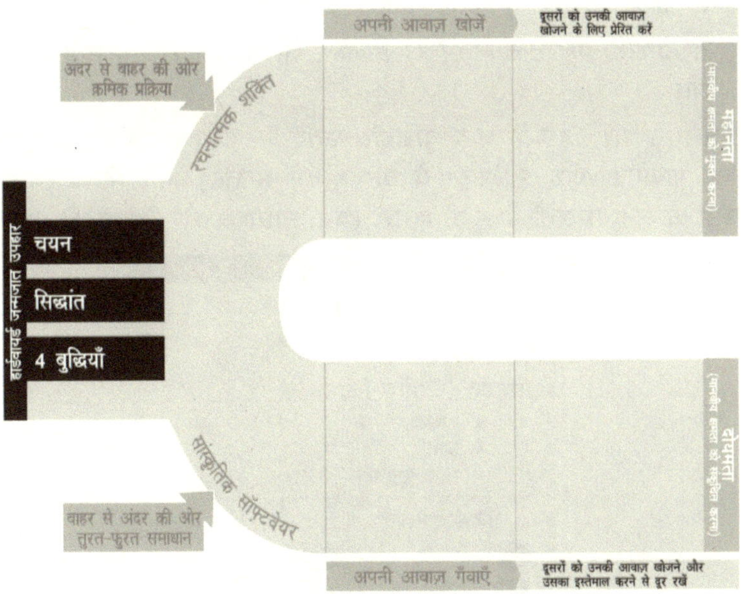

फ़िगर 4.1

हमारी आवाज़ *खोजने* की शक्ति उस संभावना में निहित है, जो पैदा होते वक़्त हमें दी गई थी। तब हममें महानता के सुषुप्त और अविकसित बीज बोए गए थे। हमें शानदार "जन्मजात उपहार" - प्रतिभाएँ, क्षमताएँ, विशेषाधिकार, बुद्धिमत्ता, अवसर - दिए गए थे, जो अधिकांश मामलों में अनखुले रहेंगे, जब तक कि हम ख़ुद उन्हें खोलने का निर्णय व कोशिश न करें। इन उपहारों की बदौलत हर इंसान के भीतर की क्षमता ज़बर्दस्त, यहाँ तक कि असीमित होती है। हमें सचमुच अंदाज़ा नहीं है कि इंसान कितना कुछ कर सकता है। नवजात शिशु ब्रह्मांड में सबसे आश्रित प्राणी हो सकता है, लेकिन कुछ ही सालों में वह दुनिया का सबसे शक्तिशाली प्राणी बन जाता है। हम अपनी वर्तमान प्रतिभाओं का जितना ज़्यादा इस्तेमाल और विस्तार करते हैं, हमें उतनी ही ज़्यादा योग्यताएँ दी जाती हैं तथा हमारी क्षमता उतनी ही ज़्यादा होती जाती है।

> *सभी बच्चे प्रतिभाशाली पैदा होते हैं; लेकिन 10,000 में से 9,999 बच्चों को वयस्क लोग अनजाने में तेज़ी से प्रतिभाविहीन बना देते हैं।*
>
> **बकमिंस्टर फ़ुलर**

आइए, हम अपने तीन सबसे महत्त्वपूर्ण उपहारों को परखें (फ़िगर 4.2):

सबसे पहले, *विकल्प चुनने की हमारी स्वतंत्रता तथा शक्ति;*

दूसरा उपहार, *प्राकृतिक नियम या सिद्धांत,* जो शाश्वत होते हैं तथा कभी नहीं बदलते; और

तीसरा उपहार, *हमारी चार बुद्धियाँ/क्षमताएँ* - भौतिक/आर्थिक, भावनात्मक/सामाजिक, मानसिक और आत्मिक। ये चार बुद्धियाँ/क्षमताएँ हमारे मानव स्वभाव के चार हिस्सों के अनुरूप होती हैं - जो शरीर, हृदय, मस्तिष्क और आत्मा की प्रतीक हैं।

"हार्डवायर्ड" जन्मजात उपहार
(ज़्यादातर अनखुले)
■ चुनने की स्वतंत्रता और शक्ति
■ सिद्धांत (नैसर्गिक नियम) ▪ शाश्वत ▪ अमर ▪ स्वतः-प्रमाणित
■ 4 बुद्धियाँ/क्षमताएँ आईक्यू मानसिक   ईक्यू भावनात्मक/सामाजिक पीक्यू शारीरिक/आर्थिक   एसक्यू आत्मिक

फ़िगर 4.2

लेखिका मैरियन विलियमसन ने बड़े अच्छे तरीक़े से वर्णन किया है कि हम अक्सर अपने ख़ुद के जन्मजात उपहारों से आश्चर्यचकित रह जाते हैं, यहाँ तक कि डर जाते हैं – ज़्यादातर मामलों में शायद इस वजह से क्योंकि इससे हम पर ज़िम्मेदारी का बोझ आ जाता है :

> हमारा सबसे गहरा डर यह नहीं है कि हम अक्षम हैं। हमारा सबसे गहरा डर तो यह है कि हम अतुलनीय रूप से शक्तिशाली हैं। हमारा अँधेरा नहीं, बल्कि हमारा प्रकाश हमें सबसे ज़्यादा डराता है। हम ख़ुद से पूछते हैं, मैं प्रतिभाशाली, सुंदर, योग्य, अनूठा होने वाला कौन होता हूँ ? दरअसल, आप कौन नहीं होते हैं ? आप ईश्वर की संतान हैं। आपके तुच्छ बनने के नाटक से दुनिया का भला नहीं होता। इस वजह से सिकुड़ने या सिमटने में कोई बुद्धिमानी नहीं है, ताकि दूसरे लोग आपके आस-पास रहते समय असुरक्षित महसूस न करें। हमें जगमगाने के इरादे से यहाँ भेजा गया है, जैसा बच्चे करते हैं। हमें ईश्वर की महिमा को प्रकट करने के लिए पैदा किया गया है, जो हमारे भीतर है। यह हममें से सिर्फ़ कुछ लोगों में नहीं है; यह तो हर एक में है। और जब हम अपनी रोशनी को चमकने देते हैं, तो हम अचेतन रूप से दूसरे लोगों को भी ऐसा ही करने की अनुमति दे देते हैं। जब हम अपने डर से मुक्त हो जाते हैं, तो हमारी उपस्थिति दूसरों को अपने आप मुक्त कर देती है।[2]

हमारा पहला जन्मजात उपहार : विकल्प चुनने की स्वतंत्रता

आधी सदी तक मैं इस पुस्तक की विषयवस्तु को लेकर दुनिया भर में विभिन्न संदर्भों में शामिल रहा हूँ। अगर आप मुझसे पूछें कि किस एक विषय, विषयवस्तु, बिंदु का लोगों पर सबसे ज़्यादा प्रभाव पड़ता दिखता है – कौन सा महान विचार आत्मा में किसी अन्य विचार से ज़्यादा गहराई में गूँजता है – अगर आप पूछें कि कौन सा एक आदर्श सबसे व्यावहारिक, सबसे प्रासंगिक, सबसे समयबद्ध है, परिस्थितियों से परे है, तो मैं फ़ौरन, बिना किसी संकोच के और हृदय तथा आत्मा के गहनतम विश्वास से जवाब दूँगा : यही कि *हम चुनने के लिए स्वतंत्र हैं*। जीवन के बाद चुनने की शक्ति आपका सबसे बड़ा उपहार है। यह शक्ति और स्वतंत्रता आज के समाज में दिखने वाली *शिकारवाद* (victimism) की मानसिकता और *दोषदर्शिता* की संस्कृति के बिलकुल विपरीत है।

बुनियादी रूप से, हम प्रकृति (जीन्स) या लालन-पालन (पारिवारिक संस्कार, माहौल) के नहीं, बल्कि चयन के प्रॉडक्ट हैं। निश्चित रूप से जीन्स और संस्कृति अक्सर बहुत सशक्त प्रभाव डालते हैं, लेकिन वे हमें निर्धारित नहीं करते।

स्वतंत्र व्यक्ति का इतिहास संयोग द्वारा नहीं, बल्कि चुनाव द्वारा लिखा जाता है – उसके चुनाव द्वारा।[3]
ड्वाइट डी. आइज़नहॉवर

इंसान बनने का सार अपने जीवन को दिशा देने में समर्थ होना है। इंसान क्रिया करता है; जानवर और मानवीय "रोबोट" प्रतिक्रिया करते हैं। इंसान अपने जीवनमूल्यों के आधार पर विकल्प चुनता है। अपने जीवन की दिशा चुनने की आपकी शक्ति आपको ख़ुद को दोबारा ढालने की अनुमति देती है, अपने भविष्य को बदलने की शक्ति देती है और बाक़ी संसार को सशक्त तरीक़े से प्रभावित करने की शक्ति देती है। यह एक ऐसा उपहार है, जो हमें बाक़ी सभी उपहारों के इस्तेमाल में समर्थ बनाता है। यह एक ऐसा उपहार है, जो हमें अपने जीवन को अधिकाधिक उच्चतर स्तरों तक उठाने में समर्थ बनाता है।

बरसों तक विभिन्न समूहों के सामने भाषण देते समय बार-बार लोगों ने मुझसे मूलतः यह कहा है, "कृपया मुझे चुनने की स्वतंत्रता तथा शक्ति के बारे में ज़्यादा जानकारी दें। कृपया मुझे मेरे महत्त्व और संभावना के बारे में बताएँ, इस बारे में कि मुझे दूसरों से ख़ुद की तुलना करने की कोई ज़रूरत नहीं है।" कई लोग यह टिप्पणी भी करते हैं कि हालाँकि भाषण रोचक (या नीरस) था, लेकिन जिस चीज़ ने उनकी आत्मा में सचमुच बिजली दौड़ा दी, वह चुनाव की स्वतंत्रता का आंतरिक एहसास था। यह उनके लिए इतना सुस्वादु था, इतना आनंददायक था कि वे इस पर लगातार और गहरा विचार करने के लिए मजबूर हो गए।

चुनाव या चयन की इस शक्ति का मतलब है कि हम सिर्फ़ अपने अतीत या अपने जीन्स के प्रॉडक्ट *नहीं* हैं; हम इस बात के प्रॉडक्ट *नहीं* हैं कि दूसरे लोग हमारे साथ कैसा व्यवहार करते हैं। वे निश्चित रूप से हमें प्रभावित करते हैं, लेकिन वे हमें निर्धारित *नहीं* करते हैं। हम ही अपने विकल्पों द्वारा स्वयं को निर्धारित करते हैं। अगर हम अपना *वर्तमान अतीत* को दे चुके हैं, तो क्या हमें अपना *भविष्य* भी *अतीत* के ही हवाले कर देना चाहिए?

मैं अपने जीवन का एक गहन और सचमुच जीवन बदल देने वाला अनुभव बताता हूँ, जो 7 आदतों के संदर्भ में आधारभूत है। यह अनुभव मुझे तब हुआ, जब मैं हवाई में अध्ययन अवकाश पर था। एक दिन मैं लाइब्रेरी में पुस्तकों के बीच चहलक़दमी कर रहा था। चिंतन और मनन की मानसिक अवस्था में मैंने एक पुस्तक खींची। इसमें मैंने तीन वाक्य पढ़ें, जिन्होंने मुझे अंदर तक हिला दिया :

उद्दीपन और प्रतिक्रिया के बीच एक स्थान होता है।
उस स्थान में हमारी प्रतिक्रिया चुनने की स्वतंत्रता व शक्ति होती है।
उन चुनावों में हमारा विकास और हमारी ख़ुशी रहती है।

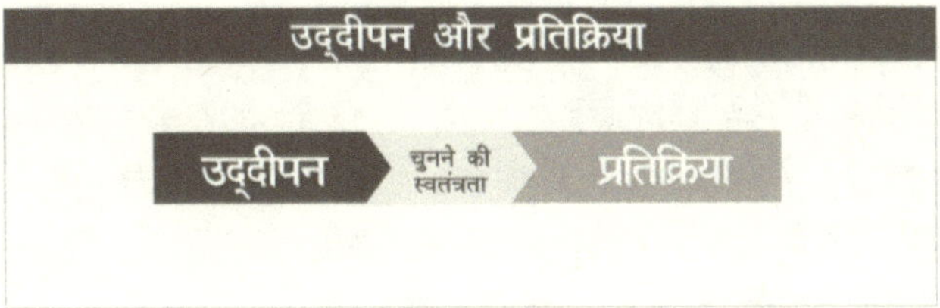

फ़िगर 4.3

बौद्धिक रूप से मैं कई स्रोतों से सीख चुका था कि हमारे साथ जो भी होता है, हम उस पर प्रतिक्रिया चुनने के लिए स्वतंत्र हैं। लेकिन उस ख़ास दिन, चिंतन की उस अवस्था में और उन शिथिल परिस्थितियों में, यह विचार मुझ पर भारी चट्टान की तरह गिरा कि हमारे साथ होने वाली घटना और उस पर हमारी प्रतिक्रिया के बीच स्थान होता है। तब से मैं यह समझ चुका हूँ और मेरा यक़ीन है कि स्थान का *आकार* काफ़ी हद तक हमारी आनुवंशिक या जैविक विरासत, हमारे लालन-पालन तथा वर्तमान परिस्थितियों से तय होता है।

बिना शर्त के प्रेम वाले पारिवारिक माहौल और मददगार परिस्थितियों में बड़े हुए लोगों के मामले में यह स्थान काफ़ी बड़ा हो सकता है। बाक़ी लोगों के मामले में विभिन्न आनुवंशिक और परिवेशीय प्रभावों के कारण यह बहुत छोटा हो सकता है। लेकिन मुद्दे की बात यह है कि एक स्थान होता अवश्य है और इसके *इस्तेमाल* में इसके विस्तार का अवसर मौजूद होता है। जिन लोगों के पास बहुत बड़ा स्थान होता है, वे विपरीत परिस्थितियों का सामना करते समय सिर झुकाने का विकल्प चुन सकते हैं और इस तरह उद्दीपन तथा प्रतिक्रिया के बीच के स्थान का आकार कम कर सकते हैं। इसके विपरीत, छोटे स्थान वाले बाक़ी लोग सशक्त आनुवंशिक, सामाजिक और सांस्कृतिक बहाव के ख़िलाफ़ तैरकर अपनी स्वतंत्रता का विस्तार कर सकते हैं, अपने विकास को गति दे सकते हैं और अपनी ख़ुशी को गहरा बना सकते हैं। पहले वाले व्यक्तियों ने अपने जन्मजात उपहारों में से इस सबसे अमूल्य उपहार को खोला ही नहीं। इस कारण धीरे-धीरे वे अपने निर्णयों के बजाय अपनी परिस्थितियों के अनुरूप कार्य करने लग जाते हैं। बाद वाले लोग, शायद ठोकर खाते हुए और लगातार अथक कोशिश करते हुए चुनने की स्वतंत्रता के इस अनमोल उपहार को खोलते हैं और उस शक्ति को जान लेते हैं, जो जन्म के समय प्रदत्त बाक़ी सभी उपहारों को मुक्त कर देती है।

स्वतंत्र मनोविश्लेषक आर.डी. लैंग ने नीचे दिए शब्दों में बताया है कि जब हम यह नहीं देख पाते कि हमारे पास यह स्थान है, तो यह परिवर्तित होने की हमारी योग्यता को ख़त्म कर देता है। सिर्फ़ इंसानों में ही आत्म-जागरूकता होती है। इस उद्धरण को पढ़ें, इसके बारे में सोचें और फिर दोबारा पढ़ें :

हम जो सोचते और करते हैं, उसका दायरा उस बात से सीमित होता है, जिस पर हम ध्यान देने में असफल होते हैं। और चूँकि हम यह ध्यान देने में असफल होते हैं कि हम ध्यान देने में असफल होते हैं, इसलिए ख़ुद को बदलने के लिए हम बहुत कम कर सकते हैं, जब तक कि हम इस बात पर ध्यान न दें कि ध्यान देने में असफल होना हमारे विचारों और कर्मों को किस तरह आकार देता है।

विकल्प चुनने की हमारी स्वतंत्रता और शक्ति की जागरूकता हमें दृढ़ बनाती है, क्योंकि यह संभावना और क्षमता के हमारे एहसास को रोमांचित कर सकती है। यह डरा भी सकती है, आतंकित तक कर सकती है, क्योंकि हम अचानक ज़िम्मेदार (responsible) यानी "प्रतिक्रिया-योग्य" (respons-able) बन जाते हैं। हम जवाबदेह हो जाते हैं। अगर हमने बरसों तक अतीत या वर्तमान में परिस्थितियों और समस्याओं के नाम पर बहाने बनाए हैं, तो अपने विचार बदलना सचमुच दहशत भरा हो सकता है। अचानक, कोई बहाना नहीं रहता है।

इस बात से फ़र्क़ नहीं पड़ता कि क्या हो चुका है, क्या हो रहा है, या क्या होगा, घटनाओं और उन पर हमारी प्रतिक्रियाओं के बीच एक स्थान होता है। अगर उद्दीपन और प्रतिक्रिया के बीच पल भर का भी अंतर हो, तो भी वह स्थान किसी स्थिति में प्रतिक्रिया चुनने की हमारी शक्ति को दर्शाता है।

निश्चित रूप से हमारे साथ कुछ चीज़ें ऐसी भी होती हैं, जिनके बारे में हमारे पास कोई विकल्प नहीं होता। ऐसी ही एक चीज़ हमारा आनुवंशिक ढाँचा है। हालाँकि हम अपने जीन्स नहीं चुनते हैं, लेकिन हमारे पास यह चुनाव करने की शक्ति होती है कि हम उन पर कैसी प्रतिक्रिया करेंगे। अगर आपका आनुवंशिक झुकाव किसी ख़ास रोग की ओर हो, तो इसका यह मतलब नहीं है कि आपको वह रोग अवश्य होगा। आत्म-जागरूकता और इच्छाशक्ति से आप उचित व्यायाम और पोषण के नियमों का पालन कर सकते हैं और सबसे उन्नत चिकित्सकीय बुद्धि का लाभ भी ले सकते हैं। इस तरह आप उन बीमारियों या कैंसरों से बच सकते हैं, जिन्होंने आपके पूर्वजों को अपना शिकार बनाया था।

जो लोग चुनने की बढ़ी हुई आंतरिक शक्ति और स्वतंत्रता विकसित कर लेते हैं, वे वह बन जाते हैं, जिसे मैं *परिवर्तक व्यक्ति* (transition person) कहता हूँ - ऐसा व्यक्ति जो अनुचित प्रवृत्तियों को पुरानी पीढ़ियों से भावी पीढ़ियों (आपके बच्चों और पोतों) तक पहुँचने से रोकता है।

मुझे हाल ही में नेशनल फ़ादरहुड इनिशिएटिव द्वारा फ़ादरहुड अवॉर्ड पाने का सौभाग्य मिला। मेरे साथ सम्मान पाने वाले एक व्यक्ति ने जो कहा, वह मेरे दिल को छू गया। उसकी पहली टिप्पणी थी कि यह सम्मान उसे अब तक मिले पुरस्कारों से ज़्यादा बड़ा और महत्वपूर्ण है। भले ही बाक़ी पुरस्कार सफल कैरियर का प्रमाण थे,

लेकिन नेशनल फ़ादरहुड अवॉर्ड को वह "सफलता" का ज़्यादा बड़ा सूचक मानता था। उसने कहा, और मैं अपने शब्दों में उसकी बात दोहरा रहा हूँ, "मैंने अपने पिता को कभी नहीं जाना; मेरे पिता ने अपने पिता को कभी नहीं जाना; लेकिन मेरा बेटा अपने पिता को जानता है।" उसका कथन सचमुच जीवन में सबसे अच्छी और सबसे महत्वपूर्ण सफलताओं में से एक की ओर इंगित करता है। यह सच्ची महानता और सफलता का सूचक है; लेकिन इससे भी ज़्यादा अहम बात यह है कि परिवर्तक व्यक्ति के रूप में उसकी भूमिका अतुलनीय सकारात्मक तरीक़ों से पीढ़ी दर पीढ़ी तक गहरा प्रभाव डालती रहेगी।

आप भी अपने संगठन में परिवर्तक व्यक्ति बन सकते हैं। मसलन, हो सकता है कि आपका बॉस बहुत ही भयंकर हो। हो सकता है, आपके काम की परिस्थितियाँ न सिर्फ़ अप्रिय हों, बल्कि भेदभावपूर्ण भी हों। बहरहाल, चुनने की स्वतंत्रता के बुद्धिमत्तापूर्ण इस्तेमाल से आप उन परिस्थितियों को बदल सकते हैं और अपने बॉस को गहराई से प्रभावित करके उन्हें अच्छा बना सकते हैं, या कम से कम दूसरों की कमज़ोरियों से संक्रमित होने या भावनात्मक कष्ट उठाने से बच सकते हैं। याद रखें, जब भी आपका भावनात्मक जीवन किसी दूसरे की कमज़ोरियों से संक्रमित होता है, तो आप ख़ुद को अशक्त बना देते हैं और उन कमज़ोरियों को सशक्त बना देते हैं, जो आपके जीवन को तबाह कर देती हैं। एक बार फिर, बीता हुआ कल आने वाले कल को बंधक बना लेता है।

नीचे एक सच्ची कहानी दी गई है। यह चुनने की हमारी योग्यता को सशक्त रूप से बताती है। यह मुझे एक साहसी, प्रेरक व्यक्ति ने सुनाई थी, जिसने एक "बुरे" बॉस को प्रभावित करना, यहाँ तक कि उसका नेतृत्व करना भी सीख लिया था :

जब मैं मानव संसाधन का डायरेक्टर बनकर बोर्ड में आया, तो मैंने अपने बॉस के स्वभाव के बारे में भयंकर कहानियाँ सुनीं। एक दिन जब मैं उनके ऑफ़िस में था, तब वे एक कर्मचारी पर बरस पड़े। मैंने तभी क़सम खा ली कि मैं कभी कोई ऐसा काम नहीं करूँगा, जिससे उन्हें मुझे पर ग़ुस्सा आए। मैं उसी क़सम पर चलता रहा। मैं हॉल में उनसे अच्छे से बोलता था। मैं अपनी सारी रिपोर्टें समय पर उनकी सेक्रेटरी तक पहुँचा देता था। मैं यह सुनिश्चित कर लेता था कि लंच पर बाहर जाते समय मैं ऑफ़िस में अकेला न बचूँ, ताकि वे मुझे निशाना न बना लें। मैं उनके साथ गोल्फ़ भी नहीं खेलना चाहता था, ताकि कहीं मैं उन्हें हरा न दूँ।

कुछ समय बाद, मैं ख़ुद को पूरी कायराना छवि में देखने लगा। मैं ऐसे कामों में उलझा हुआ था, जिन पर मेरा कोई नियंत्रण नहीं था। मैं अपनी बेशक़ीमती रचनात्मक ऊर्जा ऐसी समस्याओं के समाधान खोजने में लगा रहा था, जो पैदा ही नहीं हुई थीं। चूँकि मैं डरा हुआ था, इसलिए मैं कंपनी को अपना शत-प्रतिशत योगदान नहीं दे पा रहा था। मैं परिवर्तन का कारक (agent) नहीं था। दरअसल, मैं सिर्फ़ एक ही परिवर्तन के साथ आरामदेह महसूस कर रहा था और वह यह था कि मैं अपनी

कंपनी बदल लूँ। मैंने एक इंटरव्यू भी तय कर लिया था।

ख़ुद पर शर्मिंदा होते हुए मैंने वह इंटरव्यू रद्द कर दिया और नब्बे दिन तक सिर्फ़ उन्हीं चीज़ों पर ध्यान केंद्रित करने का संकल्प किया, जिन्हें मैं सचमुच प्रभावित कर सकता था। मैंने फ़ैसला किया कि शुरू में तो मैं सबसे ज़्यादा यह चाहता हूँ कि बॉस के साथ मेरे मज़बूत संबंध बन जाएँ। हमें पक्के दोस्त बनने की ज़रूरत नहीं थी, लेकिन हमें कम से कम सहयोगियों की तरह व्यवहार करने की ज़रूरत थी।

एक दिन बॉस मेरे ऑफ़िस में आए। कुछ बातचीत और थूक निगलने व अपने दिमाग़ में शब्दों की कई बार रिहर्सल करने के बाद मैंने उनसे पूछा, "वैसे मैं ज़्यादा प्रभावकारी बनने में आपकी क्या मदद कर सकता हूँ?"

वे उलझन में दिखने लगे, "तुम्हारा क्या मतलब है?"

मैंने हिम्मत के साथ आगे कहा, "मैं आपके काम के दबाव को कम करने के लिए क्या कर सकता हूँ? आपके काम को ज़्यादा आसान बनाना मेरा फ़र्ज़ है।" मैंने उन्हें एक तरह की घबराई हुई, "मुझे-खिसका-हुआ-मत-समझना" वाली मुस्कान दी। मैं उनके चेहरे पर तेज़ी से बदले भाव को कभी नहीं भूल पाऊँगा। यह हमारे संबंध का सचमुच शुरुआती बिंदु था।

पहले तो उन्होंने मुझसे छोटे-मोटे काम करने को कहा, जिनमें गड़बड़ी की कोई गुंजाइश ही नहीं थी, जैसे "मेरे लिए यह मेमो टाइप कर दो" या "क्या आप मेरे लिए यह फ़ोन सुन सकते हैं?" छह सप्ताह तक यह करने के बाद वे मेरे पास आए और बोले, "आपकी पृष्ठभूमि से मुझे लगता है कि कर्मचारी भुगतान के मामले में आपकी काफ़ी पकड़ है। क्या आप बीमे के इस पहलू पर काम करना चाहेंगे? हमारी दर काफ़ी ज़्यादा लगती है; देखें आप क्या कर सकते हैं।" पहली बार उन्होंने मुझसे कोई ऐसा काम करने को कहा था, जिसका संगठन पर महत्वपूर्ण प्रभाव पड़ सकता था। मैंने 2,50,000 डॉलर के सालाना प्रीमियम को घटाकर 1,98,000 डॉलर कर दिया। इसके अलावा मैंने ग़लत तरीक़े से किए गए कुछ दावों के बारे में बातचीत की, जिससे अनुबंध को बीच में ख़त्म करने वाली फ़ीस भी कम हो गई। इससे 13,000 डॉलर की अतिरिक्त बचत हुई।

एक बार जब हमारे बीच मतभेद हो गए, तो मैंने उनके सामने साबित किया कि यह सिर्फ़ बंद दरवाज़े के भीतर तक ही सीमित था। मार्केटिंग विभाग ने उनसे इस मतभेद का ज़िक्र नहीं किया, क्योंकि मैंने किसी और को बताया ही नहीं था। मुझे जल्द ही पता चल गया कि मेरा नब्बे दिन का प्रयोग सफल हो रहा था। अपने माहौल को बदलने के लिए मैं क्या कर सकता हूँ, इस बात पर ध्यान केंद्रित करने से मेरा संबंध तथा प्रभाव दोनों बढ़ गए। आज, बॉस और मेरे बीच बहुत विश्वासपूर्ण संबंध है और मैं महसूस करता हूँ कि मैं यहाँ योगदान दे रहा हूँ।

एक नाव पूर्व की ओर जाती है और दूसरी पश्चिम की ओर
जबकि हवाएँ एक जैसी चलती हैं।
यह हवाओं की दिशा पर नहीं,
बल्कि पतवार लगाने पर है,
जिससे यह तय होता है कि किस तरफ़ जाना है।
समुद्री हवाओं की तरह ही क़िस्मत के तरीक़े हैं;
जब हम जीवन में यात्रा करते हैं,
तो आत्मा की दिशा
अपना लक्ष्य तय करती है,
और शांति या द्वंद्व नहीं करती।[1]

एला व्हीलर विलकॉक्स

मैं आपको इस पहले उपहार के बारे में गहराई से सोचने की चुनौती देता हूँ - उद्दीपन और प्रतिक्रिया के बीच मौजूद स्थान पर चिंतन करें और इसका बुद्धिमत्तापूर्ण इस्तेमाल करें, जिससे आपकी स्वतंत्रताओं का विस्तार हो। लगातार विकास करें, सीखें और योगदान दें। अंततः आपकी शक्ति का इस्तेमाल उस प्रतिक्रिया को बढ़ा देगा तथा आपकी प्रतिक्रियाओं की प्रकृति उद्दीपनों को आकार देने लगेगी। आप सचमुच उस संसार की रचना करते हैं, जिसमें आप रहते हैं। महान अमेरिकी दार्शनिक-मनोवैज्ञानिक विलियम जेम्स ने लगातार सिखाया है - जब हम अपनी सोच बदल लेते हैं, तो हम अपनी ज़िंदगी बदल लेते हैं।

हमारा दूसरा जन्मजात उपहार : प्राकृतिक नियम या सिद्धांत

हम उद्दीपन और प्रतिक्रिया के बीच के स्थान के बुद्धिमत्तापूर्ण इस्तेमाल के बारे में, चुनने की हमारी स्वतंत्रता की बात कर रहे हैं। इस "बुद्धिमत्तापूर्ण इस्तेमाल" का क्या मतलब है? बुद्धिमत्ता कहाँ है? मूलतः इसका मतलब है, *वर्तमान समय की तुरत-फ़ुरत* वर्तमान संस्कृति के साथ चलने के बजाय *सिद्धांतों* या *प्राकृतिक नियमों* के अनुसार जीना।

आइंस्टीन ने चार साल की उम्र में कम्पास की सूई देखी। उसके बाद वे हमेशा के लिए समझ गए कि "चीज़ों के पीछे कोई चीज़ होती है, जो गहराई में छिपी होती है।" जीवन के हर क्षेत्र में यही बात सही है। सिद्धांत *शाश्वत* होते हैं - यानी, वे संस्कृति और भूगोल से परे होते हैं। वे *कालजयी* भी होते हैं, वे कभी नहीं बदलते - यानी निष्पक्षता, दयालुता, सम्मान, ईमानदारी, अखंडता, सेवा, योगदान जैसे सिद्धांत।

भिन्न संस्कृतियाँ इन सिद्धांतों का मतलब अलग-अलग व्यवहारों में निकाल सकती हैं और स्वतंत्रता के ग़लत इस्तेमाल से समय के साथ उन्हें पूरी तरह भुला भी सकती हैं। बहरहाल, वे हमेशा मौजूद रहते हैं। गुरुत्वाकर्षण के नियम की तरह ही वे भी लगातार काम करते हैं।

एक और चीज़ जो मैंने खोजी, वह यह है कि ये सिद्धांत *तर्क से परे* होते हैं। यानी वे स्वतः स्पष्ट होते हैं। उदाहरण के लिए, आप विश्वसनीयता के बिना स्थायी विश्वास कभी हासिल नहीं कर सकते। इसके बारे में सोचें; यह एक प्राकृतिक नियम है।

मैंने एक बार लगभग तीस लोगों के समूह के सहायक बचाव प्रशिक्षक के रूप में सेवा की। चौबीस घंटे तक बिना भोजन, पानी और नींद के बाद हम एक पहाड़ पर चढ़े। फिर हमें एक उफनती पहाड़ी नदी पार करनी थी, जिसके दूसरी ओर भोजन और पानी का इंतज़ाम किया गया था। नदी के इस किनारे के पेड़ से दूसरे किनारे के पेड़ तक एक रस्सी बँधी थी। मैंने स्वेच्छा से सबसे पहले जाने का प्रस्ताव रखा। ख़ुद को वास्तविकता से ज़्यादा शक्तिशाली मानते हुए मैं दूसरी तरफ़ पहुँचने के लिए अपनी सारी शक्ति लगाने के बजाय मूर्खतापूर्ण ढंग से नदी के बीच में उछलने लगा। जब मैंने महसूस किया कि मेरी शक्ति कम होने लगी है, तो मैंने फ़ौरन दूसरी ओर पहुँचने की कोशिश की - लेकिन मेरी शक्ति कम हो रही थी। मैंने अपने तरकश की हर तकनीक आज़मा ली, जिसमें मानसिक तस्वीर बनाना और इच्छाशक्ति का प्रयोग करना भी शामिल था, लेकिन कोई फ़ायदा नहीं हुआ। अंततः मैं उफनती नदी में गिर गया। पच्चीस गज़ बहने के बाद मैं किनारे पर पहुँचा और निढाल होकर लेट गया। मेरी हालत देखकर सभी विद्यार्थी हँसने लगे - यह इस बात का बेहतरीन प्रमाण है कि "गर्व का पतन होता है।" शरीर एक प्राकृतिक तंत्र है। यह प्राकृतिक नियमों द्वारा शासित होता है। सकारात्मक मानसिक नज़रिए की कितनी ही मात्रा मुझे मेरी मांसपेशियों की शक्ति की सीमा के पार नहीं ले जा सकती थी।

जो लोग कहते हैं कि शाश्वत सिद्धांतों जैसी कोई चीज़ नहीं होती, उनके बारे में सी.एस. लुइस ने एक बड़ी अच्छी बात कही है, जो मुझे बहुत पसंद है :

> जब भी आपको कोई ऐसा व्यक्ति मिले, जो कहता हो कि वह सही और ग़लत में यक़ीन नहीं करता है, तो आप पाएँगे कि वह आदमी पल भर बाद ही अपनी कही बात का विपरीत कर रहा है। वह आपसे किए वादे को तोड़ सकता है, लेकिन अगर आप उससे किया कोई वादा तोड़ने की कोशिश करेंगे, तो वह फ़ौरन शिकायत करने लगेगा, "यह न्यायपूर्ण नहीं है।" एक देश कह सकता है कि संधियों से कोई फ़र्क़ नहीं पड़ता, लेकिन अगले ही मिनट वह अपने मामले को यह कहकर बिगाड़ लेता है कि वह जिस ख़ास संधि को तोड़ना चाहता है, वह न्यायपूर्ण नहीं है। लेकिन अगर संधियों से कोई फ़र्क़ ही नहीं पड़ता और अगर सही तथा ग़लत जैसी कोई चीज़ ही नहीं है - दूसरे शब्दों में अगर प्रकृति का

कोई नियम ही नहीं है - तो न्यायपूर्ण संधि और अन्यायपूर्ण संधि में क्या फ़र्क़ है? क्या इस तरह वे बिल्ली को झोले के बाहर नहीं निकाल देते हैं और यह नहीं दिखा देते हैं कि वे चाहे जो कहें, बाक़ी सबकी तरह वे भी दरअसल प्रकृति के नियम को जानते हैं।

ऐसा लगता है कि हम सही या ग़लत में विश्वास करने के लिए विवश हैं। कई बार लोग उनके बारे में ग़लती कर सकते हैं, जिस तरह जोड़ने-घटाने में कर सकते हैं, लेकिन गणित के पहाड़ों की तरह ही यह सिर्फ़ रुचि या राय का मामला नहीं है ... तो मैं यही दो बातें कहना चाहता हूँ। पहली यह कि पूरी दुनिया के लोगों में यह विचार रहता है कि उन्हें एक निश्चित तरीक़े से व्यवहार करना चाहिए और वे इससे सचमुच मुक्ति नहीं पा सकते। दूसरी बात यह, कि वे दरअसल उस तरीक़े से व्यवहार नहीं करते हैं। वे प्रकृति का नियम जानते हैं: वे इसे तोड़ देते हैं। ये दो तथ्य हमारे और ब्रह्मांड के बारे में स्पष्ट चिंतन की नीव हैं।[5]

प्राकृतिक और नैतिक सत्ता

प्राकृतिक सत्ता प्राकृतिक नियमों का अधिकार-क्षेत्र है। आप प्राकृतिक नियमों को नज़रअंदाज़ नहीं कर सकते और आपके पास उनका अनुसरण करने के अलावा कोई दूसरा विकल्प नहीं होता। हर कार्य का एक परिणाम होता है। चाहे हम इसे पसंद करें या न करें, जब हम छड़ी का एक सिरा उठाते हैं, तो हम दूसरा सिरा भी उठाते हैं। अगर आप किसी दस मंज़िला इमारत से कूद जाएँ, तो आप पाँचवीं मंज़िल तक गिरने के बाद इरादा नहीं बदल सकते। गुरुत्वाकर्षण शक्ति नियंत्रण में रहती है। प्रकृति नियंत्रण करती है। प्रकृति की मोहर है। प्रकृति ने इंसान पर चुनने की शक्ति और स्वतंत्रता की मोहर लगाई है, इसलिए बाक़ी प्राणी जगत पर इंसान की प्राकृतिक सत्ता या अधिकार-क्षेत्र है। विलुप्त होने की कगार पर खड़ी प्रजातियाँ सिर्फ़ हमारी सहमति से ही बचती हैं। उनके पास चुनने की शक्ति और स्वतंत्रता नहीं है। उनमें आत्म-जागरूकता की कमी है। पशु ख़ुद को नए सिरे से नहीं ढाल सकते। वे पूरी तरह इंसानों के अधीन हैं, जिनमें आत्म-जागरूकता होती है। इसीलिए सिर्फ़ मनुष्यों के पास ही चुनने की शक्ति तथा स्वतंत्रता होती है और वे ही ख़ुद को दोबारा ढाल सकते हैं। यह प्राकृतिक सत्ता है।

नैतिक सत्ता क्या है? यह चुनने की हमारी शक्ति और स्वतंत्रता का सिद्धांतपूर्ण प्रयोग है। दूसरे शब्दों में, अगर हम एक-दूसरे के साथ अपने संबंधों में सिद्धांतों का पालन करते हैं, तो हम प्रकृति की अनुमति का दोहन करते हैं। प्राकृतिक नियम (जैसे गुरुत्वाकर्षण) और सिद्धांत (जैसे सम्मान, ईमानदारी, दयालुता, अखंडता, सेवा और निष्पक्षता) हमारे विकल्पों के परिणामों को नियंत्रित करते हैं। जिस तरह लगातार पर्यावरण की अवहेलना करने पर आपको प्रदूषित हवा और गंदा पानी मिलता है, उसी तरह लोगों के प्रति लगातार निर्दयता और बेईमानी से विश्वास (संबंधों की

गोंद) भी नष्ट हो जाता है। शक्ति और स्वतंत्रता के सिद्धांतपूर्ण, विनम्र इस्तेमाल से विनीत व्यक्ति लोगों, संस्कृतियों, संगठनों और पूरे समाज पर नैतिक सत्ता पाता है।

जीवनमूल्य सामाजिक मानदंड हैं - ये व्यक्तिगत, भावनात्मक, व्यक्तिवाचक और तर्कशील हैं। हम सबके पास जीवनमूल्य होते हैं। यहाँ तक कि अपराधियों के पास भी होते हैं। आपको तो ख़ुद से यह सवाल पूछना चाहिए, *क्या मेरे जीवनमूल्य सिद्धांतों पर आधारित हैं?* अंतिम विश्लेषण में, सिद्धांत प्राकृतिक नियम होते हैं - वे अवैयक्तिक, यथार्थवादी, निरपेक्ष और स्वतः स्पष्ट होते हैं। परिणाम सिद्धांतों द्वारा शासित होते हैं, जबकि व्यवहार जीवनमूल्यों द्वारा शासित होता है; इसलिए सिद्धांतों को महत्त्व दें!

जो लोग "सितारा मनोवृत्ति" के होते हैं यानी जो शोहरत के दीवाने होते हैं, वे उन लोगों का उदाहरण हैं, जिनके जीवनमूल्यों में सिद्धांतों का लंगर नहीं होता। लोकप्रियता उनके नैतिक केंद्र को आकार देती है। वे नहीं जानते कि वे कौन हैं और वे नहीं जानते कि "उत्तर" दिशा किस तरफ़ है। वे नहीं जानते कि किन सिद्धांतों का पालन करना है, क्योंकि उनका जीवन सामाजिक जीवनमूल्यों पर आधारित है। वे एक तरफ़ सामाजिक जागरूकता और आत्म-जागरूकता तथा दूसरी तरफ़ प्राकृतिक नियम और सिद्धांतों के बीच बँटे होते हैं। हवाई जहाज़ में इसे घुमरी (vertigo) कहा जाता है, जहाँ आप ज़मीन (सिद्धांतों) से संदर्भ का समूचा एहसास खो देते हैं और पूरी तरह खो जाते हैं। कई लोग घुमरी या नैतिक भ्रम में पूरी ज़िंदगी गुज़ार देते हैं। हम सभी ऐसे लोगों को जानते हैं। आप अपने जीवन में और लोकप्रिय संस्कृति में ऐसे लोगों को देखते हैं। उन्होंने कभी अपने जीवनमूल्यों को अपरिवर्तनीय सिद्धांतों में गहराई से केंद्रित करने या उन पर लंगर डालने की क़ीमत नहीं चुकाई।

तो मुख्य काम यह तय करना है कि "सच्ची उत्तर दिशा" कहाँ है और फिर हर चीज़ को उस तरफ़ मोड़ना है। वरना आपको मजबूरन उन नकारात्मक परिणामों के साथ रहना पड़ेगा, जो आपको अनिवार्य रूप से मिलेंगे। वे अनिवार्य हैं, क्योंकि जीवनमूल्य व्यवहार को नियंत्रित करते हैं, लेकिन सिद्धांत व्यवहार के परिणामों को नियंत्रित करते हैं। नैतिक सत्ता के लिए अल्पकालीन स्वार्थपूर्ण रुचियों के त्याग तथा सामाजिक जीवनमूल्यों को सिद्धांतों के अधीन रखने के साहस की ज़रूरत होती है। और हमारी अंतरात्मा उन सिद्धांतों का ख़ज़ाना है।

फ़िल्म : *लॉ ऑफ़ द हार्वेस्ट*

मैं अब आपको *द लॉ ऑफ़ द हार्वेस्ट* नामक फ़िल्म देखने के लिए आमंत्रित करता हूँ। इसके लिए आप www.The8thHabit.com/offers वेबसाइट पर जाएँ और फ़िल्म्स मीनू से *द लॉ ऑफ़ द हार्वेस्ट* चुन लें। इस फ़िल्म में आप एक सरल, लेकिन सशक्त चित्रण देखेंगे कि प्रकृति किस तरह फ़सल का अटूट नियम सिखाती है। सभी स्थायी परिणाम क्रमबद्ध तरीक़े से उत्पन्न होते हैं, सिद्धांतों द्वारा शासित होते हैं और

अंदर से बाहर की ओर उत्पन्न होते हैं। फ़िल्म देखते समय याद रखें कि यही *मानव* प्रकृति पर भी लागू होता है। "फ़सल का नियम" ही मानवीय चरित्र, मानवीय महानता और समस्त मानवीय संबंधों पर शासन करता है। और यह तुरत-फ़ुरत उपायों, शिकारवाद और दोषदर्शिता की हमारी संस्कृति के बिलकुल विपरीत है।

हमारा तीसरा जन्मजात उपहार : हमारी प्रकृति की चार बुद्धियाँ/क्षमताएँ

जैसा पहले बताया जा चुका है, हमारी प्रकृति के चार हिस्से हैं : शरीर, मस्तिष्क, हृदय और आत्मा। इन चार हिस्सों के अनुरूप चार क्षमताएँ या *बुद्धियाँ* हैं, जो हम सबमें होती हैं : हमारी शारीरिक या भौतिक बुद्धि (physical or body intelligence, PQ), हमारी मानसिक बुद्धि (mental intelligence, IQ), हमारी भावनात्मक बुद्धि (emotional intelligence, EQ) और हमारी आत्मिक बुद्धि (spiritual intelligence, SQ)। ये चारों बुद्धियाँ हमारे तीसरे जन्मजात उपहार का प्रतिनिधित्व करती हैं।

फ़िगर 4.4

मानसिक बुद्धि (आईक्यू)

हम जब बुद्धि की बात करते हैं, तो आम तौर पर *मानसिक बुद्धि (आईक्यू)* की ही बात करते हैं, जिसका मतलब है, विश्लेषण करने, तर्क करने, अमूर्त चिंतन करने, भाषा का इस्तेमाल करने, मानसिक तस्वीर देखने और समझने की योग्यता। लेकिन यह बुद्धि का बहुत ही संकीर्ण विश्लेषण है।

शारीरिक बुद्धि (पीक्यू)

शारीरिक बुद्धि (पीक्यू) एक अन्य प्रकार की बुद्धि है, जिसका हमें आंतरिक एहसास तो होता है, लेकिन जिसके महत्व को हम अक्सर कम आँकते हैं। ज़रा सोचें कि आपका शरीर बिना किसी चेतन कोशिश के कितना कुछ कर लेता है। यह आपके श्वसन तंत्र, संचरण तंत्र, स्नायु तंत्र और अन्य अत्यावश्यक तंत्रों को चलाता है। यह लगातार अपने परिवेश पर नज़र रखता है, रोगी कोशिकाओं को नष्ट करता है और बचाव के लिए संघर्ष करता है।

> मानव शरीर एक अविश्वसनीय तंत्र है - सिर्फ़ एक पन्ना पलटने, खाँसने या कार चलाने के लिए लगभग 7 ट्रिलियन कोशिकाओं के मिलकर काम करने की ज़रूरत होती है, जिनका शारीरिक और जैव-रासायनिक तालमेल दिमाग़ को चकरा देने वाली तेज़ी तथा आदर्श तरीक़े से होता है। जब आप विचार करते हैं कि आपको इस बारे में कितना कम सोचना पड़ता है, तो यह और भी आश्चर्यजनक बन जाता है। आपने पिछली बार कब अपने हृदय को धड़कने की याद दिलाई थी, फेफड़ों को फूलने और सिकुड़ने की याद दिलाई थी या पाचन अंगों को सही समय पर सही रसायन का स्राव करने की याद दिलाई थी? ये और ऐसी ही असंख्य प्रक्रियाएँ अवचेतन रूप से हमारे लिए जीवन के हर पल में की जाती हैं। इस पूरे तंत्र का प्रबंधन बुद्धि करती है, जिसमें से ज़्यादातर अचेतन होती है।[6]
>
> **डॉक चिल्डर और ब्रूस क्रायर**

डॉक्टर सबसे पहले स्वीकार करते हैं कि शरीर अपना उपचार ख़ुद करता है। दवाएँ तो सिर्फ़ उपचार को आसान बनाती हैं और बाधाएँ हटाती हैं, लेकिन अगर वे शरीर की बुद्धि के विपरीत काम करें, तो वे बाधाएँ खड़ी भी कर सकती हैं।

शरीर मस्तिष्क की कार्यविधि को हृदय की कार्यविधि के साथ किस तरह संतुलित और सामंजस्यपूर्ण बनाता है, जो प्रतीकात्मक रूप में भावनात्मक बुद्धि का प्रतिनिधित्व करता है? दरअसल, हमारा शरीर एक अद्‌भुत मशीन है, जो आधुनिकतम कंप्यूटर से भी ज़्यादा काम करता है। विचारों और भावनाओं पर काम करने तथा चीज़ों को घटित करवाने की हमारी क्षमता से दुनिया का कोई अन्य प्राणी मुक़ाबला नहीं कर सकता।

नियंत्रित डबल-ब्लाइंड वैज्ञानिक प्रयोगशाला अध्ययन लगातार निष्कर्ष दे रहे हैं कि शरीर (भौतिक), मस्तिष्क (सोच/विचार) और हृदय (भावना) के बीच गहरा संबंध होता है।

> नॉर्थ कैरोलिना के एक ग्रामीण स्टोर में लगा साइनबोर्ड :
> *मस्तिष्क ने कहा, "मैं शरीर का सबसे चतुर अंग हूँ।"*
> *हृदय बोला, "तुमसे यह किसने कह दिया?"*[7]

भावनात्मक बुद्धि (ईक्यू)

भावनात्मक बुद्धि (ईक्यू) आत्म-ज्ञान, आत्म-जागरूकता, सामाजिक संवेदनशीलता, परानुभूति और दूसरों के साथ सफल संप्रेषण की योग्यता है। यह टाइमिंग और सामाजिक उपयुक्तता का एहसास है। यह कमज़ोरियों को स्वीकार करने तथा उन्हें व्यक्त करने का साहस है। यह मतभिन्नताओं का सम्मान करना है। ईक्यू नब्बे के दशक से पहले ही लोकप्रिय हो गया था और इसे कई बार दाएँ-मस्तिष्क की क्षमता कहा जाता था, जो बाएँ-मस्तिष्क की क्षमता से अलग होती है। बाएँ मस्तिष्क को अधिक विश्लेषणात्मक माना जाता था : अनुरेखीय चिंतन, तर्क और तर्क-वितर्क का स्थान। दायाँ मस्तिष्क अधिक रचनात्मक है : सहज बोध, आभास और पूर्णतावाद का स्थान। कुंजी दोनों हिस्सों का सम्मान करना है और उनकी अनूठी क्षमताओं के विकास और इस्तेमाल में चुनाव का इस्तेमाल करना है। सोचने और महसूस करने से बेहतर संतुलन, निर्णय और बुद्धिमत्ता उत्पन्न होती है।

> *सहज बोध विचारशील मस्तिष्क को बता देगा कि अगले पल कहाँ देखना है।*
>
> **डॉ. जोनस साक, पोलियो वैक्सीन के आविष्कारक**

बहुत से शोध बताते हैं कि लंबे समय में मानसिक बुद्धि के बजाय भावनात्मक बुद्धि ही संप्रेषण, संबंधों और लीडरशिप की सफलता तय करती है। लेखक और ईक्यू विशेषज्ञ डेनियल गोलमैन कहते हैं :

> सारे कामों में यानी हर क्षेत्र में अद्भुत प्रदर्शन के लिए, भावनात्मक योग्यता विशुद्ध ज्ञानात्मक (cognitive) योग्यताओं से दोगुनी महत्वपूर्ण होती है। उच्चतम स्तरों या लीडरशिप पदों पर सफलता के लिए भावनात्मक योग्यता ही लगभग समूचे लाभ के लिए ज़िम्मेदार होती है... आँकड़े बताते हैं कि भावनात्मक योग्यताएँ बेहतर प्रदर्शन के लिए दो-तिहाई या इससे ज़्यादा ज़िम्मेदार होती हैं। इससे पता चलता है कि जिन लोगों में ये योग्यताएँ होती हैं, उन्हें अपने यहाँ लाने या वर्तमान कर्मचारियों में ऐसी योग्यताएँ विकसित करने से संगठन को ज़बर्दस्त लाभ होता है। कितना ? मशीन ऑपरेटर्स या क्लर्क जैसे सामान्य कामों में भावनात्मक योग्यता वाले एक प्रतिशत शीर्षस्थ लोग तीन गुना ज़्यादा उत्पादक (मूल्य के मान से) थे। मध्यम जटिलता वाले कामों के लिए, जैसे सेल्स क्लर्क या मैकेनिक के मामले में, एक शीर्षस्थ भावनात्मक योग्यता वाला व्यक्ति बारह गुना ज़्यादा उत्पादक (मूल्य के मान से) था।[8]

भावनात्मक बुद्धि का सिद्धांत उन लोगों को हिला देता है, जिन्होंने सफलता की अपनी रणनीति का लंगर शुद्ध मानसिक बुद्धि पर डाल रखा है। उदाहरण के लिए, एक

व्यक्ति का आईक्यू दस में से दस है, लेकिन भावनात्मक स्कोर सिर्फ़ दो ही है और वह यह नहीं जानता कि दूसरों के साथ कैसे संबंध जोड़े जाते हैं। इस कमी को पूरा करने के लिए वह अपनी बुद्धि पर ज़रूरत से ज़्यादा भरोसा करता है और अपने औपचारिक पद से शक्ति उधार लेता है। लेकिन ऐसा करके वह अक्सर अपनी कमज़ोरियों को बढ़ा लेता है और अपने व्यवहार से दूसरों की कमज़ोरियों को भी बढ़ा लेता है। फिर वह अपने व्यवहार को बौद्धिक दृष्टि से तर्कसंगत साबित करने की कोशिश करता है।

> शक्ति उधार लेने से कमज़ोरी उत्पन्न होती है - स्वयं में, दूसरों में और संबंधों में भी।

ज़्यादा सशक्त भावनात्मक बुद्धि विकसित करना एक बहुत बड़ी चुनौती है, जिसका सामना माता-पिताओं और संगठन के सभी स्तरों पर लीडर्स को करना पड़ता है।

आत्मिक बुद्धि (एसक्यू)

चौथी बुद्धि है *आत्मिक बुद्धि (एसक्यू)*। ईक्यू की तरह ही एसक्यू भी वैज्ञानिक शोध और दार्शनिक/मनोवैज्ञानिक विचार-विमर्श की मुख्य धारा में आती जा रही है। आत्मिक बुद्धि सभी बुद्धियों में केंद्रीय और सबसे आधारभूत है, क्योंकि यह बाक़ी तीनों के *मार्गदर्शन* का स्रोत बन जाती है। आत्मिक बुद्धि सार्थकता और असीम के साथ संबंध की हमारी प्रेरणा का प्रतिनिधित्व करती है।

थिंकिंग विथ युअर सोल के लेखक रिचर्ड वोलमैन "आत्मिक" के बारे में इस तरह से लिखते हैं :

> आत्मिक से मेरा मतलब है हमारे अहं से ज़्यादा बड़ी और विश्वसनीय चीज़ से जुड़ाव की प्राचीन और स्थायी मानवीय खोज - हमारी अपनी आत्माओं से, एक-दूसरे से, इतिहास और प्रकृति के संसार से, आत्मा की अविभाजित हवाओं से, जीवित रहने के रहस्य से।[9]

आत्मिक बुद्धि उन सच्चे सिद्धांतों को पहचानने में भी हमारी मदद करती है, जो हमारी अंतरात्मा का हिस्सा हैं, जिनका प्रतीक कम्पास है। कम्पास सिद्धांतों के लिए एक उत्कृष्ट भौतिक उपमा है, क्योंकि यह हमेशा उत्तर दिशा की ओर संकेत करता है। उच्च नैतिक प्रभुत्व क़ायम रखने की कुंजी लगातार "सच्ची उत्तर दिशा" के सिद्धांतों का अनुसरण करना है।

मनुष्य की आत्मा ईश्वर की लौ है।[10]
प्रोवर्ब्स 20:27

डाना जोहर और इयान मार्शल के इस कथन पर विचार करें, जो उनकी पुस्तक *एसक्यू : कनेक्टिंग विद अवर स्पिरिचुअल इंटेलिजेंस से लिया गया है :*

> आईक्यू कंप्यूटरों में भी होता है, ईक्यू उच्च स्तनपायी जानवरों में भी होता है, लेकिन एसक्यू अनूठे रूप से सिर्फ़ इंसान में ही होता है और यह तीनों में सबसे आधारभूत है। यह सार्थकता की मानवीय आवश्यकता से जुड़ा है, एक ऐसा मुद्दा जो लोगों के दिमाग़ में सबसे आगे होता है... एसक्यू वह है, जिसका इस्तेमाल हम सार्थकता, भविष्य-दृष्टि और महत्व की हमारी हसरत व क्षमता विकसित करने के लिए करते हैं। यह हमें सपने देखने और मेहनत करने की अनुमति देता है। यह उन चीज़ों में निहित होता है जिनमें हम यक़ीन करते हैं। यह हमारे कामों में हमारे विश्वासों और जीवनमूल्यों की भूमिका में भी निहित होता है। संक्षेप में, यही हमें इंसान बनाता है।[11]

अर्थविज्ञान और आत्मिक बुद्धि की उच्चतर प्रकृति

बुद्धि के क्षेत्र में वृहद स्तर पर अध्ययन, अवलोकन और शोध हुआ है, ख़ासकर पिछले बीस सालों में। बहुत सी पुस्तकें लिखी जा चुकी हैं और बहुत सा साहित्य भी। कई बार एक ही चीज़ के वर्णन के लिए अलग-अलग शब्दों का प्रयोग किया जाता है। मैं जिसे आत्मिक बुद्धि कहता हूँ, उसके कुछ हिस्से को कई लोग भावनात्मक बुद्धि कह सकते हैं और इसका उलट भी संभव है। मैं अर्थविज्ञान (semantics) की इस मुश्किल को स्वीकार करता हूँ। एक बार फिर, मैं आपको प्रोत्साहित करता हूँ कि आप शब्दों की परिभाषाओं में न उलझें, बल्कि लगातार निहित अर्थ की खोज करते रहें।

हॉवर्ड गार्डनर की पुस्तक *फ्रेम्स ऑफ़ माइंड* अलग-अलग, लेकिन एक-दूसरे में घुली-मिली बहुल बुद्धियों की अवधारणा पर बढ़िया पुस्तक है। भावनात्मक बुद्धि पर रॉबर्ट कूपर और डेनियल गोलमैन के काम से भी मुझे बहुत लाभ हुआ। मैंने अलग-अलग जगहों पर उनके भाषण सुने हैं और मैं जानता हूँ कि उनकी तकनीकें शोध पर आधारित तथा व्यापक हैं और उनमें कुछ ऐसे तत्व भी शामिल हैं, जिनका ज़िक्र मैंने आत्मिक बुद्धि के संदर्भ में किया है।

कुछ पुस्तकें दृश्यात्मक (visual) बुद्धि को शाब्दिक, विश्लेषणात्मक, कलात्मक, तार्किक, रचनात्मक, आर्थिक और अन्य बुद्धियों से अलग करती हैं। मैं उनके योगदान की सराहना करता हूँ, लेकिन एक बार फिर मेरा मानना है कि आप उन सभी को देह, मस्तिष्क, हृदय और आत्मा के चार क्षेत्रों में रख सकते हैं, जो जीवन के चार

आयाम हैं।

हवाई में यंग प्रेसिडेंट्स ऑर्गैनाइज़ेशन में हुए अनुभव को मैं कभी नहीं भूल पाऊँगा। कॉरपोरेट प्रेसिडेंट्स का एक छोटा समूह मैनेजमेंट और लीडरशिप के क्षेत्र के अग्रणी विशेषज्ञों के साथ नाश्ते पर इकट्ठा हुआ। उनमें से प्रत्येक ने उल्लेखनीय बेस्टसेलर पुस्तकें लिखी थीं और उनका काफ़ी सम्मान किया जाता था तथा उनकी बातों का उल्लेख किया जाता था। एक फ़ोरम में किसी का उद्धरण नहीं दिया गया और उच्च पारस्परिक सम्मान था। उस फ़ोरम में एक प्रेसिडेंट ने विनम्रता के सच्चे एहसास के साथ पूछा, "क्या आप लोग बुनियादी रूप से एक ही बात नहीं कह रहे हैं?" उन सभी ने स्वीकार किया कि सचमुच ऐसा ही था। हर व्यक्ति का अपना अर्थविज्ञान और परिभाषाएँ थीं और अक्सर कोई अनूठा अंतर्ज्ञान था, जिसे दूसरों ने व्यक्त नहीं किया था, लेकिन बुनियादी तत्वों के संदर्भ में उनका मतलब समान ही था। वे व्यवहारों के बजाय अंतर्निहित सिद्धांतों के संदर्भ में अधिक बोल रहे थे।

सशक्त सौंदर्य के पलों में भावनाएँ हिलोरें लेती हैं और सबसे मोटी चमड़ी वाले और सबसे दोषदर्शी व्यक्ति को भी पिघला सकती हैं। मस्तिष्क से दर्दनिवारक रस प्रवाहित होता है। तनाव बाहर निकलता है। आंतरिक और बाह्य ऊर्जाएँ प्रवाहित होती हैं तथा साकार होती हैं। अनुभव न सिर्फ़ कोमल और शांत होता है, बल्कि इसमें प्रकृति व ब्रह्मांड की शक्ति तथा रचनात्मकता भी समाहित होती है। जुड़ाव के इन पलों के साथ चेतन रूप से रचना करना और काम करना एक तरह से हमारी आध्यात्मिक मांसपेशियों तथा आत्मिक बुद्धि का अभ्यास करना है। आत्मिक से मेरा क्या मतलब है? मेरा सिर्फ़ यह मतलब है कि पूर्ण वास्तविकता का आयाम, जो भौतिकतावादी दैनिक मानवीय अस्तित्व से ज़्यादा बड़ा, ज़्यादा रचनात्मक, ज़्यादा प्रेमपूर्ण, ज़्यादा सशक्त, ज़्यादा भविष्यदृष्टा, ज़्यादा बुद्धिमान, ज़्यादा रहस्यमय है।

ऐसा कोई धर्मशास्त्र या विश्वास तंत्र नहीं है, जिसे आत्मिक के इस अर्थ से जोड़ा जा सके।[12]

विलियम ब्लूम

अर्थविज्ञान की समस्या से ख़ुद को बचाने के लिए मुझे सचमुच कड़ी मेहनत करनी पड़ी है और मैं अंतर्निहित अर्थ की तलाश करके हमेशा ऐसा करने की कोशिश करता हूँ। लेकिन मेरा मानना है कि बुद्धि का एक और आयाम है, जिसे कहीं भी ज़्यादा गहराई में नहीं टटोला गया है। और यह आयाम है : बाक़ी बुद्धियों का मार्गदर्शन करने और नियंत्रित करने में आत्मिक बुद्धि की भूमिका। इस संदर्भ में यह बाक़ी बुद्धियों

से श्रेष्ठ है।

मैं आपको एक अनुभव बता दूँ, जिससे संभवतः यह स्पष्ट हो जाएगा कि आत्मिक बुद्धि हमारी सर्वश्रेष्ठ क्षमता होती है। मैं स्वर्गीय अनवर सादात के काम से बहुत ज़्यादा प्रभावित हूँ। मिस्र के राष्ट्रपति सादात ने पूर्व अमेरिकी राष्ट्रपति जिमी कार्टर और पूर्व इज़राइल प्रधानमंत्री मेनाख़ेम बेगिन के साथ मिलकर इज़राइल और मिस्र के बीच कैंप डेविड शांति समझौता कराने में अहम भूमिका निभाई थी।

कुछ साल पहले गोल्फ़ कार्ट में कैंप डेविड का भ्रमण करते समय अमेरिकी राष्ट्रपति ने मुझे ठीक वह जगह बताई, जहाँ उस ऐतिहासिक समझौते पर हस्ताक्षर हुए थे। यह मेरे लिए बहुत भावनात्मक अनुभव था। मैं सादात को ऐसा व्यक्ति मानता

> जब संसार और संस्थाओं, संगठनों, समुदायों, परिवारों और व्यक्तियों का इतिहास आख़िरकार लिखा जाएगा, तो मुख्य विषयवस्तु यह नहीं होगी कि लोग किस हद तक अपनी सामाजिक अंतरात्मा के अनुरूप जिए। मुख्य विषयवस्तु तो यह होगी कि वे किस हद तक अपनी दैवी अंतरात्मा के अनुरूप जिए। सिद्धांत या नैसर्गिक नियमों में समाहित यानी अंतर्निहित, सहज बुद्धिमत्ता के वे सबक़, जो सभी प्रमुख धर्मों और दर्शनों में सिखाए जाते हैं। महत्वपूर्ण पहलू राजनीति, अर्थशास्त्र, सरकार, युद्ध, सामाजिक संस्कृति, कला, शिक्षा या चर्च नहीं होंगे। नैतिक या आत्मिक आयाम – लोग और संगठन सही और ग़लत के शाश्वत, अजर-अमर सिद्धांतों के प्रति कितने ईमानदार रहे – यही सबसे व्यापक और प्रमुख नियंत्रक शक्ति रहेगी।

हूँ, जो उद्दीपन और प्रतिक्रिया के बीच के स्थान के बारे में जानते थे। उन्होंने युवावस्था में काहिरा केंद्रीय जेल की कालकोठरी क्रमांक 54 में एकाकी सज़ा काटते समय बहुत बड़ा स्थान विकसित किया। ज़रा उनके शब्दों में झलकती गहरी समझ का अनुभव करें :

> जो अपने विचार का ताना-बाना नहीं बदल सकता, वह कभी वास्तविकता बदलने में समर्थ नहीं हो पाएगा और इसलिए कभी प्रगति भी नहीं कर पाएगा।[13]

इज़राइल के प्रति दृष्टिकोण में परिवर्तन से पहले सादात बहुत लोकप्रिय राष्ट्रपति बन चुके थे, जो अरब विवाद के प्रति गहराई से निष्ठावान थे। वे मिस्र में जगह-जगह राजनीतिक भाषण देते थे कि वे कभी भी किसी इज़राइली से तब तक हाथ नहीं मिलाएँगे, जब तक कि वे एक इंच अरब भूमि पर भी क़ब्ज़ा किए रहेंगे। वे चिल्लाते थे "कभी नहीं! कभी नहीं! कभी नहीं!" लोगों की भारी भीड़ भी जवाब में चिल्लाती थी, "कभी नहीं! कभी नहीं! कभी नहीं!"

हमने सादात की पत्नी मैडम जहाँ सादात को हमारे इंटरनेशनल सिम्पोज़ियम में बतौर प्रमुख वक्ता आमंत्रित किया। मुझे उनके साथ लंच करने का सौभाग्य मिला। मैंने उनसे पूछा कि अनवर सादात के साथ रहना कैसा अनुभव था - ख़ास तौर पर उस वक़्त, जब उन्होंने यरूशलम में इज़राइली संसद नेसेट में जाने की साहसिक शांति पहल की थी। यही क़दम आगे चलकर कैंप डेविड समझौते में परिणित हुआ था।

उन्होंने कहा कि उन्हें अपने पति के हृदय-परिवर्तन पर यक़ीन करने में काफ़ी मुश्किल आई थी, ख़ासकर जब उन्होंने पहले इज़राइल के विरोध में इतना कुछ कहा और किया था। सादात की पत्नी की बातें मैं अपने शब्दों में बताता हूँ :

महल में एक दिन सादात की पत्नी ने उनसे पूछा, "मुझे पता चला है कि आप इज़राइल जाने की सोच रहे हैं! क्या यह सही है?"

"हाँ।"

"अब तक इतना कुछ कहने के बावजूद क्या आप ऐसा कर सकते हैं?"

"मैं ग़लत था और यह सही काम है, जिसे करना ही है।"

"आप अरब जगत का नेतृत्व और समर्थन गँवा देंगे।"

"हो तो सकता है; लेकिन मुझे नहीं लगता कि ऐसा होगा।"

"आप राष्ट्रपति पद भी गँवा सकते हैं।"

"यह भी हो सकता है।"

"आप अपना जीवन भी गँवा सकते हैं।" (और जैसा हम जानते हैं कि ऐसा ही हुआ था, क्योंकि एक हत्यारे की गोली ने उनकी जान ली।)

उन्होंने प्रतिक्रिया की, "मेरा जीवन पहले से निश्चित है। यह जितना है, उससे न एक मिनट ज़्यादा न एक मिनट कम हो सकता है।"

पत्नी ने उन्हें गले लगाते हुए कहा कि वे दुनिया के सबसे महान व्यक्ति हैं।

फिर मैंने मिसेज़ सादात से पूछा कि जब वे इज़राइल से लौटे, तो क्या हुआ। उन्होंने जवाब दिया कि हवाई अड्डे से महल तक आने में अमूमन तीस मिनट लगते हैं। उस दिन तीन घंटे से ज़्यादा समय लग गया। हाईवे और सड़कों पर लाखों लोगों की भीड़ सादात की जय-जयकार कर रही थी और उनके काम के प्रति अपना उत्साहपूर्ण समर्थन व्यक्त कर रही थी - वही लोग जो एक सप्ताह पहले ठीक विपरीत नीति के लिए उनकी जय-जयकार कर रहे थे। सादात वही काम कर रहे थे, जो सही था और जनता यह बात जानती थी। आत्मिक बुद्धि भावनात्मक बुद्धि से ज़्यादा ऊँची निधि है। उन्होंने पहचान लिया था कि आप *परस्पर*-निर्भर दुनिया में आत्मनिर्भरता के आधार पर सोच और जी नहीं सकते।

सादात ने अपने अहम् और ईक्यू (सामाजिक संवेदनशीलता, परानुभूति और सामाजिक दक्षताओं) को अपने एसक्यू (अंतरात्मा) के अधीन कर लिया और इसके परिणाम पूरी दुनिया में गूँजने लगे। उनकी आत्मिक बुद्धि के नेतृत्व ने उनकी बाक़ी

बुद्धियों को ऊपर उठा दिया और वे ज़बर्दस्त नैतिक सत्ता वाले व्यक्ति बन गए।

नैतिक सत्ता, व्यक्तिगत संतुष्टि और नेक प्रभाव की राह सिर्फ़ दुनिया के महान लीडर्स का ही क्षेत्र नहीं है। सरल, महान, शांत नैतिक सत्ता की क्षमता हममें से हर एक में मौजूद है।

4 बुद्धियों/क्षमताओं को विकसित करना

चूँकि जीवन के ये चार आयाम निश्चित रूप से आपस में गुँथे हुए हैं, इसलिए आप बाक़ी आयामों को प्रत्यक्ष या अप्रत्यक्ष रूप से स्पर्श किए बग़ैर सिर्फ़ एक ही आयाम पर काम नहीं कर सकते। इन बुद्धियों को विकसित करने और इनका इस्तेमाल करने से आपमें स्थिर आत्मविश्वास, आंतरिक शक्ति और सुरक्षा, एक साथ साहसी तथा विचारशील बनने की योग्यता व व्यक्तिगत नैतिक सत्ता आ जाएगी। इन बुद्धियों को विकसित करने की आपकी कोशिशें दूसरों को प्रभावित करने और आवाज़ खोजने के लिए उन्हें प्रेरित करने की आपकी योग्यता पर कई तरीक़े से गहरा प्रभाव डालेंगी।

अपनी चार जन्मजात बुद्धियों को विकसित करने में आपकी मदद करने के लिए मैंने इस पुस्तक के पीछे एक एक्शन गाइड दी है, जो आपको हर बुद्धि को बढ़ाने के कई दमदार, व्यावहारिक तरीक़े बताएगी। इसका शीर्षक है परिशिष्ट 1 : 4 बुद्धियों/ क्षमताओं को विकसित करना - कर्म की व्यावहारिक मार्गदर्शिका और यह पृष्ठ 377 पर है। हालाँकि आपको इसकी कई बातें सामान्य बुद्धि की लग सकती हैं, लेकिन याद रखें, सामान्य बुद्धि भी आम नहीं होती है। मैं गारंटी देता हूँ कि अगर आप इन क्षेत्रों में अपनी कोशिशों को केंद्रित करेंगे, तो आपके जीवन में बहुत शांति और शक्ति आ जाएगी।

> *हर प्रभावशाली जीवन के पीछे वे सिद्धांत होते हैं, जिन्होंने जीवन को प्रभावशाली बनाया है।*[14]
>
> **जॉर्ज एच. लॉरिमर**

मैंने यह भी पाया है कि अपने जीवन में चार सरल मान्यताएँ रखकर हम तत्काल ज़्यादा संतुलित, पूर्ण, सशक्त जीवन जीना शुरू कर सकते हैं। ये सरल हैं और हमारी प्रकृति के हर हिस्से के लिए एक-एक हैं। मैं आपसे वादा करता हूँ कि अगर आप इन मान्यताओं को दृढ़ता को अपनाते हैं, तो आपको शक्ति और अखंडता का एक नया सोता मिलेगा, जिससे आप सबसे ज़्यादा ज़रूरत के वक़्त अधिकतम शक्ति पा सकते हैं।

1. *शरीर* के लिए - मान लें कि आपको हार्ट अटैक हो चुका है; अब इसके अनुसार जिएँ।

2. *मस्तिष्क* के लिए – मान लें कि आपके व्यवसाय का अर्ध-जीवन दो साल है; अब इसके अनुसार तैयारी करें।
3. *हृदय* के लिए – मान लें कि आप किसी दूसरे के बारे में जो भी कहते हैं, वह उसे सुन सकता है; अब इसके अनुसार बोलें।
4. *आत्मा* के लिए – मान लें कि आप हर तीन महीने बाद अपने रचयिता से आमने-सामने होते हैं; अब इसके अनुसार जिएँ।

फ़िल्म : *ए.बी. कॉम्ब्स एलीमेंट्री*

हम जीवन में नैतिक सत्ता और आंतरिक शक्ति का विकास कब शुरू कर सकते हैं, जो चार मानवीय बुद्धियों से प्रवाहित होती है? मैं एक फ़िल्म के ज़रिए इसका उदाहरण दूँगा, जिसे आपको देखना चाहिए। यह एक महिला की कहानी है, जो रैले, नॉर्थ कैरोलिना में ए.बी. कॉम्ब्स एलीमेंट्री स्कूल (के-5) की प्रिंसिपल है। इस प्रख्यात स्कूल का लक्ष्य समाज के लिए लीडर्स तैयार करना है। यह फ़िल्म शायद उन्हें सबसे अच्छे स्वरूप में दिखाती है, लेकिन मुझे उम्मीद है कि भविष्य में इसका स्वरूप और निखरेगा व बेहतर होगा।

लेकिन इसे देखने से पहले मैं आपसे एक सवाल पूछना चाहता हूँ : जो सॉफ़्टवेयर आपको अपनी आवाज़ खोजने में समर्थ बनाता है, उसे सीखने का सबसे अच्छा समय कौन सा है? ज़िंदगी का वह सबसे अच्छा समय कौन सा है, जब हम उस सांस्कृतिक नीव या सॉफ़्टवेयर को हासिल कर लें, जो हमारे "हार्डवायर्ड" उपहारों के पूर्ण सामंजस्य में हो? मुझे लगता है हम सभी सहमत होंगे कि यह समय बचपन है – मूलतः हमारा शुरुआती पारिवारिक जीवन। लेकिन अगर लोगों का शुरुआती पारिवारिक जीवन बुरा हो और वे शोषण, अभाव, प्रतिस्पर्धा, शिकायत, संघर्ष, तुलना और आलोचना करने के संक्रामक कैंसरों का सॉफ़्टवेयर सीखें, तो क्या होगा? क्या किसी का शुरुआती पारिवारिक जीवन स्कूल में संभव हो सकता है? क्या कोई शिक्षक या स्कूल प्रशासक प्रतिनिधि (surrogate) अभिभावक बन सकता है, जो शायद बहुत छोटे, मासूम, निश्छल और प्रभावित होने योग्य बच्चों के घर के ख़राब माहौल की भरपाई कर सके?

वैज्ञानिक प्रमाण – ज़्यादातर न्यूरोसाइंस के क्षेत्र से, जो हमारे मूलभूत जीवविज्ञान और हमारे मस्तिष्क के विकास के तरीक़े से संबंधित है – दर्शाते हैं कि इंसान के बच्चे में "जुड़ने का हार्डवेयर" होता है। हम दूसरे लोगों से जुड़ने, नैतिक और आत्मिक अर्थ से जुड़ने, और ज्ञानातीत के प्रति खुलेपन से हार्डवायर्ड होते हैं। जुड़ाव के लिए इन मूलभूत आवश्यकताओं को पूरा करना सेहत और मानवीय उन्नति के लिए अनिवार्य होता है।[15]

इससे भी बेहतर यह है कि आप घर और स्कूल के बीच साझेदारी कर लें, ताकि बच्चे को दोनों तरफ़ से लगातार प्रोत्साहन और सामंजस्य मिलता रहे? अगर बचपन के शुरुआती वर्षों में सॉफ़्टवेयर और हार्डवेयर सही मिल जाएँ, तो क्या आप परिणाम की कल्पना कर सकते हैं - इससे किस तरह के लोग उत्पन्न होंगे और उनके चरित्र व क्षमताओं से किस प्रकार की उपलब्धियाँ प्रवाहित होंगी?

आप जो फ़िल्म देखने वाले हैं, उसकी प्रॉडक्शन क्वालिटी बहुत कमज़ोर है। यह व्यावसायिक फ़िल्म कम और घरेलू फ़िल्म ज़्यादा लगती है। यह स्कूल और विद्यार्थियों के घरों के बीच एक महान साझेदारी के बारे में है, जिसे काफ़ी हद तक इसकी प्रिंसिपल मिसेज़ मुरियल थॉमस समर्स की लीडरशिप ने तैयार किया।

मिसेज़ समर्स को के-5 स्कूल (पाँच से दस साल के बच्चों) के पाठ्यक्रम में सिद्धांत-आधारित चरित्र शिक्षा प्रारंभ करने की संभावनाओं की भविष्य-दृष्टि मिली। उन्होंने इसकी तैयारी में साथी प्रशासकों, टीचर्स और परिवारों को जोड़ने की योजना बनाई। उन्होंने अपने पाठ्यक्रम के लिए *द 7 हैबिट्स ऑफ़ हाईली इफ़ैक्टिव पीपुल* पुस्तक को चुना। आप इस पुस्तक के पीछे दी हुई एक्शन गाइड में देखेंगे कि *7 हैबिट्स* हमारी मानवीय बुद्धियों, ख़ासकर ईक्यू, को विकसित करने का एक सशक्त ढाँचा है।

सच कहूँ तो इस फ़िल्म से मुझे थोड़ा संकोच होता है, इसलिए मैं इसकी अनुशंसा करने में भी थोड़ा हिचकिचाता हूँ, क्योंकि इसमें "कवी" की आदतों का ज़िक्र है। इसलिए जब मैं स्कूल गया, तो मैंने वहाँ बताया कि ये आदतें मेरी नहीं हैं, बल्कि शाश्वत, कालजयी सिद्धांत हैं, जो पूरी मानवता के हैं; मैंने तो उन्हें सिर्फ़ चिंतन के कर्मयोग्य, क्रमिक ढाँचे में रखा है। मैंने टी.एस. इलियट का उद्धरण दिया, जिन्होंने कहा था, "हमें खोजना कभी बंद नहीं करना चाहिए और हमारी समस्त खोज का अंत वहीं पहुँचना होगा, जहाँ से हमने शुरू किया था और उस स्थान को पहली बार जानना होगा।"

आप इस स्कूल के जलसे के वीडियो में देखेंगे कि छोटे-छोटे बच्चों ने इस जलसे का संचालन किया और भाषण दिए। आप सामने बैठे परिवारों को नहीं देख सकते, लेकिन वे वहाँ मौजूद हैं - नन्हे-मुन्ने बच्चों के रोने की आवाज़ों से आपको उनकी मौजूदगी का एहसास हो जाएगा। एक सच्ची साझेदारी हो गई और ज़िम्मेदारी, उद्देश्य, अखंडता, जीत-जीत, पहले समझने की कोशिश, सिनर्जी और आरी की धार तेज़ करो की आदतें उनके पूरे पाठ्यक्रम में शामिल हो गईं।

कई लोग महसूस करते हैं कि शैक्षणिक प्रदर्शन और चरित्र के बीच कोई सच्चा संबंध नहीं है। कई लोग यह भी महसूस करते हैं कि विषय सीखने और सिद्धांतों के बीच कोई संबंध नहीं है। लेकिन अपनी आवाज़ खोजने और दूसरों को उनकी आवाज़ खोजने के लिए प्रेरित करने के पीछे की पूरी अवधारणा सिनर्जिस्टिक अवधारणा है। यह हमारी बुद्धियों और क्षमताओं का एकीकरण है, जो मानवीय क्षमता को मुक्त करता है। मैंने प्रिंसिपल से सीधे पूछा कि पाठ्यक्रम में सिद्धांत-केंद्रित चरित्र प्रशिक्षण

को शामिल करने से शैक्षणिक प्रदर्शन पर क्या प्रभाव पड़ा। उनका जवाब था कि प्रभाव बहुत गहरा है। मैंने पूछा कि क्या उनके पास आँकड़े हैं। उन्होंने जवाब दिया, "हाँ। अठारह महीने पहले हमारे 67 प्रतिशत विद्यार्थियों ने राष्ट्रीय शैक्षणिक मानदंडों में ग्रेड स्तर या इससे ऊपर प्रदर्शन किया था; आज 94 प्रतिशत विद्यार्थी ग्रेड स्तर या इससे ऊपर हैं।" उनकी बात के महत्व के बारे में ज़रा सोचें - वही परिवार, वही सुविधाएँ, वही मूल पाठ्यक्रम और शिक्षण सामग्री, वही इमारतें - सिर्फ़ एक ही परिवर्तन : चारित्रिक सिद्धांतों को लागू किया गया और क्लासों तथा विद्यार्थियों के जीवन में एकीकृत किया गया। अठारह महीने!

सिद्धांत-केंद्रित सॉफ़्टवेयर और हार्डवेयर के उपहारों को चुनने की स्वतंत्रता के बारे में नीव डालने का यही परिणाम है! कितना अद्‌भुत होगा, अगर यह पूरी दुनिया के घरों और बच्चों के स्कूलों में हो सके; जो भविष्य हैं। यह उस दुविधा का जवाब है, जो लेखक और वीज़ा इंटरनेशनल के संस्थापक/सीईओ एमेरिटस डी हॉक ने व्यक्त किया है: "समस्या यह कभी नहीं होती कि आप अपने दिमाग़ में नए, नवाचारी विचार कैसे लाएँ, बल्कि यह होती है कि पुराने विचारों को बाहर कैसे निकाला जाए।"[16]

फ़िल्म देखने से पहले एक बात और। स्कूल वाले "वॉल ऑफ़ वंडर" के बारे में काफ़ी बातें कर रहे थे और इसका लोकार्पण उन्होंने मुझसे करवाया। यह थोड़ी अस्पष्ट और समझने में मुश्किल है, लेकिन मूलतः इसमें 560 सिरेमिक पैनल हैं, जिनमें से हर एक को अलग-अलग बच्चे ने पेंट किया है। सभी पैनल सुंदर रंगों के कोलाज में बदल गए हैं। केंद्र में यह हमारी प्रकृति के चार हिस्सों के बारे में बात करता है, जैसा चार आवश्यकताओं में स्पष्ट है - जीना, प्रेम करना, सीखना, विरासत छोड़ना। यह पूरी फ़िल्म तैयार या मंचित नहीं की गई है - हर चीज़ सच्ची, स्वतःस्फूर्त और वास्तविक समय में बनी है, जैसा मुझे यक़ीन है कि आप फ़िल्म शुरू होते ही समझ जाएँगे। इस स्कूल में छप्पन देशों के बच्चे पढ़ते हैं। जब मैं स्कूल पहुँचा, तो कई बच्चों ने अपने देश की पोशाक पहन रखी थी और झंडा थाम रखा था। मैंने एक ही स्थान पर इतनी भिन्नता पहले कभी नहीं देखी।

ए.बी. कॉम्ब्स को बहुत से पुरस्कार मिले हैं, जिनमें निम्न शामिल हैं :

- नेशनल ब्लू रिबन स्कूल ऑफ़ एक्सीलेंस (यू.एस. डिपार्टमेंट ऑफ़ एज्युकेशन द्वारा प्रदत्त)
- नेशनल मैग्नेट स्कूल्स ऑफ़ एक्सीलेंस अवॉर्ड, लगातार तीन साल से (नेशनल मैग्नेट स्कूल्स ऑफ़ अमेरिका द्वारा दिया जाने वाला सर्वोच्च पुरस्कार)। शैक्षणिक प्रदर्शन में अमेरिका के शीर्षस्थ पाँच मैग्नेट स्कूल्स में (हज़ारों में) से एक, जिसके 98 प्रतिशत बच्चे ग्रेड स्तर से ऊपर प्रदर्शन कर रहे थे।
- नॉर्थ कैरोलिना स्कूल ऑफ़ एक्सीलेंस (शैक्षणिक उपलब्धि के आधार पर)

- नॉर्थ कैरोलिना गवर्नर्स एंटरप्रेन्योरियल अवॉर्ड (शिक्षा में नेतृत्व और जोखिम लेने के लिए पुरस्कृत)
- विजेता, नेशनल स्कूल्स ऑफ़ कैरेक्टर
- मॉडल स्कूल्स कॉन्फ्रेंस, 2004 में प्रस्तुति के लिए आमंत्रित
- ट्वेन्टी फ़र्स्ट सेंचुरी अवॉड फ़ॉर एज्युकेशनल एक्सीलेंस, 2004 के लिए फ़ाइनैलिस्ट

www.The8thHabit.com/offers वेबसाइट पर जाएँ और *Films* मीनू से इसे चुन लें। अब *A.B. Combs Elementary* फ़िल्म देखने का आनंद लें।

सवाल और जवाब

सवाल : हम मूलतः प्रकृति (हमारे जीन्स) के शिशु (product) हैं या परवरिश के (हमारे पालन-पोषण और परिवेश की परिस्थितियों के)?

जवाब : यह सवाल ही झूठे द्वैत पर आधारित है। यह एक झूठे पैरेडाइम या मानव प्रकृति के ग़लत नक़्शे यानी नियतिवाद पर आधारित है। हम न तो प्रकृति, न ही पोषण के शिशु हैं; हम तो विकल्प चुनने के शिशु हैं, क्योंकि हमेशा उद्दीपन और प्रतिक्रिया के बीच हमेशा एक स्थान होता है। जब हम सिद्धांतों के आधार पर चुनने की अपनी शक्ति का समझदारी से इस्तेमाल करते हैं, तो स्थान ज़्यादा बड़ा बन जाएगा। हो सकता है, छोटे बच्चों और मानसिक रूप से असमर्थ लोगों के पास यह स्थान न हो, लेकिन ज़्यादातर वयस्कों के पास यह होता है। नियतिवाद वर्तमान युग की संस्कृति की गहराई में रचा-बसा है और इस दहशत भरे एहसास से बलवती होता है कि अगर मेरे पास चुनने की शक्ति है, तो मैं ही अपनी वर्तमान दशा के लिए उत्तरदायी हूँ। जब तक कोई व्यक्ति ईमानदारी से यह नहीं कह सकता "मैं जो हूँ, हूँ" और "मैं वहीं हूँ, जहाँ मैं हूँ, क्योंकि मैंने ही यहाँ रहने का विकल्प चुना है," तब तक वह विश्वास के साथ यह नहीं कह सकता, "मैं दूसरा विकल्प चुनता हूँ।"

सवाल : लीडर पैदा होते हैं या फिर बनते हैं, यानी वे परिवेश द्वारा कंडीशन्ड और प्रशिक्षित होते हैं?

जवाब : एक बार फिर, यह सवाल एक झूठे द्वैत, नियतिवाद के दोषपूर्ण पैरेडाइम पर आधारित है। उद्दीपन और प्रतिक्रिया के बीच के स्थान के कारण लोगों के पास चुनने की शक्ति होती है, इसलिए लीडर्स न तो पैदा होते हैं, न ही बनते हैं - यानी परिवेश द्वारा प्रशिक्षित व पोषित होते हैं। वे अपनी प्रतिक्रियाओं को चुनकर लीडर बनते हैं और अगर वे सिद्धांत पर आधारित विकल्प चुनते हैं तथा ज़्यादा

अनुशासन लागू करते हैं, तो चुनाव की उनकी स्वतंत्रता बढ़ जाती है। *गीक्स एंड गीज़र्स : हाऊ इरा, वैल्यूज़ एंड डिफ़ाइनिंग मूमेन्ट्स शेप लीडर्स* पुस्तक में लेखकद्वय वॉरेन जी. बेनिस और रॉबर्ट जे. थॉमस प्रमाणित करते हैं कि लीडर्स पैदा नहीं होते हैं, बल्कि बनते हैं।[17] मूल अवधारणा यह है कि गहन परिवर्तनकारी (transformational) अनुभव के कारण वे ऐसे विकल्प चुनते हैं, जो उन्हें लीडर बनने में समर्थ बनाते हैं। डॉ. नोएल टिशी भी मूलतः यही कहते हैं कि लीडर्स पैदा नहीं होते, बल्कि सीखकर बनते हैं। एक बार फिर, मूल विचार यह है कि लोग सीखने और सीखी हुई बातों पर अमल करने का *विकल्प चुनते* हैं। दोनों ही उदाहरणों में लेखक दरअसल कह रहे हैं कि लीडर्स बनाए नहीं जाते या पैदा नहीं होते; वे तो ख़ुद बनते हैं – लीडरशिप चुनाव का परिणाम है।

सवाल : क्या सभी चार क्षमताओं या बुद्धियों को विकसित करना होगा?

जवाब : हाँ, क्योंकि आप चारों पर काम किए बिना किसी एक को परिपक्व तथा स्थायी स्तर तक विकसित करने में समर्थ नहीं हो पाएँगे। यही एकता का मतलब होता है। इसका मतलब है कि हमारा *पूरा* जीवन सिद्धांतों के इर्द-गिर्द एकीकृत होता है। उत्पादन और आनंद की हमारी क्षमता अंतिम विश्लेषण में हमारे चरित्र, हमारी अखंडता का परिणाम है। शारीरिक मांसपेशीय तंतु, भावनात्मक/सामाजिक मांसपेशीय तंतु, मानसिक मांसपेशीय तंतु और आत्मिक मांसपेशीय तंतु को विकसित करने के लिए लगातार कोशिश की ज़रूरत होती है। हमें अपने आरामदेह दायरे से बाहर निकलकर ऐसे व्यायाम करने होंगे, जो तंतु को टूटने के लिए (दर्द) विवश कर दें; फिर इसकी मरम्मत होती है और यह समुचित आराम के बाद ज़्यादा बड़ा और मज़बूत बन जाता है। जिम लोहर और टोनी श्वार्ट्ज़ की पुस्तक *द पॉवर ऑफ़ फ़ुल एंगेजमेंट* देखें।[18]

सवाल : रिटायरमेंट के बारे में?

जवाब : अपने कामकाज से तो रिटायर हो जाएँ, लेकिन सार्थक प्रोजेक्ट्स से कभी न हों। अगर आप लंबे समय तक जीना चाहते हैं, तो आपको *जुड़ाव* की ज़रूरत है, यानी सार्थकता और योगदान के गहरे एहसास की ज़रूरत है। आपको सार्थक प्रोजेक्ट्स और उद्देश्यों में जुटे रहना चाहिए, ख़ासकर अपनी कई पीढ़ियों के परिवार के प्रति। अगर आप जल्दी मरने की ख़्वाहिश रखते हैं, तो रिटायर होकर गोल्फ़ खेलने और मछली पकड़ने में जुट जाएँ तथा पर्चे भरकर दवाएँ खाते रहें और कभी-कभार अपने नाती-पोतों से मिलते रहें। इसका प्रमाण चाहिए? हैंस सेली की पुस्तक *स्ट्रेस विदाउट डिस्ट्रेस* पढ़ें।

• • •

अध्याय 5

अपनी आवाज़ व्यक्त करें - भविष्य-दृष्टि, अनुशासन, जोश और अंतरात्मा

सबसे शक्तिशाली वह होता है, जिसकी ख़ुद पर शक्ति होती है।

लूसियस एमेयस सेनेका

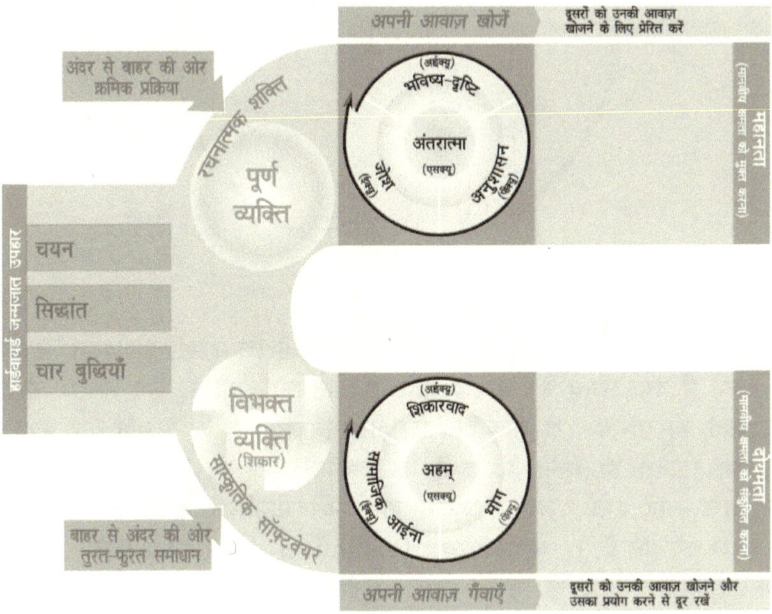

फ़िगर 5.1

जब आप *सभी* महान सफल व्यक्तियों का **अध्ययन** करते हैं - जिन्होंने दूसरों को सबसे ज़्यादा प्रभावित किया है, जिन्होंने महत्वपूर्ण योगदान दिए हैं, जिन्होंने घटनाएँ घटित करवाई हैं - तो आप एक पैटर्न पाएँगे। सतत प्रयासों और आंतरिक संघर्ष से उन्होंने अपनी चार जन्मजात मानवीय बुद्धियों या क्षमताओं का ज़बर्दस्त तरीक़े से विस्तार किया था। इन चारों बुद्धियों की सर्वोच्च अभिव्यक्तियाँ हैं : मानसिक के लिए *भविष्य-दृष्टि*, शारीरिक के लिए *अनुशासन*, भावनात्मक के लिए *जोश*, आध्यात्मिक के लिए *अंतरात्मा*। ये अभिव्यक्तियाँ हमारी *आवाज़ व्यक्त करने* के सर्वोच्च साधनों का भी प्रतिनिधित्व करती हैं।

सशक्त जीवन जीना

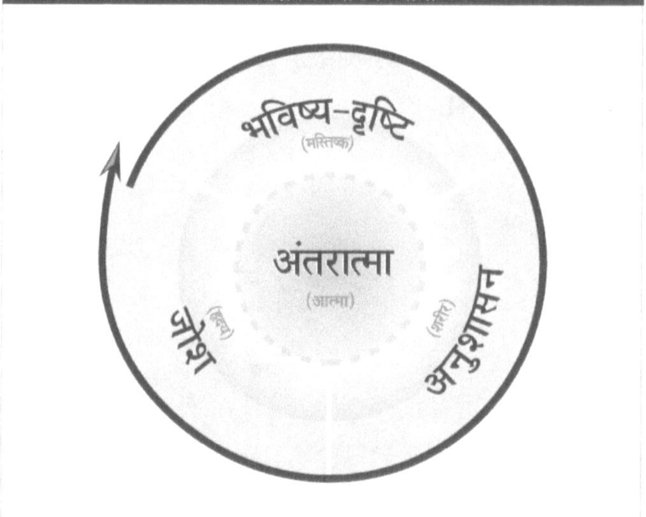

फ़िगर 5.2

भविष्य-दृष्टि मस्तिष्क की आँखों से यह देखना है कि लोगों, प्रोजेक्ट्स, उद्देश्यों और उद्यमों में क्या संभव है। भविष्य-दृष्टि तब उत्पन्न होती है, जब हमारा मस्तिष्क आवश्यकता को संभावना से जोड़ देता है। जैसा विलियम ब्लेक ने एक बार कहा था, "जो आज साबित हो चुका है, कभी वह कल्पना मात्र था।" जब लोगों में कोई भविष्य-दृष्टि नहीं होती, जब वे सृजन करने की मानसिक क्षमता के विकास को नज़रअंदाज़ कर देते हैं, तो वे *शिकारवाद* (victimism) की मानवीय प्रवृत्ति के शिकार हो जाते हैं (फ़िगर 5.1 के निचले मार्ग को देखें)।

अनुशासन भविष्य-दृष्टि को हक़ीक़त में बदलने की क़ीमत चुकाना है। यह वास्तविकता के सख़्त, व्यावहारिक, निर्मम तथ्यों के साथ जूझना है और वह सब करना है, जो भविष्य-दृष्टि को साकार करने के लिए चाहिए। अनुशासन तब उत्पन्न होता है, जब भविष्य-दृष्टि समर्पण के साथ जुड़ जाती है। अनुशासन और त्याग को प्रेरित करने वाले समर्पण का विपरीत है *भोग* - क्षणिक आनंद या रोमांच के लिए जीवन की सबसे महत्वपूर्ण चीज़ों का त्याग करना।

जो दूसरों पर शासन करना चाहता है, उसे पहले ख़ुद पर शासन करना सीखना चाहिए।[1]
फ़िलिप मैसिंजर

जोश आग है, इच्छा है, विश्वास की शक्ति है और वह प्रेरणा है, जो भविष्य-दृष्टि साकार करने के लिए अनुशासन बनाए रखती है। जोश तब उत्पन्न होता है, जब मानवीय आवश्यकता अनूठी मानवीय प्रतिभा पर छा जाती है। अगर इंसान में महान उद्‌देश्यों के लिए अपनी आवाज़ खोजने और उसका इस्तेमाल करने से प्रवाहित होने वाला जोश नहीं होता है, तो उस ख़ाली जगह पर असुरक्षा और हज़ारों आवाज़ों का खोखला शोर भर जाता है, जो *सामाजिक आईने* का प्रतिबिंब है। संबंधों और संगठनात्मक पृष्ठभूमियों में जोश में करुणा भी शामिल होती है।

अंतरात्मा इस बात का आंतरिक नैतिक एहसास है कि क्या सही है और क्या ग़लत। यह सार्थकता और योगदान की प्रेरणा है। यह भविष्य-दृष्टि, अनुशासन और जोश को मार्गदर्शन देने वाली शक्ति है। यह *अहम्* से भरे जीवन के ठीक विपरीत है।

जो भी आपके तर्क को दुर्बल बनाता है, आपकी अंतरात्मा की कोमलता को नष्ट करता है, ईश्वर के प्रति आपके एहसास को अस्पष्ट करता है, आत्मिक चीज़ों के आपके आनंद को कम करता है, आपके मस्तिष्क पर शरीर की सत्ता बढ़ाता है, वह चीज़ आपके लिए पाप है, चाहे वह अपने आप में कितनी ही दोषहीन क्यों न हो।[2]
सुज़ाना वेस्ले (जॉन वेस्ले की माँ)

इन चार शब्दों - भविष्य-दृष्टि, अनुशासन, जोश और अंतरात्मा - में दरअसल कई अन्य लक्षण समाहित हैं। इन लक्षणों का वर्णन हम महान प्रभाव वाले लोगों का गुणगान करते समय करते हैं, भले ही वे मशहूर हों या नहीं।

घर, समुदाय, बिज़नेस या सरकार में हम जिन लोगों की प्रशंसा करते हैं, उनका वर्णन करते समय शब्दों की ज़्यादातर भिन्नताएँ अर्थविज्ञान का मामला हैं। फ़िगर 5.3 में देखें कि भविष्य-दृष्टि, अनुशासन, जोश और अंतरात्मा लेबल के आइसबर्ग के नीचे ऐसे ही कई गुणों की सूची दी गई है।

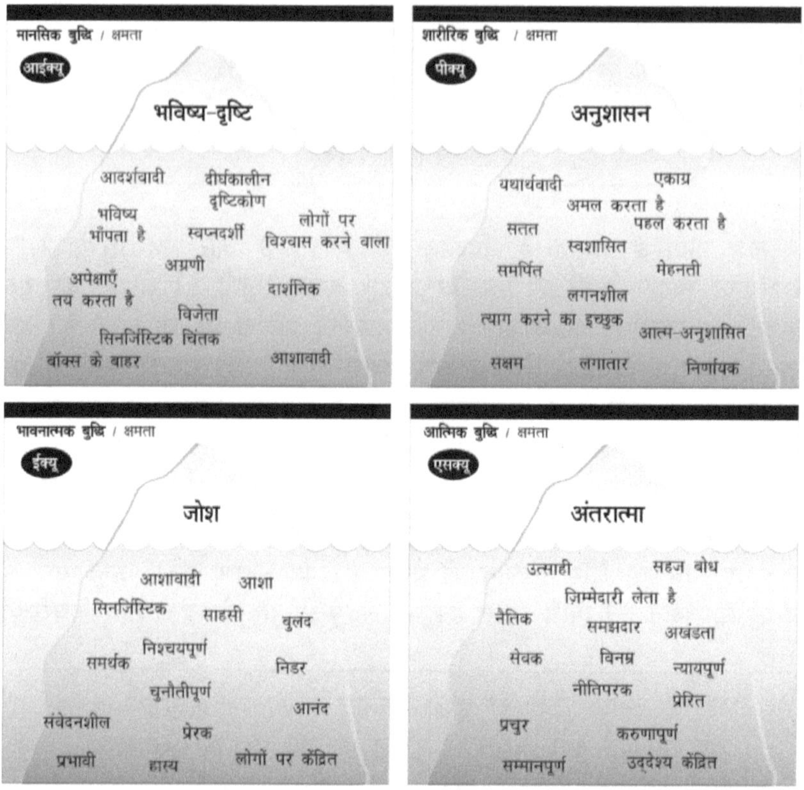

फ़िगर 5.3

सर्वश्रेष्ठ लीडर्स चार आयामों में काम करते हैं : भविष्य-दृष्टि, वास्तविकता, नीतिशास्त्र और साहस। ये चार बुद्धियाँ हैं। ये संप्रेषण की उन भाषाओं को समझने के चार रूप हैं, जो सार्थक, स्थायी परिणाम हासिल करने के लिए ज़रूरी हैं।

भविष्यदृष्टा लीडर बड़ा सोचता है, नया सोचता है, आगे तक सोचता है - और सबसे महत्वपूर्ण बात, मानवीय चेतना तथा रचनात्मक क्षमता के गहरे तंत्र के संपर्क में रहता है।

आपको उन तंत्रों पर नियंत्रण हासिल करना चाहिए, जो आपके मस्तिष्क पर शासन करते हैं : आपकी विश्वदृष्टि, आप किसके हक़दार हैं, क्या संभव है - के बारे में विश्वास। यह आधारभूत परिवर्तन का दायरा है, शक्ति और ऊर्जा का दायरा है - और साहस का सच्चा अर्थ है।[3]

पीटर कोस्टनबॉम, मैनेजमेंट दार्शनिक

भविष्य-दृष्टि, अनुशासन और जोश दुनिया पर शासन करते हैं

जिस भी व्यक्ति का दूसरे लोगों, संस्थाओं या समाज पर गहरा प्रभाव रहा है, जिस भी माता-पिता का कई भावी पीढ़ियों पर प्रभाव रहा है या जिस भी व्यक्ति ने सचमुच अच्छा या बुरा फ़र्क़ डाला है, उसमें तीन आम गुण होते हैं: भविष्य-दृष्टि, अनुशासन और जोश। मेरा सुझाव है कि ये तीन गुण संसार के प्रारंभ से ही इस पर शासन कर रहे हैं। वे कारगर लीडरशिप का प्रतिनिधित्व करते हैं।

आधुनिक इतिहास के कुछ उल्लेखनीय लीडर्स पर विचार करें :

जॉर्ज वॉशिंगटन में एक नया देश बनाने की भविष्य-दृष्टि थी, जो संगठित हो और विदेशी हस्तक्षेप से मुक्त हो। उन्होंने ख़ुद को अनुशासित करके नियुक्ति करना, आपूर्ति करना और लोगों को क्रांतिकारी सेना छोड़ने से रोकने का तरीक़ा सीखा। औपनिवेशिक सैन्य अधिकारियों, ब्रिटिश भूमि नीतियों और अमेरिकी विस्तार पर प्रतिबंधों के भेदभाव से ख़फ़ा वॉशिंगटन स्वतंत्रता के उद्देश्य को लेकर जोश से भरे हुए थे।

आधुनिक नर्सिंग की संस्थापक *फ़्लोरेंस नाइटिंगेल* ने अपना पूरा वयस्क जीवन सैन्य अस्पतालों में नर्सिंग की गुणवत्ता को सुधारने में लगा दिया। उनकी भविष्य-दृष्टि और जोश उनके व्यक्तिगत संकोच को पार कर गए।

मोहनदास करमचंद गाँधी ने भारत को स्वतंत्र करवाने में प्रमुख भूमिका निभाई, हालाँकि वे किसी निर्वाचित या नियुक्त पद पर नहीं रहे। लोगों का नेतृत्व करने के लिए उनके पास कोई औपचारिक पद नहीं था। गाँधीजी की नैतिक सत्ता ने इतने प्रबल सामाजिक और सांस्कृतिक मानदंड उत्पन्न किए कि इन्होंने अंततः राजनीतिक इच्छा को आकार दिया। उन्होंने शाश्वत अंतरात्मा को जागरूक करके अपने जीवन पर शासन किया, जो लोगों, अंतर्राष्ट्रीय समुदाय और अँग्रेजों में भी वास करती थी।

मार्गरेट थैचर किसी बड़े औद्योगिक राष्ट्र की पहली महिला लीडर थीं। वे तीन बार लगातार ग्रेट ब्रिटेन की प्रधानमंत्री रहीं और उनका प्रधानमंत्रित्व काल बीसवीं सदी में सबसे लंबा था। उनके आलोचक कम नहीं हैं, लेकिन वे जोश से लोगों को प्रेरित करती थीं कि वे व्यक्तिगत ज़िम्मेदारी का अनुशासन सीखें और आत्म-निर्भर बनें। वे अपने देश में मुक्त व्यापार तंत्र को बढ़ावा देने को लेकर भी जोशीली थीं। ब्रिटिश राजनीति में अपने कार्यकाल के दौरान उन्होंने देश को आर्थिक मंदी से उबारने में मदद की।

> *सशक्त बनना सुसंस्कृत महिला बनने जैसा है;*
> *अगर आपको लोगों को बताना पड़े कि आप यह हैं,*
> *तो इसका मतलब है कि आप नहीं हैं।*
> **मार्गरेट थैचर**

दक्षिण अफ़्रीका के पूर्व राष्ट्रपति *नेल्सन मंडेला* ने रंगभेदी शासन के ख़िलाफ़ संघर्ष करते हुए जेल में लगभग सत्ताईस साल गुज़ारे। मंडेला को उनकी स्मृति के बजाय उनकी कल्पना ने प्रेरित किया। वे अपने अनुभव और स्मृति की सीमा के पार दुनिया की कल्पना कर सकते थे, क्योंकि उनकी स्मृति में तो बस क़ैद, अन्याय, जनजातीय युद्ध और फूट थी। लेकिन उनकी आत्मा की गहराई में एक विश्वास गूँज रहा था : हर दक्षिण अफ़्रीकी नागरिक के महत्व में विश्वास।

मदर टेरेसा ने पूरे दिल से, पूरे समर्पण से और बिना शर्त के ग़रीबों की सेवा में ख़ुद को समर्पित कर दिया। उन्होंने अपने संगठन के लिए विरासत में ग़रीबी, पवित्रता और आज्ञापालन की बेहद अनुशासित शपथ छोड़ी। उनके गुज़रने के बाद भी उनके संगठन का विस्तार हो रहा है और वह सशक्त हो रहा है।

मौन का फल प्रार्थना है। प्रार्थना का फल आस्था है। आस्था का फल प्रेम है। प्रेम का फल ***सेवा*** *है। सेवा का फल* ***शांति*** *है।*[4]

मदर टेरेसा

आपको याद होगा, मैंने ज़िक्र किया था कि जिसने भी दुनिया में अच्छा *या बुरा* फ़र्क़ डाला है, उसमें ये तीनों साझे गुण थे : भविष्य-दृष्टि, अनुशासन और जोश। अब एक और लीडर को देखें, जिसमें ये तीनों गुण थे, लेकिन उसे बिलकुल अलग और भयंकर परिणाम मिले। *एडॉल्फ़ हिटलर* ने जोश के साथ थर्ड रीक के एक हज़ार साल के शासन और श्रेष्ठ आर्य जाति की भविष्य-दृष्टि संप्रेषित की। उसने दुनिया की सबसे अनुशासित सैन्य-औद्योगिक मशीनों में से एक बनाई। उसने अपनी जोशीली भाषणकला में बेहतरीन भावनात्मक बुद्धि का प्रमाण दिया। उसके भाषणों ने जनता में लगभग पागलपन भरा समर्पण और डर प्रेरित किया, जिसका उपयोग उसने नफ़रत और विध्वंस को बढ़ाने में किया।

बहरहाल, कारगर लीडरशिप और स्थायी लीडरशिप में एक बड़ा फ़र्क़ होता है। ऊपर बताए गए हर लीडर ने एक नीव बनाई और एक स्थायी योगदान दिया, सिवाय एक के - आख़िरी वाले के।

जब मैं सत्ता में आऊँगा, तो मेरा सबसे पहला काम यहूदियों का विनाश होगा।[5]

एडॉल्फ़ हिटलर

जब अंतरात्मा भविष्य-दृष्टि, अनुशासन और जोश पर शासन करती है, तो लीडरशिप स्थायी होती है और दुनिया को बदलकर बेहतर बनाती है। दूसरे शब्दों में, *नैतिक सत्ता औपचारिक सत्ता से काम करवाती है*। जब अंतरात्मा भविष्य-दृष्टि, अनुशासन और जोश पर शासन नहीं करती, तो लीडरशिप स्थायी नहीं होती, न ही उस लीडरशिप द्वारा बनाए गए संगठन स्थायी होते हैं। दूसरे शब्दों में, नैतिक सत्ता के बिना औपचारिक सत्ता असफल हो जाती है।

"बेहतर" का मतलब यह है कि यह "ऊपर उठाती है" और "क़ायम रहती है।" हिटलर के पास भविष्य-दृष्टि, अनुशासन और जोश था, लेकिन वह अहम् से संचालित था। अंतरात्मा की कमी उसके पतन का कारण बनी। गाँधीजी की भविष्य-दृष्टि, अनुशासन और जोश अंतरात्मा से संचालित थे, इसलिए वे उद्देश्य के सेवक बने और जनता के भी। एक बार फिर बता दें कि उनके पास सिर्फ़ नैतिक सत्ता थी, कोई औपचारिक सत्ता नहीं थी, लेकिन इसके बावजूद वे दुनिया के दूसरे सबसे बड़े देश के राष्ट्रपिता और संस्थापक बन गए।

जब भविष्य-दृष्टि, अनुशासन और जोश औपचारिक सत्ता द्वारा शासित होते हैं, लेकिन अंतरात्मा या नैतिक सत्ता नहीं होती है, तब भी यह दुनिया को बदलती है, लेकिन भलाई के लिए नहीं, बल्कि बुराई के लिए। ऊपर उठाने के बजाय यह नीचे गिराती है; स्थायी होने के बजाय यह अंततः नष्ट हो जाती है।

आइए इन चारों गुणों- भविष्य-दृष्टि, अनुशासन, जोश और अंतरात्मा - को ग़ौर से देखते हैं।

भविष्य-दृष्टि

भविष्य-दृष्टि मस्तिष्क की आँख से भविष्य की स्थिति देखना है। भविष्य-दृष्टि व्यावहारिक कल्पना है। सभी चीज़ों की रचना दो बार होती है : पहली, मानसिक रचना; दूसरी, भौतिक रचना। पहली रचना, भविष्य-दृष्टि, ख़ुद को या किसी संगठन को दोबारा ढालने की प्रक्रिया की शुरुआत है। यह इच्छाओं, सपनों, आशाओं, लक्ष्यों और योजनाओं का प्रतिनिधित्व करती है। लेकिन ये सपने या भविष्य-दृष्टियाँ महज़ फ़ंतासी नहीं होते। वे तो वास्तविक होते हैं, जिन्हें उस वक़्त तक भौतिक रूप में नहीं ढाला गया है। वे तो मकान के उस ब्लूप्रिंट की तरह हैं, जो बनने वाला है या संगीत के नोट्स हैं, जिन पर धुन छेड़ी जाना बाक़ी है।

हममें से ज़्यादातर को अपनी क्षमता या भविष्य-दृष्टि का एहसास ही नहीं होता। विलियम जेम्स ने कहा था, "बहुसंख्यक लोग अपनी क्षमता के बहुत ही सीमित दायरे के भीतर जीवन गुज़ार देते हैं। हम सबमें ऊर्जा और प्रतिभा के ऐसे अतिरिक्त ख़ज़ाने हैं, जिनका हम दोहन कर सकते हैं, लेकिन जिनका हमें अंदाज़ा ही नहीं होता है।"

हममें से हर एक में अपनी ज़िंदगी को दोबारा ढालने की अतुलनीय शक्ति और क्षमता होती है। नीचे दी गई कहानी में देखें कि एक दुखी महिला अपने जीवन के लिए नई भविष्य-दृष्टि उत्पन्न करने में किस तरह समर्थ हुईः

मैं उस वक़्त छयालीस साल की थी, जब मेरे पति गॉर्डन को कैंसर हुआ। उनके साथ ज़्यादा वक़्त रहने के लिए मैंने बेझिझक जल्दी रिटायरमेंट ले लिया। हालाँकि अठारह महीने बाद हुई उनकी मौत प्रत्याशित थी, लेकिन इसके बावजूद दुख मुझ पर हावी हो गया। मैं हमारे अधूरे सपनों को याद कर-करके दुखी होने लगी। मेरी उम्र सिर्फ़ अड़तालीस साल थी, लेकिन मेरे पास जीने का कोई उद्देश्य नहीं था।

भीषण दुख के बीच मैं ख़ुद से बार-बार यह सवाल पूछने लगी, ईश्वर ने गॉर्डन को क्यों उठाया, मुझे क्यों नहीं उठाया? मुझे महसूस हुआ कि गॉर्डन के पास दुनिया को देने के लिए मुझसे ज़्यादा था। मेरा शरीर, मस्तिष्क और आत्मा बुरी तरह थक चुके थे, ऐसे में मुझे अपने जीवन का नया अर्थ खोजने की प्रेरणा मिली।

मैंने इस विचार को जकड़ लिया कि सभी चीज़ों की रचना दो बार होती है, पहले मानसिक रूप से और फिर भौतिक रूप से। मुझे ख़ुद से पूछना पड़ा कि मेरी प्रतिभाएँ क्या हैं। एक योग्यता निर्धारण परीक्षण से मुझे मेरी सबसे सशक्त योग्यताएँ पता चल गईं। जीवन में संतुलन का एहसास बनाने के लिए मैंने अपनी प्रकृति के चार हिस्सों पर ध्यान केंद्रित किया। बौद्धिक स्तर पर मुझे एहसास था कि मुझे सिखाना पसंद था। आध्यात्मिक और सामाजिक रूप से मैं उस नस्लीय सद्भाव को बढ़ाना चाहती थी, जो हमने अपनी द्वि-नस्लीय विवाह द्वारा उत्पन्न करने का प्रयास किया था। भावनात्मक रूप से मैं जानती थी कि मुझे प्रेम देने की ज़रूरत है। जब मेरी माँ ज़िंदा थीं, तो वे अस्पताल में बहुत बीमार बच्चों को गोद में खिलाती थीं। मैं भी उनकी तरह प्रेम देना चाहती थी और बिना शर्त प्रेम की उनकी विरासत को जारी रखना चाहती थी।

मुझे असफल होने का डर था, लेकिन मैंने ख़ुद को समझाया कि नया हैट पहनकर देखने की तरह अलग चीज़ों की कोशिश करने में कोई बुराई नहीं है। अगर मुझे पढ़ाने में मज़ा नहीं आया, तो एक सेमिस्टर के बाद मैं उसे छोड़ सकती हूँ। मैं ग्रेजुएट स्कूल जाने लगी, ताकि कॉलेज स्तर पर पढ़ा सकूँ। ग्रेजुएट स्कूल मुश्किल होता है, लेकिन अड़तालीस साल की उम्र में यह ज़्यादा मुश्किल होता है! मेरी आदत थी कि मैं अपने सारे काग़ज़ात अपनी सेक्रेटरी से टाइप करवाती थी। एक सेमिस्टर तो मुझे ख़ुद टाइप करना सीखने में लग गया। टीवी का मोह छोड़ने और केबल बॉक्स लौटाने के लिए मुझे अपनी पूरी इच्छाशक्ति का इस्तेमाल करना पड़ा।

मैंने ग्रेजुएट स्कूल पूरा कर लिया और लिटिल रॉक, अरकांसस के एक अश्वेत कॉलेज में पढ़ाने लगी। मुझे मार्टिन लूथर किंग कमीशन में नस्लीय संबंध बेहतर बनाने के लिए गवर्नर नियुक्त कर दिया गया। मैं वेंटीलेटर्स से बँधे एड्स के शिकार बच्चों को गोद में झुलाती थी। मैं जानती थी कि मैं उन्हें आराम पहुँचा रही हूँ और इससे मुझे शांति मिलती थी।

अब मेरा जीवन अच्छा है। मैं महसूस कर सकती हूँ कि गॉर्डन मेरी तरफ़ देखकर मुस्करा रहे हैं। उन्होंने मरने से पहले मुझसे बार-बार कहा था कि उनके बाद मेरा जीवन हँसी, सुखद यादों और अच्छी चीज़ों से सराबोर होना चाहिए। जब मेरी अंतरात्मा पर ऐसा आदेश हो, तो मैं अपना जीवन कैसे बर्बाद कर सकती थी? मुझे नहीं लगता कि मैं ऐसा कर सकती थी। मुझे अपना जीवन सर्वश्रेष्ठ ढंग से जीने का कर्तव्य पूरा करना है, जो मैं उन लोगों के लिए कर सकती हूँ, जिनसे मैं सबसे ज़्यादा प्रेम करती हूँ - चाहे वे इस दुनिया में हों या उस दुनिया में।

अल्बर्ट आइंस्टीन ने कहा था, "कल्पना ज्ञान से ज़्यादा महत्वपूर्ण है।" स्मृति अतीत है। यह निश्चित है। भविष्य-दृष्टि भविष्य है। यह असीमित है। भविष्य-दृष्टि इतिहास, स्मृतियों, अतीत की भावनात्मक चोटों से ज़्यादा बड़ी होती है।

किसी ने आइंस्टीन से पूछा था कि अगर उन्हें ईश्वर से एक सवाल पूछने का मौक़ा मिले, तो वे क्या पूछेंगे। उनका जवाब था, "ब्रह्मांड कैसे शुरू हुआ? क्योंकि इसके बाद की हर चीज़ तो बस गणित है।" लेकिन कुछ सोचने के बाद उन्होंने अपना मन बदल लिया। उन्होंने कहा, "इसके बजाय मैं पूछूँगा, 'आपने ब्रह्मांड की रचना क्यों की?' क्योंकि तब मैं अपने जीवन का अर्थ जान जाऊँगा।"

संभवतः सबसे महत्वपूर्ण भविष्य-दृष्टि स्वयं का एहसास विकसित करना है- अपनी तक़दीर का एहसास, जीवन में अपने अनूठे मिशन और भूमिका का एहसास, उद्देश्य और अर्थ का एहसास। अपनी व्यक्तिगत भविष्य-दृष्टि की जाँच करते समय सबसे पहले ख़ुद से पूछें : क्या भविष्य-दृष्टि मेरी आवाज़, मेरी ऊर्जा, मेरी अनूठी प्रतिभा का दोहन करती है? क्या यह मुझे "कॉलिंग" का, ऐसे उद्देश्य का एहसास देती हैं, जो मेरे समर्पण के क़ाबिल हो? इस तरह का अर्थ हासिल करने के लिए गहन व्यक्तिगत चिंतन करने, गहरे सवाल पूछने और सपने देखने की ज़रूरत होती है।

लेखक, फ़िल्मकार और विश्वविख्यात कहानीकार सर लॉरेंस वैन डर पोस्ट ने कहा था, "भविष्य-दृष्टि के बिना हम सभी अपूर्ण जानकारी के शिकार हो जाते हैं। हम जीवन को निकट-दृष्टि दोष के शिकार होकर देखते हैं, यानी अपने ही लेंस से दुनिया देखते हैं। भविष्य-दृष्टि हमें अपनी आत्मकथा के पार जाने और हमारे अतीत को स्मृति से ऊपर जाने में समर्थ बनाती है। यह मानवीय संबंधों में ख़ास तौर पर व्यावहारिक है और दूसरों के प्रति आत्मा की उदारता उत्पन्न करता है।"

जब हम भविष्य-दृष्टि की बात करते हैं, तो न सिर्फ़ इस भविष्य-दृष्टि पर विचार करना महत्वपूर्ण है कि "वहाँ पर" क्या संभव है, बल्कि इस भविष्य-दृष्टि पर भी विचार करना महत्वपूर्ण है कि दूसरे लोगों की छिपी हुई क्षमताएँ क्या हो सकती हैं। भविष्य-दृष्टि सिर्फ़ काम करवाने, काम पूरा करने या कोई उपलब्धि हासिल करने से ज़्यादा बड़ी चीज़ है। यह तो दूसरों के प्रति अपने विचार पता करने के बारे में है। इसका मतलब है उनका विस्तार करना, उन्हें प्रोत्साहित करना, उनमें विश्वास करना

और उनके भीतर छिपी संभावित क्षमता का पता लगाकर उसके इस्तेमाल में उनकी मदद करना – यानी उनकी आवाज़ खोजने में उनकी मदद करना।

कई पूर्वी संस्कृतियों में लोग अपने सीने पर वी आकार में हाथ रखकर दूसरों का अभिवादन करते हैं और उनके सामने सिर झुकाते हैं। ऐसा करके वे यह संदेश दे रहे हैं, "मैं आपके भीतर मौजूद महानता को सलाम करता हूँ," या "मैं आपके भीतर छिपे दैवी अंश को सलाम करता हूँ।" मैं एक ऐसी महिला को जानता हूँ, जो किसी से मिलते समय ज़ोर से या मन ही मन कहती है, "मैं आपसे प्रेम करती हूँ। आपका नाम क्या है?" लोगों को उनके वर्तमान व्यवहार या कमज़ोरियों के लेंस से देखने के बजाय उनकी क्षमता और सर्वश्रेष्ठ कामों के लेंस से देखने पर सकारात्मक ऊर्जा उत्पन्न होती है और दूसरों तक पहुँचती है। यह प्रोत्साहनपूर्ण कार्य टूटे संबंधों को दोबारा सुधारने की कुंजी भी है। यह सफल माता-पिता बनने की कुंजी भी है।

आप मुझे उठाएँ, मैं आपको उठाऊँगा और हम दोनों साथ-साथ ऊपर चढ़ेंगे।

क्वेकर प्रोवर्ब

लोगों को उनके व्यवहार से अलग करके देखना बहुत शक्तिशाली होता है, क्योंकि इससे हम उनकी मूलभूत, बिना शर्त की महत्ता की पुष्टि करते हैं। जब हम दूसरों की क्षमता को पहचानते और स्वीकार करते हैं, तो ऐसा लगता है, जैसे हमने उनके सामने आईना रख दिया हो, जो उनके सर्वश्रेष्ठ आंतरिक स्वरूप का प्रतिबिंब दिखा रहा है। यह प्रोत्साहक भविष्य-दृष्टि न सिर्फ़ उन्हें सर्वश्रेष्ठ स्वरूप में पहुँचने के लिए मुक्त करती है, बल्कि यह हमें भी अनचाही प्रतिक्रिया न करने के लिए मुक्त करती है। जब लोग अपनी क्षमता से काफ़ी निचले स्तर पर व्यवहार करते हैं, तो हमारा प्रोत्साहक नज़रिया और शब्द ये होते हैं, "यह तो आप जैसा व्यवहार नहीं है।"

कई साल पहले मैं विदेश यात्रा पर गया। मुझे याद है, मेरा परिचय लगभग अठारह साल के एक लड़के से कराया गया। उसने किशोरावस्था में बहुत बड़ी चुनौतियों का सामना किया था, जिनमें नशा और शराब शामिल थीं। हालाँकि अब वह अपना जीवन बदल रहा था, लेकिन उससे एकांत में बात करने पर मैं समझ सकता था कि वह दिशा बोध के लिए जूझ रहा था और उसे ख़ुद पर विश्वास नहीं था। मैंने यह भी भाँप लिया कि वह एक ख़ास युवक था और महानता तथा सच्ची क्षमता से भरपूर था। यह उसके चेहरे और आत्मा से प्रकट हो रहा था। उससे विदा लेने से पहले मैंने उसकी आँखों में आँखें डालकर देखा। फिर मैंने उसे बताया कि मेरे हिसाब से उसमें असाधारण प्रतिभाएँ और क्षमता है, तथा वह दुनिया में बहुत आगे तक जाएगा और बहुत प्रभावशाली व्यक्ति बनेगा।

लगभग बीस साल बाद वह बहुत ही सफल और समर्थ युवक बन चुका है। उसका एक सुंदर परिवार है और वह बहुत कामयाब प्रोफ़ेशनल है। मेरा एक दोस्त हाल ही में उससे मिला। बातचीत में इस युवक ने वह अनुभव दोहराया, जो मैंने अभी आपको बताया। उसका कहना था, "आप सोच नहीं सकते कि उस एक घंटे ने मेरे जीवन पर कितना असर डाला। मुझे किसी ने यह बताया कि मुझमें मेरी कल्पना या अनुमान से कहीं ज़्यादा क्षमता है। यह विचार मेरे दिल को छू गया और वहीं बस गया। इसी वजह से इतना फ़र्क़ पड़ा।"

लोगों को प्रोत्साहित करने की आदत विकसित करना बहुत महत्त्वपूर्ण है। बार-बार और सच्चे दिल से उनमें अपना विश्वास प्रकट करना – ख़ासकर किशोरों के सामने, जो अपनी दूसरी पहचान के संकट से गुज़र रहे हैं – बेहद महत्त्वपूर्ण है। यह तुलनात्मक रूप से छोटा निवेश है, लेकिन इसके परिणाम अकल्पनीय और अविश्वसनीय हैं। एक बार फिर, हम पर पड़ने वाले उस अविश्वसनीय प्रभाव को याद करें, जब कोई हममें (हमारी क्षमता में) अपना विश्वास प्रकट करता है, हालाँकि उस वक़्त हम ख़ुद अपने (हमारे अतीत) में विश्वास नहीं करते हैं।

अनुशासन

हालाँकि अनुशासन दूसरी कड़ी है, लेकिन यह भी भविष्य-दृष्टि जितना ही महत्त्वपूर्ण है। अनुशासन दूसरी रचना है। यह उस भविष्य-दृष्टि को क्रियान्वित करने, संभव बनाने, हासिल करने में लगने वाला त्याग करना है। अनुशासन इच्छाशक्ति का मूर्त रूप है। पीटर ड्रकर ने एक बार कहा था कि मैनेजर का पहला कर्तव्य वास्तविकता को परिभाषित करना है। अनुशासन वास्तविकता को परिभाषित करता है और इसे स्वीकार करता है। यह इसे अस्वीकार करने के बजाय इसमें पूरी तरह डूबने की इच्छा है। स्थिति चाहे जैसी हो, कठोर, निर्मम तथ्यों को स्वीकार करना है।

> *जब सुबह की ताज़गी की जगह दोपहर की थकान चढ़ने लगे, जब पैर की मांसपेशियाँ दबाव में कँपकँपाने लगें, जब चढ़ाई अंतहीन दिखने लगे और अचानक कुछ भी आपकी इच्छा के अनुरूप न हो रहा हो – तभी वह समय है, जब आपको हिचकना नहीं चाहिए।*[6]
>
> **डैग हैमरस्कोल्ड**

भविष्य-दृष्टि और आशा के एहसास के बिना वास्तविकता को स्वीकार करना हताशापूर्ण या तनावपूर्ण हो सकता है। ख़ुशी को कई बार उस योग्यता के रूप में परिभाषित किया जाता है, जिसमें आप वर्तमान इच्छा को भावी इच्छा के अधीन रखते हैं। आज की ख़ुशी को ज़्यादा बड़ी और दूरगामी भलाई के लिए छोड़ने के व्यक्तिगत त्याग की प्रक्रिया का नाम ही अनुशासन है।

नेतृत्व भविष्य-दृष्टि को हक़ीक़त में बदलने की क्षमता है।
वॉरेन बेनिस

अधिकांश लोग अनुशासन का मतलब यह लगा लेते हैं कि यहाँ स्वतंत्रता नहीं हैं। "*चाहिए* से सहजता मर जाती है।" "'करना ही है' में कोई स्वतंत्रता नहीं है।" "मैं वह करना चाहता हूँ, जिसे मैं करना चाहता हूँ। यह स्वतंत्रता है, कर्तव्य नहीं है।"

दरअसल, इसका उलट सच है। सिर्फ़ अनुशासित लोग ही सचमुच स्वतंत्र होते हैं। अनुशासनहीन लोग मूड, भूख और प्रबल इच्छाओं के दास होते हैं।

क्या आप पियानो बजा सकते हैं? मैं नहीं बजा सकता। मेरे पास पियानो बजाने की स्वतंत्रता नहीं है। मैंने कभी ख़ुद को अनुशासित नहीं किया। मैंने इसका उतना अभ्यास नहीं किया, जितना मेरे माता-पिता और पियानो टीचर मुझसे करवाना चाहते थे। इसके बजाय मैं अपने मित्रों के साथ खेलना ज़्यादा पसंद करता था। मुझे नहीं लगता कि मैंने कभी पियानो वादक बनने की कल्पना की थी। मुझे कभी एहसास भी नहीं हुआ कि इसका क्या मतलब हो सकता है : सशक्त कला रचने की स्वतंत्रता, जो ज़िंदगी भर मेरे और दूसरों के लिए मूल्यवान हो सकती है।

क्षमा करने, क्षमा माँगने की स्वतंत्रता का क्या? बिना शर्त प्रेम करने की स्वतंत्रता का क्या? निर्णायक नहीं, प्रोत्साहक बनने; आलोचक नहीं, मिसाल बनने की स्वतंत्रता का क्या? इन कामों में शामिल अनुशासन के बारे में सोचें। अनुशासन किसी व्यक्ति या उद्देश्य का "शिष्य" बनने से आता है।

महान शिक्षाविद् होरेस मान ने एक बार कहा था, "वे लोग बेकार ही ख़ुशी के बारे में बातें करते हैं, जो किसी सिद्धांत के पालन में किसी आवेग को नहीं दबा पाते। जिसने कभी भावी भलाई के लिए वर्तमान का त्याग नहीं किया या जनहित के लिए व्यक्तिगत हित का त्याग नहीं किया, वह ख़ुशी के बारे में बस उसी तरह बोल सकता है, जिस तरह अंधे लोग रंगों के बारे में बोल सकते हैं।"

मुझे वह आंतरिक संघर्ष याद है, जिसका सामना मैंने पचास साल की उम्र में यूनिवर्सिटी प्रोफ़ेसर के रूप में किया था। मैंने सुरक्षित बंदरगाह यानी यूनिवर्सिटी प्रोफ़ेसरशिप का आरामदेह दायरा छोड़कर बिज़नेस शुरू करने का फ़ैसला किया। अगर यह भविष्य-दृष्टि नहीं होती कि मैं कितनी भलाई कर सकता हूँ, तो मुझमें कभी यह त्याग करने का अनुशासन नहीं आ पाता। हम नया बिज़नेस स्थापित करने के लिए त्याग करने की प्रक्रिया को शुरू नहीं कर पाते, जिसमें मकान गिरवी रखना और क़र्ज़ में डूबना शामिल था। हमने एक नया साहसिक सूत्रवाक्य भी बना लिया था, "ख़ुशी सकारात्मक कैशफ़्लो है।" तनख़्वाह बाँटने का दिन क़रीब आने पर हमें बरसों तक पसीने आते रहे। अगर हमारे पास डटे रहने का अनुशासन नहीं होता और यह

भविष्य-दृष्टि नहीं होती कि क्या संभव था, तो हम उस मुश्किल दौर को कभी नहीं झेल सकते थे।

मैं सचमुच मानता हूँ कि सभी सफल लोगों में अनुशासन का गुण होता है। मुझे बीमा एक्ज़ीक्यूटिव अल्बर्ट ई.एन. ग्रे का काम पसंद है, जिन्होंने सफलता के आम सूचक का पता लगाने की कोशिश में अपनी ज़िंदगी लगा दी। अंततः वे इस सरल लेकिन गूढ़ एहसास पर पहुँचे कि हालाँकि कड़ी मेहनत, ख़ुशक़िस्मती और मानवीय संबंधों में निपुणता जैसे गुण महत्वपूर्ण हैं, लेकिन सबसे महत्वपूर्ण बात यह है कि सफल व्यक्ति "ऐसे काम करने की आदत डाल लेते हैं, जिन्हें असफल लोग पसंद नहीं करते।"[7] यह ज़रूरी नहीं है कि सफल लोगों को भी उन कामों को करना पसंद हो। बहरहाल, उनके उद्देश्य की शक्ति उनकी नापसंदगी को दबा देती है।

जिन लोगों में अनुशासन की कमी होती है और जो त्याग नहीं कर पाते, वे काम को हँसी-मज़ाक़ में टालते रहते हैं। एक तरह से हर काम का दिन एक लंबा नक़ाब भरा नाच बन जाता है। वे धुएँ के छल्ले उड़ाने में ही दिन गुज़ार देते हैं। वे ईमेल में विस्तार से बताते हैं कि वे किस चीज़ पर काम कर रहे हैं। फ़ोन संदेशों में वे प्रोजेक्ट्स की ताज़ा स्थिति बताते हैं और लंबी मीटिंगों में इस बारे में विचार-विमर्श करते हैं कि काम कैसे किए जाएँ। आम तौर पर जो लोग बहाने बनाने में अपना वक़्त ज़ाया करते हैं, उनमें एकाग्रता और अनुशासन की कमी होती है। असफलता के झटके तो अवश्यंभावी हैं, लेकिन दुख एक विकल्प है। कारण तो हमेशा रहते हैं; बहाना कभी नहीं रहता।

जोश

जोश दिल से आता है और आशावाद, रोमांच, भावनात्मक जुड़ाव व संकल्प के रूप में प्रकट होता है। यह सतत प्रेरणा को प्रज्वलित करता है। इसकी जड़ें परिस्थिति के बजाय विकल्प चुनने की शक्ति में गहराई तक जमी होती हैं। जोशीले लोगों को यक़ीन होता है कि भविष्य को जानने का सबसे अच्छा तरीक़ा इसकी रचना करना है। दरअसल जोश एक नैतिक आदेश बन जाता है, जिससे व्यक्ति निराशा और बेबसी की मूलतः भावनात्मक समस्या के बजाय समाधान का हिस्सा बन जाता है।

अरस्तू ने कहा था, "जहाँ प्रतिभाएँ और दुनिया की आवश्यकताएँ एक-दूसरे को भेदती हैं, वहीं आपका व्यावसायिक कर्तव्य (vocation) निहित है।" हम कह सकते हैं, "वहीं आपका जोश है, आपकी आवाज़ है" - जो आपके जीवन को ऊर्जावान बनाती है और आपको प्रेरणा देती है। यह भविष्य-दृष्टि और अनुशासन का ईंधन है। इसी वजह से आप तब भी जुटे रहते हैं, जब बाक़ी सभी लोग इसे छोड़ने की सलाह देते हैं। जब डॉक्टर ने एक व्यक्ति से पूछा कि वह सप्ताह में कितने घंटे काम करता है, तो उसने जवाब दिया, "मुझे नहीं मालूम। आप सप्ताह में कितने घंटे साँस लेते हैं?" जब जीवन, काम, खेल और प्रेम एक ही चीज़ के इर्द-गिर्द घूमें, तो आपमें

जोश है!

अपने जीवन में जोश भरने की कुंजी अपनी अनूठी योग्यताओं और दुनिया में अपनी विशेष भूमिका व उद्‌देश्य खोजना है। आप कौन सा काम करना चाहते हैं, यह फ़ैसला करने से पहले ख़ुद को जानना अनिवार्य है। ग्रीक दर्शन "ख़ुद को जानो, ख़ुद को नियंत्रित करो, ख़ुद को प्रदान करो" बहुत बढ़िया क्रम में और समझदारीपूर्ण है। व्यक्ति की प्रतिभा, उद्‌देश्य और जीवन में भूमिका आम तौर पर बनाई नहीं, खोजी जाती है। लेखक, फ़िल्मकार और विश्वविख्यात कहानीकार सर लॉरेंस वैन डर पोस्ट ने लिखा था :

> हमें ख़ुद में झाँकने के लिए अंदर की तरफ़ देखना होगा, हमारी आत्मा के पात्र में झाँकना होगा; देखना और सुनना होगा। जब तक आप उस चीज़ को सुन न लें, जो आपके द्वारा सपने देख रही है, दूसरे शब्दों में - अँधेरे में दरवाज़े पर हुई दस्तक का जवाब न दे दें, तब तक आप समय रहते इस पल की क़ैद से ऊपर उठकर उस स्तर तक नहीं पहुँच पाएँगे, जहाँ सृजन का महान कर्म घटित हो रहा है।

जीवन में महान योगदान वे लोग देते हैं, जो दरवाज़े पर होने वाली दस्तक से डरने के बावजूद उसका जवाब देते हैं। साहस जोश का सार है। जैसा हैरॉल्ड बी. ली ने कहा है, "हर सद्‌गुण की गुणवत्ता है, जो इसके सर्वोच्च जाँच बिंदु (testing point) पर कार्य कर रही है।"[8]

यह एक ग़लत अवधारणा है कि व्यक्ति की योग्यता ही उसकी प्रतिभा है। दरअसल, योग्यताएँ प्रतिभाएँ नहीं होतीं। दूसरी ओर, प्रतिभाओं को योग्यताओं की आवश्यकता होती है। लोग ऐसे क्षेत्रों में योग्य व ज्ञानी हो सकते हैं, जहाँ उनकी प्रतिभा का वास नहीं है। अगर उनके पास ऐसी नौकरी हो, जिसमें उनकी योग्यताओं की तो आवश्यकता हो, लेकिन प्रतिभाओं की न हो, तो संगठन कभी उनके जोश या आवाज़ का दोहन नहीं कर पाएँगे। वे काम की प्रक्रिया से तो गुज़रेंगे, लेकिन इसमें बाहरी निगरानी और प्रेरणा की आवश्यकता नज़र आएगी।

अगर आप ऐसे लोगों को काम पर रख सकें, जिनका जोश उनके काम से जुड़ा हो, तो उन्हें किसी तरह की निगरानी की ज़रूरत नहीं पड़ेगी। वे किसी दूसरे के बजाय अपना प्रबंधन बेहतर ढंग से करेंगे। उनकी आग बाहर से नहीं, भीतर से आती है। उनकी प्रेरणा बाहरी नहीं, आंतरिक है। उन पलों के बारे में सोचें, जब आप किसी प्रोजेक्ट के बारे में जोशीले थे। उसमें आप इतने डूबे और खोए हुए थे कि किसी दूसरी चीज़ के बारे में मुश्किल से सोच पाते थे। क्या आपको प्रबंधन या निगरानी की ज़रूरत थी? बेशक नहीं। उस काम को कैसे और कब किया जाए, यह बताना भी एक तरह से अपमान होता।

जब आप ख़ुद को किसी ऐसे काम में झोंक सकें, जो आवश्यकता, प्रतिभा और जोश को एक साथ ले आए, तो शक्ति का ताला खुल जाता है।

अंतरात्मा

दैवी अग्नि की उस छोटी सी चिंगारी - अंतरात्मा - को जीवित रखने के लिए मेहनत करो।[१]
जॉर्ज वॉशिंगटन

इस पुस्तक की शुरुआत से ही अंतरात्मा के ज़बर्दस्त महत्व के बारे में काफ़ी कुछ कहा जा चुका है। ऐसे बहुत से प्रमाण हैं, जिनसे पता चलता है कि अंतरात्मा, यह नैतिक एहसास, यह आंतरिक शक्ति, एक वैश्विक घटना है। लोगों की यह आध्यात्मिक या नैतिक प्रकृति धर्म, किसी विशिष्ट धार्मिक पद्धति, संस्कृति, भौगोलिक स्थिति, राष्ट्रीयता या प्रजाति से परे है। लेकिन मूलभूत अंतर्निहित सिद्धांतों या जीवनमूल्यों के मामले में दुनिया के सभी प्रमुख धर्म एकमत हैं।

इमैनुअल कान्ट ने कहा था, "मैं दो बातों पर हमेशा हैरान होता हूँ; ऊपर सितारों भरा आसमान और भीतर मौजूद नैतिक नियम।" अंतरात्मा भीतर मौजूद नैतिक नियम है। यह नैतिक नियम और व्यवहार का तालमेल है। कई लोगों की तरह मैं भी मानता हूँ कि यह ईश्वर की आवाज़ है, जो उनकी संतानों के लिए है। हो सकता है, बाक़ी लोग यह न मानते हों, लेकिन इसके बावजूद वे इतना तो मानते हैं कि यह न्याय और निष्पक्षता, सही और ग़लत, दयालुता और निर्ममता, मदद करने वाले और विघ्न डालने वाले, सुंदर बनाने वाले और नष्ट करने वाले, सच्चे और झूठे का आंतरिक एहसास है। माना कि संस्कृति इस मूलभूत नैतिक एहसास को कई क़िस्म के व्यवहारों और शब्दों में बदल देती है, लेकिन यह बदलाव सही और ग़लत के अंतर्निहित एहसास को नकारता नहीं है।

अलग-अलग धर्मों और संस्कृतियों वाले देशों में काम करते हुए मैंने इस शाश्वत अंतरात्मा को बार-बार उभरते देखा है। *न्याय, ईमानदारी, सम्मान* और *योगदान* का एहसास जैसे जीवनमूल्य सचमुच संस्कृति से परे हैं - कालजयी हैं, युगों से परे हैं और स्वतः स्पष्ट भी हैं। एक बार फिर, यह उतना ही स्वतः स्पष्ट है, जितना यह तथ्य कि विश्वास के लिए विश्वसनीयता की ज़रूरत होती है।

अंतरात्मा और अहम्

अंतरात्मा भीतर की धीमी, छोटी आवाज़ है। यह शांत है। यह शांतिदायक है। अहम् तानाशाह, निर्मम और निरंकुश है।

अहम् अपने बचाव, आनंद और प्रगति पर केंद्रित होता है। इसमें दूसरों के लिए कोई जगह नहीं होती। यह स्वार्थपूर्ण ढंग से महत्वाकांक्षी होता है। यह संबंधों को जोखिम या जोखिम नहीं के संदर्भ में देखता है, जिस तरह छोटे बच्चे सब लोगों को "वह अच्छा है" या "वह बुरा है" की श्रेणियों में रखते हैं। दूसरी ओर, अंतरात्मा अहम् का प्रजातांत्रीकरण करती है और उसे समूह, समुदाय, ज़्यादा भलाई के अधिक बड़े एहसास तक उठाती है। यह जीवन को सेवा और योगदान, दूसरों की सुरक्षा और संतुष्टि के संदर्भ में देखती है।

अहम् सच्चे संकट की चुनौती में काम करता है, लेकिन यह फ़ैसला नहीं कर पाता कि संकट या जोखिम कितना गंभीर है। अंतरात्मा विवेक से ओत-प्रोत होती है और इसे यह एहसास होता है कि जोखिम कितना बड़ा है। इसके पास प्रतिक्रियाओं का विशाल भंडार होता है। इसके पास धैर्य और बुद्धिमानी होती है, जिसके आधार पर यह फ़ैसला करती है कि क्या करना है और कब करना है। अंतरात्मा जीवन को कन्टिन्यूम के रूप में देखती है। यह जटिल रूपांतरण में सक्षम है।

अहम् सो नहीं सकता। यह माइक्रोमैनेजमेंट (अति-प्रबंधन) करता है। यह कमज़ोर बनाता है। यह व्यक्ति की क्षमता को कम करता है। यह नियंत्रण में उत्कृष्ट रहता है। अंतरात्मा दिल की गहराई से लोगों को सम्मान देती है और आत्म-नियंत्रण की उनकी क्षमता को देख लेती है। यह सशक्त बनाती है। यह सभी लोगों के महत्व और जीवनमूल्य को प्रदर्शित करती है। यह उनके चुनाव की तथा चुनने की शक्ति व स्वतंत्रता को प्रोत्साहित करती है। फिर नैसर्गिक आत्म-नियंत्रण प्रकट होता है, जो ऊपर या बाहर से नहीं थोपा जाता।

अहम् नकारात्मक प्रतिक्रियाओं से जोखिम महसूस करता है और इस तरह का संदेश देने वाले को सज़ा देता है। यह हर जानकारी का विश्लेषण आत्म-रक्षा के संदर्भ में करता है। यह लगातार जानकारी को सेंसर करता है। यह ज़्यादातर वास्तविकता को नकार देता है। अंतरात्मा दूसरों की प्रतिक्रिया को महत्व देती है और उसमें निहित सच्चाई को भाँपने की कोशिश करती है। यह जानकारी से नहीं घबराती है और इस बात का सटीक विश्लेषण कर सकती है कि क्या हो रहा है। इसे जानकारी को सेंसर करने की ज़रूरत नहीं होती और यह हर दिशा से वास्तविकता के प्रति जागरूक रहती है।

अहम् निकटदर्शी होता है और पूरे जीवन का विश्लेषण अपने एजेंडा के हिसाब से करता है। अंतरात्मा सामाजिक परिवेशवादी होती है, जो पूरे तंत्र तथा परिवेश की बात सुनती है और भाँपती है। यह शरीर में प्रकाश भर देती है और अहम् का प्रजातांत्रीकरण करने में सक्षम होती है, ताकि यह पूरे जगत को ज़्यादा सटीकता से प्रतिबिंबित करे।

अंतरात्मा के बारे में अधिक अंतर्दृष्टियाँ

अंतरात्मा त्याग है - स्वयं या अपने अहम् को किसी उच्चतर उद्देश्य, लक्ष्य या सिद्धांत के अधीन रखना है। एक बार फिर, त्याग का वास्तविक अर्थ है किसी अच्छी चीज़ को उससे बेहतर चीज़ के लिए छोड़ना। लेकिन त्याग करने वाले व्यक्ति के लिए यह दरअसल त्याग नहीं है - यह तो सिर्फ़ देखने वाले की नज़र में त्याग होता है।

त्याग के कई रूप हो सकते हैं, क्योंकि यह हमारे जीवन के चार आयामों में से किसी में भी हो सकता है : भौतिक और आर्थिक त्याग करना (शरीर); खुले, जिज्ञासु मस्तिष्क को विकसित करना और पूर्वाग्रहों से मुक्त होना (मस्तिष्क); दूसरों के प्रति गहरा सम्मान और प्रेम दर्शाना (हृदय); और अपनी इच्छा को व्यापक भलाई की उच्चतर इच्छा के अधीन रखना (आत्मा)।

> *बिना कुछ दिए नया दर्शन या जीवनशैली नहीं मिलती। इसकी काफ़ी क़ीमत चुकानी पड़ती है और बहुत धैर्य तथा कोशिश से ही इसे हासिल किया जा सकता है।*
>
> **फ़्योदोर दोस्तोयवस्की**

अंतरात्मा हमें सिखाती है कि ध्येय और साधन को अलग-अलग नहीं किया जा सकता। यह सिखाती है कि ध्येय दरअसल साधनों में विद्यमान होते हैं। इमैनुअल कान्ट ने सिखाया था कि ध्येय को पाने के लिए प्रयुक्त साधन भी ध्येय जितने ही महत्वपूर्ण हैं। मैकियावली ने इसका विपरीत सिखाया था कि ध्येय साधनों को तर्कसंगत बनाते हैं।

उन सात चीज़ों पर विचार करें, जो गाँधीजी के अनुसार हमें नष्ट कर देंगी। उनका धीरे-धीरे और सावधानीपूर्वक अध्ययन करने पर आपको पता चलेगा कि इन सबमें किसी ग़ैर-सैद्धांतिक या अनुचित *साधन* द्वारा *ध्येय* हासिल किया जाता है :

- काम के बिना संपत्ति
- अंतरात्मा के बिना आनंद
- चरित्र के बिना ज्ञान
- नैतिकता के बिना व्यवसाय
- मानवता के बिना विज्ञान
- त्याग के बिना आराधना
- सिद्धांत के बिना राजनीति

क्या यह रोचक नहीं है कि इन प्रशंसनीय ध्येयों में से प्रत्येक झूठे तरीक़े से हासिल किया गया? लेकिन अगर आप ग़लत साधन से प्रशंसनीय ध्येय तक पहुँचते

हैं, तो अंततः आपके हाथ में आने के बाद यह मिट्टी में बदल जाएगा।

आपके व्यावसायिक संबंधों में आप जानते हैं कि कौन से लोग आपके साथ ईमानदार रहते हैं और अपने वादे निभाते हैं। आप उन लोगों को भी जानते हैं, जो धोखेबाज़, बेईमान और कपटी हैं। आप बेईमान लोगों के साथ चाहे कैसा भी क़ानूनी अनुबंध कर लें, लेकिन क्या आपको इस बात पर सचमुच यक़ीन होता है कि वे इसे पूरा करेंगे और अपना वादा निभाएँगे?

विरोधाभासी कमांडमेंट्स

1. लोग अतार्किक हैं और आत्म-केंद्रित भी। फिर भी उनसे प्रेम करें।
2. अगर आप भलाई करते हैं, तब भी लोग आप पर स्वार्थपूर्ण लक्ष्यों का आरोप लगाएँगे। फिर भी भलाई करें।
3. अगर आप सफल बनते हैं, तो आपके झूठे मित्र और सच्चे दुश्मन बन जाएँगे। फिर भी सफल बनें।
4. आप आज जो भला काम करते हैं, वह कल भुला दिया जाएगा। फिर भी भला काम करें।
5. ईमानदारी और स्पष्टवादिता से आपकी आलोचना हो सकती है। फिर भी ईमानदार और स्पष्टवादी रहें।
6. सबसे बड़े विचार वाले सबसे बड़े स्त्री-पुरुषों को सबसे छोटे दिमाग़ वाले सबसे छोटे स्त्री-पुरुष गोली मार सकते हैं। फिर भी बड़ा सोचें।
7. लोग पराजितों का पक्ष लेते हैं, लेकिन विजेताओं का अनुसरण करते हैं। फिर भी पराजितों के लिए संघर्ष करें।
8. जिसे बनाने में आपने बरसों लगा दिए हैं, वह एक रात में नष्ट हो सकता है। फिर भी बनाएँ।
9. लोगों को सचमुच मदद की ज़रूरत है, लेकिन अगर आप उनकी मदद करते हैं, तो वे आप पर हमला कर सकते हैं। फिर भी लोगों की मदद करें।
10. विश्व को अपना सर्वश्रेष्ठ देने के बदले आपको मुँह पर लात खानी पड़ सकती है। फिर भी विश्व को अपना सर्वश्रेष्ठ दें।

केंट एम. कीथ

अंतरात्मा ही हमें लगातार ध्येयों और साधनों के महत्व के बारे में बताती है। अंतरात्मा यह भी बताती है कि उन्हें अलग नहीं किया जा सकता। दूसरी ओर, अहम् हमें बताता है कि ध्येय से साधन तर्कसंगत साबित होते हैं और यह नहीं जानता कि

उचित ध्येय कभी अनुचित साधन से हासिल नहीं किया जा सकता। यह लग सकता है कि आप ऐसा कर सकते हैं, लेकिन इसके ऐसे ग़ैर-इरादतन परिणाम सामने आते हैं, जिन्हें पहले से नहीं भाँपा जा सकता। अंततः वे ध्येय को नष्ट कर देते हैं। उदाहरण के लिए, आप अपने बच्चों पर चिल्ला सकते हैं कि वे अपना कमरा साफ़ रखें। अगर आपका ध्येय उनका कमरा साफ़ रखवाना है, तो आप उतना हासिल कर लेंगे। लेकिन मैं आपको गारंटी देता हूँ कि इस अनुचित साधन का आपसी संबंधों पर नकारात्मक प्रभाव पड़ेगा। इसके अलावा, जब आप कुछ दिनों के लिए शहर से बाहर जाएँगे, तो कमरा बिलकुल भी साफ़ नहीं रहेगा।

बुद्धिमत्ता का मतलब है सर्वश्रेष्ठ साधनों से
सर्वश्रेष्ठ ध्येयों का पीछा करना।
फ्रांसेस हचेसन

अंतरात्मा संबंधों की दुनिया में हमारा परिचय कराकर भविष्य-दृष्टि, अनुशासन और जोश को गहनता से बदल देती है। यह हमें आत्मनिर्भर से परस्पर-निर्भर अवस्था की ओर ले जाती है। जब ऐसा होता है, तो हर चीज़ बदल जाती है। आपको यह एहसास होने लगता है कि भविष्य-दृष्टि और जीवनमूल्यों को उजागर करना ज़रूरी है, तभी लोग उन तंत्रों व संरचनाओं के संस्थागत अनुशासन को स्वेच्छा से स्वीकार करेंगे, जिनमें साझे जीवनमूल्य शामिल हैं। इस तरह की साझी भविष्य-दृष्टि से बिना माँग किए अनुशासन और व्यवस्था का निर्माण होता है। अंतरात्मा अक्सर बताती है कि आप *क्यों* हासिल करने की कोशिश कर रहे हैं, भविष्य-दृष्टि बताती है कि आप *क्या* हासिल करने की कोशिश कर रहे हैं, अनुशासन बताता है कि आप इसे *कैसे* हासिल करने की कोशिश कर रहे हैं और जोश क्यों, क्या तथा कैसे के पीछे की भावनाओं की शक्ति बताता है।

***अंतरात्मा** जोश को करुणा में **रूपांतरित** कर देती है।* इससे दूसरों की सच्ची परवाह उत्पन्न होती है, सहानुभूति और परानुभूति का मिश्रण उत्पन्न होता है, जहाँ इंसान का दर्द बाँटा और लिया जाता है। करुणा जोश की परस्पर-निर्भर अभिव्यक्ति है। *गाइडपोस्ट्स* में जोन सी. जोन्स ने एक लेख में एक अनुभव बताया है, जिसमें उसके यूनिवर्सिटी प्रोफ़ेसर ने उसे अपनी अंतरात्मा के मार्गदर्शन द्वारा जीना और सीखना सिखाया :

नर्सिंग स्कूल के मेरे दूसरे महीने में हमारे प्रोफ़ेसर ने हमें एक पॉप क्विज़ दी। मैं अंतरात्मा के आदेशों को मानने वाली विद्यार्थी थी और मैंने आसानी से सारे सवाल हल कर दिए, जब तक कि मैं आख़िरी सवाल पर नहीं आ गई : स्कूल की सफ़ाई

करने वाली महिला का नाम क्या है?

बेशक यह मज़ाक़ था। मैंने सफ़ाई करने वाली महिला को कई बार देखा था। उस लंबी महिला के बाल गहरे रंग के थे और उसकी उम्र पचास से साठ के बीच होगी, लेकिन मुझे उसका नाम कैसे पता चलता? मैंने आख़िरी सवाल ख़ाली छोड़कर कॉपी जमा कर दी।

क्लास ख़त्म होने से पहले एक विद्यार्थी ने पूछा कि क्या आख़िरी सवाल भी हमारी क्विज़ के ग्रेड में जोड़ा जाएगा। प्रोफ़ेसर बोले, "बिलकुल। अपने कैरियर में तुम कई लोगों से मिलोगे। सभी महत्वपूर्ण हैं। तुम्हें उनकी तरफ़ ध्यान देना चाहिए और उनकी देखभाल करनी चाहिए, भले ही सिर्फ़ मुस्कराकर हैलो कहो।"

मैं उस सबक़ को कभी नहीं भूल पाई। मैंने यह भी पता लगा लिया कि उसका नाम डोरोथी था।[11]

जब लोग अपनी अंतरात्मा के निर्देशानुसार जीने की कोशिश करते हैं, तो इससे अखंडता और मानसिक शांति उत्पन्न होती है। जर्मनी में जन्मे प्रेस्बाइटेरियन पादरी और प्रेरक वक्ता/लेखक विलियम जे.एच. बोटकर ने बीसवीं सदी के पूर्वार्ध में कहा था, "अपने आत्म-सम्मान को क़ायम रखने के लिए ज़्यादा अच्छा यह है कि आप वह काम करके लोगों को नाख़ुश कर दें, जो आप जानते हैं कि सही है, बजाय वह काम करके लोगों को कुछ समय के लिए ख़ुश करने के, जो आप जानते हैं कि ग़लत है।" यह आत्म-सम्मान और अखंडता लोगों में दूसरों के प्रति दयालु तथा साहसी बनने की योग्यता उत्पन्न करती है; *दयालु* इसलिए क्योंकि वे लोगों, उनकी राय, भावनाओं, अनुभवों व विश्वासों के प्रति काफ़ी सम्मान दिखाते हैं; *साहसी* इसलिए क्योंकि वे व्यक्तिगत जोखिम के एहसास के बिना अपने विश्वास व्यक्त करते हैं। भिन्न रायों के बीच अंतर्क्रिया से तीसरे विकल्प उत्पन्न हो सकते हैं, जो दोनों व्यक्तियों द्वारा पहले दी गई रायों से बेहतर होते हैं। यह सच्ची सिनर्जी है, जहाँ पूर्ण चीज़ इसके हिस्सों के महायोग से ज़्यादा बड़ी होती है।

जो लोग अपनी अंतरात्मा के निर्देशानुसार नहीं जीते हैं, उन्हें इस आंतरिक अखंडता और मानसिक शांति का अनुभव नहीं होगा। वे पाएँगे कि उनका अहम् संबंधों को नियंत्रित करने की कोशिश कर रहा है। हालाँकि वे समय-समय पर दयालुता और परानुभूति का नाटक या दिखावा कर सकते हैं, लेकिन वे चालबाज़ी के सूक्ष्म रूपों का इस्तेमाल करेंगे और दयालु लेकिन निरंकुश व्यवहार भी कर सकते हैं।

अखंडता की निजी विजय साझी भविष्य-दृष्टि, अनुशासन और जोश स्थापित करने की सार्वजनिक विजयों की नीव है। लीडरशिप सशक्त, आत्मनिर्भर, अहम् से संचालित शासकों और आज्ञाकारी, निर्भर अनुयायियों के परस्पर अपरिपक्व व्यवहार के बजाय परस्पर-निर्भर कार्य बन जाती है।

फ़िल्म : स्टोन

युगांडा का एक शख़्स इस बात की बेहतरीन मिसाल पेश करता है कि अंतरात्मा किस तरह समझदारी से हमारी भविष्य-दृष्टि, अनुशासन और जोश का मार्गदर्शन कर सकती है। उनका नाम स्टोन है और वे एक महान फ़ुटबॉल खिलाड़ी हैं। युगांडा का हर बच्चा फ़ुटबॉल में महारत हासिल करने के सपने देखता है, ताकि उसे यूरोपीय क्लबों में ले लिया जाए। यूरोप का काफ़ी धन स्टोन की राह देख रहा था, तभी एक मैच में किसी ने जान-बूझकर ऐसी लात मारी कि उनका घुटना "ख़राब हो गया।" उनका प्रोफ़ेशनल कैरियर ख़त्म हो गया।

स्टोन प्रतिशोध या बदले की आग में जल सकते थे। वे आत्म-करुणा के महासागर में गोते खा सकते थे या पुरानी शोहरत को याद करते हुए बाक़ी ज़िंदगी गुज़ार सकते थे। लेकिन उन्होंने ऐसा नहीं किया। इसके बजाय उन्होंने अपनी प्रतिक्रिया का विकल्प चुना। उन्होंने अपनी कल्पना (भविष्य-दृष्टि) और अपनी अंतरात्मा का इस्तेमाल करके युगांडा के युवा "समस्याग्रस्त" लड़कों को प्रेरित तथा प्रभावित किया, जो इसके बिना जीवन में खोकर रह जाते और उनके पास कोई लाभकारी योग्यता नहीं होती, रोल मॉडल नहीं होता, और कोई उम्मीद भी नहीं होती।

मैं आपको स्टोन को सक्रिय रूप में देखने के लिए आमंत्रित करना चाहूँगा। मैं चाहता हूँ कि आप उनके जोश, हृदय और भविष्य-दृष्टि को महसूस करें। आप स्टोन की कहानी को एक संक्षिप्त, सशक्त, पुरस्कार-विजेता फ़िल्म में देख सकते हैं। इसके लिए आप बस www.The8thHabit.com/offers वेबसाइट पर जाएँ और *Films* मीनू में से *Stone* चुन लें। मुझे पता है कि आपको इसमें मज़ा आएगा।

फ़िल्म देखते समय इस तरफ़ ध्यान दें कि स्टोन किस तरह अपने जन्मजात उपहारों का दोहन करके अपने प्रतिशोधात्मक सांस्कृतिक परिवेश से उबरे। ध्यान दें कि उन्होंने त्याग और अनुशासन की कितनी व्यक्तिगत क़ीमत चुकाई। इस बात पर भी ध्यान दें कि किस तरह सतत जोश से स्टोन अपने देश के युवाओं तक पहुँचे, ताकि वे भी अपने जीवन को अंतरात्मा के अधीन रखना सीख सकें। उन्होंने युवाओं को पहले तो एक अच्छा फ़ुटबॉल खिलाड़ी बनने, इसके बाद आर्थिक दृष्टि से आत्मनिर्भर बनने और फिर ज़िम्मेदार वयस्क, पिता व योगदान देने वाला नागरिक बनने की भविष्य-दृष्टि विकसित करने का तरीक़ा सिखाया। ध्यान दें कि वे धीरे-धीरे किस तरह स्टोन से दूर होते-होते आत्मनिर्भर बनते गए। वे ख़ुद पर विजय पाने, प्रशिक्षण और योगदान के सिद्धांतों (अंतरात्मा) द्वारा शासित थे। अंत में ध्यान दें कि स्टोन ने किस तरह इन युवाओं के महत्व और क्षमता को इतनी स्पष्टता से संप्रेषित किया, कि वे भी प्रेरित होकर इसे ख़ुद में देखने लगे।

यह जानने में आपकी दिलचस्पी हो सकती है कि इस फ़िल्म के बनने के कई साल बाद मेरे एक दीर्घकालीन सहयोगी युगांडा में स्टोन से मिले। उन्होंने स्टोन के बारे में

यह ताज़ी जानकारी दी : "मैं उनके शरीर, मस्तिष्क, हृदय और आत्मा के *संतुलन* से ख़ासा प्रभावित हुआ। वे शारीरिक रूप से बहुत सक्रिय हैं, लड़कों को लगातार फ़ुटबॉल सिखाते हैं – एक दिन में छह टीमों को! उनका मस्तिष्क चौकन्ना है – यह हमेशा युवाओं को नए क्षितिजों तक मार्गदर्शन देने का लक्ष्य हासिल करने के नए तरीक़े तलाशता रहता है। ईसाई होने के बावजूद वे मुस्लिम बस्ती में रहते हैं और उनका मकान मालिक भी मुसलमान है। उनके रोज़मर्रा के कामों से अड़ोस-पड़ोस में शांति और सद्भाव प्रवाहित होता है। सामाजिक रूप से वे हर मिलने वाले बच्चे, माता-पिता और व्यक्ति की परवाह करते हैं। उनके चरित्र और गहरी अखंडता ने मुझे बहुत ज़्यादा प्रभावित किया। यह तो फ़िल्म में बताए गुणों से भी ज़्यादा था।"

खंड 1 : अपनी आवाज़ खोजें– संक्षेप और अंतिम चुनौती

अब हम *अपनी आवाज़ खोजें* के इस खंड के अंत तक पहुँच रहे हैं, इसलिए आइए हम पीछे चलें और अपने मुख्य उद्‌देश्यों से फिर से जुड़ें।

हम जानते हैं कि महान क्षमता होने और सचमुच महानता तथा योगदान भरा जीवन हासिल करने के बीच दर्दनाक फ़ासला होता है – कार्यस्थल की ज़बर्दस्त समस्याओं और चुनौतियों के प्रति जागरूक होना एक बात है। उन्हें सुलझाने में एक महत्वपूर्ण शक्ति बनने की आंतरिक शक्ति तथा नैतिक सत्ता विकसित करना दूसरी बात है। इन दोनों में बहुत बड़ा फ़ासला होता है।

मैं एक बार फिर आपको सुझाव देता हूँ कि आप जीवन के बारे में इस सरल नज़रिए से सोचें : पूर्ण व्यक्ति (शरीर, मस्तिष्क, हृदय और आत्मा) चार मूलभूत आवश्यकताओं (जीना, सीखना, प्रेम करना, विरासत छोड़ना) और चार बुद्धियों या क्षमताओं (शारीरिक, मानसिक, भावनात्मक और आत्मिक) की सर्वोच्च अभिव्यक्ति (अनुशासन, भविष्य-दृष्टि, जोश, अंतरात्मा) करता है, जो आवाज़ के चार आयामों (आवश्यकता, प्रतिभा, जोश और अंतरात्मा) का प्रतिनिधित्व करते हैं।

पूर्ण व्यक्ति	4 आवश्यकताएँ	4 बुद्धियाँ / क्षमताएँ	4 गुण	आवाज़
शरीर	जीना	शारीरिक बुद्धि (पीक्यू)	अनुशासन	आवश्यकता (आवश्यकताओं को पूर्ण करना 'देखना')
मस्तिष्क	सीखना	मानसिक बुद्धि (आईक्यू)	भविष्य-दृष्टि	योग्यता (अनुशासिक एकाग्रता)
हृदय	प्रेम करना	भावनात्मक बुद्धि (ईक्यू)	जोश	जोश (काम करने से प्रेम)
आत्मा	विरासत छोड़ना	आत्मिक बुद्धि (एसक्यू)	अंतरात्मा	अंतरात्मा (सही काम करना)

टेबल 1

जब हम इन बुद्धियों और उनकी सर्वोच्च अभिव्यक्तियों का सम्मान करते हैं, विकास करते हैं, एकीकृत करते हैं और संतुलित करते हैं, तो उनके बीच की सिनर्जी *हमारे भीतर चिंगारी* सुलगा देती है और हम अपनी आवाज़ खोज लेते हैं। आपको यह जानकर अच्छा लगेगा कि मैंने सबसे पहले *फ़र्स्ट थिंग्स फ़र्स्ट* में "द फ़ायर विदिन" का विचार और परिभाषा दी थी, जिसे मैंने रॉजर और रेबेका मेरिल के साथ लिखा था। इसके बरसों बाद, 2002 के विंटर ऑलिंपिक्स की साल्ट लेक ऑर्गेनाइज़िंग कमेटी ने मुझे फ़ोन किया। वे 2002 के ऑलिंपिक खेलों की केंद्रीय थीम "लाइट द फ़ायर विदिन" रखने की अनुमति चाह रहे थे। मैंने बेझिझक कह दिया, "क्यों नहीं - हम गौरवान्वित होंगे।" मैं यह देखकर प्रेरित और रोमांचित हुआ कि उन्होंने मानवीय आत्मा की भव्य क्षमता को चित्रित करने के लिए "लाइट द फ़ायर विदिन" का कितना बख़ूबी इस्तेमाल किया। ऑलिंपिक गेम्स के कई सप्ताह बाद कमेटी के प्रेसिडेंट मिट रोमनी ने मुझे बताया कि ऑलिंपिक के इतिहास में ऐसा पहली बार हुआ, जब आयोजक एक यादगार, जुड़ने वाली विषयवस्तु सफलतापूर्वक व्यक्त कर पाए, जिसने खिलाड़ियों, स्वयंसेवियों और दुनिया भर के दर्शकों के दिलो-दिमाग़ को सचमुच "झकझोर" दिया।

अध्याय 1 में मैंने सुझाव दिया था कि *आवाज़* (देखें फ़िगर 5.4) *प्रतिभा* (आपके जन्मजात उपहार और शक्तियाँ), *जोश* (जो चीज़ें नैसर्गिक रूप से आपको ऊर्जावान बनाती हैं, रोमांचित करती हैं, प्रेरित करती हैं), *आवश्यकता* (जिसमें यह भी शामिल है कि संसार को क्या आवश्यकता है, जिसके लिए वह आपको भुगतान करता है), और *अंतरात्मा* (वह शांत, धीमी आंतरिक आवाज़, जो आपको बताती है कि क्या

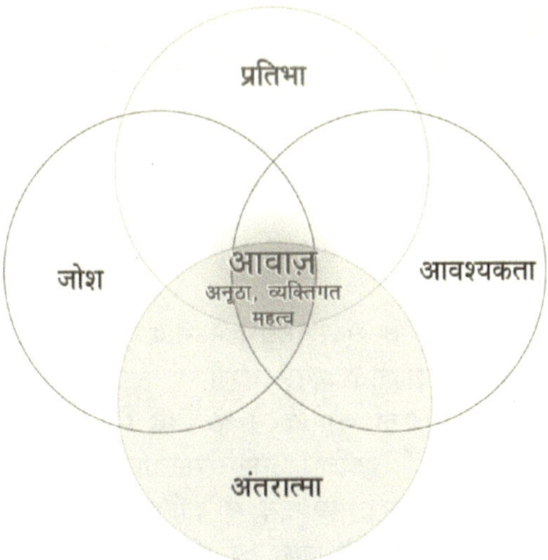

फ़िगर 5.4

सही है और आपको वही करने के लिए प्रेरित करती है) के प्रतिच्छेदन (nexus) में निहित होती है। मैंने यह भी कहा था कि जब आप ऐसे काम (व्यावसायिक, सामुदायिक, पारिवारिक) में संलग्न होते हैं, जो आपकी *प्रतिभा* का दोहन करता है और आपके *जोश* में ईंधन भरता है - जो दुनिया की एक बड़ी *आवश्यकता* से उत्पन्न होता है, जिसे आप *अंतरात्मा* से पूरा करने के लिए खिंचाव महसूस करते हैं - वहीं आपकी आवाज़, आपकी कॉलिंग, आपकी आत्मा का सूत्र निहित है।

शायद आपने आवाज़ के इन चार आयामों और भविष्य-दृष्टि, अनुशासन, जोश तथा अंतरात्मा (देखें फ़िगर 5.5) के चार व्यक्तिगत लीडरशिप गुणों की आपसी समानता पर ध्यान दिया होगा। इनमें दो शब्दावलियाँ *जोश* और *अंतरात्मा* समान हैं। बाक़ी दो यानी *प्रतिभा* और *आवश्यकता अनुशासन* और *भविष्य-दृष्टि* के समरूप (parallel) हैं। दरअसल, अगर आप फ़िगर 5.4 में से "अंतरात्मा" का गोला हटा दें (छायादार स्थान केंद्रीय और सबसे प्रमुख है), तब भी आपके पास मूलतः यही मॉडल होगा।

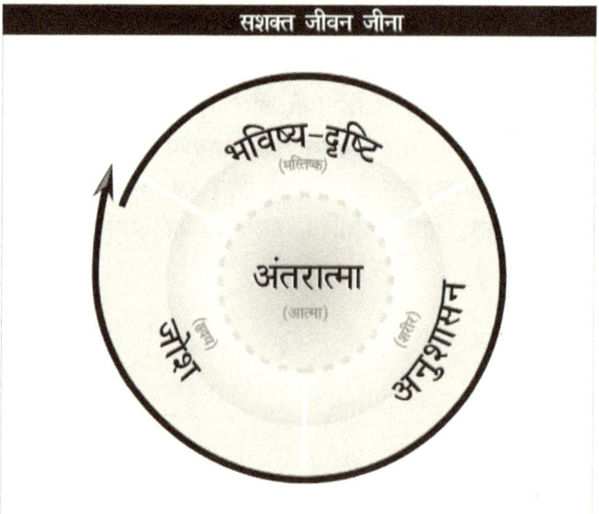

फ़िगर 5.5

आवाज़ के इन चार आयामों का सुंदर चित्रण मुहम्मद यूनुस की कहानी में मिलता है। उन्होंने अपनी आवाज़ कैसे खोजी? सबसे पहले तो उन्होंने एक *आवश्यकता* को भाँपा। *अंतरात्मा* की आवाज़ ने उन्हें कर्म करने के लिए प्रेरित किया। चूँकि उनकी प्रतिभा आवश्यकता के अनुरूप थी, इसलिए उन्होंने समाधान उपलब्ध कराने के लिए अपनी *प्रतिभा* को *अनुशासित* किया। समाधान में शामिल काम ने न सिर्फ़ उनकी प्रतिभा को बाहर निकाला, बल्कि उनके *जोश* का भी दोहन किया। *आवश्यकता* से *भविष्य-दृष्टि* विकसित हुई - लोगों और संस्थाओं की क्षमता को कई गुना करने की

भविष्य-दृष्टि, ताकि दुनिया भर में ऐसी ही आवश्यकताओं की पूर्ति हो सके और अन्य लोगों को भी *उनकी* आवाज़ खोजने के लिए प्रेरित किया जा सके।

खंड 1 : अपनी आवाज़ खोजें के अंत के साथ मैं आपसे एक वादा करता हूँ और एक चुनौती देता हूँ। मेरा वादा : अगर आप अपने जीवन की किसी भूमिका में इन चार क्षमताओं - प्रतिभा (अनुशासन), आवश्यकता (भविष्य-दृष्टि), जोश और अंतरात्मा - को अपनाएँगे, तो आप उस भूमिका में अपनी आवाज़ खोज सकते हैं। मेरी सरल चुनौती : अपने जीवन की दो या तीन प्राथमिक भूमिकाएँ लें और हर भूमिका में ख़ुद से नीचे दिए गए चार सवाल पूछें :

1. मैं कौन सी *आवश्यकता* भाँपता हूँ (मेरे परिवार, समुदाय या उस संगठन में जहाँ मैं काम करता हूँ)?
2. क्या मुझमें सच्ची *प्रतिभा* है, जिसे अगर अनुशासित करके अमल में लाया जाए, तो वह उस आवश्यकता को पूरा कर सकती है?
3. क्या आवश्यकता को पूरा करने का अवसर मेरे *जोश* का दोहन करता है?
4. क्या मेरी *अंतरात्मा* मुझे कर्म करने और शामिल होने के लिए प्रेरित करती है?

अगर आप उपरोक्त चारों सवालों के जवाब हाँ में दे सकते हों और कार्ययोजना विकसित करने की *आदत* डाल लें और उस पर काम करने लगें, तो मैं गारंटी देता हूँ कि आप जीवन में अपनी सच्ची आवाज़ खोजने लगेंगे - गहरे अर्थ, संतुष्टि और महानता का जीवन।

अब हम खंड 2 : दूसरों को उनकी आवाज़ खोजने के लिए प्रेरित करें की ओर चलते हैं।

सवाल - जवाब

सवाल : क्या व्यक्तिगत लीडरशिप की यह नीति मेरी ज़िंदगी की किसी मुश्किल चुनौती को सुलझाने में भी मददगार साबित हो सकती है - जैसे वज़न घटाना और सुडौल बने रहना?

जवाब : अगर आप बहुसंख्यक लोगों की तरह हैं, तो आपने समय-समय पर फ़िट रहने का संकल्प किया होगा और अधिकांश मामलों में इसमें वज़न घटाना शामिल होता है। अक्सर सुडौल शरीर का मतलब चर्बी की जगह मांसपेशी बनाना होता है। लेकिन दिक़्क़त यह है कि इससे आपका वज़न बढ़ सकता है, क्योंकि मांसपेशी का वज़न चर्बी से दोगुना होता है। बहरहाल, हमारी प्राथमिकता है सुडौल

रहना और शारीरिक रूप से स्वस्थ, सशक्त व फ़िट रहना। यह भविष्य-दृष्टि है। अनुशासन क्या है? आम तौर पर यह व्यायाम, सही पोषण, आराम और तनाव प्रबंधन की कठोर दिनचर्या है। जोश भावना की गहराई, भावनात्मक समर्पण और प्रेरणा का प्रतिनिधित्व करता है। अंतरात्मा बताती है कि आपको ऐसा क्यों करना चाहिए। यह बताती है कि आपको अधिक स्वस्थ रहना चाहिए, ताकि आप ज़्यादा समय तक जीकर महत्वपूर्ण काम कर सकें, परिवार के लिए सही तरीक़े से कमा सकें, अपने पोतों को बड़ा करने में मदद कर सकें या सिर्फ़ बेहतर महसूस कर सकें। आप यह भी पाएँगे कि अगर प्रेरणा सिर्फ़ बाहरी है - बेहतर दिखना, अहंकार, मौसम का बदलाव, नए साल का संकल्प आदि - तो इस तरह की प्रेरणा अक्सर अपनी शक्ति खो देगी और क़ायम नहीं रह पाएगी, क्योंकि यह कारण पूर्ण समर्पण करने लायक़ महत्वपूर्ण नहीं है। ख़राब भोजन का विकल्प चुनने से पहले ख़ुद को अंदर से यह बोलने के लिए प्रशिक्षित करें, "मेरा प्रलोभन भावनात्मक है और ख़राब भोजन न करने से मेरा वज़न कम होगा तथा चरित्र मज़बूत होगा। इसके अलावा, कोई भी चीज़ उतनी अच्छी नहीं हो सकती, जितना कि दुबला होना।"

वज़न कम करने का लक्ष्य तय करने और कुछ दिनों या महज चंद घंटों बाद ही उसे छोड़ने की प्रक्रिया से हताश होना बहुत आम है। कई लोग शिकायत करते हैं, "मैं तो बस उतना अनुशासित नहीं हूँ।" मेरा अनुभव कहता है कि सबसे बड़ी समस्या अनुशासन की कमी नहीं है; असल बात यह है कि हमने अभी भविष्य-दृष्टि से क़ीमत ही नहीं चुकाई है - हम अब तक अपने सबसे गहरे जीवनमूल्यों और प्रेरणाओं (अंतरात्मा) से नहीं जुड़ पाए हैं- उन चीज़ों से, जो हमारे लिए सबसे महत्वपूर्ण हैं। मैं आपको अपने एक दोस्त का अनुभव बताकर इसका उदाहरण देता हूँ :

> *मैं अपने कैरियर में बहुत मेहनत कर रहा था। पैंतालीस की उम्र तक मैं बहुत सफल था। लेकिन मेरा वज़न भी साठ पौंड ज़्यादा था। मैं तनाव में ज़्यादा खाने लगता था और ज़्यादा कामकाज़ के कारण मेरे पास नियमित व्यायाम करने का वक़्त नहीं रहता था। मेरे बेटे लोगन ने अपने पाँचवें जन्मदिन पर मुझे सेहतमंद जीवन पर एक पुस्तक दी। अंदर ये शब्द लिखने में उसकी माँ ने उसकी मदद की थी : "डैडी, इस साल मेरे जन्मदिन पर मैं चाहता हूँ कि आप सेहतमंद बनें। मैं चाहता हूँ कि आप कुछ समय तक आस-पास रहें।" पेट में घूँसा बहुत ज़ोर का पड़ा। आउच।*
>
> *मेरे बेटे के आग्रह ने मेरी जीवनशैली के बारे में मेरा दृष्टिकोण पूरी तरह बदल दिया। ज़्यादा खाना और नियमित शारीरिक व्यायाम कम करना अब मेरे लिए व्यक्तिगत विकल्प नहीं रह गए थे। मैंने अचानक पाया कि मैं अपने बच्चों के लिए बहुत अस्वस्थ विरासत छोड़ रहा था। मैं उनके लिए इस बात का मॉडल बन रहा था कि शरीर महत्वपूर्ण नहीं होता, कि आत्म-नियंत्रण महत्वपूर्ण नहीं होता, कि सिर्फ़ एक ही चीज़*

महत्वपूर्ण होती है, जिसके लिए कड़ी मेहनत की जाए और वह थी पैसा व प्रतिष्ठा। मुझे एहसास हुआ कि मेरे बच्चों के प्रति मेरी ज़िम्मेदारियों में उनकी शारीरिक, आर्थिक और भावनात्मक आवश्यकताओं को पूरा करने से भी अधिक शामिल था। इसमें स्वस्थ रोल मॉडल उपलब्ध कराना भी शामिल था, जिसके अनुरूप वे अपने जीवन को ढाल सकें। मैं ऐसा नहीं कर रहा था।

तो मैंने अपने बच्चों की ख़ातिर सेहतमंद बनने का संकल्प किया। वज़न कम करने के लिए नहीं, बल्कि सेहतमंद बनने के लिए। यही मेरे लिए कुंजी थी। मेरा समर्पण ऐसी चीज़ के लिए होना था, जो मेरे लिए सचमुच महत्वपूर्ण हो। मैंने पहले भी डाइट और व्यायाम की बहुत सी योजनाएँ आज़माई थीं। आम तौर पर मैं तब तक ठीक रहता था, जब तक कि मेरे जीवन में तनाव नहीं आता था। तनाव आने के बाद वज़न कम करने की प्रेरणा पर्याप्त नहीं रह जाती थी। लेकिन मेरे बच्चे ज़्यादा महत्वपूर्ण हैं। मुझे उनकी इतनी परवाह है कि सेहतमंद बनने का निर्णय लेने का विकल्प चुन सकता हूँ। मैंने अपने लिए एक लक्ष्य बना लिया कि मैं सेहतमंद बनना चाहता हूँ। मैं जीवंत बनना चाहता था, इतनी ऊर्जा पाना चाहता था, ताकि ऑफ़िस से लौटकर अपने बच्चों के साथ खेल सकूँ, कंपनी के सॉफ़्टबॉल टूर्नामेंट में हिस्सा ले सकूँ और पहले बेस के रास्ते में ही मेरी साँस न फूले। उस लक्ष्य तक पहुँचने के लिए मैंने डाइट और व्यायाम योजना पर अमल किया। यहाँ महत्वपूर्ण बात यह है कि डाइट और व्यायाम की योजना लक्ष्य नहीं थे। लक्ष्य तो बच्चों की ख़ातिर सेहतमंद बनना था। मैंने अपना यह लक्ष्य हर उस व्यक्ति को बताने का फ़ैसला किया, जो स्वस्थ बनना चाहता था। हम अब एक व्यायाम योजना पर एक साथ अमल करते हैं। मैंने यह सुनिश्चित कर लिया कि मैं अपने लक्ष्य हासिल करने के लिए कुछ समय अलग रखूँ। मैंने यह जानना सीख लिया कि कब काम करना बंद करना है और शारीरिक आवश्यकताओं पर ध्यान देना शुरू करना है।

अपने सोचने का तरीक़ा बदलने के बाद दो साल बीत चुके हैं। अब बिस्तर छोड़ने में मुझे ज़रा भी संघर्ष नहीं करना पड़ता। व्यायाम अब मेरी आदत बन चुका है। अब मैं इससे बचने के वैसे बहाने नहीं बनाता, जैसे शुरुआत में बनाता था। बेशक ऐसे दिन भी होते हैं, जब मैं ज़्यादा व्यायाम नहीं कर पाता हूँ। मैं सोचता हूँ मैं थका हुआ हूँ, मैं सोचता हूँ मेरी हैमस्ट्रिंग खिंच गई है, सिर में दर्द हो रहा है, ज़्यादा गर्मी है। कुछ दिन ऐसे भी होते हैं, जब मैं न दौड़ने के लिए बहाने बनाता हूँ। लेकिन अब मेरे लिए पटरी पर वापस लौटना बहुत आसान है। चूँकि मेरे पास ज़्यादा बड़ा लक्ष्य है, किसी के प्रति ज़्यादा बड़ा समर्पण है, जिससे मैं ख़ुद से भी ज़्यादा प्रेम

करता हूँ, इसलिए मैं पटरी पर वापस लौट सकता हूँ।

सवाल : नौकरी पाने के बारे में?

जवाब : सुडौल शरीर पाना मूलतः आत्मनिर्भर प्रयास है। मनचाही नौकरी पाना स्पष्ट रूप से बहुत परस्पर-निर्भर प्रयास है और यह दूसरों पर प्रभाव के प्रभावी विकास पर निर्भर करता है।

अब हम सोचते हैं कि आप जो नौकरी चाहते हैं, उसे कैसे पाया जाए। व्यक्तिगत प्रभाव के उन्हीं चार गुणों - भविष्य-दृष्टि, अनुशासन, जोश और अंतरात्मा - का इस्तेमाल करें। कुंजी चारों के इस्तेमाल में है। उनमें से किसी एक को भी नज़रअंदाज़ करने पर आप पाएँगे कि मनचाही नौकरी मिलना बहुत मुश्किल हो गया है और अगर यह मिल भी गई, तब भी इस बात की आशंका है कि आप अपने समर्पण और इसकी आवश्यकता को बरक़रार पाएँगे।

चलिए, मान लेते हैं कि नौकरी का बाज़ार ठंडा है और ज़्यादातर नियोक्ता कर्मचारियों को नियुक्त करने के बजाय निकाल रहे हैं - ख़ासकर उस शहर और उद्योग में, जहाँ आप रहना और काम करना चाहते हैं। आप वह नौकरी कैसे पाएँ, जिसे आप पाना चाहते हैं?

सबसे पहले तो, यहाँ तक कि भविष्य-दृष्टि पाने के लिए भी, आपको यह जानने की ज़रूरत है कि यह नौकरी कौन सी है। अनुशासन का इस्तेमाल करके पता लगाएँ कि नौकरी में दरअसल क्या करना होगा। नौकरी को समझने, उस संगठन को समझने के लिए जहाँ आप काम करना चाहते हैं, नौकरी की अनूठी आवश्यकताओं को समझने के लिए और बाज़ार को समझने के लिए ताकि आप उसमें कार्यरत शक्तियों को समझ लें, जिनमें प्रतिस्पर्धा, ग्राहकों की इच्छाएँ और आवश्यकताएँ तथा उस उद्योग की प्रवृत्तियाँ और लक्षण शामिल हैं - इन सभी चीज़ों को समझने के लिए अनुशासन का इस्तेमाल करें। दूसरे शब्दों में, जिस संगठन में आप काम करना चाहते हैं, उसकी चुनौतियों और समस्याओं को समझने की क़ीमत चुकाएँ।

अगली बात, यह पहचानें कि आपका जोश किस दिशा में है। मसलन, क्या यह नौकरी अनूठे रूप में आपकी प्रतिभा, नैसर्गिक गुणों, रुचियों, क्षमताओं और योग्यताओं को प्रतिबिंबित करती है? अगर ऐसा है, तो क्या आपकी अंतरात्मा आपको बताती है कि यह नौकरी आपके समर्पण के क़ाबिल है? अगर हाँ, तो क्या आप इस तरीक़े से काम करने की मानसिक तस्वीर देख सकते हैं?

जब आप तैयारी का यह सारा प्रारंभिक काम कर लें, तो आप नौकरी के इंटरव्यू में जाने के लिए तैयार हैं। इस तरह जाने पर आप इंटरव्यू लेने वालों के लिए समस्या नहीं रहेंगे, जिससे उन्हें जूझना पड़ेगा, बल्कि उन समस्याओं का समाधान होंगे, जिनका सामना इंटरव्यू लेने वाले कर रहे हैं।

उनकी सबसे महत्वपूर्ण समस्याओं की समझ प्रदर्शित करें। आपकी समझ उनके अधिकांश वर्तमान कर्मचारियों से भी ज़्यादा होनी चाहिए। उनकी चुनौतियों के मामले में उनके अधिकांश वर्तमान कर्मचारियों से ज़्यादा जोश और समर्पण दिखाएँ। आवश्यक हो, तो बिना तनख़्वाह के ट्रायल पीरियड का सुझाव दें। यानी कहें कि वे आपको तब तक तनख़्वाह न दें, जब तक कि उन्हें यक़ीन न हो जाए कि आप उनकी समस्या को किसी दूसरे उम्मीदवार या उनके कई वर्तमान कर्मचारियों से भी बेहतर तरीक़े से सुलझा सकते हैं, सिर्फ़ इसलिए क्योंकि आप लीडर हैं। आप अच्छे काम करने की पहल करते हैं। आप बताए जाने का इंतज़ार नहीं करते। आपको हमेशा किसी दूसरे के निर्देशों की ज़रूरत नहीं होती। आप काम तो करते हैं, लेकिन मूर्खतापूर्ण तरीक़े से नहीं। आप बहुत जागरूक हैं। आप बहुत संवेदनशील हैं। आप बहुत परानुभूतिपूर्ण और सम्मानजनक हैं।

आप नौकरी खोजने की इस प्रक्रिया में सैद्धांतिक तरीक़े से भी शामिल होते हैं। आप प्रभाव डालने के लिए बढ़ा-चढ़ाकर बातें नहीं करते। कोई धोखेबाज़ी, कोई चालबाज़ी, कोई झूठ, कोई चकमा, कोई दोगलापन या दूसरे लोगों को नीचा दिखाने की कोशिश नहीं करते हैं। आप संगठन की ज़रूरतों, उनकी चिंताओं, उनकी समस्याओं और उनके ग्राहकों की ज़रूरतों, चिंताओं व समस्याओं पर बहुत केंद्रित हो जाते हैं। आप वही भाषा बोलते हैं।

जो भी व्यक्ति किसी निर्णय लेने वाले के साथ इस नीति पर चलेगा, उच्चाधिकारी उसकी तरफ़ ध्यान देंगे। अधिकांश मामलों में वह अपनी तैयारी, अनुशासन और क़ीमत चुकाने तथा त्याग करने की इच्छा से उन्हें चौंका देगा।

मैं यह सलाह बरसों से बहुत से लोगों को बार-बार देता हूँ। बहुत कम लोगों ने इस पर अमल किया है, लेकिन लगभग हर मामले में उन्हें अपनी मनचाही नौकरी पाने में सफलता मिली है। मैं आम तौर पर यह सुझाव भी देता हूँ कि वे इस प्रक्रिया की बेहतर समझ के लिए रिचर्ड बोलेस की पुस्तक *व्हॉट कलर इज़ युअर पैराशूट ?* का नवीनतम संस्करण पढ़ें।

सवाल : जीवन का संतुलन हासिल करने के बारे में?

जवाब : बहुत से सर्वेक्षणों से संकेत मिलता है कि जीवन का संतुलन हासिल करना ज़्यादातर लोगों के लिए बहुत बड़ी चुनौती है। लोगों में काम और अन्य तात्कालिक गतिविधियों पर बहुत ज़्यादा ध्यान केंद्रित करने की प्रवृत्ति होती है, जिससे उनके सबसे प्रिय संबंध और गतिविधियाँ दरकिनार हो जाती हैं। अंततः वे तात्कालिक कामों के ग़ुलाम बनकर रह जाते हैं।

मैं एक व्यक्ति की कहानी बताना चाहूँगा, जो तात्कालिकता के भँवर में उलझ गया था। ध्यान दें कि उसने इस बारे में सोचने में समय लगाया कि उसके लिए सबसे ज़्यादा महत्वपूर्ण क्या था (अंतरात्मा, भविष्य-दृष्टि तथा जोश), और फिर उसने इन

मानदंडों का इस्तेमाल यह रचनात्मक फ़ैसला करने में किया कि किस तरह अपने जीवन को मनचाही प्राथमिकताओं (अनुशासन) के सामंजस्य में व्यवस्थित किया जाए और जीवन का संतुलन बनाया जाए। यह भी ध्यान दें कि समाधान किस तरह उसकी पत्नी के साथ सिनर्जी के माध्यम से आया। यहाँ उसकी सच्ची कहानी उसी के शब्दों में बताई जा रही है :

मेरी अपनी माँ के साथ ख़ास दोस्ती थी। एक साथ हमने जीवन के बहुत से थपेड़े झेले, जिससे एक अनूठा रिश्ता बन गया। मैं माँ से बहुत प्रेम करता था। उनके साथ समय बिताने में मुझे बहुत ख़ुशी होती थी। लेकिन जीवन में एक दौर ऐसा भी आया, जब मैं नौकरी, समुदाय और परिवार के दायित्वों में उलझकर रह गया। ज़िंदगी इतनी व्यस्त हो गई कि कई हफ़्ते बाद ही मैं उन्हें फ़ोन करके फटाफट उनके हाल-चाल पूछ पाता था। जब मैं कभी-कभार उनसे मिलने जाता था, तो कुछ पल बाद ही किसी मीटिंग या डेडलाइन के चलते मुझे वहाँ से रवाना होना पड़ता था। इस तरह उस अद्‌भुत महिला से मेरा संपर्क कभी-कभार ही हो पाता था।

माँ ने मुझ पर कभी दबाव नहीं डाला कि मैं उनसे ज़्यादा बार मिलने जाऊँ, लेकिन मैं हालात से ख़ुश नहीं था। मैं जानता था कि अगर मैं उनके साथ समय नहीं बिता सकता, तो मेरा जीवन अनियंत्रित हो चुका है। इसलिए मेरी पत्नी और मैंने समाधान खोजने के लिए विचारमंथन किया। उसने सलाह दी कि मैं हर सप्ताह एक समय तय कर लूँ, जो हमारे परिवार और मेरी माँ दोनों के लिहाज़ से उपयुक्त हो। कैलेंडर देखने पर हमने पाया कि मेरी पत्नी हर बुधवार की शाम को गायन मंडली के अभ्यास में जाती है। मैंने तय किया कि मैं उस शाम को अपनी माँ से मिलने जाया करूँगा।

अब माँ जानती हैं कि हर सप्ताह या दो सप्ताह में उनका बेटा एक ख़ास शाम को, एक निश्चित समय पर आएगा। अब मैं दस मिनट के भीतर ही उठकर नहीं चल देता और व्यवधान भी बहुत कम होते हैं। अगर वे व्यायाम करना चाहती हैं, तो हम एक साथ घूमने चल देते हैं। बाक़ी समय वे मेरे लिए खाना बनाती हैं। कई बार मैं उन्हें शॉपिंग के लिए मॉल ले जाता हूँ, जो इतनी दूर है कि वे वहाँ कार चलाकर नहीं जाना चाहतीं। हम चाहे कुछ भी करें, हमेशा बातें करते हैं - परिवार के बारे में, ताज़ा घटनाओं के बारे में, यादों के बारे में।

माँ के साथ बिताई गई मेरी हर शाम मेरे व्यस्त जीवन में शांतिपूर्ण नखलिस्तान की तरह है। मैं पत्नी से कहता हूँ कि यह उसके द्वारा मुझे दी गई सबसे अच्छी सलाहों में से एक है।

यह सुंदर छोटी कहानी एक और उदाहरण है कि जब हम अपने हृदय और मस्तिष्क को सचमुच महत्वपूर्ण चीज़ पर केंद्रित करते हैं और फिर उसे करने के लिए अखंडता से जीते हैं, तो क्या हो सकता है। जब मेरे पिता का देहांत हुआ, तो मैंने फ़ैसला किया कि मैं माँ के जीवन में आए सूनेपन को भरने के लिए उनके साथ अपने बहुत ख़ास संबंध को क़ायम रखूँगा और बढ़ाऊँगा। मैंने संकल्प किया कि यात्रा के भारी दबाव के बावजूद, मैं चाहे जहाँ रहूँ, उन्हें हर दिन एक बार फ़ोन ज़रूर करूँगा। हालाँकि हम पचास मील दूर रहते थे, लेकिन मैं हर दो हफ़्तों में कम से कम एक बार उनसे मिलने जाने की कोशिश करूँगा। इसके बाद दस साल तक वे इस धरती पर रहीं। मैं उनके साथ बिताए गए अमूल्य समय के प्रति अपनी कृतज्ञता की गहराई व्यक्त नहीं कर सकता।

मैंने सीखा कि जब आप किसी व्यक्ति के साथ नियमित संप्रेषण करते हैं, तो आप समझ के नए स्तर पर पहुँच जाते हैं, जो लगभग सूक्ष्मता के हिसाब से चलती है। मैंने पाया कि हर दिन फ़ोन पर होने वाली बातचीत और पखवाड़े में होने वाली यात्रा में ज़्यादा फ़र्क़ नहीं था। हम फ़ोन पर भी एक-दूसरे के उतने ही क़रीब महसूस करते थे, उतने ही खुले और सच्चे होते थे, जितने आमने-सामने होते थे। यह एक तरह से लगातार होने वाली बातचीत की तरह था। इससे सचमुच ज़्यादा फ़र्क़ नहीं पड़ता था कि यह फ़ोन की बातचीत थी या आमने-सामने की मुलाक़ात थी। इस बात से मैं हैरान हुआ, क्योंकि मैं हमेशा सोचता था कि आमने-सामने के संपर्क की जगह कोई और चीज़ नहीं ले सकती। मुझे विश्वास है कि एक तरह से यह सही है। चूँकि हर बातचीत में पिछली बातचीतों का संगृहीत प्रभाव शामिल होता है, इसलिए फिर से जुड़ने में ज़रा भी समय नहीं लगता। इसके बजाय आप एक-दूसरे को घटनाओं के बजाय गहरी अंतर्दृष्टियाँ तथा भावनाएँ बता सकते हैं। अंतरंग बातचीत का मतलब है मुझमें-देखो।

पिछली कहानी के व्यक्ति की तरह मुझे भी बहुत समर्थन देने वाली और समझ रखने वाली पत्नी मिली है, जिसकी "प्रचुरता की मानसिकता" है। मेरी पत्नी सैन्ड्रा जीवन को केक के सीमित टुकड़े की तरह नहीं देखती है, जहाँ सिर्फ़ सीमित समय है और माँ के साथ समय बिताने का मतलब उससे समय छिनना होगा। उसने देखा कि माँ के साथ बिताए गए समय से तो हमारे संबंध की गहराई दरअसल बढ़ गई।

जब माँ गुज़रीं, तो हमने उनकी क़ब्र के पत्थर पर शेक्सपियर के 29वें सॉनेट की एक पंक्ति लिख दी : "आपके मधुर प्रेम की याद से इतनी दौलत मिलती है..." मैं आपको प्रोत्साहित करूँगा कि आप इस सॉनेट को धीरे-धीरे और ग़ौर से पढ़ें। हर वाक्य के गहरे अर्थ को अपनी कल्पना में भर जाने दें :

जब तक़दीर और इंसानों की नज़रों से अपमानित,
  मैं बिलकुल अकेला अपनी बहिष्कृत दुर्दशा पर आँसू बहाता हूँ,

और बहरे स्वर्ग को अपनी निरर्थक चीख़ों से कष्ट देता हूँ
　　और ख़ुद की हालत देखकर क़िस्मत को दोष देता हूँ,
चाहता हूँ काश मैं अधिक समृद्ध होता,
　　उस जैसे नैन-नक़्श होते, उस जैसे दोस्त होते,
इस आदमी जैसी कला होती, उस आदमी जैसी योग्यता होती,
　　जिसमें मैं सबसे ज़्यादा आनंदित होता, उसमें सबसे कम संतुष्ट हूँ :
लेकिन इन विचारों में मैं ख़ुद को लगभग हिक़ारत से देखता हूँ,
　　मैं तुम्हारे बारे में ख़ुशी से सोचता हूँ, - और फिर मेरी दशा
(भोर की चिड़िया की तरह उदास धरती
　　से ऊपर उठती हुई) स्वर्ग के द्वार पर भजन गाती है;
क्योंकि तुम्हारे मधुर प्रेम की याद ऐसी दौलत लाती है
　　कि फिर मैं अपनी दशा को सम्राटों से भी नहीं बदलना चाहता।

संभवतः जीवन को संतुलन में लाने का सर्वोच्च उपाय परिवार है। व्यक्तिगत विकास का पहला और सबसे माँग वाला रूप परिवार में घटित होता है और यह समाज के प्रति सबसे महान योगदान देता है।

मैं मानता हूँ, जैसा एक बुद्धिमान लीडर ने कहा था, कि आप दुनिया में जो सबसे महत्वपूर्ण कार्य करते हैं, वह घर की चहारदीवारी के भीतर होता है। डेविड ओ. मैके ने सिखाया था, "घर में मिली असफलता की भरपाई दूसरी कोई सफलता नहीं कर सकती।"[12] परिवार के महत्व के बारे में मेरे विश्वास इतने सशक्त और गहरे हैं कि उनकी वजह से कई साल पहले मैंने *द 7 हैबिट्स ऑफ़ हाईली इफ़ैक्टिव फ़ैमिलीज़* लिखी।

माता-पिता होना जीवन में सबसे महत्वपूर्ण लीडरशिप ज़िम्मेदारी है और यह ख़ुशी तथा आनंद के महानतम स्तर उपलब्ध कराती है। जब सच्ची लीडरशिप - यानी भविष्य-दृष्टि, अनुशासन, जोश और अंतरात्मा - अभिभावक में प्रकट नहीं होती हैं, तो यह दुख और निराशा का सबसे बड़ा स्रोत होता है।

मेरे लिए यह आश्चर्यजनक है कि किस तरह जीवन में भविष्य-दृष्टि, अनुशासन, जोश और अंतरात्मा के थोड़े से तालमेल से इतने बड़े परिणाम मिल सकते हैं। मैं मानता हूँ कि किसी दिन भविष्य में हम सब इस बात पर हैरान और आश्चर्यचकित होंगे कि इतने छोटे परिवर्तनों से इतने बड़े परिणाम कैसे उत्पन्न हो गए।

परिवार में भविष्य-दृष्टि और संभावना का एहसास भरना और उस भविष्य-दृष्टि को साकार करने के लिए अनुशासन व त्याग का पाठ पढ़ाना बहुत महत्वपूर्ण है। जोश, प्रेरणा और समर्पण के गहरे एहसास के साथ मुश्किल दौर सहना भी ज़रूरी

है। सबसे बढ़कर, इन बातों का संचालन अंतरात्मा को करना चाहिए। मेरी राय में माता-पिता के लिए यह लीडरशिप का सबसे ऊँचा और अच्छा इम्तहान है। अगर भविष्य-दृष्टि का हिस्सा इस पारिवारिक संस्कृति को एक पीढ़ी से दूसरी पीढ़ी तक पहुँचाना है, तो शायद इसी से हमारा जीवन संतुष्ट व आनंदित हो जाए, भले ही हम और कुछ हासिल न कर पाएँ। लेकिन अगर हम इसमें असफल हो गए, तो शायद दूसरी चीज़ों में सफलता पाने से इसकी भरपाई नहीं हो पाएगी। मैं अक्सर जॉन ग्रीनलीफ़ व्हिटियर के मर्मस्पर्शी शब्दों के बारे में सोचता हूँ : "लिखे या बोले गए सबसे दुखद शब्दों में, 'सबसे दुखद शब्द हैं : यह हो सकता था!'"[13] लेकिन किसी और ने कहा था, "जो हम बन सकते हैं, वह बनने के लिए कभी देर नहीं होती।"

• • •

भाग 2

दूसरों को उनकी आवाज़ खोजने के लिए प्रेरित करना

अध्याय 6

दूसरों को उनकी आवाज़ खोजने के लिए प्रेरित करना - लीडरशिप की चुनौती

हर किसी के जीवन में, किसी न किसी समय, हमारी आंतरिक आग बुझ जाती है।

तब किसी इंसान से मुलाक़ात के बाद यह एक बार फिर ज्वाला बन जाती है।

हम सभी को उन लोगों का एहसानमंद होना चाहिए, जो हमारे आंतरिक उत्साह को दोबारा चिंगारी देते हैं।

अल्बर्ट श्वेट्ज़र

जब मैं युवा था, तो एक लीडर के साथ मुझे ऐसा अनुभव मिला, जिसने मेरे बाक़ी जीवन को गहराई से बदल दिया। मैंने पढ़ाई को विराम देकर कुछ स्वयंसेवा करने का मन बनाया था। मुझे इंग्लैंड जाने का न्योता मिला। वहाँ पहुँचने के सिर्फ़ साढ़े चार महीने बाद संगठन के प्रेसिडेंट मुझसे बोले, "मेरे पास तुम्हारे लिए एक नया काम है। मैं चाहता हूँ कि तुम देश भर में यात्रा करो और स्थानीय लीडर्स को प्रशिक्षण दो।" मैं सदमे में आ गया। मुझसे उम्र में दो-तीन गुना बड़े लीडर्स को प्रशिक्षण देने वाला *मैं कौन होता हूँ?* मेरी शंका को भाँपते हुए उन्होंने मेरी आँखों में आँखें डालकर देखा और बोले, "मुझे तुम पर बहुत भरोसा है। तुम यह काम कर सकते हो। इन लीडर्स को सिखाने की तैयारी करने तथा उनकी सर्वश्रेष्ठ आदतें एक-दूसरे को बताने के लिए मैं तुम्हें सामग्री दे दूँगा।"

उन्हें मुझ पर भरोसा था। मैं ख़ुद को जितना योग्य समझता था, वे मुझे उससे ज़्यादा योग्य समझ रहे थे। वे मुझे ज़िम्मेदारी सौंपने के इच्छुक थे, ताकि मैं विकास कर सकूँ। इन सब बातों ने मेरे भीतर की क्षमता को बाहर निकाला। मैंने वह काम स्वीकार कर लिया और उसमें अपना सब कुछ झोंक दिया। इससे मेरा शारीरिक,

मानसिक, भावनात्मक, आत्मिक दोहन हुआ। मेरा विकास हुआ। मैंने दूसरों को भी विकास करते देखा। मैंने मूलभूत लीडरशिप सिद्धांतों के पैटर्न सीखे। इस तरह घर लौटने तक मुझे एहसास हो चुका था कि मैं किस काम के प्रति अपना जीवन समर्पित करना चाहता था : मानवीय क्षमता को मुक्त करना। मैंने अपनी "आवाज़" खोज ली थी। और मेरे लीडर ने मुझे इसे खोजने की प्रेरणा दी।

समय के साथ मुझे एहसास हुआ कि उन्होंने ऐसा व्यवहार सिर्फ़ मेरे साथ ही नहीं किया था। वे बाक़ी लोगों को भी प्रोत्साहित व प्रेरित करते थे। हम सबको अपने काम के प्रति भविष्य-दृष्टि में एकाकार करने की उनकी योग्यता ने हमें प्रेरित किया। उन्होंने हमें समर्थ बनाने वाले संसाधन उपलब्ध कराए। उन्होंने जवाबदेही और स्टीवर्डशिप से सच्चे लीडर्स के रूप में हमें सशक्त बनाया। ये सभी बातें हमारे पूरे संगठन की आदत बन गईं। हम भी उन्हीं की तरह नेतृत्व करने लगे और दूसरों की सेवा करने लगे। परिणाम ज़बर्दस्त थे।

तब से मुझे एहसास हो चुका है कि उनकी लीडरशिप के सिद्धांत किसी भी संगठन के महान लीडर्स में आम तौर पर पाए जाते हैं, चाहे लीडर का स्तर या आधिकारिक पद कोई भी हो। बिज़नेस, यूनिवर्सिटी, स्वयंसेवी और चर्च संगठनों - ख़ासकर मेरे ख़ुद के परिवार - में मेरे शिक्षण, परामर्श और लीडरशिप अनुभव से मैंने सीखा है कि लीडरशिप का प्रभाव सिद्धांतों से शासित होता है। जब आप उन सिद्धांतों के अनुसार जीते हैं, तो आपका प्रभाव और नैतिक सत्ता बढ़ती है तथा आपको अक्सर ज़्यादा औपचारिक सत्ता सौंपी जाती है। बाइबल की पौंड या टेलेंट्स संबंधी नीतिकथाएँ बताती हैं कि अगर आप अपनी प्रतिभाओं का ज़्यादा इस्तेमाल करके उन्हें बढ़ाते हैं, तो आपको और ज़्यादा प्रतिभाएँ दी जाएँगी। लेकिन अगर आप उन्हें नज़रअंदाज़ कर देते हैं या ज़मीन में दफ़न कर देते हैं और अविकसित या अप्रयुक्त रहने देते हैं, तो आपको दी गई प्रतिभाएँ भी आपसे छीन ली जाएँगी तथा किसी दूसरे को दे दी जाएँगी। तो अंत में न सिर्फ़ आपकी प्रतिभाएँ छिन जाती हैं, बल्कि प्रभाव और अवसर भी ख़त्म हो जाते हैं।

लीडरशिप की परिभाषा

आसान शब्दों में - सबसे मूलभूत और व्यावहारिक स्तर पर - *लीडरशिप लोगों के महत्व और क्षमता को उनके सामने इतनी स्पष्टता से बताना है कि वे इसे ख़ुद में देखने लगें।* इस परिभाषा के बारे में सोचें। क्या यह उस तरह की लीडरशिप का सार नहीं है, जो प्रभावित करे और सचमुच स्थायी रहे? दूसरों के महत्व और क्षमता को इतनी स्पष्टता, इतनी शक्ति और इतनी निरंतरता से संप्रेषित करना कि वे इसे सचमुच ख़ुद में देखने लगें, *देखने, करने* और *बनने* की प्रक्रिया को गति देना है।

> लीडरशिप लोगों के महत्व और क्षमता को उनके सामने इतनी स्पष्टता से बताना है कि वे इसे ख़ुद में देखने लगें।

दादा-दादी की अनूठी भूमिका के बारे में सोचने और इसे परिभाषित करने का क्या तरीक़ा है! दादा-दादी की सबसे अनिवार्य भूमिका अपने बच्चों, पोते-पोतियों तथा परपोतों-परपोतियों के महत्व और क्षमता को अधिकाधिक संभव तरीक़ों से स्पष्टता से उन तक संप्रेषित करना है, ताकि वे सचमुच इस पर विश्वास करने लगें और उस विश्वास के अनुरूप काम करने लगें। अगर यह भाव हमारी संस्कृति और समाज में व्याप्त हो जाए, तो मानव सभ्यता पर इसका अकल्पनीय शानदार व अनंत प्रभाव पड़ेगा।

आइए, अब हम शायद - संबंधों के बाद - लोगों के सामने उनके महत्व और क्षमता संप्रेषित करने के सबसे आम और सतत साधन - संगठन - को गहराई में टटोलते हैं।

संगठन की परिभाषा

जब हम 8वीं आदत के खंड 2 - दूसरों को उनकी आवाज़ खोजने के लिए प्रेरित करना - की ओर बढ़ते हैं, तो हम लीडरशिप के प्रभाव-क्षेत्र में दाख़िल होते हैं। एक बार फिर, यह औपचारिक पद की लीडरशिप नहीं है, बल्कि लीडरशिप का विकल्प चुनना है। लीडरशिप का अर्थ लोगों से ऐसा व्यवहार करना है, जिससे उनके सामने उनका महत्व और क्षमता इतनी स्पष्टता से प्रकट हो जाए, ताकि वे उसे ख़ुद में देखने लगें। *संगठन* (organization) में इस तरह की लीडरशिप पर ध्यान केंद्रित करने के संबंध में मैं चार सरल बिंदुओं पर ज़ोर देना चाहूँगा :

1. सबसे प्रारंभिक स्तर पर कोई भी संगठन *किसी उद्देश्य (उसकी आवाज़) से संबंधित* होता है; न इससे कम न ज़्यादा। इसका उद्देश्य एक या अधिक व्यक्तियों या हिस्सेदारों की ज़रूरतें पूरी करना होता है। सबसे सरल संगठन दो लोगों का होगा, जिनका एक साझा उद्देश्य हो, जैसे बिज़नेस पार्टनरशिप या विवाह।
2. लगभग *सभी* लोग किसी न किसी तरह के संगठन में होते हैं।
3. संसार के *ज़्यादातर* काम संगठनों में और संगठनों द्वारा होते हैं।
4. संगठनों के भीतर, जिनमें परिवार भी शामिल हैं, सबसे बड़ी चुनौती उन्हें इस तरह स्थापित करना और चलाना है, जो हर व्यक्ति को इतना समर्थ बनाए कि वह आंतरिक रूप से अपने निहित महत्व और महानता की क्षमता को भाँप ले। इसके बाद वह सिद्धांत-केंद्रित तरीक़े से संगठन के

उद्देश्य और सर्वोच्च प्राथमिकताओं को हासिल करने में अपनी अनूठी योग्यताओं व जोश के साथ योगदान दे - दूसरे शब्दों में, आवाज़। हम इसे *नेतृत्व की चुनौती* कहते हैं।

संक्षेप में, संगठन व्यक्तियों से बनता है, जिसका एक *संबंध* और *साझा उद्देश्य* होता है। अब आप देख सकते हैं कि संगठन की यह अवधारणा हम सब पर किस तरह लागू होती है।

मैनेजमेंट और/या लीडरशिप?

पिछले कुछ सालों में लीडरशिप पर सैकड़ों पुस्तकें और हज़ारों लेख छप चुके हैं। इससे साफ़ ज़ाहिर होता है कि यह विषय कितना महत्वपूर्ण है। लीडरशिप सचमुच *समर्थ बनाने वाली* कला है। स्कूलों का उद्देश्य बच्चों को शिक्षित करना होता है, लेकिन अगर आपकी लीडरशिप बुरी है, तो आपकी शिक्षा भी बुरी होगी। दवाओं का उद्देश्य लोगों को स्वस्थ करना है, लेकिन अगर आपकी लीडरशिप बुरी होगी, तो आपकी दवा भी बुरी होगी। हम ढेरों उदाहरण देकर साबित कर सकते हैं कि लीडरशिप सबसे ऊँची कला क्यों है, सिर्फ़ इसलिए क्योंकि यह सभी कलाओं और व्यवसायों को काम करने में *समर्थ बनाती है*। यह ख़ास तौर पर परिवार के मामले में सच है।

मैंने जीवन भर लीडरशिप (नेतृत्व) और मैनेजमेंट (प्रबंधन) का अध्ययन किया है, उन्हें सिखाया है और उन पर लिखा है। दरअसल, इस पुस्तक को लिखने की तैयारी करते समय मैंने बीसवीं सदी के लीडरशिप सिद्धांतों की समीक्षा की है। मैंने

लीडरशिप		मैनेजमेंट
"लीडर वे होते हैं, जो सही काम करते हैं।"	-वॉरेन बेनिस	"मैनेजर वे होते हैं, जो काम को सही करते हैं।"
"लीडरशिप परिवर्तन से जूझने के बारे में है।"	-जॉन कॉटर	"मैनेजमेंट जटिलता से जूझने के बारे में है।"
"लीडरशिप में इसके बारे में एक काइनेस्थेटिक आभास होता है, गति का एहसास..."	-कूजेस और पॉसनर	"मैनेजमेंट चीज़ों को 'सँभालने' के बारे में है, व्यवस्था बनाए रखने के बारे में है, संगठन और नियंत्रण के बारे में है।"
"... लीडर्स इस बात की परवाह करते हैं कि चीज़ों का लोगों के लिए क्या अर्थ है।"	-अब्राहम ज़ेलेज़्निक	"मैनेजर इस बात की परवाह करते हैं कि काम कैसे करवाया जाए।"
"लीडर आर्किटेक्ट होते हैं..."	-जॉन मारिऑटी	मैनेजर निर्माता होते हैं।"
"लीडरशिप साझी भविष्य-दृष्टि के निर्माण पर ध्यान केंद्रित करती है..."	-जॉर्ज वेदर्सबी	मैनेजमेंट काम की रूपरेखा है... इसका संबंध नियंत्रण से है..."

टेबल 2

इस पुस्तक के आख़िर में *परिशिष्ट 2 : लीडरशिप सिद्धांतों की समीक्षा* शामिल की है, जो पृष्ठ 403 पर है।

लीडरशिप सिद्धांतों की समीक्षा में हमने लीडरशिप तथा मैनेजमेंट के भेद बताने वाले वाले अग्रणी लेखकों के वक्तव्य एकत्रित किए। यहाँ उसका एक छोटा सा उदाहरण दिया गया है (टेबल 2)। पूरा संग्रह लीडरशिप और मैनेजमेंट पर प्रतिनिधित्यात्मक कथन पुस्तक के आख़िर में परिशिष्ट 3 में पृष्ठ 411 पर पाया जा सकता है।

इस साहित्यिक समीक्षा से मुझे यह सच्चाई पता चली कि मैनेजमेंट *और* लीडरशिप *दोनों* महत्वपूर्ण हैं - एक के बिना दूसरा अधूरा है। मेरे जीवन में कई ऐसे मौक़े रहे हैं, जब मैं लीडरशिप पर ज़रूरत से ज़्यादा ज़ोर देने और मैनेजमेंट के महत्व को नज़रअंदाज़ करने के जाल में फँस चुका हूँ। मुझे यक़ीन है कि इसका कारण मुझे होने वाला यह एहसास था कि अधिकांश संगठनों में, जिनमें परिवार भी शामिल हैं, मैनेजमेंट बहुत ज़्यादा होता है और लीडरशिप बहुत कम होती है। यह फ़र्क़ मेरे पेशेवर काम में बड़ी प्रेरक शक्ति रहा है और इसकी बदौलत मैंने लीडरशिप के सिद्धांतों पर ध्यान केंद्रित किया है। बहरहाल, मुझे पुरज़ोर तरीक़े से बार-बार याद दिलाया गया है कि मैनेजमेंट कितनी महत्वपूर्ण भूमिका निभाता है।

मैंने (दर्द भरे तरीक़े से) सीखा कि आप वस्तुओं का "नेतृत्व" नहीं कर सकते। दरअसल, जब तक मैंने अपनी कंपनी का मैनेजमेंट अपने बेटे स्टीफ़न और अन्य लोगों की टीम को नहीं सौंपा, जिनकी शक्तियाँ मेरी कमज़ोरियों की भरपाई करती थीं, तब तक यह सचमुच लाभदायक नहीं बनी। आप इनवेंट्री, कैशफ़्लो और लागतों का नेतृत्व नहीं कर सकते। आपको उनका प्रबंधन करना पड़ता है। क्यों? क्योंकि वस्तुओं में विकल्प चुनने की शक्ति तथा स्वतंत्रता नहीं होती; सिर्फ़ लोगों में होती है। इसलिए आप लोगों का *नेतृत्व* (सशक्तिकरण) करते हैं, जबकि वस्तुओं का *प्रबंधन और नियंत्रण* करते हैं। यहाँ उन चीज़ों की सूची दी गई है, जिनका प्रबंधन करने की ज़रूरत होती है (देखें फ़िगर 6.1) :

किन चीज़ों को प्रबंधन (नियंत्रण) की ज़रूरत होती है?

जिन चीज़ों के पास चुनने की स्वतंत्रता नहीं होती

पैसा	संरचनाएँ	भौतिक संसाधन
लागत	तंत्र	सुविधाएँ
सूचना	प्रक्रियाएँ	औज़ार
समय	इनवेंट्री	

कई बार...

"लोग" ख़ुद की लीडरशिप में प्रबंधित होने का विकल्प चुनते हैं (कई प्रोफ़ेशनल्स और अन्य उत्पादक) लोग।

फ़िगर 6.1

इस साहित्यिक समीक्षा ने मुझे याद दिलाया कि मैं बरसों से किस तरह इन महान लोगों और शिक्षकों द्वारा गहराई से प्रभावित होता आ रहा हूँ। उनके प्रति मैं अपनी कृतज्ञता व्यक्त करता हूँ। अपने अनुभव और शिक्षण से भी मैंने यही निष्कर्ष निकाला है कि संगठनात्मक व्यवहार को समझने की कुंजी इसका अध्ययन करना नहीं है। इसकी कुंजी तो *मानव स्वभाव* का अध्ययन करना और उसे समझना है। क्योंकि जब एक बार आप मानव स्वभाव के मूलभूत तत्व जान लेते हैं, तो आपके पास लोगों और संगठनों के भीतर छिपी क्षमता को बाहर निकालने की कुंजी आ जाती है। इसीलिए पूर्ण-व्यक्ति का पैरेडाइम - शरीर, मस्तिष्क, हृदय और आत्मा के प्रतीकों द्वारा - संगठनों और लोगों को समझने के लिए सबसे ज़्यादा प्रासंगिक है। बहुत ही वास्तविक संदर्भ में संगठनात्मक व्यवहार जैसी कोई चीज़ नहीं होती। सिर्फ़ *वैयक्तिक* व्यवहार होता है, जो संगठनों में समूह में होता है।

आप पूछ सकते हैं, "तो उससे क्या?" इस सारे सिद्धांत का उन चुनौतियों से क्या लेना-देना है, जिनका मैं दिन-रात सामना करता हूँ? मेरी समस्याओं को बेहतर तरीक़े से समझने और सुलझाने के लिए संगठनों को समझना इतना ज़रूरी क्यों है?

सरल, तक़रीबन स्पष्ट जवाब यह है कि वे आपस में जुड़े हुए हैं। हम सब किसी न किसी संगठन में जीते और काम करते हैं, जिसमें परिवार भी शामिल है। हमें ख़ुद को समझने के लिए *पृष्ठभूमि* की ज़रूरत होती है।

जैसा पहले बताया गया है, सभी संगठनों, यहाँ तक कि सर्वश्रेष्ठ संगठनों में भी, समस्याएँ होती हैं। मैंने हज़ारों संगठनों के साथ काम किया है। यहाँ तक कि मैं जिन संगठनों की सबसे ज़्यादा प्रशंसा करता हूँ, वे भी कुछ हद तक समस्याओं से जूझते नज़र आते हैं। और दिलचस्प बात यह है कि ज़्यादातर समस्याएँ लगभग एक समान होती हैं। बेशक समस्याओं से जुड़े लोग और परिस्थितियाँ अलग होती हैं। लेकिन जब गहराई से स्थिति का विश्लेषण किया जाता है, तो उसकी तह में अधिकांश समस्याओं की जड़ें आम होती हैं। पीटर ड्रकर ने इसे इस तरह लिखा है :

> ज़ाहिर है, अलग-अलग संगठनों के प्रबंधन में अंतर होते हैं - आख़िरकार, मिशन रणनीति को परिभाषित करते हैं और रणनीति तंत्र को। लेकिन रिटेल स्टोर्स की चेन के प्रबंधन और रोमन कैथोलिक चर्च के प्रबंधन में आश्चर्यजनक रूप से बहुत कम फ़र्क़ होता है, जिसका अंदाज़ा न तो रिटेल चेन के एक्ज़ीक्यूटिव्ज़ को होता है, न ही चर्च के पादरियों को। फ़र्क़ मुख्यतः सिद्धांतों के बजाय उनके अमल में होता है। मसलन, इन संगठनों के एक्ज़ीक्यूटिव्ज़ कर्मचारी - संबंधी समस्याओं पर बराबर समय लगाते हैं - और कर्मचारियों की समस्याएँ लगभग हमेशा एक सी होती हैं।

चाहे आप सॉफ़्टवेयर कंपनी, अस्पताल, बैंक या बॉय स्काउट ऑर्गैनाइज़ेशन का प्रबंधन कर रहे हों, फ़र्क़ सिर्फ़ आपके 10 प्रतिशत काम में होता है। यह 10 प्रतिशत हिस्सा संगठन के विशिष्ट मिशन, इसकी विशिष्ट संस्कृति, इसके विशिष्ट इतिहास और इसकी विशिष्ट शब्दावली से तय होता है। बाक़ी ज़्यादातर चीज़ें आपस में बदली जा सकती हैं।[1]

खंड 2 : दूसरों को उनकी आवाज़ खोजने के लिए प्रेरित करना में मेरा लक्ष्य यह पता लगाने में आपकी मदद करना है कि अपनी व्यक्तिगत चुनौतियों और समस्याओं को सुलझाने के लिए काम करने या जूझने के बजाय आप *अपना* और अपने संगठन का प्रभाव काफ़ी हद तक कैसे बढ़ा सकते हैं, चाहे वह संगठन आपकी टीम, विभाग, डिवीज़न या पूरा संगठन हो, जिसमें आपका परिवार शामिल है।

आइए, सबसे पहले तो हम अपने सामने मौजूद समस्याओं की द्वैत प्रकृति को देखकर शुरू करते हैं। ऐसा करने से पहले मैं आपको इस बाबत अपना दिमाग़ तैयार करने के लिए आमंत्रित करता हूँ कि आपकी जटिल संगठनात्मक चुनौतियों का सचमुच सामना करने के लिए कितनी ऊर्जा की ज़रूरत होगी। मैं ऐसा दो कथनों से करता हूँ। पहला तो अल्बर्ट आइंस्टीन का कथन है : "जिन महत्वपूर्ण चुनौतियों का हम सामना करते हैं, उन्हें सोच के उसी स्तर पर नहीं सुलझाया जा सकता, जिस स्तर पर हमने उन्हें पैदा किया था।" आपको मानव प्रकृति का एक नया पैरेडाइम दिया गया है - पूर्ण-व्यक्ति का पैरेडाइम - शरीर, मस्तिष्क, हृदय और आत्मा। आप सीख चुके हैं कि यह आज के औद्योगिक युग के "वस्तु" नियंत्रणकारी पैरेडाइम के विपरीत है। आपको अपने संगठन में उत्पन्न होने वाली समस्याओं को समझने और सुलझाने के लिए "पूर्ण-व्यक्ति" के इस दृष्टिकोण की ज़रूरत पड़ेगी।

दूसरा कथन ऑलिवर वेंडेल होम्स का है। उन्होंने कहा था, "मैं जटिलता के क़रीब वाले हिस्से पर सरलता के लिए कुछ नहीं दूँगा; लेकिन जटिलता के दूसरे छोर पर सरलता के लिए मैं अपना दाहिना हाथ दे दूँगा।" इसका मतलब यह है कि हमारी महत्वपूर्ण चुनौतियाँ सतही, तुरत-फ़ुरत प्रोग्राम्स-ऑफ़-द-मंथ या उत्साहवर्धक नारों और फ़ॉर्मूलों से नहीं सुलझ सकतीं। इसके लिए तो हमें संगठन में उत्पन्न होने वाली समस्याओं की *प्रकृति* और जड़ को *समझना* होगा। इसी तरह हमें उन *सिद्धांतों* के बारे में भी ज्ञान हासिल करना होगा, जो हमारे चरित्र का प्रतिनिधित्व करके व नई मानसिकता और योग्यता प्रदान करके समाधानों को शासित करते हैं। इसमें थोड़ी मेहनत की ज़रूरत होगी। लेकिन मैं आपसे वादा करता हूँ कि अगर आप इसमें लगे रहेंगे, तो आपको **ज्ञान, नज़रिया** और **योग्यता - आदत** के तीन तत्वों - के सशक्त रूप से *सरल* और स्पष्ट तालमेल की शक्ति मिलेगी, जो आपको नए जगत की नई चुनौतियों का सामना करने में समर्थ बना देगी। आप 8वीं आदत को विकसित कर लेंगे, जो मानव क्षमता को मुक्त करती है।

अति महत्वपूर्ण वैश्विक परिवर्तन

अब हम संगठनात्मक चुनौती की गहरी समझ की ओर जा रहे हैं। मैं आपको आमंत्रित करता हूँ कि आप उन सात अति महत्वपूर्ण परिवर्तनों पर विचार करें, जो नए ज्ञानकर्मी युग को रेखांकित करते हैं। उनमें आप वर्तमान संगठनात्मक और *व्यक्तिगत* चुनौतियों के संदर्भ पाएँगे।

- *बाज़ारों और प्रौद्योगिकी का वैश्वीकरण :* नई प्रौद्योगिकी ज़्यादातर स्थानीय, क्षेत्रीय और राष्ट्रीय बाज़ारों को रूपांतरित करके बग़ैर सीमा वाले वैश्विक बाज़ारों में बदल रही है।
- *वैश्विक जुड़ाव का उदय :* अपनी पुस्तक *ब्लोन टु बिट्स* में इवान्स और वर्स्टर कहते हैं, "संकीर्ण, तारों वाले और मालिकाना संप्रेषण के मार्ग, जो लोगों या कंपनियों को एक सूत्र में बाँधते थे, लगभग रातोरात दक़ियानूसी हो गए हैं। इन मार्गों ने जिन बिज़नेस तंत्रों को बनाया था या जिनका दोहन किया था, वे भी दक़ियानूसी हो चुके हैं। सार यह है कि जिस गोंद ने पारंपरिक रूप से हमारी सारी आर्थिक गतिविधियों को जोड़ रखा था, वह वैश्विक जुड़ाव की गर्मी में तेज़ी से पिघल रही है। और यह इतिहास में पहली बार सूचना के *प्रवाह* को वस्तुओं के *प्रवाह* से अलग कर देगा।[2]
- *सूचना/अपेक्षाओं का प्रजातांत्रीकरण :* कोई भी इंटरनेट का प्रबंधन नहीं करता। यह वैश्विक आयाम का सामुद्रिक परिवर्तन है। इतिहास में पहली बार मानवीय आत्मा की विशुद्ध आवाज़ करोड़ों असंपादित बातचीतों में गूँजती है, जिस पर सीमाओं का बंधन नहीं है। नवीनतम जानकारी व्यक्तिगत आशाओं और सामाजिक इच्छा को संचालित करती है, जो अंततः राजनीतिक इच्छा को संचालित करती है, जिसका प्रभाव हर व्यक्ति पर पड़ता है।
- *प्रतिस्पर्धा में घातांकीय (exponential) वृद्धि :* इंटरनेट और उपग्रह प्रौद्योगिकी इसका इस्तेमाल करने वाले हर व्यक्ति को एक संभावित प्रतिस्पर्धी बना देती है। संगठनों को लगातार श्रम व माल की कम लागत, तीव्र नवाचार, ज़्यादा कार्यकुशलता और उच्चतर गुणवत्ता से प्रतिस्पर्धा करने के बेहतर तरीक़े विकसित करने होंगे। मुक्त व्यापार और प्रतिस्पर्धा की शक्तियाँ गुणवत्ता को ऊपर उठा रही हैं, लागत कम कर रही हैं और गति तथा लचीलेपन को बढ़ा रही हैं, ताकि उस काम को तेज़ी से किया जा सके, जिसके लिए ग्राहक हमें पैसे देता है। कोई भी अब सिर्फ़ अपने प्रतिस्पर्धियों या तथाकथित उत्कृष्टता को अपना पैमाना नहीं बना सकता; हमें "विश्व-स्तरीय" को अपना पैमाना बनाना होगा।
- *दौलत का निर्माण वित्तीय पूँजी से बौद्धिक तथा सामाजिक पूँजी तक पहुँच गया है :* दौलत-निर्माण धन के बजाय अब लोगों में आ गया है – वित्तीय

पूँजी से मानव पूँजी (बौद्धिक और सामाजिक दोनों), जिसमें सारे आयाम शामिल हैं। आज के प्रॉडक्ट्स में दो तिहाई से ज़्यादा मूल्यवृद्धि ज्ञानकर्म की वजह से होती है; बीस साल पहले यह आँकड़ा एक-तिहाई से भी कम था।

- *मुक्त संस्था :* लोग अपने विकल्पों को लेकर पहले के मुक़ाबले ज़्यादा जानकार, जागरूक और सचेत हैं। रोज़गार बाज़ार मुक्त एजेंट बाज़ार में बदल रहा है और लोगों में विकल्पों की ज़्यादा से ज़्यादा जागरूकता होती जा रही है। ज्ञानकर्मी प्रबंधन के लेबल चस्पा करने की कोशिशों का प्रतिरोध करेंगे। वे तो ख़ुद को ब्रांड बनाने के लिए ज़्यादा संकल्पवान हैं।
- *स्थायी उथल-पुथल :* हम एक सतत परिवर्तनशील परिवेश में जी रहे हैं। इस स्थायी उथल-पुथल (permanent white water) में हर व्यक्ति के भीतर कुछ होना चाहिए, जो उसके निर्णयों का मार्गदर्शन करे। उसे अपनी टीम या संगठन के उद्देश्य व मार्गदर्शक सिद्धांतों को आत्मनिर्भरता से समझना होगा। अगर आप उसका प्रबंधन करने की कोशिश करेंगे, तो वह आपकी बात सुनेगा भी नहीं। उसके सामने का शोर-शराबा और उसकी प्रबल चुनौतियों की तात्कालिकता का दबाव बहुत ज़्यादा होगा।

फ़िल्म : *परमानेंट व्हाइटवॉटर*

हमने एक छोटा, रोचक वीडियो तैयार किया है, जो उन उथल-पुथल भरी स्थितियों और जटिलताओं का वर्णन करता है, जिनमें हम इस वक़्त जी रहे हैं। यह अतीत और वर्तमान की तुलना करके उन तीन स्थायी चीज़ों की ओर संकेत करता है, जिनके माध्यम से हम उन चुनौतियों से निबट सकते हैं। इस बारे में आप इस अध्याय में आगे पढ़ेंगे।

मैं आपको आमंत्रित करता हूँ कि आप www.The8thHabit.com/offers पर जाकर *Films* मीनू में *Permanent Whitewater* नामक फ़िल्म देखें।

दीर्घकालीन और तीव्र दर्द

शरीर और संगठनों में दो तरह की समस्याएँ होती हैं : दीर्घकालीन (chronic) और तीव्र (acute)। *दीर्घकालीन* का मतलब है अंतर्निहित, सकारण, लगातार चलने वाली। *तीव्र* का मतलब है दर्दनाक, लक्षणात्मक, क्षयकारी। लोगों की तरह ही संगठनों में भी ऐसी दीर्घकालीन समस्याएँ हो सकती हैं, जो अब तक तीव्र न हुई हों। इन तीव्र समस्याओं का उपचार अंतर्निहित दीर्घकालीन स्थिति को ढँक सकता है।

कई साल पहले मुझे एक दिलचस्प अनुभव हुआ, जो इसी बिंदु को रेखांकित करता है। मेरा एक दोस्त डेट्रॉइट के अस्पताल में हेड ऑफ़ सर्जरी था और कार्डियोवैस्कुलर मेडिसिन का विशेषज्ञ था। मैंने उससे पूछा कि क्या मैं एक दिन उसे

ऑपरेशन करते हुए देख सकता हूँ। इस अनुभव ने मेरे दिमाग़ को हिलाकर रख दिया। एक ऑपरेशन के दौरान मेरे मित्र ने तीन रक्त-वाहिनियों को बदल दिया। ऑपरेशन के बाद मैंने पूछा, "तुमने उन रक्त-वाहिनियों को क्यों *बदला*? तुमने उन्हें सिर्फ़ साफ़ क्यों नहीं किया?"

उसने आम भाषा में मुझे समझाया, "प्रारंभिक अवस्था में आप ऐसा कर सकते हैं, लेकिन समय के साथ प्लाक बढ़ता रहता है और अंततः यह दीवार का हिस्सा बन जाता है।"

मैंने पूछा "अब जब आपने ये तीनों जगहें सही कर दी हैं, तो क्या यह आदमी बिलकुल ठीक हो चुका है?" मेरे दोस्त ने जवाब दिया, "स्टीफ़न, यह दीर्घकालीन है। यह उसके पूरे शरीर में भरा हुआ है।" उसने मेरा दस्ताने वाला हाथ रक्त-वाहिनियों पर रखा। कोलेस्ट्रॉल की भंगुरता महसूस हो रही थी। "लेकिन ध्यान दें," मेरे दोस्त ने कहा, "यह आदमी व्यायाम करता है। इससे रक्त उसका रक्त-संचरण ठीक रहता है, जो मांसपेशियों को ऑक्सीजन देता है, लेकिन इन तीन अवरुद्ध रक्त-वाहिनियों को कोई पोषण नहीं मिल पाता है। अगर ख़ून का थक्का जम जाए, तो उसे इसके बावजूद हार्ट अटैक हो सकता है। उसे *दीर्घकालीन* हृदय रोग है।"

सभी दीर्घकालीन स्थितियों के तीव्र लक्षण नहीं होते। तीव्र लक्षणों के उभरने से पहले ही कैंसर जैसी बीमारियाँ फैल सकती हैं और यह बात पता चलने तक बहुत देर हो चुकी होती है। लक्षण आपको सतह पर नहीं दिखते हैं, इसका यह मतलब नहीं है कि अंतर्निहित समस्याएँ नहीं हैं। कई बार जब लोग अपने शरीर पर अचानक दबाव डालते हैं, तो उन्हें हार्ट अटैक हो जाता है - जैसे जाड़े के शुरुआती तूफ़ान के बाद फावड़े से भारी बर्फ़ हटाते समय। जब तक कि दबाव की स्थितियों में तीव्र लक्षण प्रकट नहीं होते, तब तक उन्हें यह एहसास ही नहीं होता कि उन्हें हृदय रोग है।

यही संगठनों के मामले में भी होता है। हो सकता है कि संगठन में गंभीर दीर्घकालीन समस्याएँ हों, लेकिन कोई तीव्र लक्षण न दिख रहे हों, क्योंकि कई संगठन कठिन, वैश्विक बाज़ार में प्रतिस्पर्धा करने के बजाय स्थानीय या सुरक्षित बाज़ार में प्रतिस्पर्धा करते हैं। हो सकता है, वे वित्तीय रूप से सफल हों - कई बार तो बहुत सफल। लेकिन जैसा आप जानते हैं, सफलता सापेक्ष है। हो सकता है, प्रतिस्पर्धी की समस्याएँ ज़्यादा बुरी हों। तो फिर बदलने की क्या ज़रूरत है?

चार दीर्घकालीन समस्याओं और उनके तीव्र लक्षणों की भविष्यवाणी करना

सटीक पैरेडाइम की शक्ति इसे स्पष्ट करने और इसकी भविष्यवाणी करने की योग्यता में निहित होती है। अगर मानव प्रकृति का पूर्ण-व्यक्ति पैरेडाइम सटीक है, तो इससे आपको अपने जीवन और संगठन की सबसे बड़ी समस्याओं को स्पष्ट करने, उनकी

भविष्यवाणी करने और निदान करने की असाधारण योग्यता मिलनी चाहिए। इसे न सिर्फ़ समस्याओं के अधिक स्पष्ट तीव्र लक्षणों को पहचानने में आपकी मदद करनी चाहिए, बल्कि इसे अंतर्निहित दीर्घकालीन "मूल" कारणों को देखने में भी आपको समर्थ बनाना चाहिए। फिर आप अपनी समस्याएँ सुलझाने, उच्च-प्रदर्शन, उच्च-विश्वास वाले संगठन या टीम बनाने में अपने प्रभाव का विस्तार करने के लिए इस पैरेडाइम का इस्तेमाल कर पाएँगे - एक ऐसा संगठन बनाने में, जो लगातार अपनी सर्वोच्च प्राथमिकताओं पर *ध्यान केंद्रित* करता है और उन्हें *क्रियान्वित* करता है।

इसीलिए आप पुस्तक के हर हिस्से में एक ही डायग्राम देखेंगे (फ़िगर 6.2)। मैं उनमें सिर्फ़ नए शब्द या वाक्यांश जोड़ देता हूँ, ताकि विकल्प चुनने के चार क्षेत्रों - शरीर, मस्तिष्क, हृदय और आत्मा - में से किसी एक पर नया क्रियान्वयन प्रतिबिंबित हो जाए। इस मामले में आप यह देख सकेंगे कि पूर्ण-व्यक्ति का पैरेडाइम दीर्घकालीन और तीव्र समस्याओं को भाँपने की आपकी क्षमता को बढ़ा देता है। ये समस्याएँ तब उत्पन्न होती हैं, जब संगठन अपने कर्मचारियों के शरीर, मस्तिष्क, हृदय या आत्मा को नज़रअंदाज़ करने लगता है।

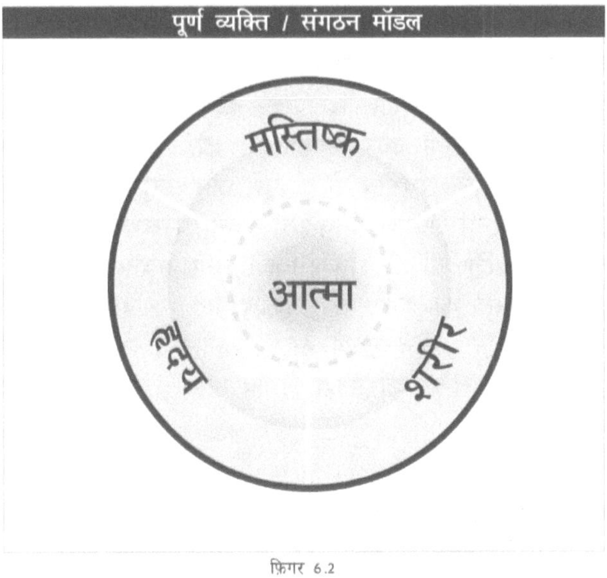

फ़िगर 6.2

अब हम संगठनात्मक पृष्ठभूमि में *इसकी जाँच करते हैं*। टीम, परिवार, समुदाय या संबंध पर भी यही विचार लागू होगा। आगे पढ़ने से पहले हर मामले में विशिष्ट समस्या को पहचानने की कोशिश करें।

आइए, *सबसे पहले* डायग्राम के केंद्र में *स्थित आत्मा* से शुरू करते हैं। अगर किसी संगठन में आत्मा या अंतरात्मा को लगातार नज़रअंदाज़ किया जाता है, तो

कौन सी समस्या खड़ी होगी? इस बारे में सोचें। जब लोगों के साथ उनकी अंतरात्मा के विपरीत तरीक़ों से व्यवहार या कार्य किया जाता है, तो आपसी संबंधों में क्या होगा? क्या इसकी वजह से विश्वास कम नहीं हो जाएगा? *कम विश्वास* संगठनों में उत्पन्न होने वाली पहली दीर्घकालीन समस्या है। इसकी तीव्र अभिव्यक्तियाँ क्या होंगी? बाज़ार की मुश्किल परिस्थितियों में काम करने वाले कम विश्वास के संगठनों में परनिंदा, आंतरिक संघर्ष, शिकारवाद, रक्षात्मकता, जानकारी दबाना और रक्षात्मक, सुरक्षित संप्रेषण के तीव्र दर्दनाक लक्षण भरे होते हैं।

दूसरी बात, जब आप किसी संगठन में मस्तिष्क या भविष्य-दृष्टि को नज़रअंदाज़ करते हैं, तो कौन सी दीर्घकालीन समस्या उत्पन्न होती है? *कोई साझी भविष्य-दृष्टि या साझा जीवनमूल्य तंत्र नहीं होगा।* ऐसे हालात में आप किस तरह का लक्षणात्मक व्यवहार देखने की उम्मीद कर सकते हैं? आप देखेंगे कि लोग छिपे हुए उद्देश्यों से काम कर रहे हैं, राजनीतिक दाँव-पेंच आज़मा रहे हैं और निर्णय लेते समय अलग-अलग मानदंडों का इस्तेमाल कर रहे हैं। आपको एक दुविधापूर्ण, अराजक संस्कृति नज़र आएगी।

तीसरे, जब *शरीर* (ढाँचेगत संरचना, तंत्र, प्रक्रियाओं) में अनुशासन को बड़े पैमाने पर नज़रअंदाज़ किया जाता है, तो संगठन में कौन सी समस्या पैदा होती है? दूसरे शब्दों में, जब संगठन की प्राथमिकताओं के पीछे कोई क्रियान्वयन या तंत्रात्मक समर्थन न हो, तो आप किस स्थिति को देखने की उम्मीद करेंगे? संगठन के तंत्रों, ढाँचेगत संरचनाओं, प्रक्रियाओं और संस्कृति में कोई *तालमेल* या अनुशासन *नहीं* होगा। जब मैनेजरों में मानव स्वभाव के दोषपूर्ण और अपूर्ण पैरेडाइम होते हैं, तो वे ऐसे तंत्र बनाते हैं - जिनमें संप्रेषण, नियुक्ति, चयन, पदस्थापना, जवाबदेही, पुरस्कार और लाभ, तरक़्क़ी, प्रशिक्षण और विकासवादी तथा सूचना तंत्र शामिल हैं - जो कर्मचारियों की पूरी क्षमता को बाहर नहीं निकाल पाते। व्यक्ति, टीम, विभाग या पूरा संगठन किसी कोर मिशन, जीवनमूल्यों और रणनीतियों के साथ तालमेल में नहीं होगा। इससे बाज़ार में तालमेल का गहरा अभाव होगा : संगठन के बाहर के ग्राहकों और सप्लायर्स से भी।

> *सभी संगठन वे परिणाम हासिल करने के लिए पूरी तरह तालमेल में होते हैं, जो उन्हें मिलते हैं।*
>
> **आर्थर डब्ल्यू. जोन्स**

तालमेल की यह कमी हज़ारों तरीक़ों से सामने आएगी। इनमें कम विश्वास और ज़्यादा राजनीतिक व्यवहार तथा अंतर्विभागीय प्रतिस्पर्धा शामिल हैं। मानवीय विवेक की जगह *नियम* ले लेंगे, क्योंकि बेक़ाबू हालात में मैनेजर को ज़्यादा नियंत्रण की ज़रूरत महसूस होगी। अफ़सरशाही, श्रेणीबद्धता, नियम और नीतियाँ विश्वास के

विकल्प बन जाएँगी। लोगों या लीडरशिप के विकास की कोई भी बात कमज़ोर, अयथार्थवादी, निरर्थक और ख़र्चीली समझी जाएगी। वस्तुओं की तरह ही कर्मचारियों को भी निवेश नहीं, व्यय माना जाएगा। अधिक प्रबंधन और अधिक नियंत्रण की आवश्यकता लगातार स्पष्ट हो जाएगी, जिससे अधिकांश कर्मचारियों में "जब तक कहा न जाए, इंतज़ार करो" की सहनिर्भर मानसिकता आ जाएगी, जिसके बारे में हम पहले बात कर चुके हैं। यह तथाकथित औपचारिक लीडर्स के लिए एक और सबूत होगा कि जब तक वे गाजर-और-छड़ी का इस्तेमाल न करें, प्रेरित न करें, नियंत्रण न करें और ज़रूरत पड़ने पर लोहे का मुक्का न मारें, तब तक कुछ नहीं होगा - निष्क्रियता बाह्य प्रेरणा और नियंत्रण को तर्कसंगत साबित करेगी, जिससे ज़्यादा निष्क्रियता पैदा होगी। यह स्वयं पूरी होने वाली भविष्यवाणी है। लोगों का प्रबंधन (नियंत्रण) करने से वे ज़्यादा बढ़िया काम करने और अपनी सच्ची आवाज़ या जोश से योगदान देने के लिए कभी प्रेरित नहीं होते हैं, बल्कि स्वेच्छा से होते हैं।

चौथे, जब आप हृदय को नज़रअंदाज़ कर देते हैं, तो क्या होगा? जब जोश न हो, लक्ष्यों या काम से भावनात्मक जुड़ाव न हो, स्वैच्छिक आंतरिक उत्साह न हो या संगठन के भीतर प्रतिबद्धता न हो, तो क्या होगा? परिणाम लोगों के गंभीर *अशक्तिकरण* के रूप में सामने आएगा। पूरी संस्कृति ख़ौफ़ के साए में रहने लगेगी।

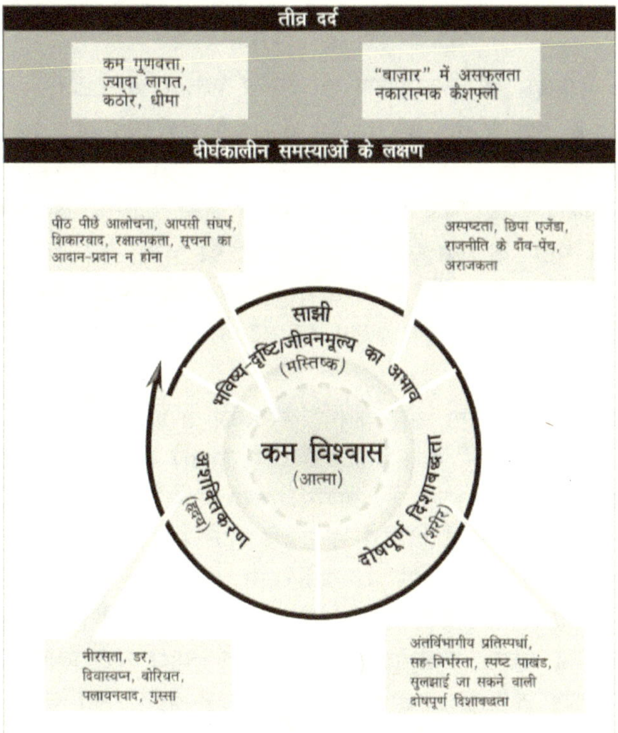

फ़िगर 6.3

ऐसे में आप किन तीव्र लक्षणों को देखने की उम्मीद करेंगे? ठहरें और भविष्यवाणी करें। आपको काफ़ी दूसरे काम, दिवास्वप्न, बोरियत, पलायनवाद, ग़ुस्सा, डर, नीरसता और दुर्भावनापूर्ण आज्ञाकारिता देखने को मिलेंगे।

क्या आपको इस मॉडल या पैरेडाइम की भविष्यसूचक, स्पष्ट करने वाली शक्ति नज़र आती है? शरीर, मस्तिष्क, हृदय या आत्मा को नज़रअंदाज़ करेंगे, तो आपको संगठन में चार दीर्घकालीन समस्याएँ मिलेंगी - *विश्वास का अभाव, साझी भविष्य-दृष्टि या जीवनमूल्य का अभाव, तालमेल का अभाव* तथा *अशक्तिकरण* - और इन सबके तीव्र लक्षण भी (देखें फ़िगर 6.3)।

इन दीर्घकालीन समस्याओं और इनके लक्षणों का सामूहिक परिणाम बाज़ार में असफलता, नकारात्मक कैशफ़्लो, कम गुणवत्ता, ज़्यादा लागत, कठोरता, धीमापन और एक-दूसरे को दोष देने का तीव्र दर्द है : ज़िम्मेदारी की संस्कृति के बजाय दोषारोपण की संस्कृति।

अगर आप *मैक्स एंड मैक्स* फ़िल्म के बारे में फिर सोचें, तो आप इन चारों दीर्घकालीन समस्याओं को पहचान सकेंगे।

पैरेडाइम ही आदत है

अब मुझे इस पैरेडाइम की स्पष्टीकरण की शक्ति चित्रित करने दें।

मुझे याद है, जब मैं एक बड़े संगठन में पहली बार गया था। मैंने उसके शीर्ष एक्ज़ीक्यूटिव्ज़ से कंपनी के मिशन स्टेटमेंट के बारे में पूछा। झिझकते हुए उन्होंने इसे बाहर निकाला। इसका मूल सार था, "हमारा लक्ष्य मालिकों की संपत्ति बढ़ाना है।" मैंने उनसे पूछा कि क्या उन्होंने इसे दीवार पर चस्पा कर अपने कर्मचारियों और ग्राहकों को प्रेरित किया है। वे सभी मुस्कराकर बोले, "नहीं, हमारे पास दीवार पर चस्पा करने के लिए तो एक अलग स्टेटमेंट है, लेकिन हमारा वास्तविक लक्ष्य यही है।"

हालाँकि मैं उनके उद्योग और कंपनी से अच्छी तरह वाक़िफ़ नहीं था, लेकिन मुझसे रहा नहीं गया और मैं बोल पड़ा, "मैं अब आपको आपकी कंपनी की संस्कृति के बारे में कुछ बातें बता सकता हूँ। आपमें एकता नहीं है। अगर आपके उद्योग में यूनियनें हैं, तो आप कर्मचारी विवादों में उलझे रहते हैं। आपको अपने कर्मचारियों से काम करवाने के लिए उनके सिर पर खड़े रहना पड़ता है, लगातार निगरानी करनी पड़ती है तथा गाजर-और-छड़ी की नीति अपनाना पड़ती है। कर्मचारियों और विभागों के आपसी संघर्षों व प्रतिस्पर्धाओं में बहुत ज़्यादा नकारात्मक ऊर्जा बर्बाद होती है। इसी तरह छिपे हुए लक्ष्यों और राजनीति में बहुत वक़्त बर्बाद होता है।"

मेरी भविष्यवाणी की क़ाबिलियत पर हैरान होते हुए उन्होंने पूछा, "आपको इतना

सब कैसे मालूम? आपने हमारी कंपनी का इतना सटीक वर्णन कैसे कर दिया?"

मैंने कहा, "मुझे दरअसल आपके उद्योग या कंपनी के बारे में ज़्यादा कुछ जानने की ज़रूरत ही नहीं है। मुझे तो बस मानव स्वभाव के बारे में जानने की ज़रूरत है। आपका असल उद्देश्य हमारे स्वभाव के चार हिस्सों में से सिर्फ़ एक - शरीर (आर्थिक) - पर केंद्रित है। यह सिर्फ़ एक हिस्सेदार - मालिक - पर केंद्रित है। आप बाक़ी तीन हिस्सों - मस्तिष्क, हृदय और आत्मा - तथा बाक़ी हिस्सेदारों (stakeholders) को पूरी तरह नज़रअंदाज़ कर देते हैं। आप गंभीर परिणाम भुगते बिना ऐसा कर ही नहीं सकते।" मैंने आगे भविष्यवाणी की, "इस मीटिंग के बाद आपमें से आधे बाक़ी आधों के बारे में बातें करेंगे। यहाँ कोई विश्वास नहीं है। छल-कपट इसका स्पष्ट सबूत है।" मेरी बातों की सटीकता से वे दुखी और हैरान थे, हालाँकि उनके संगठन को "सफल" समझा जाता था। सच तो यह है कि आप शेयरहोल्डर्स के साथ तब तक कभी सफल नहीं हो सकते, जब तक कि आप पहले बाज़ार में सफल न हों और आप बाज़ार में तब तक सफल नहीं हो सकते, जब तक कि आप पहले कार्यस्थल पर सफल न हों।

उन्होंने पूछा, "तो हम बदलने के लिए क्या कर सकते हैं?"

मैंने कहा, "आपको गंभीरता से सभी चार हिस्सों पर काम करना होगा। हर एक के मस्तिष्क को शामिल करो, ताकि कर्मचारियों के पास भी वही लक्ष्य रहें। न्याय, ईमानदारी, अखंडता और सच्चाई के शाश्वत सिद्धांतों के अनुरूप जिएँ, ताकि आप उन लक्ष्यों को पूरा करने के लिए विश्वास की नीव बना सकें। अपनी भविष्य-दृष्टि और जीवनमूल्यों में निहित मानदंडों को सभी रणनीतिक, संरचनात्मक और कार्य-संबंधी निर्णयों का मार्गदर्शक बनाएँ। आपको व्यक्तिगत और संगठनात्मक दोनों प्रकार के विश्वासों की परिस्थितियाँ पैदा करनी होंगी, तभी आपको सच्चा सशक्तिकरण या मानवीय क्षमता की मुक्ति मिलेगी।" मैंने सुझाव दिया कि वे अपनी एक्ज़ीक्यूटिव टीम के लिए मिशन स्टेटमेंट विकसित करके काम शुरू कर सकते हैं।

उन्होंने मुझसे पूछा कि इन सबमें कितना समय लग जाएगा।

मैंने पूछा, "आपको कितना दर्द हो रहा है?"

उन्होंने कहा, "बहुत ज़्यादा नहीं।"

मैंने जवाब दिया, "तो फिर शायद आप इसे नहीं कर पाएँगे। इस काम के लिए पर्याप्त दर्द, परिस्थिति की पर्याप्त शक्ति या विनम्रता नहीं है।" मैंने सुझाव दिया कि वे पूरे प्रोजेक्ट को भूल जाएँ।

उन्होंने कहा, "हाँ, लेकिन हमने सुना है कि आपने जिन कंपनियों के साथ काम किया है, वहाँ काफ़ी अच्छे परिणाम मिले हैं। हमें क्षितिज पर यह एहसास भी है कि चूँकि बाज़ार बदल रहा है और प्रतिस्पर्धा बढ़ने वाली है, इसलिए हमें क्षितिज पर कुछ वास्तविक संघर्ष नज़र आ रहा है। हमें शायद मदद की ज़रूरत है। हम परिवर्तन करना चाहते हैं।"

मैंने सुझाव दिया कि अगर उनके इरादे सच्चे हैं और वे सचमुच मिलकर काम करें, तो ये परिवर्तन कर सकते हैं, लेकिन इसमें शायद दो-तीन साल या इससे ज़्यादा लग सकते हैं।

एक ने टिप्पणी की, "आपको शायद पता नहीं है हम कितने तेज़ और कार्यकुशल हैं।" नया मिशन स्टेटमेंट बनाने के बारे में उसने आगे कहा, "हम इसे इसी वीकएंड में बना लेंगे।" दूसरे शब्दों में, वह सोच रहा था कि वे लोग भविष्य-दृष्टि की किसी तरह की वर्कशॉप करके नए भड़कीले शब्दों वाला मिशन स्टेटमेंट बना लेंगे, जो कर्मचारियों को ज़्यादा आकर्षित करेगा।

धीरे-धीरे इन एक्ज़ीक्यूटिव्ज़ को समझ आ गया कि अल्पकालीन चिंतन और अल्पकालीन तकनीकों से मनचाहे दीर्घकालीन परिणाम कभी नहीं मिल सकते। धीरे-धीरे उन्होंने अंदरूनी दीर्घकालीन मुद्दों को समझ लिया और ख़ुद से शुरू करके मानव स्वभाव के चारों हिस्सों के प्रति काफ़ी सम्मान विकसित कर लिया। अंततः उन्हें समझ में आ गया कि लीडरशिप हर एक का काम है और हर व्यक्ति को अंदर से बाहर की नीति अपनाने की ज़रूरत है।

संगठन की जड़ें मज़बूत हुईं, हालाँकि इसमें तीन-चार साल लग गए। आख़िरकार उनके पास इतनी शक्ति आ गई, सशक्तिकरण और विश्वास का ऐसा स्तर बन गया कि वे नई प्रबल प्रतिस्पर्धा से मुक़ाबला कर पाए और बाज़ार में अपनी सफलता का सिलसिला क़ायम रख पाए। कई शीर्ष एक्ज़ीक्यूटिव्ज़ ने दूसरी कंपनियों में सीईओ का पद सँभाल लिया, लेकिन संगठन की संस्कृति तथा बाक़ी खिलाड़ियों की शक्ति इतनी गहरी थी कि कंपनी लगातार लाभकारी ढंग से आगे बढ़ती रही।

औद्योगिक युग की प्रतिक्रिया

इन चारों दीर्घकालीन समस्याओं पर औद्योगिक युग की प्रतिक्रिया क्या होगी?

अगर *विश्वास* कम है और कोई नैतिक सत्ता नहीं है, तो *बॉस* केंद्र में है - लीडर को सबसे ज़्यादा जानकारी है और वही सारे निर्णय लेता है - "या तो **मेरे** रास्ते पर चलो, वरना सड़क पर पहुँच जाओगे।"

साझी भविष्य-दृष्टि और जीवनमूल्यों के अभाव में *नियम* भविष्य-दृष्टि और मिशन का स्थान ले लेंगे। "अपनी नौकरी के अलावा किसी चीज़ की चिंता मत करो। जो कहा जाए करो, नियमों का पालन करो और सोचने का काम मुझ पर छोड़ दो।"

तालमेल का अभाव (misalignment)? बस चीज़ों को ज़्यादा कार्यकुशल बना दो - मशीनों, नीतियों, लोगों, सभी को। *कार्यकुशलता* से ही सफलता मिलती है।

अशक्तिकरण? आपको ज़्यादा *नियंत्रण* रखने की ज़रूरत है। आप कर्मचारियों पर भरोसा नहीं कर सकते। कर्मचारियों से ज़्यादा काम करवाने का इकलौता तरीक़ा गाजर और छड़ी नीति का इस्तेमाल करना है - उन्हें प्रेरित करने के लिए यानी बेहतर

प्रदर्शन करवाने के लिए उनके सामने गाजर (पुरस्कार) लटका दो और अगर वे अच्छा प्रदर्शन नहीं करते, तो छड़ी (सज़ा या नौकरी से निकालने) का डर दिखाओ।

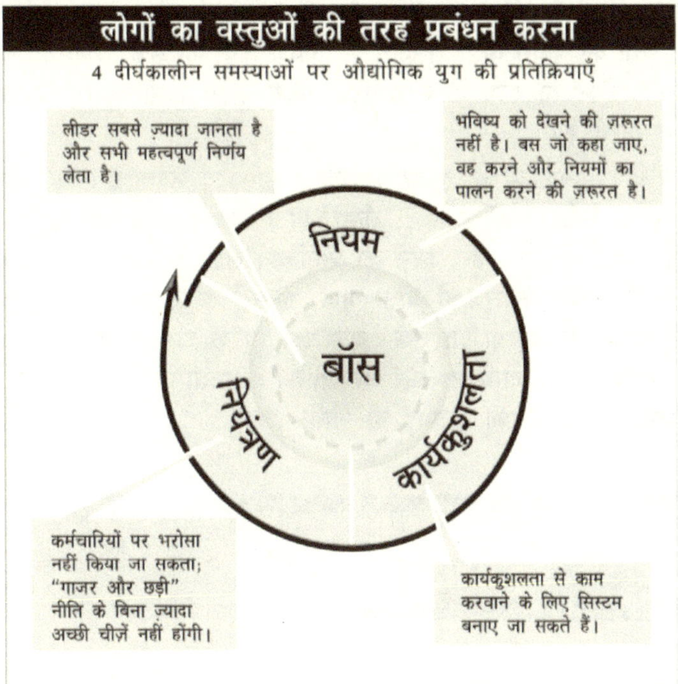

फ़िगर 6.4

संगठनों में लीडरशिप समाधान

दूसरों को उनकी आवाज़ खोजने के लिए प्रेरित करने का निर्णय आपको सीधे उन चार दीर्घकालीन संगठनात्मक समस्याओं के बीच ले जाता है, जो वर्तमान औद्योगिक युग के नियंत्रणकारी मॉडल से उत्पन्न होती हैं।

जिस व्यक्ति ने अपनी आवाज़ खोज ली है, उसके पास अपने संगठन के "बॉस, नियम, कार्यकुशलता, नियंत्रण" के औद्योगिक युग के बुरे सॉफ़्टवेयर को नए सिरे से बनाने की शक्ति है। इस प्रक्रिया में *चार भूमिकाएँ* शामिल हैं, जो चार दीर्घकालीन संगठनात्मक समस्याओं का इलाज बन जाती हैं (देखें फ़िगर 6.6)। वे किसी संगठन में शरीर, हृदय, मस्तिष्क और आत्मा की सकारात्मक अभिव्यक्तियाँ होती हैं, जबकि चार दीर्घकालीन समस्याएँ उन्हें नज़रअंदाज़ करने की नकारात्मक अभिव्यक्तियाँ बन जाती हैं। यथार्थवादी ढंग से, आप इन चार दीर्घकालीन समस्याओं को कैसे सुलझाते हैं? जहाँ विश्वास कम होता है, वहाँ हम विश्वसनीयता की *मॉडलिंग* करके विश्वास उत्पन्न करने पर ध्यान केंद्रित करते हैं। जहाँ साझी भविष्य-दृष्टि या जीवनमूल्य नहीं

होते हैं, वहाँ *हम राह खोजने* पर ध्यान केंद्रित करते हैं, ताकि साझी भविष्य-दृष्टि और जीवनमूल्य निर्मित किए जा सकें। जहाँ तालमेल का अभाव होता है, वहाँ हम लक्ष्यों, तंत्रों, सिस्टम्स और प्रक्रियाओं को *तालमेल में लाने* पर ध्यान केंद्रित करते हैं, ताकि कर्मचारियों के सशक्तिकरण को प्रोत्साहित किया जा सके और भविष्य-दृष्टि तथा जीवनमूल्यों को बढ़ाने वाली संस्कृति को पोषण दिया जा सके। जहाँ अशक्तिकरण है, वहाँ हम प्रोजेक्ट या काम के स्तर पर कर्मचारियों व टीमों के *सशक्तिकरण* पर ध्यान केंद्रित करते हैं।

मैं इन चार भूमिकाओं को *लीडरशिप की 4 भूमिकाएँ* कहता हूँ - एक बार फिर, लीडरशिप पद में निहित नहीं होती है; लीडरशिप तो हमारे आस-पास के सभी लोगों के महत्व व क्षमता को प्रोत्साहित करने का प्रोएक्टिव लक्ष्य है, ताकि उन सबको पूरक टीम के रूप में एकता के सूत्र में बाँधा जाए, जिससे हमारे संगठन तथा महत्वपूर्ण उद्देश्यों के प्रभाव को बढ़ाया जा सके। याद रखें, पूरक टीम में व्यक्तिगत शक्तियाँ (आवाज़ें) उत्पादक बन जाती हैं और कमज़ोरियाँ अप्रासंगिक हो जाती हैं, क्योंकि दूसरों की शक्तियों से उनकी भरपाई हो जाती है।

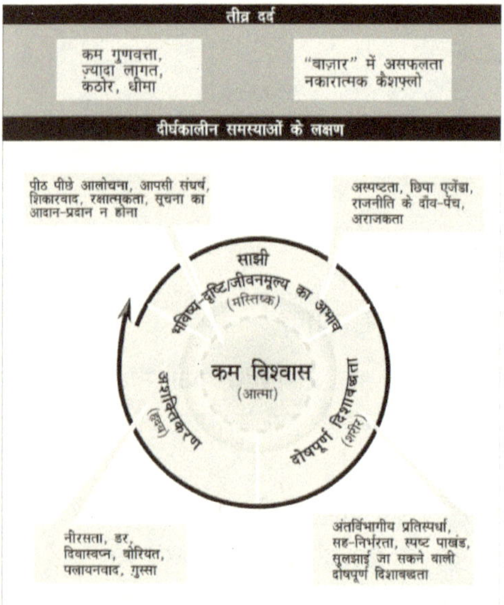

फ़िगर 6.5

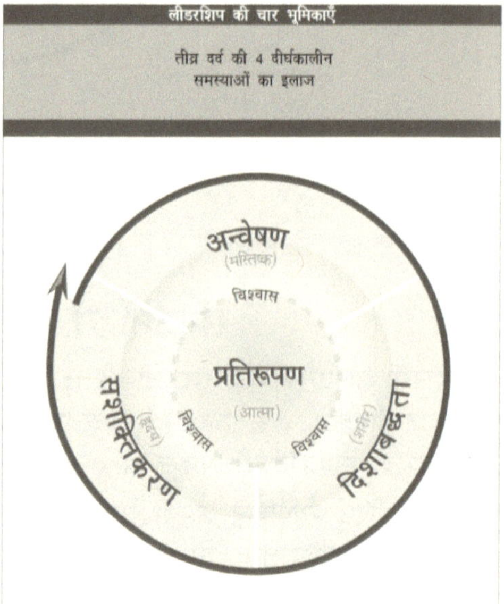

फ़िगर 6.6

लीडरशिप की 4 भूमिकाएँ सिर्फ़ व्यक्तिगत लीडरशिप के चार गुण - भविष्य-दृष्टि, अनुशासन, जोश और अंतरात्मा - हैं, जो संगठन में *बड़े-बड़े अक्षरों में लिखे* होते हैं (देखें फ़िगर 6.7) :

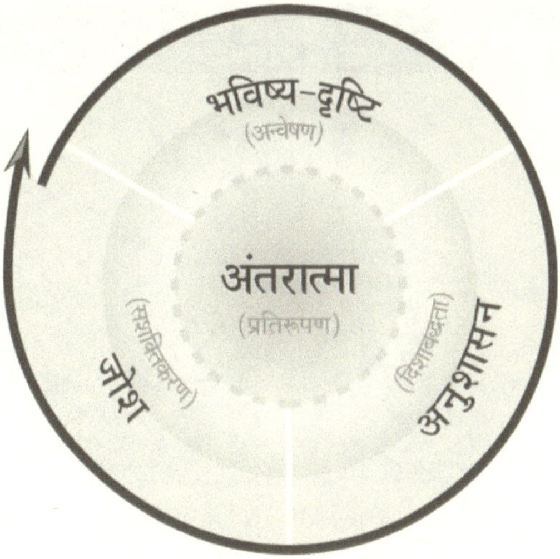

फ़िगर 6.7

- *प्रतिरूपण* (अंतरात्मा) : अच्छी मिसाल पेश करें।
- *अन्वेषण* (भविष्य-दृष्टि): मिलकर दिशा तय करें।
- *दिशाबद्धता* (अनुशासन) : सही दिशा में बने रहने के लिए सिस्टम्स बनाएँ और उनका प्रबंधन करें।
- *सशक्तिकरण* (जोश) : योग्यताओं को विधियों पर नहीं, परिणामों पर केंद्रित करें, फिर लोगों के रास्ते से हट जाएँ और उनके अनुरोध करने पर ही मदद करें।

संगठन में सत्ता के आधिकारिक पदों पर बैठे लोग इन चार भूमिकाओं को प्रबंधन को संतुष्ट करने के चुनौतीपूर्ण लेकिन सहज तरीक़े के रूप में देख सकते हैं। लेकिन उन्हें *सिर्फ़* सीनियर एक्ज़ीक्यूटिव्ज़ की भूमिकाओं के रूप में देखना संगठन में मौजूद सह-निर्भर मानसिकता को आगे बढ़ाना होगा, जो कहती है, "बॉस ही सारे महत्वपूर्ण विचार सोचता है और सभी निर्णय लेता है।" ये चार भूमिकाएँ हर एक के लिए हैं, चाहे वह किसी भी पद पर हो। वे सिर्फ़ आपका और आपकी टीम व संगठन का प्रभाव बढ़ाने का मार्ग हैं।

फ्रैंकलिनकवी में मेरे सहयोगी और मैं 1995 से लीडरशिप की 4 भूमिकाएँ सिखा रहे हैं, लेकिन लीडरशिप के क्षेत्र के कई अन्य विशेषज्ञ कई अलग मॉडल लेकर आए हैं, जो मूलतः इन्हीं सिद्धांतों पर आधारित हैं। उदाहरण के लिए, लेखक डेव अलरिच (मिशिगन यूनिवर्सिटी), जैक ज़ेंगर और नॉर्म स्मॉलवुड ने बरसों के शोध, निरीक्षण और परामर्श के बाद अपनी पुस्तक *रिज़ल्ट्स-बेस्ड लीडरशिप* (1999) में चार-बॉक्स का लीडरशिप मॉडल दिया है, जो 4 नियमों के मॉडल जैसा ही है।[3] मुख्य अंतर प्रयुक्त शब्दों का है, लेकिन आप देख सकते हैं कि अर्थ लगभग वही है।

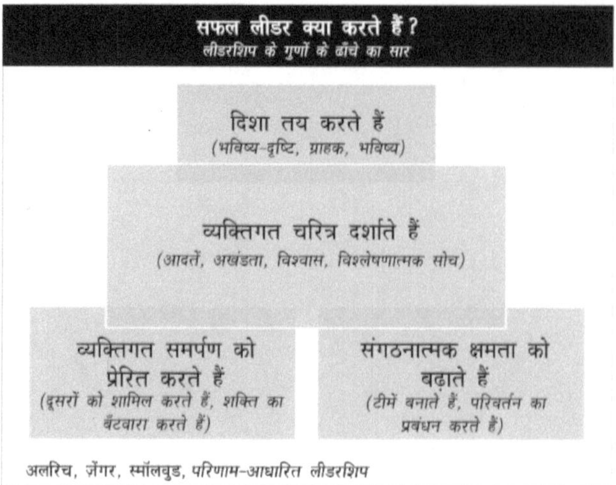

फ़िगर 6.8

इस लीडरशिप मॉडल की पुष्टि हाल ही में प्रकाशित पाँच-वर्षीय अध्ययन के निष्कर्ष में भी पाई जा सकती है, जो नितिन नोहरिया, विलियम जॉइस और ब्रूस रॉबर्टसन ने किया था (देखें "व्हॉट रियली वर्क्स," *हार्वर्ड बिज़नेस रिव्यू*, जुलाई 2003)। एवरग्रीन प्रोजेक्ट नामक इस अध्ययन में उन्होंने "अच्छी तरह स्थापित 200 से ज़्यादा प्रबंधन आदतों की जाँच की, जिन्हें 160 कंपनियों ने दस साल से अधिक समय तक आज़माया था।" इस शोध ने उन्हें यह देखने में समर्थ बनाया कि किन प्रबंधन आदतों के सचमुच श्रेष्ठ परिणाम मिले। उनका अकाट्य निष्कर्ष है कि जिन कंपनियों ने अपने उद्योग की बाक़ी कंपनियों से बेहतर प्रदर्शन किया, *वे बिना अपवाद के चार मूलभूत प्रबंधन आदतों में उत्कृष्ट थीं* :

1. **रणनीति** - स्पष्ट, केंद्रित रणनीति बनाना और बनाए रखना।
2. **क्रियान्वयन** - रणनीति का दोषरहित क्रियान्वयन करना और क़ायम रखना।
3. **संस्कृति** - प्रदर्शन पर आधारित संस्कृति विकसित करना और क़ायम रखना।
4. **तंत्र** - तेज़, लचीला, समतल संगठन बनाना और क़ायम रखना।

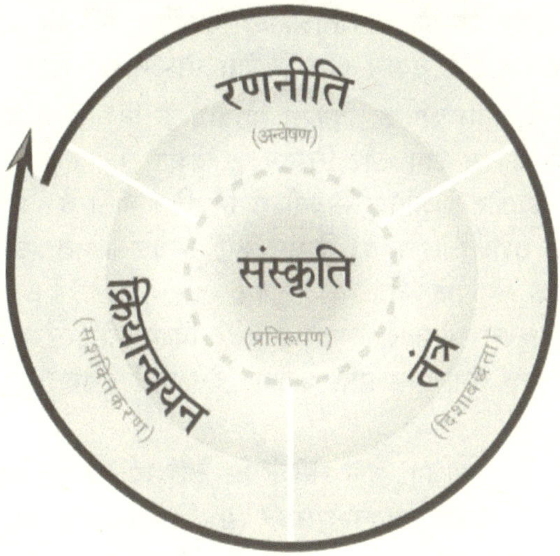

फ़िगर 6.9

एवरग्रीन प्रोजेक्ट का निष्कर्ष था कि इन कंपनियों ने *चार द्वितीयक आदतों* योग्यता, नवाचार, लीडरशिप और विलय/अधिग्रहण – *में से भी दो को आत्मसात किया था*। लेकिन ज़रा सोचें कि उन्होंने किन चार *प्राथमिक* प्रबंधन आदतों को पहचाना था। क्या ये आदतें वही नहीं हैं, जो लीडरशिप की 4 भूमिकाओं में बताई गई हैं और जिनकी बदौलत कंपनियाँ अपने प्रतिस्पर्धियों से आगे निकलती हैं? क्या उन्हीं भूमिकाओं को यहाँ अलग शब्दों में नहीं बताया जा रहा है? ज़ाहिर है, समान अंतर्निहित सिद्धांतों के लिए अलग-अलग शब्दों का इस्तेमाल किया गया है।

क्रम का महत्व : *खेल जगत का रूपक*

ये चार भूमिकाएँ भी बहुत परस्पर-निर्भर हैं। एक अर्थ में वे *क्रमिक* (sequential) हैं। लेकिन दूसरे अर्थ में, वे *समकालिक* (simultaneous) हैं। दोनों ही अर्थ सही हैं। वे क्रमिक इसलिए हैं, क्योंकि आपके पास विश्वसनीयता जगाने के लिए विश्वास होना चाहिए, तभी आप अन्य भूमिकाओं की ओर वास्तविक ढंग से बढ़ सकते हैं, जो मानवीय क्षमता को मुक्त करेंगी। वे समकालिक इस संदर्भ में हैं कि एक बार जब इस लीडरशिप पर आधारित संस्कृति स्थापित हो जाती है, तो हर एक को सभी चार प्रक्रियाओं, सभी चार भूमिकाओं पर सतत ध्यान देना होगा।

मैं इन चार भूमिकाओं में क्रम (sequence) के महत्व को रेखांकित करने के लिए व्यावसायिक खेल जगत से तुलना करना चाहूँगा, जहाँ व्यावसायिक जगत की तरह ही प्रतिस्पर्धा बहुत ज़्यादा है। जब कोई खिलाड़ी प्रोफ़ेशनल ट्रेनिंग कैंप में सही शारीरिक स्थिति में नहीं रहता – उसकी *मांसपेशी* की शक्ति कम होती है और कार्डियोवैस्कुलर सहनशक्ति कम होती है, तो वह अपेक्षित *योग्यताएँ* विकसित नहीं

कर पाता। और अगर वह इन योग्यताओं को विकसित नहीं कर पाता, तो वह किसी तरह भी *टीम* का उपयोगी सदस्य और विजेता सिस्टम का हिस्सा नहीं बन सकता।

दूसरे शब्दों में, मांसपेशी का विकास योग्यता के विकास से पहले होता है। इसी तरह, योग्यता का विकास टीम और सिस्टम के विकास से पहले आता है। शरीर एक प्राकृतिक सिस्टम है और प्राकृतिक नियमों से नियंत्रित होता है। खेल का रूपक बहुत ही उपयुक्त और सशक्त छवि है, जिससे हम अधिक क्षमता और अपनी आवाज़ खोजने के अधिक व्यापक क्षेत्र की तुलना कर सकते हैं। व्यक्तिगत विकास विश्वसनीय संबंध बनने से पहले आता है और विश्वसनीय संबंध बनने के बाद ही टीमवर्क, सहयोग तथा समाज के प्रति योगदान देने वाले संगठन का विकास किया जा सकता है।

उदाहरण के लिए, चलिए, मान लेते हैं कि कोई व्यक्ति ख़ुद से किए वादे निभाने में असमर्थ रहता है - उसका जीवन असंगत (inconsistent), अस्थिर और मनोदशा पर आधारित है। क्या कोई ऐसा तरीक़ा है, जिससे वह दूसरों के साथ स्वस्थ, विश्वसनीय संबंध विकसित करने में समर्थ हो सके? जवाब स्पष्ट है। और अगर दूसरों के साथ उसके संबंधों में विश्वास नहीं हो, तो क्या परिवार या टीम के प्रभावी संगठन के लिए उसके पास वह आधार होगा, जो महत्वपूर्ण योगदान दे सके? एक बार फिर जवाब स्पष्ट है : नहीं।

कोई बच्चा चलना सीखने से पहले दौड़ नहीं सकता और रेंगने से पहले चल नहीं सकता। आप अलजेब्रा समझे बिना कैलकुलस नहीं कर सकते और अलजेब्रा तब तक नहीं कर सकते, जब तक कि मूलभूत गणित को न समझ लें। कई चीज़ें अनिवार्य रूप से बाक़ी चीज़ों से पहले आती हैं। एक बार जब आप क्रम का महत्व समझ लेंगे, तो आप देख पाएँगे कि उच्च-विश्वास के संबंधों और समस्या सुलझाने की रचनात्मक योग्यताएँ *विकसित करने* से पहले *व्यक्तिगत रूप से* अपनी आवाज़ खोजने की क़ीमत चुकाना क्यों महत्वपूर्ण है, हालाँकि दोनों ही परस्पर-निर्भर हैं। ऐसे में उच्च-विश्वास के संबंधों का सिनर्जिस्टिक काम सहयोगी लोगों की टीम या संगठन बनाने की बुनियाद बन जाता है। तब यह टीम उद्देश्य और जीवनमूल्यों के संदर्भ में एक ही धरातल पर रहती है तथा पृष्ठभूमि के भीतर अपनी भूमिका निभाने की इच्छुक होती है। अंततः व्यक्ति, टीम और संगठन अपने कार्यक्षेत्र के लोगों की आवश्यकता पूरी करके अपना प्रभाव फैलाने में समर्थ बन जाते हैं। *सेवा को स्वयं से ऊपर रखना* सभी तीन स्तरों को अर्थ देना है और यह हमें *बुद्धिमत्ता के युग* - सभ्यता का पाँचवाँ युग - की ओर ले जाता है।

क्रम के ज़बर्दस्त महत्व और शक्ति को रेखांकित करने का सबसे अच्छा तरीक़ा संभवतः उस अनुभव को बताना है, जो मैं अक्सर मुझसे सीखने वाले लोगों से करने को कहता हूँ। मैं बहुत मज़बूत व स्वस्थ दिखने वाले व्यक्ति को आमंत्रित करता हूँ कि वह सामने आकर बीस पुशअप लगाए। अगर वह सचमुच मज़बूत होता है और

व्यायाम करता है, तो वह आसानी से यह काम कर सकता है। लेकिन बहुत कम लोग इसे पूरा कर पाते हैं। मज़बूत और स्वस्थ दिखने वाले बहुत से लोग भी पाँच-छह से पार नहीं निकल पाते हैं।

इस शारीरिक तुलना के बाद मैं सुझाव देता हूँ कि जब तक लोग व्यक्तिगत स्तर पर बीस भावनात्मक पुशअप नहीं लगा सकते, तब तक उनके पास तीस भावनात्मक पुशअप लगाने की शक्ति या स्वतंत्रता नहीं होगी, जिसकी ज़रूरत संबंधों की चुनौतियों और माँगों को पूरा करने में पड़ेगी। और जब तक वे व्यक्तिगत तथा संबंधों के स्तर पर पचास पुशअप न लगा सकें, तब तक वे किसी तरह टीम नहीं बना सकते और उच्च-विश्वास व उच्च-प्रदर्शन की संगठनात्मक संस्कृति विकसित नहीं कर सकते।

इस क्रम को दिमाग़ में रखकर अब हम *चरित्र विकास* से आगे चलते हैं, जो आपकी *अपनी* आवाज़ खोजने में शामिल है। अब हम *योग्यता के विकास* और *टीम तथा सिस्टम के विकास* की ओर चलते हैं, जिसकी आवश्यकता *संगठनों* में दूसरों को उनकी आवाज़ खोजने के लिए प्रेरित करने में होती है।

फ़ोकस और क्रियान्वयन : बाक़ी पुस्तक की रूपरेखा

आगे के विस्तृत रेखाचित्र में 4 भूमिकाएँ "दूसरों को उनकी आवाज़ खोजने के लिए प्रेरित करना" और संगठनात्मक महानता हासिल करने के उच्च मार्ग का प्रतिनिधित्व करती हैं, जबकि चार दीर्घकालीन संगठनात्मक समस्याएँ निम्न मार्ग का प्रतिनिधित्व करती हैं, जो दूसरों को उनकी आवाज़ खोजने से रोकता है, जिससे संगठनात्मक संकीर्णता व दोयमता उत्पन्न होती है।

दूसरों को उनकी आवाज़ खोजने के लिए प्रेरित करने की प्रक्रिया को सारांश में दो शब्दों में बताया जा सकता है : **फ़ोकस** (focus) और **क्रियान्वयन** (execution)। *फ़ोकस* में प्रतिरूपण (modeling) और अन्वेषण (pathfinding) भूमिकाएँ निहित होती हैं, *जबकि क्रियान्वयन* में दिशाबद्धता (aligning) और सशक्तिकरण (empowering) की भूमिकाएँ। बाक़ी की पुस्तक में आप निम्न सिद्धांतों के **ज्ञान, नज़रिए** और **योग्यता** के सहारे दूसरों को उनकी आवाज़ खोजने के लिए प्रेरित करने की आदत डालना सीखेंगे।

फ़ोकस - प्रतिरूपण और अन्वेषण

1. **प्रभाव की आवाज़।** *प्रतिरूपण* से पहले अपनी आवाज़ खोजना होती है (खंड 1) और फिर पहल करने का **नज़रिया** चुनना होता है - जिसे मैं *ट्रिम-टैब* या आस-पास मौजूद हर अवसर पर अपने प्रभाव के विस्तार की पहल करना कहता हूँ **(अध्याय 7)**।
2. **विश्वसनीयता की आवाज़।** चरित्र और योग्यता के *प्रतिरूपण* से हर संबंध और संगठन में विश्वास की नीव बन जाती है। आप विश्वसनीयता के बिना विश्वास हासिल नहीं कर सकते। इस सिद्धांत के साथ ही अन्वेषण, दिशाबद्धता तथा सशक्तिकरण की भूमिकाओं के अंतर्निहित सिद्धांतों का ज्ञान प्रभाव का द्वार है **(अध्याय 8)**।
3. **विश्वास की आवाज़ और गति।** *प्रतिरूपण* में संबंधों की सशक्त *योग्यताओं* का विकास भी शामिल हैं, जिनसे विश्वास बनता है **(अध्याय 9)** और **आवाज़ों का मेल** भी - जिससे आपकी चुनौतियों तथा दूसरों के साथ मतभिन्नताओं के कारण तीसरे-विकल्प के समाधान बनते हैं **(अध्याय 10)**।
4. **एक आवाज़।** *अन्वेषण* में दूसरों के साथ आपकी सर्वोच्च प्राथमिकताओं और जीवनमूल्यों के बारे में एक साझी भविष्य-दृष्टि बनाना शामिल है, जिससे आप अपनी प्राथमिकताएँ हासिल करेंगे। **(अध्याय 11)**।

क्रियान्वयन - दिशाबद्धता और सशक्तिकरण

5. **क्रियान्वयन की आवाज़।** परिणामों के लिए लक्ष्यों और सिस्टम्स को *समर्थ बनाना* **(अध्याय 12)**।
6. **सशक्तिकारक आवाज़।** जोश और योग्यता को मुक्त करना, उनके आगे का रास्ता साफ़ करना और फिर रास्ते से हट जाना **(अध्याय 13)**। *सशक्तिकरण* वहाँ है, जहाँ किसी टीम में टायर सड़क से टकराता है। यह लीडरशिप की 4 भूमिकाओं का चरम फल है।

अध्याय 14 - 8वीं आदत और द स्वीट स्पॉट आपको दिखाएगा कि इस पुस्तक में रेखांकित नीति *महानता* के तीन आयामों - व्यक्तिगत, लीडरशिप और संगठनात्मक - को किस तरह प्रोत्साहित करती है। आप सीखेंगे कि वे कैसे जुड़कर *क्रियान्वयन के 4 अनुशासनों* में रूपांतरित हो सकती हैं और आपके संगठन को ज्ञानकर्मी युग में अविश्वसनीय प्रदर्शन करने में समर्थ बना सकती हैं।

अध्याय 15 - दूसरों की सेवा करने में अपनी आवाज़ों का समझदारी से इस्तेमाल करना सभी चीज़ों को मिला देता है। इसमें आप देखते हैं कि किस तरह 8वीं आदत (अपनी आवाज़ खोजना और दूसरों को उनकी आवाज़ खोजने के लिए प्रेरित करना) हमें मानवता की आवाज़ के अगले युग - बुद्धिमानी के युग - में ले जाएगी। एक बार फिर, यह अंतिम खंड सवालों और जवाबों के साथ ख़त्म हुआ है - सबसे आम तौर पर पूछे जाने वाले सवाल, जो बरसों तक मुझसे किए गए हैं और जो इस पुस्तक के मुद्दों से संबंधित हैं।

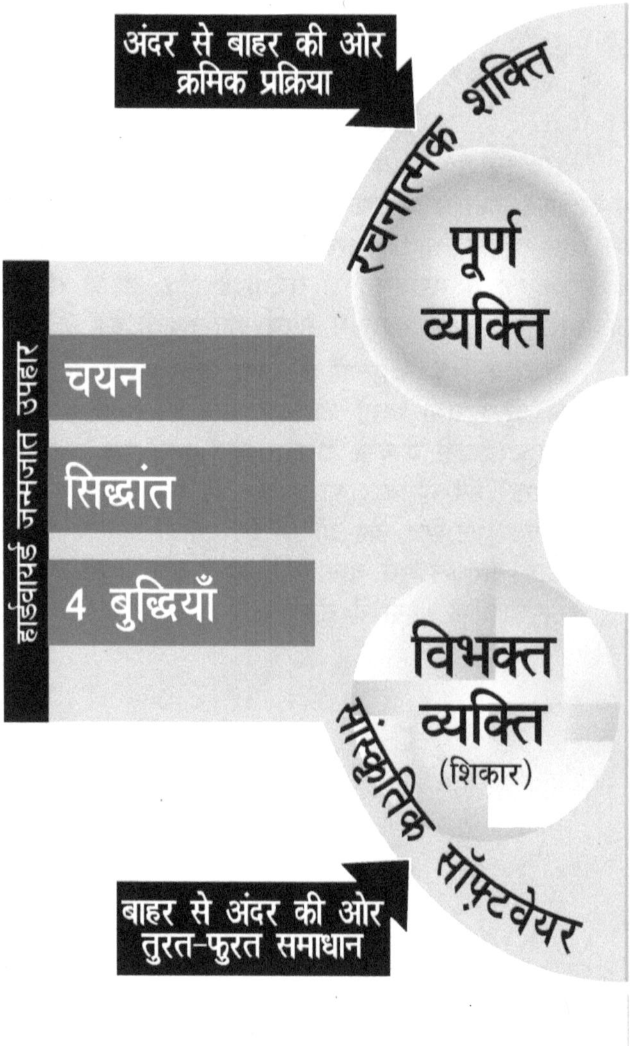

अंदर से बाहर की ओर
क्रमिक प्रक्रिया
रचनात्मक शक्ति
पूर्ण
व्यक्ति
हार्डवायर्ड जन्मजात उपहार
चयन
सिद्धांत
4 बुद्धियाँ
विभक्त
व्यक्ति
(शिकार)
सांस्कृतिक सॉफ़्टवेयर
बाहर से अंदर की ओर
तुरत-फुरत समाधान

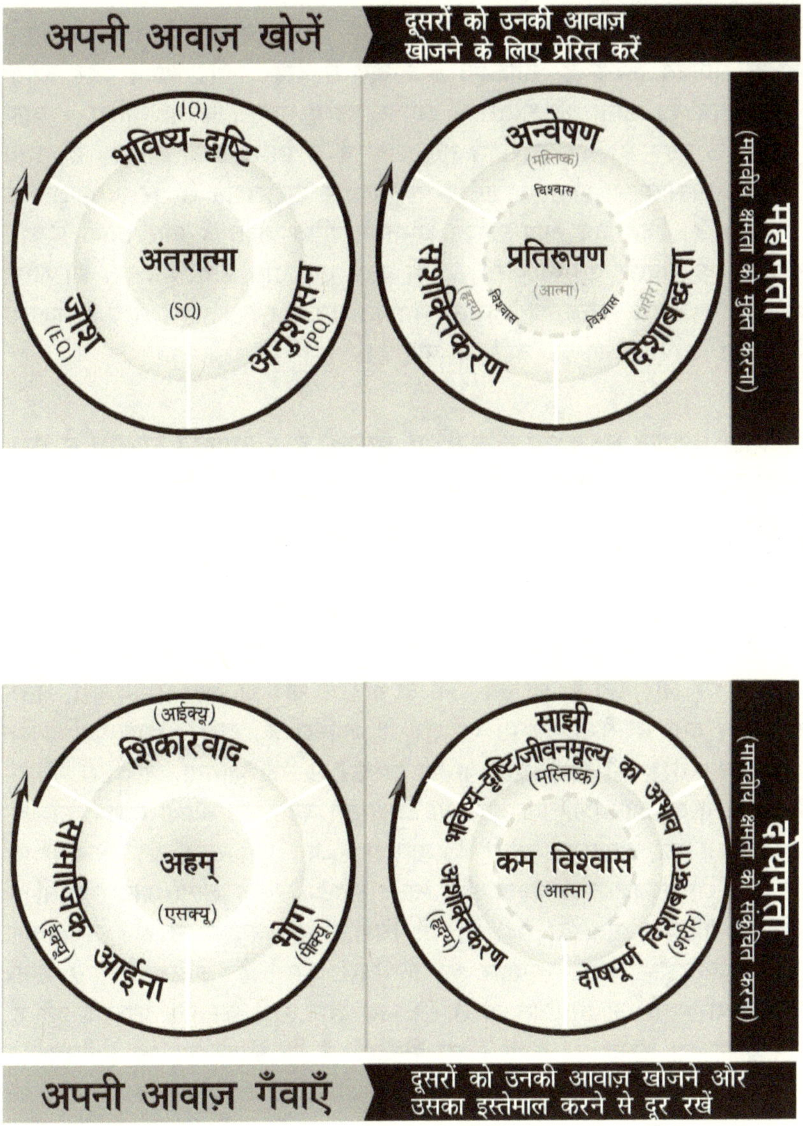
अपनी आवाज़ खोजें
दूसरों को उनकी आवाज़ खोजने के लिए प्रेरित करें
(IQ)
भविष्य-दृष्टि
अंतरात्मा
(SQ)
जोश
(EQ)
अनुशासन
(PQ)
अन्वेषण
(मस्तिष्क)
विश्वास
प्रतिरूपण
(आत्मा)
सशक्तिकरण
(हृदय)
दिशाबद्धता
(शरीर)
महानता
(मानवीय क्षमता को मुक्त करना)
(आईक्यू)
शिकारवाद
अहम्
(एसक्यू)
सामाजिक आईना
(ईक्यू)
भोग
(पीक्यू)
साझी भविष्य-दृष्टि/जीवनमूल्य का अभाव
(मस्तिष्क)
कम विश्वास
(आत्मा)
अशक्तिकरण
(हृदय)
दोषपूर्ण दिशाबद्धता
(शरीर)
(मानवीय क्षमता को संकुचित करना)
अपनी आवाज़ गँवाएँ
दूसरों को उनकी आवाज़ खोजने और उसका इस्तेमाल करने से दूर रखें

फ़िगर 6.10 .

सवाल-जवाब

सवाल : आप लीडरशिप को किस तरह परिभाषित करते हैं?

जवाब : एक बार फिर, लीडरशिप लोगों के महत्व और क्षमता को इतनी स्पष्टता से संप्रेषित करना है, ताकि वे उन्हें ख़ुद में देखने लगें। *महत्व* और *क्षमता* शब्दों पर ध्यान दें। लोगों को भीतर से अपना *महत्व* महसूस करना चाहिए - यानी उनमें आंतरिक मूल्य है। यह दूसरों से तुलना करने से बिलकुल अलग बात है। साथ ही, उन्हें यह एहसास भी होना चाहिए कि वे व्यवहार या प्रदर्शन से परे बिना शर्त के प्रेम के योग्य हैं। फिर जब आप उनकी क्षमता संप्रेषित करते हैं और इसके विकास तथा उपयोग के अवसर उत्पन्न करते हैं, तो आप एक ठोस नीव बना देते हैं। लोगों की क्षमता और बाहरी *महत्व* का एहसास संप्रेषित करना एक दोषपूर्ण नीव है, जिससे उनकी क्षमता कभी अधिकतम नहीं हो पाएगी।

सवाल : आज बहुत सी लीडरशिप पुस्तकें हैं - आपकी सामग्री में ऐसा क्या अनूठा है, जो महत्वपूर्ण है?

जवाब : इस लीडरशिप सामग्री में ऐसा क्या अनूठा है, जो महत्वपूर्ण है? मैं पाँच चीज़ों का ज़िक्र करना चाहूँगा : पहला - *क्रमिक विकास*। मेरी जानकारी में ऐसी कोई पुस्तक नहीं है, जिसमें संबंधों के स्तर पर विश्वास बनने से पहले व्यक्तिगत विकास और एकीकरण की पूर्ण आवश्यकता पर ध्यान केंद्रित किया गया हो, तथा जो इस बात पर ज़ोर देती हो कि इन दोनों के होने के बाद ही आप प्रभावकारी, सतत सफल संगठन बना सकते हैं, जिनमें परिवार भी शामिल हैं। दूसरी - यह *पूर्ण-व्यक्ति* की नीति अपनाती है। मैं किसी ऐसी पुस्तक के बारे में नहीं जानता, जो चारों बुद्धियों का ज़िक्र करती हो और आत्मिक बुद्धि या अंतरात्मा को सबसे ज़्यादा महत्व देती हो, जो बाक़ी तीनों का मार्गदर्शन करती है। तीसरी - यह पूरी तरह *उन सिद्धांतों* पर आधारित है, जो कालजयी, शाश्वत और स्वतः स्पष्ट हैं। यह लोगों और संगठनों के उन जीवनमूल्यों पर आधारित नहीं है, जो सिद्धांतों के अनुरूप न हों। जैसा आप जानते हैं, जीवनदृष्टि हमारे व्यवहार को नियंत्रित करती है, लेकिन सिद्धांत हमारे व्यवहार के परिणामों को नियंत्रित करते हैं। जब आप छड़ी का एक सिरा उठाते हैं, तो आप दूसरा भी उठाते हैं। चौथी - यह सिखाती है कि लीडरशिप पद (औपचारिक सत्ता) के बजाय विकासात्मक सिद्धांत-केंद्रित प्रक्रिया द्वारा *वैकल्पिक चुनाव* बन सकती है। यह सिखाती है कि ज्ञानकर्मियों के नए युग की कुंजी नियंत्रण नहीं, बल्कि मुक्ति के संदर्भ में सोचना है; व्यवसाय नहीं, बल्कि रूपांतरण के संदर्भ में सोचना है। दूसरे शब्दों में, आप वस्तुओं का प्रबंधन करते हैं, लेकिन लोगों का नेतृत्व करते हैं। पाँचवीं - पूर्ण-व्यक्ति की नीति *लीडरशिप की 4 भूमिकाओं* - प्रतिरूपण, अन्वेषण, दिशाबद्धता और सशक्तिकरण - के संदर्भ में किसी संगठन में "बड़े-बड़े अक्षरों" में

लिखी होती है। यह आश्चर्यजनक रूप से सशक्त और स्पष्ट करने वाला पैरेडाइम है, जिसका इस्तेमाल करके किसी समस्या या चुनौती का निदान किया जा सकता है और उसे सुलझाने के लिए उच्च लीवरेज वाले क़दम पहचाने जा सकते हैं।

सवाल : क्या लीडरशिप सिखाई जा सकती है?

जवाब : नहीं, लेकिन यह सीखी जा सकती है। एक बार फिर, कुंजी उद्दीपन (यानी सिखाना) और प्रतिक्रिया (यानी सीखना) के बीच की ख़ाली जगह का इस्तेमाल है। अगर लोग लीडरशिप (भविष्य-दृष्टि, अनुशासन, जोश और अंतरात्मा) के साथ जुड़े ज्ञान, योग्यताओं और चरित्र के गुण सीखने के लिए विकल्प चुनने की स्वतंत्रता का इस्तेमाल करेंगे, तो वे लीडर बनना सीख जाएँगे, जिनका बाक़ी लोग ख़ुशी-ख़ुशी अनुसरण करेंगे। बहुत वास्तविक संदर्भ में दोनों ही सिद्धांतों के अनुयायी हैं। अंततः एक अच्छे लीडर की टीम पूरक होती है, जहाँ लोगों की शक्तियाँ लाभदायक बनती हैं और उनकी कमज़ोरियाँ दूसरों की शक्तियों से अप्रासंगिक बन जाती हैं।

• • •

फ़ोकस -

प्रतिरूपण और अन्वेषण

अध्याय 7

प्रभाव की आवाज़ - ट्रिम-टैब बनें

हमें वह परिवर्तन बनना होगा, जो हम दुनिया में चाहते हैं।

गाँधी

प्रतिरूपण (modeling) किसी भी लीडरशिप के प्रयास की आत्मा और केंद्र है। यह अपनी आवाज़ खोजने से शुरू होता है - चारों बुद्धियों को विकसित करना और भविष्य-दृष्टि, अनुशासन, जोश तथा अंतरात्मा में अपनी आवाज़ व्यक्त करना। व्यक्तिगत लीडरशिप के इन लक्षणों का प्रतिरूपण बाक़ी तीनों भूमिकाओं को उनके केंद्र में बदल देता है।

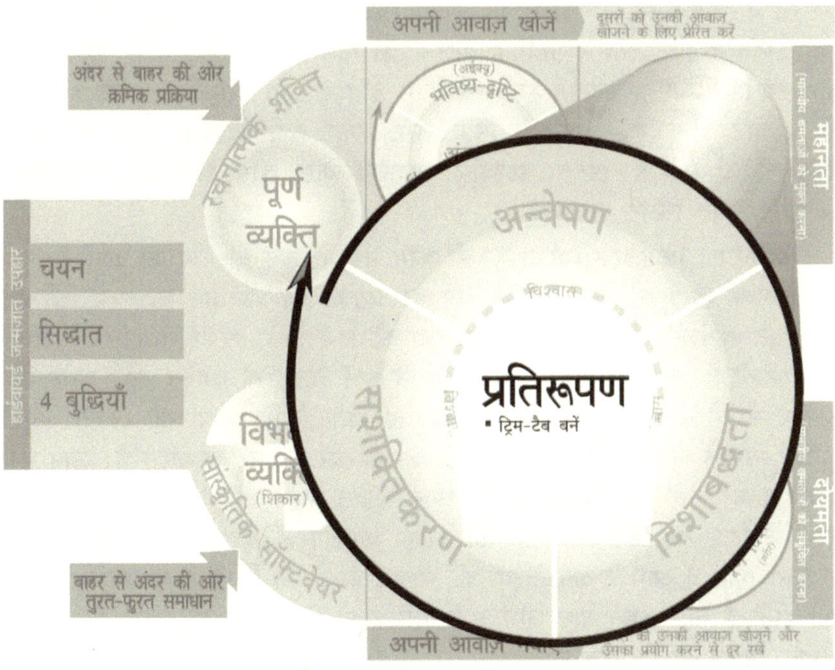

फ़िगर 7.1

प्रतिरूपण मूलभूत तरीक़े से बाक़ी तीनों भूमिकाओं के *दौरान* किया जाता है। यह *पहले* भी किया जाता है, जिससे लीडर में आत्म-विश्वास जाग जाता है। लेकिन जब लोग सचमुच महसूस करते हैं कि अंतरात्मा से संचालित व्यक्ति अन्वेषण, दिशाबद्धता और सशक्तिकरण का प्रतिरूपण कर रहा है, तभी लीडरशिप सचमुच घटित होती है। तब लोग जान जाते हैं कि वे कितने सम्मानित, महत्वपूर्ण और प्रशंसनीय हैं। क्यों ? क्योंकि उनसे सलाह ली जाती है। उनके विचारों का सम्मान किया जाता है। उनके अनूठे अनुभव को महत्व दिया जाता है। वे अन्वेषण प्रक्रिया में सचमुच शामिल होते हैं। वे सहभागी होते हैं। वे मिशन स्टेटमेंट और रणनीतिक योजना के बारे में सिर्फ़ सुनते ही नहीं हैं। वे उन्हें बनाने में भी मदद करते हैं। वे उनके स्वामी होते हैं। या फिर अगर मिशन स्टेटमेंट और रणनीतिक योजना उनके पहले ही तैयार हो चुकी है, तो वे उसके साथ तादात्म्य स्थापित कर लेते हैं, या तो इसलिए, क्योंकि उन्होंने वहाँ आने से पहले ऐसा करने का सचेतन विकल्प चुना है या फिर इसलिए क्योंकि वे अपने लीडर से प्रभावित हैं।

कई बार मानसिक और भावनात्मक *तादात्म्य* सहभागिता से ज़्यादा शक्तिशाली होता है। आप गाँधीजी, मार्टिन लूथर किंग या नेल्सन मंडेला के अनुयायियों में इसे देख सकते हैं। कभी-कभी आप ख़ुद किसी से इतने अभिभूत रहते हैं कि आप गहराई से उसकी भविष्य-दृष्टि के क़ायल होते हैं, भले ही आप उस भविष्य-दृष्टि की रचना में शामिल न हों। यही तादात्म्य है। यह बहुत सशक्त मनोवैज्ञानिक शक्ति है, जो कई बार तो वास्तविक सहभागिता से भी ज़्यादा शक्तिशाली होती है। यह जीवनमूल्यों के बजाय भविष्य-दृष्टि और रणनीतिक योजना का मामला ज़्यादा है। महान भविष्यदृष्टा और रणनीति-निर्माता अक्सर दुर्लभ श्रेणी में होते हैं और संस्कृति अक्सर इस बात को पहचान लेती है - लेकिन सिर्फ़ तभी, जब वहाँ विश्वास और व्यक्तिगत विश्वसनीयता होती है। अंततः बहरहाल, तादात्म्य किसी तरह की प्रत्यक्ष या अप्रत्यक्ष *सहभागिता* पर निर्भर करता है।

प्रतिरूपण सिर्फ़ एक व्यक्ति का ही काम नहीं है; यह तो *टीम* का काम है। जब आपके पास लोगों की टीम होती है, जो हर व्यक्ति की शक्तियों का लाभ लेते हुए व्यक्तिगत कमज़ोरियों को अप्रासंगिक बना लेती है, तो आपके संगठन में सच्ची शक्ति होती है। इसलिए जब प्रतिरूपण के बारे में सोचें, तो व्यक्ति *और पूरक टीम* के बारे में सोचें। पूरक टीम का मनोभाव यह होता है कि आप वहाँ अपनी अनूठी भूमिका निभाने के लिए हैं और दूसरों की कमज़ोरियों की भरपाई करते हैं। आप वहाँ उनकी कमज़ोरियाँ ढूँढ़ने और उन पर ध्यान केंद्रित करने या पीठ पीछे उनकी बुराई करने के लिए नहीं हैं। आप तो वहाँ उनकी कमज़ोरियों की भरपाई करने के लिए हैं, जिस तरह वे आपकी कमज़ोरियों की भरपाई करते हैं। किसी में भी सारी शक्तियाँ नहीं होती हैं और बहुत कम लोग सभी भूमिकाओं में उत्कृष्ट हो सकते हैं। आपसी सम्मान नैतिक आदेश बन जाता है।

प्रभाव का नज़रिया

फ़र्क़ पैदा करने, सार्थक बनने, अपना प्रभाव लोगों और सबसे मूल्यवान उद्देश्यों तक पहुँचाने की आंतरिक इच्छा पर प्रतिक्रिया करने की आदत एक मानसिकता या **नज़रिए**, एक विकल्प चुनने से शुरू होती है – *प्रभाव की आवाज़* का इस्तेमाल करने का चुनाव।

इस पुस्तक में दिए गए सिद्धांत सिखाते वक़्त मैं दिन भर या तो सहभागियों से या निजी तौर पर सवालों का आग्रह करता रहता हूँ। अपरिहार्य रूप से कोई न कोई अपना हाथ उठाता है और इस तरह की बात कहता है : "डॉ. कवी, ये सिद्धांत बहुत बढ़िया हैं। मुझे इन पर यक़ीन है। मैं इनके अनुरूप जीना चाहता हूँ! लेकिन आपको पता नहीं है कि मेरे संगठन में काम का माहौल कैसा है। अगर आपका बॉस मेरे बॉस जैसा होता, तो आपको पता चलता कि आप जो बोल रहे हैं, मैं वह सफलतापूर्वक क्यों नहीं कर सकता। यह किसी तरह संभव नहीं है। मैं क्या करूँ?" आप उनके चिंतन को बस देख ही सकते हैं। उन्हें सिर्फ़ दो विकल्प दिखते हैं। "मेरा बॉस घटिया है और वह कभी नहीं बदलेगा। मेरे पास यही रास्ता है कि मैं या तो नौकरी छोड़ दूँ (लेकिन मुझे पैसों की ज़रूरत है) या फिर अपनी सर्वश्रेष्ठ कोशिश करूँ और इसी परिस्थिति में जीना सीख लूँ।"

जब मैं सिखाता हूँ कि ये सिद्धांत वैवाहिक जीवन और परिवार पर किस तरह लागू होते हैं, तो पत्नियाँ यही बातें अपने पतियों के बारे में और पति अपनी पत्नियों के बारे में कहते हैं : "अगर आप जानते कि मेरा पति कैसा है, तो आप मेरी बात का मतलब समझ जाते। यह किसी तरह सफल नहीं हो सकता।" एक बार फिर दो ही विकल्प हैं : छोड़ दें या फिर इसके साथ जीना सीख लें; जब तक आप ऐसा कर सकते हों।

लोगों के लिए यह सोचना और महसूस करना कितना आसान है, "मैं शिकार हूँ; मैंने हर चीज़ आज़माकर देख ली है; मैं और कुछ नहीं कर सकता; मैं बुरी तरह पस्त हो चुका हूँ।" वे हताश और दुखी हैं, लेकिन उन्हें कोई दूसरा विकल्प नज़र ही नहीं आता है।

> शिकारवाद आपके भविष्य को मिटा देता है।

उनके सवाल पर मेरी प्रतिक्रिया से आम तौर पर उन्हें थोड़ा झटका लगता है। मैं देखता हूँ कि उनकी आँखें फैल जाती हैं और कुछ तो शुरू में आहत भी हो जाते हैं। मैं उनसे यह कहता हूँ :

"जब भी आप सोचते हैं कि समस्या *कहीं बाहर* है, तो यह विचार ख़ुद ही समस्या है।"

कुछ लोग इस पर कहते हैं, "तो आप यह कहना चाह रहे हैं कि समस्या *मैं* हूँ?"

"मैं तो सिर्फ़ यह कहने की कोशिश कर रहा हूँ कि जब भी आप अपने भावनात्मक जीवन को किसी दूसरे की कमज़ोरियों के चारों तरफ़ लपेट देते हैं, तो आप उसे अपनी भावनात्मक स्वतंत्रता दे देते हैं। आप उसे अनुमति दे देते हैं कि वह आपके जीवन को लगातार रौंदता रहे।" ऐसी स्थिति में आपका अतीत आपके भविष्य को बंधक बना लेता है।

स्पष्ट रूप से, यह संबंध की समस्या है, लेकिन जब तक लोग अपनी आवाज़ नहीं खोज लेते, तब तक उनमें वह परिपक्वता, आंतरिक सुरक्षा या चारित्रिक शक्ति किसी तरह नहीं हो सकती, जिससे वे अपने "घटिया" बॉस के साथ सिद्धांत-केंद्रित समाधान लागू कर सकें। या हो सकता है कि उनमें आंतरिक शक्ति तो हो, लेकिन उन्होंने अब तक वे योग्यताएँ विकसित न की हों, जो धैर्य और सतत अभ्यास से सीखी जाती हैं।

शिक्षण के दौरान लगातार इंटरएक्शन से अक्सर उनकी आँखें खुल जाती हैं, लेकिन अंततः हम उस बिंदु पर पहुँच जाते हैं, जहाँ वे पहचान जाते हैं कि वे शिकार नहीं हैं – कि वे किसी दूसरे व्यक्ति के व्यवहार पर अपनी प्रतिक्रिया चुन सकते हैं। समाज शिकारवाद और दोषदर्शिता की मानसिकता को बहुत ज़्यादा बढ़ावा देता है और प्रोत्साहित करता है। लेकिन आपमें और मुझमें यह शक्ति है कि हम अपने जन्मजात उपहारों का इस्तेमाल कर अपने जीवन की रचनात्मक शक्ति बनें और ऐसी नीति चुनें, जो संगठन में हमारे प्रभाव को बढ़ाए। हम अपने बॉस के लीडर बन सकते हैं।

प्रभाव का यूनानी दर्शन

प्रभाव का यूनानी दर्शन *ईथॉस* (ethos), *पैथॉस* (pathos), *लोगॉस* (logos) आपके प्रभाव बढ़ाने की प्रक्रिया का उत्कृष्ट संक्षेप है (देखें फ़िगर 7.2)।

ईथॉस का मूलतः मतलब है आपकी नैतिक प्रकृति, व्यक्तिगत विश्वसनीयता, अखंडता और सामर्थ्य में दूसरों के विश्वास करने की मात्रा। जब लोग लगातार सिद्धांत-केंद्रित तरीक़े से वे काम करते हैं, जिनका उन्होंने वादा किया है और जिनकी उनसे उम्मीद की जाती है, तो उनमें ईथॉस होता है। ***एसक्यू।***

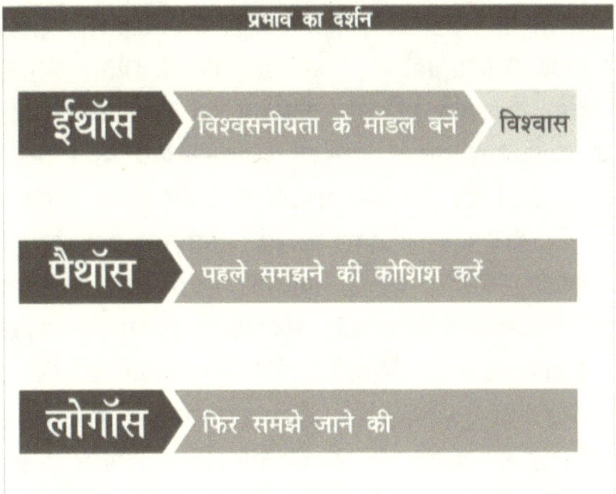

फ़िगर 7.2

पैथॉस परानुभूति है – यह महसूस करने वाला हिस्सा है। इसका मतलब है आप यह समझते हैं कि सामने वाला कैसा महसूस करता है, उसकी आवश्यकताएँ क्या हैं, वह चीज़ों को कैसे देखता है और वह क्या व्यक्त करने की कोशिश कर रहा है – और वह इसे महसूस करता है। ***ईक्यू।***

लोगॉस का संबंध मूलतः तर्क से है। इसका संबंध आपकी प्रस्तुति की शक्ति और दृढ़ विश्वास (persuasion) से है – आपके अपने चिंतन से। ***आईक्यू।***

ज़ाहिर है, क्रम सबसे ज़्यादा महत्वपूर्ण है। जब तक लोग यह महसूस न करें कि उन्हें समझ लिया गया है, तब तक लोगॉस पर पहुँचना बेमानी है। इसी तरह जब तक आपके चरित्र में कोई विश्वास न हो, तब तक समझ पैदा करने की कोशिश निरर्थक है।

एक बार मैं ट्वेन्टी ग्रुप को सिखा रहा था। यह बीस पेशेवर इंश्योरेंस जनरल एजेंट्स का समूह था, जो हर तीन महीने में विचारों के आदान-प्रदान के लिए लर्निंग फ़ोरम में एकत्रित होता था। दो साल से मैं उनका रिसोर्स पर्सन था। एक बार जनवरी में हमारी मीटिंग में सब एजेंट कंपनी के घटिया प्रशिक्षण और विकास कार्यक्रम की शिकायत कर रहे थे और बड़बड़ा रहे थे। और जिस तिनके ने ऊँट की पीठ तोड़ दी, वह क्रिसमस के ठीक पहले हवाई के उस बड़े अंतर्राष्ट्रीय पुरस्कार समारोह में हुआ, जहाँ बचे हुए वक़्त में प्रशिक्षण भी दिया गया था। प्रशिक्षण में न तो एक-दूसरे से विचारों का आदान-प्रदान किया गया, न ही एक-दूसरे से सीखने का अवसर दिया गया। सबसे अच्छे रूप में यह एक महँगा और प्रभावशाली लेज़र शो था। उन्होंने शिकायत की कि उन्हें ऐसा ही प्रशिक्षण मिलता है और यह मूलतः अल्पकालीन तथा निरर्थक होता है।

मैंने उनसे पूछा कि वे इसे बदल क्यों नहीं देते। उन्होंने कहा, "देखिए, यह हमारा काम नहीं है; हम इसके प्रभारी नहीं है।" मैंने कहा कि वे बहाना बना रहे हैं, क्योंकि अगर वे सचमुच चाहें, तो अपने प्रशिक्षण कार्यक्रम को बदल सकते हैं। वे कंपनी के शीर्षस्थ जनरल एजेंट हैं और उनकी ज़बर्दस्त विश्वसनीयता या *ईथॉस* है। वे कंपनी में जिससे चाहें, मिल सकते हैं। मैंने उन्हें प्रोत्साहित किया कि वे निर्णय लेने वालों के सामने एक प्रस्तुति दें। लेकिन इससे पहले वे यह सुनिश्चित करें कि शुरुआत निर्णय लेने वालों के दृष्टिकोण (*पैथॉस*) से हो, जितनी अच्छी तरह वे इसका वर्णन कर सकते हों - जिसमें प्रशिक्षण कार्यक्रम और सुंदरता से मनाए गए सालाना जलसे में परिवर्तन के बारे में सभी संभावित चिंताएँ शामिल हों। लक्ष्य उन चिंताओं का वर्णन तब तक करना है, जब तक एक्ज़ीक्यूटिव्ज़ को यह एहसास न हो जाए कि उनकी बात गहराई से समझ ली गई है। इसके बाद ही एक्ज़ीक्यूटिव्ज़ *लोगॉस* यानी तर्क के लिए खुलेंगे, जो एजेंट्स की अनुशंसाओं के रूप में होगा।

तो उन्होंने दो प्रतिनिधियों को न सिर्फ़ प्रेसिडेंट और सीईओ से, बल्कि प्रशिक्षण तथा विकास प्रभारी से भी मिलने भेज दिया। उन्होंने कंपनी की नीति और इसके कारणों का वर्णन करने में आवश्यक समय दिया। उन्होंने परिवर्तन करने के आर्थिक, राजनीतिक और सांस्कृतिक संघर्ष बताए। उन्होंने यह वर्णन तब तक जारी रखा, जब तक यह स्पष्ट नहीं हो गया कि निर्णय लेने वालों की बात गहराई से समझ ली गई है। जैसे ही उन्हें महसूस हुआ कि उन्हें समझ लिया गया है, वे प्रभाव के लिए बहुत खुल गए (प्रभाव की कुंजी हमेशा पहले प्रभावित होना है, यानी पहले खुलकर समझने की कोशिश करें)। उन्होंने इन दो जनरल एजेंट्स से सलाह ख़ुद होकर माँगी। एजेंट्स ने न सिर्फ़ सलाह दी, बल्कि एक कार्ययोजना भी बताई, जो उन सभी आर्थिक, राजनीतिक और सांस्कृतिक सच्चाइयों से ताल्लुक़ रखती थी, जिनका वर्णन उन्होंने पहले किया था।

निर्णय लेने वाले पगला गए। हालाँकि सलाह एक पायलट प्रोग्राम बनाने की थी, लेकिन निर्णय लेने वालों ने तत्काल इस योजना को पूरी कंपनी में लागू कर दिया।

अगली तिमाही बैठक में उन्होंने मुझे यह बात बताई। इस पर मैंने कहा, "अब आप इससे आगे क्या करना चाहते हैं - कंपनी की ऐसी और कौन सी मूर्खतापूर्ण चीज़ है, जिसे आप बदलवाना चाहते हैं?" यह ट्वेन्टी ग्रुप सचमुच हैरान था कि किस तरह उन्होंने अपना सशक्तिकरण कर लिया था - किस तरह उनकी पहल, साहस और परानुभूति कामयाब हुई थी। उन्होंने रोना-धोना, कोसना और बड़बड़ाना छोड़ दिया तथा ज़्यादा से ज़्यादा ज़िम्मेदारी लेने लगे। ख़ुद के छोटे खेत जोतने के बाद वे बड़े खेतों का मुआयना करने लगे और चीज़ों को ज़्यादा व्यापक संदर्भ में देखने लगे। उन्होंने शीर्षस्थ निर्णय लेने वालों को भी इंसान के रूप में देखा, जो उन्हीं की तरह जूझ रहे थे और उन्हें आलोचकों के बजाय सही सलाहकार चाहिए थे, आलोचना के स्त्रोतों के बजाय प्रकाश के स्त्रोत चाहिए थे।

यह कहानी स्पष्टता से अंदर से बाहर की नीति तथा इसकी शक्ति को रेखांकित करती है। याद रखें, जब भी आप सोचते हैं कि समस्या कहीं बाहर है, *तो वह विचार* ख़ुद ही समस्या है।

आशा है, आप अब स्पष्टता से देख सकते होंगे कि पहल और परानुभूति के प्रयोग द्वारा, ईथॉस बनाकर, अपनी प्रभावित करने की योग्यता के भीतर की चीज़ों पर ध्यान केंद्रित करके और उन पर काम करके आप किसी भी स्थिति में परिवर्तन के उत्प्रेरक कैसे बन सकते हैं। एक बार फिर, ऐसा करके आप दरअसल अपने बॉस के लीडर बन जाते हैं। यानी हालाँकि औपचारिक सत्ता बॉस के पास होती है, लेकिन नैतिक सत्ता तथा प्रभावित करने की शक्ति आप ही के पास होती है।

ट्रिम-टैब

मैं समझता हूँ कि अद्‌भुत पैरेडाइम परिवर्तक बकमिंस्टर फ़ुलर ने अपनी क़ब्र के पत्थर पर यह समाधि-लेख चुना था : "बस एक ट्रिम-टैब।" नाव में ट्रिम-टैब एक छोटा सा रडर होता है, जो पूरी नाव को मोड़ने वाले बड़े रडर को घुमाता है (देखें फ़िगर 7.3)। यह ट्वेन्टी ग्रुप एक ट्रिम-टैब था। गाँधीजी ट्रिम-टैब थे।

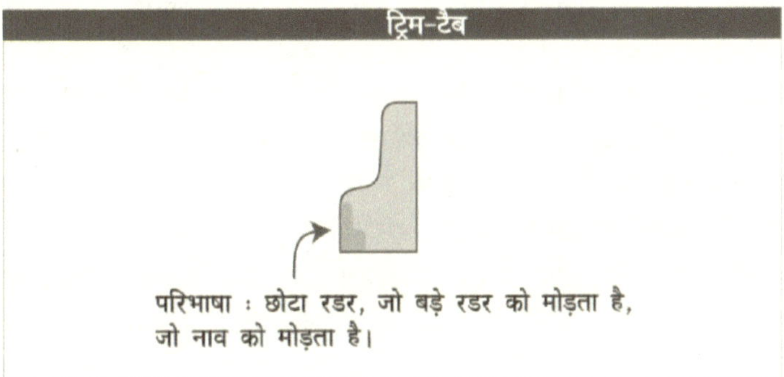

फ़िगर 7.3

मेरा मानना है कि हर संगठन - कंपनी, सरकार, स्कूल, परिवार, ग़ैर-लाभकारी और सामाजिक संगठन - में असंख्य संभावित ट्रिम-टैब होते हैं, जो नेतृत्व कर सकते हैं और अपने प्रभाव का विस्तार कर सकते हैं, भले ही वे किसी भी पद पर हों। वे ख़ुद को और अपनी टीम या विभाग को इस तरह चला सकते हैं कि पूरा संगठन सकारात्मक रूप से प्रभावित हो। ट्रिम-टैब लीडर अपने *प्रभाव* के वृत्त के भीतर पहल का इस्तेमाल करता है (देखें फ़िगर 7.4), चाहे यह कितना ही छोटा क्यों न हो।

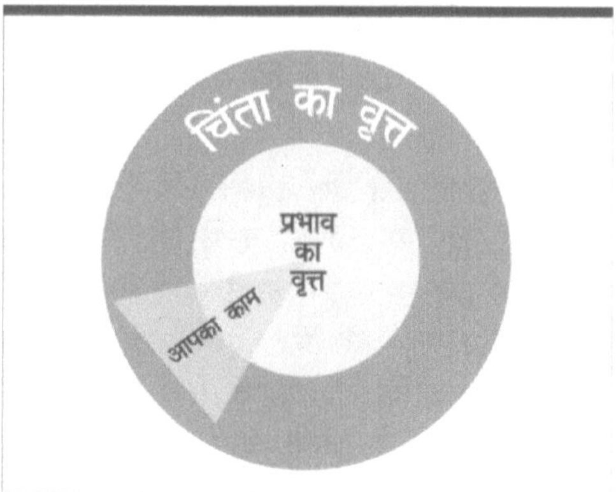

फ़िगर 7.4

इस डायग्राम को देखें, जिसमें दो गोले हैं। बड़ा गोला चिंता का वृत्त है (वे चीज़ें जिनकी आपको चिंता है और जिनमें आपकी दिलचस्पी है) और छोटा गोला प्रभाव का वृत्त है (जिन चीज़ों पर आपका नियंत्रण या प्रभाव है)। इस डायग्राम से यह भी पता चलता है कि आम तौर पर इंसान का काम काफ़ी हद तक उसके प्रभाव के वृत्त के बाहर होता है।

अध्याय 1 में मैंने एक अध्ययन के कुछ बहुत आश्चर्यजनक आँकड़े बताए थे, जिन्हें हैरिस इंटरएक्टिव ने हमारी एक्ज़ीक्यूशन कोशंट क्वेस्चनेयर का प्रयोग करके निकाला था। चूँकि इस शोध के निष्कर्ष बहुत गहरे हैं, इसलिए मैं बाक़ी की पुस्तक में अतिरिक्त निष्कर्षों का उल्लेख भी करूँगा। आपको यह जानना दिलचस्प लगेगा कि प्रभाव के विषय पर सिर्फ़ 31 प्रतिशत लोगों ने कहा कि वे उन्हीं चीज़ों पर ध्यान केंद्रित करते हैं, जिन्हें वे प्रत्यक्ष रूप से प्रभावित कर सकते हैं, बजाय उन चीज़ों के जिन्हें वे प्रभावित नहीं कर सकते। औपचारिक पद के परे ट्रिम-टैब लीडर्स भविष्य-दृष्टि, अनुशासन, जोश और अंतरात्मा को अपने प्रभाव के वृत्त के बाहरी किनारे पर लगाते हैं, जिससे इसका विस्तार होता है। कई मामलों में इन लोगों के पास कोई महत्वपूर्ण पद या औपचारिक निर्णय लेने की शक्ति नहीं होती।

पहल करना आत्म-सशक्तिकरण का एक रूप है। किसी भी औपचारिक लीडर ने आपको शक्ति नहीं दी है। संगठनात्मक तंत्र ने आपको शक्ति नहीं दी है। आपके कार्यविवरण ने आपको शक्ति नहीं दी है। सामने आई समस्या या चुनौती के आधार पर आप स्वयं ही ख़ुद को शक्ति देते हैं। आप पहल या आत्म-सशक्तिकरण के उचित स्तर का इस्तेमाल करते हैं।

> मुख्य सवाल हमेशा यह रहता है, मैं इन परिस्थितियों में सबसे अच्छा काम क्या कर सकता हूँ?

पहल या आत्म–सशक्तिकरण के 7 स्तर

नीचे दिए गए डायग्राम (देखें फ़िगर 7.5) में आप पहल के 7 स्तरों का कंटिन्यूम देखेंगे – "जब तक आदेश न मिले, तब तक इंतज़ार करें" पहल के सबसे निचले स्तर पर है, फिर आता है "पूछें," फिर "अनुशंसा करें", फिर "मैं करना चाहता हूँ," फिर "काम करें और तत्काल रिपोर्ट दें", फिर "काम करें और समय–समय पर रिपोर्ट दें", और अंततः बस "काम कर दें," जो नियंत्रण और प्रभाव की आपकी योग्यता के ठीक केंद्र में है।

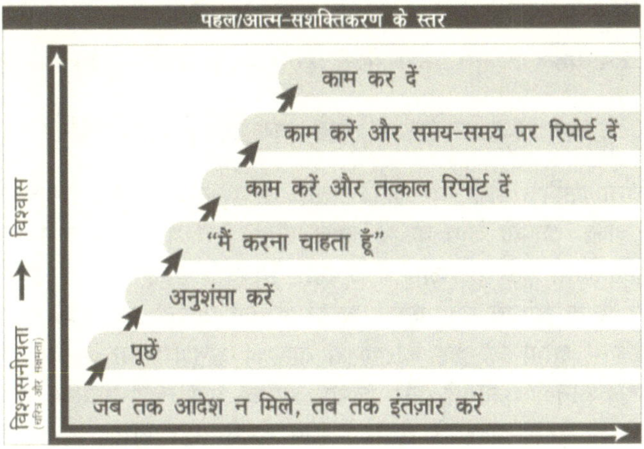

फ़िगर 7.5

काम आपके प्रभाव के वृत्त के कितना बाहर या भीतर है, इस आधार पर आप चुनते हैं कि पहल के किस स्तर का इस्तेमाल करना है। इसमें स्थिति की संवेदनशीलता और निर्णयशक्ति की ज़रूरत होती है, लेकिन धीरे–धीरे आपके प्रभाव के वृत्त का विस्तार होने लगता है।

अपनी पहल के स्तर को चुनने से हमारी "आवाज़" की परिभाषा व्यापक होती है, जिससे हम किसी भी परिस्थिति में अपनी आवाज़ खोज सकते हैं। हो सकता है, इस नौकरी में हमें ज़रा भी आनंद न आता हो। पहल के स्तर का इस्तेमाल करके हम उस नौकरी की प्रकृति को बदल सकते हैं या फिर हम दूसरों को प्रभावित कर सकते हैं, जो हमारे प्रभाव के वृत्त में हों, लेकिन हमारी नौकरी के बाहर हों।

हम अपने वर्तमान काम में उत्कृष्टता का लक्ष्य बना सकते हैं। हम राष्ट्रीय/क्षेत्रीय/स्थानीय के बजाय विश्वस्तरीय मानदंडों पर काम कर सकते हैं। वकील सुलह और शांति पर ध्यान दे सकता है। शिक्षाविद् ज़्यादा परवाह करने वाला मार्गदर्शक तथा कोच बन सकता है। डॉक्टर शरीर के अंगों, मशीनों और रासायनिक प्रक्रिया के बजाय शिक्षा निवारण और संपूर्ण व्यक्ति पर ध्यान केंद्रित कर सकता है।

माता-पिता अपने ८० प्रतिशत व्यवहार को सकारात्मक रख सकते हैं और डाँटने, सुधारने या अनुशासित करने वाला व्यवहार सिर्फ़ 20 प्रतिशत तक ही सीमित रख सकते हैं। सेल्समैन ग्राहकों की आवश्यकताओं को ज़्यादा ध्यान से सुन सकता है और अखंडता के साथ अनुकूलन कर सकता है। मार्केटिंग करने वाला व्यापार और विज्ञापन की अखंडता की गारंटी दे सकता है। बिज़नेस एक्ज़ीक्यूटिव हमेशा कम वादे और ज़्यादा परिणाम देने के बारे में सावधान रहेगा। सार यह है कि हम सिद्धांत हमेशा और हर जगह सिखा सकते हैं, जिसमें कई बार हमें शब्दों के इस्तेमाल की ज़रूरत भी पड़ सकती है।

आइए, अब हम पहल के इन स्तरों में से हर एक को टटोलते हैं।

1. जब तक आदेश न मिले, तब तक इंतज़ार करें।

इसमें एक चिंता शामिल होगी, जो ज़ाहिर तौर पर न सिर्फ़ आपके प्रभाव के वृत्त के *बाहर* होगी, बल्कि आपके काम के भी बाहर होगी। इस मामले में आप बस इंतज़ार करते हैं। आप किसी दूसरे के काम में अपनी टाँग नहीं अड़ाना चाहते हैं। आप ऐसी चीज़ों के बारे में अनुशंसाएँ नहीं करना चाहते हैं, जो आपके प्रभाव के वृत्त के काफ़ी बाहर हों। ऐसे में लोगों को कई कारणों से आपकी अनुशंसा पर भरोसा नहीं होगा। वे इसे बिलकुल अनुचित मानेंगे और शायद आपको पूरी तरह खिसका हुआ मानेंगे। प्रभाव के वृत्त के बहुत बाहर के क्षेत्रों में काम करने से दरअसल आपके प्रभाव का वृत्त ज़्यादा छोटा हो जाएगा।

तो आप क्या करें ? मुस्कराएँ – जैसा अल्कोहलिक्स एनॉनिमस की शांति प्रार्थना में कहा गया है :

हे ईश्वर, मुझे शांति दो
कि मैं उन चीज़ों को स्वीकार करूँ, जिन्हें मैं बदल नहीं सकता,
उन चीज़ों को बदलने का साहस दो, जिन्हें मैं बदल सकता हूँ,
और इनमें फ़र्क़ जानने की बुद्धि दो।

आप किसी ऐसे काम पर अपनी ऊर्जा बर्बाद नहीं करते, जिसके बारे में आप कुछ नहीं कर सकते। अगर आपका किसी ऐसे व्यक्ति पर प्रभाव है, जो इस बारे में कुछ कर सकता है, तो अलग बात है। फिर आप पहल और आत्म-सशक्तिकरण के ज़्यादा ऊँचे स्तरों पर पहुँच सकते हैं।

लेकिन मुद्दे के बारे में मुस्कराते रहना और कुछ न करना आसान नहीं है। कई लोग उन मूर्खतापूर्ण बातों के बारे में कुछ ज़्यादा ही सोचते रहते हैं, जिन्हें वे इस वक़्त नहीं बदल सकते। जिन चीज़ों के बारे में वे कुछ नहीं कर सकते, उनके बारे में वे सहकर्मियों के साथ युद्ध की कहानियाँ सुनते-सुनाते हैं और एक-दूसरे की भावनाएँ

सहलाते हैं। लेकिन इससे उन मुद्दों और चिंताओं पर काम करने की उनकी क्षमता कम होती है, जिनके बारे में वे सचमुच कुछ कर *सकते* हैं। एक बार फिर, उनका अतीत उनके भविष्य को बंधक बना लेता है।

फिर वे सहनिर्भरता के जाल में उलझ जाते हैं, जो पाँच संक्रामक भावनात्मक कैंसरों को जन्म देता है : आलोचना करना, शिकायत करना, तुलना करना, प्रतिस्पर्धा करना और विवाद करना। जो लोग अपने गहरे आंतरिक कार्य को केंद्रित नहीं रख पाते हैं, वे अपने बाहर के स्रोतों में सुरक्षा की खोज करते हैं। चूँकि वे अपने परिवेश के साथ सह-निर्भर होते हैं, इसलिए वे इन विनाशक, कैंसररूपी व्यवहारों में संलग्न होते हैं।

ये पाँच भावनात्मक कैंसर सचमुच उनके संबंधों में कैंसरग्रस्त कोशिकाएँ भरने लगते हैं- कई बार तो पूरी संस्कृति में। फिर आपका संगठन इतना बिखर जाता है, इतना विभाजित हो जाता है कि ग्राहकों को लगातार उच्च गुणवत्ता देना लगभग असंभव होता है।

कैंसरकारी पाँच व्यवहार

- ▶ आलोचना करना
- ▶ शिकायत करना
- ▶ तुलना करना
- ▶ प्रतिस्पर्धा करना
- ▶ विवाद करना

फ़िगर 7.6

प्रतिस्पर्धा के बारे में एक बात : हालाँकि महत्त्व के एहसास के लिए प्रतिस्पर्धा संबंधों, परिवारों और काम की टीमों तथा संस्कृतियों में विनाशकारी है, लेकिन मेरा मानना है कि यह खेल जगत और बाज़ार जैसी जगहों पर बहुत स्वस्थ हो सकती है। यह लोगों और संगठनों में सर्वश्रेष्ठ प्रदर्शन को व्यापक बना सकती है और उसे सामने ला सकती है। बाज़ार में आप प्रतिस्पर्धियों को अपना गुरु मान सकते हैं, जिनके ख़िलाफ़ आप अपना मूल्यांकन करते हैं। हालाँकि आप प्रतिस्पर्धियों को हराने की कोशिश कर सकते हैं, लेकिन आप दरअसल अपने ग्राहकों के लिए बेहतर जीत हासिल करने की कोशिश कर रहे हैं और उन लोगों से सीखने की कोशिश कर रहे हैं, जो आपसे बेहतर और ज़्यादा तेज़ी से काम कर रहे हैं। यही मुक्त व्यापार तंत्र की शक्ति है : बाज़ार में प्रतिस्पर्धा, कार्यस्थल में सहयोग। याद रखें, हमें "द्विभाषी" (bilingual) बनना होगा और उस एकल मानसिकता के ख़तरे से बचना होगा,

जिसकी ओर अब्राहम मास्लो ने संकेत किया है : "जो हथौड़े के इस्तेमाल में माहिर होता है, वह हर चीज़ को कील समझने लगता है।"

2. पूछें।

किसी ऐसी चीज़ के बारे में सवाल पूछना उचित और तार्किक होगा, जो आपके कार्य विवरण के तो *भीतर* हो, लेकिन आपके प्रभाव के वृत्त के *बाहर* हो। चूँकि यह आपके प्रभाव के वृत्त के बाहर है, इसलिए आप इसके बारे में ज़्यादा कुछ नहीं कर सकते; लेकिन चूँकि यह आपके काम को प्रभावित करती है, इसलिए ज़्यादातर लोग इसे उचित मानेंगे कि कम से कम पूछ लिया जाए। अगर सवाल बुद्धिमत्तापूर्ण है तथा पूर्ण विश्लेषण और सावधानीपूर्ण सोच का परिणाम है, तो यह बहुत प्रभावी हो सकता है और आपके प्रभाव के वृत्त का विस्तार कर सकता है।

3. अनुशंसा करें।

आप "अनुशंसा करें" को कहाँ रखेंगे? आपके प्रभाव के वृत्त के बाहरी किनारे के ठीक बाहर। यह आपके काम में भी नहीं है। आप अनुशंसा कर रहे हैं, जो आपके काम के बाहर है और आपके प्रभाव के वृत्त के बाहरी कोने पर है।

पहल और सशक्तिकरण के तीसरे स्तर का एक सुंदर उदाहरण कम्प्लीटेड स्टाफ़ वर्क के एक सैन्य सिद्धांत में पाया जाता है। इस सिद्धांत के पाँच मूलभूत क़दम हैं :

1. समस्या का विश्लेषण करो।
2. विकल्प खोजो और समाधान सुझाओ।
3. समाधान को लागू करने के लिए सुझाए गए क़दमों को विकसित करो।
4. सभी वास्तविकताओं (राजनीतिक, सामाजिक, आर्थिक योग्यताओं आदि) की जागरूकता का समावेश करो।
5. इस तरह की अनुशंसा करो, जिसमें सहमति के सिर्फ़ एक ही हस्ताक्षर की ज़रूरत हो।

कम्प्लीटेड स्टाफ़ वर्क चाहता है कि प्रभावकारी एक्ज़ीक्यूटिव सिर्फ़ सबसे अच्छे काम का इंतज़ार करे। सबसे पहले तो वह कर्मचारियों से समस्याओं और मुद्दों के बारे में अच्छी तरह सोचने का आग्रह करता है। फिर जब वे अपना सबसे अच्छा चिंतन कर लेते हैं, तो उन्हें अंतिम अनुशंसा करनी होती है। प्रभावकारी एक्ज़ीक्यूटिव सिर्फ़ अंतिम अनुशंसा को ही देखता है।

कम्प्लीटेड स्टाफ़ वर्क का इस्तेमाल किया जाए, तो ऊपरी स्तर का मैनेजमेंट कर्मचारियों को फटाफट तथा सरल जवाब देकर उनकी मुश्किलें आसान नहीं करता है, भले ही वे इसके लिए आग्रह करें। अगर एक्ज़ीक्यूटिव इस काम के पूरे होने का

इंतज़ार नहीं करता है, तो वह कर्मचारियों के विकास को धोखा देता है - और वे उसे तथा कंपनी को समय का धोखा देते हैं। इसके अलावा, अगर कर्मचारियों को दूसरों ने तरीक़े सुझाए हों, तो उन्हें उनके परिणामों के लिए ज़िम्मेदार नहीं ठहराया जा सकता।

सिसली में एक बार मैंने हमला करने में थोड़े अनिच्छुक जनरल को बताया कि मुझे उस पर पूरा विश्वास है। अपने विश्वास का सबूत देने के लिए मैं घर चला गया।
कभी लोगों को यह न बताएँ कि क्या करना है? वे अपने कौशल से आपको हैरान कर देंगे।[1]

जनरल जॉर्ज एस. पैटन

आप देख सकते हैं कि इससे एक्ज़ीक्यूटिव का कितना समय और काम बच जाता है तथा स्टाफ़ के व्यक्तियों की कितनी ज़्यादा पहल की ज़रूरत होती है। मैंने इसे बहुत सी स्थितियों में बहुत अच्छी तरह सफल होते देखा है। यह भी व्यक्ति के प्रभाव के वृत्त को तत्काल बढ़ा देता है।

4. "मैं करना चाहता हूँ।"

"मैं करना चाहता हूँ" दरअसल अनुशंसा करने से ऊँचे स्तर की पहल और इसका अगला हिस्सा है। मैंने सबसे पहले यह सिद्धांत तब सीखा, जब मैं हवाई द्वीपों में यूएसएस *सांता फ़े* में समुद्र में था। यह कई बिलियन डॉलर की परमाणु पनडुब्बी थी और मैंने इसे सिमुलेटेड वार गेम्स में देखा। कमांडिंग ऑफ़िसर कैप्टेन डेविड मार्के के साथ ब्रिज पर खड़े होना बड़ा भव्य था, जब हम लाहैना सी पोर्ट से चले और हमने अपने सामने सौ गज़ दूर और सौ फ़ुट पीछे पानी में तैरती एक विशाल, काली ट्यूब देखी (जो किसी अमेरिकी फ़ुटबॉल मैदान जितनी लंबी थी)।

हम दोनों बातचीत कर रहे थे, तभी एक अफ़सर हमारे पास आकर बोला, "कप्तान, मैं पनडुब्बी को चार सौ फ़ुट नीचे ले जाना चाहता हूँ।" कप्तान ने पूछा, "समुद्र की गहराई कितनी है," उसने जवाब दिया, "लगभग आठ सौ फ़ुट।" "सोनार (दूसरे जहाज़ों, नावों, पनडुब्बियों आदि का पता लगाने वाला इलेक्ट्रॉनिक यंत्र) में क्या नज़र आ रहा है?" अफ़सर ने जवाब दिया, "कुछ नहीं, सिर्फ़ मछलियाँ।" कप्तान ने जवाब दिया, "हमें बस बीस मिनट दो - फिर अपनी इच्छा पूरी कर लेना।"

पूरे दिन लोग कप्तान के पास आकर कहते रहे : "मैं यह करना चाहता हूँ," या "मैं वह करना चाहता हूँ।" कप्तान अक्सर सवाल पूछता था और फिर कहता था "बहुत बढ़िया।" कई बार वह सवाल पूछे बिना ही "बहुत बढ़िया" कह देता था।

कप्तान अपनी पुष्टि के लिए सिर्फ़ आइसबर्ग की ऊपरी नोंक जैसे निर्णयों को सुरक्षित रखता था। आइसबर्ग का ज़्यादातर हिस्सा यानी बाक़ी 95 प्रतिशत निर्णय कप्तान की सहभागिता या पुष्टि के बिना अपने आप ले लिए जाते थे।

मैंने कप्तान से उनकी लीडरशिप शैली के बारे में पूछा। उन्होंने कहा कि वे नौसैनिक पृष्ठभूमि में अपने लोगों का ज़्यादा से ज़्यादा सशक्तिकरण करना चाहते हैं। उन्होंने सोचा कि अगर कर्मचारियों को समस्या के साथ-साथ समाधान का भी मालिक बना दिया जाए, तो वे ख़ुद को आदेश की शृंखला में एक अहम कड़ी समझने लगेंगे। उसने इस संस्कृति को इस हद तक विकसित कर लिया, जहाँ अफ़सर और नाविक कप्तान की निर्णय लेने की सत्ता के सामने अपनी इच्छाएँ बताने लगे।

"मैं करना चाहता हूँ" "मैं सुझाव देता हूँ" से अलग है। इस व्यक्ति ने इस बिंदु तक विश्लेषण किया है कि वह सहमति मिलने के बाद उस काम को करने के लिए पूरी तरह तैयार है। वह न सिर्फ़ समस्या का मालिक है, बल्कि समाधान का मालिक भी है और उस पर अमल करने को तैयार है।

इन नाविकों को महत्व बढ़ने का वास्तविक एहसास भी था – उन्होंने मुझे बताया कि पहले के कप्तानों के साथ उन्हें ऐसा अनुभव नहीं हुआ था, क्योंकि तब वे "जब तक आदेश न मिले, तब तक इंतज़ार करें" शैली पर चल रहे थे। इसीलिए "मैं करना चाहता हूँ" व्यक्ति के प्रभाव के वृत्त तथा काम के बाहरी किनारे पर है। सार्थक सशक्तिकरण कर्मचारियों के नौकरी छोड़ने के आँकड़ों को काफ़ी कम कर देता है – यानी शीर्ष लोगों को ज़्यादा ऊँची तनख़्वाह वाले पदों पर जाने से रोकता है।

पनडुब्बी यात्रा के कुछ महीनों बाद मुझे कैप्टेन मार्के का एक पत्र पाकर रोमांच महसूस हुआ, जिसमें उन्होंने मुझे बताया था कि यूएसएस *सांता फ़े* को प्रशांत महासागर में सबसे बेहतरीन पनडुब्बी, जहाज़ या एविएशन स्क्वैड्रन होने के लिए अरले बर्क ट्रॉफ़ी मिली थी। ट्रिम-टैबिंग सशक्तिकरण का ऐसा ही परिणाम होता है!

5. काम करें और तत्काल रिपोर्ट दें।

"काम करें और तत्काल रिपोर्ट दें" व्यक्ति के प्रभाव के वृत्त के बाहरी कोने पर, लेकिन काम के भीतर रहता है। आप तत्काल रिपोर्ट देते हैं, क्योंकि बाक़ी लोगों को उस जानकारी की ज़रूरत है। इससे बाक़ी लोगों को यह देखने की सामर्थ्य मिलती है कि हर चीज़ सही ढंग से की गई है और ज़रूरत होने पर उसे समय रहते सुधारा जा सकेगा। इससे वह जानकारी भी मिलती है, जिसकी ज़रूरत दूसरों को होगी, ताकि वे उसके अनुरूप निर्णय ले सकें और आगे की कार्रवाई कर सकें।

6. काम करें और समय-समय पर रिपोर्ट दें।

पहल का यह स्तर उन कामों से संबंधित है, जो किसी प्रदर्शन मूल्यांकन या औपचारिक

रिपोर्ट में सामान्य आत्म-मूल्यांकन का हिस्सा हो सकते हैं, ताकि सूचना दूसरों तक पहुँचाई जा सके और उसका इस्तेमाल किया जा सके। जब आप समय-समय पर रिपोर्ट देते हैं, तो आप स्पष्ट रूप से अपने कार्य विवरण और प्रभाव के वृत्त के भीतर रहते हैं।

7. काम कर दें।

जब कोई काम आपके प्रभाव के वृत्त के ठीक बीच में और आपके कार्यविवरण के मूल में होता है, तो आप उसे बस कर देते हैं। कई बार, कुछ संस्कृतियों में अनुमति पाना माफ़ी पाने से ज़्यादा मुश्किल होता है, इसलिए अगर आपको भरोसा है कि आप सही हैं और वह कार्य आपके प्रभाव के वृत्त से ज़्यादा बाहर नहीं है, तो "उसे कर देना" सबसे अच्छा होता है।

ज़िम्मेदारी लेने और काम कर देने के विचार में बहुत बड़ी शक्ति है। पहल के सबसे ऊँचे स्तर की बात पर मुझे "अ मैसेज टु गार्शिया" की सच्ची कहानी याद आती है।

> जब शताब्दी के मोड़ पर स्पेन और अमेरिका के बीच युद्ध छिड़ा, तो अमेरिकी राष्ट्रपति को क्यूबाई क्रांतिकारी गार्शिया तक एक संदेश पहुँचाना था। गार्शिया क्यूबा के टापू पर कहीं छिपा हुआ था और डाक या टेलीग्राफ़ की पहुँच से दूर था। कोई भी उस तक पहुँचने का तरीक़ा नहीं जानता था। लेकिन एक अफ़सर ने सुझाव दिया कि अगर कोई यह काम कर सकता है, तो वह रोवन नाम का अफ़सर है।
>
> जब मैकिनले ने वॉशिंगटन, डी.सी. में रोवन को वह पत्र सौंपा, तो उसने यह नहीं पूछा, "गार्शिया कहाँ पर है? मैं वहाँ कैसे पहुँचूँगा? जब मैं वहाँ पहुँच जाऊँगा, तो आप मुझसे क्या करवाना चाहते हैं? मैं वापस कैसे लौटूँगा?" उसने तो बस संदेश लिया और गार्शिया तक पहुँचने का तरीक़ा सोचने लगा। वह ट्रेन से न्यूयॉर्क पहुँचा। समुद्री जहाज़ से जमैका। क्यूबा पहुँचने के लिए उसने एक नाव में बैठकर स्पेन के सुरक्षाचक्र को तोड़ा। फिर क्यूबाई जंगलों में पैदल चला और जानवरों की सवारी की। नौ दिन की यात्रा के बाद रोवन ने सुबह नौ बजे गार्शिया तक संदेश पहुँचा दिया। उसी शाम पाँच बजे वह अमेरिका लौटने की यात्रा पर चल दिया।

इस कहानी के संदेश को अधिक प्रभावी बनाते हुए लेखक अल्बर्ट हबार्ड ने लिखा है :

> वह व्यक्ति मेरे दिल को छू लेता है, जो तब भी अपना काम करता है जब "बॉस" दूर या घर पर हो... जो व्यक्ति रोवन की तरह होता है, जिसे जब पत्र दिया जाता है, तो वह शांति से काम लेता है, कोई मूर्खतापूर्ण सवाल नहीं पूछता है और उसे

> सबसे क़रीब की गटर में फेंकने का इरादा मन में नहीं लाता है, या इसे पहुँचाने के अलावा कोई और बात नहीं सोचता है... सभ्यता ठीक इसी तरह के व्यक्तियों की लंबी, तनावपूर्ण खोज है। ऐसा व्यक्ति जो भी माँगेगा, वह उसे मिल जाएगा। ऐसे लोग इतने दुर्लभ होते हैं कि कोई भी मालिक उन्हें छोड़ना नहीं चाहेगा। हर शहर, क़स्बे और गाँव में - हर ऑफ़िस, दुकान, स्टोर और फ़ैक्ट्री में उसकी ज़रूरत है। दुनिया ऐसे लोगों के लिए चिल्ला-चिल्लाकर पुकार लगा रही है : उसकी ज़रूरत है, और बुरी तरह ज़रूरत है - उस आदमी की, जो "गार्शिया तक संदेश पहुँचा सके।"

ट्रिम-टैब भावना

आप देख सकते हैं कि मुद्दा, समस्या या चिंता चाहे जैसी हो, आप किसी तरह से पहल करके अपना सशक्तिकरण कर सकते हैं। संवेदनशील बनें, समझदार बनें, टाइमिंग के बारे में सचेत रहें, लेकिन स्थिति को सुधारने के लिए *कुछ* करें। शिकायत करना, आलोचना करना या नकारात्मक बनना छोड़ दें। ख़ास तौर पर असफलताओं के लिए "दूसरों को" दोष देने और अपनी ज़िम्मेदारी से बचने की कोशिश के बारे में सावधान रहें। हम दोषारोपण की संस्कृति में जीते हैं - एक्ज़ीक्यूशन कोशंट सर्वे में 70 प्रतिशत लोगों ने कहा है कि कर्मचारी अपने संगठन में चीज़ें गड़बड़ होने पर दूसरों पर दोष मढ़ते हैं। तो ज़िम्मेदारी लेने का मतलब है प्रवाह के ख़िलाफ़ तैरना।

पहल करने के लिए कुछ *भविष्य-दृष्टि*, किसी मानदंड के पूरे होने, या किसी सुधार की आवश्यकता होगी। इसके लिए कुछ *अनुशासन* की ज़रूरत होगी। इसमें आपके हृदय और *जोश* की ज़रूरत होगी। इसे किसी महत्वपूर्ण लक्ष्य तक *अंतरात्मा* द्वारा संचालित या सिद्धांत-आधारित तरीक़े से करने की ज़रूरत होगी।

टॉम पीटर्स ट्रिम-टैब नज़रिए और भावना का वर्णन इस तरह करते हैं:

> यह मज़ाक़ नहीं, बल्कि सच है कि विजेता नापसंद कामों को बहुत पसंद करते हैं। क्यों? क्योंकि इन कामों में बहुत सी जगह मिलती है। कोई परवाह नहीं करता है! कोई देखता नहीं है! आप अपने दम पर काम करते हैं! आप शहंशाह होते हैं! आप अपने हाथ गंदे कर सकते हैं, ग़लतियाँ कर सकते हैं, जोखिम ले सकते हैं, चमत्कार कर सकते हैं! "अशक्त" लोगों की सबसे आम शिकायत यह होती है कि उनके पास काम करने की कोई शानदार "जगह" नहीं होती है। इस पर मैं हमेशा जवाब देता हूँ : बकवास!
>
> निष्कर्ष : "छोटे-छोटे" या "नापसंद" कामों का आनंद लें, जिन्हें कोई दूसरा न करना चाहता हो! **इनकी तलाश करें!** यह आत्म-सशक्तिकरण का लाइसेंस है, चाहे यह किसी फ़ॉर्म को दोबारा बनाना हो या वीकएंड क्लायन्ट रिट्रीट की योजना बनाना हो... आप इसे किसी भव्य और शानदार चीज़ में बदल सकते हैं।[2]

एक बार मैंने एक यूनिवर्सिटी प्रेसिडेंट के प्रशासकीय सहयोगी के रूप में काम किया। कई मायनों में वे तानाशाह थे, बहुत नियंत्रण करते थे, हमेशा यह मानते थे कि वे सबसे ज़्यादा जानते हैं और सभी महत्त्वपूर्ण निर्णय ख़ुद लेते थे। दूसरी ओर, वे भविष्यदृष्टा थे - प्रतिभाशाली, योग्य व्यक्ति। लेकिन वे बाक़ी सबसे गोफ़र (अयोग्य) जैसा व्यवहार करते थे, जैसे उनमें दिमाग़ न हो - "जाकर यह काम करो, वह काम करो।" ये उच्च शिक्षित, प्रेरित पुरुष और महिलाएँ धीरे-धीरे मोहभंग की अवस्था में आ गए और अशक्त बन गए। ये एक्ज़ीक्यूटिव गलियारों में खड़े होकर प्रेसिडेंट की आलोचना करते रहते थे।

"मुझे यक़ीन नहीं कि उन्होंने यह किया..."

"तुम्हें तो पता भी नहीं होगा, मैं तुम्हें सबसे नई बात बताता हूँ..."

"तुम्हें लगता है कि यह बुरा था। लेकिन जब वे हमारे विभाग में आए, तो जानते हो उन्होंने क्या किया..."

"सचमुच, मैंने यह कभी नहीं सुना।"

"हाँ, मैं कभी ऐसी नौकरी में नहीं रहा, जहाँ मैंने इतने सारे मूर्खतापूर्ण नियमों और अफ़सरशाही के जाल में इतना बँधा और जकड़ा हुआ महसूस किया हो। यह मुझे नीचे ले जा रहा है।"

वे घंटों तक एक-दूसरे के दर्द भरे दिल पर मालिश करते रहते थे।

लेकिन वहाँ बेन नामक एक्ज़ीक्यूटिव भी था। उसने एक अलग नीति अपनाई। वह सीधे आत्म-सशक्तिकरण और पहल के तीसरे स्तर पर पहुँच गया। हालाँकि उसके साथ भी गोफ़र (अयोग्य) जैसा बर्ताव किया जाता था, लेकिन उसने *अनुशंसा* के स्तर पर शुरू करने का फ़ैसला किया।

उसने सबसे अच्छा गोफ़र बनने का फ़ैसला किया। इससे उसे विश्वसनीयता हासिल हुई - ईथॉस। फिर वह प्रेसिडेंट की आवश्यकता को भाँप लेता था और उनके गोफ़र आग्रहों के पीछे के कारण भी। "आओ, देखते हैं, प्रेसिडेंट यह जानकारी क्यों चाहते हैं? वे एक बोर्ड मीटिंग की तैयारी कर रहे हैं और इसलिए चाहते हैं कि मैं यह आँकड़े इकट्ठे करूँ कि देश के कितने यूनिवर्सिटी कैंपसों में पहरेदार हथियार रखते हैं, क्योंकि हमारी नीति की आलोचना हो रही है। मुझे लगता है कि उस बोर्ड मीटिंग की तैयारी में मुझे उनकी मदद करनी चाहिए।"

> अपने बॉस की आलोचना नहीं, *प्रशंसा* करें।

बेन ने एक शुरुआती मीटिंग में अपने आँकड़े प्रस्तुत किए, फिर उससे आगे तक जाकर अपना विश्लेषण और अनुशंसाएँ भी पेश कीं। प्रेसिडेंट अवाक् होकर मेरी ओर देखने लगे। फिर वे बेन से बोले, "मैं चाहता हूँ कि तुम बोर्ड मीटिंग में आओ और

अनुशंसा करो। तुम्हारा विश्लेषण बहुत बढ़िया है। तुमने बहुत अच्छी तरह ज़रूरत का अनुमान लगा लिया है।"

स्टाफ़ के बाक़ी सभी लोगों ने "जब तक आदेश न मिले, तब तक इंतज़ार करें" की नीति अपनाई थी। लेकिन बेन ने ऐसा नहीं किया। उसने प्रेसिडेंट के साथ परानुभूति का प्रयोग करके लीडरशिप का प्रदर्शन किया। उसने यह सोचा कि प्रेसिडेंट दरअसल चाहते क्या थे और उन्हें किस चीज़ की ज़रूरत थी। बेन ने तुलनात्मक रूप से छोटे पद से कैरियर शुरू किया था। लेकिन जल्दी ही वह बोर्ड के सामने नियमित रूप से प्रस्तुतियाँ देने लगा।

मैंने वहाँ चार साल तक काम किया। चौथे साल के अंत तक बेन कैंपस में दूसरा सबसे प्रभावी व्यक्ति बन गया था, हालाँकि वह शैक्षणिक दृष्टि से ऊपर नहीं उठा था। प्रेसिडेंट बेन से पूछे बिना कोई महत्वपूर्ण क़दम नहीं उठाते थे। रिटायर होते समय बेन को विशेष सम्मान मिला। क्यों? क्योंकि वह विश्वसनीयता का मॉडल बन गया था, क्योंकि उसने यूनिवर्सिटी के प्रति निष्ठा का प्रतिरूपण किया था और इसके लिए आवश्यक काम करने की इच्छा दिखाई थी।

मुझे लगता है कि बेन समझ गया था कि स्थिति भिन्न होने की इच्छा करना निरर्थक था। क्या आप इस कहानी में देख सकते हैं कि लीडरशिप कैसे चुनाव बन सकती है? क्या आप देख सकते हैं कि आप भी अपने बॉस के लीडर कैसे बन सकते हैं, जैसा बेन ने किया था?

> जब हम कहते हैं कि लीडरशिप एक चुनाव है, तो इसका मूलभूत मतलब होता है कि आप उस पहल के स्तर का चुनाव कर सकते हैं, जिसका इस्तेमाल आप इस सवाल की प्रतिक्रिया पर करना चाहते हैं : इन परिस्थितियों में मैं सबसे अच्छा क्या कर सकता हूँ?

आपको हमेशा पहल के इन सात स्तरों के संबंध में निर्णय लेने की ज़रूरत होगी। यह जानने में निर्णयशक्ति और बुद्धिमानी की ज़रूरत होती है कि पहल के किस स्तर का इस्तेमाल करना है – आपको *क्या* करना चाहिए, आपको यह काम *कैसे* करना चाहिए, आपको यह काम *कब* करना चाहिए, और शायद सबसे महत्वपूर्ण, आपको यह काम क्यों करना चाहिए। इसमें सभी चार बुद्धियों की ज़रूरत होगी। "क्यों" सवाल आम तौर पर आत्मिक बुद्धि का दोहन करता है, क्योंकि यह आपकी जीवनदृष्टि के सिस्टम, प्रेरणा के स्रोत तक जाता है। "क्या करना है" सवाल आम तौर पर आपकी मानसिक बुद्धि का दोहन करता है, क्योंकि इसमें आप विश्लेषण करने, रणनीति बनाने और अवधारणा के स्तर पर सोचते हैं। "इसे कब करना है" और "इसे कैसे करना है" सवाल आम तौर पर आपकी भावनात्मक बुद्धि का दोहन

करते हैं, क्योंकि इसमें आप परिवेश को समझते हैं, सांस्कृतिक और राजनीतिक कार्यकारी परंपराओं को भाँपते हैं और अपनी ख़ुद की शक्तियों तथा कमज़ोरियों को पहचानते हैं। करने की बुद्धि भी अपनी भूमिका निभाएगी, जब आप अपने इरादों पर अमल करेंगे और "कैसे" को रणनीति में उतारेंगे।

पहल के सभी 7 स्तरों पर समझदारी से पहलशक्ति का इस्तेमाल करने पर आप पाएँगे कि आपके प्रभाव का वृत्त धीरे-धीरे बड़ा होता जाएगा, जब तक कि इसमें आपका पूरा काम नहीं समा जाएगा। रोचक यह है और ऐसा लगभग हमेशा होता है कि जब आपके प्रभाव का वृत्त बड़ा होता है, तो आपकी चिंता का वृत्त भी बड़ा होता जाता है।

ट्रिम-टैब लीडर लाइटहाउस की तरह स्थिर होता है, हवासूचक की तरह अस्थिर नहीं होता। यह रोशनी का सतत, विश्वसनीय स्रोत होता है। यह हर सामाजिक हवा के साथ दिशा नहीं बदलता या मुड़ता नहीं है।

> *दुनिया को अपना सर्वश्रेष्ठ दें और हो सकता है कि आपको चोट पहुँचे, लेकिन फिर भी दुनिया को अपना सर्वश्रेष्ठ दें।*
>
> **मदर टेरेसा**

जब आप अंदर से बाहर की, पहल को जकड़ने की यह नीति अपनाते हैं, तो आपके चरित्र और योग्यता में औपचारिक पदों पर बैठे लोगों का विश्वास बढ़ेगा। यह लगभग तय है कि वे आपके काम में पहल और सशक्तिकरण के अधिक ऊँचे स्तर बनाना चाहेंगे। आप पाएँगे कि आप अपने बॉस के लीडर बन रहे हैं... और आपका बॉस स्वाभाविक रूप से सर्वेन्ट लीडर के रूप में पूरक टीम का हिस्सा बन जाएगा।

फ़िल्म : *मॉरीशस*

अब मैं आपको *मॉरीशस* फ़िल्म देखने के लिए आमंत्रित करता हूँ। आप www.The8thHabit.com/offers पर जाकर *Films* मीनू में *Mauritius* चुनकर इसे देख सकते हैं। न सिर्फ़ संगठन या व्यक्ति ट्रिम-टैब बन सकते हैं, बल्कि यह फ़िल्म बताती है कि किस तरह पूरा देश या समाज अपनी सफलता और संस्कृति को ट्रिम-टैब कर सकता है - नस्लीय, जातीय, सांस्कृतिक और अन्य गहरी भिन्नताओं के बावजूद। दरअसल, भिन्नताओं के *कारण* ही उल्लेखनीय सांस्कृतिक शक्ति उत्पन्न होती है।

फ़िल्म की शुरुआत में जो कथन हैं, वे इसके बनते समय बिलकुल सही थे। तब से मॉरीशस की कुछ स्थितियाँ बदल गई हैं, जिनमें सामाजिक संघर्ष बढ़ना भी शामिल है। बहरहाल, कहानी का असल मुद्दा यह नहीं है कि मॉरीशस आदर्श समाज है।

असल मुद्दा तो यह है कि चाहे हम *जिन* चुनौतियों का सामना करें – व्यक्ति के रूप में, परिवार के रूप में, संगठन के रूप में या देश के रूप में भी – हम अपने प्रभाव के वृत्त में काम कर सकते हैं और रचनात्मक रूप से “ट्रिम-टैब” करके उनके बीच से अपना रास्ता बना सकते हैं।

सवाल-जवाब

सवाल : यह सुनने में अच्छा लगता है, लेकिन आप मेरे बॉस को नहीं जानते। वह तो नियंत्रण का पुतला है और अपने आस-पास के योग्य लोगों से उसे ख़तरा महसूस होता है। मेरी स्थिति बहुत अलग है।

जवाब : हाँ, हर स्थिति अनूठी और अलग होती है। लेकिन दूसरे संदर्भ में, तह में, चुनौतियाँ और समस्याएँ बहुत समान होती हैं। कुंजी परिस्थिति में निहित नहीं है; यह तो उद्दीपन और प्रतिक्रिया के बीच के स्थान में निहित है – यानी परिस्थिति और इस पर आपकी प्रतिक्रिया में। यहीं पर आपके चुनने की स्वतंत्रता का वास होता है। अगर आप समझदारी से इस स्वतंत्रता का इस्तेमाल करते हैं और सिद्धांतों के आधार पर विकल्प चुनते हैं, तो न सिर्फ़ आपकी चुनने की स्वतंत्रता बढ़ेगी, बल्कि आप व्यक्तिगत सुरक्षा का आंतरिक स्रोत भी विकसित कर लेंगे, जिससे आपका जीवन दूसरों की कमज़ोरियों का मोहरा न बन जाए। आप ख़ुद को अशक्त नहीं करेंगे और अपने जीवन को अस्त-व्यस्त कर दूसरों की कमज़ोरियों को शक्ति नहीं देंगे। आप लागत-लाभ विश्लेषण करके किसी अलग चीज़ को करने या पाने का फ़ैसला कर सकते हैं। या फिर आप बाज़ार के प्रैग्मेटिक्स पर विश्वास करने का फ़ैसला कर सकते हैं और ट्रिम-टैब करके प्रभाव के ज़्यादा बड़े स्तर पर पहुँच सकते हैं, जब तक कि आप अपने बॉस के लिए अनिवार्य न बन जाएँ और अंततः उसके लीडर न बन जाएँ। आपको सभी चारों बुद्धियों का इस्तेमाल करना होगा, ताकि आप रचनात्मक और प्रेरित दोनों बन सकें। आपको अपने प्रभाव के वृत्त के भीतर, लेकिन अपने कार्यक्षेत्र के बाहर काम करने की ज़रूरत भी होती है। आपको काफ़ी पहलशक्ति और स्वेच्छा से काम करने की आदत के इस्तेमाल की भी ज़रूरत होती है, ताकि आप अपूर्ण आवश्यकताओं और अनसुलझी समस्याओं को समझ लें तथा पहल के उचित स्तर का इस्तेमाल कर सकें। आपको अपना काम बहुत अच्छे ढंग से करने की भी ज़रूरत होती है, ताकि दूसरों का विश्वास आप पर जम जाए। आप अपने खेत को जोतने के अलावा दूसरे खेतों पर भी नज़र रखते हैं। याद रखें, ईथॉस (विश्वसनीयता) सबसे पहले, पैथॉस (परानुभूति) दूसरे स्थान पर, और लोगॉस (तर्क) तीसरे स्थान पर।

सवाल : यथार्थवादी ढंग से कोई व्यक्ति अपने बॉस का लीडर कैसे बन सकता है?

जवाब : रोशनी बनें, दोषदर्शी नहीं। मॉडल बनें, आलोचक नहीं। अपने प्रभाव के वृत्त के भीतर काम करें, ताकि आपकी नैतिक सत्ता विकसित हो, विस्तृत हो और आपकी विश्वसनीयता बने। साहस से अच्छे काम करने की पहल करें। अपने बॉस की दुनिया, चिंताओं, उद्देश्यों और मानसिकता से परानुभूति रखें। संस्कृति और बाज़ार के साथ भी परानुभूति रखें और फिर पहल करें। एक बार फिर याद रखें, आलोचना न करें। धैर्य रखें, लगन से काम करें, आपका प्रभाव अवश्य बढ़ेगा। परिणाम सामने आते ही दोषदर्शियों का हृदय-परिवर्तन हो जाएगा। याद रखें, लीडरशिप पद नहीं, विकल्प चुनने का मामला है।

सवाल : आप अक्सर कहते हैं कि अनुमति पाने के बजाय माफ़ी पाना ज़्यादा आसान होता है, लेकिन कई बार अगर आप इस विचार के आधार पर थोड़ी सी भी पहल करते हैं, तो आपको बुरी तरह फटकारा जाता है या फिर नौकरी से ही निकाल दिया जाता है।

जवाब : अपने व्यक्तिगत और व्यावसायिक विकास तथा समस्याओं के समाधान खोजने की शक्ति में निवेश करते रहें। इस तरह आपके पास आर्थिक सुरक्षा का एक स्रोत हमेशा रहेगा। दरअसल, आपकी सुरक्षा आपकी नौकरी या दूसरे लोगों के संरक्षण से नहीं आती है; यह तो आवश्यकताओं को पूरा करने और समस्याएँ सुलझाने की आपकी योग्यता से आती है। अगर आप उन योग्यताओं में निवेश करते रहेंगे, तो आपके पास अनंत अवसर होंगे। इसके अलावा, अपने युद्धों का चयन सावधानी से करें - ऐसी पहल न करें, जो आपके प्रभाव के वृत्त से बहुत बाहर हो। इसके बजाय, अपने कार्यक्षेत्र के बाहर, लेकिन अपने प्रभाव के वृत्त के भीतर काम करें। फिर विश्लेषण तथा अनुशंसाओं द्वारा विचारों के रूप में पहल का इस्तेमाल करें और आप अनिवार्य रूप से पाएँगे कि आपके प्रभाव का वृत्त धीरे-धीरे बड़ा होता जा रहा है।

• • •

अध्याय 8

विश्वसनीयता की आवाज़ - चरित्र और क्षमता का प्रतिरूपण

निस्संदेह लीडरशिप का सबसे बड़ा गुण अखंडता है। इसके बिना सच्ची सफलता संभव नहीं है, चाहे यह सेक्शन गैंग, फ़ुटबॉल के मैदान, सेना या ऑफ़िस में हो।

ड्वाइट डेविड आइज़नहॉवर

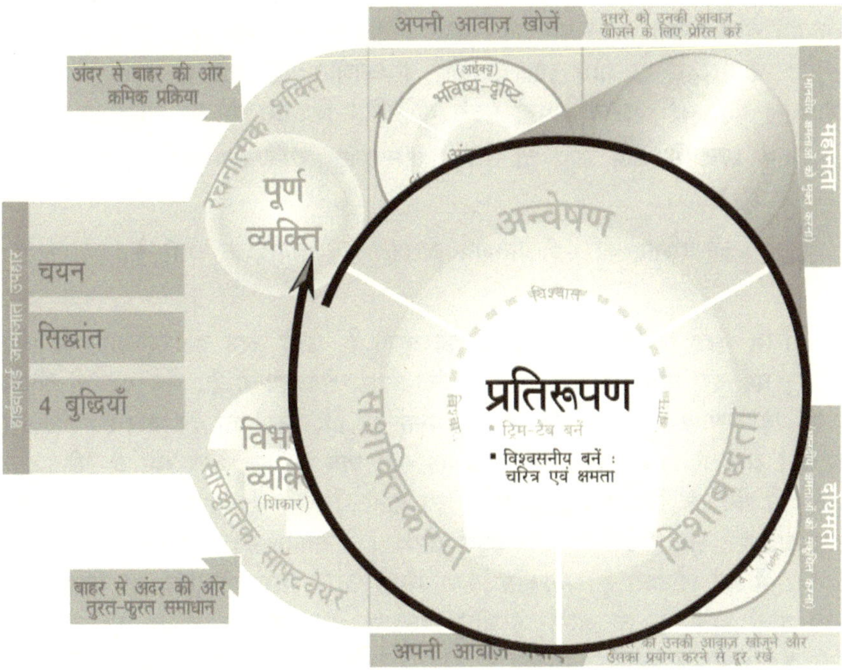

फ़िगर 8.1

कुछ समय पहले मुझसे एक बैंक ने परामर्श लिया, जिसे कर्मचारियों के मनोबल को लेकर समस्या आ रही थी। बैंक के युवा प्रेसिडेंट ने दुख जताते हुए कहा, "मुझे नहीं पता कि कहाँ गड़बड़ है।" प्रतिभाशाली और करिश्माई प्रेसिडेंट तरक़्क़ी की पायदानें चढ़कर इस पद तक पहुँचा था और संगठन के कमज़ोर होने पर दुखी हो रहा था। उत्पादकता और मुनाफ़ा दोनों कम हो रहे थे। उसने अपने कर्मचारियों पर दोष मढ़ते हुए कहा, "मैंने उन्हें लाख प्रोत्साहन (आर्थिक लाभ) दिए, लेकिन वे घटियापन और उदासी का माहौल छोड़ते ही नहीं हैं।"

उसने सही कहा था। माहौल में शंका और अविश्वास का ज़हर घुला हुआ था। दो महीनों तक मैंने वर्कशॉप की, लेकिन किसी चीज़ से कोई फ़ायदा नहीं हुआ। मैं पूरी तरह चकरा गया।

कर्मचारियों ने एक आम बात कही, "यहाँ जो हो रहा है, उसके बाद कोई विश्वास कैसे कर सकता है?" लेकिन कोई मुझे अविश्वास के स्रोत के बारे में बता नहीं रहा था।

आख़िरकार, गपशप में सच्चाई सामने आ गई। विवाहित बॉस का एक महिला कर्मचारी से अवैध संबंध चल रहा था। और हर कर्मचारी यह बात जानता था।

अब यह स्पष्ट हो गया कि कंपनी का ख़राब प्रदर्शन बॉस के इसी व्यवहार का परिणाम था। लेकिन वह सबसे बड़ा नुक़सान ख़ुद का कर रहा था। वह सिर्फ़ अपनी संतुष्टि के बारे में ही सोच रहा था और दीर्घकालीन परिणामों को नज़रअंदाज़ कर रहा था। यही नहीं, उसने अपनी पत्नी के पवित्र विश्वास को भी तोड़ा था।

एक शब्द में कहा जाए तो उसकी असफलता *चारित्रिक* थी।

> लीडरशिप की ९० प्रतिशत असफलताएँ *चारित्रिक* होती हैं।

जिस तरह विश्वास सभी संबंधों की कुंजी है, उसी तरह यह संगठनों की गोंद भी है। यह वह सीमेंट है, जो ईंटों को एक साथ जोड़े रखती है। मैंने यह भी सीखा है कि *विश्वास कर्मचारियों और संगठनों दोनों की विश्वसनीयता का फल है।* विश्वास के तीन स्रोत हैं : व्यक्तिगत, संगठनात्मक और जब व्यक्ति चेतन रूप से इसे किसी दूसरे को *देने* का विकल्प चुने - एक ऐसा काम, जिससे मैं आपके इस विश्वास को *अनुभव* करने लगता हूँ कि मैं महत्त्वपूर्ण योगदान दे सकता हूँ। आप मुझे विश्वास देते हैं और मैं इसे लौटाता हूँ। *विश्वास* क्रिया भी है **और** संज्ञा भी। जब यह क्रिया और संज्ञा दोनों होती है, तो लोगों के बीच विश्वास होता है और उसका आदान-प्रदान होता है। संक्षेप में यही वह तरीक़ा है, जिससे व्यक्ति अपने बॉस का लीडर बन जाता है। वह विश्वास देकर विश्वास हासिल करता है। *विश्वास* की क्रिया किसी व्यक्ति की संभावित विश्वसनीयता से आती है, जो विश्वास करने वाले के विश्वास और स्पष्ट

विश्वसनीयता को ग्रहण करता है। चौथी भूमिका - सशक्तिकरण - *विश्वास* के क्रिया बनने में निहित है।

हमने 54,000 से ज़्यादा लोगों का सर्वे करके उनसे लीडर के सबसे मूलभूत गुणों को पहचानने को कहा। यक़ीन मानिए, अखंडता सबसे पहले नंबर की प्राथमिकता थी (देखें फ़िगर 8.2)।

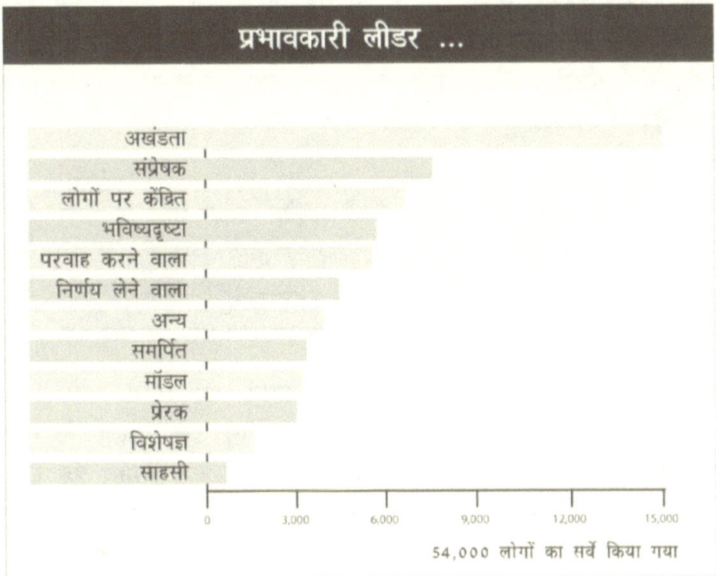

फ़िगर 8.2

आज कई स्थानों पर चरित्र के संदर्भ में बोलना फ़ैशन से बाहर हो गया है। इसे नर्म, कमज़ोर या फिर धर्म से जुड़ी चीज़ माना जाने लगा है। कई लोग तो यहाँ तक मानते हैं कि हमारे आंतरिक जीवनमूल्यों का अब कोई महत्त्व नहीं रह गया है। आख़िर, हमारे उदाहरण वाला बैंक प्रेसिडेंट नैतिकता की अवहेलना के बावजूद हर तरीक़े से सफल दिख रहा था।

यह सवाल हमारे आधुनिक जीवन की दुविधा दर्शाता है। कई लोग मानते हैं कि हमें सफलता के लिए सिर्फ़ योग्यता, ऊर्जा और व्यक्तित्व की ज़रूरत होती है। लेकिन इतिहास हमें सिखाता है कि दीर्घकालीन दृष्टिकोण से यह उतना महत्त्वपूर्ण नहीं होता है कि हम कैसे नज़र आते हैं; जितना यह होता है कि हम कौन हैं।

जब मैंने *7 आदतें* लिखने की तैयारी करते समय अमेरिका की स्थापना के बाद से लिखे गए लीडरशिप और सफलता संबंधी साहित्य की समीक्षा की, तो पाया कि शुरुआती 150 सालों में मूलतः चरित्र और सिद्धांतों के महत्त्व पर ज़्यादा ज़ोर दिया गया था। फिर हम औद्योगिक युग में पहुँच गए और प्रथम विश्वयुद्ध के बाद मूल केंद्र व्यक्तित्व, तकनीकों और प्रौद्योगिकी पर आ गया - जिसे हम व्यक्तित्व-आधारित

नीतिशास्त्र (personality ethics) कह सकते हैं।

यह प्रवृत्ति जारी है, लेकिन मैं देख सकता हूँ कि जब लोग जीवनदृष्टि से रहित संगठनात्मक संस्कृति के फलों को अनुभव करते हैं, तो इसकी विपरीत प्रवृत्ति नज़र आती है। अब ज़्यादा से ज़्यादा संगठन संस्कृति में विश्वास, चरित्र, विश्वसनीयता लाने की ज़रूरत पहचानने लगे हैं। अब ज़्यादा से ज़्यादा लोग अपनी आत्मा में गहराई से झाँकने की ज़रूरत महसूस करने लगे हैं। वे यह भाँपने लगे हैं कि वे ख़ुद किस तरह समस्याएँ बढ़ाने में योगदान देते हैं और यह अनुमान भी लगाने लगे हैं कि वे किस तरह समाधान में योगदान दे सकते हैं तथा सेवा करके मानवीय आवश्यकता की पूर्ति कर सकते हैं।

दीर्घकाल में, चरित्र किसी व्यक्ति और राष्ट्र के जीवन में निर्णायक तत्व होता है।
थियोडोर रूज़वेल्ट

उस बैंक प्रेसिडेंट का क्या हुआ, जिसने अपने ऑफ़िस में काम करने वाली महिला कर्मचारी से अंतरंग संबंध बनाए थे? जब मैंने उसे बताया कि मुझे उसके प्रेम-प्रसंग की जानकारी है और उसके स्टाफ़ पर इसका बुरा प्रभाव पड़ रहा है, तो उसने अपने बालों में उँगलियाँ घुमाईं। उसने कहा, "समझ में नहीं आता कि कहाँ से शुरू करूँ।"

मैंने पूछा, "क्या यह ख़त्म हो गया?"

उसने मेरी आँखों में देखते हुए कहा, "हाँ, पूरी तरह।"

"तो फिर अपनी पत्नी से बात करके शुरू करें," मैंने समाधान बताया।

उसने अपनी पत्नी से बात की, जिसने उसे माफ़ कर दिया। फिर उसने अपने स्टाफ़ की मीटिंग बुलाई और उनके मनोबल की समस्या पर बातचीत की। उसने कहा, "मैंने समस्या की जड़ ढूँढ़ ली है। यह मैं ही हूँ। मैं आप लोगों से यह कहना चाहता हूँ कि मुझे एक मौक़ा और दें।"

इसमें समय लगा, लेकिन अंततः कर्मचारियों का मनोबल - खुलापन, आशावाद और विश्वास का एहसास - बेहतर हो गया। अंत में, एक्ज़ीक्यूटिव का ही सबसे ज़्यादा भला हुआ। उसने अपने चरित्र की सही राह खोज ली।

व्यक्तिगत विश्वसनीयता

आपको जहाँ स्थायी विश्वास मिलेगा, वहीं विश्वसनीयता भी मिलेगी। ऐसा हमेशा होता है। यह एक सिद्धांत है। जिस तरह विश्वसनीयता से विश्वास आता है, उसी तरह *चरित्र* और *क्षमता* से विश्वसनीयता आती है। जब आप दृढ़ चरित्र और क्षमता

विकसित कर लेते हैं, तो इसके फल बुद्धिमत्ता और विवेक होते हैं – हर महान व स्थायी उपलब्धि और विश्वास की नीव। आगे के डायग्राम (देखें फ़िगर 8.3) में आप विश्वास के उदय से जुड़े मुख्य तत्वों को पहचान सकते हैं।

आइए, व्यक्तिगत *चरित्र* के तीन पहलुओं से शुरू करते हैं : अखंडता, परिपक्वता और प्रचुरता की मानसिकता।

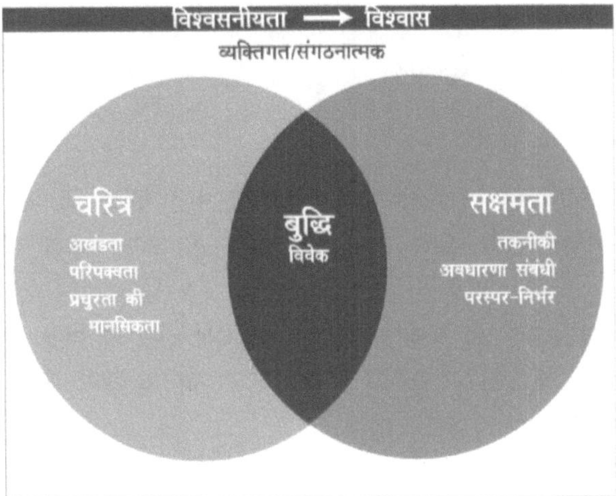

फ़िगर 8.3

अखंडता का मतलब है कि आप सिद्धांतों और प्राकृतिक नियमों के चारों ओर एकीकृत हैं, जो अंततः हमारे व्यवहार के परिणामों को शासित करते हैं। ईमानदारी सच बोलने का सिद्धांत है। अखंडता ख़ुद से और दूसरों से किए वादे निभाना है।

> *कोई व्यक्ति जीवन के एक हिस्से में सही काम कर ही नहीं सकता, अगर वह किसी दूसरे हिस्से में ग़लत काम में संलग्न हो। जीवन अविभाज्य पूर्णांक है।*[2]
>
> **महात्मा गाँधी**

परिपक्वता तब विकसित होती है, जब कोई व्यक्ति अखंडता की क़ीमत चुकाता है और ख़ुद पर निजी विजय पाता है, जिससे वह एक साथ साहसी व दयालु बनता है। दूसरे शब्दों में, इस तरह का व्यक्ति करुणा के ज़रिए मुश्किल मुद्दों से निबट सकता है। साहस और दयालुता का संयोग अखंडता का स्रोत भी है तथा परिणाम भी।

प्रचुरता की मानसिकता का मतलब है कि जीवन को सिर्फ़ एक ही विजेता की प्रतिस्पर्धा के रूप में देखने के बजाय अकूत भंडार की तरह देखना, जिसमें अवसर,

संसाधन और दौलत हमेशा बढ़ते रहते हैं। आप दूसरों से ख़ुद की तुलना नहीं करते हैं, बल्कि उनकी सफलताओं पर सचमुच ख़ुश होते हैं। दूसरी तरफ़, अभाव की मानसिकता वाले लोग तुलना पर आधारित पहचान का सहारा लेते हैं और दूसरों की सफलताओं से ख़तरा महसूस करते हैं। हालाँकि वे नाटक कर सकते हैं और झूठी प्रशंसा कर सकते हैं, लेकिन वे जानते हैं कि इससे वे चिंता में कितने घुले जा रहे हैं। प्रचुरता की मानसिकता वाले प्रतिस्पर्धियों को अपना सबसे महत्त्वपूर्ण शिक्षक मानते हैं। अखंडता, परिपक्वता और प्रचुरता की मानसिकता - यही तीन गुण किसी पूरक टीम का आदर्श वर्णन हैं।

• • •

आइए, अब हम व्यक्तिगत विश्वसनीयता के *क्षमता* वाले पहलू को देखते हैं।

तकनीकी क्षमता किसी ख़ास काम को करने के लिए ज़रूरी योग्यता और ज्ञान है।

अवधारणात्मक ज्ञान बड़ी तस्वीर (सारे हिस्से एक-दूसरे से किस तरह संबंधित हैं) देखने की योग्यता है। यह जोड़-तोड़ के बजाय रणनीतिक और सुनियोजित तरीक़े से सोचने की क्षमता है।

परस्पर-निर्भरता इस वास्तविकता का एहसास है कि सारा जीवन जुड़ा हुआ है, ख़ासकर संगठनों और पूरक टीमों में, जो ग्राहकों, सहयोगियों, वितरकों और मालिकों की वफ़ादारी जीतने तथा क़ायम रखने की कोशिश कर रही हैं। परस्पर-निर्भर वास्तविकता में आत्मनिर्भर चिंतन एक तरह से गोल्फ़ क्लब से टेनिस खेलने या डिजिटल दुनिया में एनालॉग विचार सोचने जैसा है।

जब मेरे दामाद मैट का मेडिकल स्कूल के लिए इंटरव्यू हो रहा था, तो उससे पूछा गया कि वह किसे ज़्यादा पसंद करेगा : एक ईमानदार लेकिन अक्षम सर्जन को या बेईमान लेकिन सक्षम सर्जन को। उसने सोच-विचार करने के बाद बड़ा ही अच्छा जवाब दिया। उसने कहा, “यह सब स्थिति पर निर्भर करता है। अगर मुझे ऑपरेशन करवाना होगा, तो सक्षम सर्जन के पास जाऊँगा। लेकिन अगर मुझे यह सलाह लेनी होगी कि सर्जरी करवानी चाहिए या नहीं, तो ईमानदार सर्जन के पास जाऊँगा।”

ज़ाहिर है, चरित्र और क्षमता दोनों ही ज़रूरी हैं, लेकिन अकेले में वे दोनों ही अपर्याप्त हैं। जनरल एच. नॉर्मन श्वार्ज़कोफ़ ने इसे इस तरह कहा था :

> मैं सेना में बहुत से लीडर्स से मिला हूँ, जो बहुत, बहुत सक्षम थे। लेकिन वे चरित्रवान नहीं थे। सेना में रहकर उन्होंने जो भी अच्छा काम किया, उसके लिए वे सम्मान चाहते थे - प्रमोशन, पुरस्कार या सार्वजनिक अलंकरण के रूप में, किसी दूसरे की क़ीमत पर ख़ुद आगे बढ़ने के रूप में, एक और काग़ज़ के रूप में जो डिग्रियों की संख्या बढ़ा दे ... शिखर तक पहुँचने का अचूक मार्ग। देखिए, ये लोग

> सक्षम थे, लेकिन उनमें चरित्र नहीं था। मैं ऐसे भी बहुत से लीडर्स से मिला हूँ, जिनका चरित्र तो बेजोड़ था, लेकिन उनमें क्षमता नहीं थी। वे लीडरशिप की क़ीमत नहीं चुकाना चाहते थे, एक और मील आगे तक नहीं जाना चाहते थे, जबकि महान लीडर बनने के लिए यह अनिवार्य है। इक्कीसवीं सदी में नेतृत्व करने के लिए... आपको चरित्र और क्षमता दोनों की ज़रूरत होती है।[3]

अगर आपके सामने यह अब तक स्पष्ट न हुआ हो, तब भी आप जान जाएँगे कि यदि आपका जीवन भँवर में है या अगर आप मूलतः अविश्वसनीय हैं, तो दूसरों के साथ आपके संबंधों में महत्वपूर्ण सुधार संभव नहीं है। इसीलिए अंतिम विश्लेषण में, किसी संबंध को बेहतर बनाने के लिए आपको ख़ुद से शुरू करना होगा; आपको ख़ुद को बेहतर बनाना होगा।

प्रतिरूपण अति प्रभावकारी लोगों की 7 आदतों को जीना है

अति प्रभावकारी लोगों की 7 आदतों में संतुलित, अखंड, सशक्त व्यक्ति बनने का सार निहित है। ये आपसी सम्मान पर आधारित पूरक टीम बनाने का सार हैं। ये आदतें व्यक्तिगत *चरित्र* के सिद्धांत हैं। इन्हें यहाँ विस्तार में इस तरह नहीं बताया जा सकता ताकि उनका सच्चा प्रभाव पड़े - उन्हें तो *अति प्रभावकारी लोगों की 7 आदतें* पुस्तक से ही सबसे अच्छी तरह समझा जा सकता है। बहरहाल, नीचे 7 आदतों का संक्षेप दिया गया है :

अति प्रभावकारी लोगों की 7 आदतें

आदत 1 - प्रोएक्टिव बनें

प्रोएक्टिव बनना पहल करने से ज़्यादा है। यह इस बात को पहचानना है कि हम अपने विकल्प चुनने के लिए ख़ुद ज़िम्मेदार हैं और हमारे पास मूड या परिस्थितियों के बजाय सिद्धांतों और जीवनमूल्यों के आधार पर इन्हें चुनने की स्वतंत्रता है। प्रोएक्टिव लोग परिवर्तन के कारक होते हैं और वे शिकार बनने, रिएक्टिव बनने या दूसरों को दोष देने का चुनाव नहीं करते हैं।

आदत 2 - अंत को ध्यान में रखकर शुरू करें

व्यक्ति, परिवार, टीम और संगठन किसी छोटे या बड़े, व्यक्तिगत या सामूहिक प्रोजेक्ट के लिए मानसिक तस्वीर बनाने के बाद ही अपने भविष्य को आकार देते हैं। वे किसी स्पष्ट उद्देश्य के बिना दिन नहीं गुज़ारते हैं। वे सिद्धांतों, संबंधों और उद्देश्यों को पहचानते हैं तथा उनके प्रति निष्ठावान होते हैं, जो उनके लिए सबसे महत्वपूर्ण होते हैं।

आदत 3 - पहली चीज़ें पहले रखें

पहली चीज़ें पहले रखें का मतलब है अपनी सबसे महत्वपूर्ण प्राथमिकताओं को व्यवस्थित करना और उन पर अमल करना। चाहे परिस्थिति कैसी भी हो, आप अपने चारों तरफ़ के तात्कालिक एजेंडा व दबावों के बजाय उन सिद्धांतों के अनुरूप जीते हैं, जिन्हें आप सर्वाधिक महत्व देते हैं।

आदत 4 - जीत-जीत सोचें

जीत-जीत सोचना मस्तिष्क और हृदय की वह मानसिकता है, जो सभी व्यवहारों में पारस्परिक लाभ और सम्मान चाहती है। यह अभाव और प्रतिस्पर्धा के बजाय प्रचुरता व अवसर के संदर्भ में सोचना है। यह स्वार्थपूर्ण ढंग से (जीत-हार) या शहीद के ढंग (हार-जीत) से सोचना नहीं है। यह "मैं" के बजाय, "हम" के संदर्भ में सोचना है।

आदत 5 - पहले समझने की कोशिश करें, फिर समझे जाने की

जब हम जवाब देने के बजाय दूसरों को समझने के इरादे से सुनते हैं, तो हम सच्चा संप्रेषण और संबंध बनाना शुरू करते हैं। ऐसे में खुलकर बोलने और समझे जाने के अवसर ज़्यादा सहजता तथा आसानी से मिलते हैं। दरअसल, समझने की इच्छा के लिए विचारशीलता की ज़रूरत होती है। समझे जाने की इच्छा के लिए साहस की ज़रूरत होती है। प्रभावकारिता दोनों के संतुलन और संयोग में है।

आदत 6 - सिनर्जी का प्रयोग करें

सिनर्जी तीसरा विकल्प है - न तो मेरा तरीक़ा, न ही आपका तरीक़ा, बल्कि एक तीसरा तरीक़ा जो हमारे व्यक्तिगत तरीक़ों से बेहतर है। यह एक-दूसरे की भिन्नताओं के प्रति सम्मान, महत्व और यहाँ तक कि आनंदित होने का फल है। यह समस्याओं को सुलझाने, अवसरों को थामने और भिन्नताओं को समझने के बारे में है। यह 1+1=3, 11, 111 ... या इससे अधिक का रचनात्मक तालमेल है। सिनर्जी प्रभावकारी टीम या संबंध की कुंजी भी है। सिनर्जिस्टिक टीम पूरक होती है - यह इस तरह व्यवस्थित होती है कि कुछ लोगों की शक्तियाँ दूसरों की कमज़ोरियों की भरपाई करती हैं। इस तरह से आप सर्वश्रेष्ठ शक्तियों का लाभ उठाते हैं और व्यक्तिगत कमज़ोरियों को अप्रासंगिक बना देते हैं।

आदत 7 - आरी की धार तेज़ करें

आरी की धार तेज़ करना जीवन के चार मूलभूत क्षेत्रों - शारीरिक, सामाजिक/भावनात्मक, मानसिक और आत्मिक - में ख़ुद का निरंतर नवीनीकरण करना है। यह वह आदत है, जो प्रभावकारिता की बाक़ी सभी आदतों को जीने की

हमारी क्षमता को बढ़ा देती है।

पहली तीन आदतें एक बहुत आसान वाक्य में संक्षेप में समेटी जा सकती हैं: *वादे करें और पूरे करें*। वादे करने की योग्यता प्रोएक्टिविटी यानी आदत 1 है। वादे का कथ्य आदत 2 है, और वादे पूरे करना आदत 3 है।

> सर्वे के सिर्फ़ 57 प्रतिशत कर्मचारी मानते थे कि उनका संगठन जो कहता है, हमेशा वही करता है।

अगली तीन पूरक-टीम आदतों का संक्षेप भी एक वाक्य में बताया जा सकता है : *समस्या में लोगों को शामिल करो और इकट्ठे समाधान खोजने के लिए काम करो*। इसमें पारस्परिक सम्मान (आदत 4), पारस्परिक समझ (आदत 5), और रचनात्मक सहयोग (आदत 6) की आवश्यकता होती है। आदत 7, अपनी आरी की धार तेज़ करना, जीवन के चारों क्षेत्रों - देह, मस्तिष्क, हृदय और आत्मा - में अपनी क्षमता बढ़ाना है। यह अपनी व्यक्तिगत अखंडता और सुरक्षा का नवीनीकरण (आदत 1, 2 और 3) है तथा पूरक टीम की भावना व चरित्र का नवीनीकरण है।

यहाँ दिए गए चार्ट में 7 आदतों में से प्रत्येक के सिद्धांतों और पैरेडाइमों का वर्णन है (देखें टेबल 3) :

7 आदतों में समाहित सिद्धांत और पैरेडाइम		
आदतें	*सिद्धांत*	*पैरेडाइम*
❶ प्रोएक्टिव बनें	ज़िम्मेदारी/पहल शक्ति	आत्म-निर्धारण
❷ अंत को ध्यान में रखकर शुरू करें	भविष्य-दृष्टि/जीवनमूल्य	दो रचनाएँ/फ़ोकस
❸ पहली चीज़ें पहले रखें	अखंडता/क्रियान्वयन	प्राथमिकता/कर्म
❹ जीत-जीत सोचें	आपसी सम्मान/लाभ	प्रचुरता
❺ पहले समझने की कोशिश करें ... फिर समझे जाने की	आपसी समझ	परवाह साहस
❻ सिनर्जी का प्रयोग करें	रचनात्मक सहयोग	भिन्नताओं को महत्व देना
❼ आरी की धार तेज़ करें	नवीनीकरण	पूर्ण व्यक्ति

टेबल 3

7 आदतों में समाहित सिद्धांत

इनमें से हर सिद्धांत को ग़ौर से देखें। जैसा पहले बताया जा चुका है, आपको तीन बातें नज़र आएँगी : पहली, वे *शाश्वत* हैं – इसका मतलब है कि वे संस्कृति से परे हैं और सभी प्रमुख विश्व धर्मों तथा दर्शनों में समाहित हैं; दूसरी, वे *कालजयी* हैं – वे कभी नहीं बदलते हैं; और तीसरी, वे *स्वतः स्पष्ट* हैं। हम कैसे जानें कि कोई चीज़ स्वतः स्पष्ट है? जैसा पहले बताया जा चुका है, इसके ख़िलाफ़ तर्क करने की कोशिश करके। आप ऐसा कर ही नहीं सकते। 7 आदतों के अंतर्निहित सिद्धांतों के मामले में आप ज़िम्मेदारी या पहल के महत्व, उद्देश्य रखने, अखंडता, पारस्परिक सम्मान, पारस्परिक समझ, रचनात्मक सहयोग या सतत नवीनीकरण के महत्व के ख़िलाफ़ तर्क दे ही नहीं सकते। 7 आदतें चारित्रिक सिद्धांत हैं, जो इस बात को आकार देती हैं कि *आप कौन हैं और क्या हैं*। वे किसी संगठन में, जिनमें आपका परिवार, समुदाय और समाज शामिल हैं, आपके प्रभाव के लिए विश्वसनीयता, नैतिक सत्ता और योग्यताओं का आधार प्रदान करती हैं। वे लीडरशिप की 4 भूमिकाओं में से पहली – प्रतिरूपण – के केंद्र में हैं। लीडरशिप की 4 भूमिकाएँ बताती हैं कि लीडर के रूप में *आप* दूसरों को उनकी आवाज़ खोजने के लिए प्रेरित करने हेतु *क्या करते हैं* (देखें फ़िगर 8.4)।

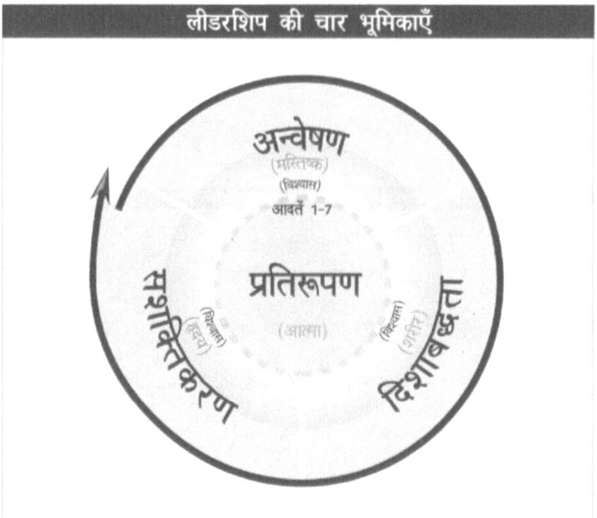

फ़िगर 8.4

कई संगठन अपने कर्मचारियों को 7 आदतों में प्रशिक्षित कर चुके हैं। इन लोगों ने 7 आदतों को *अपने कार्यस्थल* पर बहुत उपयोगी पाया है, बशर्ते संरचना और तंत्र उनका समर्थन करते हों। लेकिन कई मामलों में कम-विश्वास की संस्कृति, कम तालमेल की संरचना और तंत्र समर्थन नहीं करते हैं, इसलिए कई लोगों ने यह निष्कर्ष

निकाला कि 7 आदतें *कार्यस्थल* पर दरअसल कारगर नहीं हैं। 4 भूमिकाओं का यह मॉडल 7 आदतों के लिए अनुकूल और समर्थक पृष्ठभूमि तैयार करता है, ताकि उनके अनुरूप कार्यस्थल और घर दोनों जगहों पर सचमुच जिया जा सके। दरअसल, हमने पाया है कि लोग वास्तव में इसी तरह 7 आदतों को सीखते हैं - बौद्धिक रूप से नहीं, बल्कि अनुभव के रूप में। जब लोग 7 आदतों पर अमल करते हैं - यानी, उनके अनुरूप सचमुच जीते हैं - तभी वे उन्हें सचमुच जान पाते हैं। बौद्धिक रूप से उन्हें जानना, लेकिन उन पर अमल न करना, दरअसल न जानने जैसा है। 4 भूमिकाओं की पृष्ठभूमि 7 आदतों के लिए बिलकुल नए जीवन का निर्माण कर देगी और सुंदर दिखने वाले प्रशिक्षण कार्यक्रम के बजाय उन्हें संगठन में रणनीतिक रूप से बहुत महत्वपूर्ण माना जाएगा। 4 भूमिकाएँ 7 आदतों को मुख्यधारा में लाती हैं।

मुझे याद है, एक बार मैं मिस्र में शीर्षस्थ शासकीय और निजी क्षेत्र के एक्ज़ीक्यूटिव्ज़ को प्रशिक्षण दे रहा था। उन्होंने सोचा कि मैं 7 आदतों को बेचने आया हूँ। मेरा शुरुआती कथन था, "आप सोच रहे होंगे कि मैं यहाँ 7 आदतें बेचने आया हूँ। मैं आपसे कहता हूँ कि आप 7 आदतें *न* ख़रीदें, क्योंकि ऐसा होने पर आप इसे सिर्फ़ छोटी श्रेणी के कर्मचारियों के प्रशिक्षण कार्यक्रम के रूप में देखेंगे - आप अपनी लीडरशिप शैली में कोई आधारभूत बदलाव नहीं लाएँगे और संरचना, तंत्रों व प्रक्रियाओं को नहीं बदलेंगे, जो 7 आदतों में बताए सिद्धांतों को प्रोत्साहित करती हैं। इस तरह के परिवर्तनों के लिए लीडरशिप के एक नए पैरेडाइम की ज़रूरत होती है। *इसीलिए* मैं आपको सिखाने आया हूँ। अगर आप अरब जगत के लीडर बनना चाहते हैं और नए आर्थिक वैश्विक बाज़ार के साथ चलने के लिए नवीनतम ज्ञान रखना चाहते हैं, तो आपको 7 आदतों के लिए ज़्यादा बड़ी और समर्थनकारी पृष्ठभूमि की ज़रूरत है। फिर आप इससे मिलने वाले परिणामों को देखकर हैरान रह जाएँगे।" ज़ाहिर है, यह सुनकर वे चकरा गए। टी ब्रेक के दौरान उन्होंने अपने मोबाइल फ़ोन निकाले और बाद के सत्रों में प्रतिभागियों की संख्या दोगुनी हो गई।

7 आदतों के पैरेडाइम

7 आदतों में से प्रत्येक न सिर्फ़ किसी सिद्धांत का प्रतिनिधित्व करती है, बल्कि एक पैरेडाइम, एक दृष्टिकोण का भी प्रतिनिधित्व करती है (एक बार फिर, देखें टेबल 3)।

जब हम अधिक गहराई से विचार करते हैं कि आदतें 1, 2 और 3 पाँच शब्दों "वादे करें और पूरे करें" में बताई जा सकती है, तो हम हर आदत से संबंधित पैरेडाइम को समझ जाते हैं। आदत 1, प्रोएक्टिव बनो, आनुवंशिकीय, सामाजिक, दैवी या परिवेशीय निर्धारण के बजाय आत्म-निर्धारण का पैरेडाइम है - मैं एक वादा कर सकता हूँ और करूँगा। यह *विकल्प चुनने* की शक्ति है। आदत 2, अंत को ध्यान में रखकर शुरू करें, का पैरेडाइम है कि सभी चीज़ों की रचना दो बार होती है, पहले मानसिक, फिर भौतिक। यह वादे का सारांश है - मैं उस वादे के कथन पर विचार

करता हूँ, जो मैं करना चाहता हूँ और यह भी कि मैं इससे क्या हासिल करने की आशा करता हूँ। यह *फ़ोकस* की शक्ति है। आदत 3 *प्राथमिकता, कर्म* और *अमल* का पैरेडाइम है - मुझमें उस वादे को निभाने की योग्यता और ज़िम्मेदारी है।

आदतें 4, 5 और 6 - जीत-जीत सोचें, पहले समझने की कोशिश करें, फिर समझे जाने की और सिनर्जी का प्रयोग करें - दूसरों के साथ संबंध *समृद्ध* बनाने के पैरेडाइम हैं - सम्मान की प्रचुरता, आपसी समझ की प्रचुरता (*विचारशीलता* और *साहस* का संतुलन) तथा *भिन्नताओं को महत्व देने* की प्रचुरता। यह प्रचुरता पूरी टीम के हृदय में होती है।

आदत 7 *पूर्ण व्यक्ति* के सतत सुधार का पैरेडाइम है। यह शिक्षा, सीखने और पुनःप्रतिबद्धता की अभिव्यक्ति है - जिसे जापानी लोग कैज़न (kaizen) कहते हैं। इसीलिए पूरी पुस्तक में जिस गोलाकार डायग्राम का प्रयोग किया गया है, उसका तीर गोले को पूरा नहीं करता है, बल्कि इसके बजाय एक ऊर्ध्वमुखी चक्र उत्पन्न करता है, जो चुनाव के चारों क्षेत्रों में सतत सुधार का प्रतिनिधित्व करता है।

प्रतिरूपण का साधन – व्यक्तिगत नियोजन तंत्र

चूँकि प्रतिरूपण हमेशा सबसे पहले आता है और बाक़ी तीनों भूमिकाओं में स्पष्ट होता है, इसलिए आपकी पहली ज़िम्मेदारी अपने काम को व्यवस्थित करना है - अपने जीवन में **फ़ोकस** (मूल केंद्र) का निर्माण। आपको सिर्फ़ यह फ़ैसला करना है कि जीवन में आपके लिए सबसे ज़्यादा महत्वपूर्ण क्या है। आपके सबसे ऊँचे जीवनमूल्य क्या हैं? अपने जीवन के बारे में आपकी भविष्य-दृष्टि क्या है? पिता, माता, दादा, दादी, चाची, चाचा, बहन, भाई, कज़िन, बेटे या बेटी के रूप में घर पर आपके काम के बारे में? अपने समुदाय, चर्च, पड़ोस और ज़रूरतमंद लोगों की आप किस तरह सेवा करना चाहेंगे? आपकी सेहत कितनी महत्वपूर्ण है? आप किस तरह अपनी सेहत क़ायम रखने वाले हैं और बढ़ाने वाले हैं? कहा जाता है कि स्वास्थ्य ही पूँजी है और यह भी कि इसके बिना बाक़ी दौलत का कोई महत्व नहीं है। अपने मस्तिष्क, अपने विकास के बारे में आपकी जीवनदृष्टि क्या है? आपके लिए ये कितने महत्वपूर्ण हैं? अपने काम के बारे में? आपकी सच्ची प्रतिभाएँ क्या हैं? आपका जोश किस जगह है? आपके संगठन और बाज़ार में सबसे बड़ी आवश्यकता कहाँ हैं? आपकी अंतरात्मा किन प्रोजेक्ट्स और क्षेत्रों में आपको कर्म के लिए प्रेरित करती है? आप अपने काम में सचमुच फ़र्क़ कैसे पैदा कर सकते हैं? आपकी विरासत क्या होगी?

पहली भूमिका का फ़ोकसिंग साधन *व्यक्तिगत नियोजन तंत्र* है। आप इसे अपने पेपर प्लानर या इलेक्ट्रॉनिक प्लानिंग डिवाइस में लिखकर शुरू करते हैं कि आपके लिए सबसे महत्वपूर्ण क्या है। आप अपनी प्राथमिकताओं को नियोजन तंत्र में व्यवस्थित कर लेते हैं, ताकि आप प्रभावकारिता से तंत्र तथा अनुशासन की आवश्यकता का संतुलन सहजता (spontaneity) की आवश्यकता के साथ बना पाएँ।

संक्षेप में, फ़ोकस और अमल।

मानसिक तस्वीर से भी ज़्यादा सशक्त बात यह है कि लिखने से चेतन और अवचेतन मन के बीच सेतु बनता है। लिखना मनो-मांसपेशीय (psycho-neuromuscular) गतिविधि है, जो मस्तिष्क पर छाप छोड़ती है। इसकी जाँच करने के लिए सोने से पहले तीन चीज़ें लिख लें, जिन्हें आप अगली सुबह सबसे पहले करना या सोचना चाहते हैं। फिर देखें कि क्या होता है। लगभग सभी मामलों में सुबह-सुबह जागने पर आपको वे तीनों चीज़ें याद रहेंगी।

> सर्वे के सिर्फ़ एक-तिहाई लोगों के पास व्यक्तिगत नियोजन तंत्र था।

व्यक्तिगत नियोजन तंत्र विकसित करने और बनाए रखने के कई अलग-अलग तरीक़े हैं। महत्वपूर्ण बात यह है कि उस विधि से व्यक्ति को अपनी सबसे ऊँची प्राथमिकताओं पर ध्यान केंद्रित रखने में कामयाब होना चाहिए। मेरी तरह कुछ लोग पाते हैं कि इस तरह के तंत्र से स्वतंत्रता मिलती है, वहीं बाक़ी इसे दमघोंटू क़रार देते हैं। सशक्त नियोजन और व्यवस्थापन साधन में निम्न तीन मानदंड होते हैं : यह आपके जीवन/जीवनशैली में *एकीकृत* होता है; यह चलित होता है, ताकि आप इसे कभी भी देख सकें; यह *वैयक्तिक* होता है, ताकि यह ठीक आपकी ज़रूरतों के अनुकूल हो।"

यह इस बात के मूल्यांकन के लिए एक आसान प्रक्रिया है कि जिन चीज़ों पर आप ध्यान केंद्रित कर रहे हैं, वे स्पष्ट रूप से उन मसलों से दिशाबद्ध हैं या नहीं, जो आपके लिए सबसे ज़्यादा महत्वपूर्ण हैं। नीचे दिए गए उत्पादकता पिरामिड पर विचार करें।

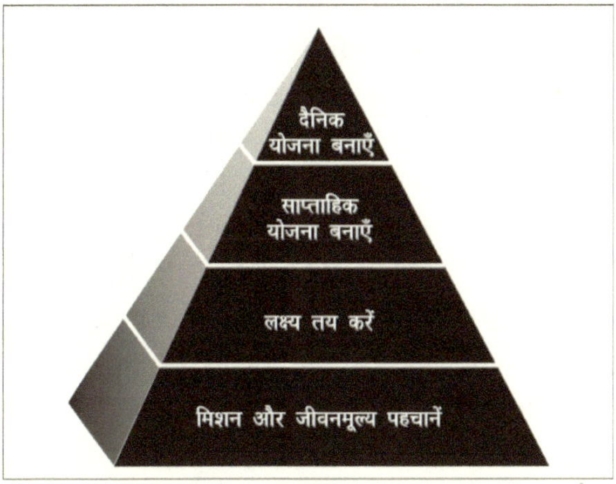

फ़िगर 8.5

सबसे नीचे, हमें सबसे पहले अपने *मिशन* और *नियंत्रक जीवनमूल्यों* - मानकों, आदर्शों - को *पहचानना* होगा। एल्विस प्रेस्ले ने कहा था, "जीवनमूल्य उँगलियों के निशान की तरह होते हैं। किसी के भी एक से नहीं होते, लेकिन आप जो भी काम करते हैं, उन पर उनकी छाप हर जगह छूट जाती है।" जैसा हम पहले भी कह चुके हैं, ये मूल्य *सिद्धांतों* पर केंद्रित होना चाहिए, ताकि आपके जीवन का एक अपरिवर्तनीय केंद्र रहे और सुरक्षा, मार्गदर्शन, बुद्धिमानी तथा शक्ति का आंतरिक स्रोत रहे। इसकी कुंजी शायद एक व्यक्तिगत मिशन स्टेटमेंट लिखना है, जो वर्णन करता है कि आपके लिए सबसे ज़्यादा महत्वपूर्ण क्या है, जिसमें आपकी भविष्य-दृष्टि और जीवनमूल्य शामिल हैं। मिशन स्टेटमेंट बना लेने से आप अपने जीवन की प्राथमिकता तय करने में समर्थ बन जाते हैं। एक महिला ने एक बार मेरे पास आकर कहा था, "मैंने अपने पिता को मरते हुए देखा था। हम दोनों बहुत क़रीब थे और यह बहुत भावनात्मक था। मुझे याद है कि *द 7 हैबिट्स* पुस्तक में आपने लिखा था कि अंत को ध्यान में रखकर शुरू करें यानी दूसरी आदत के अभ्यास का बहुत प्रभावकारी तरीक़ा वे चार प्रशस्तियाँ लिखना है, जो आप अपनी अंत्येष्टि के वक़्त सुनना चाहते हों - एक किसी प्रियजन द्वारा, एक किसी मित्र द्वारा, एक किसी सहयोगी द्वारा और एक किसी ऐसे व्यक्ति द्वारा, जिसने चर्च या समुदाय में आपके साथ काम किया हो। जब मैंने अपने पिता की मौत देखी और हमने उनकी अंत्येष्टि की तैयारी की, तो मैंने व्यक्तिगत मिशन स्टेटमेंट लिखने की बात पर गंभीरता से विचार किया, जिसमें मैं गहरे अर्थ में यह स्पष्ट कर सकूँ कि मेरे लिए सबसे महत्वपूर्ण क्या है।"

अगर आप अपना व्यक्तिगत मिशन स्टेटमेंट बनाने में मदद चाहते हों, तो हमने एक पूर्ण व्यक्तिगत मिशन स्टेटमेंट फ़ॉर्मूलेटर तैयार किया है, जो आपकी क़दम-दर-क़दम मदद करता है।

अगली बात, यह महत्वपूर्ण है कि आप अपनी सबसे महत्वपूर्ण *भूमिकाओं* को पहचान लें (उदाहरण के लिए, परिवार का सदस्य, चर्च/सामुदायिक स्वयंसेवक, मित्र, माता/पिता, टीम लीडर)। हर सप्ताह ऐसे *लक्ष्य बनाएँ*, जो उन जीवनमूल्यों के तालमेल में हों और उन भूमिकाओं से संबद्ध हों, जिन्हें आपने पहचाना है। व्यक्तिगत नियोजन साधन हासिल करने लायक़ लक्ष्य तय करने में आपकी मदद करेगा। यह आपको ख़ुद के प्रति जवाबदेह बनाएगा और इसकी मदद से आप उन्हें छोटे-छोटे लक्ष्यों में बाँट सकते हैं। इन लक्ष्यों के प्रति आपकी निष्ठा का स्तर इस बात से सीधे संबंधित होगा कि आप अपने जीवनमूल्यों से कितने जुड़े हैं। भूमिकाओं और लक्ष्यों की स्पष्ट जागरूकता आपको अपना जीवन संतुलित बनाने में समर्थ बनाती है।

पिरामिड का तीसरा स्तर *साप्ताहिक नियोजन* है। इस नियोजन में आपको अपनी भूमिकाओं पर विचार करने, "बड़ी चट्टानें" चुनने और अपने सप्ताह की योजना बनाते समय उन्हें सबसे पहले लिखने का मौक़ा मिलता है। यह आपको *दैनिक*

नियोजन की ओर ले जाता है, जिसमें आप यथार्थवादी कामों की सूचियाँ बनाते हैं, कामों को प्राथमिकता के क्रम में लिखते हैं और दिन के लिए निर्धारित अपॉइंटमेंट्स की समीक्षा करते हैं।

मैंने रेबेका और रॉजर मेरिल के साथ एक पुस्तक लिखी है, जिसका शीर्षक है, *फ़र्स्ट थिंग्स फ़र्स्ट*। जिन लोगों की दिलचस्पी हो, उन्हें बताना चाहूँगा कि यह पुस्तक व्यक्तिगत मिशन स्टेटमेंट्स और नियोजन तंत्रों के इन क्षेत्रों में गहराई तक जाती है।

अगर आप सिर्फ़ *दैनिक* नियोजन करते हैं - जीवन में अपनी हर भूमिका के लक्ष्यों, जीवनमूल्यों की अधिक बड़ी पृष्ठभूमि और साप्ताहिक नियोजन को अनदेखा करते हैं - तो आपका समय आग बुझाने और संकटों के प्रबंधन में ही गुज़र जाएगा। तात्कालिक काम महत्वपूर्ण बन जाएँगे और यह एक आदत बन जाएगी। आप छोटी-छोटी चीज़ों की अधिकता से अपने जीवन को तनावपूर्ण बना लेंगे।

फ़िल्म : *बिग रॉक्स*

फ़र्स्ट थिंग्स फ़र्स्ट पुस्तक में हमने जीवन का संतुलन पाने और आपके लिए सबसे महत्वपूर्ण चीज़ों को हासिल करने के लिए एक आदर्श रूपक दिया है। इस रूपक के बग़ैर अभ्यास के एक जीवंत प्रदर्शन हमने एक सेमिनार में वीडियो पर रिकॉर्ड किया है। इसका शीर्षक है *बिग रॉक्स*। इसमें बताया गया है कि हम किस तरह अपने जीवन में सकारात्मक परिवर्तन करने के लिए तीन जन्मजात उपहारों - चुनाव, सिद्धांत और चार मानवीय बुद्धियों - का इस्तेमाल कर सकते हैं। आप www.The8thHabit.com/offers पर जाकर *Films* मीनू में *Big Rocks* चुनकर इसे देख सकते हैं।

इस अभ्यास से कई सबक़ सीखे जा सकते हैं। सबसे महत्वपूर्ण सबक़ सबसे सरल है। *बड़ी चट्टानों को पहले रखें।* अगर आप अपने बर्तन या अपने जीवन को पहले कंकड़ों से भर लेते हैं और फिर आपके किसी बच्चे की बीमारी, आर्थिक या स्वास्थ्य संबंधी झटका या कोई महत्वपूर्ण नया रचनात्मक अवसर आता है, तो आप क्या करेंगे? ये चीज़ें बड़ी चट्टानें हैं और आपके जीवन में उनके लिए कोई जगह ही नहीं बचेगी। इसलिए हमेशा सबसे पहले बड़ी चट्टानों के संदर्भ में सोचें। तय करें कि आपके जीवन में सबसे महत्वपूर्ण क्या है और उन अति महत्वपूर्ण मानदंडों के आधार पर निर्णय लें। बड़ी चट्टानें वे चीज़ें हैं, जो आपके जीवन में सबसे ज़्यादा महत्वपूर्ण हैं। ख़ास बात उस मुख्य चीज़ को मुख्य बनाना है। आपके तीन व्यक्तिगत जन्मजात उपहार आपको ऐसे विकल्प चुनने की शक्ति देते हैं और वे आपके जीवन की रचनात्मक शक्ति बन जाते हैं। अपनी उच्च प्राथमिकताओं के लिए "हाँ" करें। इस तरह आप आसानी से उन चीज़ों को "नहीं" कह सकते हैं, जो तात्कालिक तो हैं, लेकिन महत्वपूर्ण नहीं हैं - मुस्कराते हुए, ख़ुशी से, अपराधबोध के बग़ैर, "नहीं!"

सवाल-जवाब

सवाल : इसमें समझदारी लगती है कि अपने संगठन में विश्वास बनाने के लिए विश्वसनीय लोग होने चाहिए, लेकिन कोई क्या करे, अगर आपके ग्राहक आपके विश्वसनीय कर्मचारियों का अपमान करें और उनसे बदतमीज़ी पर उतर आएँ?

जवाब : ग्राहकों को निकाल बाहर करें! मैं एक बहुत ही शीर्षस्थ संगठन को जानता हूँ, जो दरअसल उन ग्राहकों को पत्र लिखता है, जो कर्मचारियों से दुर्व्यवहार करने पर आमादा होते हैं। संगठन दरअसल ग्राहकों को बता देता है कि उसे उनका बिज़नेस नहीं चाहिए। बहरहाल, इससे बेहतर और अधिक उच्च समाधान यह है कि अच्छे संप्रेषण के साथ तीसरे विकल्प का कोई समाधान खोजें - जिसमें, ज़ाहिर है, सुनना पहले आता है।

• • •

अध्याय 9

विश्वास की आवाज़ और गति

प्रेम किए जाने से विश्वास किया जाना ज़्यादा बड़ी प्रशंसा है।

जॉर्ज मैकडॉनल्ड

जब हम अपने प्रभाव का विस्तार करने के इच्छुक होते हैं और *दूसरों को उनकी आवाज़ खोजने के लिए प्रेरित करना चाहते हैं* (याद रखें *प्रेरित करने* का अर्थ है किसी दूसरे में जीवन फूँकना), तो हम संबंधों की दुनिया में क़दम रखते हैं। सशक्त संबंध बनाने के लिए न सिर्फ़ आंतरिक सुरक्षा, प्रचुरता और व्यक्तिगत नैतिक सत्ता की चारित्रिक नीव की ज़रूरत होती है, जिसका वर्णन इस पुस्तक के पहले खंड में है, बल्कि इसमें नई अनिवार्य पारस्परिक **योग्यताएँ** विकसित करने की मेहनत भी शामिल है, जिनसे हम अपने सामने की चुनौतियों से निबटने में सक्षम बनते हैं।

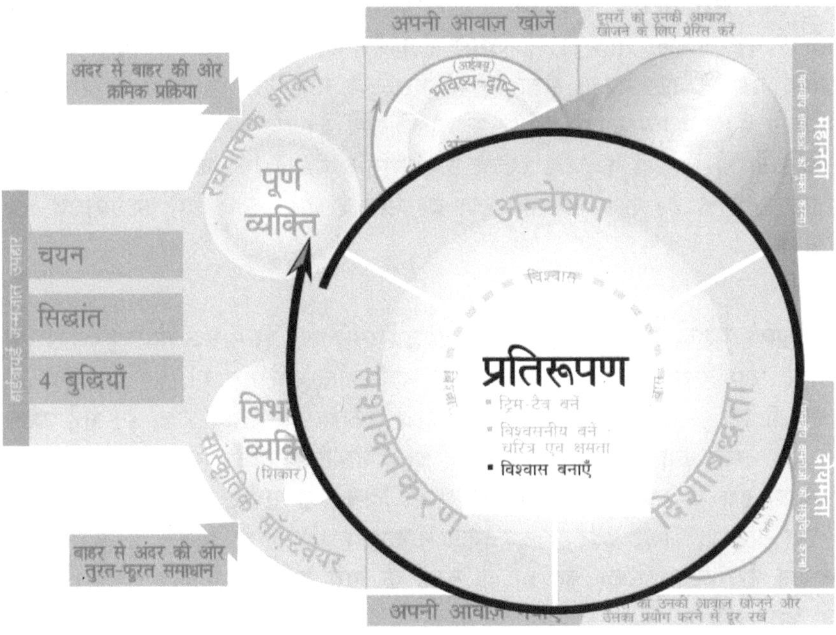

फ़िगर 9.1

प्रतिरूपण के अगले दो अध्याय इन योग्यताओं को विकसित करने पर केंद्रित हैं।

दुनिया का लगभग सभी काम लोगों के साथ और संगठनों में होता है। लेकिन अगर आपसी विश्वास न हो, तो कैसा संप्रेषण होगा? यह असंभव है। यह तो बारूदी सुरंग में चलने जैसा है। अगर आपका संप्रेषण तो स्पष्ट और सटीक है, लेकिन आपसी विश्वास नहीं है, तो क्या होगा? ऐसी स्थिति में आप हमेशा छिपे अर्थ और छिपे मंसूबे ढूँढेंगे। विश्वास की कमी एक बुरे संबंध की परिभाषा है। मेरे बेटे स्टीफ़न के शब्दों में, "कम विश्वास छिपा हुआ बड़ा टैक्स है।" दरअसल यह छिपा हुआ टैक्स सभी टैक्सों और ब्याज से ज़्यादा होता है - चाहे वे छिपे हों या न हों!

विश्वास की गति

जब आपसी विश्वास ज़्यादा होता है, तो कैसा संप्रेषण होता है? यह सरल, प्रयासरहित, तत्काल होता है। जब विश्वास उच्च हो और आपसे ग़लतियाँ हो जाएँ, तो क्या होगा? उनका महत्व बहुत कम होगा। लोग आपको जानते हैं। "इसकी चिंता मत करो, मैं समझता हूँ।" "इसे भूल जाओ। मैं जानता हूँ कि तुम्हारा क्या मतलब है। मैं तुम्हें जानता हूँ।" ऐसा करने की कोई तकनीक अभी ईजाद नहीं हुई है। शायद एक तरह से इसीलिए हृदय मस्तिष्क से ज़्यादा महत्वपूर्ण होता है। हो सकता है किसी का मस्तिष्क मर चुका हो, लेकिन अगर हृदय की धड़कन चालू है, तो वह जीवित है; जब आपका हृदय मर जाता है, तो आप भी मर जाते हैं।

जैसा मेरा बेटा स्टीफ़न कहता है, "विश्वास जितनी तेज़ गति किसी की नहीं होती।" यह आपकी सोच से भी ज़्यादा तेज़ है। यह इंटरनेट से भी ज़्यादा तेज़ है, क्योंकि जब विश्वास मौजूद होता है, तो ग़लतियाँ माफ़ कर दी जाती हैं और भुला दी जाती हैं। विश्वास जीवन को जोड़ने वाली गोंद है। यह वह गोंद है, जो संगठनों, संस्कृतियों और संबंधों को जोड़े रखती है। विसंगति यह है कि यह धीमे होने की गति से उत्पन्न होता है। लोगों के साथ तेज़ का मतलब धीमा और धीमे का मतलब तेज़ होता है।

कई साल पहले मैं एक दोस्त के पास गया, जिसने हाल ही में एक महत्वपूर्ण बिज़नेस प्रोजेक्ट पूरा किया था। मैं उसके काम से भली-भाँति परिचित था, इसलिए मैंने उसे बधाई दी कि उसने हज़ारों लोगों पर ज़बर्दस्त सकारात्मक प्रभाव डाला है। मैंने उससे पूछा कि उसने क्या सीखा। उसका जवाब था, "जानते हो, स्टीफ़न, मुझे यक़ीन है कि मैं अपने इस दो साल के प्रोजेक्ट को अपने जीवन के सबसे महत्वपूर्ण योगदानों में से एक मानूँगा।" फिर ठहरकर वह थोड़ा मुस्कराया और गहरी भावना से आगे बोला, "लेकिन मेरा असल सबक़ यह था कि पत्नी के साथ क़रीबी, एकीकृत संबंध के बिना यह कुछ नहीं था।"

"सचमुच," मैंने जवाब दिया। मेरी दिलचस्पी भाँपने के बाद वह खुला और उसने यह अनुभव बताया :

जब सबसे पहले मुझसे इस प्रोजेक्ट का लीडर बनने को कहा गया, तो मैं रोमांचित हो गया। मेरी पत्नी और बच्चे भी मेरा समर्थन कर रहे थे, इसलिए मैंने ख़ुद को पूरे दिल से झोंक दिया। मुझे ज़िम्मेदारी का भारी वज़न महसूस हुआ और मैं उद्देश्य के एहसास से ऊर्जावान तथा प्रेरित हुआ। प्रोजेक्ट के दूसरे साल मैंने दिन-रात काम किया। काम के महत्व ने मुझे सराबोर कर दिया। मुझे महसूस हुआ कि मैं बच्चों के जीवन में शामिल हो रहा था, जिनमें बॉल गेम और डांस में मौजूद होना शामिल था। मैं आम तौर पर हर शाम को परिवार के साथ डिनर करता था। मैं सोचता था कि मैं बहुत अच्छी तरह घर और काम दोनों की ज़िम्मेदारियाँ निभा रहा था। आख़िरी छह महीने बहुत तनावपूर्ण थे और इस दौरान मैंने महसूस किया कि मेरी पत्नी अक्सर मुझसे कुंठित हो जाती थी, ख़ास तौर पर छोटी-छोटी बातों पर (कम से कम मुझे तो वे छोटी ही लगती थीं)। मैं उसकी नासमझी और मेरे काम में समर्थन न देने पर चिढ़ने लगा और मेरी चिढ़ बढ़ती गई - ख़ास तौर पर इतने महत्वपूर्ण समय में। तकरार बढ़ती गई, जिसमें छोटी-छोटी बातें भी शामिल होने लगीं। जब प्रोजेक्ट आख़िरकार पूरा हुआ, तो वह जलसे के डिनर में भी नहीं आना चाहती थी। वह आई तो सही, लेकिन स्पष्ट रूप से उसे ज़रा भी आनंद नहीं आया। मैं जानता था कि हमें बात करनी थी, सचमुच करनी थी। हमने बात की। और बाँध के चैनल गेट खुल गए।

पत्नी ने बताना शुरू किया कि इस पूरे समय "अकेले" रहना कैसा लगता था। जब मैं घर पर होता था, तब भी उसे लगता था कि मैं कहीं और हूँ। हमारी साप्ताहिक डेट्स का सिलसिला बहुत कम हो गया था और मैं आम तौर पर उसके सोने के बहुत देर बाद तक काम करता रहता था, इसलिए हमारे बीच उस तरह की बातचीत नहीं हो पाती थी, जैसी पहले होती थी। वह अधिकाधिक एकाकी और कटी हुई महसूस करने लगी, जिसकी तरफ़ ध्यान नहीं दिया जाता था। मैं किसी चीज़ के बारे में ज़्यादा बातचीत नहीं कर रहा था। मेरे काम और अन्य प्रतिबद्धताओं के प्रति मेरी एकल मानसिकता की एकाग्रता एक सतत यादगार बन गई कि मेरे विचार और भावनाएँ कहाँ केंद्रित नहीं थे। उसने मुझे याद दिलाया कि मुझे तो दोपहर तक उसका जन्मदिन भी याद नहीं आया था। और भूलना उतना बुरा नहीं था। यह तो पूरे साल का प्रतीक बन गया था, जो ऐसा ही गुज़रा था।

जब मैंने उससे पूछा कि वह पहले खुलकर क्यों नहीं बोली और अपनी चिंताएँ क्यों नहीं बताईं, तो वह बोली कि वह मुझे विचलित नहीं करना चाहती थी और प्रोजेक्ट से मेरा ध्यान नहीं भटकाना चाहती थी। मैंने उसकी आँखों में देखा। वहाँ मुझे गहरा दर्द और अकेलापन नज़र आया। मुझे भयंकर महसूस हुआ। मैं हैरान और शर्मिंदा हुआ कि मुझे इस बारे में ज़रा भी एहसास क्यों नहीं हुआ। उसके अकेलेपन

के बारे में उसकी खुली बातचीत से मुझे एहसास हुआ कि मैं कितने लंबे समय से खोखला था। हम दोनों ही कम प्रभावी हो गए थे – व्यक्तिगत रूप से भी और टीम के रूप में भी। मैंने उससे माफ़ी माँगी और उसे तसल्ली दी कि दुनिया में मेरे लिए उससे ज़्यादा महत्वपूर्ण व्यक्ति या वस्तु दूसरी नहीं है। लेकिन मेरे शब्द जैसे उस तक नहीं पहुँच पाए। मुझे एहसास हुआ कि बहुत सारी दूसरी बातों ने बहुत ज़्यादा समय तक अलग तरीक़े से संप्रेषण किया था। मेरे माफ़ी माँगने और जीवन की प्राथमिकताएँ नए सिरे से ढालने की प्रतिबद्धता से मदद तो मिली, लेकिन सब कुछ रातोरात नहीं सुधर गया। इसमें दिनों, हफ़्तों, महीनों तक लगातार कोशिश करनी पड़ी – बातें करना, साथ रहना, वादे करना और निभाना, दिन के अंत में काम को एक तरफ़ करके परिवार को समय देना और रास्ते से भटकने पर दोबारा माफ़ी माँगना तथा व्यवस्थित करना – इसके बाद ही विश्वास और भावनात्मक जुड़ाव की वह पुरानी भावना आई तथा पहले से भी ज़्यादा हो गई।

इस घटना के बाद मेरे मित्र ने दो और दो-दो साल लंबे प्रोजेक्ट पूरे किए हैं, जो उतने ही मुश्किल तथा महत्वपूर्ण थे। लेकिन हर प्रोजेक्ट में उसकी पत्नी के साथ उसके संबंध ज़्यादा सशक्त बनते गए। उसके दर्दनाक पहले अनुभव और पत्नी के प्रति बढ़ी हुई समझ तथा समर्पण ने स्थायी परिवर्तन कर दिया। उसके अनुभवों में इस अंतर को देखते हुए उसने मुझे यह बताया ः

मैंने सचमुच यह सबक़ सीखा कि अगर आप विवाह के प्रति गहराई से समर्पित हों, अपनी पत्नी से प्रेम करते हों, एकनिष्ठ हों, एक-दूसरे के प्रति वफ़ादार हों, अपने बच्चों को पालने के प्रति समर्पित हों, तब भी आपके आपसी संबंधों और विश्वास का ह्रास हो सकता है। आपको किसी को चोट पहुँचाने के लिए कटु, निर्मम या अपमानजनक शब्द बोलने की ज़रूरत नहीं है। इतने क़रीबी व्यक्ति को तो उसके हृदय, मस्तिष्क और आत्मा को नज़रअंदाज़ कर देने से ही चोट पहुँच सकती है। संबंध और विश्वास अपने आप क़ायम नहीं रहते। उन्हें क़ायम रखना पड़ता है और गहरा बनाना पड़ता है। आप दयालुता, ध्यान, प्रशंसा और सेवा के नियमित कार्यों से उन्हें सक्रियता से पोषण देते हैं और बनाते हैं। मैंने सीखा कि हमारे वैवाहिक जीवन की गुणवत्ता और मेरी ख़ुशी दोनों का इस बात से बहुत कम लेना-देना था कि वह मेरे लिए क्या कर रही थी। इसका लेना-देना तो इस बात से था कि उसकी ख़ुशी बढ़ाने, उसका बोझ कम करने के लिए और जिन चीज़ों की हमें सबसे ज़्यादा परवाह थी, उनमें उसका पार्टनर बनने के बारे में मैं क्या कर रहा था। मैंने सीखा कि पत्नी के साथ संबंध में एकता मेरे जीवन की सबसे बड़ी, समर्थ बनाने वाली शक्ति का स्रोत है – न सिर्फ़ परिवार और समुदाय में हमारे सबसे महत्वपूर्ण साझे काम में, बल्कि मेरे जीवन के हर क्षेत्र में, जिसमें मेरा व्यवसाय भी शामिल है। यह शक्ति, शांति, ख़ुशी, सुख और ऊर्जा का ऐसा कुआँ है, जो मेरे सबसे अच्छे कार्य, रचनात्मकता और योगदान की प्रेरणा को ईंधन देता है।

आख़िर में, मैंने सीखा कि सशक्त संबंधों के लिए असल कोशिश और त्याग की ज़रूरत होती है। उनमें किसी दूसरे के कल्याण, विकास और ख़ुशी को ख़ुद से पहले रखने की ज़रूरत होती है। और ओह, यह कितना लाभकारी होता है! क्योंकि यह कोशिश हमारी ख़ुशी का द्वार है। हम इस तरह के संबंधों के सहारे के बिना क्या कर पाएँगे, जो हमें अपने बाहर निकलने और अपनी क्षमता के अनुरूप बनने में मदद करते हैं?

नैतिक सत्ता और विश्वास की गति

मेरे मित्र का अनुभव इस वास्तविकता का ज़बर्दस्त उदाहरण है कि संबंध प्राकृतिक नियमों से नियंत्रित होते हैं। किसी संबंध में स्थायी विश्वास का छल नहीं किया जा सकता और यह शायद ही कभी किसी नाटकीय, एक बार की कोशिश में उत्पन्न होता है। यह अंतरात्मा और हृदय द्वारा प्रेरित नियमित कार्यों का फल होता है। *द 7 हैबिट्स ऑफ़ हाईली इफ़ैक्टिव पीपुल* में मैंने विश्वास के एक रूपक का इस्तेमाल किया था, जिसका नाम था भावनात्मक बैंक खाता (emotional bank account)। यह वित्तीय बैंक ख़ाते की तरह है, जिसमें आप जमा करते हैं और निकालते हैं - सिर्फ़ इस मामले में आप संबंधों में भावनात्मक जमा या आहरण करते हैं, जो या तो उन्हें बनाता है या नष्ट करता है। किसी रूपक की तरह अगर आप इसे ज़्यादा दूर तक ले जाएँ, तो इसकी भी सीमाएँ हैं। लेकिन आम तौर पर यह किसी संबंध की गुणवत्ता को संप्रेषित करने का सशक्त और सरल तरीक़ा है।

नीचे दिए गए डायग्राम में दस मुख्य डिपॉज़िट्स और आहरणों की सूची दी गई है, जो हम दूसरों के साथ कर सकते हैं। मेरे अनुभव में इनका संबंधों में विश्वास के स्तर पर गहरा असर होता है। इसमें हर जमा में निहित *सिद्धांतों* तथा आवश्यक *त्यागों* की सूची भी दी गई है (टेबल 4):

नैतिक सत्ता और विश्वास की गति			
डिपॉज़िट	**विड्ड्रॉअल्स**	**आवश्यक त्याग**	**अंतरभूत सिद्धांत**
पहले समझने की कोशिश करें	पहले समझे जाने की कोशिश करें	अधीरता, अहं, आपका एजेंडा	आपसी समझ
वादे निभाना	वादे तोड़ना	मूड, भावनाएँ, भाव, समय	अखंडता/क्रियान्वयन
ईमानदारी, खुलापन	रेशमी शोषण	अहं, घमंड, नियंत्रण	भविष्य-दृष्टि/जीवनमूल्य, अखंडता/क्रियान्वयन, आपसी समझ
दयालुता, शिष्टाचार	निर्ममता, असभ्यता	स्वयं, समय, अनुभूतियाँ, स्टीरियोटाइप्स, पूर्वाग्रह	भविष्य-दृष्टि/जीवनमूल्य अखंडता/क्रियान्वयन
जीत-जीत वरना कोई सौदा नहीं की सोच	जीत-हार या हार-जीत की सोच	"जीतने का मतलब है हारना," प्रतिस्पर्धा	आपसी सम्मान/लाभ
अपेक्षाएँ स्पष्ट करना	अपेक्षाएँ तोड़ना	चापलूसी का संप्रेषण	आपसी सम्मान/लाभ, आपसी समझ, रचनात्मक सहयोग, नवीनीकरण
अनुपस्थित लोगों के प्रति वफ़ादारी	निष्ठाहीनता, दोगलापन	सामाजिक स्वीकृति, दिल की मालिश	भविष्य-दृष्टि/जीवनमूल्य, अखंडता/क्रियान्वयन
माफ़ी माँगना	गर्व, दंभ, अहंकार	अहंकार, घमंड, गर्व, समय	भविष्य-दृष्टि/जीवनमूल्य, अखंडता/क्रियान्वयन
फ़ीडबैक पाना और 'मैं' वाले संदेश	फ़ीडबैक न पाना और 'आप' वाले संदेश	घमंड, गर्व, अहंकार, प्रतिक्रियाशीलता	आपसी समझ
माफ़ करने की भावना	ईर्ष्या रखना	गर्व, आत्म-केंद्रित	भविष्य-दृष्टि/जीवनमूल्य, अखंडता/क्रियान्वयन

टेबल 4

यह पहचानना महत्वपूर्ण है कि इन दस डिपॉज़िट्स से विश्वास इसलिए निर्मित होता है, क्योंकि इनमें मानवीय संबंधों के केंद्रीय सिद्धांत समाहित हैं। इन दस डिपॉज़िट्स में से हर एक का अध्ययन करें। आपके हिसाब से इनमें समान तत्व कौन से हैं? मेरा सुझाव है कि डिपॉज़िट्स का *एक* साझा लक्षण *पहल* है, जो इच्छाशक्ति और संकल्प से बनता है। आप ध्यान देंगे कि इनमें से हर डिपॉज़िट आपकी शक्ति के दायरे में है। उनमें से हर एक आपकी प्रभावित करने की योग्यता के भीतर है। चूँकि वे सिद्धांतों पर आधारित हैं, इसलिए उनसे नैतिक सत्ता या विश्वास उत्पन्न होता है। आप देख सकते हैं कि आप व्यक्तिगत स्तर पर "बीस भावनात्मक व्यक्तिगत पुश-अप" लगाए बिना इस पहल, इस संकल्प, इस साहस का अभ्यास नहीं कर सकते यानी ये डिपॉज़िट्स नहीं कर सकते।

डिपॉज़िट्स का दूसरा साझा गुण क्या है? मेरा सुझाव है कि यह स्वार्थ का अभाव और *विनम्रता* की मौजूदगी है। यह ख़ुद को दूसरे व्यक्ति, किसी सिद्धांत या ज़्यादा ऊँचे उद्देश्य के नीचे रखना है। इसका मतलब यह एहसास होना है कि जीवन

सिर्फ़ मेरा और मेरे बारे में नहीं है। दार्शनिक मार्टिन ब्यूबर के शब्दों का प्रयोग करते हुए, यह "मैं और तुम" के बारे में है - हर व्यक्ति के महत्व और क्षमता के प्रति गहरा सम्मान महसूस करना।

अगर लगातार डिपॉज़िट्स न किए जाएँ, तो नैतिक सत्ता, विश्वास और जुड़ाव समय के साथ काफ़ूर हो सकता है, ख़ास तौर पर उन लोगों के मामलों में, जिनके साथ हम काम करते हैं और हर वक़्त रहते हैं। ऐसा इसलिए है, क्योंकि उनकी उम्मीदें बहुत ज़्यादा होती हैं। जिन लोगों को हमने बरसों से नहीं देखा है, उनके साथ हम अक्सर वहीं से शुरू कर सकते हैं, जहाँ हमने छोड़ा था। विश्वास, जुड़ाव और प्रेम तत्काल स्थापित हो जाते हैं, क्योंकि लगातार डिपॉज़िट की कोई उम्मीद ही नहीं थी।

> नैतिक सत्ता : स्वतंत्र चुनाव का सिद्धांतपूर्ण अभ्यास, जिसमें लगभग हमेशा किसी न किसी तरह का त्याग शामिल होता है।

तीसरा साझा गुण यह है कि जीवन की अधिकांश महत्वपूर्ण चीज़ों की तरह उनमें भी *त्याग* की ज़रूरत होती है। (याद रखें, त्याग की एक अच्छी परिभाषा किसी अच्छी चीज़ को उससे भी बेहतर चीज़ के लिए छोड़ना है।)

अगर आप भावनात्मक बैंक अकाउंट के बारे में पहले से जानते हैं, तो मैं आपको यहाँ नए दृष्टिकोण से देखने और नवीन ज्ञान के प्रति खुले रहने के लिए प्रोत्साहित करता हूँ, जो आपको अपनी आवाज़ खोजने और दूसरों को उनकी आवाज़ खोजने के लिए प्रेरित करने में समर्थ बनाएगा। आप देखेंगे कि हर डिपॉज़िट आपके जन्मजात उपहारों का इस्तेमाल करने के चुनाव का प्रतिनिधित्व करता है। इसमें आप किसी अप्रभावकारी व्यक्तिगत आदत का त्याग करने और इसकी जगह ऐसा कर्म करने की कोशिश करते हैं, जो दूसरों के साथ संबंधों में नैतिक सत्ता देता है।

> *कोई भी ऐसा तंत्र ज़्यादा समय तक पुरुषों और महिलाओं की निष्ठा नहीं पा सकता, जो उनसे अनुशासन की निश्चित मात्रा, ख़ास तौर पर आत्म-अनुशासन की उम्मीद न करता हो। आराम की लागत बहुत ज़्यादा हो सकती है। त्याग वास्तविक हो सकता है। लेकिन यह माँग करने वाली वास्तविकता ही वह चीज़ है, जिससे चरित्र, शक्ति और महानता उत्पन्न होती है। स्वच्छंदता से कभी महानता उत्पन्न नहीं हुई है। अखंडता, वफ़ादारी और शक्ति ही वे गुण हैं, जिनकी मांसपेशियाँ हमारे भीतर होने वाले संघर्षों से विकसित होती हैं, जब हम दैवी शब्दों की माँगों के अधीन आत्म-अनुशासन का अभ्यास करते हैं।*[1]
>
> **गॉर्डन बी. हिंकले**

पहले समझने की कोशिश करें

पहला डिपॉज़िट *पहले समझने की कोशिश करें* क्यों है? इसका एक आसान कारण है। किसी व्यक्ति के लिए डिपॉज़िट क्या है, इसका पता आपको तब तक नहीं चल सकता, जब तक कि आप उसके दृष्टिकोण से उसे न समझ लें। आपके लिए जो उच्च-स्तरीय डिपॉज़िट होगा, हो सकता है वह दूसरे के लिए निम्न-स्तरीय डिपॉज़िट हो या फिर आहरण हो। आपके लिए जो महत्वपूर्ण वादा हो, वह दूसरे के लिए महत्वहीन हो सकता है। आप जिस तरह अपनी ईमानदारी, खुलेपन, दयालुता और शिष्टाचार को व्यक्त करते हैं, हो सकता है दूसरे लोग अपनी अनूठी सांस्कृतिक और व्यक्तिगत मान्यताओं के चलते उन्हें बिलकुल अलग दृष्टिकोण से देखें। हालाँकि हर डिपॉज़िट के अंतर्निहित सिद्धांत हर स्थिति में सच्चे होते हैं, लेकिन इसमें *दूसरों* के दृष्टिकोण की समझ की ज़रूरत होती है, ताकि यह जाना जा सके कि इस पर विशिष्ट अमल कैसे किया जाए।

भावनात्मक बैंक अकाउंट में डिपॉज़िट करने का विचार सीखने के बाद एक महिला ने इसे आज़माकर देखने का फ़ैसला किया। उसने अपने अनुभव के बारे में मुझे यह बताया :

मैंने फ़ैसला किया कि मैं अपने संबंध सुधारने के लिए अपने पति के लिए कुछ ख़ास करूँगी। मैंने निष्कर्ष निकाला कि जब वे घर आते हैं, तो बच्चों को साफ़ कपड़े पहने देखकर और कपड़े जल्दी धुले हुए देखकर वे सचमुच ख़ुश हो जाएँगे।

मिस सुपरवॉशरवुमैन बनने के दो सप्ताह बाद भी उनकी तरफ़ से कोई सकारात्मक प्रतिक्रिया नहीं हुई - मेरा मतलब यह है कि इस तरफ़ उनका ध्यान भी नहीं गया - मुझे थोड़ी कोफ़्त होने लगी। मैंने सोचा, "इस काम का कोई मतलब नहीं है।" फिर अचानक एक रात को जब वे बिना ध्यान दिए साफ़ चादर तानकर सो गए, तो मेरे दिमाग़ की बत्ती जल उठी।

"हे भगवान। उन्हें जैक के साफ़ चेहरे या उसकी धुली हुई जीन्स की ज़रा भी परवाह नहीं है। उनसे तो मुझे ख़ुशी मिलती है। वे तो यह पसंद करेंगे कि मैं उनकी कमर दबा दूँ या शुक्रवार की रात को डेटिंग की योजना बना लूँ।" मेरी इच्छा ख़ुद की पिटाई करने की हुई। यहाँ मैं कपड़े धो-धोकर मरी जा रही थी और इतने सारे डिपॉज़िट्स कर रही थी, जिनका उनके लिए ज़रा भी महत्व नहीं था।

मैंने इस बहुत मेहनत भरे तरीक़े से एक सरल सच्चाई सीखी। डिपॉज़िट्स सामने वाले को महत्वपूर्ण लगना चाहिए।

सामने वाले को समझने की सामर्थ्य बढ़ाने वाली शक्ति के साथ मुझे भी असंख्य अनुभव हो चुके हैं। मैं कभी नहीं भूलूँगा कि मुझे एक बहुत प्रतिष्ठित, उच्च-स्तरीय एक्ज़ीक्यूटिव ने एक नए यूनिवर्सिटी प्रेसिडेंट के चुनाव के बारे में मेरे विश्लेषण तथा अनुशंसा के लिए आमंत्रित किया था। यह मेरे जीवन के सबसे गहरे संप्रेषण अनुभवों

में से एक था। वे अपने ऑफ़िस से निकलकर बाहरी ऑफ़िस में आए, जहाँ मैं अपने अपॉइंटमेंट का इंतज़ार कर रहा था। मेरा अभिवादन करके मुझे अपने ऑफ़िस में ले गए और मुझे ठीक अपनी डेस्क के सामने बैठा लिया, जहाँ हम आँख मिलाकर बातें कर सकें और हमारे बीच कोई भौतिक बाधा न रहे। उन्होंने मूलतः कहा, "स्टीफ़न, यहाँ आने के लिए बहुत-बहुत धन्यवाद। मैं वह समझने के लिए उत्सुक हूँ, जो आप चाहते हैं कि मैं समझ लूँ।"

मैंने इस तैयारी में काफ़ी समय लगाया था और प्रस्तुति की रूपरेखा भी बनाई थी। मैंने उन्हें रूपरेखा की एक प्रति दी और हर बिंदु का धीरे-धीरे वर्णन किया। कुछ स्पष्ट करने वाले सवालों के अलावा उन्होंने बीच में ज़रा भी व्यवधान नहीं डाला। उन्होंने इतने ध्यान से और पूरा मन लगाकर सुना कि जब मेरी तीस मिनट की प्रस्तुति पूरी हुई, तो मुझे महसूस हुआ कि मेरी बात पूरी तरह समझ ली गई थी। उन्होंने कोई टिप्पणी नहीं की - न तो सहमति की, न ही असहमति की, न ही वादा करने की। लेकिन अंत में वे उठकर खड़े हुए, मेरी आँखों में आँखें डालकर देखा और हाथ मिलाते समय मुझे बताया कि वे मेरी कितनी प्रशंसा करते हैं और मेरा कितना सम्मान करते हैं। बस यही हुआ। मैं उनके खुलेपन, विनम्रता, शालीनता और गहरी श्रवणशक्ति से बहुत ज़्यादा प्रभावित हुआ तथा कृतज्ञता और वफ़ादारी के एहसास से भर गया। मुझे महसूस हो रहा था कि मेरी बात पूरी तरह समझ ली गई है। मैं जानता था कि मेरी जानकारी को सचमुच सुना गया है और उसका सम्मान किया गया है, इसलिए मैं लिए जाने वाले निर्णय का पूरी तरह समर्थन करने के लिए तैयार था।

हालाँकि मैं इसके बाद भी उस व्यक्ति से मिला हूँ, लेकिन आमने-सामने के उस वास्तविक संप्रेषण अनुभव की बदौलत मेरी नज़रों में उनकी ऐसी नैतिक सत्ता बन गई कि इसे दोबारा बनाने या नवीन करने के लिए किसी और मुलाक़ात या अनुभव की ज़रूरत नहीं पड़ी। यह लिखते समय भी मैं बातचीत के इतने बेशक़ीमती अनुभव के प्रभाव से हैरान हूँ।

वादे करना और निभाना

कोई दूसरी चीज़ इतनी तेज़ी से विश्वास को नष्ट नहीं करती, जितना कि वादा करके उसे तोड़ना। इसके विपरीत, *वादे निभाने* से विश्वास जितनी तेज़ी से बनता और सशक्त होता है, उतना किसी दूसरी चीज़ से नहीं होता।

वादे करना आसान है। इससे आम तौर पर सामने वाला जल्दी संतुष्ट हो जाता है - ख़ास तौर पर जब वह किसी ऐसी चीज़ के बारे में तनाव में हो, जिसे वह आपसे सही करवाना चाहता है। जब वे वादे से ख़ुश होते हैं, तो वे आपको पसंद करते हैं। और हमें पसंद किया जाना अच्छा लगता है।

हम जिस चीज़ को सचमुच गंभीरता से चाहते हैं, उस पर बड़ी आसानी से यक़ीन कर लेते हैं। हर तरह के लोग अनुबंधों और सौदों में आँख मूँद लेते हैं, क्योंकि वे

किसी चीज़ को इतनी शिद्दत से चाहते हैं कि उसे पाने के लिए लगभग किसी भी स्पष्टीकरण, कहानी या वादे पर यक़ीन करने को तैयार रहते हैं। वे नकारात्मक जानकारी की तरफ़ आँखें मूँदकर विश्वास कर लेते हैं।

लेकिन *वादे पूरे करना मुश्किल होता है*। इसमें आम तौर पर दर्द भरे त्याग की प्रक्रिया शामिल होती है – ख़ास तौर पर जब वादे करने का ख़ुशनुमा मूड ख़त्म हो जाता है या जब कठोर सच्चाइयाँ हावी हो जाती हैं या जब परिस्थितियाँ बदल जाती हैं।

मैंने ख़ुद को इस तरह प्रशिक्षित कर लिया है कि कभी भी *वादे* शब्द का इस्तेमाल न करूँ, जब तक कि मैं पूरी तरह से उसे पूरा करने की क़ीमत चुकाने को तैयार न होऊँ, ख़ास तौर पर अपने बच्चों के साथ। वे अक्सर मुझसे "वादा" शब्द कहने का आग्रह करते हैं। फिर वे आराम से बैठ जाते हैं, क्योंकि वे जानते हैं कि मैं वह काम ज़रूर करूँगा – उन्हें ऐसा लगता है, जैसे उन्हें उनकी मनचाही चीज़ *उसी वक़्त* मिल गई हो। कई बार मेरे मन में सिर्फ़ उन्हें संतुष्ट करने और उस पल कोहराम का माहौल बनाने से बचने के लिए "मैं वादा करता हूँ," कहने का बहुत प्रलोभन हुआ है। "मैं कोशिश करूँगा" या "यह मेरा लक्ष्य है" या "मैं आशा करता हूँ" से वे संतुष्ट नहीं होते हैं; सिर्फ़ "मैं वादा करता हूँ" से ही संतुष्ट होते हैं।

कभी-कभार जब परिस्थितियाँ बदल जाती हैं और मेरे नियंत्रण के बाहर हो जाती हैं, तो मैं बच्चों से हालात को समझने और मुझे वादे से मुक्त करने का आग्रह करता हूँ। ज़्यादातर मामलों में वे समझ जाते थे और मुझे मुक्त कर देते थे। लेकिन ज़्यादा छोटे बच्चे आम तौर पर नहीं समझ पाते थे। हालाँकि वे *कहते थे* कि वे समझ गए और मुझे बौद्धिक रूप से वादे से मुक्त कर देते थे, लेकिन दरअसल वे भावनात्मक रूप से ऐसा नहीं कर पाते थे। इसलिए मैं वादा क़ायम रखता था, जब तक कि ऐसा करना मूर्खतापूर्ण ही न हो। ऐसे मामलों में मुझे कुछ समय तक विश्वास की कमी के साथ रहना पड़ता था और दूसरे तरीक़ों से धीरे-धीरे उसे दोबारा बनाने की कोशिश करनी पड़ती थी।

ईमानदारी और अखंडता

विख्यात बास्केटबॉल कोच रिक पिटिनो ने ईमानदारी के सिद्धांत को सरलता और गहराई से इस तरह व्यक्त किया है : "झूठ समस्या को भविष्य का हिस्सा बना देता है; सच समस्या को अतीत का हिस्सा बनाता है।"[2]

मुझे याद है कि एक बार मैं इमारतों के एक कॉन्ट्रैक्टर के साथ काम कर रहा था, जो अविश्वसनीय रूप से ईमानदार था और अपने सामने आने वाली चुनौतियों के बारे में खुला था, उन ग़लतियों के बारे में भी, जो उसने हमारे प्रोजेक्ट में की थीं। वह ग़लतियों की ज़िम्मेदारी लेता था। वह हमेशा पूरे वित्तीय आँकड़े और तमाम

विकल्प बताता था कि हम निर्माण की विभिन्न अवस्थाओं में कौन से विकल्प चुन सकते हैं। मैं पूरी तरह और सहजता से उस व्यक्ति और उसकी बात पर भरोसा करने लगा। मैं जानता था कि चाहे जो हो जाए, वह हमारे हितों को अपने हितों से ऊपर रखेगा। उसकी अखंडता इतनी दृढ़ थी कि वह अपनी ग़लतियाँ छिपाने या गर्व को ठेस पहुँचाने वाले शर्मनाक अनुभव से बचने की सहज इच्छा से ऊपर उठ जाता था। इस वजह से हमारे बीच विश्वास का असामान्य बंधन बँध गया। उस विश्वास की बदौलत उसे बहुत काम मिला। निर्माण कार्यों के दौरान कई अन्य लोगों के साथ मुझे इसके विपरीत अनुभव भी मिल चुके हैं।

कोई भी व्यक्ति लंबे समय तक ख़ुद के सामने एक चेहरा और दूसरों के सामने दूसरा चेहरा नहीं रख सकता, क्योंकि आख़िरकार वह चकरा जाएगा कि इनमें से कौन सा उसका असली चेहरा है।[3]

नथैनियल हॉथोर्न

एक बार जब मैं एक यूनिवर्सिटी में काम कर रहा था, तो मुझे एक शीर्ष मनोवैज्ञानिक की मेहमाननवाज़ी करने का सुअवसर मिला। वे राष्ट्रीय मनोवैज्ञानिक संघ के प्रेसिडेंट रह चुके थे और उन्हें "अखंडता चिकित्सा" (integrity therapy) का जनक माना जाता था। मनोवैज्ञानिक उपचार के इस तरीक़े का आधार यह था कि मानसिक शांति, सच्ची ख़ुशी और संतुलन अखंडता के जीवन तथा अंतरात्मा का परिणाम हैं। वे मानते थे कि अंतरात्मा सही और ग़लत के शाश्वत एहसास का दोहन करती है, जो सभी कालजयी संस्कृतियों, धर्मों और समाजों का हिस्सा है।

एक दोपहर भाषणों के बीच मैं उन्हें पहाड़ों के बीच ले गया, जहाँ से भव्य नज़ारा दिखता था। मुझे उनसे यह पूछने का अवसर मिला कि अखंडता चिकित्सा में वे कैसे यक़ीन करने लगे।

उन्होंने कहा, "यह बहुत व्यक्तिगत मामला था। मैं मनोरोग का शिकार (manic-depressive) था और मेरा अधिकांश जीवन उतार-चढ़ाव की शृंखला रहा है। जब मैं लोगों को परामर्श देता था, तो कुछ समय बाद ख़ुद तनावग्रस्त और अति संवेदनशील महसूस करने लगता था। मैं डिप्रेशन में फिसलने लगता था - उस बिंदु तक, जहाँ मैं अपनी ज़िंदगी ख़त्म करना चाहता था। अपनी व्यावसायिक शिक्षा और पेशे के कारण मैं अच्छी तरह जानता था कि मेरे साथ क्या हो रहा है। मैं जानता था कि मैं ख़ुद के लिए ख़तरा था और आत्महत्या से बचने के लिए मैं अस्पताल में भर्ती हो जाता था। एक-दो महीने बाद मैं लौटता था और काम में जुट जाता था। एकाध साल बाद मुझे फिर वही समस्या आ जाती थी। मैं फिर से अस्पताल पहुँच जाता था और धीरे-धीरे अपने शोध तथा लेखन में जुट जाता था।"

उन्होंने आगे कहा, "जब मैं एसोसिएशन का प्रेसिडेंट था, तो एक समय इतना बीमार हो गया, इतना अवसादी (depressed) हो गया कि मीटिंग्स में जाने या संचालन करने की स्थिति में नहीं था। इस बिंदु पर मैंने ख़ुद से पूछा, 'क्या यह संभव है कि मैं अपने जीवन और पेशे में ग़लत मनोदशा से काम कर रहा हूँ?' मैं अपने भीतर गहराई में जानता था कि मैं कई सालों से झूठ भरी ज़िंदगी जी रहा हूँ। मेरे जीवन का एक स्याह हिस्सा था, जिसे मैंने खुलकर किसी को नहीं बताया था।"

जब हम गाड़ी में आगे बढ़ने लगे और वे मुझे ये बातें बताने लगे, तो मैं बहुत गंभीर तथा विनम्र हो गया। मैं थोड़ा डरा हुआ भी था कि वे जाने क्या कहेंगे। उन्होंने आगे कहा, "मैंने एक बड़ा क़दम उठानें का फ़ैसला कर लिया। मैंने अपनी रखैल को छोड़ दिया और अपनी पत्नी को सब कुछ बता दिया। कई साल बाद पहली बार मुझे शांति का एहसास हुआ - जो उस शांति से बहुत अलग थी, जिसका अनुभव मुझे अवसाद से बाहर निकलकर उपयोगी काम में जुटने पर होता था। यह आंतरिक मानसिक शांति थी, एक तरह की ईमानदारी, एक तरह की आंतरिक एकता, अखंडता।

"तभी मैंने इस सिद्धांत को टटोलना शुरू किया कि शायद मेरी समस्याओं का कारण यह था कि मेरी नैसर्गिक अंतरात्मा को नज़रअंदाज़ किया जा रहा था, नकारा जा रहा था, उसका उल्लंघन किया जा रहा था, जिससे व्यक्तिगत अखंडता ख़त्म हो रही थी। मैं इस विचार पर काम करने लगा। मैंने इस पर शोध किया। मैंने दूसरे विशेषज्ञों को भी शामिल किया, जो अपने मरीज़ों के साथ इस पैरेडाइम पर काम करने लगे। आँकड़ों से मुझे विश्वास हो गया कि यह सिद्धांत सही है। इसी वजह से मैं अखंडता चिकित्सा में आ गया।"

इस मनोवैज्ञानिक के खुलेपन और विश्वास की गहराई ने मुझे सशक्त रूप से प्रभावित किया। उन्होंने अगले दिन यूनिवर्सिटी फ़ोरम में सैकड़ों विद्यार्थियों के सामने अपनी आपबीती सुनाई, जिससे मैं हैरान रह गया। प्रतिरूपण और खुलापन उनकी उपचारक नीति के केंद्र में थे। मैं इसलिए भी प्रभावित हुआ, क्योंकि इससे विद्यार्थियों के सामने यह स्पष्ट हो गया कि व्यक्तिगत अखंडता न सिर्फ़ हमारे सभी संबंधों के केंद्र में है, बल्कि हमारी मनोवैज्ञानिक सेहत और जीवन के चुने हुए उद्देश्यों में प्रभावकारी बनने की शक्ति के लिए भी केंद्रीय है।

दयालुता और शिष्टाचार

लोगों के लिए छोटी बातें ही बड़ी बन जाती हैं। एक बार एक विद्यार्थी सेमिस्टर के अंत में मेरे पास आया और क्लास की तारीफ़ करने के बाद बोला, "डॉ. कवी, आप मानवीय संबंधों के विशेषज्ञ हैं, लेकिन आप तो मेरा नाम भी नहीं जानते।"

उसका कहना सही था। मैं सचमुच परेशान, शर्मिंदा और दुखी हो गया। मैं सारे समय बौद्धिक अवधारणा बनाने, काम करवाने और कार्यकुशलता में डूबने की अपनी

प्रवृत्ति में खोया हुआ था, जिससे मुझे निबटना था। देखिए, जब तक संबंध सशक्त न हों और उद्देश्य साझे न हों, यह कार्यकुशलता अप्रभावकारी है, ख़ास तौर पर असुरक्षित "हाई-मेंटेनेन्स" लोगों के साथ। वस्तुओं के मामले में ऐसा नहीं है। वस्तुओं में भावना नहीं होती, लोगों में होती है; तथाकथित बड़े लोगों, वीआईपी में भी होती है। लगातार निभाए जाने वाले छोटे-छोटे शिष्टाचार और दयालुता के काम बड़े लाभ देते हैं। यह ईक्यू का क्षेत्र है।

दूसरी तरफ़, लोग "दयालुता" की सतही तकनीकों को भाँप लेते हैं और जानते हैं कि उन्हें धोखा दिया जा रहा है। सच्ची दयालुता, शिष्टाचार और सम्मान एसक्यू के गहरे चारित्रिक भंडार से आते हैं और इनकी बदौलत बहुत से सामाजिक व औपचारिक शिष्टाचार की ज़रूरत ख़त्म हो जाती है।

अक्सर जब मैं बच्चों के सामने घर या स्कूल में बोलता हूँ, तो मैं उनसे कहता हूँ कि अगर वे सच्चे दिल से चार वाक्य सीखकर उनका लगातार इस्तेमाल करने लगें (जिनमें कुल मिलाकर सिर्फ़ दस शब्द हैं), तो ज़्यादातर मामलों में अपनी मनचाही चीज़ पा सकते हैं।

एक शब्द - "Please." ("कृपया।")

दो शब्द - "Thank you." ("आपको धन्यवाद।")

तीन शब्द - "I Love You." ("मुझे तुमसे प्यार है।")

चार शब्द - "How may I help?" ("मैं कैसे मदद कर सकता हूँ?")

वयस्क लोग भी बड़े बच्चे होते हैं।

जीत-जीत या कोई सौदा नहीं सोचना

जीत-हार चिंतन लगभग सारी सौदेबाज़ी और समस्या सुलझाने की अंतर्निहित मान्यता है। यह समाज में व्याप्त अभाव की मानसिकता से उत्पन्न होती है, जो कहती है कि सामने वाला व्यक्ति जितना जीतता है या पाता है, मेरे लिए उतना ही कम बचता है। लक्ष्य मनचाही चीज़ पाना है - जिसका मतलब आम तौर पर यह अनुमान लगाना है कि किस तरह सामने वाले को धोखा दिया जाए या उसे मजबूर किया जाए कि वह आपको ज़्यादा से ज़्यादा लाभ पहुँचाए। कई लोग दूसरों के साथ, परिवार के सदस्यों के साथ भी, अपने मतभेद भी इसी तरह दूर करते हैं। दोनों पक्ष तब तक संघर्ष करते हैं, जब तक कि एक हार नहीं मान लेता या वे समझौते के लिए तैयार नहीं हो जाते।

मुझे एक प्रस्तुति याद है, जिसमें मैंने यह विचार सिखाया कि इस जीत-हार मानसिकता से बाहर निकलने की कुंजी भावनात्मक और मानसिक रूप से संतुलित बनना है, ताकि आप दूसरे समूह की "जीत" को भी उतनी ही महत्वपूर्ण मानें, जितनी

कि अपनी जीत को मानते हैं। इसमें साहस, प्रचुरता के चिंतन और महान रचनात्मकता की ज़रूरत होती है कि आप किसी ऐसी बात पर सहमत न हों, जिसमें किसी भी पक्ष को समझौता करना पड़े। मैंने सिखाया कि अगली कुंजी है **कोई सौदा नहीं** के विकल्प से शुरू करना। दरअसल, जब तक **कोई सौदा नहीं** आपके मस्तिष्क में संभावित विकल्प नहीं बनता है, यानी, जब तक आप पूरी तरह इसके लिए तैयार नहीं होते, उसे छोड़ने, सद्भावना के साथ असहमत होने के लिए सहमत नहीं होते, जब तक दोनों पक्षों को यह सचमुच महसूस न हो कि यह उनके लिए जीत है, तब तक आप पाएँगे कि आप धोखा दे रहे हैं और अक्सर दूसरों पर दबाव डाल रहे हैं या धमका रहे हैं कि वे आपकी जीत में योगदान दें। लेकिन जब **कोई सौदा नहीं** सचमुच संभावित विकल्प बन जाता है, तो आप ईमानदारी से सामने वाले से कह सकते हैं, "जब तक यह आपके लिए सच्ची जीत न हो और आप गहराई व ईमानदारी से इसे महसूस न करें और जब तक यह मेरे लिए सच्ची जीत न हो तथा मैं गहराई व ईमानदारी से इसे महसूस न करूँ, तब तक हम दोनों सहमत होते हैं कि हम **कोई सौदा नहीं** की नीति पर अमल करेंगे।" यह प्रक्रिया बहुत मुक्तिदायक और स्वतंत्रता देने वाली है। इसमें विनम्रता तथा दयालुता के साथ-साथ शक्ति और साहस की ज़रूरत होती है। जब इसे सचमुच अपना लिया जाता है, तो दोनों समूह पूरी तरह बदल जाते हैं। इतना गहरा बंधन बँध जाता है कि बाद में वे हमेशा एक-दूसरे की अनुपस्थिति में भी एक-दूसरे के प्रति वफ़ादार रहेंगे।

प्रस्तुति के बाद सामने वाली क़तार में बैठा एक आदमी मेरे पास आकर मुझे इस सुझाव के लिए धन्यवाद देने लगा। वह डिज़्नी-एपकॉट का प्रतिनिधि था। उसने कहा कि वह इस विचार पर अगले ही दिन अमल करेगा। मुद्दा एपकॉट सेंटर पर एक ख़ास देश की प्रदर्शनी था। उसने बताया कि जो लोग इसकी ज़्यादातर फ़ाइनैंसिंग करना चाहते थे, वे एक ऐसे देश की प्रदर्शनी लगवाना चाहते थे, जिसके बारे में डिज़्नी को लगता था कि उसमें जनता की रुचि नहीं रहेगी। वे समझौते के लिए दबाव महसूस कर रहे थे, ताकि समय पर फ़ाइनैंसिंग और विकास के अवसर मिल सकें। लेकिन अब उसे एक नया विकल्प नज़र आया।

उसने बाद में मुझे बताया कि उसने फ़ाइनैंस करने वाले व्यक्ति से सम्मानपूर्वक कहा, "हम सचमुच आपके साथ जीत-जीत अनुबंध और संबंध चाहते हैं। हमें निश्चित रूप से आपकी फ़ाइनैंसिंग की ज़रूरत है। लेकिन मूलभूत मतभेदों को देखते हुए हम इस निष्कर्ष पर पहुँचे हैं कि जब तक अनुबंध और साझे प्रोजेक्ट हम दोनों के लिए ही सचमुच *बड़ी* जीत न हों, तब तक 'कोई सौदा नहीं' का विकल्प चुनना बेहतर होगा।" जैसे ही फ़ाइनैंसिंग करने वाले व्यक्ति को उसकी अभिव्यक्ति की सच्चाई, खुलेपन और ईमानदारी का एहसास हुआ, उसने शोषण और दबाव की नीति छोड़ दी। वह पीछे हटकर नए तरीक़े से सामने आया और फिर वास्तविक संप्रेषण शुरू हुआ, जब तक कि एक सच्चा सिनर्जिस्टिक जीत-जीत अनुबंध नहीं हो गया।

आप देखेंगे कि जीत-जीत सोचें वरना कोई समझौता नहीं एक डिपॉज़िट है। इस डिपॉज़िट की शक्ति त्याग करने की शुरुआती इच्छा में निहित है - यानी अपने ख़ुद के हितों को पर्याप्त लंबे समय तक शिथिल रखना, जब तक कि आप यह न समझ लें कि सामने वाला सबसे ज़्यादा क्या चाहता है और क्यों, ताकि आप मिलकर एक नए, रचनात्मक समाधान पर काम कर सकें, जो आप *दोनों* के हितों को पूरा करे।

अपेक्षाओं को स्पष्ट करना

अपेक्षाओं को स्पष्ट करना दरअसल पहले बताए गए सभी डिपॉज़िट्स का सम्मिश्रण है। ऐसे संप्रेषण के लिए आपसी समझ और सम्मान ज़रूरी हैं, ख़ास तौर पर जब यह *भूमिकाओं* और *लक्ष्यों* के बारे में अपेक्षाएँ स्पष्ट करना हो। अगर आप संप्रेषण संबंधी लगभग सभी असफलताओं या टूटी हुई, बीमार संस्कृतियों की अंतर्निहित जड़ों का अध्ययन करें, तो पाएँगे कि वे *भूमिकाओं* और *लक्ष्यों* की अस्पष्ट या टूटी हुई अपेक्षाओं से उत्पन्न हुई हैं : दूसरे शब्दों में, कौन किस भूमिका को निभाए और उन भूमिकाओं के उच्च-प्राथमिकता वाले लक्ष्य क्या हैं।

मुझे याद है, एक बार मैं एक बड़े रेस्टोरेंट एसोसिएशन के शीर्ष एक्ज़ीक्यूटिव्ज़ के साथ टीम बना रहा था। यह स्पष्ट हो गया था कि प्राथमिकताओं और लक्ष्य में संघर्ष था, जिन्हें पूरे संगठन पर पड़ने वाले भयंकर परिणामों के बिना नज़रअंदाज़ या बर्दाश्त नहीं किया जा सकता था। मैंने दो फ़्लिपचार्ट लिए और हर एक के ऊपर लिखा, “आप **मेरी** भूमिकाओं और लक्ष्यों को कैसे देखते हैं?” और “आप **अपनी** भूमिकाओं और लक्ष्यों को कैसे देखते हैं?” कोई निर्णय, कोई सहमति या असहमति तब तक व्यक्त नहीं हुईं, जब तक कि दोनों चार्ट उन्हें भरने वालों के संतुष्ट होने तक पूरी तरह नहीं भर गए। जैसे ही हर व्यक्ति को दिखा कि भूमिकाओं और लक्ष्यों के बारे में उनकी उम्मीदें कितनी ज़्यादा भिन्न थीं, विनम्रता तथा सम्मान लौट आए। अपेक्षाओं के स्पष्टीकरण के बाद वे वास्तविक संप्रेषण शुरू करने में कामयाब हुए।

अनुपस्थित लोगों के प्रति वफ़ादारी

अनुपस्थित लोगों के प्रति वफ़ादार बनना सारे डिपॉज़िट्स में सबसे मुश्किल चीज़ों में से एक है। यह चरित्र और संबंध के बंधन की गहराई की एक बहुत ऊँची जाँच भी है। इसका मतलब यह है कि जब हर शख़्स किसी अनुपस्थित व्यक्ति के बारे में बुरी बात बोलने या उसका मज़ाक़ उड़ाने में लग जाए, तब आप क्या करें? आप बिना दंभ के बस कह सकते हैं, “मेरी राय अलग है,” या “मेरा अनुभव कुछ और कहता है” या “आपकी बात में दम लगता है। चलिए, हम चलकर उसी से इसके बारे में बात कर लेते हैं।” ऐसा करके आप तत्काल यह संप्रेषित कर देते हैं कि अखंडता वफ़ादारी है - सिर्फ़ अनुपस्थित लोगों के प्रति ही नहीं, बल्कि उपस्थित लोगों के प्रति

भी। चाहे वे इसे स्वीकार करें या नहीं, सभी उपस्थित लोग मन ही मन आपकी प्रशंसा और सम्मान करेंगे। वे जान जाएँगे कि वे आपके लिए क़ीमती हैं, चाहे वे मौजूद रहें या न रहें। दूसरी ओर, जब अखंडता के बजाय वफ़ादारी को ज़्यादा उच्चतर जीवनमूल्य माना जाता है, तो आप झुक जाते हैं, सबके साथ हो लेते हैं और ख़ुद भी बुराई करने लगते हैं, जिससे हर उपस्थित व्यक्ति जान जाता है कि दबाव और तनाव में आप उनके बारे में भी ऐसा ही करेंगे।

मुझे याद है, मैं एक बड़े संगठन में एक मीटिंग की अध्यक्षता कर रहा था, जहाँ औपचारिक लीडर्स कर्मचारियों से संबंधित कई मुद्दों पर बातचीत कर रहे थे। वे एक ख़ास व्यक्ति की कमज़ोरियों के बारे में पूरी तरह एकमत लग रहे थे। वे उसके बारे में मज़ाक़ और मज़ेदार कहानियाँ भी सुनाने लगे, जो वे उस व्यक्ति के सामने कभी नहीं कर सकते थे। बाद में उसी दिन एक एक्ज़ीक्यूटिव मेरे पास आकर बोला कि पहली बार वह मेरे द्वारा की गई उसकी प्रशंसा और स्नेह पर भरोसा कर सकता है। मैंने पूछा, "ऐसा क्यों?" उसने जवाब दिया, "क्योंकि जब हम अपनी मीटिंग की शुरुआत में उस आदमी को छील रहे थे, तो आप बहाव के ख़िलाफ़ गए और उसके प्रति वास्तविक चिंता, परवाह तथा सम्मान दिखाया।" मैंने पूछा कि इससे उस पर प्रभाव क्यों पड़ा। उसने कहा, "क्योंकि मुझमें भी वैसी ही कमज़ोरियाँ हैं; फ़र्क़ सिर्फ़ इतना है कि वे ज़्यादा बुरी हैं। कोई भी उनके बारे में नहीं जानता है, आप भी नहीं। इसलिए हर बार जब आप मेरी प्रशंसा करते थे या स्नेह दिखाते थे, तो मन ही मन मैं कहता था, 'लेकिन आप मुझे समझते नहीं हैं।' आज मुझे महसूस हुआ कि आप मेरी कमज़ोरियों को जानने के बाद भी ऐसा ही करेंगे। मुझे महसूस होता है कि आप मेरी अनुपस्थिति में भी मेरे प्रति सच्चे और वफ़ादार रहेंगे तथा मैं आप पर और आपकी दयालुतापूर्ण बातों पर भरोसा कर सकता हूँ।"

कई की कुंजी अक्सर *एक* होता है। आप किसी एक व्यक्ति की अनुपस्थिति या उपस्थिति में किस तरह बात करते हैं और राय रखते हैं, उससे कई लोगों को यह पता चलता है कि आप उनकी उपस्थिति या अनुपस्थिति में उनके बारे में कैसी बात करेंगे और कैसी राय रखेंगे।

माफ़ी माँगना

यह कहना "मुझे अफ़सोस है, मैं ग़लत था," या "मैं अहंकारी हो गया था, मैंने कुछ ज़्यादा ही प्रतिक्रिया कर दी, मैंने आपको नज़रअंदाज़ किया और कुछ समय के लिए निष्ठा को अखंडता के ऊपर रख दिया" - और फिर उसके अनुरूप जीना *माफ़ी माँगने* का बड़ा ही सशक्त रूप है। मैंने ऐसे संबंध देखे हैं, जो बरसों टूटे रहने के बाद इस तरह की सच्ची व गहरी माफ़ी के बाद तुलनात्मक रूप से बहुत जल्दी सुधर गए। अगर आपने आवेश में कोई बात कह दी है, लेकिन आपका दरअसल वह मतलब नहीं था, तो माफ़ी माँगते वक़्त स्पष्ट कर दें कि अहम् आप पर किस तरह हावी हो गया

था और आपका असल मतलब क्या था। अगर आपने ऐसा आवेश में कहा था और आपका वही मतलब था, तो फिर माफ़ी की प्रकृति आपसे यह अपेक्षा रखेगी कि अपने दिल को सचमुच बदलें, मन ही मन पश्चाताप करें, जब तक कि ईमानदारी से यह न कह सकें, "मुझे अफ़सोस है; मेरे शब्द और काम ग़लत थे, और मैं दोनों को सुधार रहा हूँ।"

मुझे याद है, एक बार एक बहुत ही महत्वपूर्ण मुद्दे पर मेरी एक व्यक्ति से अप्रिय मुठभेड़ हो गई। उन भावनाओं से हमारे संप्रेषण की सच्चाई प्रभावित हुई, हालाँकि ऊपरी तौर पर सब कुछ विनम्र और सुखद दिख रहा था। फिर एक दिन वह मेरे पास आकर बोला कि वह हमारे संबंध में आए तनाव से दुखी महसूस कर रहा है और इसे एकता व सद्भाव की पुरानी स्थिति में लाना चाहता है। उसने कहा कि उसके लिए अपने दिल में झाँककर यह देखना मुश्किल था कि वह कहाँ ग़लत था। वह सचमुच माफ़ी माँगना चाहता था। उसकी माफ़ी इतनी विनम्र और सच्ची थी, जिसमें खुद को सही साबित करने की कोई कोशिश नहीं थी, कि उसके कारण मैंने भी अपने दिल में झाँककर देखा और अपने हिस्से की ज़िम्मेदारी स्वीकार की। हमारे बीच एक बार फिर सद्भावपूर्ण संबंध बन गया।

एक पूर्व सहयोगी ने मुझे एक अनुभव बताया, जो उसे सप्ताह भर की रिट्रीट में एक उच्च-स्तरीय एक्ज़ीक्यूटिव टीम के साथ काम करते वक़्त हुआ था। प्रेसिडेंट जैक ने एक सुबह समूह को प्रोत्साहित किया कि वे अपनी बात कहने से पहले दूसरे की बात सुनने और समझने की कोशिश करें। मीटिंग से पहले उसने अपनी बात का उदाहरण देते हुए एक सशक्त व्यक्तिगत अनुभव सुनाया।

दोपहर को बाद में हुई घटनाओं का संक्षिप्त वर्णन इस महिला सहयोगी ने इस तरह बताया (नाम बदल दिए गए हैं। इस पुस्तक में शामिल कई प्रसंगों में हमने नाम बदल दिए हैं) :

हमारी बातचीत के बीच एक थोड़ा अप्रिय एक्ज़ीक्यूटिव किसी बिज़नेस नीति में आ रही दिक्क़तों के बारे में कुछ कहने लगा। वहाँ मौजूद सभी लोग उस पर शब्दों की गोलियाँ बरसाने लगा। सच कहूँ, तो मैं भी उस पर गोलियाँ दागना चाहती थी, लेकिन जानती थी कि मुझे ऐसा नहीं करना चाहिए। फिर मैंने प्रेसिडेंट जैक को इस एक्ज़ीक्यूटिव की बात पर ज़ोर से हँसते सुना। प्रेसिडेंट दरअसल पूरे समूह के सामने उसका मज़ाक़ उड़ा रहे थे। ज़ाहिर है, समूह भी इसमें शामिल हो गया।

मैं स्तब्ध थी। कुछ घंटे पहले ही प्रेसिडेंट ने अपनी बारी का इंतज़ार करने के महत्व के बारे में अपना मर्मस्पर्शी अनुभव सुनाकर यह संदेश दिया था कि हर व्यक्ति के कामों को समझने की कोशिश करनी चाहिए। अब वही उसका ठीक उल्टा कर रहे थे। मैं पूरे समूह के सामने उन्हें फटकार नहीं सकती थी। इसलिए मैंने बस उनकी तरफ़ ग़ुस्से से देखा। उन्हें मेरी बात समझ में आ गई। मैंने आँखों ही आँखों में यह कह दिया, "यह बुरा है। अगर आप इसे सुधारने के लिए कुछ नहीं करेंगे, तो मैं उठकर चली

जाऊँगी!" मैं सचमुच इतनी नाराज़ थी कि पूरे समूह को छोड़कर बाहर चली जाना चाहती थी। वे अपने पुराने, संघर्षपूर्ण व्यवहार और ज़हरीले सामूहिक व्यवहार की ओर लौट गए थे।

प्रेसिडेंट ने मेरी ओर एकटक देखा। मैं कुर्सी पर थोड़ा तनकर बैठी और ग़ुस्से से घूरकर बोली, "कुछ करो।" वे अपनी कुर्सी पर दुबक गए, लेकिन मैं लगातार उनकी तरफ़ देखती रही। यह लगभग पाँच मिनट तक चलता रहा, जिस दौरान उनकी टीम के सदस्य अब भी बेचारे एक्ज़ीक्यूटिव को छीले जा रहे थे। फिर अचानक प्रेसिडेंट ने उन सबको रोक दिया। उन्होंने कहा, "ठहरो, मैंने एक ग़लती की है। डेविड, मैं तुमसे माफ़ी माँगता हूँ।"

"किस बात के लिए?" डेविड थोड़ा चकरा गया था। जहाँ तक वह जानता था, स्थिति सामान्य थी।

"अपने अनुचित व्यवहार के लिए। मुझे तुम पर हँसना नहीं चाहिए था। हमने तुम्हारी बात सुनी ही नहीं। हम तो सीधे तुम पर कूद पड़े। क्या तुम मुझे माफ़ करोगे?"

मुझे लगा कि सीनियर वीपी डेविड इस तरह की कोई बात कहेगा, "कोई दिक्क़त नहीं। इसके बारे में चिंता न करें।" लेकिन उसकी प्रतिक्रिया आश्चर्यजनक थी : "जैक, मैं तुम्हें माफ़ करता हूँ। धन्यवाद।" क्या आपको एहसास है कि किसी घटना को भूलने की कोशिश के बजाय सक्रिय रूप से माफ़ करने के लिए कितने ज़्यादा साहस की ज़रूरत होती है?

मैं वहाँ बैठी रही। मैं जैक के व्यवहार से भावनात्मक रूप से आंदोलित हो गई थी। उसे माफ़ी माँगने की ज़रूरत नहीं थी। उसे पूरे समूह के सामने माफ़ी माँगने की तो क़तई ज़रूरत नहीं थी। वह अस्सी हज़ार व्यक्तियों का मुखिया था। उसे ऐसी कोई बात कहने की ज़रूरत नहीं थी, जो वह नहीं कहना चाहता था। मीटिंग के बाद मैं उसके पास गई और भावुक आवाज़ में बोली, "ऐसा करने के लिए धन्यवाद।" उसका जवाब था, "यही सही काम था। मेरी तरफ़ ग़ुस्से से घूरने के लिए धन्यवाद।" हमने उस घटना के बारे में दोबारा बात नहीं की। लेकिन हम दोनों ही जानते थे कि उस दिन हमारा सर्वश्रेष्ठ स्वरूप बाहर आया था।

फ़ीडबैक देना और पाना

मैं शिक्षक के रूप में जिन विद्यार्थियों के सबसे क़रीब रहा हूँ, उन्हें प्रबल फ़ीडबैक भी देता था। "तुम इससे अच्छा कर सकते हो। मैं तुम्हें ऐसे ही छोड़ने वाला नहीं हूँ। कोई बहाने नहीं चलेंगे। तुम क़ीमत चुका सकते हो।" कई लोगों ने मुझे बताया है कि ज़िम्मेदारी की राह पर चलाना – कार्यों के पूरे परिणामों की ज़िम्मेदारी के साथ जीना सीखना – जीवन को बदलने वाला, निर्णायक पल था, हालाँकि उस वक़्त वह हम दोनों के लिए ही मुश्किल था।

नकारात्मक *फ़ीडबैक* (प्रतिक्रिया) *देना* बहुत ही मुश्किल संप्रेषण होता है। इसकी बहुत ज़रूरत भी होती है। बहुत सारे लोगों में बहुत सी कमज़ोरियाँ होती हैं, जिन्हें वे देख नहीं पाते हैं और सुधार नहीं पाते हैं, क्योंकि किसी को पता नहीं होता है कि उन्हें फ़ीडबैक कैसे दिया जाए। लोग इस बात से डरकर समझौता कर लेते हैं कि कोई संबंध टूटने या अपने बॉस से "भिड़ने" के कारण उनका व्यक्तिगत भविष्य बर्बाद हो जाएगा।

जैक की कहानी में अपमानजनक स्थिति का पाखंड चोट पहुँचाने वाले के सामने इतना स्पष्ट हो गया कि यह अनदेखी कमज़ोरी का मुद्दा नहीं रह गया : यह तो अहम् का मुद्दा था। जिस महिला ने फ़ीडबैक दिया, उसका साहस और अखंडता उसके पद और स्थिति से ज़्यादा सशक्त थे। इसीलिए यह कारगर हुआ। कई बार यह तरीक़ा ज़्यादा सशक्त और कारगर नहीं होता है, इसलिए व्यक्ति को अकेले में समझाना ज़रूरी हो सकता है। अकेले में फ़ीडबैक देने का सबसे अच्छा तरीक़ा उस व्यक्ति के बारे में बोलने के बजाय *ख़ुद* का वर्णन करना है। किसी पर आरोप लगाने, मूल्यांकन करने या उसका वर्गीकरण करने के बजाय अपनी भावनाओं का वर्णन करें, अपनी चिंताएँ या एहसास बताएँ कि जो हो रहा है, उससे आपको क्या अनुभूति हो रही है। इस नीति से अक्सर सामने वाले को व्यक्तिगत रूप से जोखिम महसूस नहीं होता और उसे अपनी छिपी हुई कमज़ोरी के बारे में जानकारी भी मिल जाती है।

सत्ता में बैठे लोगों को *फ़ीडबैक देने* की नीति को वैध बनाना चाहिए। जब आपको फ़ीडबैक मिले, तो आपको इसके बारे में स्पष्टता से बोलने और कृतज्ञता व्यक्त करने की ज़रूरत है, भले ही इससे कितनी ही चोट पहुँचती हो। अगर आप ऐसा स्पष्टता से नहीं करते हैं, तो एक परंपरा विकसित हो जाएगी, जिससे मूलतः यह संदेश जाएगा कि नकारात्मक फ़ीडबैक देना एक तरह की निष्ठाहीनता और अवज्ञा है। "नकारात्मक सच्चे फ़ीडबैक" को वैध बनाने, यहाँ तक कि सामाजिक परंपरा बनाने से औपचारिक सत्ता वाला व्यक्ति भी मुक्त हो जाता है, ताकि वह भी बिना इस डर के "नकारात्मक सच्चा फ़ीडबैक" दे सके कि इससे भावनाएँ आहत होंगी, संबंध टूटेंगे या इसे "अंतिम शब्द" मान लिया जाएगा।

हम सबको फ़ीडबैक की ज़रूरत होती है, ख़ास तौर पर अपनी अनदेखी कमज़ोरियों के बारे में – कमज़ोरी के ऐसे नाज़ुक क्षेत्र, जिनकी हम रक्षा करते हैं। इसीलिए व्यक्तिगत विकास इतना महत्वपूर्ण है, क्योंकि अनदेखी कमज़ोरियाँ थोड़ी सख़्त होती हैं। व्यक्ति के महत्व का एहसास आंतरिक होता है और किसी ख़ास कमज़ोरी से नहीं आता है, चाहे वह दिखती हो या न दिखती हो।

मुझे याद है, एक बार एक पड़ोसी के साथ हमारे संबंध तनावपूर्ण हो गए थे। उसके लिए हमारे बड़े, शोर-शराबे भरे और कई बार असम्मान दिखाने वाले परिवार के इतने क़रीब रहना मुश्किल हो गया था – जिसमें एक भौंकता हुआ कुत्ता भी था और सुबह तथा रात की तेज़ रोशनियाँ भी थीं। मैंने उसके पास जाकर मूलतः यह

कहा कि मैं चाहता हूँ कि हम अच्छे पड़ोसी रहें और मैं चाहूँगा कि वह मुझे अपना फ़ीडबैक दे कि हालात को सुधारने के लिए हम क्या कर सकते हैं। वह पहले तो झिझका, इसलिए मैंने उसे थोड़ा प्रेरित करते हुए यह वर्णन किया कि हमारे पड़ोस में रहना कैसा होता होगा। इसके बाद तो उसने अपनी और पत्नी की भावनाओं, शिकायतों और चिंताओं का पुलिंदा खोल दिया। लेकिन मैंने जितना ज़्यादा सुना, उतना ही ज़्यादा वह मेरे फ़ीडबैक चाहने, इसका सम्मान करने और मेरे परिवार को सुधारने की कोशिश को लेकर भावविव्हल हो गया। उसने यह भी माना कि कई मामलों में उसने अति-प्रतिक्रिया कर दी थी और इसे कुछ ज़्यादा ही तूल दे दिया था। उसने माना कि उसकी ज़्यादातर शिकायतें तो अपरिहार्य थीं, क्योंकि इतने बड़े परिवार में आने-जाने की आवाज़ें, शोर-शराबा, बातचीत की आवाज़ें आदि तो लाज़िमी थीं। मेरे लौटते वक़्त उसने कहा कि वह मेरी यात्रा के लिए बहुत कृतज्ञ था और उसे इससे काफ़ी राहत मिली थी।

क्षमा करना

ग़ुस्सा एक ऐसा अम्ल है, जिसे किसी चीज़ पर फेंकने से नुक़सान हो सकता है, लेकिन यह सबसे ज़्यादा नुक़सान उस बर्तन का करता है, जिसमें यह रखा होता है।

महात्मा गाँधी

माफ़ी में भूलना, छोड़ना और आगे बढ़ना शामिल है। एक बार जब मैं एक बिज़नेस यात्रा पर था, तो एक मैनेजर ने मुझे फ़ोन किया। वह इस्तीफ़ा देना चाहता था, क्योंकि उसका बॉस उसकी आलोचना करता था। मैंने उससे कहा कि जब तक मैं लौट न आऊँ और हम आमने-सामने बात न कर लें, तब तक वह जल्दबाज़ी में यह क़दम न उठाए। उसने कहा, “मैंने आपसे सलाह लेने के लिए फ़ोन नहीं किया है। मैंने तो आपको जानकारी देने के लिए फ़ोन किया है। मैं इस्तीफ़ा दे रहा हूँ।” तब जाकर मुझे एहसास हुआ कि मैं उसकी बात सुन ही नहीं रहा था। इसलिए मैं सुनने लगा। फिर उसने अपने अनुभवों, शिकायतों और भावनाओं का पिटारा खोल दिया, जिसमें उसकी पत्नी की और भी ज़्यादा प्रबल शिकायतें शामिल थीं। जब मैंने सचमुच ध्यान से सुना, तो उसकी बातों की नकारात्मक ऊर्जा ख़त्म हो गई और ख़ुद होकर उसने कहा कि मैं जैसे ही लौटूँगा, वह मुझसे मिलेगा।

जब मैं लौटा, तो वह अपनी पत्नी को लेकर मेरे ऑफ़िस आया। वे ऊपरी तौर पर ख़ुशनुमा थे। लेकिन जैसे ही हम असल मुद्दों पर आए, गहरा ग़ुस्सा और द्वेष बाहर आने लगा। मैं सुनता रहा, जब तक कि उन्हें महसूस नहीं हुआ कि मैं उनकी

भावनाएँ समझ गया हूँ। फिर वे बहुत खुलकर बताने लगे। इसके बाद मैंने उन्हें उद्दीपन और प्रतिक्रिया के बीच की ख़ाली जगह के बारे में सिखाया। मैंने उन्हें यह भी बताया कि सबसे बड़ा नुक़सान इसमें नहीं है कि लोग हमारे साथ क्या करते हैं, बल्कि इसमें है कि हम उनकी क्रिया पर कैसी प्रतिक्रिया करते हैं। पहले तो उन्हें लगा कि मैं उन्हें रोकने के लिए चालबाज़ी से मनाने की कोशिश कर रहा हूँ। इसलिए मैं आगे सुनने लगा। उन्होंने कई अन्य मुद्दे बताए, जिन्हें समझने की मैंने पूरी कोशिश की। एक मुद्दा यह भी था कि ऑफ़िस की इन समस्याओं से उनका वैवाहिक और पारिवारिक जीवन बुरी तरह प्रभावित हुआ है। यह सचमुच किसी प्याज़ के छिलके उतारने की तरह था, जब तक कि आप अंदर के नर्म केंद्र तक नहीं पहुँच जाते।

बात पूरी ख़त्म होने तक वे बहुत खुल चुके थे और सीखने क़ाबिल हो चुके थे, इसलिए मैंने एक बार फिर विकल्प चुनने की शक्ति पर ज़ोर दिया। मैंने उस मैनेजर से पूछा कि क्या वह अपने भीतर के द्वेष और ग़ुस्से के लिए अपने बॉस से माफ़ी माँगने पर विचार कर सकता है। उसकी प्रतिक्रिया थी, "आपका क्या मतलब है? आप भी कैसी उल्टी बात कर रहे हैं? माफ़ी *हम* क्यों माँगें - माफ़ी तो *उसे* माँगनी चाहिए।"

इसके बाद और नकारात्मक ऊर्जा बाहर निकली, जब तक कि वे इस विचार को स्वीकार नहीं करने लगे कि कोई भी हमारी सहमति के बिना हमें नुक़सान नहीं पहुँचा सकता। अंततः वे समझ गए कि हमारी चुनी हुई प्रतिक्रिया ही हमारे जीवन की प्रमुख निर्धारक है और हम अपनी परिस्थितियों के नहीं, निर्णयों के परिणाम हैं। वे बहुत विनम्र बन गए और इस बारे में सोचने के लिए सहमत हो गए। उस मैनेजर ने बाद में मुझे फ़ोन करके कहा कि उसे यह सिद्धांत समझदारीपूर्ण लगा और उसने अपने बॉस के पास जाकर माफ़ी माँगी। इस व्यवहार से उसका बॉस सचमुच हैरान रह गया और बदले में उसने भी मैनेजर से माफ़ी माँगी। अब दोनों के बीच संबंध दोबारा सामान्य हो चुका है। मेरे दोस्त ने मुझसे कहा कि वह और उसकी पत्नी उद्दीपन और प्रतिक्रिया के बीच के अंतर तथा विकल्प चुनने की शक्ति को इस हद तक स्वीकार करने लगे थे कि अगर सच्चे दिल से माफ़ी माँगने की इस प्रक्रिया में उसे डाँटा-फटकारा भी जाता, तो भी उसने रुकने और सर्वश्रेष्ठ ढंग से काम करने का फ़ैसला कर लिया था।

माफ़ी कारण की शृंखला को तोड़ देती है, क्योंकि जो आपको "क्षमा" करता है - प्रेम के कारण - वह ख़ुद आपके काम के परिणामों को ले लेता है। इसलिए माफ़ी में त्याग हमेशा अपरिहार्य होता है।[4]

डैग हैमरस्कोल्ड

ज़हरीले साँप का काटना गंभीर नुक़सान नहीं करता। साँप के पीछे भागकर ज़हर को अपने हृदय तक तो हम ले जाते हैं। चूँकि हम सभी ग़लतियाँ करते हैं, इसलिए हम सबको माफ़ी माँगने और माफ़ किए जाने की ज़रूरत होती है। हमारी अपनी ग़लतियों पर ध्यान केंद्रित करना और माफ़ी माँगना बेहतर होता है, बजाय इसके कि हम दूसरों की ग़लतियों पर ध्यान केंद्रित करें और पहले उनके माफ़ी माँगने का इंतज़ार करें या उनके माफ़ी माँगने पर मन मारकर माफ़ कर दें। उस व्यक्ति के भाव रखना बेहतर है, जिसने प्रार्थना की थी, "हे ईश्वर, मेहरबानी करके उन लोगों को माफ़ करने में मेरी मदद करें, जिन्होंने मुझसे अलग पाप किए हैं।" इसी भाव में सी.एस. लुइस ने कहा था :

> जब मैं रात की प्रार्थना करता हूँ और दिन के पापों का अनुमान लगाने की कोशिश करता हूँ, तो दस में से नौ बार सबसे स्पष्ट पाप होता है सद्भाव के ख़िलाफ़। मैं भन्ना गया था, चिड़चिड़ा हो गया था, मैंने फटकारा था, ताना कसा था, झिड़का था या आगबबूला हुआ था। और मेरे दिमाग़ में तत्काल यह बहाना आता है कि मैं क्या करता, उत्तेजना इतनी अकस्मात् या अप्रत्याशित थी, कि मैंने अपना आपा खो दिया, मेरे पास ख़ुद को सँभालने का वक़्त नहीं था... निश्चित रूप से किसी का अकस्मात् व्यवहार इस बात का सर्वश्रेष्ठ सबूत है कि वह किस तरह का व्यक्ति है। मुखौटा लगाने का समय मिलने से पहले व्यक्ति जैसा दिखता है, वही यक़ीनन सच्चाई है। अगर अलमारी में चूहे हैं, तो अचानक जाने पर ही आपको उनके दिखने की सबसे ज़्यादा संभावना होती है। लेकिन अचानक पहुँचने से चूहे पैदा नहीं हुए; इसका मतलब तो सिर्फ़ यह है कि वे छिप नहीं पाए। इसी तरह अकस्मात् उत्तेजना के कारण मैं बुरे स्वभाव का व्यक्ति नहीं बन जाता हूँ : इससे तो सिर्फ़ यह पता चलता है कि मैं दरअसल कितने बुरे स्वभाव का हूँ ... अब वह अलमारी मेरी सचेतन इच्छा की पहुँच के बाहर है... मैं प्रत्यक्ष नैतिक प्रयास द्वारा ख़ुद को नए उद्देश्य नहीं दे सकता। पहले कुछ क़दमों के बाद... हमें एहसास हो जाता है कि हमारी आत्माओं में जो भी सचमुच किए जाने की ज़रूरत है, वह सिर्फ़ ईश्वर द्वारा ही किया जा सकता है।[5]

विश्वास पर अंतिम शब्द

विश्वास का निर्माण करने वाले इस अध्याय में मेरा ज़्यादातर ध्यान उन बातों पर था, जो हम सचेतन रूप से दूसरों के साथ विश्वासपूर्ण संबंध बनाने के लिए कर सकते हैं – *विश्वास* यानी संज्ञा उत्पन्न करने के लिए।

लेकिन याद रखें, *विश्वास* एक *क्रिया* भी है। मैंने इस पुस्तक का खंड 2 एक कहानी से शुरू किया था, जिसमें मैंने बताया था कि मेरे वयस्क जीवन की शुरुआत में ही किसी ने मुझमें इतनी ज़्यादा क्षमता देखी, जिसका मुझे ख़ुद भी अंदाज़ा नहीं था। उस व्यक्ति ने सतह के नीचे, स्पष्ट दिखने वाली चीज़ों से परे देखा। उन्होंने मेरे हृदय,

आँखों और आत्मा में देखा। उन्होंने महानता के उन अनगढ़, अविकसित, अनदेखे बीजों को देखा, जो हममें से हर एक के भीतर होते हैं।

इसलिए उन्होंने मुझ पर *भरोसा करके* एक ऐसी ज़िम्मेदारी सौंपी, जो मेरे अनुभव और अनुमानित योग्यता से काफ़ी ज़्यादा थी। उन्होंने बिना प्रमाण या सबूत के मुझ पर भरोसा *किया*। उन्होंने भरोसा करते हुए यह उम्मीद की कि मैं चुनौती को स्वीकार कर लूँगा और उन्होंने मेरे साथ ऐसा ही बर्ताव किया। यह विश्वास का काम था। लेकिन विश्वास के इस काम ने मेरे महत्त्व और क्षमता को इतना पुष्ट किया कि मैं इसे ख़ुद में देखने के लिए प्रेरित हुआ। मुझमें उनके विश्वास ने मेरे आत्मविश्वास और भविष्य-दृष्टि को बढ़ा दिया। मैं अपने भीतर सबसे ऊँची और सबसे उदात्त प्रवृत्तियों की चाह रखने लगा। मैं आदर्श नहीं था, लेकिन मैंने बहुत जल्दी विकास किया! यह मेरे लिए एक जीवनदर्शन भी बन गया। लोगों को समर्थ बनाओ। अपने बच्चों को समर्थ बनाओ। उन पर भरोसा करो : दिखने वाली चीज़ों पर नहीं, बल्कि न दिखने वाली चीज़ पर - उनकी क्षमता पर।

शाश्वत सत्य का प्रकाश फैलाने वाले महाकवि गेटे के शब्द हैं, "व्यक्ति के साथ उस तरह व्यवहार करोगे, जैसा वह है, तो वह हमेशा वैसा ही बना रहेगा; व्यक्ति के साथ उस तरह व्यवहार करोगे जैसा वह बन सकता है और उसे बनना चाहिए, तो वह वैसा ही बन जाएगा, जैसा वह बन सकता है और जैसा उसे बनना चाहिए।"

> विश्वास एक क्रिया बन जाता है, जब आप दूसरों के महत्त्व और क्षमता को उन तक इतनी स्पष्टता से संप्रेषित करते हैं कि वे इसे ख़ुद में देखने के लिए प्रेरित हो जाते हैं।

विश्वास न सिर्फ़ विश्वसनीयता का फल है; यह प्रेरणा की जड़ भी है। यह प्रेरणा का सर्वोच्च स्वरूप है। *प्रेम* भी क्रिया बन जाता है। यह एक ऐसी चीज़ है, जो आप करते हैं। आप दूसरों से प्रेम करते हैं या उनकी सेवा करते हैं। आप दूसरों पर विश्वास करते हैं। आप उनके महत्त्व और क्षमता को देखते हैं। आप अवसर, पोषण तथा प्रोत्साहन उपलब्ध कराते हैं। अगर आप इस विश्वास पर खरे नहीं उतरते हैं, तो यह कम हो जाएगा और वे अपने महत्त्व व क्षमता को देखने के लिए प्रेरित नहीं होंगे। उनमें दूसरों तक उनके महत्त्व और क्षमता को संप्रेषित करने की योग्यता नहीं होगी। उनके लिए *विश्वास* एक क्रिया नहीं होगा। दरअसल, एक अविश्वसनीय व्यक्ति के लिए किसी पर स्थायी विश्वास करना बहुत मुश्किल होगा।

मुझे एक उदाहरण देने की अनुमति दें। मैं यह कहानी अक्सर सुनाता हूँ कि *विश्वास* की तरह ही *प्रेम* भी क्रिया बन सकता है। मैं एक सेमिनार में भाषण दे रहा था। एक आदमी मेरे पास आकर बोला, "स्टीफ़न, मुझे आपकी बातें पसंद आईं। लेकिन हर स्थिति अलग होती है। मेरे वैवाहिक जीवन की तरफ़ देखें। मैं सचमुच

चिंतित हूँ। मेरी पत्नी और मुझमें एक-दूसरे के प्रति वैसी भावनाएँ नहीं हैं, जैसी पहले थीं। मुझे लगता है कि अब मैं उससे प्यार नहीं करता हूँ और वह भी मुझे प्यार नहीं करती। मैं क्या कर सकता हूँ?"

"पहले जैसी भावना नहीं है?" मैंने पूछा।

"सही कहा," उसने दोहराया। "और हमारे तीन बच्चे हैं, जिनके बारे में हम सचमुच चिंतित हैं। आप क्या सुझाव देते हैं?"

"उससे प्यार करो," मैंने जवाब दिया।

"मैंने आपको बताया ना, वह भावना अब नहीं बची है।"

"उससे प्यार करो।"

"आप समझ ही नहीं रहे हैं। प्रेम की भावना अब है ही नहीं।"

"तो उससे प्यार करो। अगर भावना नहीं है, तो यह उससे प्यार करने का एक अच्छा कारण है।"

"लेकिन जब प्यार ही नहीं है, तो फिर प्यार कैसे किया जा सकता है?"

"दोस्त, *प्रेम* एक क्रिया है। *प्रेम* नाम की भावना *प्रेम* की क्रिया का फल है। इसलिए उससे प्यार करो। त्याग करो। उसकी बात सुनो। परानुभूति रखो। सराहना करो। समर्थन दो। क्या तुम यह करने के इच्छुक हो?"

सभी प्रगतिशील समाजों के महान साहित्य में *प्रेम* एक क्रिया है। रिएक्टिव लोग इसे एक भाव बना देते हैं। वे भावनाओं द्वारा संचालित होते हैं। हॉलीवुड की फ़िल्मों ने हमें यह यक़ीन दिला दिया है कि इस मामले में हम ज़िम्मेदार नहीं है, क्योंकि प्रेम एक भावना है। लेकिन हॉलीवुड की *फ़िल्में* वास्तविकता का वर्णन नहीं करती हैं। अगर हमारी भावनाएँ हमारे कर्मों पर हावी होने लगती हैं, तो ऐसा इसलिए है क्योंकि हमने अपनी ज़िम्मेदारी त्याग दी है और भावनाओं को सशक्त बना दिया है।

प्रोएक्टिव लोग *प्रेम* को क्रिया बनाते हैं। प्रेम ऐसी चीज़ है, जो आप करते हैं: आप त्याग करते हैं, अपना सब कुछ दे देते हैं, जिस तरह माँ नवजात शिशु को दुनिया में लाते समय करती है। अगर आप प्रेम का अध्ययन करना चाहते हैं, तो उन लोगों का अध्ययन करें, जिन्होंने दूसरों की ख़ातिर त्याग किया- उनकी ख़ातिर भी, जो बदले में उनसे प्रेम नहीं करते थे, बल्कि सताते थे। अगर आप माता-पिता हैं, तो अपनी संतानों के प्रति अपने प्रेम की ओर देखें, जिनके लिए आपने त्याग किया है। प्रेम एक जीवनमूल्य है, जिसे प्रेमपूर्ण कार्यों द्वारा हक़ीक़त बनाया जाता है। प्रोएक्टिव लोग भावनाओं को जीवनमूल्यों के अधीन रखते हैं। प्रेम नाम की भावना दोबारा उत्पन्न की जा सकती है।

विश्वास देने की सबसे अच्छी जगह क्या है? लोगों के महत्त्व और क्षमता को संप्रेषित करने की सबसे अच्छी जगह कहाँ है? बिना किसी संदेह के, यह परिवार है। अगर परिवार गड़बड़ है, तो अगली सबसे अच्छी जगह कौन सी है? स्कूल। टीचर

एक तरह से वैकल्पिक (surrogate) माँ बन जाती है, जो विश्वास की प्रक्रिया को दोबारा शुरू करती है।

दूसरों को अपना विश्वास देने की शक्ति को न भूलें। इसके कारण आप निराश होने का जोखिम उठाते हैं और इस शक्ति के इस्तेमाल में आपको समझदार बनने की ज़रूरत होगी। लेकिन जब आप ऐसा करते हैं, तो आप दूसरों को एक बेशक़ीमती उपहार व अवसर देते हैं। सबसे बड़ा जोखिम जोखिमरहित जीवन जीने में है।

फ़िल्म : टीचर

अब मैं चाहता हूँ कि आप एक फ़िल्म देखें, जो हेलन केलर और उनकी टीचर एन सुलिवन की सच्ची कहानी पर आधारित है। हेलन केलर बधिर और दृष्टिहीन थीं। एन सुलिवन ख़ुद क़ानूनी रूप से अंधी थीं और उनका बचपन बहुत ही उपेक्षित तथा अपमानजनक था - लेकिन वे एक विद्यार्थी हेलन केलर की सेवा करने में अपना अर्थ खोजकर इससे उबर गईं।

हेलन केलर का जीवन और योगदान प्रेरक, अद्‌भुत व अनंत है। करोड़ों लोग प्रत्यक्ष या अप्रत्यक्ष रूप से उनसे प्रभावित हुए हैं। लेकिन हेलन केलर की कुंजी उनकी टीचर एन सुलिवन थीं। आप www.The8thHabit.com/offers वेबसाइट पर जाकर *Films* मीनू में *Teacher* फ़िल्म चुनकर देखें। इसका अध्ययन दो मार्गों के संदर्भ में करें - महानता का उच्च मार्ग और दोयमता का निम्न मार्ग। यह देखें कि एन सुलिवन किस तरह अपने चुनावों द्वारा भविष्य-दृष्टि, अनुशासन, जोश व अंतरात्मा से संचालित होती हैं तथा किस तरह त्याग और विपत्ति से उबरकर अपने भीतर नैतिक सत्ता विकसित करती हैं। देखें कि किस तरह हेलन केलर जन्म से अंधकारमय जीवन बिताने के बावजूद संतुलित, एकीकृत, सशक्त बन गईं। देखें कि किस तरह लगातार भावनात्मक डिपॉज़िट्स की बदौलत एन और हेलन के बीच विश्वास का संबंध बना। देखें कि इससे कितना तीव्र, सूक्ष्म संप्रेषण संभव हुआ - धैर्य, लगन, समझ - और बंधन बन गया।

संक्षेप में, यह दो बेहतरीन लोगों की सुंदर कहानी है, जिन्होंने अपनी आवाज़ खोज ली और दूसरों को उनकी आवाज़ खोजने के लिए प्रेरित करने में अपना जीवन समर्पित कर दिया - दुनिया भर के असंख्य लोगों में "जीवन फूँक दिया।"

सवाल-जवाब

सवाल : नज़रिया कैसे सुधारा जा सकता है? संगठन में नकारात्मक नज़रिए से ज़्यादा घातक कुछ नहीं है। इससे कैसे निबटा जा सकता है?

जवाब : मुझे तीन स्तरों पर जवाब देने की कोशिश करने दें :

पहले, व्यक्तिगत स्तर पर सकारात्मक नज़रिए वाले व्यक्ति की मिसाल बनें - जो शिकायत करने, आलोचना करने, तुलना करने, प्रतिस्पर्धा करने और विवाद करने के संक्रामक कैंसरों से बचता है। सचमुच ऐसे व्यक्ति के इर्द-गिर्द रहने से ज़्यादा शक्तिशाली कुछ नहीं है, जो निर्णायक नहीं, मशाल होता है; आलोचक नहीं, मॉडल होता है।

दूसरे, जिस व्यक्ति का नज़रिया नकारात्मक या गड़बड़ लगता हो, उससे आमने-सामने की मुलाक़ात और व्यक्तिगत संबंध बनाने की कोशिश करें। नकारात्मक नज़रिए दरअसल ज़्यादा गहरी चीज़ों के ऊपरी लक्षण हैं। दरअसल, लोगों को समझे जाने की ज़रूरत होती है। किसी दूसरे को समझने की कोशिश इतनी उपचारक होती है और उनके लिए इतनी पुष्टिदायक होती है कि अक्सर आप फलों की कमी के बारे में चिल्ला-चोट करने के बजाय अंत में जड़ों पर काम करने लगते हैं।

तीसरी बात, कई बार आपकी मिसाल या उस व्यक्ति के साथ आपके संबंध से ज़्यादा प्रबल शक्तियाँ सक्रिय रहती हैं। कई बार आपको बस मुस्कराना होता है और परवाह नहीं करनी होती है। यह नकारात्मकता के कैंसर को फैलने से बचाता है। याद रखें, जब आप दूसरों की कमज़ोरियों पर अपना भावनात्मक जीवन खड़ा करते हैं, जिनमें उनके नकारात्मक नज़रिए शामिल हैं, तो आप ख़ुद को कमज़ोर बना लेते हैं और उन नकारात्मक नज़रियों को इतना मज़बूत बना देते हैं कि वे पूरी संस्कृति में अपनी कैंसर की कोशिकाएँ फैला सकें। आप सारी चीज़ें नहीं बदल सकते। आप लोगों को नहीं बदल सकते। आप तो सिर्फ़ ख़ुद को बदल सकते हैं। बहरहाल, मैंने पाया है कि कई बार अगर लोग कोई ऐसी कुशलता या दक्षता विकसित कर सकें, जो उनके जन्मजात उपहार या प्रतिभा के तालमेल में हो, तो ख़ुद के प्रति, दूसरों के प्रति, और जीवन के प्रति उनका नज़रिया बहुत ज़्यादा सुधर जाता है। उदाहरण के तौर पर, हम मान लेते हैं कि आप किसी को टेनिस खेलना सिखाने की कोशिश कर रहे हैं। अगर वे थोड़े निराश, हताश और नकारात्मक दिखें, तो क्या उनके नज़रियों के बारे में उनसे बात करना सबसे अच्छा रहेगा? क्या ग्राउंड स्ट्रोक और वॉली के बारे में उन्हें ज़्यादा ज्ञान देना सबसे अच्छा रहेगा? या फिर उन्हें कोर्ट पर ले जाना, दक्षता का मार्ग अपनाना, उन्हें उन दक्षताओं का अभ्यास कराना सबसे अच्छा रहेगा, जिससे उनमें ज्ञान की भूख जाग जाए? जब वे खेल का आनंद लेने लगेंगे, तो उनका नज़रिया अपने आप ज़्यादा सकारात्मक हो जाएगा। सुधार करने के तीन मार्ग हैं : ज्ञान, दक्षता और नज़रिया। अधिकांश लोग नज़रिए और ज्ञान के मार्गों पर ध्यान केंद्रित करते हैं। मैं सुझाव देता हूँ कि इन दोनों की कुंजी दक्षता का मार्ग है - जब लोग किसी काम में अच्छे होते हैं, तो वे जीवन और ख़ुद के बारे में ज़्यादा अच्छा महसूस करने लगते हैं।

सवाल : प्रेरणा के बारे में आपकी सबसे अच्छी सलाह क्या है?

जवाब : मैं पहली बात यह कहूँगा कि मिसाल बनें, मॉडल बनें। फिर दूसरे लोगों के महत्व और क्षमता को इतनी स्पष्टता से संप्रेषित करें ताकि वे इसे ख़ुद में देखने लगें - न सिर्फ़ आपके शब्दों से, बल्कि इन्हें बढ़ाने वाले तंत्रों और आर्थिक पुरस्कारों से भी। हमें यह एहसास करने की ज़रूरत है कि आंतरिक और बाहरी दोनों प्रेरणाएँ महत्वपूर्ण हैं। लोगों के भीतर की आग माचिस की तरह है। इसे सुलगाने का तरीक़ा घर्षण है। फिर इस ज्वाला से बाक़ी माचिसों को भी जलाया जा सकता है। वैसे मैं उत्साह में लिपटे हुए भाषण देने में माहिर नहीं हूँ, लेकिन मैं उत्साह में यक़ीन करता हूँ। मैं केन ब्लैंचर्ड की नसीहत को पसंद करता हूँ कि लोगों को सही काम करते हुए पकड़ें। उन्हें महत्वपूर्ण समझे जाने और सराहे जाने की ज़रूरत है, लेकिन उन्हें यह महसूस करने की भी ज़रूरत है कि उनका काम उनके समर्पण और उनकी सबसे अच्छी कोशिश लायक़ महत्वपूर्ण है।

सवाल : इंटरनेट के संसार में, जहाँ आप अक्सर आमने-सामने की मुलाक़ात से बच सकते हैं, आप किस तरह नई तकनीकों का समावेश करते हैं, ताकि कार्यस्थल का अवैयक्तीकरण न हो, लेकिन नई टेक्नोलॉजी के कारण कार्यकुशलता बढ़ जाए?

जवाब : मेरे मूल्यांकन में हाई-टेक लंबे समय में सिर्फ़ हाई टच से काम करती है। जब आप संबंध बना लेते हैं, तो फिर आप कार्यकुशलता से सोच सकते हैं और कुशलता से काम कर सकते हैं। टेक्नोलॉजी आपको कार्यकुशल बनाती है, लेकिन यह संबंध की जगह नहीं ले सकती। याद रखें, लोगों के साथ तेज़ धीमा होता है और धीमा तेज़। देह की तरह ही टेक्नोलॉजी भी एक अच्छी दासी, लेकिन बुरी मालकिन है।

• • •

अध्याय 10

आवाज़ों का मिलान - तीसरे विकल्प की खोज

लीडर्स संघर्ष से बचते नहीं हैं, दमन नहीं करते हैं या इंकार नहीं करते हैं; वे तो इसे अवसर के रूप में देखते हैं।[1]

वॉरेन बेनिस

मेरा मानना है कि जीवन की सबसे मुश्किल और चुनौतीपूर्ण समस्याओं में से एक, चाहे वह घर पर हो, कार्यस्थल पर हो या कहीं और, यह है कि आप संघर्ष से कैसे मुक़ाबला करते हैं - आप मानवीय मतभेदों से कैसे निबटते हैं। अपनी चुनौतियों के बारे में विचार करें - क्या ऐसा नहीं है? अगर आपके पास मतभेदों को सिनर्जी से सुलझाने का चरित्र तथा **दक्षता** दोनों हो, यानी आप ऐसे समाधान खोज सकते हों, जो दोनों द्वारा सुझाए गए मूल विचारों से बेहतर हों, तो क्या होगा? इस

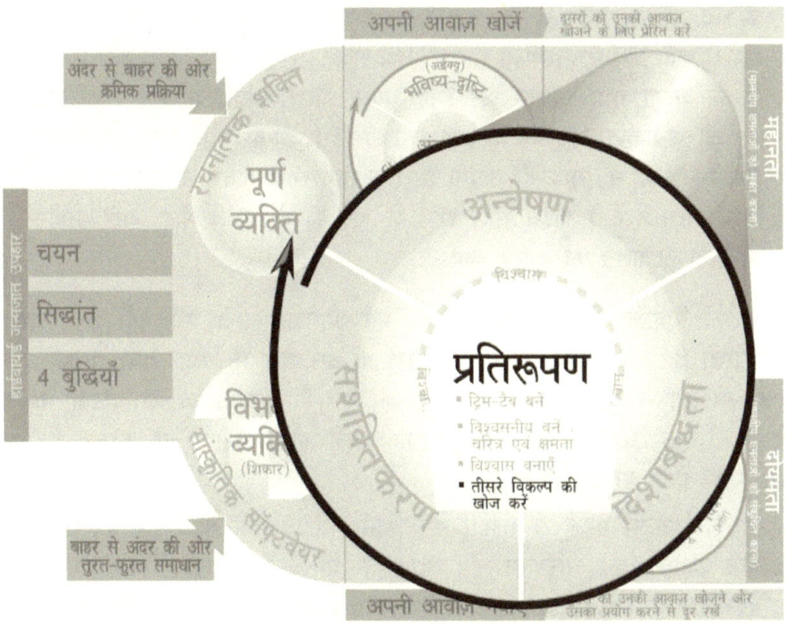

फ़िगर 10.1

तरह के सिनर्जीयुक्त समाधानों, जैसे रचनात्मक सहयोग, को उत्पन्न करने की क्षमता व योग्यता तभी निर्मित होती है, जब व्यक्तिगत स्तर पर *नैतिक सत्ता* की नीव हो और संबंधों में *विश्वास* की नीव हो।

मैंने एक बार महात्मा गाँधी के पोते अरुण गाँधी का भाषण सुना, जिसमें उन्होंने अपने दादा के बारे में ज्ञानवर्धक बातें बताईं। उनका भाषण सुन रहे लोग विनम्र और ऊर्जावान हो गए :

> विसंगति यह है कि अगर रंगभेद और पूर्वाग्रह नहीं होता, तो शायद आज गाँधी नाम की महान हस्ती भी नहीं होती। हो सकता है, वे एक सफल वकील होते, जो ढेर सारे पैसा कमाते। लेकिन दक्षिण अफ़्रीका में पूर्वाग्रह के कारण आने के एक हफ़्ते के भीतर ही उन्हें अपमान झेलना पड़ा। उन्हें उनकी चमड़ी के रंग के कारण ट्रेन से धक्का मारकर नीचे फेंक दिया गया। उन्हें इतना अपमान महसूस हुआ कि वे सारी रात प्लेटफ़ॉर्म पर बैठकर यही सोचते रहे कि इंसाफ़ कैसे हासिल करें। उनकी पहली प्रतिक्रिया ग़ुस्से की थी। वे इतने ग़ुस्से में थे कि आँख के बदले आँख वाला न्याय चाहते थे। वे अपना अपमान करने वाले लोगों को हिंसक जवाब देना चाहते थे। लेकिन उन्होंने ख़ुद को रोक लिया और कहा, "यह सही नहीं है।" इससे उन्हें इंसाफ़ नहीं मिल सकता। इससे उन्हें उस पल अच्छा महसूस हो सकता है, लेकिन इंसाफ़ नहीं मिलेगा।
>
> उनकी दूसरी प्रतिक्रिया यह थी कि वे भारत लौट जाएँ और अपने देशवासियों के बीच गरिमापूर्ण ढंग से रहें। उन्होंने इस विकल्प को भी नामंजूर कर दिया और ख़ुद से कहा, "तुम समस्याओं से भाग नहीं सकते। तुम्हें रुकना होगा और उनका सामना करना होगा।" और फिर उनके सामने तीसरी प्रतिक्रिया आई - अहिंसक कर्म की प्रतिक्रिया। उस पल के बाद उन्होंने अहिंसा का दर्शन विकसित किया और दक्षिण अफ़्रीका में इंसाफ़ की अपनी खोज के साथ-साथ जीवन भर उस पर अमल किया। उस देश में बाईस साल रहने के बाद ही वे भारत लौटे, जहाँ उन्होंने स्वतंत्रता आंदोलन का नेतृत्व किया।[2]

तीसरा विकल्प मेरा रास्ता नहीं है; यह आपका रास्ता भी नहीं है - यह तो *हमारा* रास्ता है। यह आपके और मेरे रास्ते के अधबीच में किया गया समझौता नहीं है; यह समझौते से बेहतर है। तीसरा विकल्प वह है, जिसे बौद्ध धर्मावलंबी मध्यमार्ग कहते हैं - एक उच्चतर मध्य स्थिति, जो बाक़ी दोनों तरीक़ों से बेहतर है, किसी त्रिकोण की नोंक की तरह।

तीसरा विकल्प पहले से सुझाए गए किसी भी विकल्प से बेहतर है। यह विशुद्ध रचनात्मक प्रयास का परिणाम है। यह दो या अधिक लोगों की परस्परव्यापी अतिसंवेदनशीलता (overlapping vulnerabilities) से उत्पन्न होता है - उनके

खुलेपन से, सचमुच सुनने की इच्छा से, खोज करने की इच्छा से। आप वाक़ई यह नहीं जानते कि इसका अंत कहाँ होगा। आप तो बस इतना जानते हैं कि इसका अंत इसकी वर्तमान स्थिति से बेहतर होगा। कथ्य बदल सकता है, भाव बदल सकता है, उद्देश्य बदल सकता है, इनमें से दो या तीनों चीज़ें बदल सकती हैं - और हमेशा कम से कम एक चीज़ बदलती है।

जैसा गाँधीजी के साथ हुआ था, तीसरा विकल्प आम तौर पर ख़ुद से *शुरू* होता है। यह अक्सर परिस्थिति की शक्ति ले लेता है, जिसमें कोई व्यक्ति आपका विरोध करता है, लेकिन उसके बाद यह दरअसल आपके भीतर घटित होता है। क्या गाँधीजी के पोते के कथन में आपने उनके व्यक्तिगत आंतरिक संघर्ष और अंतर्वैयक्तिक संबंधों के बीच के पारस्परिक प्रभाव को देखा था? गाँधीजी को पहले काफ़ी *व्यक्तिगत* काम करना पड़ा, तब जाकर वे *संबंधों* की चुनौतियों से निबट पाए।

इसमें सिर्फ़ एक की ज़रूरत होती है : तीसरे विकल्प की खोज की मानसिकता

जिस तरह बीस पुश-अप लगाना *व्यक्तिगत* सफलता की शारीरिक उपमा या रूपक है, उसी तरह मैं एक और रूपक का इस्तेमाल करता हूँ। सच्चे तीसरे विकल्प की खोज करने और उसे हासिल करने की मानसिकता तथा योग्यताएँ सिखाते समय मैं पंजा लड़ाने के रूपक का प्रयोग पसंद करता हूँ। मैं श्रोताओं से किसी बहुत शक्तिशाली और सवा छह फ़ुट से ज़्यादा लंबे व्यक्ति को भेजने को कहता हूँ, जो आकर सबके सामने मेरे साथ पंजा लड़ाए। जब वह व्यक्ति काफ़ी मान-मनुहार के बाद आ रहा होता है, तो मैं घमंडी अंदाज़ में उससे कहता हूँ कि वह हारने के लिए तैयार हो जाए। मैं अपनी शक्ति, कुशलता, ताक़त और ब्लैक बेल्ट रैंकिंग की डींगें हाँकता हूँ। जब वह आख़िरकार सामने आ जाता है, तो मैं उससे मेरे बाद यह दोहराने को कहता हूँ "मैं पराजित हूँ," जिसे अधिकांश लोग दोहराने के लिए तैयार हो जाते हैं। मैं इस ऊँचे-पूरे व्यक्ति से कहता हूँ कि पंजा लड़ाने में क़द का महत्व नहीं है, यह तो तकनीक का सवाल है और मेरे पास तकनीक है, जबकि उसके पास नहीं है। मैं ताने मारता हूँ और उत्तेजित करता हूँ। जैसा मेरा इरादा होता है, श्रोताओं की सहानुभूति मेरे प्रतिस्पर्धी के साथ हो जाती है।

हम पंजा लड़ाने की मुद्रा में आ जाते हैं। हमारे दाहिने पैर सट जाते हैं और हम बीच में एक-दूसरे का पंजा जकड़ लेते हैं। फिर मैं उन लोगों से कहता हूँ, जिन्होंने "स्वेच्छा से" मेरे प्रतिस्पर्धी को भेजा था कि क्या वे इस प्रतिस्पर्धा में पैसों का दाँव चाहेंगे। दूसरे शब्दों में, अगर प्रतिस्पर्धी मेरा हाथ कोहनी के स्तर तक नीचे गिरा दे, तो वे उसे एक डॉलर देंगे और अगर मैं उसके हाथ को नीचे गिरा दूँ, तो मुझे एक डॉलर मिलेगा। वे हमेशा तैयार हो जाते हैं। फिर मैं पास के ही किसी

व्यक्ति को टाइमकीपर बना देता हूँ। उसका काम हमें यह बताना था कि कब शुरू करना है, एक मिनट बाद रुकवाए और गिनता रहे कि उसने मेरा हाथ कितनी बार नीचे गिराया या मैंने उसका हाथ कितनी बार नीचे गिराया। उसका काम यह भी होता है कि इसके बाद वह टेबल पर बैठे लोगों से, जो धनराशि देने के लिए तैयार थे, हर बार हाथ नीचे करने के एक डॉलर वसूले। फिर मैं कहता हूँ कि धनराशि लगाने वाले यह पक्का कर लें कि इस प्रतिस्पर्धा के लिए उनके पास पर्याप्त पैसे हैं। वे हमेशा सहमत हो जाते हैं।

टाइमकीपर हमसे शुरू करने को कहता है। मैं तत्काल अपना हाथ ढीला कर लेता हूँ और प्रतिस्पर्धी मेरा हाथ नीचे कर देता है। आम तौर पर वह हैरान रह जाता है कि मैंने प्रतिरोध क्यों नहीं किया। वह सोचता है कि ये क्या हो रहा है। इसलिए हम एक बार फिर पहले वाली स्थिति में आ जाते हैं और मैं उसे एक बार फिर अपना हाथ नीचे कर लेने देता हूँ। और शायद फिर। और फिर। हर बार वह प्रतिरोध की उम्मीद कर रहा है। अब वह थोड़ा अपराधी महसूस करने लगता है, जैसे वह अन्याय कर रहा हो।

फिर मैं उससे कहता हूँ, "जानते हो, अगर हम दोनों ही ज़्यादा से ज़्यादा जीत सकें, तो तुम्हें सचमुच अच्छा लगेगा।" वह आम तौर पर चकरा जाता है, लेकिन चूँकि मैंने उस पर शुरू में इस तरह हमला किया था, इसलिए वह यह नहीं जानता कि क्या वह मुझ पर भरोसा कर सकता है। शायद इस समय मैं अच्छी बात कर रहा हूँ, लेकिन अगर मैंने उसे चकमा देकर ख़ुद फ़ायदा उठा लिया, तो? बहरहाल, जब मैं उसे बिना प्रतिरोध के जीतने देता हूँ, तो उसकी अंतरात्मा मेरी वकील बन जाती है और वह मेरे सुझाव को मान लेता है कि अगर हम दोनों जीतते हैं, तो हम दोनों ही ज़्यादा जीतेंगे। झिझकते हुए और थोड़ा संघर्ष करने के बाद वह आख़िरकार आम तौर पर मुझे एक बार जिताने के लिए तैयार हो जाता है।

हम फिर मध्य बिंदु पर पहुँच जाते हैं। एक बार फिर मैं उसे बिना किसी प्रतिरोध के जीत जाने देता हूँ। इसके बाद वह भी मुझे बिना प्रतिरोध के जीतने देता है। और कुछ सेकंडों में ही दोनों हाथ बिना प्रतिरोध के ऊपर-नीचे होने लगते हैं। कभी-कभार कुछ दाँव लगाने वाले हैरान होते हैं कि हो क्या रहा है। वे विरोध करने लगते हैं, लेकिन अंततः यह हम दोनों के लिए आराम से, सरलता से और बिना कोशिश के हो जाता है। मैं अब अपना अगला सुझाव देता हूँ, "अब क्यों न हम सचमुच कार्यकुशल बन जाएँ?" फिर हम बस अपने हाथ ऊपर-नीचे करने लग जाते हैं, जो पूरी बाँह हिलाने के मुक़ाबले पाँच गुना ज़्यादा तेज़ी से होता है। फिर हम दोनों बाँहों का इस्तेमाल करते हैं और परिणामों को दोगुना कर लेते हैं। आख़िरकार मैं कहता हूँ, "अब हम आपकी टेबल पर चलते हैं और यह काम लोगों के सामने करते हैं, ताकि वे गिन सकें कि उन्हें हमें कितने डॉलर देने हैं।" अब हर व्यक्ति ज़ोर-ज़ोर से हँसने लगता है और संदेश समझ जाता है।

> एक्सक्यू सर्वे के सिर्फ़ एक तिहाई लोगों का मानना था कि वे जीत-जीत के माहौल में काम करते हैं।

मैं फिर श्रोताओं को समझाता हूँ कि जीत-जीत सोचना - तीसरे विकल्प की खोज की *मानसिकता* - आपसी सम्मान और लाभ का विचार या सिद्धांत है। पंजे लड़ाते वक़्त हालाँकि मैं अपने प्रतिस्पर्धी को जीत-हार की मानसिक स्थिति में लाने के लिए ज़्यादा शक्तिशाली, बेहतर और आक्रामक होने का *नाटक* कर रहा था, लेकिन मैंने दरअसल जीत-जीत *इरादे* और मानसिकता के साथ पंजा लड़ाया।

फिर मैं बिना किसी प्रतिरोध के *उसके* हितों यानी उसकी जीत को चाहने लगा। जब वह पर्याप्त विनम्र, खुला और अपराधबोध से ग्रस्त हो गया, तब वह इस विचार के प्रति ग्रहणशील हुआ कि सहयोग करके हम दोनों ही ज़्यादा जीत सकते हैं।

फिर हम तेज़ी से हाथ ऊपर-नीचे करके और फिर सिर्फ़ कलाइयों को ऊपर-नीचे करके रचनात्मक हो गए। अंतिम परिणाम सचमुच सिनर्जी से उत्पन्न हुआ था, जहाँ हम दोनों ही जीते। जहाँ तक दर्शकों का सवाल था, जिन्हें पुरस्कार में पैसे देने थे, वे भी काफ़ी जीते - सीखने में। ज़ाहिर है, सचमुच पैसों का आदान-प्रदान नहीं हुआ। लेकिन तीसरे विकल्प की खोज करने और उसे उत्पन्न करने का यह बहुत ही सशक्त, मज़ेदार और शारीरिक चित्रण है।

क्या आप देख सकते हैं कि मुझे तीसरे विकल्प की खोज और विश्वास बनाने की कोशिश में किस तरह व्यक्तिगत स्तर पर "बीस पुश-अप" की क्षमता की आंतरिक शक्ति और सुरक्षा उत्पन्न करनी पड़ी? क्योंकि मैंने दूसरे व्यक्ति के मस्तिष्क में जीत-हार का गहरा प्रतिस्पर्धी एहसास भर दिया था - इस हद तक कि वह मन ही मन कहने लगा था, "यह नाटा गंजा किसी भी तरह मेरे पंजे को नहीं गिरा सकता।" मेरे शुरुआती नक़ली दंभ और व्यक्तिगत हमलों पर मेरे प्रतिस्पर्धी ने स्वाभाविक रूप से आवेशपूर्ण प्रतिक्रिया की, लेकिन मैंने धैर्यपूर्वक लगन से काम किया।

कई लोग मानते हैं कि *दोनों* लोगों को जीत-जीत सोचना चाहिए। ऐसा नहीं है। सिर्फ़ एक के सोचने से ही काम बन सकता है। अधिकांश लोग यह भी मानते हैं कि सामने वाले व्यक्ति को सहयोग करना चाहिए, लेकिन तीसरा विकल्प उत्पन्न करने वाला रचनात्मक सहयोग तो बाद में तब उत्पन्न होता है, जब आप सिनर्जी का प्रयोग करते हैं। व्यक्ति को इसके लिए पहले सामने वाले को तैयार करना पड़ता है... परानुभूति या सुनने का अभ्यास करके, उसके हित चाहकर और उसके साथ लगातार रुककर, जब तक कि सामने वाले को विश्वास न हो जाए।

मैंने एक बार *ओपरा* शो में यह किया। इसके लिए मैंने शो की प्रोड्यूसर को

मनाने की जीतोड़ कोशिश की कि वह मुझे यह प्रयोग करने दे। समस्या यह थी कि यह बहुत सहजता से किया जाना था और किसी को भी इसका परिणाम मालूम नहीं होना चाहिए था - ओपरा को तो बिलकुल नहीं। प्रोड्यूसर को लग रहा था कि इससे हालात क़ाबू में नहीं रहेंगे। चूँकि हर शो को इसके रेटिंग मानदंडों पर खरा उतरना होता है, इसलिए वह बहुत ही संवेदनशील और सशंकित थी। लेकिन मैं उसे आश्वस्त करता रहा और आख़िरकार ओपरा व मैंने यह किया।

कैमरे के सामने मैंने इसी तरह ओपरा पर हमला किया और उसकी आलोचना की। मैंने उसे उसकी कमज़ोरी और अपनी शक्ति के बारे में बताया और यह भी बताया कि वह *नीचे* जा रही थी। इससे वह जोश में आ गई और उसने पूरी ताक़त से दिमाग़ी हमला किया। उसने मुझे तेज़ी से नीचे कर दिया और वहीं रखा। मैंने उससे कहा, “ओपरा, क्यों न हम दोनों जीत जाएँ?” उसने कहा, “हो ही नहीं सकता!” मैंने पूछा, “क्यों नहीं?” उसने जवाब दिया, “मैं सड़कों पर पली-बढ़ी हूँ। कोई मुझसे इस तरह बात करे, तो मैं उसके सामने नहीं झुकूँगी।” “तो फिर ठीक है, ओपरा, हम तुम्हें एक बार फिर जीत लेने देते हैं।” एक बार फिर उसने कहा, “हो ही नहीं सकता!” कोई विश्वास नहीं था। मैंने कहा, “देखो, हम अब धीरे-धीरे केंद्र तक आते हैं। फिर हम तुम्हारी तरफ़ जाएँगे और तुम एक डॉलर जीत जाओगी... और मैं जानता हूँ कि तुम्हें इसकी कितनी ज़रूरत है।” हमें इसमें मज़ा आया और अंततः हर एक की तरह उसने भी सबक़ सीख लिया।

जैसी सुदूर पूर्वी कहावत है, “एक तस्वीर हज़ार शब्दों के बराबर होती है।” मेरा मानना है कि एक अनुभव हज़ार तस्वीरों के बराबर होता है। पंजे लड़ाने वाली श्रोताओं की तस्वीर दस हज़ार शब्दों के बराबर होगी और प्रतिभागी का अनुभव एक हज़ार तस्वीरों के बराबर। पाठक, शायद आप अपने मन में इसकी कल्पना कर सकते हैं। अगर आप इसकी शक्ति परखना चाहते हों, तो अपने बच्चे, पत्नी या सहयोगी पर इसे आज़माकर देख लें।

देखिए, अधिकांश लोग तीसरे विकल्प तक पहुँचने के लिए जीत-जीत सोचने और पहले समझने की कोशिश करने के कठिन काम से नहीं गुज़रते हैं। वास्तव में, इसके लिए निजी विजय की ज़रूरत होती है। इसमें व्यक्तिगत स्तर पर काफ़ी सफलता की ज़रूरत होती है, तब जाकर आप उस बिंदु पर पहुँचते हैं, जहाँ आपकी सुरक्षा अपने बारे में दूसरों की राय से ज़्यादा ख़ुद में निहित होती है। संवेदनशील होने की आपकी योग्यता में शक्ति होती है, क्योंकि सिद्धांतों पर आधारित जीवनमूल्यों के गहरे तंत्र के प्रति आपकी अखंडता आपको अजेय तथा सुरक्षित बना देती है। आप प्रभाव और लचीलेपन के प्रति खुले रह सकते हैं। आप तलाश करने का जोखिम ले सकते हैं, हालाँकि आप यह नहीं जानते हैं कि इसका अंत किस तरह होगा - आप सिर्फ़ इतना जानते हैं कि वह जगह उससे तो बेहतर होगी, जहाँ से आप और सामने वाला शुरू कर रहे हैं।

तीसरे विकल्प की खोज की योग्यताएँ

संप्रेषण निस्संदेह जीवन की सबसे महत्वपूर्ण योग्यता है। संप्रेषण की दरअसल चार विधियाँ हैं : पढ़ना, लिखना, बोलना और सुनना। अधिकांश लोग जाग्रत अवस्था के दो-तिहाई से तीन-चौथाई घंटे इन्हीं गतिविधियों में बिताते हैं। इन चार संप्रेषण विधियों में हम जितना वक़्त देते हैं उसका 40 से 50 प्रतिशत हिस्सा *सुनने* में लगता है - वह विधि, जिसका हमारे पास सबसे कम प्रशिक्षण होता है। हममें से ज़्यादातर को पढ़ने, लिखने और बोलने का बरसों तक प्रशिक्षण मिलता है। लेकिन 5 प्रतिशत से भी कम के पास ही दो सप्ताह से ज़्यादा का औपचारिक प्रशिक्षण होता है कि कैसे सुना जाए।

> सर्वे में सिर्फ़ 17 प्रतिशत कर्मचारियों ने महसूस किया कि उनके संगठनों में सचमुच खुला, स्पष्ट और सम्मानजनक संप्रेषण है।

बहुसंख्यक लोग सोचते हैं कि वे जानते हैं कैसे सुना जाए, क्योंकि वे यह काम हमेशा से करते आ रहे हैं। लेकिन दरअसल यह उनकी ग़लतफ़हमी है कि वे अच्छी तरह सुन रहे हैं। नीचे श्रवण कंटिन्यूम दिया गया है, जिसमें सुनने के पाँच स्तर बताए गए हैं : नज़रअंदाज़ करना, सुनने का नाटक करना, चुनिंदा सुनना, ध्यानपूर्वक सुनना और परानुभूतिपूर्वक सुनना। इन सबमें से सबसे उच्च स्तर यानी परानुभूतिपूर्वक सुनना ही सामने वाले व्यक्ति के दृष्टिकोण के भीतर होता है। सचमुच सुनने का मतलब है अपनी जीवनगाथा के पार जाना, अपने दृष्टिकोण से बाहर निकलना, अपने जीवनमूल्यों के तंत्र से बाहर निकलना, अपने ख़ुद के इतिहास तथा मूल्यांकन की प्रवृत्तियों से बाहर निकलना और सामने वाले व्यक्ति के दृष्टिकोण या नज़रिए में गहराई तक पहुँचना। इसे परानुभूतिपूर्वक सुनना कहते हैं। यह बहुत ही दुर्लभ योग्यता है। लेकिन यह योग्यता से भी बढ़कर है। उससे बहुत ज़्यादा है।

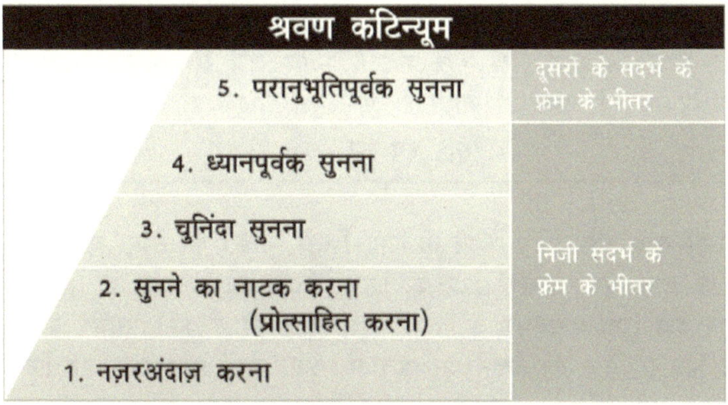

फ़िगर 10.2

संप्रेषण योग्यताओं के अत्यधिक महत्व को रेखांकित करते हुए मैं चाहता हूँ कि आप एक अनुभव लें। अगर आप चाहें, तो बस पढ़ते रहें और इस अनुभव को बौद्धिक रूप से महसूस करें, लेकिन मैं गारंटी देता हूँ कि इससे आप पर वह भावनात्मक और शैक्षणिक प्रभाव नहीं पड़ेगा, जो अनुभव से होगा। मैं आपको प्रबलता से प्रोत्साहित करता हूँ कि आप इसे करके देखें। आपको मेरी अन्य पुस्तकों में ऐसा ही अनुभव मिल सकता है, लेकिन यहाँ तस्वीरें अलग हैं। इस प्रक्रिया से दोबारा गुज़रने से आपका शिक्षण और प्रेरणा बलवती होगी, ताकि आप इस पर काम करें।

सुनने पर (एक अंश)

जब मैं आपसे सुनने को कहता हूँ और आप सलाह देने लगते हैं, तो आपने वह नहीं किया है, जो मैंने कहा था। जब मैं आपसे अपनी बात सुनने को कहता हूँ और आप मुझे बताने लगते हैं कि मुझे इस तरह से क्यों महसूस नहीं करना चाहिए, तो आप सीधे-सीधे मेरी भावनाओं को रौंद रहे हैं। जब मैं आपसे सुनने को कहता हूँ और आप महसूस करते हैं कि आपको मेरी समस्या सुलझाने के लिए कुछ करना होगा, तो आप मेरे हिसाब से असफल हो गए हैं, हालाँकि यह अजीब लग सकता है।

सुनिए! मैंने आपसे बस इतना कहा था कि आप सुनें; कुछ बोलने या करने को नहीं कहा था - बस मेरी बात सुनें... मैं ख़ुद कर सकता हूँ। मैं बेबस नहीं हूँ। शायद हताश और ग़लतियाँ करने वाला हूँ, लेकिन बेबस नहीं हूँ। जब आप मेरे लिए कोई ऐसी चीज़ करते हैं, जो मैं कर सकता हूँ और मुझे अपने लिए उसे करने की ज़रूरत है, तो आप डर और अक्षमता की मेरी भावनाओं को बढ़ा देते हैं। लेकिन जब आप इसे तथ्य के रूप में स्वीकार करते हैं कि मैं जो महसूस करता हूँ, वह महसूस करता हूँ, तो चाहे वह कितना ही अतार्किक क्यों न हो, फिर मैं आपको विश्वास दिलाने की कोशिश करना छोड़कर यह समझने का काम शुरू कर सकता हूँ कि इस अतार्किक भावना के पीछे क्या है। और जब यह स्पष्ट हो जाता है, तो जवाब भी स्पष्ट हो जाता है और मुझे सलाह की ज़रूरत नहीं है।[3]

रैल्फ़ रफ़टन, एम.डी.

अपने साथ यह प्रयोग करने के लिए किसी व्यक्ति को तैयार करें। पहले *आप, और सिर्फ़ आप*, पृष्ठ क्रमांक 227 पर फ़िगर 10.3 को पल भर के लिए देखें। फिर *बिना* ख़ुद देखे (यह महत्वपूर्ण है कि आप ताका-झाँकी न करें), सामने वाले को पृष्ठ 230 के फ़िगर 10.4 को देखने दें। अंत में, आप दोनों पृष्ठ 245 पर फ़िगर 10.8 देखें। अब आगे बढ़ें।

आप दोनों अंतिम तस्वीर में क्या देखते हैं?

यह किसी युवती की तस्वीर है या सैक्सोफ़ोन वादक की?

आप दोनों में से कौन सही है?

सामने वाले की बात समझने के लिए अच्छी तरह सुनें कि उसे क्या दिखता है। वह जो देख रहा है, उसकी बात सावधानी से सुनने और उसके नज़रिए से देखने की पूरी कोशिश करें। फिर जब आप उसका दृष्टिकोण समझ लें, तो उसे अपना दृष्टिकोण समझाएँ। उसे देखने दें कि आप क्या देख रहे हैं।

अनुभूति के इस फ़र्क़ का क्या कारण है? अब उन तस्वीरों को देखें, जो आपने अलग-अलग देखी थीं। अगर आपको पता होता कि सामने वाले ने जो पहली तस्वीर देखी है, वह आगे के पृष्ठ पर थी, तो क्या होता? क्या आपको इसमें ज्यादा समझदारी लगती कि उसने दूसरी तस्वीर को सैक्सोफ़ोन वादक की तस्वीर क्यों समझा? ज़ाहिर है, आपको इसमें समझदारी लगती।

जब मैं श्रोताओं के साथ यह छोटा प्रयोग करता हूँ, तो कमरे के आधे लोगों को एक सेकंड के लिए युवती की कंडीशनिंग तस्वीर दिखाई जाती है; बाक़ी आधे लोगों को सैक्सोफोन वादक की कंडीशनिंग तस्वीर दिखाई जाती है। जब मैं पूरे कमरे को समग्र तीसरी तस्वीर दिखाता हूँ, तो आधा कमरा इसे युवती की मानता है और आधा कमरा सैक्सोफ़ोन वादक की मानता है, कुछ अपवादों को छोड़कर। वे लोग एक ही तस्वीर देख रहे हैं, लेकिन उनके निष्कर्ष बिलकुल अलग-अलग हैं।

फ़िगर 10.3

इसके बाद इन प्रशिक्षण सत्रों में एक बहुत सशक्त शिक्षण अनुभव निकलकर आता है : दो लोग एक ही वस्तु को देख रहे हैं, लेकिन उसमें उन्हें अलग-अलग चीज़ दिख रही है। तो मैं उनसे कहता हूँ कि वे अपने पास वाले व्यक्ति से बात करें, जो इसे अलग दृष्टि से देखता है और तब तक सचमुच उसकी बात सुनें, जब तक कि आप उसका दृष्टिकोण पूरी तरह से न समझ लें। जैसे ही वे तस्वीर देखने के दूसरे तरीक़े को समझ लेते हैं, वे चिल्ला उठते हैं, "*आहा*।" जल्दी ही पूरे हॉल में *आहा* की विजयी आवाज़ें भर जाती हैं, हालाँकि कुछ लोगों को सीखने में ज़्यादा वक़्त लगता है। मैंने लोगों को बहस करते देखा है कि तस्वीर आख़िर किसकी है। दूसरा व्यक्ति उस चीज़ को नहीं देख पा रहा है, जो उनके लिए इतनी स्पष्ट है, इस बात से वे विचलित हो जाते हैं। वे रक्षात्मक हो जाते हैं, क्योंकि वे मानते हैं कि उनका तरीक़ा ही तस्वीर को देखने का एकमात्र तरीक़ा है। दूसरी ओर, मैंने देखा है कि जब सामने वाला तस्वीर का दूसरा पहलू देख लेता है, तो लोग एक-दूसरे के प्रति सचमुच आकर्षित हो जाते हैं, प्रोत्साहन देते हैं और वाक़ई ख़ुश होते हैं।

रचनात्मक चिंतन में स्थापित पैटर्न्स को तोड़ना शामिल है, ताकि चीज़ों को अलग तरीक़े से देखा जा सके।

एडवर्ड डे बोनो, एम.डी., *लेटरल थिंकिंग* के लेखक

इस अनुभव से संप्रेषण के बारे में चार बहुत महत्वपूर्ण बातें सीखी जा सकती हैं :

1. आपको सामने वाले के प्रति सचमुच खुलना होगा और उसकी बात सुननी पड़ेगी, अगर आपको यह समझना है कि वह *क्या* देखता है और वह दुनिया को उस तरीक़े से *क्यों* देखता है, जिस तरह से वह देखता है - यही तीसरा विकल्प चाहने की बुनियाद है।
2. नई जानकारी आने से *पहले* आपके पुराने अनुभव दृष्टिकोण पर रंगीन चश्मा चढ़ा देते हैं। अगर एक सेकंड की कंडीशनिंग कमरे को दो भागों में बाँट सकती है, तो ज़रा कल्पना कीजिए कि ज़िंदगी भर की कंडीशनिंग कितना कुछ कर सकती है? आपके परिवार में क्या होता है? आप चीज़ों का विश्लेषण किस तरह करते हैं? लोग समान तथ्यों को देख सकते हैं, लेकिन उन तथ्यों का *अर्थ* पुराने व्यक्तिगत अनुभवों से निकाला जाता है। लोग दुनिया की जैसी अनुभूति रखते हैं, वैसे ही अर्थ ग्रहण करते हैं और कार्य करते हैं। याद रखें, हम दुनिया को वैसी नहीं देखते हैं, जैसी कि *यह है*; हम तो दुनिया को वैसी देखते हैं, जैसे कि *हम हैं*। प्रयासों की सिनर्जी से अनुभूतियाँ बहुत पहले ही निर्धारित हो जाती हैं। इसलिए आपसी समझ की

दिशा में बढ़ने के लिए संप्रेषण संबंधी महत्वपूर्ण काम ज़रूरी होता है।

3. किसी चीज़ का अर्थ समझने का सिर्फ़ एक ही तरीक़ा नहीं होता है। चुनौती ऐसी साझी भविष्य-दृष्टि उत्पन्न करने में होती है, जो सटीकता और ईमानदारी से सभी भिन्न दृष्टिकोणों पर विचार करती है, लेकिन मौलिक भविष्य-दृष्टि के प्रति सच्ची रहती है। जब अलग-अलग लोगों द्वारा चुनौतियों का अलग-अलग विश्लेषण किया जाता है, तो कौन सही होता है? जब आप और आपका जीवनसाथी असहमत होते हैं, तो कौन सही होता है? जब आप और आपके बच्चे असहमत होते हैं, तो कौन सही होता है? अगर आपके पास पद की शक्ति है, तो आप यह सुनिश्चित कर लेंगे कि आपकी बात ही सही मानी जाए। आप अपने अहं को अपनी अनुभूति में जितना शामिल होने देंगे, आपका मस्तिष्क उतना ही कट्टर बन जाएगा और आपकी प्रतिक्रियाएँ उतनी ही कुंद हो जाएँगी।
4. अधिकांश संप्रेषण समस्याएँ अर्थविज्ञान की वजह से उत्पन्न होती हैं - किस तरह लोग शब्दों को परिभाषित करते हैं। परानुभूति लगभग तत्काल अर्थविज्ञान की समस्याओं को ख़त्म कर देती है। क्यों? क्योंकि जब आप सचमुच समझने के लिए सुनते हैं, तो आप शब्दों को अर्थ के प्रतीकों की तरह देखते हैं। मुख्य बात प्रतीक पर लड़ना नहीं, बल्कि मतलब समझना है।

अनुभूति के अनुभव की ओर लौटते हैं। ज़रा कल्पना करें कि क्या होगा, अगर आपको यक़ीन हो कि आपने जो देखा है, वह सही है और दूसरे ने जो देखा है, वह ग़लत है या उसका दावा ग़लत है। ऐसे में तस्वीर का अर्थ समझाने की हर कोशिश का परिणाम झगड़ा होगा। आप दोनों ही अपनी अनुभूति से भावनात्मक रूप से जुड़े होंगे और इस विकृत भावना द्वारा संचालित फ़ोकस से आप अखंडता के साथ सामने वाले की अनुभूति पर काम नहीं कर सकते।

अब भावनात्मक निवेश की समस्या के साथ सत्ता की शक्ति जोड़ दें। अगर उच्च पदों पर आसीन लोग ख़ुद ही यह एकतरफ़ा फ़ैसला कर लें कि संगठन की किसी महत्वपूर्ण चुनौती का सामना कैसे करना है और फिर कंपनी की दिशा के बारे में घोषणा कर दें, तो ज़रा सोचिए क्या होगा? उच्च पदों पर बैठे लोग लच्छेदार प्रस्तुतियाँ देते हैं कि तंत्र और भुगतान की व्यवस्था में नए परिवर्तन कैसे लाभ पहुँचाएँगे, किस तरह संगठन एकजुट होकर काम करेगा और उनके काम की प्रकृति भी लाभदायी होगी। मूक कर्मचारी इस हथौड़ाछाप व्यवहार से नफ़रत करते हैं और घोषणा का प्रतिरोध करते हैं। "जब तक आदेश न मिले, तब तक इंतज़ार करें" का सह-निर्भर षड्यंत्र उत्पन्न हो जाता है। मतभिन्नता से इंकार किया जाता है और उसे नज़रअंदाज़ किया जाता है। आप इससे उत्पन्न अराजकता की कल्पना ही कर सकते हैं।

फ़िगर 10.4

जब आप अपने पद से शक्ति उधार लेते हैं, लेकिन आपमें नैतिक सत्ता का अभाव होता है, तो आप ख़ुद को, दूसरों को और आपसी संबंध को कमज़ोर बना लेते हैं। आप सह-निर्भरता उत्पन्न कर लेते हैं।

रेड इंडियन वार्तालाप छड़ी

जब मैंने अमेरिका और कनाडा में रेड इंडियन समूहों के मुखियाओं को प्रशिक्षित किया, तो उन्होंने मुझे एक सुंदर उपहार दिया - एक नक़्क़ाशीदार, पाँच फ़ुट ऊँची वार्तालाप छड़ी, जिस पर इसका नाम *बाल्ड ईगल* मढ़ा हुआ था। *वार्तालाप छड़ी* (talking stick) सदियों से देशज अमेरिकी सरकार में महत्वपूर्ण भूमिका निभाती आई है। यही नहीं, कुछ अमेरिकी संस्थापकों (ख़ास तौर पर बेंजामिन फ्रैंकलिन) को इरोक्वॉइ फ़ेडरेशन के रेड इंडियन मुखियाओं ने वार्तालाप छड़ी संबंधी विचारों का प्रशिक्षण दिया था। मेरी नज़र में यह बहुत ही सशक्त संप्रेषण साधन है, क्योंकि यह मूर्त और भौतिक है, लेकिन इसमें सशक्त सिनर्जिस्टिक अवधारणा निहित है। यह वार्तालाप छड़ी बताती है कि मतभिन्नता वाले लोग किस तरह आपसी सम्मान से एक-दूसरे की बात समझ सकते हैं, अपने मतभेदों को सुलझाने में समर्थ बन सकते हैं और सिनर्जी के माध्यम से अपनी समस्याएँ सुलझा सकते हैं - कम से कम समझौते द्वारा।

इसके पीछे की अवधारणा पर ग़ौर करें। जब भी लोग कहीं इकट्ठे होते हैं, वार्तालाप छड़ी वहाँ मौजूद रहती है। जिसके पास वार्तालाप छड़ी होती है, सिर्फ़ वही बोल सकता है। अगर आपके पास वार्तालाप छड़ी है, सिर्फ़ आप ही बोल सकते हैं, जब तक कि आप संतुष्ट नहीं हो जाते कि आपकी बात समझ ली गई है। दूसरों को

अपनी बात कहने, बहस करने, सहमत होने या असहमत होने की अनुमति नहीं दी जाती है। वे तो सिर्फ़ आपको समझने की कोशिश कर सकते हैं और उस समझ को व्यक्त कर सकते हैं। फिर हो सकता है कि उनसे आपकी बात का सार पेश करने को कहा जाए, ताकि यह सुनिश्चित हो सके कि वे आपकी बात समझ गए हैं या फिर इसके बिना भी आप यह महसूस कर सकते हैं कि वे समझ गए हैं।

जब आपको लगे कि वे आपकी बात समझ गए हैं, तो आप वार्तालाप छड़ी सामने वाले व्यक्ति को दे देते हैं और फिर उसकी बात समझते हैं, ताकि उसे भी यह एहसास हो कि उसकी बात समझ ली गई है। जब वह अपनी बात कहता है, तो आपको सुनना है, उसकी बात संक्षेप में दोहराना है और परानुभूति रखना है, जब तक कि वह सचमुच यह महसूस न कर ले कि उसकी बात संक्षेप में समझ ली गई है। इस तरह सभी शामिल पक्ष बोलने और सुनने में शत-प्रतिशत संप्रेषण की ज़िम्मेदारी लेते हैं। जब सभी को महसूस हो जाता है कि उनकी बात समझ ली गई है, तो आम तौर पर एक आश्चर्यजनक चीज़ होती है। नकारात्मक ऊर्जा ख़त्म हो जाती है, विवाद हवा हो जाता है, आपसी सम्मान बढ़ता है और लोग रचनात्मक बन जाते हैं। नए विचार उत्पन्न होते हैं। तीसरे विकल्प प्रकट होते हैं।

याद रखें, *समझने का अर्थ सहमत होना नहीं है*। इसका अर्थ तो सामने वाले की नज़रों, दिल, दिमाग़ और आत्मा से स्थिति को देखने में समर्थ बनना है। समझा जाना इंसान की आत्मा की सबसे गहरी आवश्यकताओं में से एक है। एक बार जब यह आवश्यकता पूरी होती है, तो व्यक्तिगत फ़ोकस परस्पर-निर्भर बनकर समस्या सुलझाने की ओर स्थानांतरित हो सकता है। लेकिन अगर समझे जाने की यह बहुत गहरी आवश्यकता पूरी न हो, तो अहम् के युद्ध होने लगते हैं। विवादास्पद मुद्दे उठने लगते हैं। रक्षात्मक संप्रेषण का माहौल बन जाता है। कई बार वाद-विवाद, यहाँ तक कि हिंसा की नौबत भी आ सकती है।

समझे जाने की मानवीय आवश्यकता हवा के लिए फेफड़ों की आवश्यकता जैसी है। मान लें, आप किसी कमरे में हैं और अचानक उसमें से सारी हवा बाहर खींच ली जाए। इस स्थिति में आप हवा पाने के लिए कितने प्रेरित होंगे? क्या उस वक़्त अपने और किसी दूसरे के बीच के मतभेद को सुलझाने या बातचीत करने में आपकी रुचि होगी? ज़ाहिर है, नहीं। आपको तो बस *एक* चीज़ चाहिए होगी। आप बाक़ी चीज़ों के प्रति तभी खुलेंगे, जब आपको हवा मिल जाएगी। समझे जाने का एहसास मनोवैज्ञानिक हवा के समान है।

जिस प्रक्रिया पर हम बातचीत कर रहे हैं, वह वार्तालाप छड़ी के बिना भी हो सकती है, लेकिन इसमें वह मूर्त अनुशासन नहीं होता है, जो साहस के साथ बोलने तथा परानुभूति के साथ सुनने की ज़िम्मेदारी हस्तांतरित करने में होता है। जब आपके पास छड़ी सचमुच होती है, तो ध्यान और व्यक्तिगत रुचि का ज़बर्दस्त फ़ोकस बन जाता

है। आपको वास्तविक वार्तालाप छड़ी की ज़रूरत नहीं होती है। आप किसी पेंसिल, चम्मच या चॉक के टुकड़े का इस्तेमाल कर सकते हैं - किसी भी मूर्त चीज़ का। आप वक्ता से कह सकते हैं कि जब उसे महसूस हो कि सामने वाले ने उसकी बात समझ ली है, तो वह इसे दूसरे को थमा दे, लेकिन उससे पहले नहीं।

क्या आप कभी किसी ऐसी मीटिंग में मौजूद रहे हैं, जहाँ आपको लगा हो - कि कोई छिपा हुआ एजेंडा काम कर रहा है? ऐसी मीटिंग में वार्तालाप छड़ी के इस्तेमाल की शक्ति के बारे में सोचें। अगर वास्तविक छड़ी या पेंसिल का इस्तेमाल मुनासिब न लगे, तो फिर मूलभूत अंतर्निहित अवधारणा या विचार बता दें। बस मीटिंग की शुरुआत में बोलें, ताकि लोग विवादास्पद मुद्‌दों में भावनात्मक रूप से न जुड़ पाएँ। अगर आप मीटिंग की अध्यक्षता न कर रहे हों, तब भी इस तरह की बात कहें, "हम आज बहुत से महत्वपूर्ण मुद्‌दों पर बात करने वाले हैं, जिनके बारे में लोगों की प्रबल भावनाएँ हैं। संप्रेषण में मदद के लिए क्यों न हम इस बात पर सहमत हो जाएँ कि कोई भी व्यक्ति तब तक अपनी बात नहीं कहेगा, जब तक कि वह पिछले व्यक्ति की बात को उसके संतुष्ट होने तक दोहरा नहीं देगा।" (हालाँकि इस कथन से मूर्त वार्तालाप छड़ी उत्पन्न नहीं होगी, लेकिन यह मूल विचार का इस्तेमाल करता है, क्योंकि कोई भी व्यक्ति तब तक अपनी बात नहीं रख सकता, जब तक सामने वाला यह न कहे, "मुझे महसूस होता है कि मेरी बात समझ ली गई है।")

हो सकता है, कई लोग इस प्रक्रिया को अपनाने में झिझकें, क्योंकि यह थोड़ी अजीब, यहाँ तक कि बचकानी और अकुशल लगती है, लेकिन मैं आपको गारंटी देता हूँ! यह इसकी ठीक विपरीत है। इसमें इतने आत्म-नियंत्रण और परिपक्व संप्रेषण की ज़रूरत होती है कि हालाँकि यह पहलेपहल अकुशल लग सकती है, लेकिन बाद में यह बहुत प्रभावकारी बन जाती है - यानी, इससे सिनर्जिस्टिक निर्णयों और संबंधों, जुड़ाव तथा विश्वास के संदर्भ में मनचाहे परिणाम हासिल हो जाते हैं।

एक उदाहरण देखें कि आप जब रेड इंडियन वार्तालाप छड़ी की अवधारणा को अपना लेते हैं, तो मीटिंग कैसी हो सकती है :

सिल्विया और रॉजर एक मीटिंग में हैं। सिल्विया जब अपनी बात समझाने की कोशिश कर रही है, तो रॉजर बीच में ही बोल देता है, "मैं सिल्विया से सहमत नहीं हूँ। मैं सोचता हूँ कि हमें यह करना चाहिए -"

आप बीच में बोलते हैं, "माफ़ करना, रॉजर, याद है, हमें अपने संप्रेषण में किस नियम का पालन करना है?"

रॉजर जवाब देता है, "ओह हाँ, मुझे पहले सिल्विया की बात दोहराना है, तभी मैं अपनी बात कह सकता हूँ।"

आपका जवाब होता है, "नहीं, रॉजर। तुम्हें सिर्फ़ दोहराना ही नहीं है। तुम्हें इस तरह दोहराना है, ताकि *सिल्विया संतुष्ट* हो जाए। फिर तुम अपनी बात कह सकते हो।"

"ओह हाँ, ठीक है," वह हामी भरता है।

"सिल्विया का मुद्दा क्या है, रॉजर?"

वह इसे स्पष्ट करने की कोशिश करता है।

"क्या यह सही है, सिल्विया?"

"नहीं, बिलकुल नहीं। मैं तो यह कहने की कोशिश कर रही हूँ कि –"

रॉजर एक बार फिर बीच में बोल पड़ता है।

"एक बार फिर, हमारा नियम क्या है, रॉजर?"

"ओह हाँ, मुझे सिल्विया का मुद्दा इस तरह से दोहराना है, ताकि वह संतुष्ट हो जाए।"

इसलिए अब पहली बार वह ज़्यादा गहराई से सुनने की कोशिश करता है और मूलतः उसकी नक़ल करता है।

"यह कैसा रहा, सिल्विया?" आप पूछते हैं।

वह जवाब देती है, "उसने मेरी बात की नक़ल तो की है, लेकिन वह मेरे मुद्दे की भावना तक नहीं पहुँच पाया है।"

"माफ़ करना रॉजर, दोबारा कोशिश करो।"

"मेरा समय कब आएगा? मेरी बारी कब आएगी? मैं अपने स्टाफ़ के साथ दो रातों से इस मीटिंग की तैयारी कर रहा हूँ।"

"नियम याद है, रॉजर? इस अखाड़े में तब तक प्रवेश नहीं मिलेगा, जब तक कि सामने वाला यह न कह दे कि तुम उसके मुद्दे को समझ गए हो।"

एक तरफ़ तो रॉजर को उसके अहम् की आवश्यकताएँ, छिपा हुआ एजेंडा, बोलने की इच्छा प्रेरित करती है। दूसरी तरफ़ उसे यह एहसास भी होता है कि जब तक वह सामने वाले की बात उसके संतुष्ट होने तक न समझ ले, तब तक वह खेल के मैदान में नहीं उतर सकता। वह इन दोनों इच्छाओं के बीच बँट जाता है। पहली बार वह सचमुच परानुभूति से सुनता है।

सिल्विया कहती है, "धन्यवाद, रॉजर। अब मैं संतुष्ट हूँ"

"ठीक है, रॉजर, अब तुम्हारी बारी है।"

रॉजर बस देखकर कहता है, "मैं सिल्विया से सहमत हूँ।"

मेरा अनुभव है कि अगर लोग सचमुच एक-दूसरे को समझने की कोशिश करते हैं, तो वे सभी तो नहीं, लेकिन ज़्यादातर मामलों में एक-दूसरे से सहमत हो जाते हैं। क्यों? क्योंकि ९० प्रतिशत से ज़्यादा संप्रेषण संबंधी समस्याएँ अर्थविज्ञान या अनुभूतियों की भिन्नताओं के कारण होती हैं। एक बार फिर, अर्थविज्ञान का मतलब शब्दों या पारिभाषिक शब्दावली को परिभाषित करने का तरीक़ा है। अनुभूति का मतलब है : आप किस तरह जानकारी का विश्लेषण करते हैं। जब लोग सच्ची

परानुभूति यानी सामने वाले के दृष्टिकोण से एक-दूसरे की बात सुनते हैं, तो अर्थविज्ञान और अनुभूतिसंबंधी समस्याएँ ग़ायब हो जाती हैं – सैक्सोफ़ोन वादक/युवती वाले अभ्यास की तरह। ऐसा इसलिए होता है, क्योंकि वे सामने वाले के दृष्टिकोण से सुन रहे होते हैं। उन्हें एहसास है कि सामने वाला शब्दों और पारिभाषिक शब्दावली को कैसे परिभाषित करता है या वह अर्थ और जानकारी का विश्लेषण कैसे करता है। अब वे दोनों एक ही स्तर पर आ जाते हैं और समान भाषा का इस्तेमाल करते हैं। इस वजह से वे अपनी समस्याएँ सुलझाने की दिशा में आगे बढ़ने में समर्थ होते हैं। इसके बाद भी जो 10 प्रतिशत वास्तविक मतभिन्नताएँ बची रहती हैं, वे उन्हें भी सुलझाने में समर्थ हो जाते हैं। आपसी समझ का भाव इतना सशक्तिकारक, उपचारक, बंधनकारी होता है कि अपनी मतभिन्नताओं के बारे में लोग सहज भाव से बातें करते हैं और आम तौर पर सिनर्जी या किसी तरह के समझौते द्वारा उसे सुलझाने में समर्थ होते हैं।

ख़ामोशी भी रेड इंडियन वार्तालाप छड़ी संप्रेषण की कुंजी है। हमें दूसरों के साथ गहराई से परानुभूति करने के लिए शांत रहना होगा, ख़ामोश भी। ख़ामोशी की शक्ति के बारे में रॉबर्ट ग्रीनलीफ़ ने कहा है, "इंसान को थोड़ी-बहुत ख़ामोशी से घबराना नहीं चाहिए। कुछ लोग ख़ामोशी को अजीब या दमघोंटू मानते हैं। लेकिन आरामदेह संवाद में थोड़ी-बहुत ख़ामोशी का स्वागत किया जाना चाहिए। ख़ुद से यह विध्वंसात्मक लेकिन महत्वपूर्ण सवाल पूछें, मेरे दिमाग़ में जो कहने के लिए है, क्या वह इतना अच्छा है कि मैं यह ख़ामोशी तोड़ दूँ?"

ज़्यादा हल्के-फुल्के अंदाज़ में मैं अब आपको एक कहानी बताता हूँ, जो मैंने हाल ही में सुनी है। इसमें ऐसे व्यक्ति के प्रभाव के बारे में बताया गया है, जो रेड इंडियन वार्तालाप छड़ी की अवधारणा के बारे में न तो समझता है, न ही उसका अभ्यास करता है।

एक किसान एक वकील के ऑफ़िस में गया। वह तलाक़ का मुकदमा दायर करना चाहता था। वकील ने पूछा, "मैं आपकी क्या मदद कर सकता हूँ?" किसान ने जवाब दिया, "हाँ, मैं तलाक़ लेना चाहता हूँ।" वकील ने पूछा, "क्या आपके पास पर्याप्त पृष्ठभूमि है?" किसान बोला, "हाँ, मेरे पास 140 एकड़ भूमि है।" वकील ने पूछा, "नहीं, आप समझे नहीं। क्या आपके पास केस है?" किसान ने जवाब दिया, "नहीं, मेरे पास केस नहीं है, बल्कि जॉन डियर है।" फिर वकील ने पूछा, "नहीं, दरअसल आप समझे नहीं हैं। मेरा मतलब है क्या आपके पास शिकायत है?" किसान इस पर जवाब देता है, "हाँ, मैं बड़ी किफ़ायत से रहता हूँ।" वकील इसके बाद भी कोशिश करते हुए पूछता है, "नहीं सर, मेरा मतलब है क्या आपके पास कोई सूट है?" किसान जवाब देता है, "हाँ सर, मेरे पास एक सूट है। मैं रविवार को चर्च जाते

समय उसी को पहनता हूँ।" परेशान और हताश वकील ने झल्लाकर पूछा, "सर, क्या आपकी पत्नी आपको उठाकर पटकती है?" किसान ने जवाब दिया, "नहीं सर। हम दोनों लगभग साढ़े चार बजे एक साथ उठते हैं।" आख़िरकार वकील कहता है। "ठीक है। अब मैं इसे दूसरी तरह से पूछता हूँ। **तुम तलाक़ क्यों चाहते हो?**" किसान कहता है, "देखिए, मैं उसके साथ कभी सार्थक बातचीत नहीं कर पाता।"

तीसरे विकल्प की खोज में दो क़दम

तीसरे विकल्प की खोज में मूलभूत रूप से दो क़दम हैं (देखें फ़िगर 10.5)। दरअसल, इन दोनों क़दमों से खोजने की प्रक्रिया ही उस विश्वास (नैतिक सत्ता) को बनाने में मदद करती है, जो इस खोज को प्रोत्साहित करता है :

सिनर्जी हासिल करने के दो क़दम

(तीसरे विकल्प)

क्या आप एक ऐसा समाधान खोजने के इच्छुक हैं, जो आप (हम) दोनों के सुझाए प्रस्ताव ***से बेहतर*** *हो?*

क्या आप एक सरल नियम पर सहमत होंगे : कोई भी अपनी बात तब तक नहीं कह सकता, जब तक कि वह सामने वाले व्यक्ति की बात को उसके संतुष्ट होने तक दोहरा न दे।

फ़िगर 10.5

यह ध्यान रखना महत्वपूर्ण है कि ये दो क़दम हमेशा इसी क्रम में नहीं होते हैं। कई बार आप पहले वाले से शुरू करते हैं, तो कई बार दूसरे से। कई बार आप सहजता से बातचीत शुरू कर सकते हैं और किसी की बात सचमुच सुनने की कोशिश कर सकते हैं, जिसका दृष्टिकोण और समाधान आपसे बिलकुल भिन्न हो। फिर आप सामने वाले से कह सकते हैं कि जिस तरह आपने सुना है, उसी तरह से वह भी सुने। इसके बाद आप देखते हैं कि क्या सामने वाला तीसरे विकल्प की खोज करना चाहता है। कई बार आप दोनों क़दमों में आगे-पीछे होते रहेंगे। हर स्थिति भिन्न होती है और हर संबंध अनूठा होता है। निष्कर्ष : इन दोनों क़दमों का इस्तेमाल करने में अच्छी निर्णयशक्ति, जागरूकता, आत्म-नियंत्रण और पूर्ण उपस्थिति की ज़रूरत होती है।

तीसरे विकल्प की खोज में अनुभव

बरसों तक मुझे बहुत से चुनौतीपूर्ण, लेकिन आनंददायक अनुभव हुए हैं। इनमें से कुछ तब मिले हैं, जब मैं तीसरा पक्ष या बिचौलिया बनकर विपरीत दृष्टिकोण वाले दो लोगों या पक्षों की मदद कर रहा था। वे दोनों ही अपने दृष्टिकोण से भावनात्मक रूप से बहुत जुड़े थे और अतार्किकता की हद तक एक-दूसरे के विरोधी थे। ऐसे में सिनर्जिस्टिक तीसरे विकल्प की खोज के इन दो क़दमों का इस्तेमाल बहुत दिलचस्प और कारगर रहा है। आप उन्हें इस कंटिन्यूम में दिखाई गई संप्रेषण तकनीकों से संघर्ष करते देख सकते हैं (देखें फ़िगर 10.6) :

संप्रेषण कंटिन्यूम की तकनीकें	
सिनर्जी-तीसरा विकल्प (1+1=3,10,100)	रूपांतरण
संप्रेषण समझौता (1+1=1.5)	सौदा
रक्षात्मक संप्रेषण (1+1=.5)	विवाद
शत्रुता (1+1=-1,-10,-100)	

फ़िगर 10.6

मेरे शुरुआती अनुभवों में से एक तब हुआ, जब हमारी फ़र्म को एक वास्तविक, असल ज़िंदगी का, सहज अनुभव फ़िल्माना था, जो हमारे द्वारा तैयार प्रॉडक्ट के लिए सिनर्जी सिखाए। इसलिए मैंने अपने एक सेमिनार में एक प्रयोग करने का फ़ैसला किया। मैंने एक बहुत ही उत्तेजित करने वाला विषय चुना - पर्यावरण। मैंने श्रोताओं के बीच से दो लोगों को मंच पर मेरे साथ ऊपर आने के लिए आमंत्रित किया : एक महिला जो सशक्त, कट्टर, जोशीली पर्यावरणविद् थी तथा एक सशक्त, कट्टर, जोशीला बिज़नेसमैन था, जो आर्थिक लाभ के लिए अपनी कंपनी में प्राकृतिक संसाधनों का इस्तेमाल करता था। उन्होंने हाथ नहीं मिलाए। (पेशेवर मुक्केबाज़ भी ग्लव्ज़ छूते हैं।) महिला ने मंच पर आते ही उस पर हमला करते हुए कहा, "तुम्हारी बिरादरी ने ही हमारी हवा, पानी और बच्चों के भविष्य को बर्बाद किया है।" बिज़नेसमैन उस महिला के जूतों की तरफ़ देखकर बोला, "अच्छे जूते हैं। क्या चमड़े के हैं?" महिला ने नीचे देखा और फिर उसकी तरफ़ देखकर बोली, "इसका उससे क्या लेना-देना है?" बिज़नेसमैन ने जवाब दिया, "मैं तो सोच रहा हूँ कि आपने किस जानवर को मारा होगा।" महिला ने जवाब दिया, "मैं जानवरों को नहीं मारती हूँ!" बिज़नेसमैन ने प्रतिक्रिया की, "ओह, तो आपने दूसरों से मरवाया है!" यह संप्रेषण की शुरुआत थी।

वे दो क़दमों से गुज़रे। पैंतालीस मिनट बाद वे दोनों कंपनी और सरकार के स्तर पर स्थायी विकासात्मक नीतियों का आग्रह कर रहे थे। श्रोता बिलकुल अचंभित थे।

जब भी आप पहला क़दम सिखाएँ - क्या आप एक ऐसा समाधान खोजने के इच्छुक हैं, जो आप दोनों के सुझाए समाधान से बेहतर हो? - तो लोग हमेशा कहते हैं, जैसा इन दोनों ने कहा था, "मुझे नहीं पता कि यह क्या होगा," या "मैंने इस मुद्दे पर बरसों तक सोचा है और मुझे पूरा यक़ीन है..."

तो आप स्वीकार करते हैं, "ठीक है। कोई भी नहीं जानता कि समाधान क्या होगा। इसे एक साथ मिलकर बनाना होगा। सवाल यह है कि क्या आप ऐसा समाधान खोजने के इच्छुक हैं?"

वे आम तौर पर प्रतिक्रिया करते हैं, "मैं समझौता *नहीं करूँगा!*"

आप जवाब देते हैं, "ज़ाहिर है, इसकी ज़रूरत नहीं है। सिनर्जी समझौता नहीं है। यह *बेहतर* समाधान होना चाहिए - आपको इसे जानना होगा, सामने वाले को जानना होगा और आप दोनों को ही यह जानना होगा कि आप दोनों जानते हैं - कोई समझौता नहीं।"

"ओह, मैं नहीं जानती कि हम यहाँ से कहाँ जा रहे हैं।"

"आप दूसरे क़दम पर जा रहे हैं। लेकिन कोई भी अपनी बात तब तक नहीं रखेगा, जब तक कि वह सामने वाले की बातों का सार उसके संतुष्ट होने तक न दोहरा दे।" अब *यह* इम्तहान है। यह उन लोगों के लिए बहुत बड़ी चुनौती होता है, जो अंतहीन रूप से एक मुद्रा में बहस करते रहते हैं। उनके लिए चुनौती यह है कि वे सामने वाले की बात सचमुच सुनें, क्योंकि जब तक वे सामने वाले की बात नहीं सुनेंगे और उसकी बात का सार उसके संतुष्ट होने तक नहीं दोहरा देंगे, तब तक वे अपनी बात नहीं रख सकते। यह खेल के मैदान में प्रवेश का टिकट है।

मैंने एक बार गर्भपात के विषय पर यूनिवर्सिटी में यही किया था। मैं इसके एक समर्थक और एक विरोधी को सामने लाया। दोनों ही अपने विचारों के बारे में नैतिक दृष्टि से प्रतिबद्ध महसूस कर रहे थे। मैंने चार सौ लोगों के सामने दो क़दमों की प्रक्रिया अपनाई, जिनमें एमबीए की पूरी क्लास कई प्रोफ़ेसर तथा आमंत्रित अतिथि शामिल थे। एक बार फिर, दो क़दमों पर धीरे-धीरे चलने के चालीस मिनट बाद वे दोनों ही निवारण, गोद लेने और शिक्षा के बारे में बात करने लगे। देखते ही देखते चर्चा की पूरी प्रकृति ही बदल गई। श्रोता मंत्रमुग्ध थे। दोनों प्रतिभागियों की आँखों में आँसू भर आए।

मैंने उनसे पूछा कि यह इतना भावनात्मक अनुभव क्यों है। ऐसा मुद्दे के कारण क़तई भी नहीं था। ऐसा तो सिर्फ़ इसलिए था, क्योंकि वे उस तरीक़े पर शर्मिंदा थे, जिससे उन्होंने उस मुद्दे पर भिन्न राय रखने वाले हर व्यक्ति का कट्टरता से मूल्यांकन किया था, निंदा की थी और रूढ़िबद्ध किया था, यहाँ तक कि राक्षसी बनाया था। सचमुच और गहराई से सुनने के बाद उन्हें यह एहसास हो गया, "यह अच्छा व्यक्ति है। मैं इस व्यक्ति को पसंद करता हूँ; मैं इस व्यक्ति का सम्मान करता हूँ।

मैं इस व्यक्ति की राय से सहमत नहीं हूँ, लेकिन मैं सुनने का इच्छुक हूँ; मैं खुला हूँ।" मस्तिष्क और दिल को खुलते देखना, उन्हें नर्म होते देखना और स्थितियों को अधिक उच्च, सिनर्जिस्टिक तीसरे विकल्प में घुलते देखना एक रोमांचक अनुभव है।

ये दो क़दम *हमेशा* काम नहीं करते हैं। इसका कारण यह है कि लोग *हमेशा* उन पर अमल नहीं करते हैं। मैं एक बार वॉशिंगटन के यंग प्रेसिडेंट्स ऑर्गेनाइज़ेशन में यह सामग्री सिखा रहा था। मैंने नेशनल एज्युकेशन एसोसिएशन (एनईए) के प्रेसिडेंट और कैलिफ़ोर्निया के वाउचर आंदोलन के प्रमुख हिमायती से इन दो क़दमों पर चलने को कहा। मन मारकर वे पहले क़दम पर चले, लेकिन दोनों ने कहा कि उन्हें ज़रा भी पता नहीं है कि उन्हें इस खोज में क्या मिलेगा और वे कभी समझौता नहीं करेंगे।

जब वे सामने वाले की बात को उसकी संतुष्टि तक दोहराने के दूसरे क़दम तक आए, तो उन्होंने कोशिश तो की, लेकिन फिर भटक गए। वे बहुत रक्षात्मक यहाँ तक कि शत्रुतापूर्ण बन गए, एक-दूसरे को बुरी-बुरी बातें कहने लगे, जिनमें एक-दूसरे के माता-पिता का नाम घसीटना भी शामिल था। श्रोताओं ने उन्हें हूट करके भगा दिया। वे उनके आमंत्रित अतिथि थे और उन्हें वहाँ से इसलिए भगा दिया गया, क्योंकि उन्होंने कॉन्फ़्रेंस का उद्‌देश्य पूरा नहीं किया। फिर श्रोता सिनर्जिस्टिक बन गए। ये ऐसे माता-पिता थे, जिन्हें इस बात की सचमुच परवाह और जागरूकता थी कि यह काफ़ी जटिल मुद्‌दा है। आप इसका सामान्यीकरण नहीं कर सकते और इसमें ज़्यादा गहरी समझ की ज़रूरत है। श्रोता अधिकाधिक रचनात्मक बनते गए कि शिक्षा तंत्र को किस तरह सशक्त बनाया जाए - जिसमें यह भी शामिल था कि बाज़ार को कई जगहों पर शिक्षा में लाया जा सकता है और उन स्थितियों में क्या किया जाए, जहाँ यह बहुत कठिन और यहाँ तक कि हानिकारक हो सकता है।

मैंने बिज़नेस के मुद्‌दों पर यह प्रयोग कई बार आज़माया है। मैं अपने क्लाएंट्स से पूछता हूँ, "कौन सा मुद्‌दा आपकी संस्कृति को विभाजित कर रहा है - ऐसा मुद्‌दा, जिस पर चर्चा नहीं होती है?" आम तौर पर वे झिझकते हैं, लेकिन अंततः बता देते हैं। मैं उनसे पूछता हूँ, "अच्छा, क्या हम सिनर्जी यानी तीसरा विकल्प उत्पन्न करने में उदाहरण के रूप में इसका इस्तेमाल कर सकते हैं?" वे आम तौर पर कहते हैं, "ओह, यह इतना नाज़ुक है, इतना मुश्किल है - मुझे नहीं पता कि इसे कैसे किया जा सकता है।" मैं पूरी प्रक्रिया और दो क़दमों को स्पष्ट कर देता हूँ। फिर मैं उन्हें आश्वस्त करता हूँ कि अगर समूह में पर्याप्त गंभीरता और नैतिक सत्ता है, अगर वे दो क़दमों के अभ्यास में सचमुच गंभीर कोशिश करेंगे, तो उनके संगठन को बहुत ही सशक्त अनुभव मिलेगा - न सिर्फ़ मुद्‌दे सुलझाने में, बल्कि इससे भी महत्वपूर्ण, संस्कृति के भीतर एक प्रतिरक्षा तंत्र विकसित करने में, जो उन्हें किसी नए आने वाले मुद्‌दे पर वही काम करने में समर्थ बनाएगा।

मैं एक बार स्वास्थ्य सेवाओं की एक कंपनी के साथ था, जिसमें ट्रस्टी, एक्ज़ीक्यूटिव, प्रशासक और कई डॉक्टर थे। जिस मुद्दे पर बहस होनी थी, उस पर पिछले कई महीनों से लड़ाई चल रही थी। मुद्दा था बाहरी डॉक्टरों का इस्तेमाल। मेडिकल डायरेक्टर एक पक्ष का प्रवक्ता था, सीईओ दूसरे पक्ष का। सौ लोगों के सामने मैं धीरे-धीरे उन्हें दो क़दमों से ले गया। उन्होंने एक तीसरा विकल्प उत्पन्न किया, जिसके बारे में दोनों ही बहुत उत्साही थे - न सिर्फ़ इसलिए, क्योंकि यह उनकी वर्तमान व्यवस्था से बेहतर था या दोनों के मूल प्रस्तावों से बेहतर था, बल्कि इसलिए भी क्योंकि यह उनके संबंधों को बेहतर बनाता था तथा जुड़ाव उत्पन्न करता था।

मैं कानकुन, मेक्सिको में एक बीमा समूह के साथ उनके एक बड़े अंतर्राष्ट्रीय सम्मेलन में काम कर रहा था। मुझसे सिद्धांत-केंद्रित लीडरशिप के ज़रिए सांस्कृतिक कायापलट पर बोलने को कहा गया। समूह का मिज़ाज भाँपकर मैंने अपना तैयार भाषण नहीं देने का फ़ैसला किया। मैंने देखा कि महत्वपूर्ण मुद्दों पर उनका संप्रेषण बहुत कृत्रिम था, मुख्यालय के कर्मचारी जनरल मैनेजर्स से बहुत दूर थे और जनरल मैनेजर एजेंट्स से बहुत दूर थे। भाषण देने के बजाय मैंने उन्हें यह दिखाने का फ़ैसला किया कि यह सांस्कृतिक दूरी कितनी गंभीर है और इसका उनके बिज़नेस तथा ग्राहकों पर क्या प्रभाव पड़ रहा है?

तो मैंने एक सवाल लिया, "ग्राहक का मालिक कौन है?" मैंने तीनों समूहों - मुख्यालय के कर्मचारी, जनरल मैनेजर और एजेंट्स - के दो-दो लोगों को आमंत्रित किया कि वे पूरी सभा के सामने आएँ। सबने बारी-बारी से कारण गिनाए कि *वे* ग्राहक के मालिक क्यों हैं। एजेंट्स ने दावा किया कि वे ग्राहक को खोजते हैं, उससे संबंध बनाते हैं और उसे बीमा बेचते हैं। जनरल मैनेजर ने इस तर्क को हिक़ारत से देखते हुए कहा, "*हमें* पूरे समय इन लोगों की सेवा करनी पड़ती है। आप काम छोड़ सकते हैं। हम नहीं छोड़ सकते। हमें रुकना पड़ता है, अपने प्रॉडक्ट्स का प्रतिनिधित्व करना पड़ता है और अपने वादे पूरे करने होते हैं।" मुख्यालय के एक्ज़ीक्यूटिव्ज़ ने हिक़ारत से दोनों समूहों को देखा और ज़ोर देकर कहा, "आप लोगों को ज़रा भी अंदाज़ा नहीं है। प्रॉडक्ट्स किसने विकसित किए? प्रॉडक्ट्स पूरे कौन करता है? बिज़नेस चलाने के लिए पूरा संस्थागत तंत्र किसने बनाया?" इसके बाद हर एक के सामने यह स्पष्ट हो गया कि संस्कृति कितनी बीमार थी - इनमें से *कोई* भी समूह ग्राहक का मालिक नहीं था; ग्राहक खुद अपना मालिक था - और यह भी कि जब तक वे मिलकर काम नहीं करेंगे, तब तक वे ग्राहकों को खोजने और उन्हें बनाए रखने में कामयाब नहीं हो पाएँगे। इस अनुभव ने उन्हें विनम्र और बहुत खुला बना दिया कि वे दो क़दमों से गुज़रकर सिनर्जिस्टिक तीसरा विकल्प उत्पन्न करें।

एक बार एक कंपनी के प्रेसिडेंट ने मुझे फ़ोन करके पूछा कि क्या मैं एक महत्वपूर्ण

ग्राहक के साथ बहुत महँगे और लंबे मुकदमे को सुलझाने में मदद कर सकता हूँ। उस ग्राहक ने कंपनी पर यह दावा ठोंक दिया था कि इसने तय अनुबंध के मानदंडों के अनुरूप काम नहीं किया। मैं प्रेसिडेंट को अच्छी तरह जानता था। मैंने उसे अपने सिद्धांतों का प्रशिक्षण दिया था, लेकिन उसे इस बात पर पूरा भरोसा नहीं था कि वह इन पर अमल कर सकता है। मैंने उससे कहा कि उसे मेरी ज़रूरत नहीं है; वह यह काम ख़ुद कर सकता है। इसलिए मैंने फ़ोन पर ही उसे दोबारा सिद्धांत सिखाए और सलाह दी कि मैंने इस बारे में उसे पहले जो सामग्री दी है, उसे पढ़ ले। वह बहुत झिझक रहा था और डर रहा था। लेकिन जब मैंने बहुत प्रबलता से उसे भरोसा दिलाया, तो वह यह काम ख़ुद करने के लिए तैयार हो गया।

उसने दावा ठोंकने वाली कंपनी के प्रेसिडेंट को फ़ोन किया और लंच पर मिलने का प्रस्ताव रखा। दूसरी कंपनी के प्रेसिडेंट ने कहा, "उसकी कोई ज़रूरत नहीं है। क़ानूनी प्रक्रिया पूरी होने दें।" दूसरा प्रेसिडेंट सोच रहा था कि शायद फ़ोन करने वाला प्रेसिडेंट समझौता करने या झुकने के लिए तैयार था। उसने अपनी कठोर नीति पर अडिग रहने और लंच का आमंत्रण ठुकराने का फ़ैसला किया।

इस पर मेरे प्रेसिडेंट दोस्त ने उसे बताया कि वह क्या करने की कोशिश कर रहा था और क्यों। उसने उसे दो क़दमों के बारे में बताया और यह भी कि हालाँकि वह अपने वकील को नहीं लाएगा, लेकिन सामने वाला प्रेसिडेंट अपने वकील को साथ ला सकता है और अगर वह कुछ न बोलने का परामर्श दे, तो उस पर अमल कर सकता है। इस तरह उसे यह जोखिम भी नहीं रहेगा कि अदालत का मामला किसी तरह कमज़ोर हो सकता है। उसने एक बार फिर कहा, "आपके पास खोने के लिए है ही क्या - बस एक-दो घंटे का समय? पहले ही क़ानूनी ख़र्च में दोनों कंपनियों के लाखों डॉलर लग चुके हैं और अभी तो प्रक्रिया शुरू ही हुई है।" यह सुनकर दूसरा प्रेसिडेंट अपने वकील के साथ आकर मिलने के लिए तैयार हो गया।

वे तीनों कमरे में आ गए। वहाँ दो फ़्लिप चार्ट्स थे। मेरे प्रेसिडेंट दोस्त ने पूछा, "सबसे पहले तो मैं यह देखना चाहता हूँ कि क्या मैं इस मुकदमे में आपकी स्थिति को समझता हूँ?" और फिर उसने इस बारे में वह सब कहा, जो वह सोच सकता था। कुछ मिनट बाद उसने पूछा, "क्या आपको लगता है कि मैं सही समझा हूँ? क्या यह सही और न्यायोचित है?" दूसरे प्रेसिडेंट ने कहा, "हाँ, सिर्फ़ दो बिंदुओं को छोड़कर।" उसके वकील ने उसे रोकते हुए सलाह दी कि वह आगे कुछ न कहे। लेकिन उस प्रेसिडेंट को आभास हो गया कि यह सच्ची और ईमानदार कोशिश है, इसलिए उसने अपने वकील से चुप रहने को कहा और दोनों बिंदु स्पष्ट कर दिए। मेरे मित्र ने उन्हें भी फ़्लिप चार्ट पर लिख लिया। फिर उसने पूछा, "क्या आपको लगता है कि मैं समझ गया हूँ? क्या कोई और ऐसी चीज़ है, जो आप चाहते हैं कि मैं समझ लूँ? क्या कोई चीज़ छूट गई है?" सामने वाले प्रेसिडेंट ने कहा, "नहीं, मुझे महसूस होता है कि आप समझ गए हैं।" फिर मेरे दोस्त ने कहा, "क्या मैं आपसे कह सकता

हूँ कि आप भी मेरी बात उसी तरह सुनें, जैसी मैंने आपकी सुनने की कोशिश की है? क्या यह न्यायोचित नहीं होगा?"

जो हुआ वह पहला बिंदु था – यानी तीसरे विकल्प की खोज। यह एक-दूसरे को समझने की कोशिश से उत्पन्न हुई। इससे समस्या सुलझाने की प्रेरणा उत्पन्न हुई। उन्होंने न सिर्फ़ इस मुद्दे को इस तरह से सुलझाया, जिससे वे दोनों गहराई से संतुष्ट हो गए, बल्कि अपने संबंध आगे भी जारी रखे। उनके सामने अब सिर्फ़ यह समस्या बची थी कि वे इस व्यावसायिक संबंध को जारी रखने की अपनी इच्छा उन दो संस्कृतियों के सामने कैसे संप्रेषित करें, जो आपसी संघर्ष में उनकी तरफ़ हो गई थीं।

मुख्य बिंदु यह है कि लोग यह काम ख़ुद कर सकते हैं; उन्हें तीसरे पक्ष या बिचौलिए की कोई ज़रूरत नहीं है। इसके लिए आपको एक साथ प्रतिभागी और प्रेक्षक या तीसरे पक्ष का बिचौलिए बनने की योग्यता की ज़रूरत होती है। इसमें बहुत मानसिक और भावनात्मक अनुशासन की ज़रूरत होती है, लेकिन अगर सिद्धांतों में आपकी आस्था है और पर्याप्त आंतरिक साहस व अखंडता है, तो आप यह काम कर सकते हैं।

कई बार तीसरे विकल्प की प्रकृति समझौतावादी नज़र आ सकती है – जिसमें एक या दोनों थोड़ा झुक जाते हैं। लेकिन इसकी कोई ज़रूरत नहीं है। हो सकता है मुख्य बात मुद्दा ही न हो। हो सकता है कि सबसे महत्वपूर्ण तत्व संबंध की गुणवत्ता, समझ की गहराई या प्रेरणा का बदलाव हो। मुझे याद है, एक सहयोगी ने एक बार मुझे अपने माता-पिता की कहानी बताई थी। यह इसका सुंदर उदाहरण है :

मेरे पिता तीस साल तक बेहतरीन डेंटिस्ट रहे। फिर वे एमिलॉयडोसिस का शिकार हो गए, जो कैंसर से मिलती-जुलती दुर्लभ बीमारी है। डॉक्टरों ने साफ़ कह दिया कि वे छह महीने से ज़्यादा ज़िंदा नहीं रह पाएँगे। इस बीमारी के कारण उन्हें अपनी प्रैक्टिस छोड़नी पड़ी। वे हमेशा बहुत सक्रिय रहे थे, लेकिन अब वे अपनी घातक बीमारी के बारे में दिन भर सोचते रहते थे और उनके पास करने के लिए एक भी काम नहीं था।

उन्होंने फ़ैसला किया कि वे अपने घर के पीछे के अहाते में ग्रीनहाउस बनाकर अपना दिमाग़ इन चीज़ों से हटाएँगे। वे वहाँ अपने प्रिय पौधे उगाना चाहते थे। यह काँच का आकर्षक ग्रीनहाउस नहीं था, जैसा आप विक्टोरियन महलों के पीछे देखते हैं। यह तो वैसा किट ग्रीनहाउस था, जिसकी छत की जगह पारदर्शी प्लास्टिक और बाक़ी तरफ़ काला प्लास्टिक रहता है। मेरी माँ अपने अहाते में इतनी भद्दी चीज़ नहीं चाहती थीं। उन्होंने कहा कि अगर पड़ोसियों ने इसे देख लिया, तो वे शर्म के मारे मर जाएँगी। यह मुद्दा उस बिंदु तक आ गया, जहाँ वे दोनों एक-दूसरे से इसके बारे में शालीनता से बात भी नहीं कर सकते थे। मैं सोचता हूँ कि यह मुद्दा बीमारी के बारे में उनके ग़ुस्से का प्रतीक बन गया।

एक दिन माँ ने मुझे बताया कि वे मेरे पिता के दृष्टिकोण को सचमुच समझने की कोशिश कर रही हैं। वे इस मसले को सुलझाना चाहती थीं, ताकि दोनों ही ख़ुश रह सकें। उन्हें अपने पीछे के अहाते में ग्रीनहाउस पसंद नहीं था। इसके बजाय वे वहाँ सदाबहार फूल लगाना चाहती थीं। लेकिन वे मेरे पिता को ख़ुशी से समय गुज़ारते भी देखना चाहती थीं। उन्होंने पीछे हटने और उन्हें ग्रीनहाउस लगाने देने का फ़ैसला किया। उन्होंने फ़ैसला किया कि उनके लिए अपने पति की ख़ुशी पीछे के अहाते या पड़ोसियों से ज़्यादा महत्वपूर्ण है।

इसके बाद ग्रीनहाउस ने मेरे डैडी को काफ़ी समय तक ज़िंदा रखा - डॉक्टरों के हाथ खड़े करने के बावजूद। वे ढाई साल और ज़िंदा रहे। जब वे कीमोथैरेपी के कारण रात को सो नहीं पाते थे, तो वे ग्रीनहाउस में जाकर देखते थे कि उनके पौधे कैसे हैं। सुबह उन पौधों को पानी देना उठने का बहाना बन जाता था। उनका ग्रीनहाउस उन्हें करने के लिए कुछ काम देता था। शरीर कमज़ोर हो रहा था, लेकिन उनका ध्यान शरीर पर नहीं, ग्रीनहाउस पर केंद्रित था। मुझे याद है, माँ ने बाद में कहा था कि डैडी की ग्रीनहाउस बनाने की इच्छा मानकर उन्होंने ज़िंदगी का सबसे समझदारी भरा निर्णय लिया था।

शुरू में ग्रीनहाउस मेरे सहकर्मी की माँ के लिए "हार" थी, जब तक कि उन्होंने अपनी *शुरुआती* इच्छा को पति की ख़ुशी और कल्याण की ज़्यादा बड़ी इच्छा के अधीन नहीं रखा। यह सिखाता है कि जब आप किसी को समझ लेते हैं, तो आप दोबारा परिभाषित कर लेते हैं कि जीत-जीत क्या है। बहरहाल, अगर शुरुआत में उसमें यह सचमुच समझने की इच्छा नहीं होती कि उसके पति के लिए क्या महत्वपूर्ण है, तो वह कभी यह बदलाव नहीं कर पाती।

रोचक बात यह है कि परिणामस्वरूप उत्पन्न सिनर्जी तीसरे विकल्प का *समाधान* नहीं थी; यह तो तीसरे विकल्प का *नज़रिया* थी। पहला विकल्प ग्रीनहाउस न बनाना था। दूसरा विकल्प मन मारकर ग्रीनहाउस लगाने देना था। तीसरा विकल्प पति को सचमुच समझना था, ग्रीनहाउस लगाने की उनकी संतुष्टि में अपनी ख़ुशी सहर्ष खोजनी थी। अक्सर सिनर्जी इसी तरह काम करती है। बाहर से देखने वाला कह सकता है कि यह समझौता था, लेकिन अगर आप इस महिला से बात करेंगे, तो वह बिलकुल नहीं मानेगी कि उसने समझौता किया था। उसने तो अपने पति की ख़ुशी और कल्याण में संतुष्टि पाई थी। इस तरह के नज़रिए की सिनर्जी परिपक्व प्रेम की ज़बर्दस्त अभिव्यक्ति है।

• • •

लोगों के बीच के ज़्यादातर सौदे समझौते, जीत-हार या हार-जीत पर ख़त्म होते हैं। लेकिन तीसरे विकल्प के समाधान - चाहे वे अर्थ या भाव में हों, या फिर आपसी सम्मान और समझ में - कायाकल्प के उदाहरण हैं। यानी, लोग बदल गए हैं, वे अपने

दिलोदिमाग़ में ज़्यादा खुले बन गए हैं, उन्होंने सीखा है और सुना है, वे चीज़ों को नए तरीक़ों से देखने लगे हैं - उनका कायाकल्प हो चुका है। नीचे दिया गया डायग्राम ट्रांज़ेक्शनल (सौदे) और ट्रांसफ़ॉर्मेशनल (रूपांतरण) समाधानों के अंतर को स्पष्ट करता है (देखें फ़िगर 10.7) :

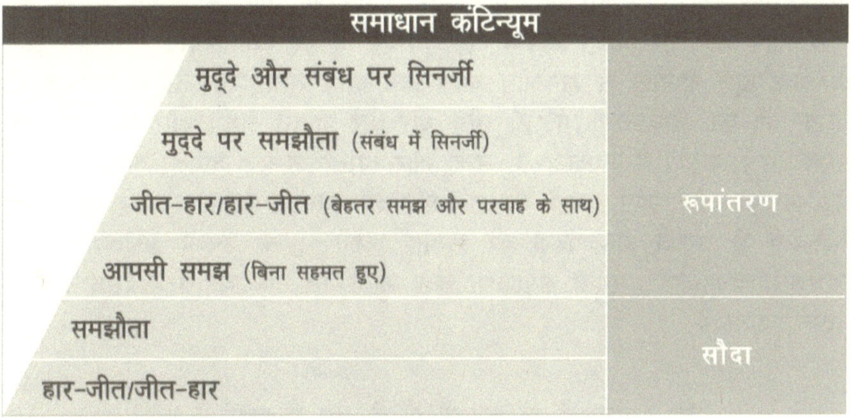

फ़िगर 10.7

मुझे विश्वास है कि सिनर्जिस्टिक तीसरे विकल्प संप्रेषण से ज़्यादातर विवाद रोके जा सकते हैं और सुलझाए जा सकते हैं। मुकदमेबाज़ी और "क़ानून" का इस्तेमाल पहले विकल्प के बजाय अंतिम विकल्प के रूप में करना चाहिए। मुकदमेबाज़ी की संस्कृति समाज के लिए हानिकारक है। इससे विश्वास नष्ट होता है, भयंकर मिसाल बनती है और सर्वश्रेष्ठ रूप में इसका परिणाम समझौता होता है। मुझे उम्मीद है किसी दिन मैं कॉरपोरेट जनरल काउंसल और फ़ेडरल जज से मिलूँगा, जो दोनों ही इन विचारों से अद्‌भुत परिणाम पाते हैं। उनके साथ मिलकर मैं वकीलों और उन्हें शिक्षित करने या काम सौंपने वाले लोगों के लिए एक पुस्तक लिखूँगा। यह पुस्तक उन लोगों के लिए भी होगी, जो वकीलों के बिना मुश्किल समस्याओं को सुलझाना चाहते हैं। इसका शीर्षक होगा *शांति उत्पन्न करने वाले धन्य हैं और इसका* उपशीर्षक होगा *विवादों के निवारण और समाधान में सिनर्जी।*

तीसरे विकल्प के संप्रेषण से पूरक टीम बनाना

प्रतिरूपण से खुले तीसरे विकल्प का संप्रेषण पूरक टीमों को बनाने की कोशिशों में भी नितांत आवश्यक है, जिनके बारे में हमने बातचीत की है। सभी तरह की जगहों पर इस तरह का प्रतिरूपण होना चाहिए, ख़ास तौर पर एक्ज़ीक्यूटिव टीम में। चूँकि *औपचारिक* लीडर्स में औपचारिक सत्ता होती है, इसलिए इस तरह के संप्रेषण में निहित *नैतिक* सत्ता को प्रकट करने की उन्हें सबसे ज़्यादा ज़रूरत है। दूसरा कारण यह है कि एक्ज़ीक्यूटिव्ज़ विभागों में महत्वपूर्ण भूमिका निभाते हैं और पूरे संगठन में

लगातार पूरक टीमें बनाते रहते हैं।

बहरहाल, पूरक टीमें बनाने वाला इस तरह का तीसरा विकल्प संप्रेषण किसी भी स्तर पर शुरू हो सकता है। निचले स्तर के लोगों द्वारा उत्पन्न व्यावहारिक परिणाम संगठन के उच्च स्तरों पर बैठे आलोचकों का हृदय-परिवर्तन कर देंगे - और दर्शाएँगे कि व्यक्तिगत या सामूहिक लीडरशिप पद का नहीं, चयन का नतीजा है।

आप कहाँ शुरू करें? अपनी टीम, विभाग के हर व्यक्ति और विभागीय टीमों के बीच खुले संप्रेषण से शुरुआत करें। जब आप तीसरे विकल्प के संप्रेषण की योग्यताओं का अभ्यास करेंगे, तो लोग धीरे-धीरे जानने लगेंगे और एक-दूसरे को पसंद करने लगेंगे। वे ज़्यादा खुले, सच्चे और वास्तविक बन जाएँगे। आपसी सम्मान बढ़ जाएगा और लोग दूसरों की शक्तियों को खुलकर स्वीकार करने लगेंगे। वे सक्रियता से उनकी कमज़ोरियों की भरपाई करेंगे, ताकि उनकी शक्तियाँ अधिक लाभकारी बन जाएँ। संगीत समूह या खेल की किसी टीम की तरह इससे सद्भाव उत्पन्न होता है।

> जब हम दूसरों को कमज़ोरियों के लेंस से देखते हैं, तो हम उनकी शक्तियों को अप्रासंगिक और उनकी कमज़ोरियों को ज़्यादा स्पष्ट बना देते हैं।

फ़िल्म : स्ट्रीट हॉकर्स

कई साल पहले एक दक्षिण अफ़्रीकी कंपनी शहर के पुराने हिस्से में कपड़ों का नया स्टोर खोल रही थी। जिस दिन स्टोर खुला, फल और सब्ज़ी वाले, जिन्हें आम तौर पर स्ट्रीट हॉकर्स कहा जाता है, वहाँ आ गए। स्टोर बनने से पहले उस ज़मीन पर उनका क़ब्ज़ा था और वे वहाँ सालों से अपना धंधा करते आ रहे थे। मनोवैज्ञानिक रूप से वे ख़ुद को ज़मीन का मालिक मानते थे। उद्घाटन वाले दिन उन्होंने स्टोर के ठीक सामने फल और सब्ज़ी के ठेले लगा लिए। इससे बखेड़ा खड़ा हो गया और ग्राहकों को स्टोर में घुसने में भी मुश्किल आई।

अगर आपने नया स्टोर खोला होता और फल वाले चारों तरफ़ ठेले लगा लेते, फ़ुटपाथ पर कचरा फैलाते और आपके दरवाज़े को आधा बंद कर देते, तो क्या होता? आप क्या करते?

आपके पास दो विकल्प हैं : आप या तो स्ट्रीट हॉकर्स को "वस्तुओं" की तरह नियंत्रित करने की कोशिश कर सकते हैं - पुलिस को बुला लें, उन्हें वहाँ से हटा दें, जायदाद के क़ानूनी मालिक के रूप में अपनी स्थिति पुख़्ता करें। या फिर आप उनसे इंसानों की तरह व्यवहार कर सकते हैं। आप सिनर्जी का इस्तेमाल कर सकते हैं और दोनों ही पक्षों के लिए बेहतर समाधान खोज सकते हैं।

स्टोर का मैनेजर इन हॉकर्स को हटाने के लिए पुलिस बुला सकता था। लेकिन इसके बजाय उसने तीसरे विकल्प को खोजने का फ़ैसला किया। सबसे पहले तो उसने उनके उद्देश्यों और आवश्यकताओं को जाना, फिर उसने उन्हें स्टोर की आवश्यकताओं के बारे में बताया। रिटेल मैनेजरों और स्ट्रीट हॉकर्स की टीम ने मिलकर एक सिनर्जिस्टिक योजना तैयार की, जिससे दोनों को लाभ हुआ।

हमने नए रिटेल स्टोर और फल तथा सब्ज़ी वालों के इस अनुभव पर फ़िल्म बनाई है। इसका नाम है *Street Hawkers*। मैं अब आपको यह वीडियो देखने के लिए आमंत्रित करता हूँ। बस www.The8thHabit.com/offers पर जाएँ और इसे *Films* मीनू में से चुन लें। इसमें आपको उस तरह के सिनर्जिस्टिक समाधान दिखेंगे, जो उन लोगों द्वारा खोजे जाते हैं, जो सशक्त बन चुके हैं।

फ़िगर 10.8

आप इस फ़िल्म में देखेंगे कि उनके रचनात्मक समाधान की कुंजी पहले आपसी समझ हासिल करना था। आप यह भी देखेंगे कि इस रचनात्मकता से अकस्मात् बहुत लाभ (serendipity) मिला। *सेरेंडिपिटी* का मतलब होता है "सुखद संयोग।" अंततः जो हुआ, उसका शुरू में किसी को भी अंदाज़ा नहीं था। यह विश्वास और संबंध से उत्पन्न हुआ : स्ट्रीट हॉकर स्टोर के पहरेदार बन गए। स्ट्रीट हॉकर चोरों को अच्छी तरह पहचानते थे और चोरों को यह बात मालूम थी। दक्षिण अफ़्रीका में सामानों की चोरी एक प्रमुख समस्या थी, इसलिए यह बहुत बड़ा लाभ था। आप शब्दशः विश्वास और संप्रेषण बनते देख सकते हैं। लोगों के समूह पर भरोसा करने पर विश्वास एक क्रिया में बदल गया और फिर उन लोगों ने ईमानदारी से उस विश्वास के अनुरूप काम किया। यह सचमुच जुड़ाव उत्पन्न करता है। यह एक संरक्षण तंत्र उत्पन्न करता है, जिसमें भविष्य की संभावित मुद्दों या समस्याओं से निबटने की शक्ति होती है।

सवाल-जवाब

सवाल : संगठनों के जीवन चक्र कितने महत्वपूर्ण हैं और क्या उनके अंततः विनाश और मृत्यु के मामले का कोई तीसरा विकल्प है?

जवाब : मेरे हिसाब से चार "बरमुडा ट्राएंगल्स" होते हैं, जो विनाश, तबाही और मृत्यु की ओर ले जाते हैं। *पहला* वैचारिक स्तर पर उत्पन्न होता है, जहाँ नकारात्मक ऊर्जा, आत्म-शंका और डर के कारण किसी अच्छे विचार का गला घोंट दिया जाता है। *दूसरा* उत्पादन की अवस्था में होता है, जहाँ अच्छे विचार पर सही तरीक़े से अमल नहीं होता है। यहीं ज़्यादातर नए संगठन असफल हो जाते हैं - दो साल में ९० प्रतिशत से अधिक। कप और होंठ के बीच में - यानी महान विचार आने और उसके साकार होने के बीच बहुत गड़बड़ियाँ हो जाती हैं। *तीसरा* ट्राएंगल प्रबंधन की अवस्था में होता है। उत्पादन बढ़ने के साथ इसे संस्थागत हो जाना चाहिए, ताकि कोई भी उस व्यवसाय को दोहरा सके या उसकी नक़ल कर सके, जैसे एक और अच्छा रेस्तराँ बनाने की दिशा में विस्तार, लेकिन उत्पादक या तो सब कुछ अकेले करने या फिर अपने क्लोन बनाने की कोशिश करता है। चीज़ों, ख़ास तौर पर कैशफ़्लो, को नियंत्रित करने के लिए औपचारिक तंत्र कभी स्थापित नहीं किए जाते हैं। *चौथा* परिवर्तन की अवस्था में उत्पन्न होता है, जहाँ संगठन को स्वयं को दोबारा परिभाषित करने की ज़रूरत होती है, ताकि यह बाज़ार की बदली हुई स्थितियों तथा नए अवसरों के अनुरूप ढल सके, लेकिन यह अफ़सरशाही, नियमों और नीतियों में इतना दब जाता है कि यह अंतिम ग्राहकों की आवश्यकताओं को भाँप नहीं पाता है और उसे पूरा नहीं कर पाता है।

अच्छी मैनेजमेंट टीमों में ऐसी गुणवत्ता के लोग होने चाहिए, जो सभी चारों अवस्थाओं की ज़रूरतें पूरी कर सकें। सबसे महत्वपूर्ण बात यह है कि टीम में आपसी सम्मान की भावना होना चाहिए, ताकि हर एक की शक्तियों को स्वीकार करके उनका उपयोग किया जाए और हर एक की कमज़ोरियों को दूसरों की शक्तियों से अप्रासंगिक बना दिया जाए। आपको एक *उद्यमी* (विचार वाले व्यक्ति), एक *उत्पादक*, एक *मैनेजर* और एक *टीमबिल्डर-लीडर* की ज़रूरत होगी, जो आपसी सम्मान का माहौल बनाने में मदद करता है। वह एक पूरक टीम बनाता है, जिसमें ख़ुद को दोबारा परिभाषित करने और नए जीवन चक्रों से तालमेल बैठाने की शक्ति होती है।

सवाल : जब आप विलय और अधिग्रहण में संलग्न होते हैं और अलग-अलग कंपनियों तथा संस्कृतियों के लोगों को साथ लाने की कोशिश करते हैं, तो क्या करें? क्या जादुई तीसरे विकल्प का कोई बटन है, जो वैश्विक कंपनी में परस्परनिर्भरता हासिल कर सके?

जवाब : अधिकांश विलय और अधिग्रहण इसलिए सफल नहीं होते हैं, क्योंकि

वे प्रक्रिया को थोपते हैं। यह तो अलग-अलग डीएनए के विलय जैसा है। क्या आपने कभी परिवार का विलय या अधिग्रहण देखा है? इसका सफल होना बहुत मुश्किल होता है। इसमें समय, लगन, धैर्य और तीसरे विकल्प समाधानों के प्रति रेड इंडियन वार्तालाप छड़ी संप्रेषण की ज़रूरत होती है। इस दौरान आप उन पाँच संक्रामक कैंसरों को उत्पन्न होते देखेंगे (विवाद, तुलना, प्रतिस्पर्धा, आलोचना और शिकायत)। याद रखें, लोगों और संस्कृतियों के मामले में तेज़ धीमा होता है और धीमा तेज़ होता है। वस्तुओं के साथ ऐसा नहीं है - तेज़ तेज़ होता है। लेकिन लोगों के साथ कार्यकुशलता या गति अप्रभावकारी हो जाती है। मैंने इसे काफ़ी मुश्किल तरीक़े से सीखा है, लेकिन इसने सशक्त रूप से इस बात को पुख़्ता बनाया है : अगर आप तीसरे विकल्प की संस्कृति विकसित करना चाहते हैं, तो अलग-अलग विधियों के महत्व का एक खुला, साझा, सम्मानजनक संप्रेषण होना चाहिए। इसमें अक्सर नई औपचारिक लीडरशिप की ज़रूरत होती है। एक बार मैं कनाडा की एक बड़ी कंपनी में काम कर रहा था, जिसकी काफ़ी परिपक्व सशक्त संस्कृति थी। चूँकि कंपनी के मुख्यालय के लीडर अमेरिका में थे और दूसरे देशों में अपने ऑफ़िस खोल रहे थे, इसलिए वे कुछ केंद्रीय नीतियाँ बनाना चाहते थे। लेकिन इन नीतियों ने यह मान लिया कि बाक़ी संस्कृतियाँ कनाडाई संस्कृति से कम विकसित और परिपक्व होंगी। कनाडाई मैनेजमेंट ने मुझसे पूछा कि क्या मैं तुलनात्मक आत्मनिर्भरता और सशक्तिकरण को क़ायम रखने में उनकी मदद कर सकता हूँ, ताकि वे उन भूमिकाओं और नीतियों के भँवर में न फँस जाएँ, जो अपरिपक्व संस्कृतियों के लिए तैयार की गई थीं और वैल्यू चेन की सबसे कमज़ोर कड़ी थीं। मैंने ख़ुशी-ख़ुशी मदद की। एक बार जब अमेरिकी एक्जीक्यूटिव्ज़ को एहसास हो गया कि वे कनाडा के साथ परस्पर-निर्भर नहीं हैं, कि वे कनाडा का प्रयोग इस मॉडल के रूप में कर सकते थे कि क्या संभव था, कि कनाडा की परिपक्व संस्कृति अधिक उत्पादक, अधिक सहज, अधिक सशक्त व अधिक लाभदायक थी, कि इसमें कम अफ़सरशाही और लालफ़ीताशाही थी, तो वे दरअसल कनाडाई कंपनी को मॉडल संगठन के रूप में दिखाने लगे, जिसका अनुसरण कम विकसित संस्कृतियाँ कर सकती थीं।

कुंजी यह है, कृत्रिम रूप से अंतर्निर्भरता न थोपें - इसे लोगों को एक-दूसरे को जानने, समझने और विश्वास करने से सहजता से उत्पन्न होने दें। फिर वे रचनात्मक बन सकते हैं। जब तक यह नहीं होगा, तब तक लोग परस्पर-निर्भरता को निर्भरता की तरह देखेंगे।

• • •

अध्याय 11

एक आवाज़ - साझी भविष्य-दृष्टि, जीवनमूल्य और रणनीति

एक दिन एलिस दोराहे पर आकर खड़ी हो गई। उसने एक पेड़ पर चेशायर बिल्ली को देखा और पूछा, "मैं किस रास्ते जाऊँ?"
बिल्ली ने पलटकर सवाल पूछा, "तुम कहाँ जाना चाहती हो?"
एलिस ने जवाब दिया, "मुझे नहीं पता।"
इस पर बिल्ली बोली, "तो फिर किसी भी रास्ते चली जाओ, कोई फ़र्क़ नहीं पड़ता।"

लुइस कैरोल, *एलिस इन वंडरलैंड*

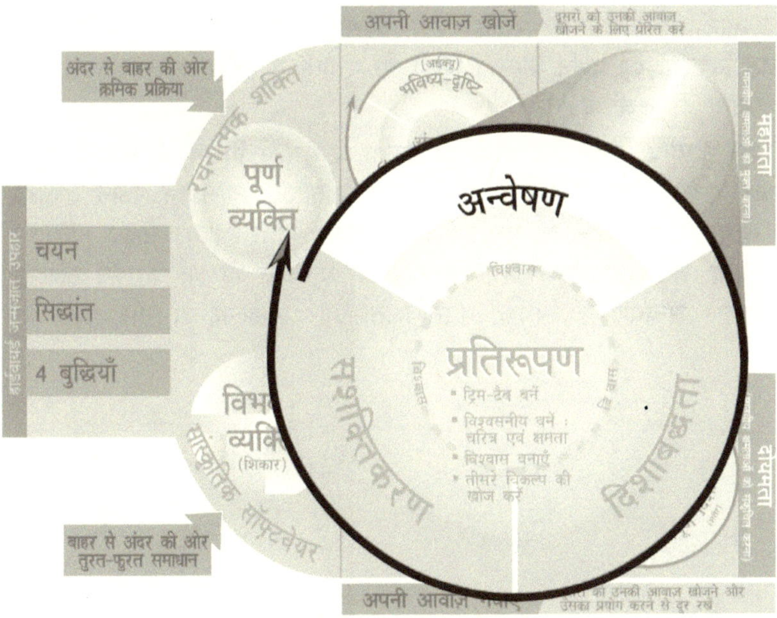

फ़िगर 11.1

याद रखें, 8वीं आदत हासिल करना अंदर से बाहर की क्रमिक प्रक्रिया है। किसी भी अन्य आदत की तरह यह **नज़रिए**, **योग्यता** और **ज्ञान** का सम्मिश्रण है। हम *ट्रिम-टैबिंग पहलशक्ति* के **नज़रिए** पर बात कर चुके हैं। हम *विश्वास बनाने* और *तीसरा विकल्प चाहने* की **योग्यताओं** पर बात कर चुके हैं। लीडरशिप की 4 भूमिकाएँ *तीसरे विकल्प* की लीडरशिप और प्रभाव का प्रतिनिधित्व करती हैं। वे आपको ट्रांसफ़ॉर्मेशनल (रूपांतरण) लीडरशिप के सिद्धांतों का **ज्ञान** देती हैं।

एक बार फिर, यह प्रभाव विश्वसनीयता के प्रतिरूपण से शुरू होता है, ताकि लोग आप पर भरोसा करने लगें। लेकिन जैसा आप जानते हैं, उन्हें आपकी विश्वसनीयता से भी अधिक की ज़रूरत होती है। अच्छे इरादे बुरी निर्णय-शक्ति की भरपाई नहीं कर सकते। लोगों को एक आदर्श की ज़रूरत होती है, ताकि यह देख सकें कि वे कैसे काम कर सकते हैं और अलग तरीक़े से नेतृत्व कर सकते हैं - उनके वर्तमान काम से अलग, उनके वर्तमान संगठन की संस्कृति से अलग, औद्योगिक युग की नियंत्रणकारी ट्रांज़ेक्शनल परंपराओं से अलग। आपका सबसे महत्वपूर्ण प्रतिरूपण (मॉडलिंग) दूसरों को यह दिखाना होगा कि जिस व्यक्ति ने अपनी आवाज़ पा ली है, वह लीडर की बाक़ी तीन प्राथमिक भूमिकाओं के भीतर कैसे काम करता है - *अन्वेषण* (pathfinding), *दिशाबद्धता* (aligning) और *सशक्तिकरण* (empowering)।

इन तीन भूमिकाओं के *प्रतिरूपण* में आपकी मदद के लिए मैं लीडरशिप की तीन बची हुई भूमिकाओं के अध्यायों को इस तरह शुरू करूँगा (1) हर भूमिका से जुड़े मिथक और वास्तविकता का परिचय देना, और (2) हर भूमिका तक पहुँचाने के तीन विपरीत विकल्पों का वर्णन करना। किसी भी चुनौती में हमेशा उच्चतर तीसरे विकल्प को खोजना ही कुंजी है।

इस अध्याय में हम उन लोगों को एकता के सूत्र में पिरोने की लीडरशिप चुनौती पर बात करेंगे, जिनकी शक्तियाँ भिन्न होती हैं और आवाज़ या महान उद्देश्य की खोज में दुनिया को देखने का नज़रिया अलग-अलग होता है। यह साझी *भविष्य-दृष्टि, जीवनमूल्यों और रणनीतिक प्राथमिकताओं के अन्वेषण* की भूमिका है। आइए, हम सबसे पहले अन्वेषण के मिथक, वास्तविकता और विकल्पों पर ग़ौर करते हैं।

मिथक	मिशन स्टेटमेंट और रणनीतिक प्राथमिकताएँ उन लोगों द्वारा विकसित किए जाते हैं, जो सबसे ज़्यादा जानते हैं - शीर्षस्थ लोगों द्वारा। *(पुराना पैरेडाइम)*
वास्तविकता	जो मिशन स्टेटमेंट और रणनीतिक प्राथमिकताएँ शीर्षस्थ लोगों द्वारा जल्दबाज़ी में तैयार की जाती हैं और जिनकी घोषणा की जाती है, उन्हें भुला दिया जाता है। सहभागिता या प्रबल तादात्म्य के बिना कोई समर्पण नहीं होगा। *(नया पैरेडाइम)*

फ़िगर 11.2

लीडरशिप की अन्वेषण भूमिका का *पहला विकल्प* अपनी टीम या संगठन के सामने भविष्य-दृष्टि, जीवनमूल्यों और रणनीति की घोषणा करना है, जिसमें शामिल लोगों की वास्तविक सहभागिता की आवश्यकता नहीं है।

दूसरा विकल्प अत्यधिक सहभागिता है, जिसमें विश्लेषण तथा कमेटियों की अधिकता के कारण संगठन लक़वे की स्थिति में पहुँच जाता है। अंतहीन चर्चाएँ और व्यापक बहस होती है। एक तरह से यह मान लिया जाता है कि आपको रणनीति पर अमल करने या उसे सशक्त करने की कोई ज़रूरत नहीं है।

तीसरा विकल्प यह है कि आप न सिर्फ़ लोगों को भविष्य-दृष्टि, मिशन और रणनीति विकसित करने की प्रक्रिया में तार्किक रूप से सहभागी बनाएँ, बल्कि यह भी पहचानें कि अगर आप विश्वास की पर्याप्त शक्तिशाली संस्कृति बना लेते हैं और ख़ुद भी विश्वसनीय होते हैं, तो पहचानने की शक्ति सहभागिता की शक्ति के बराबर है।

मैं इस तीसरे विकल्प का एक उदाहरण देना चाहूँगा।

रिट्ज़-कार्लटन होटल्स में ठहरने पर मुझे लगातार, बहुत ही असाधारण स्तर की सेवा मिली है, जिससे मैं पहले काफ़ी अचंभित था। जब मैं होटल चेन के दीर्घकालीन प्रेसिडेंट और चीफ़ ऑपरेटिंग ऑफ़िसर होर्स्ट शुल्ज़ से ज़्यादा अच्छी तरह परिचित हुआ, तो मुझे समझ में आ गया कि इनकी उल्लेखनीय संस्कृति कैसे बनी। शुल्ज़ के निर्देशन में रिट्ज़-कार्लटन होटल कंपनी ने सेवा के क्षेत्र में शीर्षस्थ मैलकम बाल्डरिज नेशनल क्वालिटी अवॉर्ड दो बार जीता है।

मैंने अपने अंतर्राष्ट्रीय सिंडिकेटेड कॉलम के लिए एक बार होर्स्ट का इंटरव्यू लिया। मैंने उनसे पूछा, "आप लीडरशिप को कैसे परिभाषित करेंगे?" उन्होंने कहा :

लीडरशिप एक ऐसा माहौल तैयार करना है, जिसमें लोग सिर्फ़ संगठन के लिए नौकरी न करना चाहें, बल्कि उसका हिस्सा बनना चाहें। लीडरशिप एक ऐसा माहौल

बनाती है, जिसमें कर्मचारी मजबूरी में नौकरी नहीं करना चाहते, बल्कि सचमुच काम करना चाहते हैं। ऐसा माहौल बनाना व्यावसायिक रूप से अनिवार्य है। उन्हें सिर्फ़ काम और उपयोगिता नहीं, बल्कि उद्देश्य भी सौंपना चाहिए। बिज़नेसमैन के रूप में मुझे ऐसा माहौल अनिवार्य रूप से बनाना चाहिए, जिसमें कर्मचारी ख़ुद को उसका हिस्सा समझें, संतुष्टि महसूस करें और जिसका उद्देश्य हो। उद्देश्य - जीवन में महत्व - ही कर्मचारियों की मानसिकता को बदलता है। तब आप उनसे अधिकतम पाते हैं और उन्हें अधिकतम देते हैं। इससे कम कोई भी चीज़ संगठन के प्रति ग़ैर-ज़िम्मेदारी है और इससे कमतर हर चीज़ को दूर करना चाहिए।

जब आप कर्मचारियों को सिर्फ़ काम पूरा करते देखते हैं, तो आप उनके साथ वस्तुओं की तरह व्यवहार करते हैं, उस कुर्सी की तरह जिस पर आप बैठे हैं। मुझे नहीं लगता कि इंसानों को ऐसा करने का हक़ है। हममें से कोई भी व्यक्ति कोने में रखी वस्तु जैसा नहीं बनना चाहता। कर्मचारी के रूप में हमें सबसे बड़ी संतुष्टि तब मिलती है, जब हम ख़ुद को कंपनी का हिस्सा मानें और निर्णय लेने तथा योगदान देने के लिए विश्वस्त महसूस करें।

अपने विशिष्ट क्षेत्र में हर व्यक्ति ज्ञानकर्मी होता है। बेशक बर्तन धोने वाला अपने काम के बारे में मुझसे ज़्यादा जानता है। इसलिए बर्तन धोने वाला माहौल सुधारने, कार्य-परिस्थितियों को बेहतर बनाने, उत्पादकता बढ़ाने और बर्तन टूटने की कमी आदि के बारे में योगदान दे सकता है। वह अपने ज्ञान से अपने क्षेत्र में बहुत ज़बर्दस्त तरीक़े से योगदान दे सकता है।

मेरे यहाँ नैरोबी का एक युवक था, जिसने सोलह साल पहले होटल में बर्तन धोने वाले के रूप में नौकरी शुरू की थी। वह ठीक से अँग्रेजी नहीं बोल पाता था, लेकिन था बहुत मेहनती। कुछ समय बाद उसे रूम सर्विस का काम सौंपा गया, फिर रूम सर्विस लीडर का, फिर लॉबी अटेंडेंट का, फिर बारटेंडर का, फिर वह असिस्टेंट लॉबी मैनेजर बन गया। आज वह फ़ूड एंड बीवरेज डायरेक्टर है। वह होटल में नंबर-टू मैन है, हालाँकि उसने बर्तन धोने वाले के रूप में काम शुरू किया था।

जब मैं सोलह साल का था, तो मेरी माँ मेरी अप्रेंटिसशिप के समय छोटे सूटकेस के साथ होटल ले गईं। वहाँ सभी महत्वपूर्ण अतिथि थे और मुझे लगा कि वे सभी मुझसे बहुत ऊपर हैं। मैं सत्तर साल के एक उल्लेखनीय हेडवेटर के बहुत क़रीब आ गया, जिनके साथ मैं अप्रेंटिस की भूमिका में काम करता था। जब वे कमरे में चलते थे, तो आपको उनकी मौजूदगी का पता चल जाता था। वे उत्कृष्ट थे और सभी उनकी तारीफ़ के पुल बाँधते थे। वे हमेशा उत्कृष्टता की खोज में रहते थे और इस बात का बड़ा ध्यान रखते थे कि वे कैसे दिखते हैं, क्या कहते हैं और कैसे काम करते हैं। मैंने इस हेडवेटर से सीखा कि अगर आप बेहतरीन ढंग से काम करते हैं, तो आप भी उतने ही महत्वपूर्ण हैं जितने कि वे मुझे एहसास हुआ कि मैं भी उतना ही महत्वपूर्ण बन सकता हूँ, बशर्ते मैं हर काम बेहतरीन तरीक़े से करूँ, चाहे वह कोई

भी हो। दरअसल, यह विचार रिट्ज़-कार्लटन का सूत्रवाक्य बन गया : "हम भद्र स्त्री-पुरुष हैं, जो भद्र स्त्री-पुरुषों की सेवा करते हैं।"

पिछले बाईस सालों में हमने पचास लाख लोगों का सर्वे किया है और प्रभावकारी लीडर्स व मैनेजर्स के गुणों और योग्यताओं को समझना चाहा है। इस व्यापक अध्ययन की एक बहुत ही उल्लेखनीय खोज यह थी : मैनेजर्स को कार्य-नीति (प्रतिरूपण) में ज़्यादा ऊँची रेटिंग मिलती थी, लेकिन फ़ोकस और स्पष्ट दिशा प्रदान करने (अन्वेषण) की योग्यता में कम। परिणामस्वरूप, कर्मचारी मुख्य प्राथमिकताओं के बारे में न तो स्पष्ट होते हैं, न ही जवाबदेह होते हैं। परिणामस्वरूप संगठन उन्हें साकार करने में असफल रहता है। विसंगति यह है - कर्मचारी पहले से ज़्यादा मेहनत कर रहे हैं, लेकिन चूँकि स्पष्टता और भविष्य-दृष्टि नहीं है, इसलिए वे ज़्यादा दूर तक नहीं पहुँच पा रहे हैं। सारांश में, वे एक रस्सी को धका रहे हैं... अपनी पूरी ताक़त से।

जहाँ प्रतिरूपण विश्वास को प्रेरित करता है, *अन्वेषण अपने आप तंत्र उत्पन्न करता है*। जैसे ही शामिल लोग सहमत होते हैं कि संगठनात्मक दृष्टि से सबसे ज़्यादा महत्वपूर्ण क्या है, वे भावी निर्णयों को प्रेरित करने वाले मानदंड बना देते हैं। इस स्पष्ट संप्रेषण से *फ़ोकस* मिलता है। इससे तंत्र बनता है। इससे स्थिरता आती है। इससे तीव्रता भी उत्पन्न होती है, जिसके बारे में हम सशक्तिकरण की भूमिका में बाद में बात करेंगे।

> *लीडरशिप का सार यह है कि आपके पास भविष्य-दृष्टि होनी ही चाहिए; आप अनिश्चित बिगुल नहीं बजा सकते।*[1]
> **थियोडोर एम. हेसबर्ग, प्रेसिडेंट, नॉट्रे डेम**

व्यक्तिगत स्तर पर *भविष्य-दृष्टि* संगठनात्मक परिवेश में *अन्वेषण* में बदल जाती है। व्यक्तिगत रूप से आप पहचानते हैं कि *आपके* लिए महत्वपूर्ण क्या है। अब आपकी चुनौती और भूमिका यह है कि आप *साझा* दृष्टिकोण रखें कि क्या महत्वपूर्ण है, क्या सबसे ज़्यादा महत्वपूर्ण है। एक पल के लिए नीचे दिए गए सवालों पर विचार करें, जो आप अपने कर्मचारियों से पूछ सकते हैं :

1. क्या कर्मचारी संगठनात्मक लक्ष्यों को स्पष्टता से समझते हैं?
2. क्या वे निष्ठावान हैं?

कर्मचारियों को महत्वपूर्ण लक्ष्य स्पष्टता से समझाने और निष्ठावान बनाने के लिए यह ज़रूरी है कि आप उन्हें निर्णय लेने की प्रक्रिया में शामिल करें। एक साथ मिलकर आप संगठन की मंज़िल तय करते हैं (भविष्य-दृष्टि और मिशन)। फिर

संगठन का हर व्यक्ति उस राह का स्वामी होगा, जो उस मंज़िल की ओर ले जाती है (जीवनमूल्य और रणनीतिक योजना)।

संगठन या टीम के लिए सबसे ज़्यादा महत्वपूर्ण क्या है, यह तय करने के लिए आपको अपने सामने की वास्तविकताओं से दो-दो हाथ करने की ज़रूरत होगी। जब आप उन्हें समझ लें, तो तब तक काम करते रहें, जब तक कि साझी भविष्य-दृष्टि और जीवनमूल्य का तंत्र किसी तरह के मिशन स्टेटमेंट या रणनीतिक योजना में समाहित न हो जाए। पहले आधारभूत वास्तविकताओं में जड़ें जमाने की आवश्यकता के बारे में बोलते हुए लेखक क्लेटन एम. क्राइस्टनसन लिखते हैं :

> हर उद्योग में हर कंपनी निश्चित शक्तियों - संगठनात्मक प्रकृति के नियमों - के अधीन काम करती है, जो सशक्त रूप से यह परिभाषित करती है कि कंपनी क्या कर सकती है और क्या नहीं। जब विघटनकारी प्रौद्योगिकी से मैनेजर्स का सामना होता है और यह उन पर हावी हो जाती है, तो वे कंपनी को असफल बना देते हैं।
>
> एक मिसाल दूँ। जिन प्राचीन लोगों ने अपनी बाँहों में पंख बाँधकर ऊँची जगहों से कूदकर उड़ने की कोशिश की, वे पूरी ताक़त से हाथ हिलाने के बावजूद असफल हुए। सपनों और कड़ी मेहनत के बावजूद वे प्रकृति की बहुत प्रबल शक्तियों के ख़िलाफ़ लड़ रहे थे।
>
> कोई भी इस लड़ाई को जीतने लायक़ शक्तिशाली नहीं होता। उड़ना तभी संभव हुआ, जब लोगों ने प्रासंगिक प्राकृतिक नियमों और सिद्धांतों को समझा, जिन्होंने परिभाषित किया कि दुनिया कैसे काम करती है : गुरुत्वाकर्षण का नियम, बरनौली का सिद्धांत और उठने, चलने व प्रतिरोध की अवधारणाएँ। जब लोगों ने उड़ान के ऐसे तंत्र तैयार किए, जिन्होंने इन नियमों व सिद्धांतों से लड़ने के बजाय उनकी शक्ति को पहचाना और उनका दोहन किया, तो वे अंततः बहुत ऊँचाई तक उड़ने और ऐसी दूरियाँ तय करने में कामयाब हुए, जिनकी पहले कल्पना भी नहीं की जा सकती थी।[2]

अन्वेषण की भूमिका को पूरी तरह समझने और उस पर अमल के लिए तैयार होने से पहले आपको चार वास्तविकताओं से जूझना होगा - *बाज़ार की वास्तविकताएँ, केंद्रीय क्षमताएँ, सहभागियों की इच्छाएँ* और *आवश्यकताएँ व जीवनमूल्य*।

- **बाज़ार की वास्तविकताएँ।** आपके संगठन या टीम में लोग बाज़ार को किस तरह आँकते हैं? व्यापक राजनीतिक, आर्थिक और प्रौद्योगिकी का संदर्भ क्या है? प्रतिस्पर्धी शक्तियाँ कौन सी हैं? उद्योग की प्रवृत्तियाँ और लक्षण क्या हैं? विघटनकारी प्रौद्योगिकी और बिज़नेस मॉडल उत्पन्न होने की क्या संभावना है, जो पूरे उद्योग या मूलभूत परंपरा को पुरातनपंथी बना सकते हैं?

- **केंद्रीय क्षमताएँ।** आपकी अनूठी शक्तियाँ क्या हैं? मैं अन्वेषण के प्रति जिम कॉलिन्स के तरीक़े से काफ़ी प्रभावित हूँ। अपनी पुस्तक *गुड टु ग्रेट* में वे आपस में काटते तीन गोले बनाते हैं, जो आपकी मुख्य शक्तियों का प्रतिनिधित्व करते हैं। वे इसे हेजहॉग अवधारणा कहते हैं।[3] ये गोले तीन सवालों पर केंद्रित हैं : आप किस काम में सचमुच अच्छे हैं – यानी आप दुनिया में कौन सा काम सबसे अच्छा कर सकते हैं? दूसरा, आप किसके बारे में गहराई से जोशीले हैं? और तीसरा, लोग किस चीज़ के लिए भुगतान करेंगे? दूसरे शब्दों में, वे कौन सी मानवीय आवश्यकताएँ और इच्छाएँ हैं, जिनकी पूर्ति से आपका आर्थिक इंजन चलेगा? इन तीन आपस में काटते हुए गोलों के बीच का प्रतिच्छेदन क्षेत्र आपके जीवनमूल्य तंत्र की नीव है।

  अगर हम यह सवाल भी जोड़ दें कि आपकी अंतरात्मा क्या सलाह देती है, तो हमारे पास पूर्ण-व्यक्ति की नीति होगी (*शरीर* – आर्थिक इंजन; *मस्तिष्क* – सर्वश्रेष्ठ बनना; *हृदय* – जोश; और *आत्मा* – अंतरात्मा)। ये चार क्षेत्र जहाँ एक-दूसरे को काटते हैं, वहीं आपकी आवाज़ होती है (देखें फ़िगर 11.3)। जैसी पहले भी चर्चा की जा चुकी है, यह नीति व्यक्तियों और संगठनों दोनों पर लागू की जा सकती है, ताकि वे अपनी आवाज़ खोज लें।

- **शामिल लोगों की इच्छाएँ और आवश्यकताएँ।** सभी शामिल लोगों के बारे में सोचें – सबसे पहले और सबसे महत्वपूर्ण, अंतिम ग्राहकों के बारे में। वे

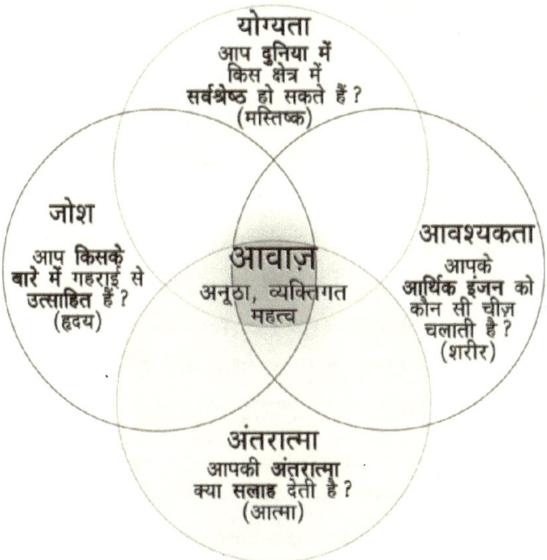

फ़िगर 11.3

सचमुच क्या चाहते हैं और उनकी आवश्यकता क्या है? *उनके* मुद्दे, समस्याएँ और चिंताएँ क्या हैं? *उनके* ग्राहक क्या चाहते हैं और उन्हें किस चीज़ की ज़रूरत है? उस उद्योग की बाज़ार वास्तविकता क्या है, जिसमें वे काम करते हैं? कौन सी संभावित तकनीकें या बिज़नेस मॉडल उनका विघटन कर सकते हैं या पुरातनपंथी बना सकते हैं? मालिकों के बारे में? उन लोगों के बारे में जिन्होंने पूँजी लगाई है या जो टैक्स चुकाते हैं - वे क्या चाहते हैं, उनकी आवश्यकताएँ क्या हैं? आपके सहयोगियों, कर्मचारियों, सहकर्मियों के बारे में - उनकी इच्छाएँ और आवश्यकताएँ क्या हैं? सप्लायर्स, डिस्ट्रिब्यूटर्स और डीलर्स के बारे में - पूरी सप्लाई चेन के बारे में? समुदाय और पर्यावरण के बारे में?

- **जीवनमूल्य।** इन लोगों के जीवनमूल्य क्या हैं? आपके जीवनमूल्य क्या हैं? संगठन का केंद्रीय उद्देश्य क्या है? उस उद्देश्य को हासिल करने की केंद्रीय रणनीति क्या है? आपको कौन से काम के लिए नौकरी पर रखा गया है? वे जीवनमूल्य क्या हैं, जिन्हें मार्गदर्शक सिद्धांतों के रूप में काम करना है? तनाव और दबाव के समय विभिन्न पृष्ठभूमियों में उनका किस तरह प्राथमिकीकरण किया जाता है? अधिकांश लोग कभी यह फ़ैसला नहीं करते हैं कि उनके लिए सबसे महत्वपूर्ण क्या है। वे ऐसे मानदंड भी विकसित नहीं करते हैं, जो बाक़ी सभी निर्णयों को शासित करें। यहाँ हम व्यक्ति नहीं, पूरे समूह, टीम या संगठन के लिए ऐसा करने की कोशिश कर रहे हैं। ज़रा सोचें कि यह कितना जटिल, कितना परस्पर-निर्भर है - वास्तव में कितना चुनौतीपूर्ण है।

इस तरह के सवालों और मुद्दों को *स्पष्ट करने* के बाद ही आप *फ़ोकस* कर सकते हैं। इसीलिए इसमें इतने चरित्र, क्षमता, भविष्य-दृष्टि, अनुशासन और जोश की ज़रूरत होती है, जो अंतरात्मा द्वारा शासित हों।

अन्वेषण सबसे मुश्किल काम है, क्योंकि आपका सामना कई भिन्न व्यक्तित्वों, लक्ष्यों, वास्तविकता की अनुभूतियों, विश्वास के स्तरों और अहम् से होता है। इससे यह रेखांकित होता है कि प्रतिरूपण (modeling) की सबसे महत्वपूर्ण और केंद्रीय नियंत्रणकारी भूमिका क्यों है। अगर लोग अन्वेषण की प्रक्रिया शुरू करने वाले व्यक्ति और/या टीम पर भरोसा नहीं कर सकते, तो कोई तादात्म्य नहीं होगा और सहभागिता बड़ी सतही होगी।

जॉर्ज वॉशिंगटन में *प्रतिरूपण* का चरित्र और क्षमता थी। इसी की बदौलत वे थॉमस जेफ़रसन, जॉन एडम्स, बेंजामिन फ्रैंकलिन, अलैक्ज़ेंडर हैमिल्टन और अमेरिका के अन्य संस्थापकों की मतभिन्नताओं को एक सूत्र में पिरो पाए। इसी की बदौलत आख़िरकार डिक्लेरेशन ऑफ़ इंडिपेंडेंस और अमेरिका का संविधान बन पाया, जिसमें पहले दस संशोधन थे। इन संशोधनों को बिल ऑफ़ राइट्स का नाम दिया गया। इस

अन्वेषण कार्य को हासिल करना अमेरिका की स्थापना का सबसे मुश्किल काम था। लेकिन भविष्य-दृष्टि वाले उन मार्गदर्शक दस्तावेज़ों ने अमेरिका को कई विभीषिकाओं गृहयुद्ध, बड़े युद्धों, वियतनाम युद्ध, वॉटरगेट, राष्ट्रपति के स्कैंडलों और राष्ट्रपति चुनावों - से बचाया है। और सशक्तिकरण की बात करें, तो दुनिया की जनसंख्या के सिर्फ़ साढ़े चार प्रतिशत लोग दुनिया की एक तिहाई वस्तुओं का उत्पादन करते हैं!

साझी भविष्य-दृष्टि और जीवनमूल्य हासिल करना

अक्सर *साझी* भविष्य-दृष्टि और जीवनमूल्यों को हासिल करने का वर्णन करते समय लोग बार-बार एक ही पन्ने या नक़्शे पर रहने का उदाहरण देते हैं। यह एक उत्कृष्ट उपमा है, क्योंकि इससे पता चलता है कि संगठन की प्रस्तावित भविष्य-दृष्टि, जीवनमूल्यों और रणनीतिक जीवनमूल्यों के सबसे महत्वपूर्ण मुद्दों पर सभी एकमत हैं। जब संगीत एक साथ बजता है, तो तालमेल में और सुरीला होता है।

बाँटना (sharing) एक रोचक शब्द है। जब मैं किसी चीज़ को आपके साथ *बाँटता* हूँ, तो मैं आपको वह देता हूँ, जो मेरे पास है। अगर आप मेरे साथ तादात्म्य स्थापित करते हैं, मेरे विचारों में यक़ीन रखते हैं और मुझ पर भरोसा करते हैं, तो मैं आपके साथ अपनी भविष्य-दृष्टि बाँट सकता हूँ। आप अपनी विकसित भविष्य-दृष्टि के बजाय मेरी भविष्य-दृष्टि को ज़्यादा विश्वास से अपना सकते हैं, क्योंकि आप अपने बजाय मेरे अनुभव को ज़्यादा विश्वसनीय मानते हैं। दूसरी ओर, अगर आप सक्षम महसूस करते हैं, सहभागी बनने के इच्छुक होते हैं और मैं आपको *अपनी* योजना *हमारी* योजना के रूप में बताता हूँ, तो आपको भावनात्मक प्रतिबद्धता महसूस नहीं होगी। यह योजना मिलकर नहीं बनाई गई है। आप महसूस करेंगे कि उद्देश्यों और जीवनमूल्यों के प्रस्ताव आप पर थोपे गए हैं। हम एक ही पन्ने पर नहीं हैं।

संक्षेप में, मिशन स्टेटमेंट और रणनीतिक योजना एक चीज़, लेकिन हर व्यक्ति को उसी पन्ने पर लाने की प्रक्रिया दूसरी चीज़ है, जो *उतनी ही* महत्वपूर्ण है। यह बहुत बड़ा काम है। प्रतिरूपण का लीडरशिप कार्य अन्वेषण की भूमिका में सचमुच प्रकट होता है। वरना, लोग उसी पन्ने पर नहीं रहते हैं। रणनीतिक मुद्दों पर उनमें भावनात्मक तालमेल नहीं होता, इसलिए बाद में हर चीज़ गड़बड़ हो जाती है। फिर लोगों के भीतर सिर्फ़ एक ही चीज़ बचेगी - विशुद्ध बचाव की अनुभूति। अगर प्रतिस्पर्धी भी अव्यवस्थित हैं, तो आप बच सकते हैं। लेकिन अगर आपके प्रमुख प्रतिस्पर्धियों में आंतरिक सिनर्जी और एकता है, ख़ास तौर पर अगर वे विश्व-स्तरीय हैं, तो जान लें कि आप इतिहास बनने वाले हैं।

फ़िल्म : *लक्ष्य!*

अगर आपने वीकएंड की सुबह अपने किसी बच्चे या पोते को फ़ुटबॉल खेलते देखा

है, तो आपको यह बेहतरीन लघु फ़िल्म देखते समय हँसी आएगी और आपको महसूस होगा, जैसे आप दर्शकदीर्घा में ही बैठे हैं। बड़े लक्ष्य (goal) पर हर एक को केंद्रित करने की कोशिश में आप अपने काम-धंधे में जिन चुनौतियों का सामना करते हैं, यहाँ की चुनौतियाँ भी उससे मिलती-जुलती हैं। अब www.The8thHabit.com/offers पर जाएँ और *Films* मीनू से *Goal!* को चुन लें। आपको इसमें सचमुच मज़ा आएगा!

अन्वेषण (फ़ोकस) साधन – मिशन स्टेटमेंट और रणनीतिक योजना

अन्वेषण संगठन या टीम के लिए वैसा ही है, जैसा प्रतिरूपण व्यक्ति के लिए है। आपको यहाँ यह फ़ैसला करना है कि संगठन, टीम या परिवार के रूप में किस चीज़ पर *ध्यान केंद्रित करना* है। व्यक्तिगत स्तर की तरह ही यहाँ भी आप जीवनमूल्यों-और-उद्देश्यों से संबंधित सवाल करते हैं। फ़र्क़ सिर्फ़ इतना होता है कि अब समूह मिलकर अपने विशिष्ट मिशन के बारे में करता है। अंतर्क्रिया की प्रक्रिया द्वारा आप एक लिखित मिशन स्टेटमेंट और रणनीतिक योजना (जीवनमूल्यों और लक्ष्यों संबंधी प्रस्ताव) तैयार कर लेते हैं। इस मिशन स्टेटमेंट में आपके *उद्देश्य* का एहसास, आपकी *भविष्य-दृष्टि* और आपके *जीवनमूल्य* समाहित होने चाहिए।

रणनीतिक योजना यह संक्षिप्त वर्णन है कि आप अपने ग्राहकों और शामिल लोगों के लिए मूल्यवान *कैसे* बनेंगे। यह आपका जीवनमूल्य-संबंधी प्रस्ताव है। यह आपका *फ़ोकस* है। यह संगठन की "आवाज़" है। अपनी रणनीतिक योजना बनाते समय आपको यह जानने की ज़रूरत है कि आपके ग्राहक और अन्य शामिल लोग कौन हैं, आप किन्हें ग्राहक और सहभागी बनाना चाहते हैं, वह क़ीमती सेवा या प्रॉडक्ट कौन सा है, जो आप उन्हें दे रहे हैं और ग्राहकों को लाने तथा बनाए रखने में निश्चित लक्ष्यों को हासिल करने की आपकी योजना क्या है, जिसमें डेडलाइन्स भी शामिल हैं। परिवार के लिए रणनीतिक योजना बस आपकी भविष्य-दृष्टि और जीवनमूल्यों को रोज़मर्रा के जीवन में साकार करने की कार्ययोजना (action plan) है।

मिशन स्टेटमेंट को सशक्त बनाना

मेरा अनुभव है कि साझे सशक्त मिशन स्टेटमेंट आम तौर पर हमेशा उत्पन्न होते हैं, जब (1) पर्याप्त लोग होते हैं, (2) जिनके पास पूरी जानकारी होती है, (3) जो खुलकर और सिनर्जी के साथ आपस में चर्चा करते हैं, (4) और उच्च विश्वास का माहौल होता है। दरअसल, इन परिस्थितियों में बनने वाले अधिकांश मिशन स्टेटमेंट्स में समान मूलभूत विचार और जीवनमूल्य शामिल होंगे। शब्द अलग-अलग हो सकते हैं, लेकिन वे आम तौर पर जीवन के चारों पहलुओं और आवश्यकताओं - शारीरिक, मानसिक, भावनात्मक और आत्मिक - को स्पर्श करते हैं।

रिट्ज़-कार्लटन की असाधारण सेवा संस्कृति की शक्ति यह है कि लोगों, स्वयं और अपने ग्राहकों के प्रति इसका आधारभूत दृष्टिकोण है : "हम भद्र स्त्री-पुरुष हैं, जो भद्र स्त्री-पुरुषों की सेवा करते हैं।" होर्स्ट शुल्ज़ की लीडरशिप का केंद्र पूर्ण व्यक्ति के अर्थ की गरिमा और आवश्यकता का दृष्टिकोण है। एक बार फिर पृष्ठ 251 पर उनके शब्द पढ़ें और विचार करें।

याद रखें, जिन लोगों को उनकी प्रकृति के सभी चार हिस्सों की आवश्यकताओं और प्रेरणाओं का दोहन करने की अनुमति दी जाती है, सिर्फ़ वे ही अपनी आवाज़ खोज पाएँगे और स्वेच्छा से सर्वोच्च योगदान दे पाएँगे। शरीर के लिए बचाव - आर्थिक समृद्धि - की आवश्यकता और प्रेरणा होती है; मस्तिष्क के लिए, *विकास*; हृदय के लिए, *प्रेम* और *संबंध*; आत्मा के लिए, *अर्थ, अखंडता* व *योगदान*।

संगठन की भी यही चार आवश्यकताएँ होती हैं :

1. *बचाव* - वित्तीय सेहत (**शरीर**)
2. *विकास* - आर्थिक विकास, ग्राहक विकास, नए प्रॉडक्ट्स और सेवाओं में नवाचार, बढ़ती व्यावसायिक और संगठनात्मक क्षमता (**मस्तिष्क**)
3. *संबंध* - प्रबल सिनर्जी, प्रबल बाह्य नेटवर्क और साझेदारी, टीमवर्क, विश्वास, परवाह, भिन्नताओं को महत्व देना (**हृदय**)
4. *अर्थ, अखंडता और योगदान* - सभी हिस्सेदारों की सेवा करना और ऊपर उठाना : ग्राहक, सप्लायर्स, कर्मचारी और उनके परिवार, समुदाय, समाज - दुनिया में फ़र्क़ पैदा करना (**आत्मा**)

कर्मचारियों की शक्ति मुक्त करने की कुंजी को हम *को-मिशनिंग* (सह-लक्ष्यीकरण) कहते हैं। इसका मतलब संगठन के मिशन, भविष्य-दृष्टि और जीवनमूल्यों को इस तरह स्पष्ट करना है, ताकि संगठन की चारों आवश्यकताएँ कर्मचारियों की चारों आवश्यकताओं से मेल खाएँ। संगठन में हर व्यक्ति के काम को उस व्यक्ति और संगठन दोनों की चारों आवश्यकताओं को पूरा करने के लिए सह-लक्ष्यबद्ध होना चाहिए। एक शाश्वत मिशन स्टेटमेंट इस तरह का होगा : "*सभी* हिस्सेदारों के जीवन की गुणवत्ता *और* आर्थिक कल्याण को बेहतर बनाना।" *आपके* संगठन, विभाग, टीम या परिवार के मिशन स्टेटमेंट में न सिर्फ़ शाश्वत मिशन स्टेटमेंट की आत्मा होगी, बल्कि इसमें यह भी होगा कि आप *अनूठे रूप से* ऐसा कैसे कर सकते हैं - आपकी अनूठी प्रतिभा, क्षमता, विशेष योग्यता - आपकी आवाज़।

कोई मुनाफ़ा नहीं, कोई मिशन नहीं

मैं हमेशा मिशन और उद्देश्य के एहसास से संचालित रहा हूँ। लेकिन कई साल तक कंपनी चलाने के बाद मैंने सशक्त तरीक़े से यह सच्चाई सीखी : कोई मुनाफ़ा नहीं,

कोई मिशन नहीं। दूसरे शब्दों में, अगर आप अपनी कंपनी इस तरह से नहीं चलाते हैं कि यह लगातार मुनाफ़ा दे, तो अंततः आप अपने मिशन को पूरा करने का अवसर गँवा देंगे।

दूसरी ओर अधिकांश कंपनियाँ मुनाफ़े और तिमाही के लक्ष्य पूरे करने में इतनी मशगूल रहती हैं कि वे उस भविष्य-दृष्टि की झलक गँवा देती हैं, जिसने उन्हें बिज़नेस में उतरने के लिए प्रेरित किया था। वे अपने कर्मचारियों और उनके परिवारों और अपने इलाक़े के समुदाय पर से निगाह हटा लेती हैं। वे भूल जाती हैं कि वे अपने *सभी* हिस्सेदारों के साथ किस तरह परस्पर-निर्भर हैं। वे मिशन और योगदान का एहसास गँवा देती हैं। इस बाद वाली नीति से जो समस्याएँ उत्पन्न होती हैं, पिछले चालीस साल से संगठनों के साथ अपने प्रोफ़ेशनल कार्य में उन्हीं से मेरा ज़्यादातर सामना हुआ है। मिशन/कोई मुनाफ़ा नहीं, मुनाफ़ा/कोई मिशन नहीं - इन दोनों नीतियों से ज़्यादातर नकारात्मक परिणाम मिलते हैं (फ़िगर 11.4)। दोनों ही नीतियाँ लंबे समय तक नहीं चल सकतीं - ख़ास तौर पर वर्तमान वैश्विक अर्थव्यवस्था में। कुंजी दोनों का मेल है। कुंजी संतुलन है।

फ़िगर 11.4

रणनीतिक योजना पर अमल करना

ज़ाहिर है, रणनीतिक योजना ग्राहक से शुरू होती है। बहुत ही वास्तविक संदर्भ में *संगठनों में सिर्फ़ दो ही भूमिकाएँ होती हैं : ग्राहक और सप्लायर्स*। हर व्यक्ति एक साथ दोनों भूमिकाओं में काम करता है, चाहे वह संगठन के भीतर हो या बाहर। *हर व्यक्ति* से मतलब है सप्लाई चेन के सभी लोग, जो आपके संगठन में उत्पादन संभव बनाते हैं - वे लोग, जो पूँजी लगाते हैं, जो विचार और श्रम की आपूर्ति करते हैं, जो सामग्री की आपूर्ति करते हैं, वे परिवार, जो कर्मचारियों को समर्थन देते हैं और वह समुदाय व परिवेश, जिसमें पूरी सप्लाई चेन होती है तथा जो उसे पोषण देता है।

इसलिए अच्छे व्यवसाय का सार ग्राहक और सप्लायर के आपसी *संबंध की गुणवत्ता* है। आप सप्लायर के रूप में अपने ग्राहकों को वस्तुओं और सेवाओं से ज़्यादा बेचते हैं। दरअसल आप उनकी समस्याओं के समाधान बेचते हैं (अपनी वस्तुओं और सेवाओं के रूप में)। उन समस्याओं को पुचकारने के बजाय सचमुच सुलझाने क़ाबिल बनने के लिए इस बात की ज़रूरत होती है कि आप इसमें शामिल लोगों की ज़रूरतों को गहराई से समझ लें। सार्थक तरीक़े से रणनीतिक योजना बनाने के लिए आपको यह जानने की क़ीमत चुकानी होगी कि इन लोगों के लिए सबसे महत्वपूर्ण क्या है। इस नियोजन प्रक्रिया में जीवनमूल्य प्राथमिकताएँ बन जाते हैं, क्योंकि सिद्धांत-आधारित जीवनमूल्य नहीं बदलते हैं। ग्राहक बदलते हैं, इसलिए रणनीतियों को भी बदलना होगा, लेकिन अगर आपके जीवनमूल्य अपरिवर्तनीय सिद्धांतों से बँधे हैं, तो आपके पास एक सेंटर पिन (खूँटी) होगी, जिसमें आप सभी अपरिहार्य परिवर्तनों के बीच अपना लंगर डाल सकते हैं।

एक अच्छे मिशन स्टेटमेंट और रणनीतिक योजना का लिटमस टेस्ट क्या है? संगठन के हर स्तर पर हर व्यक्ति यह वर्णन करने में समर्थ होना चाहिए कि उनका काम किस तरह रणनीतिक योजना में योगदान देता है और नियंत्रणकारी जीवनमूल्यों के तालमेल में है। कम्पास की उपमा का इस्तेमाल करें। सभी जानते हैं कि उत्तर किस तरफ़ है और उनकी भूमिका किस तरह संगठन को सही दिशा में ले जा रही है।

तादात्म्य या सहभागिता से जब एक बार मिशन स्टेटमेंट और रणनीतिक योजना गहराई में साझी बन जाती हैं, तो समझ लीजिए आप आधा युद्ध जीत चुके हैं, क्योंकि मानसिक, भावनात्मक और आत्मिक रचना हो चुकी है। शारीरिक या भौतिक रचना इसके बाद अनिवार्य रूप से होगी। यह *रणनीति पर अमल करने* के बारे में है - यह "साकार करने", काम करने, उत्पन्न करने, दिशाबद्ध करने, सशक्त बनाने के बारे में है। इसका मतलब है आपको तंत्र तैयार करना होगा, *सही* लोगों को *सही* काम में लगाना होगा, *सही* साधन और समर्थन देना होगा और फिर उनके रास्ते से हट जाना होगा तथा सिर्फ़ आग्रह करने पर मदद देनी होगी।

हर उप-संगठन, कमेटी, बोर्ड, डिवीज़न, विभाग, प्रोजेक्ट और टीम को इसी तरह की दो-रचनाओं की प्रक्रिया से गुज़रना होगा : मानसिक, फिर भौतिक; पहले

ब्लूप्रिंट, फिर इमारत का निर्माण; पहले संगीत का लिखना, फिर संगीत का बजना। सभी चीज़ों की दो बार रचना होती है। अन्वेषण पहली रचना है। यह चीज़ों को भौतिक/वास्तविक/असली बनाने के लिए रणनीतिक योजना प्रदान करती है।

आप यह भी पाएँगे कि अगर यह प्रक्रिया अच्छी तरह कर ली जाती है और अगर पुराने तादात्म्य और सहभागिता के कारण इसके साथ गहरा भावनात्मक जुड़ाव है, तो आवश्यकता पड़ने पर आप पूरे संगठन में लागत में ज़बर्दस्त कमी करने में समर्थ हो जाएँगे। जिस तरह इंसान अनजाने में ऐसे काम करने लगता है, जो महत्वपूर्ण नहीं तात्कालिक होते हैं, वैसा ही संगठन के साथ भी होता है। संस्कृति अपना विकास ख़ुद करती है। इसीलिए फ़ोकस करने और *आपके हर निर्णय को संचालित करने के लिए* समग्र उद्देश्यों, जीवनमूल्यों और रणनीतिक योजना का लगातार इस्तेमाल करना ज़रूरी है। इससे आपको यह जागरूकता और साहस भी मिलेगा कि आप अपने बिज़नेस में उन "शौक़ों" (hobbies) से दूर रहें, जो इसके मूल उद्देश्य में केंद्रीय न हों।

बिज़नेस लीडर्स एक और बड़ी चुनौती का सामना करते हैं। वह चुनौती यह है कि 30,000 फ़ुट की ऊँचाई से कंपनी की भविष्य-दृष्टि को किस तरह नीचे पहुँचाया जाए और उसका किस तरह **अनुवाद** किया जाए, ताकि यह सबसे आगे की क़तार के कर्मचारियों तक पहुँच जाए और वे इसके अनुरूप कर्म व व्यवहार करें, जिससे अंततः महत्वपूर्ण उद्देश्य हासिल हों। भले ही वे लोग मिशन स्टेटमेंट और रणनीतिक नियोजन की प्रक्रिया के विकास में शामिल हों, लेकिन इसे वहाँ तक लाना आसान नहीं है, जहाँ "टायर सड़क को छूता है"। ज़रा सोचें हम कितने ज़्यादा उत्पादक बन सकते हैं, अगर हमारे पास सही लोग हों, जो सही समय पर सही काम कर रहे हों - अत्यंत महत्वपूर्ण प्रोजेक्ट्स और लक्ष्य, जो अंततः सबसे ज़्यादा महत्वपूर्ण हैं।

लेकिन आम तौर पर इसमें समस्या आती है। अक्सर हमारी रणनीतिक योजनाएँ ऊँची और अस्पष्ट होती हैं तथा लीडर्स रणनीति को अल्पकालिक व तात्कालिक लक्ष्यों में व्यक्त नहीं कर पाते हैं। उतनी ही समस्या की बात यह है कि रणनीतियों का अनुवाद आठ, ग्यारह या पंद्रह नए अनिवार्य लक्ष्यों में कर दिया जाता है। इतनी ज़्यादा प्राथमिकताओं पर सच्चा ध्यान केंद्रित नहीं किया जा सकता। जब आपके पास बहुत ज़्यादा शीर्ष प्राथमिकताएँ होती हैं, तो आपके पास प्रभावकारी रूप से कोई शीर्ष प्राथमिकता नहीं होती। रणनीतिक लक्ष्यों के संदर्भ में महत्वपूर्ण यह है कि वे कम हों, प्राथमिकता के क्रम में हों, मापने योग्य हों और एक *स्पष्ट स्कोरबोर्ड* के भीतर हों, ताकि हर व्यक्ति जानता हो कि वे क्या हैं और उन्हें कैसे हासिल किया जा रहा है। अपनी टीम और संगठन को कुछ "बेहद महत्वपूर्ण लक्ष्यों" पर केंद्रित रखने तथा एक स्पष्ट स्कोरबोर्ड के महत्व के बारे में बाक़ी बातें आगे के अध्यायों में बताई जाएँगी।

फ़ोकस और टीमवर्क का माहौल बनाने के लिए ऊपर से नीचे तक कर्मचारियों को यह ज़रूर पता होना चाहिए कि उनकी सर्वोच्च प्राथमिकताएँ क्या हैं, उन्हें इन प्राथमिकताओं को ग्रहण करना चाहिए, उन्हें विशिष्ट कर्मों में ढालना चाहिए, उनमें सही दिशा में बने रहने का अनुशासन होना चाहिए, उन्हें एक-दूसरे पर भरोसा करना चाहिए और उनमें प्रभावकारी ढंग से तालमेल होना चाहिए। दुर्भाग्य से अधिकांश लोग यह नहीं जानते हैं कि वे समय और ऊर्जा को कहाँ केंद्रित करें, क्योंकि शीर्ष प्राथमिकताएँ स्पष्ट रूप से परिभाषित या संप्रेषित नहीं होती हैं तथा स्पष्ट स्कोरबोर्ड पर नहीं मापी जाती हैं। अगर ऐसा है और कर्मचारी कोई मालिकाना हक़ महसूस नहीं करते या रणनीति से असहमत हैं या फिर उन्हें विरोधी प्राथमिकताएँ दी जाती हैं या फिर वे अपने कामों और कंपनी की भविष्य-दृष्टि की आपसी कड़ी को नहीं देख पाते, तो उस भविष्य-दृष्टि को साकार करने की उनकी क्षमता ख़तरे में पड़ जाती है। तब टीमवर्क की जगह अविश्वास, चुगलख़ोरी, दोषपूर्ण सिस्टम और प्रक्रिया या कर्म के प्रति बहुत ज़्यादा अवरोध खड़े हो जाते हैं।

जो संगठन *मिशन* का साझा एहसास उत्पन्न करने में समर्थ होते हैं, ताकि हर व्यक्ति बड़े **क्यों** और **कौन** को जान ले और उनके बारे में जोशीला हो जाए, साथ ही उसकी *भविष्य-दृष्टि की रणनीति भी स्पष्ट हो* (**कैसे** और **कब**), जहाँ विभाग, टीम व व्यक्ति लगातार अपने लक्ष्यों पर केंद्रित हों और कर्मचारी संगठन की सर्वोच्च प्राथमिकताओं के प्रति जवाबदेह हों, वे संगठन अपनी आवाज़ खोज लेते हैं और एक सशक्त, सिद्धांत-केंद्रित संस्कृति बनाते हैं (देखें फ़िगर 11.5)। वहीं पर अन्वेषण की भूमिका का ख़ज़ाना निहित है।

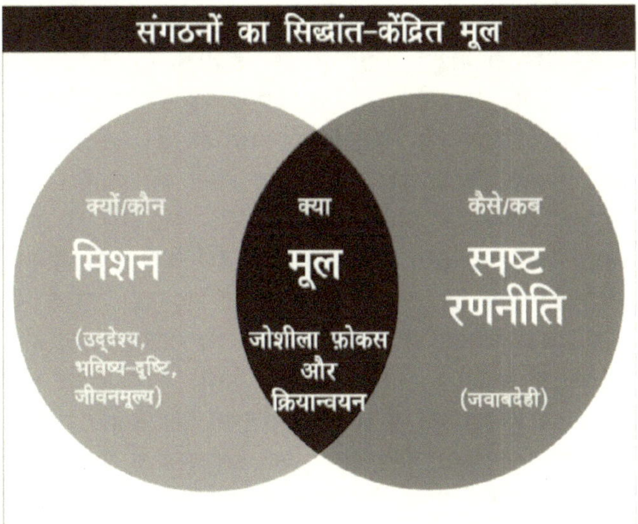

फ़िगर 11.5

सवाल-जवाब

सवाल : मेरे पास चार पीढ़ियों के कर्मचारी हैं। आप *इतने* अलग-अलग कर्मचारियों को साझी भविष्य-दृष्टि और जीवनमूल्यों के एक सूत्र में कैसे पिरो सकते हैं?

जवाब : सिद्धांत-केंद्रित मॉडल ही इकलौता मॉडल है, जो काम करता है। चाहे आप पुराने लोगों के साथ काम कर रहे हों या बेबी बूमर्स, जेनरेशन एक्स या जेनरेशन वाय के साथ - उन सभी के जीवनमूल्य तंत्र भिन्न होते हैं और वे जीवन को अलग-अलग चश्मे से देखते हैं। उन्हें एक ही चीज़ एक सूत्र में पिरोती है : कालजयी, शाश्वत सिद्धांत, जो साझी भविष्य-दृष्टि और जीवनमूल्यों के तंत्र के विकास का आधार बन सकते हैं।

मैं जानता हूँ कि यह उतना आसान नहीं है, जितना मेरी बात से लग रहा होगा। बहरहाल, मुझे विश्वास है कि कर्मचारियों की हर पीढ़ी के प्रति सम्मान दिखाकर और उन्हें सिनर्जिस्टिक संप्रेषण में शामिल करके तीसरा विकल्प हासिल किया जा सकता है। एक बार फिर, यह सिद्धांत याद रखें - लोगों को समस्याओं में शामिल करें और फिर मिलकर समाधान खोजें। जब आप ऐसा करते हैं, तो लोग समाधान से भावनात्मक रूप से जुड़ जाते हैं। जब वे सचमुच समस्या की गहराई को समझ लेते हैं और अपनी पीढ़ी के चश्मे से इसकी तरफ़ देखने से आगे निकल जाते हैं, तो वे सभी सामाजिक पारिस्थितिकी (social ecology) का हिस्सा बन जाते हैं।

सवाल : आप लगातार सिद्धांतों और जीवनमूल्यों के बीच फ़र्क़ करने की कोशिश कर रहे हैं। इससे मैं दुविधा में पड़ गया हूँ; वे एक ही लगते हैं।

जवाब : आपकी इस सोच का मूल कारण यह है कि अधिकांश सुविकसित जीवनमूल्य दरअसल सिद्धांत या प्राकृतिक नियम ही हैं। दरअसल, अगर आप जीवनमूल्यों का स्टेटमेंट तैयार करने में पर्याप्त लोगों को शामिल करेंगे और वे जानकार होंगे, उच्च विश्वास के माहौल में काम करेंगे, एक-दूसरे के साथ खुलकर व सिनर्जी से संप्रेषण करेंगे, तो आप पाएँगे कि प्रकट होने वाले साझे जीवनमूल्य मूलतः सिद्धांत-आधारित हैं। आप यह भी पाएँगे कि जो भी समूह इस तरीक़े से जीवनमूल्य तंत्र तैयार करेगा, वह एक सा ही होगा, भले ही शब्द अलग-अलग हों। सांस्कृतिक व्यवहार में भिन्नता हो सकती है, जो इस बात पर निर्भर करता है कि दुनिया में आप कहाँ रहते हैं, लेकिन दुनिया भर में मेरा यह अनुभव रहा है कि चाहे संगठन कैसा भी हो या संगठन के भीतर स्तर कैसा भी हो, जब इस तरह के जीवनमूल्यों के स्टेटमेंट तैयार होते हैं, तो वे मूलतः हमारी प्रकृति के चारों हिस्सों - शरीर, मस्तिष्क, हृदय और आत्मा - और चार मूलभूत आवश्यकताओं - जीना, प्रेम करना, सीखना और विरासत छोड़ना - पर आधारित होते हैं। यह व्यक्तियों और संगठनों दोनों पर लागू

होती है। लेकिन अगर एकतरफ़ा जीवनमूल्य तैयार किए जाएँ और उनकी घोषणा कर दी जाए, तो हो सकता है वे सिद्धांत-आधारित न हों। आख़िर, अपराधियों के भी जीवनमूल्य होते हैं।

सवाल : क्या मिशन स्टेटमेंट लिखना या रणनीतिक नियोजन सत्र कार्यस्थल से बाहर रखना ज़रूरी है?

जवाब : यह बहुत सी चीज़ों पर निर्भर करता है। अगर कार्यस्थल से बाहर का अनुभव पूरे संगठन को इनपुट देने के लिए मुख्यधारा में प्रवाहित किया जाता है, तो यह बहुत सफल हो सकता है। लेकिन अगर यह ऐसे मिशन स्टेटमेंट और रणनीतिक योजना उत्पन्न करता है, जिनकी बस घोषणा होती है, तो यह कारगर नहीं होगा। कुंजी यह है कि भावनात्मक जुड़ाव होना चाहिए। वरना तैयार किए गए मानदंडों का इस्तेमाल तंत्रों, संरचनाओं, प्रक्रियाओं और संस्कृतियों को दिशाबद्ध करने में नहीं किया जाएगा। जिन मिशन स्टेटमेंट्स को जल्दबाज़ी में तैयार किया जाता है और जिनकी ताबड़तोड़ घोषणा की जाती है, वे जल्द ही भुला भी दिए जाते हैं। वे पीआर स्टेटमेंट्स से ज़्यादा कुछ नहीं हैं। यही अक्सर कार्यस्थल से बाहर तैयार प्रॉडक्ट्स के साथ भी होता है।

याद रखें, अगर आप भावनात्मक जुड़ाव पाना चाहते हैं, तो प्रक्रिया भी प्रॉडक्ट जितनी ही महत्वपूर्ण और सशक्त है। एक बार फिर, इसमें सहभागिता और तादात्म्य के तालमेल की ज़रूरत होगी - दूसरे शब्दों में, अपनी भविष्य-दृष्टि से ज़्यादा विश्वास दूसरों की भविष्य-दृष्टि में है, इसलिए वे इसके साथ तादात्म्य करते हैं।

इसके बावजूद इस भावनात्मक जुड़ाव के लिए संप्रेषण, फ़ीडबैक, खुलेपन और सहभागिता की प्रक्रिया ज़रूरी है। इसमें मैंने कई बार टेक्नोलॉजी का अद्भुत इस्तेमाल होते देखा है, कई बार मैंने प्रौद्योगिकी का अद्भुत इस्तेमाल होते देखा है, जो एक के बाद दूसरा दोहराव उत्पन्न करती है। दो-तीन लोगों की कमेटी शुरू में शब्द गढ़ती है। फिर फ़ीडबैक द्वारा - बताकर तथा सुनकर - यह धीरे-धीरे बेहतर होती जाती है और ज़्यादा गहराई से कई भिन्न हितों को प्रतिबिंबित करती है, जब तक कि सच्चा सांस्कृतिक जुड़ाव स्थापित नहीं हो जाता।

• • •

क्रियान्वयन -

दिशाबद्धता और सशक्तिकरण

अध्याय 12

क्रियान्वयन की आवाज़ और अनुशासन - लक्ष्यों और तंत्रों को परिणामों के लिए दिशाबद्ध करना

बिना जुते कोई घोड़ा कहीं नहीं पहुँच पाता है।
बिना दबाव के भाप या गैस कभी किसी चीज़ को नहीं चला पाती है।
सुरंग से गुज़रे बिना कोई नियाग्रा कभी रोशनी और प्रकाश में नहीं बदलता है।
केंद्रित, समर्पित, अनुशासित हुए बिना कोई जीवन कभी महान नहीं बनता है।[1]

हेनरी इमर्सन फ़ॉस्डिक

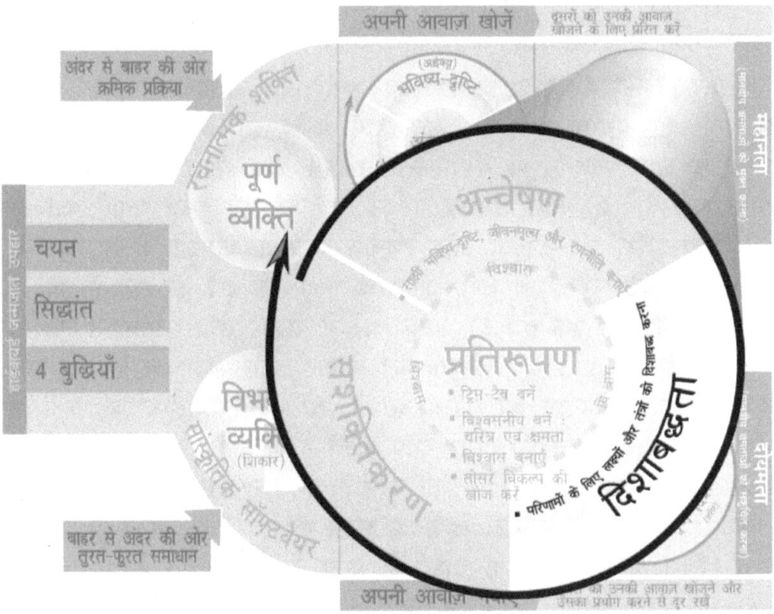

फ़िगर 12.1

मिथक	आप आत्मनिर्भरता का प्रशिक्षण देकर और उसे पुरस्कृत करके लोगों से सहयोगपूर्ण तथा परस्पर-निर्भर तरीक़े से काम करने की उम्मीद कर सकते हैं। *(पुराना पैरेडाइम)*
वास्तविकता	यह गोल्फ़ क्लब से टेनिस खेलने जैसा है या डिजिटल दुनिया में एनालॉग मस्तिष्क होने जैसा है। आत्मनिर्भरता और प्रतिस्पर्धा को प्रोत्साहित व पुरस्कृत करने वाली संगठनात्मक संरचना और तंत्र आत्मनिर्भर संस्कृति उत्पन्न करते हैं। आप जिसे उगाना चाहते हैं, उसे सींचें। जब आप सहयोग और परस्पर-निर्भरता का प्रशिक्षण देते हैं और इन्हें पुरस्कृत करते हैं, तभी आपको परस्पर-निर्भर व्यवहार मिलता है। *(नया पैरेडाइम)*

फ़िगर 12.2

लीडरशिप की दिशाबद्धिकरण (aligning) भूमिका का *पहला विकल्प* यह यक़ीन रखना होगा कि किसी व्यक्ति का प्रतिरूपण संगठन को स्वस्थ विकास की राह पर बनाए रखने के लिए पर्याप्त है।

दूसरा विकल्प यह यक़ीन रखना होगा कि सावधानी और सचेतन रूप से विकसित भविष्य-दृष्टि तथा रणनीति को लगातार संप्रेषित करके आप संगठन के रूप में अपने लक्ष्य हासिल करने में समर्थ हो जाएँगे। आधारभूत संरचना और तंत्रों का महत्व गौण (secondary) है।

तीसरा विकल्प यह होगा कि (1) आप व्यक्तिगत नैतिक सत्ता और औपचारिक सत्ता दोनों का प्रयोग ऐसे तंत्र बनाने में करें, जो आपकी रणनीति, साझी भविष्य-दृष्टि तथा जीवनमूल्यों में निहित सिद्धांतों का *औपचारिकीकरण* कर दें या *संस्थागत* बना दें, (2) आप संगठन भर में ऐसे जुड़े हुए लक्ष्य बनाएँ, जो आपकी साझी भविष्य-दृष्टि, जीवनमूल्यों और रणनीतिक प्राथमिकताओं के तारतम्य में हों, और (3) आप कितनी अच्छी तरह आवश्यकताओं को पूरा कर रहे हैं और महत्व प्रदान कर रहे हैं (जो एक तंत्र है), इसके बारे में बाज़ार तथा संगठन से मिलने वाले नियमित फ़ीडबैक के प्रति ख़ुद को तालमेल में लाएँ और दिशाबद्ध करें। अगर आप कहते हैं कि आप सहयोग को महत्व देते हैं, तो आप प्रतिस्पर्धा को नहीं, बल्कि सहयोग को पुरस्कृत करते हैं। अगर आप कहते हैं कि आप *सभी* शामिल हिस्सेदारों (stakeholders) को महत्व देते हैं, तो आप नियमित रूप से *सभी* हिस्सेदारों के बारे में जानकारी जुटाते हैं और पुनः दिशाबद्ध करने के लिए उस जानकारी का उपयोग करते हैं। जिसे आप बड़ा करना चाहते हैं, आप उसे ही सींचते हैं।

सिद्धांत-केंद्रित जीवन और लीडरशिप का प्रतिरूपण विश्वास की रचना करता है और उसे प्रेरित करता है। अन्वेषण बिना उनकी माँग किए साझी भविष्य-दृष्टि

और व्यवस्था उत्पन्न करता है। लेकिन अब महत्वपूर्ण सवाल यह बन जाता है, हम औपचारिक लीडर की निरंतर उपस्थिति पर यक़ीन किए बिना किस तरह जीवनमूल्यों और रणनीति का लगातार क्रियान्वयन करें, ताकि हर व्यक्ति सही दिशा में चलता रहे? जवाब है दिशाबद्धता - ऐसी आधारभूत संरचनाएँ *और तंत्र तैयार करना और उनका क्रियान्वयन करना,* जो संगठन के आधारभूत जीवनमूल्यों और सर्वोच्च रणनीतिक प्राथमिकताओं (जिन्हें अन्वेषण की प्रक्रिया में चुना गया है) को प्रबल बनाते हैं।

अपने संगठन में मौजूद वर्तमान तंत्रों, आधारभूत संरचनाओं और प्रक्रियाओं पर ग़ौर करें। क्या वे कर्मचारियों को शीर्ष प्राथमिकताओं के हिसाब से क्रियान्वयन करने में समर्थ बनाती हैं या फिर ऐसा करने की राह में गति अवरोधक खड़े कर देती हैं? क्या वे संगठन के मान्य जीवनमूल्यों के अनुरूप हैं? यह लीडरशिप की ज़िम्मेदारी है कि वह बाधाएँ खड़ी करने के बजाय हटाए। बहरहाल, दिशाबद्धता की प्रक्रिया के लिए गहरे परीक्षण और कई "पवित्र" संगठनात्मक तंत्रों तथा आधारभूत संरचनाओं की जाँच की ज़रूरत होती है।

संगठनात्मक विश्वसनीयता

जैसा पहले कहा जा चुका है, संगठन विश्वास का दूसरा सबसे बड़ा स्रोत है। जब विश्वसनीय लोग ऐसे तंत्रों और आधारभूत संरचनाओं के भीतर काम करते हैं, जो संगठन के मान्य जीवनमूल्यों के साथ दिशाबद्ध नहीं होती हैं, तो हर बार अविश्वसनीय तंत्रों की ही जीत होगी। आपके यहाँ विश्वास होगा ही नहीं। परंपरा और सांस्कृतिक आशा द्वारा ये तंत्र और प्रक्रियाएँ संगठन में इतनी गहराई में स्थापित हो जाएँगी कि उन्हें बदलना व्यक्तिगत व्यवहार बदलने से ज़्यादा मुश्किल बन जाएगा।

> सर्वे की जानकारी ने पुष्टि की है कि संगठनों में एक गंभीर "विश्वास की खाई" होती है। सिर्फ़ 48 प्रतिशत कर्मचारी मानते हैं कि उनके संगठन आम तौर पर संगठनात्मक जीवनमूल्यों के अनुरूप काम करते हैं।

उदाहरण के लिए, लगभग सभी संगठन टीमवर्क और सहयोग के महत्व का समर्थन करते हैं, लेकिन उनमें आंतरिक प्रतिस्पर्धा को प्रोत्साहित करने वाले तंत्र गहराई में स्थापित होते हैं। मैं अक्सर एक कंपनी में काम करने वाला प्रसंग बताता हूँ, जहाँ सहयोग की कोई भावना नहीं थी। सीईओ को समझ नहीं आ रहा था कि उसके कर्मचारी सहयोग क्यों नहीं करते। उसने सहयोग बढ़ाने के लिए भाषण दिए थे, प्रशिक्षण दिए थे, प्रोत्साहित किया था, लेकिन इसके बावजूद रत्ती भर भी सहयोग

नज़र नहीं आ रहा था।

बातचीत के दौरान मैंने सीईओ की डेस्क के पीछे नज़र डाली और पर्दे के पीछे देखा, जो संयोग से खुला रह गया था। वहाँ एक घुड़दौड़ का दृश्य दिख रहा था। बाईं तरफ़ सभी घोड़े थे। हर घोड़े के चेहरे पर एक मैनेजर के चेहरे की अंडाकार तस्वीर चिपकी थी। दाहिनी तरफ़ बरमुडा की यात्रा का सुंदर पोस्टर लगा था, जिसमें एक रोमांटिक दंपति बाँहों में बाँहें डाले सफ़ेद, रेतीले समुद्र तट पर टहल रहा था।

अब यहाँ ग़लत दिशाबद्धता की कल्पना कीजिए। "आइए। हम एक साथ काम करते हैं। हम सहयोग करते हैं। आप इससे ज़्यादा काम करेंगे। आप इससे बेहतर काम करेंगे। आप ज़्यादा ख़ुश रहेंगे। आपको इसमें ज़्यादा मज़ा आएगा।" फिर पर्दा खींचिए... "आपमें से कौन बरमुडा की यात्रा का पुरस्कार जीतेगा?"

उसने मुझसे एक बार फिर पूछा, "वे लोग आपस में सहयोग क्यों नहीं करते?"

तंत्र शाब्दिक भाषणबाज़ी पर हमेशा भारी पड़ेंगे।

एडवर्ड डेमिंग की महान अवधारणा यह थी कि ९० प्रतिशत संगठनात्मक समस्याएँ तंत्र संबंधी होती हैं। समस्याएँ "विशेष कारणों" या लोगों के कारण नहीं, बल्कि आधारभूत संरचनाओं या तंत्रों के कारण पैदा होती हैं। बहरहाल, अंतिम विश्लेषण में, चूँकि लोग ही प्रोग्राम बनाते हैं और तंत्र प्रोग्राम होते हैं, इसलिए अंततः लोग ही उन तंत्र के लिए ज़िम्मेदार होते हैं। आधारभूत संरचनाएँ और तंत्र वस्तुएँ हैं। वे प्रोग्राम हैं। उनके पास विकल्प चुनने की स्वतंत्रता नहीं है। इसलिए लीडरशिप अब भी लोगों में ही निहित होती है। लोग तंत्र बनाते हैं और तंत्र जिस तरह दिशाबद्ध होते हैं, संगठनों को वैसे ही परिणाम मिलते हैं।

जब संगठनात्मक तंत्र बनाने की बात आती है, तो हमें कई ईमानदार लेकिन अक्षम कर्मचारी मिलते हैं। इसी तरह, कुछ योग्य कर्मचारी भी मिलते हैं, जो बेईमान और धोखेबाज़ होते हैं। लेकिन संगठनात्मक विश्वसनीयता को संगठनात्मक चरित्र *और* संगठनात्मक क्षमता *दोनों* की ज़रूरत होती है। सरल शब्दों में, *दिशाबद्धता संस्थागत विश्वसनीयता है*। इसका मतलब है कि लोगों ने अपने जीवनमूल्य तंत्र में जो सिद्धांत बनाए हैं, वे ही तंत्रों, आधारभूत संरचनाओं और प्रक्रियाओं को तैयार करने का आधार बन जाते हैं। भले ही परिवेश, बाज़ार की स्थितियाँ और कर्मचारी बदल जाएँ, सिद्धांत कभी नहीं बदलते। इसे आर्किटेक्चर की भाषा में अच्छी तरह बताया गया है : *आकार कार्य के बाद रूप लेता है*। दूसरे शब्दों में, इमारत उद्देश्य का अनुसरण करती है। दिशाबद्धता अन्वेषण का अनुसरण करती है। अनुशासन व्यक्तिगत और संस्थागत दोनों तरीक़ों से प्रकट होता है। संगठनात्मक संदर्भ में अनुशासन को दिशाबद्धता कहा जाता है, क्योंकि आप भविष्य-दृष्टि को साकार करने के लिए अपने तंत्र, आधारभूत संरचनाओं, प्रक्रियाओं और संस्कृति की रचना कर रहे हैं या उन्हें दिशाबद्ध कर रहे हैं।

> सिनर्जिस्टिक निर्णय लेने और स्टोवपाइप क्रियान्वयन से सावधान रहें।

अगर जीवनमूल्यों का तंत्र दीर्घकालीन और अल्पकालीन दोनों पहलुओं पर केंद्रित रहता है, तो सूचना तंत्र को भी दीर्घकालीन और अल्पकालीन दोनों पहलुओं पर केंद्रित रहना चाहिए। अगर जीवनमूल्य तंत्र सहयोग और सिनर्जी को सर्वोपरि मानता है, तो भुगतान तंत्र को भी सहयोग और सिनर्जी को पुरस्कृत करना चाहिए। इसका यह मतलब नहीं है कि व्यक्तिगत प्रयास और प्रदर्शन को पहचाना या पुरस्कृत नहीं किया जाना चाहिए। उदाहरण के लिए, भुगतान के केक का आकार सहयोग और सिनर्जी पर आधारित होना चाहिए, लेकिन उस केक का एक ख़ास व्यक्तिगत हिस्सा पूरक टीम के भीतर व्यक्तिगत प्रयास के लिए दिया जाना चाहिए। इस तरह परस्परनिर्भरता और आत्मनिर्भरता दोनों को पोषण मिलेगा।

कई संगठन इस जाल में फँस जाते हैं कि वे सहयोगपूर्ण प्रयास के बजाय व्यक्तिगत प्रयास को पुरस्कृत करने लगते हैं। चिकनी-चुपड़ी बातों के बावजूद सहयोग का जीवनमूल्य पहचान और पुरस्कार तंत्र में स्थापित नहीं हो पाता है। चूँकि हर व्यक्ति अपने व्यक्तिगत एजेंडे से काम कर रहा है, इसलिए लोग भुगतान के उन तंत्रों पर चलते हैं, जो व्यक्तिगत प्रयास को पुरस्कृत करते हैं। भले ही ग्राहक की बेहतरीन सेवा के लिए टीमवर्क की ज़रूरत हो, लेकिन टीमवर्क नहीं होगा और परिणामस्वरूप कंपनी बाज़ार में असफल हो जाएगी। ऐसा नहीं है कि कर्मचारी सहयोग नहीं करना चाहते। असल बात तो यह है कि तंत्र व्यक्तिगत कोशिश या आंतरिक प्रतिस्पर्धा को पुरस्कृत करता है। एक बार फिर याद रखें, तंत्र अंत में भाषणबाज़ी या अच्छे इरादों पर भारी पड़ेंगे।

"क्या आपने इन सभी लोगों को विजेता बनने के लिए काम पर नहीं रखा था?"

जब मैं लगभग आठ सौ लोगों के समूह के सामने वार्षिक जलसे में बोल रहा था, तो मेरा एक और दिशाहीन तंत्र से सामना हुआ। उनके तंत्र में आठ सौ में से सिर्फ़ तीस लोगों को ही पुरस्कार मिले - आठ सौ में से तीस! मैंने प्रेसिडेंट से पूछा, "क्या आपने इन सभी लोगों को विजेता के रूप में नहीं चुना था?"

"हाँ।"

"क्या आपने किसी पराजित व्यक्ति को रखा था?"

"नहीं।"

"आज की रात आपके यहाँ सात सौ सत्तर पराजित लोग हैं।"

"देखिए, वे प्रतिस्पर्धा में नहीं जीत पाए।"

"वे पराजित हैं।"

"क्यों?"

"आपके सोचने के तरीक़े के कारण? यह जीत-हार का पैमाना है।"

"हम और कर भी क्या सकते हैं?"

"उन सभी को विजेता बनाएँ। आपको यह विचार कहाँ से मिला कि आपको प्रतिस्पर्धा करवानी चाहिए? क्या बाज़ार की प्रतिस्पर्धा ही पर्याप्त नहीं है?"

"देखिए, ज़िंदगी ऐसे ही चलती है।"

"सचमुच। पत्नी के साथ आपके संबंध कैसे हैं? कौन जीत रहा है?"

"किसी दिन वह जीतती है। किसी दिन मैं जीत जाता हूँ।"

मैंने पूछा, "क्या आप अपने बच्चों के भविष्य के लिए इसी तरह की मॉडलिंग करना चाहते हैं? बताइए।"

उसने पूछा, "मैं भुगतान के मामले में क्या करूँ?"

मैंने कहा, "हर व्यक्ति और टीम के साथ व्यक्तिगत जीत-जीत प्रदर्शन अनुबंध तैयार करें। अगर वे मनचाहे परिणाम हासिल कर लेते हैं, तो वे जीत जाएँगे।"

काफ़ी अन्वेषण और दिशाबद्धता के काम के बाद एक साल पश्चात् मुझे दोबारा वहाँ बुलाया गया। सालाना जलसे में एक हज़ार से ज़्यादा लोग थे। और जानते हैं, उनमें से कितने जीते थे? आठ सौ। जो दो सौ नहीं जीते थे, उन्होंने न जीतने का विकल्प चुना था। यह उनका चयन था। किसी से किसी की तुलना नहीं की गई थी। और इन आठ सौ लोगों ने कितना परिणाम दिया? उन्होंने उतना ही परिणाम दिया, जितना पिछले साल तीस विजेताओं ने दिया था - *प्रति व्यक्ति*। पूरी संस्कृति बदल चुकी थी। यह अभाव की सोच से प्रचुरता की सोच तक पहुँच गई थी। जहाँ पिछले साल तीस लोग थे, वहाँ अब आठ सौ लोग थे।

क्यों?

आइए, इस सवाल का जवाब उस कहानी के विपरीत कहानी से दें, जो हमने बरमुडा वाली कहानी में देखी थी : हर एक के यह सोचने के बजाय, "हममें से *कौन* बरमुडा जाएगा?" अब हर एक सोच रहा था, "मैं चाहता हूँ कि आप अपनी पत्नी के साथ बरमुडा जाएँ। मैं चाहता हूँ कि हम सब जाएँ। मैं आपके लिए कोशिश कर रहा हूँ।" कल्पना करें कि यह विचार प्रक्रिया किस तरह प्रतिस्पर्धी संगठन के भीतर क्रांति कर सकती है!

दोनों ही मामलों में प्रेसिडेंट अविश्वसनीय व्यक्ति नहीं थे। उनमें चरित्र था, यहाँ तक कि प्रचुरता की मानसिकता भी थी। उनमें बस दिशाबद्ध भुगतान तंत्र बनाने की मानसिकता या योग्यता ही नहीं थी। उनके पास पूर्ण सूचना तंत्र नहीं था। यह तो उसी तरह है कि सिर्फ़ एक डायल के सहारे आप हवाई जहाज़ उड़ाने की कोशिश करें -

यह तबाही को आमंत्रित करना है! लेकिन उन्होंने अवधारणा को सीधे जकड़ लिया। एक बार फिर, उनकी समस्या चरित्र संबंधी नहीं थी, योग्यता संबंधी थी। उन्होंने योग्यता कभी नहीं सीखी थी और वे अभाव की मानसिकता तथा पारंपरिक व द्वैधतापूर्ण तंत्र के शिकार थे, जो तब तक द्वैधतापूर्ण ही बना रहा, जब तक कि उन्होंने योग्यताएँ नहीं सीख लीं।

दिशाबद्धता के लिए सतत सतर्कता की ज़रूरत होती है

दिशाबद्धता का काम कभी पूरा नहीं होता। इसमें निरंतर प्रयास और तालमेल की ज़रूरत होती है, क्योंकि आप बहुत सारी परिवर्तनीय वास्तविकताओं के साथ काम कर रहे हैं। आधारभूत संरचना, तंत्र और प्रक्रियाएँ लचीली होना चाहिए, ताकि वे बदली वास्तविकताओं से सामंजस्य बैठा लें। लेकिन उन्हें अपरिवर्तनीय सिद्धांतों पर आधारित भी होना चाहिए। *लचीली अपरिवर्तनीयता* के इस तालमेल से आप एक ऐसा संगठन बना लेते हैं, जो स्थायी भी होता है और चपल भी।

> सिद्धांत ज़्यादा गहरे कुएँ का प्रतिनिधित्व करते हैं। सिद्धांतों का ज़्यादा गहरा कुआँ सभी उथले कुओं को आपूर्ति करता है और सशक्तिकरण, गुणवत्ता, अधिक उत्पादन, सतत प्रदर्शन, मापदंड पर खरे उतरने की योग्यता और गति के मूल तंत्रों को बढ़ावा देता है।

दिशाबद्धता संबंधी सतत और आवश्यक परिवर्तन करने की आपकी संगठन की योग्यता को सुचारु बनाने के लिए आपको एक नीति अपनाना चाहिए। गंभीरतापूर्वक आपके संगठन में सभी उद्योगों में, पूरे विश्व में समान *कार्यों* में श्रेष्ठतम प्रदर्शन करने वालों को उत्कृष्टता का पैमाना बना लें। इससे लोगों में विश्वस्तरीय जागरूकता व परिभाषाओं की समझ विकसित होती है, बजाय इसके कि वे सिर्फ़ अतीत को देखें या सिर्फ़ अपने उद्योग की प्रवृत्तियों पर नज़र रखें या अपनी तुलना वर्तमान प्रतिस्पर्धियों से करें। सर्वश्रेष्ठ आदतों वाले संगठनों की तलाश करें, जिनमें श्रेष्ठ कर्मचारी हों - हालाँकि वे हमेशा आदर्श या श्रेष्ठ नहीं बने रहेंगे - लेकिन आज के सर्वश्रेष्ठ पर लगातार नज़र रखें और उनसे सीखें।

निरीक्षण, सहज बोध और ठोस शोध ने दर्शाया है कि सफल संगठन सिर्फ़ कर्मचारियों या औपचारिक लीडर्स के व्यक्तिगत गुणों के परिणामस्वरूप नहीं बनते हैं। सफल संगठन तो संगठनात्मक गुणों के परिणाम होते हैं। वे व्यक्तित्व पर निर्भर नहीं होते। वे तो तंत्र और संस्कृति पर निर्भर होते हैं। (सशक्तिकरण की भूमिका पर बात

करते समय हम संस्कृति की ज़्यादा गहराई में जाएँगे।)

जनरल इलेक्ट्रिक (जीई) एक ऐसी कंपनी का उदाहरण है, जिसने अपने कई विभागों में औद्योगिक युग से ज्ञानकर्मी युग में रूपांतरण किया है। जैक वेल्च काफ़ी समय तक इसके सीईओ थे और डॉ. नोएल टिची मैनेजमेंट शिक्षण मैनेजर के पद पर थे। इन दोनों का मूल ध्यान इस बात पर था कि लीडरशिप विकास को जीई के जीन्स में स्थापित कर दें और इसके लीडर्स को इसमें प्रशिक्षित कर दें :

> मि. वेल्च की अंतर्दृष्टि उस समय व्यवसाय जगत में ज़्यादातर लोगों को पता नहीं थी। वह अंतर्दृष्टि यह थी कि लीडरशिप सिर्फ़ सीईओ या उसकी सीनियर एक्ज़ीक्यूटिव टीम की बपौती नहीं है। इसे तो पूरी कंपनी में संस्थागत होना चाहिए। वैश्विक अर्थव्यवस्था का मतलब था कि व्यवसाय जगत, जिसमें लंबे समय से स्थिरता, तानाशाही और कठोरता से जकड़ी प्रक्रियाएँ थीं, को अब परिवर्तन को गले लगाना होगा, जिसके लिए कंपनी के तंत्र में ऊपर और नीचे दोनों तरफ़ फुर्तीले व लचीले लीडर्स के विकास की ज़रूरत होगी। इसका मतलब पुरुषों और महिलाओं को न सिर्फ़ यह सिखाना होगा कि परिवर्तन का प्रबंधन कैसे किया जाए, बल्कि यह भी कि इसे शुरू कैसे किया जाए।[2]

संस्थागत नैतिक सत्ता

दिशाबद्ध संगठन और संस्थाएँ सचमुच सिद्धांत-केंद्रित होती हैं, उनमें *संस्थागत नैतिक सत्ता* होती है। संस्थागत नैतिक सत्ता लगातार गुणवत्ता बढ़ाने, विभिन्न हिस्सेदारों के बीच विश्वासपूर्ण संबंध बनाने और कार्यकुशलता, गति, लचीलेपन और बाज़ार के प्रति मित्रतापूर्ण होने पर सतत ध्यान रखने की संस्थागत क्षमता होती है। हो सकता है, कुछ कर्मचारी कभी-कभार इसे हवा में उड़ा दें, लेकिन संस्था उन्हें ठीक तरीक़े से सँभाल लेती है और आगे बढ़ती रहती है।

हम संस्थागत नैतिक सत्ता को उन देशों में हर वक़्त देखते रहते हैं, जिनमें संस्कृति को क़ायम रखने वाले संविधान होते हैं, चाहे वे लिखित हों या अलिखित। व्यक्तिगत रूप से लीडर्स हमेशा संविधानों के अनुरूप काम नहीं करते हैं, लेकिन ये देश लीडर्स की शक्तियों का लाभ उठाने में समर्थ होते हैं, क्योंकि बाक़ी लोग इन लीडर्स की कमज़ोरियों को अप्रासंगिक बना देते हैं। यह तानाशाहियों या उन कमज़ोर, नए विकसित प्रजातंत्रों में नहीं होता है, जिनमें अब भी सह-निर्भर, सांस्कृतिक समर्थन प्राप्त भ्रष्टाचार होता है।

माना कि पर्याप्त संस्थागत नैतिक सत्ता के बावजूद भ्रष्ट, तानाशाह या अहं से संचालित लीडर्स कुछ समय तक काफ़ी नुक़सान पहुँचा सकते हैं। लेकिन आम तौर पर संगठन या संस्था लौटकर उसी जगह पर आ जाती है। आधारभूत दृष्टि से शक्ति चुने हुए अधिकारियों या नियुक्त अफ़सरशाहों में नहीं, बल्कि तंत्र में होती है। तंत्र

प्रतिभागियों की व्यक्तिगत कमज़ोरियों से ज़्यादा सशक्त है। इसीलिए मैरियट कॉरपोरेशन सिखाता है कि विवरणों में शैतान का वास है, जबकि *सफलता तंत्र में निहित होती है*।

मैं हाल ही में जे. डब्ल्यू. "बिल" मेरियट से मिला, जो दुनिया के सबसे बड़े होटल ऑपरेटर मैरियट इंटरनेशनल के चेयरमैन और सीईओ हैं। बिल और उनसे पहले उनके पिता ने दुनिया का एक बहुत अच्छा संगठन बनाया है। उन्होंने यह काम आंशिक रूप से एक ऐसा *संप्रेषण तंत्र* बनाकर किया, जो उनके कर्मचारियों की प्रतिभा का दोहन करता है।

"इतने सालों में मैंने जो सबसे बड़ा सबक़ सीखा, वह यह है कि अपने कर्मचारियों की बात सुनें," उन्होंने मुझे बताया। "मैंने पाया है कि अगर आपके पास सीनियर मैनेजर हों, जो सचमुच अपने कर्मचारियों को आस-पास इकट्ठा करते हैं, उनकी राय माँगते हैं और उनकी दी जानकारी को सुनते हैं, तो इसके बाद उन सीनियर मैनेजरों के साथ बैठने और उनकी जानकारी सुनने पर आप काफ़ी बेहतर निर्णय लेते हैं।"

मैरियट ने बताया कि उन्होंने प्रख्यात लीडर और राष्ट्रपति ड्वाइट डेविड आइज़नहॉवर से मुलाक़ात में यह बात जीवन में जल्दी ही समझ ली थी।

उन्होंने कहा, "मैं कॉलेज पूरा कर रहा था, छह महीने से नैवी में था और सप्लाई कॉर्प्स स्कूल से क्रिसमस पर घर आया था। अमेरिकी कृषि सचिव एज़रा टैफ़्ट बेंसन जनरल आइज़नहॉवर के साथ हमारे फ़ार्म पर आए। आइज़नहॉवर प्रेसिडेंट थे और मैं नैवी का सबसे छोटा अफ़सर था।

"बाहर बहुत ठंड थी," मैरियट ने कहा, "लेकिन मेरे डैडी ने शूटिंग के लिए निशाने तैयार रखे थे। उन्होंने प्रेसिडेंट आइज़नहॉवर से पूछा, 'आप बाहर जाकर निशाना लगाना चाहेंगे या आग तापना चाहेंगे?'"

"आइजनहॉवर ने मेरी तरफ़ मुड़कर पूछा, 'अफ़सर, आप क्या सोचते हैं?'"

यह कहानी सुनाते वक़्त भी मैरियट स्तब्ध दिख रहे थे।

"मैंने मन ही मन सोचा, 'इसी तरह वे यहाँ तक पहुँचे हैं, डे गॉल, चर्चिल, मार्शल, रूज़वेल्ट, स्टालिन, मॉन्टगोमेरी, ब्रेडले और पैटन के साथ निबटे हैं - उन्होंने वह स्वर्णिम सवाल पूछा है, आप क्या सोचते हैं?'"

"मैंने कहा, 'राष्ट्रपतिजी, बाहर बहुत ठंड है, इसलिए आग तापना ही बेहतर है।'"

मैरियट ने कहा कि वह सबक़ उन्हें आज तक याद है।

"वह मेरे लिए सचमुच निर्णायक पल था," उन्होंने कहा। "मुझे याद है, बाद में मैंने सोचा था, 'अगर मैंने कभी बिज़नेस किया, तो मैं यह सवाल ज़रूर पूछूँगा। क्योंकि अगर मैं ऐसा करता हूँ, तो मैं शर्त लगा सकता हूँ कि मुझे काफ़ी अच्छी जानकारी मिलेगी।"

इसीलिए बिल मैरियट ने अपनी होटल चेन इस तरह बनाई है। उन्होंने एक ऐसी संस्कृति बनाई है, जो कर्मचारियों में ऊपर से नीचे तक संप्रेषण को महत्व देती है। उन्हें एहसास है कि सिर्फ़ "आप क्या सोचते हैं?" पूछने से ही "श्रमिक" समझे जाने वाले कर्मचारियों को "ज्ञानकर्मियों" में बदला जा सकता है, बशर्ते उनकी बात सुनी जाए और उनके अनुभव व बुद्धिमत्ता का सम्मान किया जाए।

वे संक्षेप में इसे इस तरह से कहते हैं, "मेरा बेटा जॉन न्यूयॉर्क में एक कंपनी के विभाग में काम कर रहा था, जिसका हमने अधिग्रहण किया था। किचन में वह एक कर्मचारी के पास जाकर बोला, 'बाहर यह समस्या आ गई है – आप क्या सोचते हैं, हमें क्या करना चाहिए?'"

"उस कर्मचारी की आँखों में आँसू भर आए, जब उसने जवाब दिया, 'मैं इस कंपनी में बीस साल से काम कर रहा हूँ, लेकिन किसी ने एक बार भी किसी चीज़ के बारे में मेरी राय नहीं माँगी।'"

दिशाबद्धता का साधन : फ़ीडबैक तंत्र

तीन लीडरशिप भूमिकाओं और उनके साधनों में एक ही मूलभूत सवाल होता है : सबसे महत्वपूर्ण क्या है? तीसरी भूमिका यानी दिशाबद्धता इस सवाल से निबटती है। क्या हम लक्ष्य पर केंद्रित हैं? क्या हम उस बारे में सही राह पर हैं, जो सबसे महत्वपूर्ण है?

जैसा पहले कहा जा चुका है, सच्चाई यह है कि हम *सभी* अधिकांश समय रास्ते से भटक जाते हैं। हम सभी – हर व्यक्ति, परिवार, संगठन या रोम की अंतर्राष्ट्रीय उड़ान। सिर्फ़ इस बात का एहसास होना ही एक महत्वपूर्ण क़दम है। लेकिन मार्ग से भटकने का एहसास हममें से कई लोगों में हताशा और निराशा भर देता है। इसे इतना निराशाजनक होने की कोई ज़रूरत नहीं है और ऐसा क़तई नहीं होना चाहिए। हम मार्ग से भटक गए हैं, यह जानना दरअसल एक आमंत्रण है कि हम ख़ुद को दोबारा सच्ची उत्तर दिशा (सिद्धांतों) के तालमेल में ले आएँ और ख़ुद को दोबारा अपनी मंज़िल के प्रति समर्पित करें।

याद रखें, व्यक्ति, टीम या संगठन के रूप में हमारी यात्रा हवाई जहाज़ की उड़ान की तरह है। हवाई जहाज़ उड़ाने से पहले पायलट एक उड़ान योजना बनाते हैं। उन्हें पता होता है कि वे कहाँ जा रहे हैं। लेकिन उड़ान के मार्ग में हवा, पानी, उथल-पुथल, हवाई ट्रैफ़िक, मानवीय भूल और अन्य तत्व जहाज़ पर काम करने लगते हैं। वे हवाई जहाज़ को थोड़ी अलग दिशाओं में ले जाते हैं, जिससे अधिकांश समय यह पूर्व-निर्धारित मार्ग पर नहीं उड़ पाता है। लेकिन कोई बड़ी घटना न हो, तो इसके बावजूद यह अपनी मंज़िल तक पहुँच जाता है।

ऐसा कैसे होता है? उड़ान के दौरान पायलटों को लगातार फ़ीडबैक मिलता रहता है। उन्हें यंत्रों से मौसम, नियंत्रण टॉवर्स, अन्य हवाई जहाज़ों की जानकारी

मिलती रहती है - कई बार तो सितारों से भी। उस फ़ीडबैक के आधार पर वे बार-बार तालमेल सही करते हैं और अपनी मूल योजना पर लौट आते हैं।

मेरा मानना है कि हवाई जहाज़ की उड़ान इन चार भूमिकाओं के लिए आदर्श रूपक है। प्रतिरूपण, अन्वेषण और सशक्तिकरण हमें अपने परिवारों, संगठनों, कामों और ख़ुद के बारे में यह तय करने की अनुमति देते हैं कि हमारे लिए सबसे महत्वपूर्ण क्या है। ये हमारी उड़ान की योजनाएँ हैं। पायलटों की तरह ही हमें मिलने वाला सतत फ़ीडबैक हमारी प्रगति की जाँच का अवसर देता है और मूल निर्देशक मानदंडों के साथ *दोबारा दिशाबद्ध* होने का मौक़ा देता है। ये भूमिकाएँ और साधन मिलकर हमें अपनी तय मंज़िल तक पहुँचने में मदद करते हैं।

परिणाम पाने और क्षमता विकसित करने के बीच संतुलन हासिल करना

दिशाबद्धता के सिद्धांत की कुंजी हमेशा परिणामों से शुरू होती है। आपको बाज़ार में किस तरह के परिणाम मिल रहे हैं? क्या आपके शेयरहोल्डर्स अपने निवेश के बदले मिलने वाले मुनाफ़े से ख़ुश हैं? आपके कर्मचारी? क्या वे अपने मानसिक, शारीरिक, आत्मिक और भावनात्मक निवेश से मिलने वाले मुनाफ़े से ख़ुश हैं? आपके वितरक? आपका समुदाय? क्या आपको बच्चों, स्कूलों, सड़कों, हवा और पानी के प्रति अपनी सामाजिक ज़िम्मेदारी का एहसास है? क्या आपको उस पृष्ठभूमि का एहसास है, जिसमें आपके कर्मचारी काम करते हैं और अपने परिवारों का पालन-पोषण करते हैं? हिस्सेदारों से प्राप्त परिणामों के बारे में? ग्राहकों के बारे में? यह कैसा चल रहा है? परिणाम क्या हैं? वे विश्व-स्तरीय मानदंडों के कितने अनुरूप हैं? आपको इन सारे हिस्सेदारों के परिणामों का अध्ययन और जाँच करनी होगी। इसके बाद आपको उन परिणामों और अपनी रणनीति के बीच की खाई की जाँच करनी होगी।

प्रभावकारिता *इच्छित परिणामों के उत्पादन* (पी) और *उत्पादन क्षमता* (पीसी)* के बीच का संतुलन है। दूसरे शब्दों में, ये सोने के अंडे हैं, जो लोग चाहते हैं और वह मुर्ग़ी है जो उन्हें देती है। कई बार हम इसे पी/पीसी संतुलन कहते हैं। प्रभावकारिता का सार आपके द्वारा चाहे गए परिणामों को इस तरह हासिल करना है, जो आपको भविष्य में इन परिणामों को ज़्यादा हासिल करने में सक्षम बनाए।

पिछले दस सालों से पी/पीसी संतुलन मापने की कई विधियाँ विकसित हुई हैं। मैंने अक्सर 360 डिग्री के फ़ीडबैक का महत्व सिखाया है, जिसमें से पहली 90 डिग्री वित्तीय अकाउंटिंग की रहती हैं और बाक़ी 270 डिग्री में संगठन के प्रमुख हिस्सेदारों की अनुभूतियों तथा उनकी भावनात्मक शक्ति की वैज्ञानिक रूप से एकत्रित जानकारी

---

* परिणाम हासिल करने और क्षमता के निर्माण में तालमेल कैसे किया जाए, इस बारे में ज़्यादा जानकारी के लिए देखें परिशिष्ट 8।

रहती है।

इस तरह के फ़ीडबैक के कई नाम हैं। एक सशक्त नवीन आंदोलन इसे *संतुलित स्कोरकार्ड* का नाम देता है। कई बार मैं इस नीति को डबल बॉटम-लाइन अकाउंटिंग कहता हूँ। परंपरागत अकाउंटिंग में हमेशा से एक ही बॉटम लाइन (सोने के अंडे) पर ध्यान केंद्रित किया जाता है। डबल बॉटम-लाइन अकाउंटिंग का मतलब है संगठन के सभी हिस्सेदारों - ग्राहक, सप्लायर्स, सहयोगी और उनके परिवार, सरकार, समुदाय आदि - के साथ संबंधों की गुणवत्ता को सार रूप में करके "मुर्ग़ी" के प्रति सम्मान दिखाना, "मुर्ग़ी" की सेहत को मापना। आप यह कल्पना कर सकते हैं कि उन दो पन्नों के संक्षेप में कितनी शक्ति होगी, जो आपके संगठन की वर्तमान और भावी सेहत तथा शक्ति के बारे में होंगे - एक पन्ना वित्तीय स्टेटमेंट के प्रति समर्पित होगा (पुरानी कोशिशों के वर्तमान फल), और दूसरा पन्ना शामिल हिस्सेदारों के साथ आपके संबंधों का अग्रणी सूचक होगा, जिनसे आपके सभी भावी परिणाम उत्पन्न होंगे।

> शायद ही कोई सबसे महत्वपूर्ण लक्ष्यों पर अपनी प्रगति को मापता है। एक्सक्यू के सिर्फ़ 10 प्रतिशत प्रतिभागियों का कहना है कि उनके पास स्पष्ट, सटीक, दिखाई देने वाला स्कोरबोर्ड है, जो वास्तविक फ़ीडबैक प्रदान करता है। *अगली पंक्ति के निर्णय लेने के लिए क्रियान्वित* हो सकने वाली बुद्धि अनिवार्य है।

महत्वपूर्ण बात उस चीज़ तक पहुँचना है, जिसे हम *स्कोरबोर्ड* कहते हैं : अकाट्य स्कोरबोर्ड। जो लोग शामिल हैं यानी जिनका मूल्यांकन होना है, उन्हें एक अकाट्य प्रदर्शन स्कोरबोर्ड स्थापित करने में सहभागी बनने की ज़रूरत है, जो किसी संगठन के मिशन, जीवनमूल्यों और रणनीतियों में निहित मानदंडों को प्रतिबिंबित करे, ताकि वे प्रक्रिया के साथ लगातार दिशाबद्ध, ज़िम्मेदार और जवाबदेह बने रह सकें। उन्हें भावनात्मक रूप से इससे जुड़ने और इसे अपनाने की ज़रूरत है। यह व्यक्तियों, टीमों, विभागों या किसी के बारे में *भी* सच है, जिसके पास काम पूरा करने या प्रोजेक्ट सँभालने की ज़िम्मेदारी है। हर एक को स्कोरबोर्ड विकसित करने में शामिल होना चाहिए और फिर इसके प्रति जवाबदेह होना चाहिए। अकाट्य स्कोरबोर्ड बनाने के संदर्भ में अमल संबंधी अतिरिक्त व्यावहारिक सुझाव अध्याय 14 में दिए जाएँगे।

मैं एक उदाहरण से आपको स्कोरबोर्ड फ़ीडबैक सिस्टम के विचार का महत्व बताता हूँ। यह एक ऐसे संगठन के साथ मेरा अनुभव है, जिसके सामने यही सवाल थे।

मैं अख़बारों के प्रकाशकों और संपादकों के एक बड़े राष्ट्रीय अधिवेशन में भाषण दे रहा था। इसकी तैयारी के लिए मैंने विभिन्न अख़बार संगठनों पर किए गए सांस्कृतिक ऑडिट संबंधी आँकड़े इकट्ठे किए थे। उनसे पता चला कि विश्वास स्तर

कम था, साझे उद्देश्य और जीवनमूल्य नहीं थे, सिस्टम सही दिशा में काम नहीं कर रहा था और इस कारण उद्योग में अशक्तिकरण था।

आँकड़े पेश करने से पहले मैंने एक अलग विधि आज़माने का फ़ैसला किया। मैं बड़े हॉल में माइक लेकर घूमा और ये सवाल पूछे, "समाज में अख़बारों की मूलभूत भूमिका क्या है? आपके केंद्रीय उद्देश्य क्या हैं?"

जब मैंने माइक एक के बाद दूसरे व्यक्ति की तरफ़ बढ़ाया, तो उन्होंने बेझिझक कहा कि अख़बार हमारे समाज में बहुत ही महत्वपूर्ण भूमिका निभाते हैं। उनका मानना था कि अख़बारों में किया गया गहरा विश्लेषण सरकार को ईमानदार रखता है और अधिकारियों को जनता के सामने जवाबदेह तथा पारदर्शी बनाता है। सकल अभिव्यक्ति देश और समुदायों की सेवा पर केंद्रित थी, जिससे हमारे सबसे मूलभूत जीवनमूल्यों का संरक्षण हो सके : स्वतंत्रता, लोगों के प्रति सरकार की जवाबदेही, संविधान में निर्मित नियंत्रण और संतुलन तंत्र का संरक्षण, लोगों को सूचना देना, ताकि हमारे प्रजातंत्र के आदर्शों व मुक्त व्यापार तंत्र का संरक्षण किया जा सके।

फिर मैंने सवाल किया, "क्या आप सचमुच इन उद्देश्यों में विश्वास करते हैं? क्या आप उन्हें अपने दिल में महसूस करते हैं?" मैं कमरे में घूमकर लोगों से प्रतिक्रिया पूछने लगा। प्रतिक्रिया एक सुर में "हाँ" थी। अगला सवाल ज़्यादा मुश्किल था। "आप कैसे कह सकते हैं कि कोई व्यक्ति सचमुच किन्हीं ख़ास जीवनमूल्यों पर यक़ीन करता है?" अलग-अलग जवाब मिले, लेकिन मैंने यह विचार रखा कि एक परीक्षण तो यह होगा कि वह व्यक्ति अपने जीवनमूल्यों के हिसाब से जीने की कोशिश करता है। मैंने सुझाव दिया कि जीवनमूल्यों के प्रति अखंडता सच्चे विश्वास का सूचक है। वे सहमत थे।

फिर मैं मुख्य सवाल पर आया, "कितने अख़बार संगठनों में उस कार्य के अनुरूप कार्य हैं, जो आप अपने समुदाय और देश को प्रदान करते हैं?" वे मेरे सवाल सुनकर चकरा गए। इसलिए मैंने पूछा, "आपमें से कितनों के संगठनों और/या संस्कृति के भीतर ऐसे कार्य हैं, जिनसे कर्मचारी आपके सबसे मूलभूत आदर्शों और जीवनमूल्यों के प्रति ईमानदार, जवाबदेह और दिशाबद्ध रहें?" सिर्फ़ लगभग 5 प्रतिशत ने अपने हाथ उठाए। फिर मैंने उन्हें सांस्कृतिक ऑडिट से एकत्रित आँकड़े बताए। मैंने उन्हें दिखाया कि उनके कर्मचारियों में अविश्वास, आपसी संघर्ष, विभागीय प्रतिद्वंद्विता, दिशाबद्धता का अभाव और गहरे अशक्तिकरण के बहुत ऊँचे स्तर थे।

फिर मैंने उन्हें चार भूमिकाओं का विचार बताया। मैंने बताया कि इन्हीं भूमिकाओं के आधार पर उद्देश्यों को स्पष्ट करने में दूसरों को शामिल करने की प्रक्रिया शुरू करनी चाहिए, जानकारी, प्रोत्साहन और पुरस्कार के तंत्र बनाना चाहिए, ताकि सशक्तिकरण का सर्वश्रेष्ठ माहौल बन सके। जब संपादक और प्रकाशक वहाँ से गए, तो उनमें से कई का लीडरशिप का पैरेडाइम बिलकुल बदल चुका था। यह हमारे लिए बहुत दिलचस्प और ज्ञानवर्धक अनुभव था।

इस तरह के फ़ीडबैक का महत्व न सिर्फ़ संगठन पर लागू होता है, बल्कि संगठन के कर्मचारियों पर भी लागू होता है।

एक बार मैं एक देश में एयर फ़ोर्स के कमांडिंग जनरल्स को प्रशिक्षण दे रहा था। उस देश में चुनौतियों और संघर्ष का इतिहास था। मैं उनके प्रमुख हिस्सेदारों से फ़ीडबैक पाने के महत्व पर बोल रहा था। मैंने ध्यान दिया कि सभी जनरल सहमति में सिर हिला रहे थे। मैंने प्रभारी जनरल से पूछा, "क्या इसका मतलब यह है कि आप फ़ीडबैक और मापदंड के ऐसे ही तंत्र का इस्तेमाल कर रहे हैं?"

उन्होंने कहा, "हम इसी तरीक़े से इन लोगों को प्रशिक्षण देते हैं। ये प्रशिक्षित मैनेजर नहीं, बल्कि शीर्ष पायलट हैं। हर एक को उन सभी लोगों की अनुभूतियों का वार्षिक प्रिंटआउट दिया जाता है, जिनसे उनका संपर्क होता है। वे इन अनुभूतियों की शक्ति का इस्तेमाल अपने व्यक्तिगत और व्यावसायिक विकास के आधार के रूप में करते हैं। किसी को भी तब तक प्रमोशन नहीं मिलता है, जब तक कि उसे ऊँचे अंक न मिलें, जिनमें उसके अधीनस्थों द्वारा दिए अंक भी शामिल हैं।"

मैंने कहा, "आपको पता नहीं है कि इस अवधारणा को हमारे देश के कई संगठनों में उतारना कितना मुश्किल रहा है। लोकप्रियता की प्रतिस्पर्धा में शामिल होने से इन्हें कौन सी चीज़ रोकती है?"

मुझे हिक़ारत से देखते हुए उन्होंने जवाब दिया, "स्टीफ़न, इन्हीं लोगों पर हमारे देश की रक्षा निर्भर है और वे यह बात जानते हैं। क्या आप सचमुच सोचते हैं कि हम ख़ुद को लोकप्रियता की प्रतियोगिताओं में शामिल होने देंगे? दरअसल कई बार तो हममें से सबसे अलोकप्रिय लोगों को सबसे ऊँचे अंक मिलते हैं, क्योंकि वे काम करते हैं।"

तंत्रों और आधारभूत संरचनाओं को जीवनमूल्यों तथा रणनीति के साथ दिशाबद्ध करना लीडरशिप और प्रबंधन की सबसे मुश्किल चुनौतियों व कार्यों में से एक है, सिर्फ़ इसलिए क्योंकि आधारभूत संरचनाएँ और तंत्र अतीत - परंपराओं, अपेक्षाओं और मान्यताओं - का प्रतिनिधित्व करते हैं। कई लोग ऐसे तंत्रों और आधारभूत संरचनाओं की भविष्यसूचकता व निश्चितता से सुरक्षित महसूस करते हैं। ये तंत्र सचमुच "पवित्र गाएँ" हैं और उन्हें तब तक नज़रअंदाज़ नहीं किया जा सकता या लात नहीं मारी जा सकती, जब तक कि रणनीतिक अन्वेषण मानदंडों से भावनात्मक जुड़ाव न हो।

आगे दिया गया चार्ट पुराने औद्योगिक युग के नियंत्रण मॉडल के तंत्रों तथा आधारभूत संरचनाओं की तुलना नए ज्ञानकर्मी युग के मुक्ति/सशक्तिकरण मॉडल से करता है (देखें टेबल 5)। हालाँकि दोनों के फ़र्क़ दिखाने में यह उपयोगी है, लेकिन असल दुनिया इन्हें और/या से अधिक वृहद चक्र (continuum) में रखेगी। कम से कम, शायद ये विपरीत सूचियाँ हर चक्र की अति दर्शाती हैं और संस्कृतियों, तंत्रों तथा आधारभूत संरचनाओं के अन्वेषण मानदंडों के साथ दिशाबद्धता के व्यापक लीवरेज को रेखांकित करेंगी।

मुद्दा	पुराने औद्योगिक युग के नियंत्रण मॉडल	नए ज्ञानकर्मी युग के मुक्ति/सशक्तिकरण मॉडल
लीडरशिप	पद (औपचारिक सत्ता)	चयन (नैतिक सत्ता)
मैनेजमेंट	लोगों और वस्तुओं का नियंत्रण	वस्तुओं का नियंत्रण, लोगों का सशक्तिकरण (मुक्तिकरण)
तंत्र	श्रेणीबद्धता, अफ़सरशाही	ज़्यादा समतल, सीमाविहीन, लचीला
प्रेरणा	बाह्य, गाजर-और-छड़ी	आंतरिक - पूर्ण व्यक्ति
प्रदर्शन मूल्यांकन	बाह्य, सैंडविच तकनीक	360 डिग्री के फ़ीडबैक द्वारा आत्म-मूल्यांकन
सूचना	मूलतः अल्प-कालीन वित्तीय रिपोर्ट्स	संतुलित स्कोरबोर्ड (अल्पकालीन और दीर्घकालीन)
संप्रेषण	मूलतः ऊपर से नीचे	खुला : ऊपर/नीचे/तिरछा
संस्कृति	कार्यस्थल के सामाजिक नियम/परिपाटियाँ	सिद्धांत-केंद्रित जीवनमूल्य और बाज़ार के आर्थिक नियम
बजटिंग	मूलतः ऊपर से नीचे	खुला, लचीला, सिनर्जिस्टिक
प्रशिक्षण और विकास	साइडशो, योग्यता-केंद्रित, ख़त्म करने लायक़	रखरखाव, रणनीतिक, पूर्ण व्यक्ति जीवनमूल्य
कर्मचारी	प्रॉफ़िट एंड लॉस अकाउंट में ख़र्च हालाँकि, ऊपरी तौर पर उन्हें संपत्ति कहा जाता है	सर्वोच्च लीवरेज के साथ निवेश
आवाज़	ज़्यादातर लोगों के लिए आम तौर पर महत्वहीन	सभी के लिए महत्वपूर्ण, पूरक, टीम

टेबल 5

फ़िल्म : *बर्लिन वॉल*

बर्लिन की दीवार चालीस साल - दो पीढ़ियों से अधिक - तक क़ायम रही। कल्पना करें, पूर्व और पश्चिम के बीच का विभाजन लोगों के दिलोदिमाग़ में कितना गहरा रहा होगा। कितना गहरा अलगाव! कितना गहरा अंतर! जब 1989 में यह दीवार गिरी, तब भी ज़्यादातर लोगों के दिलोदिमाग़ में यह सचमुच नहीं गिरी थी। यह औद्योगिक युग के पुराने तंत्रों और आधारभूत संरचनाओं जैसी ही एक पवित्र गाय थी। परंपराएँ मुश्किल से दम तोड़ती हैं। बर्लिन की दीवार ढहने के बाद मैं पूर्वी बर्लिन में की गई एक टैक्सी की सवारी को कभी नहीं भूल पाऊँगा। टैक्सी ड्राइवर ज़्यादा मुक्त बाज़ार और अधिक प्रजातांत्रिक समाज से तालमेल बैठाने की बात कर रहा था। उसकी असुरक्षा की भावना साफ़ झलक रही थी। उसे पुराने शासनकाल और दीवार के ज़माने की सुरक्षा तथा स्थिरता पसंद थी। उसकी इस तरह की बातें सुनकर मुझे सदमा लगा। उसने कहा कि ज़्यादातर पुराने लोग ऐसा ही महसूस करते हैं और नई पीढ़ी की आलोचना करते हैं, जो सुरक्षा के बजाय स्वतंत्रता को ज़्यादा महत्व देती है।

इस फ़िल्म को देखते समय सोचें कि नई मानसिकता, नया पैरेडाइम, सोचने का नया और भिन्न तरीक़ा विकसित करना लोगों के लिए कितना मुश्किल होता है। इसके लिए एक नई योग्यता और नए साधन की ज़रूरत होती है। सोचें कि पुरानी मानसिकता से इन लोगों को नई योग्यताएँ और साधन सिखाना कितना बेकार साबित होगा। यह तो नई शराब को पुरानी बोतलों में रखने जैसा होगा। कृपया www.The8thHabit.com/offers पर जाकर *Films* मीनू से *Berlin Wall* चुनें।

अब हम लीडरशिप की अंतिम और शीर्ष भूमिका की ओर चलते हैं।

सवाल-जवाब

सवाल : क्या हो, अगर आप किसी संगठन में ऐसी आधारभूत संरचनाओं के साथ हों, जो अल्पकालीन, आंतरिक स्पर्धा और शक्ति का ह्रास करने वाले तंत्रों तथा आँकड़ों पर केंद्रित हों और जो हावी होने वाली संस्कृति उत्पन्न करती हों? आप यथार्थवादी ढंग से ऐसी स्थिति में क्या कर सकते हैं?

जवाब : अगर इस तरह का संगठन बाज़ार की प्रतियोगी शक्तियों से बँधा है, तो आप चयन की स्वतंत्रता का इस्तेमाल कर सकते हैं और ट्रिम-टैब के इस्तेमाल के ज़रिए प्रभाव के ज़्यादा बड़े वृत्त में पहुँच सकते हैं। अगर यह बाज़ार की प्रतिस्पर्धी शक्तियों से नहीं बँधा है, तो आप ग्रीक दर्शन - ईथॉस, पैथॉस और लोगॉस - का इस्तेमाल कर सकते हैं, जब तक कि दूसरे यह एहसास न कर लें कि आपकी सलाह मानने से उनके उद्देश्य ज़्यादा अच्छी तरह पूरे होंगे। या, अगर आपने व्यक्तिगत और व्यावसायिक विकास की क़ीमत उस बिंदु तक चुकाई है, जहाँ आपकी सुरक्षा समस्याओं के समाधान उत्पन्न करने और मानवीय आवश्यकताओं को पूरा करने की आपकी शक्ति में निहित है, तो आपके पास दूसरे काम करने के अनंत अवसर होंगे। इस मामले में आप बस यही कर सकते हैं - कहीं और जाकर दूसरी नौकरी करने का विकल्प चुन लें।

सवाल : रणनीतिक अन्वेषण कार्य की प्रक्रिया निर्धारित करने के बाद किसी मैनेजमेंट या लीडरशिप टीम की सबसे महत्वपूर्ण गतिविधि कौन सी है?

जवाब : मेरी राय है : कर्मचारियों को चुनना, नियुक्त करना और पद सौंपना। जिम कॉलिन्स की भाषा में कहें, तो यह सुनिश्चित करना कि आपके पास *सही* लोग *सही* जगह पर *सही* बस में हों। मैं तो यहाँ तक कहूँगा कि नियुक्त करना, चुनना और पद देना प्रशिक्षण तथा विकास से ज़्यादा महत्वपूर्ण है। समस्या यह है कि तेज़ी से विकसित होती अर्थव्यवस्था में अधिकांश संगठनों को इतनी तेज़ी से कर्मचारियों की ज़रूरत पड़ती है और समस्याएँ इतनी तात्कालिक होती हैं कि उन्हें संकट दूर करने के लिए फटाफट ज़्यादा से ज़्यादा लोगों को नौकरी पर रखना पड़ता है। याद रखें, जिसे आप सबसे ज़्यादा चाहते हैं, उस पर सबसे जल्दी यक़ीन भी कर लेते हैं। फिर बाद में आपको वास्तविक तबाही के साथ मजबूरन रहना पड़ता है। इसके बजाय, आपको रणनीतिक नियुक्तियाँ देना चाहिए, ताकि आप मानदंडों पर सावधानीपूर्वक सोच लें, उन्हें संप्रेषित कर दें और भिन्न लोगों के ट्रैक रिकॉर्ड पर गहराई से नज़र डालने की क़ीमत चुका दें। संभावित उम्मीदवारों के साथ वास्तविक संबंध बनाने की क़ीमत चुकाएँ, जब तक कि वे वास्तविक और पारदर्शी न बन जाएँ, जब तक कि उन्हें

यह फ़ैसला करने का समय न मिल जाए कि उनकी भविष्य-दृष्टि, जीवनमूल्य और आवाज़ उनके भावी कार्य के रणनीतिक मानदंडों के तालमेल में है। इसके बाद क्रियान्वयन ही कुंजी है।

सवाल : आपके अनुभव के मुताबिक़ लोगों को नौकरी पर रखते वक़्त कौन सा सवाल पूछना सबसे अच्छा रहता है?

जवाब : मेरे अनुभव में सबसे अच्छा सवाल यह पूछना है, "बचपन की आपकी सबसे पहली याद से शुरू करते हुए, आपको क्या करना सचमुच पसंद है और आप किस काम को अच्छी तरह कर लेते हैं?" फिर इस बात को ग्रेड स्कूल, जूनियर हाई स्कूल, हाई स्कूल, यूनिवर्सिटी और उसके बाद के कामों में देखने के लिए कहें, जब तक कि आप सच्चा पैटर्न न देख लें कि लोगों की वास्तविक योग्यताएँ और शक्तियाँ कहाँ हैं - उनकी सच्ची आवाज़ कहाँ है। आपको निर्भरता, आत्मनिर्भरता या परस्परनिर्भरता के पैटर्न भी देखने को मिलेंगे। आपको वस्तुओं, लोगों या सिर्फ़ विचारों के साथ काम करने के पैटर्न भी देखने को मिलेंगे। आप उन भूमिकाओं के रणनीतिपूर्ण विकसित मानदंडों को बताने के इच्छुक भी ज़रूर होंगे।

सवाल : जब सहनिर्भरता (निष्क्रियता और आज्ञापालन) को पुरस्कृत किया जाता है, तो क्या होता है?

जवाब : यह सिर्फ़ कुछ समय के लिए पुरस्कृत होगी - बाज़ार इसे तमाचे मारकर ख़त्म कर देगा। यह रणनीति ज़्यादा समय तक सफल नहीं हो सकती, क्योंकि निष्क्रिय, सहनिर्भर व्यक्ति ग्राहकों की अच्छी तरह - रचनात्मकता के साथ, कौशल के साथ और उम्मीद के साथ - सेवा नहीं कर पाएगा। दीर्घकाल में, अगर आपके यहाँ पारदर्शिता है और बाज़ार से अच्छा फ़ीडबैक मिलता है, तो सहनिर्भर लोग या संस्कृतियाँ बच ही नहीं सकतीं। वर्तमान वैश्विक अर्थव्यवस्था में छरहरी, सशक्त, फुर्तीली, रचनात्मक, नवाचारी संस्कृतियों की ज़रूरत है, ख़ासकर अगर आपका प्रतिस्पर्धी स्थानीय नहीं, बल्कि वैश्विक हो।

सवाल : टीम बनाने की पूरी प्रक्रिया के बारे में?

जवाब : टीम बनाना आधारभूत है, ख़ास तौर पर पूरक टीमों को विकसित करना, जहाँ लोगों की शक्तियों का लाभ लिया जाता है और उनकी कमज़ोरियों को दूसरों की शक्तियों द्वारा अप्रासंगिक बना दिया जाता है - जहाँ साझी भविष्य-दृष्टि और जीवनमूल्यों का तंत्र एकीकरण की शक्ति है। लेकिन मुझे आपको बताना होगा, टीम बनाने को प्रोत्साहित करने में बहुत से दिशाबद्ध तंत्रों और आधारभूत संरचनाओं की ज़रूरत होती है। अगर आप एक फूल से कहते हैं, "विकास करो," लेकिन सींचते दूसरे फूल को हैं, तो पहला फूल विकास नहीं करेगा। अगर आप कहते हैं कि चलो

हम टीम के रूप में काम करते हैं, लेकिन फिर आप आत्मनिर्भर और अधिकारवादी तरीक़े से सोचने लगते हैं तथा बहुत से एकाकी, निरंकुश निर्णय लेने लगते हैं, तो आप टीम नहीं बना पाएँगे। टीम बनाना बहुत महत्वपूर्ण और इच्छित गतिविधि है, बशर्ते यह संगठन के तंत्रों, आधारभूत संरचनाओं और प्रक्रियाओं के भीतर टीम बनाने के सिद्धांतों से प्रोत्साहित हो। वरना यह एक नारा और लुभावना साइड शो बनकर रह जाएगा और मुख्य धारा में नहीं पहुँच पाएगा।

सवाल : जब पूरे संगठन में भिन्न-भिन्न भविष्य-दृष्टियाँ और लक्ष्य हों, तो आप एकीकृत, संबद्ध (cohesive) संस्कृति कैसे पा सकते हैं?

जवाब : दर्द की प्रेरणा दें। जब तक कर्मचारी संतुष्ट और ख़ुश हैं, वे ज़्यादा कुछ नहीं करने वाले। आपको ऐसा करने के लिए बाज़ार से मिलने वाले दर्द का इंतज़ार करने की ज़रूरत नहीं है। अकाट्य स्कोरबोर्ड की नीति यह काम कर देती है, ख़ासकर तब जब लोग इसके प्रति जवाबदेह होते हैं और जब यह पुरस्कृत करने का आधार होती है।

• • •

अध्याय 13

सशक्तिकरण की आवाज़ - जोश और निपुणता को मुक्त करना

श्रेष्ठ प्रदर्शन के लिए लोगों को प्रेरित करने का सबसे अच्छा तरीक़ा उन्हें रोज़मर्रा के कामों और नज़रिए से यह विश्वास दिलाना है कि आप तहेदिल से उनका समर्थन कर रहे हैं।

हैरॉल्ड एस. जेनीन, पूर्व चेयरमैन, आईटीटी

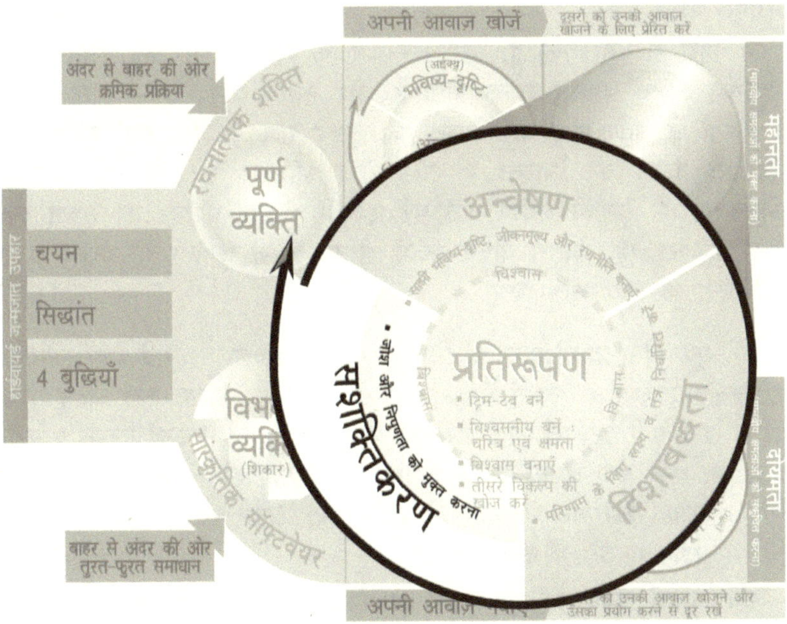

फ़िगर 13.1

मिथक	'गाजर और छड़ी' - खच्चर सिद्धांत - प्रेरणा का सबसे अच्छा रूप है। *(पुराना पैरेडाइम)*
वास्तविकता	'गाजर और छड़ी' प्रेरणा पशु मनोविज्ञान है। लोगों के पास विकल्प चुनने की शक्ति होती है। आप किसी की पीठ तो ख़रीद सकते हैं, लेकिन दिल या दिमाग़ नहीं। आप उसके हाथ तो ख़रीद सकते हैं, लेकिन उत्साह नहीं। *(नया पैरेडाइम)*

फ़िगर 13.2

लीडरशिप की सशक्तिकरण भूमिका का *पहला विकल्प* लोगों को नियंत्रित करके परिणाम पाने की कोशिश करना है।

दूसरा विकल्प उन्हें स्वतंत्र छोड़ना, पूर्णतः बंधनरहित कर देना है। दूसरे शब्दों में, सशक्तिकरण की भाषणबाज़ी तो करें, लेकिन जवाबदेही को हटा दें और नज़रअंदाज़ कर दें।

तीसरा विकल्प ज़्यादा मुश्किल, लेकिन अच्छा है। यह दूरगामी लक्ष्यों के परिणामों की जवाबदेही तय करना है और जीत-जीत अनुबंधों द्वारा निर्देशित स्वायत्तता है।

मैं पहले ही बता चुका हूँ, मेरा मानना है कि ज़्यादातर संगठनों, जिनमें परिवार भी शामिल हैं, में प्रबंधन ज़्यादा होता है और नेतृत्व कम। चूँकि हमारे बच्चों के साथ संबंधों में घर्षण इस वास्तविकता की दुखद याद है तथा इस कारण अक्सर विद्रोह भी देखने को मिलता है और चूँकि परिवार शाश्वत हैं, इसलिए मैं सशक्तिकरण की चुनौती संबंधी बात मेरे एक मित्र और पार्टनर की सच्ची कहानी से शुरू कर रहा हूँ, जिसने अपने बच्चों के मामले में चुनौती से उबरने के लिए अपनी पत्नी के साथ काम किया :

मैंने एक दिन अपनी पत्नी के सिर पर "काला बादल" मँडराते देखा। मैंने उससे पूछा, "क्या गड़बड़ है?" उसने कहा, "मैं बहुत हताश हूँ। सुबह स्कूल भेजने से पहले बच्चों के साथ बड़ी परेशानी होती है। मुझे लगता है, अगर मैं उन्हें यह न बताऊँ कि उन्हें अगला काम क्या करना है, तो कभी कुछ भी नहीं होगा। वे स्कूल भी नहीं जा पाएँगे। वे ठीक से तैयार भी नहीं हो पाएँगे। वे बिस्तर से बाहर भी नहीं निकल पाएँगे! मैं नहीं जानती, मैं क्या करूँ।"

मैंने अगली सुबह यह ख़ुद देखने का फ़ैसला किया। पत्नी सुबह सवा छह बजे सबके कमरों में गई और हर बच्चे को झकझोरकर बोली, "बेटा, उठने का समय हो

गया है। जाग जाओ।" ऐसा उसने दो-तीन बार किया, तब कहीं जाकर वे उठे। फिर उसने उस लड़की के लिए शॉवर चालू किया, जिसे उठने में सबसे ज़्यादा मुश्किल आई थी। अगले दस मिनट तक वह बार-बार शॉवर तक गई और काँच के दरवाज़े पर तीन बार दस्तक देकर बोली, "बाहर निकलने का समय हो गया।" "आती हूँ!" रक्षात्मक जवाब मिला। बेटी ने आख़िरकार शॉवर बंद किया, अपना शरीर सुखाया, अपने कमरे में गई और फ़र्श पर किसी छोटी गेंद की तरह गुड़ी-मुड़ी हो गई और गर्माहट के लिए शरीर पर टॉवेल ढँक लिया।

दस मिनट बाद, "बेटा, तुम्हें कपड़े पहनने हैं। चलो।"

"मेरे पास पहनने के लिए कुछ नहीं है!"

"इसे पहन लो।"

"मुझे ये कपड़े पसंद नहीं हैं। ये ख़राब हैं!"

"तो फिर तुम क्या पहनना चाहती हो?"

"जीन्स - लेकिन सारी जीन्स गंदी हैं।"

यह भावनात्मक टकराव तब तक चलता रहा, जब तक कि तीनों बच्चों को पौने सात बजे नीचे नहीं बुला लिया गया। मेरी पत्नी बच्चों को एक के बाद एक काम बताती रही और चेतावनी देती रही कि स्कूल बस किसी भी पल आने वाली होगी। आख़िरकार वे मम्मी के गले लगकर और चूमकर दरवाज़े से बाहर निकले। तब तक मम्मी थककर चूर हो चुकी थी। मैं तो पूरी सुबह उसे सिर्फ़ देखते-देखते ही थक गया था।

मैंने सोचा, "कोई हैरानी नहीं कि वह इतनी दुखी है। ये बच्चे यह नहीं जानते कि वे ख़ुद सक्षम हैं। इसलिए क्योंकि हम हमेशा उन्हें काम करने को कहते रहते हैं।" शॉवर के दरवाज़े पर दस्तक देना इस बात का प्रतीक बन गया कि हमने अनजाने में ही उनकी ग़ैर-ज़िम्मेदारी को बढ़ा दिया था।

एक शाम मैंने पूरे परिवार को इकट्ठा किया और एक नई नीति सुझाई। "मैंने देखा है कि हमें सुबह तैयार होने में काफ़ी मशक़्क़त करना पड़ती है।" सभी हँसने लगे। मैंने कहा, "इस झमेले को कौन पसंद करता है?" किसी ने भी अपना हाथ नहीं उठाया। इस पर मैंने कहा, "अब मैं कुछ बताना चाहता हूँ, जिसके बारे में तुम्हें सचमुच सोचना चाहिए। बात यह है : तुम्हारे भीतर विकल्प चुनने की शक्ति है। तुम ज़िम्मेदार बन सकते हो।"

फिर मैंने सवालों की एक शृंखला शुरू की। मैंने पूछा, "तुममें से कौन-कौन ख़ुद अलार्म लगा सकते हो और हर सुबह अपने आप उठ सकते हो?" उन्होंने मेरी तरफ़ ऐसे देखा, जैसे पूछ रहे हों, "डैड, आप कर क्या रहे हैं?" मैंने पूछा, "नहीं, सच बताओ, तुममें से कौन यह काम कर सकता है?" सबने हाथ उठा दिए। "तुममें से कितने जानते हो कि तुम्हें शॉवर कितने समय तक लेना चाहिए? तुममें से कितने ख़ुद

पानी बंद कर सकते हो?" सभी ने अपने हाथ उठा दिए। "तुममें से कितने अपने कमरे में जा सकते हो, अपनी पसंद के कपड़े चुन सकते हो और ख़ुद पहन सकते हो?" उन्हें यह मज़ेदार लग रहा था, क्योंकि वे सोच रहे थे, "मैं कर सकता हूँ।" "अगर तुम्हारे पास अपनी पसंद के कपड़े न हों, तो तुममें से कितने एक रात पहले यह तय करने में सक्षम हो कि कौन से कपड़े पहनने हैं और अगर पसंदीदा कपड़े गंदे हों, तो उन्हें वॉशर और ड्रायर में धो सकते हो?" "मैं कर सकता हूँ।" "और तुममें से कितनों में अपना बिस्तर लगाने और अपने कमरे की सफ़ाई करने की क्षमता है, बिना कहे या याद दिलाए?" हर बच्चे ने हाथ उठा दिया। "तुममें से कितने नाश्ते के समय पौने सात बजे नीचे आ सकते हो?" सभी ने हाथ उठा दिया।

हमने हर काम का ज़िक्र किया। हर मामले में वे सहमत थे, "मुझमें यह करने की शक्ति और क्षमता है।" फिर मैंने कहा, "ठीक है। अब हम ऐसा करते हैं कि इसे लिख लेते हैं। हमें सुबह की ऐसी योजना बनाना होगी, जिस पर हम सहमत हों।"

उन्होंने सारी बातें लिख लीं, जो वे करना चाहते थे और इसका शेड्यूल बना लिया। जिस बेटी के साथ हमें सबसे ज़्यादा जूझना पड़ता था, वही सबसे ज़्यादा रोमांचित थी। उसने हर मिनट का शेड्यूल बना लिया। हम कुछ चीज़ों में बच्चों की मदद के लिए तैयार हो गए। कुछ मार्गदर्शक सिद्धांत बना लिए गए। हमने फ़ैसला किया कि वे कैसे और कब जवाबदेह होंगे और परिणाम क्या होंगे। सकारात्मक परिणाम यह थे कि हर व्यक्ति सुबह ज़्यादा ख़ुश रहेगा - ख़ास तौर पर मम्मी। और हम सभी जानते हैं कि ख़ुश मम्मी का मतलब है ख़ुश परिवार! सुबह समय पर न उठने और अपनी सभी ज़िम्मेदारियों को ख़ुद पूरा न करने का नकारात्मक परिणाम यह था कि उन्हें कुछ दिनों तक आधा घंटे जल्दी सोने जाना पड़ेगा। यह सही भी था, क्योंकि आम तौर पर कम नींद के कारण ही सुबह उठने में ज़्यादा मुश्किल आती है। हर बच्चे ने अपने अनुबंध पर दस्तखत कर दिए और आइसक्रीम का एक-एक प्याला खाकर सोने चला गया। हमने सोचा, "ठीक है। देखते हैं, अब क्या होता है।"

अगली सुबह छह बजे मेरी पत्नी और मैं बिस्तर पर लेटे थे। हमने सुना कि एक अलार्म बजा और बेटी के कमरे से हल्की क्लिक की आवाज़ आई। इससे पहले कि हम जान पाते, हमारी बेटी, जिसके साथ हमें सबसे ज़्यादा मुश्किल आती थी, शॉवर तक भागकर गई और पानी चालू करके नहाने लगी। मेरी पत्नी और मैं थोड़ी हैरानी से एक-दूसरे की ओर देखकर मुस्कराने लगे। हमें सचमुच उम्मीद थी कि यह उसके मामले में काम करेगा - लेकिन पंद्रह मिनट पहले? पंद्रह-बीस मिनट में उसने वे सारे काम निबटा लिए, जिनमें आम तौर पर डेढ़ घंटे लगते थे। इसके बाद उसके पास पियानो की प्रैक्टिस का भी समय था। हमारी सुबह बहुत बढ़िया रही। बाक़ी बच्चों ने भी ऐसा ही किया।

जब बच्चे दरवाज़े से बाहर चले गए, तो पत्नी बोली, "मैं स्वर्ग में रह रही हूँ। लेकिन असली इम्तहान यह है, क्या यह आगे भी होगा? मैं एक सुबह के लिए उन्हें

सचमुच रोमांचित होते देख सकती हूँ, लेकिन क्या यह सिलसिला आगे भी जारी रहेगा?"

ख़ैर, अब इस बात को एक साल से ऊपर हो गया है। हालाँकि पहली सुबह वाला उत्साह हमेशा तो क़ायम नहीं रहा, लेकिन कभी-कभार के अपवादों को छोड़कर (जिनके बाद कुछ दिनों तक जल्दी सोने की सज़ा दी गई) वे सभी ख़ुद उठे हैं और उन्होंने हर काम ख़ुद किया है। हम हर कुछ महीने बाद साथ बैठते हैं और मूल्यांकन करते हैं कि हम कैसा कर रहे हैं। हम अपने समर्पण को दोबारा नया बनाते हैं। इससे भी मदद मिली है।

यह देखना अद्भुत है कि बच्चों को यह एहसास हो रहा है, "मैं यह काम कर सकता हूँ। मुझमें शक्ति है। मैं ज़िम्मेदार हूँ।" हम याद न दिलाने की कोशिश करते हैं। यह एक गहरा सबक़ है और इसने हमारे पारिवारिक जीवन की हर सुबह को पूरी तरह बदल दिया है।

आप देख सकते हैं कि ये माता-पिता ने शुरुआत में इस मानसिकता से काम करने की कोशिश की थी कि *बच्चों* को बदलने की ज़रूरत है, लेकिन धीरे-धीरे *वे* इस बारे में जागरूक हुए कि ख़ुद *उन्हें* बदलने की ज़रूरत थी। मानसिकता यह थी कि बच्चों को लगातार याद दिलाने, जाँच करने, सिर पर मँडराने और काम पूरा करवाने की ज़रूरत है। शायद आपने भी किसी ऐसे बॉस के साथ *काम किया होगा*। यह प्रबंधन/नियंत्रण सोच का आदर्श उदाहरण है।

लेकिन फिर माता-पिता ने अपने बच्चों के महत्व और क्षमता पर विचार किया - ख़ासकर उनकी क्षमता पर। वे जानते थे कि बच्चे बेहद महत्वपूर्ण हैं और वे उनसे बिना शर्त प्रेम करते हैं, लेकिन वे अपने बच्चों को दुर्व्यवहार के चश्मे से देखने के आम जाल में फँस गए थे। उन्होंने बच्चों को उनकी क्षमता स्पष्ट रूप से बताई नहीं थी। ऐसा उन्होंने कुछ सरल सवाल पूछकर किया कि क्या बच्चों को यक़ीन था कि - अगर वे चाहें तो - उठने, अपने काम करने और स्कूल जाने के लिए तैयार होने के मूलभूत काम कर सकते हैं। चूँकि बच्चे भावनात्मक रूप से माता-पिता से जुड़े थे, इसलिए संप्रेषण हुआ। वादे किए गए और निभाए गए। संभावना मुक्त हुई। ज़िम्मेदारी ली गई। विकास हुआ। आपसी विश्वास बढ़ा। मानसिक तथा पारिवारिक शांति इसका फल था। यह सशक्तिकरण का बड़ा सुंदर और सशक्त उदाहरण है।

हालाँकि यह एक छोटी सी पारिवारिक समस्या है, लेकिन बहुसंख्यक लोग इसके साथ जुड़ाव महसूस कर सकते हैं। कई बार संगठनों, यहाँ तक कि परिवारों में, लोग दूसरों की क्षमताओं में तो यक़ीन करते हैं, लेकिन उनके महत्व में नहीं करते। इसलिए वे धैर्यवान, लगनशील, दीर्घकालीन दृष्टि से सुखी, विश्वास देने वाले और आत्म-त्यागी नहीं होते हैं। यह न सिर्फ़ उनके लिए महत्व है, बल्कि यह तो लागत-लाभ विश्लेषण बन जाता है और वे शायद अनजाने में इस नतीजे पर पहुँचते हैं कि लागत बहुत

ज़्यादा है। सच तो यह है कि जब तक लोगों को अपने व्यक्तिगत महत्त्व का एहसास न हो, तब तक वे दूसरों के महत्त्व को लगातार संप्रेषित करने में समर्थ नहीं हो पाएँगे।

सिद्धांत-केंद्रित विश्वसनीय व्यवहार का *प्रतिरूपण* "बात किए बिना" विश्वास को प्रेरित करता है। *अन्वेषण* क्रम माँगे बिना इसकी रचना करता है। *दिशाबद्धता* भविष्य-दृष्टि और सशक्तिकरण की घोषणा किए बिना उन्हें पोषण देती है। *सशक्तिकरण* बाक़ी तीनों का फल है। यह व्यक्तिगत और संगठनात्मक विश्वसनीयता का स्वाभाविक परिणाम है, जो लोगों को उनकी मानवीय क्षमता पहचानने और मुक्त करने में समर्थ बनाता है। दूसरे शब्दों में, सशक्तिकरण आत्म-नियंत्रण, आत्म-प्रबंधन और आत्म-संगठन को सिंहासन पर बैठाता है। अगर यह सह-लक्ष्यीकरण बन जाता है - सिर्फ़ संगठनात्मक अन्वेषण में ही नहीं, बल्कि टीम, प्रोजेक्ट, काम या नौकरी के स्तर पर, जहाँ लोगों और संगठन की मूलभूत आवश्यकताएँ एक-दूसरे को काटती हैं - तो यह जोश, ऊर्जा और प्रेरणा का दोहन करता है - संक्षेप में, आवाज़ का।

जोश वह आग, उत्साह और साहस है, जो इंसान तब महसूस करता है जब वह कोई ऐसा काम करता है, जिससे वह प्रेम करता है, जब वह महत्वपूर्ण लक्ष्य हासिल करता है - कोई ऐसी चीज़, जो उसकी सबसे गहरी आवश्यकताओं को संतुष्ट करती है। एक बार फिर, याद रखें, *उत्साह* (enthusiasm) शब्द की जड़ का मतलब है "ईश्वर आपमें है।" सशक्तिकरण बिलकुल यही चीज़ है। बस यह कर्मचारियों के *संगठनात्मक* संदर्भ में है - यानी वे जो काम करते हैं, उससे प्रेम करते हैं और उसे इस तरह करते हैं, जिससे उनकी सबसे गहरी आवश्यकताएँ तो पूरी होती ही हैं, उनके संगठन की मूलभूत आवश्यकताएँ भी पूरी हो जाती हैं। उनकी आवाज़ें मिल जाती हैं।

अपनी पुस्तक *नाउ डिस्कवर युअर स्ट्रेंग्थ्स* में लेखक मार्कस बकिंघम और डोनाल्ड ओ. क्लिफ़टन गैलप ऑर्गैनाइज़ेशन के इस प्रमुख निष्कर्ष को बताते हैं : महान संगठन को न सिर्फ़ यह तथ्य मालूम होना चाहिए कि हर कर्मचारी भिन्न होता है, बल्कि उसे इन भिन्नताओं से फ़ायदा भी उठाना चाहिए।"[1] लेखक यह भी बताते हैं कि गैलप के शोध के नतीजे जिन सवालों पर आधारित थे, वे 1,98,000 कर्मचारियों से पूछे गए थे, जो छत्तीस कंपनियों के 7,939 बिज़नेस यूनिट्स में काम कर रहे थे :

> कार्यस्थल में क्या आपके पास वह करने का अवसर होता है, जो आप हर दिन सबसे अच्छी तरह करते हैं? प्रतिक्रियाओं की तुलना हमने बिज़नेस यूनिट्स के प्रदर्शन से की और यह पाया : जब इस सवाल पर कर्मचारियों का जवाब "प्रबल सहमति" था, तो इस बात की 50 प्रतिशत ज़्यादा संभावना थी कि वे ऐसे बिज़नेस यूनिट्स में काम करते हैं, जहाँ कर्मचारी नौकरी छोड़कर कम जाते हैं, 38 प्रतिशत ज़्यादा संभावना थी कि वे अधिक उत्पादक बिज़नेस यूनिट्स में काम करते हैं और 44 प्रतिशत ज़्यादा संभावना थी कि वे ऐसे बिज़नेस यूनिट्स में काम करते हैं, जहाँ ग्राहक संतुष्टि के स्कोर अधिक

हैं। और जिन बिज़नेस यूनिट्स में प्रबलता से सहमत होने वाले कर्मचारियों की संख्या बढ़ी, समय के साथ वहाँ कंपनी की उत्पादकता, ग्राहक की निष्ठा और कर्मचारियों का सेवाकाल भी बढ़ा।[2]

ज़रा अपनी निजी ज़िंदगी के बारे में सोचें? आप किस तरह का काम पसंद करते हैं? किस तरह की निगरानी? आपको किस काम में सबसे गहरे जोश का अनुभव होता है? ज़रा सोचिए, क्या हो, अगर आपके पास ऐसा काम हो, जो आपके जोश का दोहन करता हो, जिसमें आपके लीडर्स आपके सेवक बन जाएँ - जहाँ वे व्यक्तिगत या तंत्रात्मक रूप से आपके काम में आपकी मदद करें? क्या हो, अगर आधारभूत संरचना और तंत्र आपके सहायक व समर्थक हों तथा आपकी क्षमता को पहचानने, बढ़ाने और मुक्त करने वाले हों? क्या हो, अगर आपको लगातार मान-सम्मान मिले और पुरस्कार मिले और सबसे महत्वपूर्ण बात यह है कि आप आंतरिक रूप से संतुष्ट महसूस करें कि आप ऐसे उद्देश्य में महत्वपूर्ण योगदान दे रहे हैं, जिसमें आपका दिली समर्पण है?

ज्ञानकर्मी का सशक्तिकरण

हम ज्ञानकर्मी युग में रह रहे हैं, जहाँ बौद्धिक संपदा सबसे महत्वपूर्ण है। पहले प्रॉडक्ट की क़ीमत 80 प्रतिशत सामग्री और 20 प्रतिशत ज्ञान पर आधारित थी; अब यह 70 प्रतिशत ज्ञान पर और 30 प्रतिशत सामग्री पर आधारित हो गई है।[3] अपनी पुस्तक *द मैनेजमेंट सेंचुरी* में स्टुअर्ट क्रेनर लिखते हैं, "सूचना युग बौद्धिक कार्य को पुरस्कृत करता है। इस बात का एहसास बढ़ रहा है कि प्रतिभाशाली लोगों को नियुक्त करना, उन्हें क़ायम रखना और पोषण देना प्रतिस्पर्धा के लिए अनिवार्य है।"[4]

पीटर ड्रकर ने अपनी पुस्तक *मैनेजिंग फ़ॉर द फ़्यूचर : द 1990ज़ एंड बियॉन्ड* में लिखा है, "अब आगे ज्ञान ही कुंजी है। श्रम, सामग्री या ऊर्जा की गहनता के बजाय दुनिया ज्ञान की गहनता चाहती है।"[5]

आज का सबसे लोकप्रिय विषय लीडरशिप है। नई अर्थव्यवस्था ज्ञानकर्म पर आधारित है और ज्ञानकर्म लोगों के लिए इस्तेमाल किया जाने वाला एक और शब्द है। याद रखें, आज प्रॉडक्ट्स और सेवाओं का 80 प्रतिशत मूल्य ज्ञानकर्म से तय होता है। आज की अर्थव्यवस्था ज्ञानकर्मी अर्थव्यवस्था है; दौलत निर्माण पूँजी और वस्तुओं से कर्मचारियों तक हस्तांतरित हो गया है।

हमारा सबसे बड़ा वित्तीय निवेश ज्ञानकर्मी है। ज़रा सोचें, आपके संगठन में तनख़्वाह, लाभों, स्टॉक ऑप्शन्स और नियुक्ति व प्रशिक्षण के ज़रिए ज्ञानकर्मियों में कितना निवेश हुआ है? यह अक्सर प्रति वर्ष प्रति व्यक्ति लाखों डॉलर होता है!

गुणवत्तापूर्ण ज्ञानकर्म इतना मूल्यवान है कि इसकी क्षमता को मुक्त करने से संगठनों को मूल्य निर्माण का असाधारण अवसर मिलता है। ज्ञानकर्म संगठन द्वारा

अब तक किए गए बाक़ी सभी निवेशों को लीवरेज देता है। दरअसल, ज्ञानकर्मी संगठन के बाक़ी सभी निवेशों की कड़ी हैं। वे उन सभी निवेशों के इस्तेमाल में फ़ोकस, रचनात्मकता और लीवरेज प्रदान करते हैं, ताकि संगठन के उद्देश्यों को बेहतर ढंग से हासिल किया जा सके। बौद्धिक और सामाजिक पूँजी बाक़ी सभी निवेशों की लीवरेजिंग और सर्वोच्चता है।

इसलिए यह नितांत आवश्यक है कि लोगों के सशक्तिकरण (आवाज़ों को दिशाबद्ध करने) को प्रतिरूपण, दिशाबद्धता और अन्वेषण के *फल* के रूप में देखा जाए। वरना आप देखेंगे कि संगठन सशक्तिकरण की बातें और दावे तो करते रहेंगे, लेकिन क्रियान्वयन नहीं कर पाएँगे। उनकी कोई साझी भविष्य-दृष्टि नहीं होगी, अनुशासन नहीं होगा और निश्चित रूप से कोई जोश नहीं होगा।

सशक्तिकरण कोई नया विचार नहीं है। दरअसल पिछली सदी के नब्बे के दशक में यह मैनेजमेंट के क्षेत्र में लोकप्रिय मुहिम बन गया था। बहरहाल, सच कहा जाए, तो सशक्तिकरण की मुहिम से काफ़ी आलोचना हुई और ग़ुस्सा उपजा – मैनेजमेंट में भी और कर्मचारियों में भी। क्यों? क्योंकि कर्मचारियों का सशक्तिकरण बाक़ी तीन भूमिकाओं की जड़ नहीं, *फल* है।

हमने क्लाएंट संगठनों में 3,500 मैनेजरों और प्रोफ़ेशनल्स का सर्वे करके उनसे यह सवाल पूछा : सशक्तिकरण को कौन रोक रहा है? (देखें फ़िगर 13.3)। ध्यान दें कि उनके जवाब व्यक्तिगत और संगठनात्मक विश्वसनीयता *दोनों* (चरित्र और क्षमता) के महत्व को रेखांकित करते हैं :

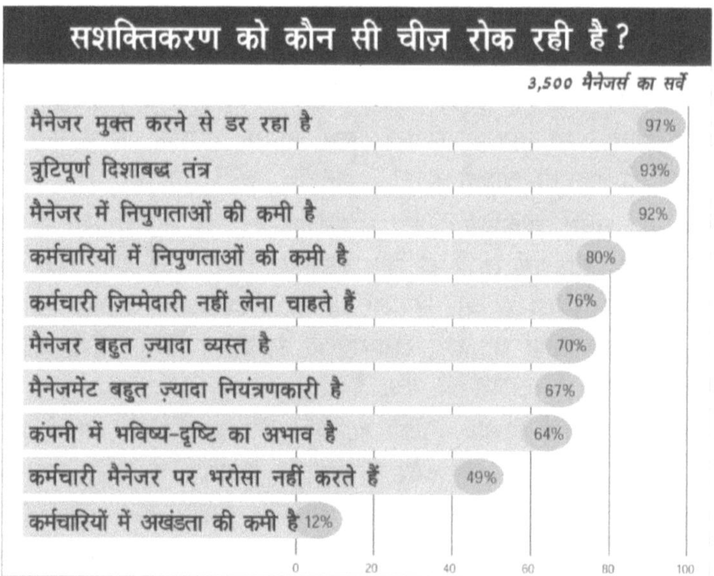

फ़िगर 13.3

अब जब आप इस पूर्ण व्यक्ति/4 भूमिकाओं के लीडरशिप के पैरेडाइम में गहराई तक आ चुके हैं, तो आप देख सकते हैं कि जब आधारभूत प्रतिरूपण, अन्वेषण और दिशाबद्धता के कामों के बिना सशक्तिकरण की कोशिशें की जाती हैं, तो कर्मचारी कुंठित क्यों हो जाते हैं।

मैनेजर की दुविधा : क्या मैं नियंत्रण छोड़ दूँ?

मुझे याद है, कुछ साल पहले मैंने एक कंपनी के चीफ़ एक्ज़ीक्यूटिव का इंटरव्यू लिया था, जिन्हें उसी समय प्रतिष्ठित मैल्कम बाल्डरिज नेशनल क्वालिटी अवॉड मिला था। मैंने उनसे पूछा, "सीईओ के रूप में अपने संगठन में गुणवत्ता का यह स्तर पाने में आपकी सबसे कठिन चुनौती क्या थी?" पल भर सोचने के बाद वे मुस्कराकर बोले, "नियंत्रण छोड़ना।"

जब तक प्रतिरूपण, अन्वेषण और दिशाबद्धता के कार्यों में सशक्तिकरण की ठोस जड़ें न हों, तब तक इसकी *हमेशा* आलोचना होगी। लीडरशिप की 4 भूमिकाएँ मैनेजर की दुविधा को तोड़ देती हैं, जो *नियंत्रण करने* और *नियंत्रण छूटने के डर* के बीच में फँसा रहता है। जब आप सचमुच सशक्तिकरण की शर्तों को स्थापित कर लेते हैं, तो नियंत्रण छूटता नहीं है : यह तो बस *आत्म-नियंत्रण* में रूपांतरित हो जाता है।

जब आप लोगों को "सशक्तिकरण" के नाम पर खुला छोड़ देते हैं, तो आत्म-नियंत्रण अपने आप नहीं आ जाता है। यह तो तब आता है, जब दिमाग़ में एक साझा लक्ष्य होता है, निश्चित मार्गदर्शक बिंदु और समर्थक आधारभूत संरचना व तंत्र होते हैं और हर व्यक्ति को पूरे काम में पूर्ण व्यक्ति का दर्जा दिया जाता है। जिन लोगों में क्षमता की कमी होती है, उन्हें प्रशिक्षण और कोचिंग दी जाती है, जो अधिक स्वतंत्रता दिए जाने से पहले आवश्यक होती है। लगातार सफल प्रदर्शन करने वालों का ट्रैक रिकॉर्ड अधिकाधिक विश्वास और स्वतंत्रता अर्जित करता है। लोग परिणामों के प्रति जवाबदेह बनते हैं और दिशानिर्देशों के भीतर उन परिणामों को ऐसे तरीक़े से हासिल करने के लिए स्वतंत्र होते हैं, जो उनकी अनूठी प्रतिभाओं का दोहन करता हो।

मैं इसे *निर्देशित स्वायत्तता* कहता हूँ। इस स्थिति में मैनेजर की भूमिका नियंत्रक के बजाय सामर्थ्यकारी की हो जाती है - कर्मचारियों के साथ सह-लक्ष्यीकरण, अवरोध हटाना और मदद व समर्थन का स्रोत बनना। यह बहुत बड़ा बदलाव है।

जब हमने ट्रिम-टैबिंग लीडर की बात की थी, जो भविष्य-दृष्टि, अनुशासन, जोश और अंतरात्मा से पूर्ण था, तो हम आत्म-सशक्तिकरण की ही बात कर रहे थे। अब अधिक व्यापक पृष्ठभूमि में हम यह देख रहे हैं कि सशक्तिकरण का आधिकारिक, संस्थागत, औपचारिक दर्शन कैसे बनाया जाए। आदर्श रूप से आप व्यक्तिगत और संगठनात्मक दोनों तरह का सशक्तिकरण चाहेंगे, ताकि कर्मचारी को अशक्तिकारक संगठनात्मक शक्तियों के विरुद्ध संघर्ष न करना पड़े।

सशक्तिकरण का साधन : जीत-जीत अनुबंध प्रक्रिया

जीत-जीत की पूरी प्रक्रिया को दो स्वयंसेवकों के रूप में देखें, जो एक साथ एक मिशन पर काम करते हैं - एक संगठन का प्रतिनिधित्व करता है और दूसरा प्रतिभागियों, टीम या व्यक्ति का। *लीडरशिप इज़ एन आर्ट* नामक बेहतरीन पुस्तक के लेखक मैक्स डे प्री स्वयंसेवकों की भावना के एकीकृत होने का वर्णन करते हैं :

> संगठन के लिए काम कर रहे सर्वश्रेष्ठ लोग आजीवन स्वयंसेवी होते हैं। चूँकि उन्हें कई जगहों पर अच्छी नौकरी मिल सकती है, इसलिए वे कहीं पर भी काम करने का चयन तनख़्वाह या पद के बजाय अमूत-मूर्त कारणों से करते हैं। उन्हें अनुबंधों की ज़रूरत नहीं होती, उन्हें तो वादों (covenants) की ज़रूरत होती है... वादों पर आधारित संबंधों से लक़वा नहीं पड़ता है, बल्कि स्वतंत्रता मिलती है। वादे वाले संबंध विचारों, मुद्दों, जीवनमूल्यों, लक्ष्यों और मैनेजमेंट प्रक्रिया के प्रति साझे समर्पण पर आधारित होते हैं। प्रेम, गर्मजोशी, व्यक्तिगत तालमेल जैसे शब्द निश्चित रूप से प्रासंगिक हैं। वादे वाले संबंध ... गहरी आवश्यकताएँ पूरी करते हैं और काम को सार्थक व संतुष्टिदायक बनाते हैं।[6]

जीत-जीत अनुबंध कोई औपचारिक कार्य-विवरण नहीं है, न ही यह क़ानूनी अनुबंध है। यह तो खुले सिरे वाला मनोवैज्ञानिक/सामाजिक अनुबंध है, जो अपेक्षाओं को स्पष्टता से परिभाषित करता है। यह पहले लोगों के दिलोदिमाग़ में लिखा जाता है और फिर स्याही के बजाय "पेंसिल से" काग़ज़ पर, ताकि "आसानी से मिटाना" संभव हो सके, जब दोनों को यह एहसास हो जाए कि ऐसा उचित व समझदारीपूर्ण है। आप इच्छानुसार इस पर बातचीत कर सकते हैं और बदली हुई परिस्थितियों के आधार पर दोबारा सौदेबाज़ी कर सकते हैं। चाहे लोग "जीत-जीत अनुबंधों" की भाषा का इस्तेमाल करें या नहीं, विचार यह है कि आपमें अपनी सर्वोच्च साझी प्राथमिकताओं के प्रति साझी समझ और समर्पण होना चाहिए।

जीत-जीत अनुबंध लचीलेपन, अनुकूलन और रचनात्मकता के कहीं ज़्यादा ऊँचे स्तर को संभव बनाते हैं। वे सिर्फ़ कार्यविवरणों में ही नहीं उलझे रहते हैं, जो मूलतः क़दमों और तरीक़ों पर केंद्रित होते हैं। जीत-जीत अनुबंध में हम टीम सदस्यों तथा औपचारिक लीडर्स की स्थिति, परिपक्वता, चरित्र और क्षमता देखते हैं। इसके अलावा हम अन्य परिवेशीय परिस्थितियाँ भी देखते हैं, जैसे दिशाबद्ध आधारभूत संरचनाओं, तंत्रों और प्रक्रियाओं की मौजूदगी।

जब जीत-जीत अनुबंध तैयार हो जाता है, तो "मेरी/हमारी सर्वोच्च प्राथमिकता क्या है?" सवाल का जवाब बिलकुल स्पष्ट हो जाता है। ज़िम्मेदारियाँ स्पष्ट हो जाती हैं। आपसी अपेक्षाएँ बता दी जाती हैं। इन अपेक्षाओं के प्रति जवाबदेही संतुलित अकाट्य स्कोरबोर्ड के रूप में स्थापित हो जाती है। कर्मचारी दिशानिर्देशों की पृष्ठभूमि के दायरे में रहते हुए लक्ष्य हासिल करने हेतु अपना मनचाहा काम

करने के लिए स्वतंत्र होते हैं। वे अपना प्रबंधन ख़ुद करते हैं। वे सशक्त हो जाते हैं। अध्याय 14 : *8वीं आदत और स्वीट स्पॉट* में विस्तार से बताया जाएगा कि टीम की जवाबदेही को सशक्त और समर्थकारी कैसे बनाया जाए।

जीत-जीत सशक्तिकरण : औद्योगिक युग से ज्ञानकर्मी युग की ओर चलना

क्या हो, अगर हम वह भूल जाएँ, जो हमने पूर्ण व्यक्ति के बारे में सीखा है? क्या हो, अगर हम उस आग को देखने वाली नज़रें खो दें, जो व्यक्तियों और संगठनों के भीतर प्रज्वलित होती है, जब वे अपनी आवाज़ खोजते हैं और दूसरों को उनकी आवाज़ खोजने के लिए प्रेरित करते हैं। और क्या हो, अगर हम अपने परंपरागत औद्योगिक युग के "चश्मे" और परंपराओं से काम करते जाएँ? क्या आप देख सकते हैं कि नियंत्रणकारी मैनेजर की पारंपरिक शैली में जीत-जीत अनुबंध प्रक्रिया को लागू करना कितना मुश्किल होगा? आप देख सकते हैं कि तमाम कोशिशों के बावजूद सशक्तिकरण का फल नहीं मिलेगा।

सफल सशक्तिकरण काम के प्रति समर्पण में निहित है, जिसमें टीम के सदस्य "जीत-जीत अनुबंध" के आधार पर काम करते हैं। संगठन में "जीत-जीत" का मतलब होता है कि संगठन की चार आवश्यकताओं (वित्तीय स्वास्थ्य, विकास, प्रमुख प्रतिभागियों के साथ सिनर्जिस्टिक संबंध, सार्थकता/योगदान) का कर्मचारी की चार आवश्यकताओं (शारीरिक - आर्थिक; मानसिक - विकास; सामाजिक/भावनात्मक - संबंध; और आत्मिक - सार्थकता और योगदान) से स्पष्ट मेल हो।

अगर कोई अनुबंध की आत्मा की अवहेलना करता है और दरार भरने की गंभीर कोशिशों के बावजूद ऐसा करता रहता है, तो फिर कोई - *समझौता - नहीं* का विकल्प चुना जा सकता है। इसका मतलब है कि आप *सौदा ही नहीं करते* हैं। ऐसे में कोई अनुबंध नहीं होता। आप असहमत होने के लिए ख़ुशी-ख़ुशी सहमत हो जाते हैं। कर्मचारी नौकरी छोड़कर जाने लगते हैं। नए कर्मचारियों को नियुक्त नहीं किया जाता। अलबत्ता नए काम ज़रूर सौंपे जा सकते हैं।

कोई-सौदा-नहीं के मामले में सचमुच दिलचस्प बात यह है कि इसे सैन्य सेवाओं में लागू किया जाता है। इसे दृढ़ इंकार का सिद्धांत कहा जाता है। मैंने नौसैनिकों के साथ अपने संपर्क में इस सिद्धांत के बारे में सीखा है। इसका मतलब यह है कि जब आप जानते हैं कि कोई चीज़ ग़लत है और संगठन के समूचे मिशन तथा जीवनमूल्यों पर इसके गंभीर परिणाम होंगे, तो आपको सम्मानपूर्वक विरोध करना चाहिए, चाहे आपका पद या रैंक जो भी हो। आपको अपनी आवाज़ बुलंद करना चाहिए और ख़ुद को उस निर्णय के ख़िलाफ़ घोषित कर देना चाहिए, जिसके बारे में आपको पक्का यक़ीन है कि वह पूरी तरह ग़लत है। यह अपनी अंतरात्मा के अनुसार जीना है - अपनी आंतरिक आवाज़ या प्रकाश से कामों का मार्गदर्शन करना है, बजाय इसके कि

आप सहकर्मियों के दबाव के आगे झुक जाएँ।

उच्च पदों पर बैठे लोगों के लिए यह महत्वपूर्ण है कि वे दृढ़ इंकार के सिद्धांत को आधिकारिक रूप से प्रश्रय दें। इससे ईमानदारी भरी राय रखने, ग़लत को ग़लत कहने और मूर्खतापूर्ण काम को मूर्खतापूर्ण काम कहने का अधिकार वैध बन जाता है।

सशक्तिकरण और प्रदर्शन मूल्यांकन

अब इस बारे में सोचें कि कर्मचारी की प्रगति और उपलब्धियों का मूल्यांकन किसे करना चाहिए? ख़ुद उसे। पारंपरिक प्रदर्शन मूल्यांकन हमारे युग की ख़ून निकालने वाली मैनेजमेंट प्रक्रिया है। जैसा पहले कहा जा चुका है, यहाँ बॉस मूलतः कर्मचारी से अकेले में मिलता है और सैंडविच तकनीक का इस्तेमाल करता है - कुछ अच्छे शब्द बोलना, फिर छुरा भोंकना, उसे कुछ बार घुमाना - "सुधार के क्षेत्र" - और फिर बाहर निकलते समय पीठ थपथपाना। जब आपके यहाँ उच्च-विश्वास की संस्कृति होती है, सहायक तंत्र होते हैं, कर्मचारी लक्ष्यों के एक ही पन्ने पर होते हैं, तो वे ख़ुद अपना मूल्यांकन करने की अधिक बेहतर स्थिति में होते हैं, ख़ास तौर पर अगर उन्हें अपने आस-पास के स्रोतों से 360 डिग्री का फ़ीडबैक मिला हो। 7 आदतों के प्रोफ़ाइल डाटा को देखने से अच्छा प्रमाण मिलता है (देखें फ़िगर 13.4), जिसमें पाँच लाख से ज़्यादा कर्मचारी शामिल हैं और जो 360 डिग्री के फ़ीडबैक में संलग्न रहे हैं।

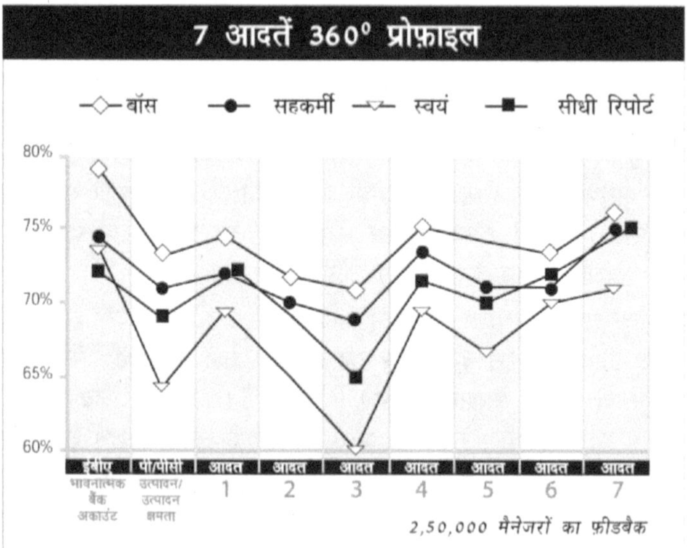

फ़िगर 13.4

लगभग सभी मामलों में आप देख सकते हैं कि आत्म-मूल्यांकन किसी अन्य के मूल्यांकन से ज़्यादा कठोर होता है। बॉस सबसे कम जानता है। वह तो सबसे दूर होता है। सह-निर्भर लोग उसे उसकी मनपसंद बात बताते हैं, इसलिए बॉस वास्तविकता से अलग-थलग हो जाता है। अधीनस्थ उससे ज़्यादा जानते हैं और फिर सहकर्मी। एक बार फिर पाउंड और टेलेंट की बाइबल की कहानियाँ याद करें, जिनका ज़िक्र हमने अध्याय 6 के शुरू में किया था। उनमें कर्मचारी अपना मूल्यांकन ख़ुद करता है और मालिक ज़िम्मेदारियों को या तो कम करता है या फिर बढ़ाता है।

यह सोचना दिशाबद्धता से राह भटकना होगा कि इस सशक्तिकरण के बाद और शीर्ष प्राथमिकता लक्ष्यों तक पहुँचने की लोगों की विकल्प चुनने की शक्ति का सम्मान करने के बाद आप अचानक किसी बॉस को जज या मूल्यांकनकर्ता की तरह नियुक्त कर दें।

तथाकथित बॉस को तो विनम्र सेवक लीडर होना चाहिए, जो "साथ दौड़े" और ऐसे सवाल पूछे (देखें फ़िगर 13.5)।

पहला सवाल, *"कैसा चल रहा है?"* इसका जवाब कर्मचारी किसी भी बॉस से बेहतर जानता है, ख़ासकर तब जब फ़ीडबैक तंत्र स्थापित हो चुके हैं, जिनमें बॉस और उस कर्मचारी के काम से प्रभावित होने वाले अन्य सभी हिस्सेदारों का फ़ीडबैक शामिल है। तो कैसा चल रहा है, सवाल का जवाब कर्मचारी पहले से तय अकाट्य संतुलित स्कोरबोर्ड तथा अन्य 360 डिग्री प्रतिभागी फ़ीडबैक के संदर्भ में ख़ुद देता है।

दूसरा सवाल है, *"आप क्या सीख रहे हैं?"* व्यक्ति यहाँ ज्ञान और अज्ञान दोनों प्रकट कर सकता है, लेकिन मुद्दा यह है कि ज़िम्मेदार वे ख़ुद हैं।

सेवक लीडर

(साझी जवाबदेही)

1. कैसा चल रहा है? (स्कोरबोर्ड, डाटा)
2. आप क्या सीख रहे हैं?
3. आपके लक्ष्य क्या हैं?
4. मैं आपकी मदद कैसे कर सकता हूँ?
5. आपके मददगार के रूप में मैं कैसा काम कर रहा हूँ?

फ़िगर 13.5

तीसरा सवाल है, *"आपके लक्ष्य क्या हैं?"* या *"आप क्या हासिल करने की कोशिश कर रहे हैं?"* यह भविष्य-दृष्टि और वास्तविकता के बीच के संबंध को रेखांकित करता है। यह स्वाभाविक रूप से चौथे सवाल की ओर ले जाता है, *"मैं आपकी मदद कैसे कर सकता हूँ?"* यह सवाल स्पष्ट रूप से बताता है कि "मैं आपका सहायक हूँ। मैं आपका सशक्तिकारक हूँ, आपका सेवक हूँ।" सेवक लीडर यह देखने के लिए अपने अनुभव या जागरूकता का दोहन कर सकता है कि क्या यह पूछे जाने की ज़रूरत है। इस वार्तालाप की कुंजी वास्तविक संप्रेषण है- रेड इंडियन वार्तालाप छड़ी जैसा संप्रेषण। कोई दाँव-पेंच नहीं। कोई राजनीति नहीं। कोई रक्षात्मक, संरक्षणवादी संप्रेषण नहीं। कोई मरहम नहीं। दूसरों को वह नहीं बताना, जो वे सुनना चाहते हैं। मैं सहायक के रूप में कैसा काम कर रहा हूँ सवाल से खुली, सम्मानजनक आपसी जवाबदेही संप्रेषित होती है।

कई बार वास्तविकता का सामना करना मुश्किल होता है, ख़ास तौर पर जब इसे दूसरे कहें। लेकिन जब हम लोगों के साथ जवाबदेह, ज़िम्मेदार, विकल्प चुन सकने वाले व्यक्तियों जैसा व्यवहार नहीं करते हैं, तो हम उन्हें नीचा दिखाते हैं और उनका अपमान करते हैं। अगर अच्छे और दयालु बनने के नाम पर हम उनकी रक्षा करने लगें, तो हम सहनिर्भरता और मौन षड्यंत्र की प्रक्रिया शुरू कर देंगे, जिसका परिणाम अंततः पहलशक्ति के सबसे निचले स्तर पर पहुँचना होगा, "आदेश मिलने तक इंतज़ार करें।"

जब टीम और मैनेजर या टीम व सहयोगी में सेवक लीडरशिप की भावना आ जाती है, तो तीसरे प्रकार का *विश्वास*, जिसका ज़िक्र अध्याय 9 में किया गया है, पूरी तरह फलने-फूलने लगता है। एक बार फिर, यह विश्वास ही है जिसे व्यक्ति या टीम सचेतन रूप से दूसरे को *देने* का विकल्प चुनती है - एक ऐसा काम जो मुझे आपके विश्वास को *महसूस करने* की ओर ले जाता है, ताकि मैं उसके मूल्य में वृद्धि कर सकूँ। आप मुझे विश्वास देते हैं और मैं इसे लौटाता हूँ। *विश्वास* एक क्रिया **और** संज्ञा है। जब यह क्रिया और संज्ञा दोनों होता है, तो यह लोगों के बीच साझा होता है। संक्षेप में, इसी तरह व्यक्ति अपने बॉस का लीडर बनता है। वह विश्वास देकर विश्वास के क़ाबिल बनता है। *विश्वास* की क्रिया विश्वास पाने वाले की संभावित विश्वसनीयता से आती है और उस व्यक्ति की स्पष्ट विश्वसनीयता से आती है, जो इसे दे रहा है। चौथी भूमिका - सशक्तिकरण - में *विश्वास* को क्रिया बनाना शामिल है।

सफ़ाईकर्मियों का मामला
(श्रमकर्मियों को ज्ञानकर्मियों में बदलना)

यहाँ पूर्ण व्यक्ति के पूर्ण काम की एक सच्ची कहानी दी जा रही है। यह बताती है कि किसी पद पर क्या हो सकता है, जो हालाँकि सम्मानजनक है, लेकिन प्रकृति से अधिक श्रमसाध्य, अकुशल और कम तनख़्वाह वाला है - सफ़ाईकर्मी का पद। विचार

यह है कि अगर आपके पास किसी पूर्ण काम में कोई पूर्ण व्यक्ति है, चाहे वह काम कचरे के डिब्बे ख़ाली करने, फ़र्श पर झाड़ू-पोंछा लगाने और दीवार व तस्वीरें धोने आदि का हो, तो आप इसे किसी भी काम में कर सकते हैं।

एक मैनेजमेंट डेवलपमेंट निर्देशक एक बार प्राथमिक स्तर के सुपरवाइज़र्स को प्रशिक्षण दे रहे थे। मुद्दा यह था कि किसी काम को कैसे समृद्ध किया जाए, ताकि यह आंतरिक रूप से कर्मचारियों को प्रेरित करे। सफ़ाईकर्मियों की सुपरवाइज़िंग कर रहे एक फ़ोरमैन ने इस विचार का पुरज़ोर विरोध किया। यह बहुत आदर्शवादी लग रहा था और इसका सफ़ाईकर्मियों के अधिकांश कामों से कोई संबंध नहीं लग रहा था - कम से कम सफ़ाईकर्मियों को तो निगरानी की ज़रूरत है, जिनका वह सुपरविज़न करता था। जिन सुपरवाइज़र्स को प्रशिक्षण दिया जा रहा था, वे भी इस बात पर सहमत थे कि सफ़ाईकर्मियों के मामले में समस्या है। वे सभी सुपरवाइज़र की बात से सहमत थे कि अधिकांश सफ़ाईकर्मी अशिक्षित तथा अल्पकालीन हैं और वहाँ सिर्फ़ इसलिए काम कर रहे हैं, क्योंकि उन्हें कोई बेहतर काम नहीं मिल पाया। मूलतः उनकी एकमात्र इच्छा वक़्त पर आना और वक़्त पर जाना है। कुछ तो शराबी भी थे।

चूँकि निर्देशक जानता था कि मेंटेनेंस फ़ोरमैन इस विश्वास में संजीदा था कि सफ़ाईकर्मियों के सुपरविज़न में प्रेरणा और सशक्तिकरण का सिद्धांत किसी काम का नहीं है, इसलिए उसने अपने तैयार विचार-विमर्श को छोड़ दिया और सीधे सफ़ाईकर्मियों की समस्या से निबटने लगा।

उसने ब्लैकबोर्ड पर तीन शब्द लिखे : योजना बनाओ, अमल करो, और मूल्यांकन करो - काम के समृद्धिकरण के तीन प्रमुख तत्व। फिर उसने मेंटेनेंस फ़ोरमैन और बाक़ी फ़ोरमैनों से कहा कि वे इन तीन शब्दों से संबद्ध मेंटेनेंस के कामों और गतिविधियों की सूची बनाएँ। काम के "योजना" वाले हिस्से के कुछ पहलू थे : मेंटेनेंस की दिनचर्या बनाना, वैक्स तथा पॉलिश चुनना व ख़रीदना, और यह तय करना कि कौन सा सफ़ाईकर्मी फ़ैक्ट्री के किस हिस्से में काम करेगा। चर्चा के दौरान मेंटेनेंस फ़ोरमैन ने कहा कि वह फ़र्श की पॉलिश और सफ़ाई की नई मशीनें ख़रीदने वाला है। ये सारी नियोजन गतिविधियाँ मेंटेनेंस फ़ोरमैन द्वारा की जाती थीं।

"अमल करने" वाले खंड में सफ़ाईकर्मियों के सामान्य कामों की सूची बनाई गई - झाड़ना, पोंछना, वैक्स करना और कचरा व गंदगी हटाना। काम के मूल्यांकन में ये चीज़ें शामिल थीं - मेंटेनेंस फ़ोरमैन द्वारा फ़ैक्ट्री की सफ़ाई का आम दैनिक परीक्षण, अलग-अलग साबुनों, वैक्स और पॉलिशों के प्रभाव का मूल्यांकन, ट्रायल लेना, सुधार के तरीक़े पहचानना और यह सुनिश्चित करना कि सफ़ाई की दिनचर्या क़ायम रहे। इसके अलावा, मेंटेनेंस फ़ोरमैन दुकानदारों से संपर्क करके यह भी तय करता था कि वह कौन सी नई मशीनें ख़रीद सकता है।

जब विभिन्न गतिविधियों की सूची बन गई, तो निर्देशक ने पूछा, "इनमें से कौन से काम सफ़ाईकर्मी ख़ुद कर सकते हैं। मिसाल के तौर पर, मि. फ़ोरमैन, आप यह

तय क्यों करते हैं कि कौन से साबुन ख़रीदने हैं? आप यह फ़ैसला सफ़ाईकर्मियों को ही क्यों नहीं करने देते? कैसा रहेगा अगर सेल्समैन नई मशीन का प्रदर्शन सफ़ाईकर्मियों के सामने करे और यह फ़ैसला वे ही करें कि कौन सी मशीन सर्वश्रेष्ठ है? कैसा रहेगा, अगर सफ़ाईकर्मी अपनी रुचि के काम के हिस्से ख़ुद चुनें?" (वास्तविकता में शब्द इतने रूखे नहीं थे। फ़ोरमैनों का पूरा समूह इस चर्चा में शामिल हो गया कि योजना और मूल्यांकन के कौन से अतिरिक्त हिस्से सफ़ाईकर्मियों को दिए जा सकते हैं।)

अगले पाँच महीनों तक निर्देशक द्वारा आयोजित हर सत्र में सफ़ाईकर्मियों के मसले पर सारगर्भित चर्चा की गई। इस दौरान मेंटेनेंस सुपरवाइज़र ने सफ़ाईकर्मियों को उनके काम की योजना बनाने, अमल करने तथा मूल्यांकन करने की लगातार ज़्यादा ज़िम्मेदारी सौंपकर उनके दिलोदिमाग़ को काम में ज़्यादा शामिल कर लिया था। उन्होंने नई मशीनों की जाँच की और ख़रीदने की अनुशंसा की। उन्होंने अलग-अलग वैक्स का इस्तेमाल करके यह तय किया कि सामान्य स्थितियों में कौन सी सर्वश्रेष्ठ रहती है। उन्होंने यह तय करने के लिए सफ़ाई की दिनचर्या की जाँच की कि हर इलाक़े पर कितना ध्यान दिया जाना चाहिए। उदाहरण के तौर पर, एक इलाक़ा जिसमें हर दिन गीला पोंछा लगना था, वह जाँच के बाद सिर्फ़ उतना ही साफ़ किया जाता था, जितनी ज़रूरत होती थी। सफ़ाईकर्मियों ने फ़ैक्ट्री की सफ़ाई के अपने मानदंड तय किए और वे उन साथियों पर सामूहिक दबाव डालने लगे, जो उन मानदंडों पर खरे नहीं उतरते थे।

धीरे-धीरे सफ़ाईकर्मी तीनों काम करने लगे, जिससे उनके सर्वश्रेष्ठ विचार उभरकर सामने आए - शरीर, हृदय, मस्तिष्क और आत्मा। ज़्यादातर लोगों को हैरान करने वाला परिणाम यह मिला कि गुणवत्ता ऊपर हो गई, नौकरी छोड़ने और अनुशासन की समस्याएँ बहुत कम हो गईं, पहलशक्ति, सहयोग, परिश्रम तथा गुणवत्ता के सामाजिक मानदंड और कार्य संतुष्टि में महत्वपूर्ण वृद्धि हुई। संक्षेप में, उनके पास सफ़ाईकर्मियों का एक प्रेरित समूह था - सिर्फ़ इसलिए, क्योंकि सुपरवाइज़र्स ने पूर्ण व्यक्ति को पूर्ण काम करने की अनुमति दी या उसे सशक्त बना दिया। उनके पास निर्देशित स्वायत्तता थी। सफ़ाईकर्मियों को अब सुपरविज़न या प्रबंधन की ज़रूरत नहीं थी, क्योंकि वे अपना सुपरविज़न और प्रबंधन उन मानदंडों के अनुरूप ख़ुद करते थे, जिन्हें तैयार करने में उन्होंने सहयोग दिया था।

शायद इससे ज़्यादा महत्वपूर्ण बात यह है, दूसरे फ़ोरमैन सोचने लगे कि क्यों न वे भी इन्हीं सिद्धांतों का इस्तेमाल अपने इलाक़ों में करें, ख़ास तौर पर जब वे ख़ुद यह देख सकते थे कि मेंटेनेंस फ़ोरमैन और सफ़ाईकर्मियों के काम के क्या परिणाम मिले हैं।

सेवा और अर्थ

अगर हम इस "योजना बनाओ, अमल करो, मूल्यांकन करो" विचार को लीडरशिप के पूर्ण-व्यक्ति के मॉडल में रख दें, तो देखिए यह कैसा दिखता है (देखें फ़िगर 13.6) :

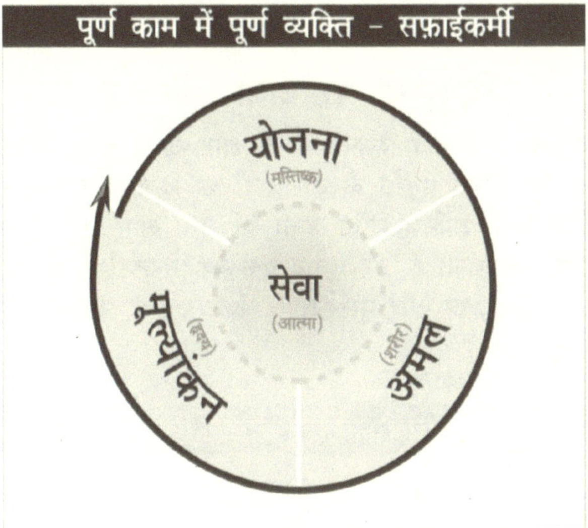

फ़िगर 13.6

सार्थकता और योगदान के भाव की आवश्यकता को स्वीकार करने के लिए चौथा तत्व "सेवा" केंद्र में जोड़ा गया है। आप देख सकते हैं कि इस मामले में सफ़ाईकर्मी भी अपने काम में गहरा अर्थ महसूस करने लगे। उन्होंने काम में गहरा गर्व विकसित कर लिया और इससे पूरी फ़ैक्ट्री में गुणवत्ता के स्तर ऊपर उठने लगे। उन्होंने अपनी आवाज़ खोज ली। एक बार फिर डायग्राम के बाहरी किनारे के तीर पर ध्यान दें। इसका मतलब है कि यह एक चक्र है, एक प्रक्रिया है। जब मूल्यांकन का काम एक बार पूरा हो जाता है, तो नई योजनाएँ बनती हैं, जो ताज़ा जानकारी को समाहित करती हैं; वे योजनाएँ पूरी होती हैं और सुधार का चक्र निरंतर दोहराया जाता है।

आप पूछ सकते हैं, "देखिए, अगर आप कर्मचारियों का इस हद तक सशक्तिकरण कर देते हैं, तो फिर आपको सुपरवाइज़र्स की ज़रूरत ही क्या है?" इसका सीधा सा जवाब यह है कि *सशक्तिकरण की परिस्थितियों* को तय करने और लोगों के रास्ते से हट जाने, उनका रास्ता साफ़ करने और आग्रह किए जाने पर मदद करने के लिए सुपरवाइज़र की ज़रूरत होती है। यह सेवक लीडरशिप है। आख़िरकार, आपका काम अपने अहं को संतुष्ट करना नहीं है। यह तो काम करवाना है।

एक्सक्यू प्रतिभागियों में से सिर्फ़ 45 प्रतिशत यह महसूस करते हैं कि कार्यस्थल पर उनके योगदान को पहचाना और सराहा जाता है।

विकल्पों पर दोबारा विचार

सफ़ाईकर्मियों का उदाहरण याद दिलाता है कि लोग अपने काम में इस आधार पर विकल्प चुनते हैं कि उनकी प्रकृति के चार क्षेत्रों का किस तरह सम्मान किया जाता है और उन्हें किस तरह शामिल किया जाता है। जैसा आप नीचे के फ़िगर में बाएँ हाथ के कॉलम में देख सकते हैं, हर चुनाव एक ज़्यादा गहरी प्रेरणा की प्रतिक्रिया में किया जाता है, जो ग़ुस्से, डर और पुरस्कार से लेकर कर्तव्य, प्रेम और अर्थ तक जाती है (देखें फ़िगर 13.7):

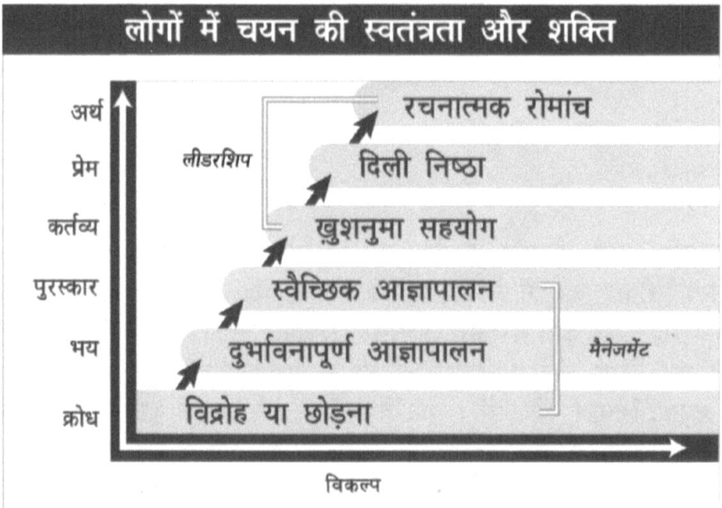

फ़िगर 13.7

कर्तव्य, प्रेम और अर्थ मानवीय प्रेरणा के सर्वोच्च स्रोत हैं। सबसे महान और स्थायी उपलब्धियाँ इन्हीं से उत्पन्न होती हैं। लीडरशिप सभी मानवीय आवेगों में से सर्वोच्च को बाहर निकालती है। वस्तुओं की तरह लोगों का प्रबंधन करने से इंसान नीचे गिरकर अपने सबसे निम्न आवेगों पर पहुँच जाता है। यह आधुनिक युग का ख़ून निकालने वाला प्रबंधन है।

यह कहानी एक बहुत ही महत्वपूर्ण सबक़ को भी रेखांकित करती है : काम की प्रकृति या आर्थिक युग नहीं, बल्कि *मैनेजर के लीडरशिप विश्वास और शैली* ही यह

तय करते हैं कि व्यक्ति ज्ञानकर्मी है या नहीं। अगर उसे ज्ञानकर्मी के रूप में नहीं देखा जाता है, यानी अगर सफ़ाईकर्मी को सफ़ाई-संबंधी काम में स्थानीय विशेषज्ञ के रूप में नहीं देखा जाता है, तो वह ज्ञानकर्मी नहीं, बल्कि श्रमकर्मी है।

फ़िल्म : द नेचर ऑफ़ लीडरशिप

अगली छोटी फ़िल्म जिसे मैं देखने की सलाह देता हूँ, वह बहुत कुछ इस पुस्तक की शुरुआती फ़िल्म जैसी ही है। इससे आपको लीडरशिप ढाँचे में निहित सिद्धांतों पर व्यक्तिगत रूप से विचार करने का अवसर मिलेगा। इसके अलावा, यह आपको उन्हें आत्मसात करने और उन पर काम करने की चुनौती भी देगी। प्रकृति ही पृष्ठभूमि और शिक्षक है। मेरा मानना है कि यह आपको उसी तरह प्रेरित करेगी, जिस तरह इसने मुझे किया है। आप www.The8thHabit.com/offers पर जाकर *Films* मीनू में से *The Nature of Leadership* चुनकर इसे देख सकते हैं।

अब आइए इस सबका सारांश देखते हैं कि लीडरशिप की 4 भूमिकाएँ फ़ोकस और क्रियान्वयन के लिए किस तरह ढाँचे का काम करती हैं।

सवाल-जवाब

सवाल : आपने पूरक टीम की बात की है। मैं अकेला हूँ, मेरे पास कोई स्टाफ़ नहीं है, मेरे अधीन कोई नहीं है और मुझे ही सारे काम करने पड़ते हैं - मैं अपनी कमज़ोरियों की भरपाई करने के लिए पूरक टीम कैसे तैयार कर सकता हूँ?

जवाब : जब तक आपके पास दूसरे लोग न हों, जिन्हें आप काम सौंप सकें, ताकि आपकी शक्तियाँ लाभकारी बन सकें और आपकी कमज़ोरियाँ उनकी शक्तियों से अप्रासंगिक बन सकें, तब तक आपको ज़रूरत होगी कि या तो आप कम से कम अपनी कमज़ोरियों के क्षेत्र में सामान्य क्षमता के स्तर तक पहुँच जाएँ या फिर उनकी भरपाई करने के लिए बाहरी सलाहकारों या सप्लायर्स से मदद लें।

सवाल : आप ऐसे माहौल में कर्मचारियों का सशक्तिकरण कैसे कर सकते हैं, जो काफ़ी नियंत्रित हो, जिसमें नए आदेश, नीतियाँ और नियम लगातार आते रहते हों?

जवाब : मैं कर्मचारियों की ओर मुड़ूँगा और उनसे यह सवाल पूछूँगा : आप क्या सुझाव देते हैं; आपकी क्या राय है? मैं पूरी गंभीरता से कह रहा हूँ। मैं इसे सीधे उनके पाले में डाल दूँगा। लोग अद्भुत रूप से रचनात्मक और लचीले होते हैं। और

नियमों का दायरा चाहे कितना ही दमघोंटू क्यों न हो, अगर काम सार्थक है, तो आप हमेशा रचनात्मक अवसर के कुछ क्षेत्र खोज सकेंगे, जहाँ कर्मचारी अपनी निर्णयशक्ति का अभ्यास कर सकें। अनुबंध स्थापित करने के संदर्भ में नीतियों को स्पष्ट रूप से दिशानिर्देश कहा जाता है, यहाँ तक कि नियम भी, जिनका अनुसरण किया जाए।

मैं एक वक़्त इंग्लैंड में रहता था और मैंने देखा कि रेलवे के कर्मचारी अत्यधिक नियमबद्ध माहौल से चिढ़ गए। उन्होंने फ़ैसला किया, "ठीक है, अब हम नियमों का पूरी तरह शब्दशः पालन करेंगे," इससे पूरे इंग्लैंड में रेल यातायात ठप्प हो गया। कोई ट्रेन समय पर नहीं चल पाई। कोहराम मच गया, सिर्फ़ इसलिए क्योंकि उन्होंने नियमों की जाँचसूची का पूरी कठोरता से पालन किया था। इससे पहले वे सिर्फ़ इसलिए सफल हुए थे, क्योंकि उनमें रचनात्मकता, पहलशक्ति और संसाधनशीलता थी। जब स्थिति स्पष्ट हो गई, तो प्रशासकों ने नियमों के बजाय मानवीय बुद्धि को ज़्यादा महत्त्व देना शुरू किया और दोबारा सब कुछ सही हो गया।

हो सकता है आप कोई मार्गदर्शक या प्रयोगात्मक कार्यक्रम बनाना चाहें, जो कम लागत में बेहतर परिणाम दे और महत्त्वपूर्ण नियमों की अवहेलना भी न करे। जोखिम कम है और सीखने की संभावना बहुत ज़्यादा है। और आप अधिक सावधानी से यह भेद भी कर सकते हैं कि कौन से नियम अति महत्त्वपूर्ण हैं और कौन से सतही या विशुद्ध सांस्कृतिक आभूषण।

मैंने एक बार नियमों से लबरेज़ परमाणु ऊर्जा उद्योग में प्रशिक्षण देने का काम किया। वहाँ पर सहयोग और संप्रेषण का स्तर आश्चर्यजनक था - प्रतिस्पर्धियों में भी, क्योंकि वे सभी जानते थे कि अगर वहाँ थ्री माइल आईलैंड जैसी एक और घटना हो गई, तो पूरा उद्योग बंद हो सकता है। ख़ुदबख़ुद उन्होंने एक-दूसरे को हर वह घटना या स्थिति बताई, जिससे किसी भी तरह का जोखिम उत्पन्न हो सकता था या जो सुरक्षा के लिए ख़तरा बन सकती थी। सरकार के नियामक प्रशासक इतने ऊँचे नियम नहीं बना पाए, जितने ऊँचे नियमों का प्रतिस्पर्धी कंपनियों ने ख़ुद पालन कर लिया।

सवाल : जीत-जीत तरीक़े से आप जवाबदेही कैसे लागू करते हैं? क्या जीत-जीत की भावना जवाबदेही के मामले में नर्म नीति नहीं होती है?

जवाब : बिलकुल नहीं। जवाबदेही तय करने की कुंजी वे इच्छित परिणाम हैं, जिन पर आपसी सहमति हो चुकी है। इन परिणामों के लिए एक संतुलित अकाट्य स्कोरबोर्ड का इस्तेमाल करें, जिसमें जवाबदेही से आने वाले तार्किक और स्वाभाविक परिणाम हों। संतुलित स्कोरबोर्ड और पहले से तय इच्छित परिणामों के बग़ैर जीत-हार पहले तो हार-जीत में बदलेगी और फिर आगे चलकर हार-हार में बदल जाएगी।

सवाल : स्वतंत्र कर्मचारी से कैसे निबटें - जो हर निर्णय पर बिदकता हो और अपना काम अपने तरीक़े से करता हो?

जवाब : स्वतंत्र लोग (mavericks) बहुत महत्त्वपूर्ण प्रगति करते हैं। ऐसे लोगों के लिए हमेशा जगह होनी चाहिए, जो अलग तरीक़े से सोचते हों और अपनी विचार प्रक्रियाओं में नवीन तथा रचनात्मक हों। हर व्यक्ति की अनूठी शक्तियों को महत्व देना सीखें, लेकिन अगर उनकी "स्वतंत्रता" उस बिंदु तक पहुँच जाए, जहाँ वे ज़हरीले, नकारात्मक और आलोचक बन जाएँ, तो फिर मैं कहूँगा कि उन्हें फ़ीडबैक देने के लिए तंत्र बना दें। उन्हें अपने बारे में दूसरों की स्पष्ट अनुभूतियाँ और भावनाएँ तब तक महसूस करने दें, जब तक कि वे अपना मन न बना लें कि वे सचमुच क्या करना चाहते हैं। अगर स्वतंत्र व्यक्ति विद्रोही क़िस्म का है, जिसे सामाजिक मानदंडों की अवहेलना करने में मनोवैज्ञानिक ख़ुशी मिलती है और अगर वह रचनात्मक व नवाचारी योगदान के ज़रिए मूल्य में वृद्धि न करता हो, तो हो सकता है आपको उसे निकालने की ज़रूरत महसूस हो। बहुत से लोग आत्मनिर्भर होते हैं - वे परस्परनिर्भर नहीं होते हैं, लेकिन वे विद्रोही भी नहीं होते हैं और वे आत्मनिर्भर क़िस्म के कामों में बहुत महत्वपूर्ण भूमिका निभा सकते हैं। असल कुंजी एक ऐसी संस्कृति बनाना है, जो एकीकृत उद्देश्यों और जीवनमूल्यों के संदर्भ में विविधता अपनाए। जैसा एमाइल दुर्ख़ीम ने कहा है, "जब रीति-रिवाज़ पर्याप्त हों, तो क़ानून अनावश्यक होते हैं; जब रीति-रिवाज़ अपर्याप्त हों, तो क़ानूनों का पालन नहीं करवाया जा सकता।"

सवाल : हालाँकि मुझे इसमें समझदारी दिखती है, लेकिन मुझे व्यक्तिगत रूप से नियंत्रण में बने रहने की प्रबल आवश्यकता महसूस होती है तथा छोड़ने के विचार से ही घबराहट होती है। क्या मैं बदल सकता हूँ?

जवाब : बिलकुल। आप जानवर नहीं हैं। आप प्रकृति और पोषण *से* प्रभावित होते हैं, लेकिन आप *उसके* प्रॉडक्ट नहीं हैं। आप अपने विकल्पों के प्रॉडक्ट हैं। आप अपने तीन अनूठे मानवीय उपहारों का इस्तेमाल करके व्यक्तिगत स्तर पर बदलाव की शुरुआत कर सकते हैं। ये हैं - चयन की शक्ति, सिद्धांत और आपकी चार बुद्धियाँ या क्षमताएँ। धैर्य और लगन से आप नियंत्रण की आवश्यकता से उबर जाएँगे। जब घर और ऑफ़िस में अपने आस-पास के सिर्फ़ कुछ लोगों के साथ आपका विश्वास बढ़ेगा, तो आपको महसूस होगा कि सिद्धांतों को शाब्दिक और मिसाल दोनों तरीक़ों से सिखाने से अधिक उत्पादकता और मानसिक शांति मिलती है- साथ ही दूसरों की सेवा करने से भी। अंततः आप इस तरह की नैतिक सत्ता को आधारभूत संरचनाओं, तंत्रों और प्रक्रियाओं में संस्थागत बनाना सीख लेंगे।

• • •

ज्ञान का युग

अध्याय 14

8वीं आदत और स्वीट स्पॉट

हम जो कर रहे हैं और जो कर सकते हैं, उसके बीच का अंतर संसार की ज़्यादातर समस्याओं को सुलझा देगा।

महात्मा गाँधी

8वीं आदत - अपनी आवाज़ खोजें और दूसरों को उनकी आवाज़ खोजने के लिए प्रेरित करें - एक ऐसा विचार है, जिसका समय आ चुका है। "जिसका समय आ चुका है" वाक्यांश हमने विक्टर ह्यूगो की पंक्ति से लिया है, जिसे पहले उद्धृत किया जा चुका है : "कोई भी चीज़ उस विचार जितनी शक्तिशाली नहीं होती, जिसका समय आ चुका हो।"

8वीं आदत एक ऐसा ही विचार है। इसका कारण यह है कि इसमें पूर्ण व्यक्ति

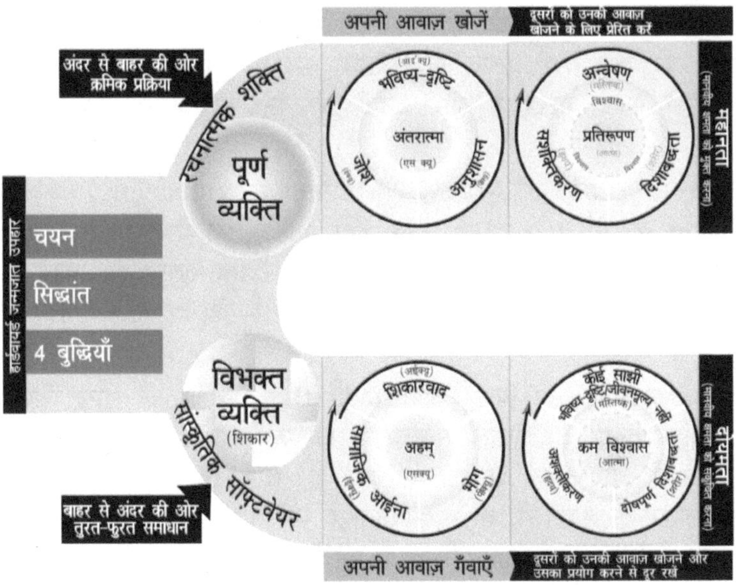

फ़िगर 14.1

की समझ समाहित है - ऐसी समझ, जो इसे अपनाने वाले व्यक्ति को ज्ञानकर्मी अर्थव्यवस्था की असीमित संभावना का द्वार खोलने की *एक* कुंजी प्रदान करती है। जैसा फ़िगर 14.1 के निम्न मार्ग पर दर्शाया गया है, औद्योगिक युग की श्रम-कर्मचारी अर्थव्यवस्था आंशिक या विभक्त व्यक्ति के पैरेडाइम पर आधारित थी। आज की दुनिया में यह निम्न मार्ग ज़्यादा से ज़्यादा दोयमता की ओर ले जाता है। यह मानवीय क्षमता को दरअसल बहुत ज़्यादा संकुचित कर देता है। औद्योगिक युग की मानसिकता में जकड़े संगठनों में आज भी शीर्षस्थ लोग ही सारे महत्वपूर्ण निर्णय लेते हैं और बाक़ी कर्मचारी "स्क्रूडाइवर चलाते रहते हैं।" कितनी भयंकर बर्बादी है! कितना भयंकर नुक़सान है!

एक बार फिर जॉन गार्डनर का कथन याद करें : "सबसे बीमार संस्थान अपने दोषों के प्रति अंधे होते हैं। वे कष्ट इसलिए नहीं उठा रहे हैं, क्योंकि वे अपनी समस्याओं को नहीं सुलझा सकते, बल्कि इसलिए उठा रहे हैं, क्योंकि वे अपनी समस्याओं को *देख* नहीं सकते।" *बिलकुल* यही हुआ है।

8वीं आदत आपको वह नज़रिया और योग्यताएँ प्रदान करती है, जिससे आप कर्मचारियों में क्षमता की लगातार तलाश कर सकते हैं। यह इस तरह की लीडरशिप है, जो कर्मचारियों के महत्व और क्षमता को इतनी स्पष्टता से संप्रेषित करती है कि वे इसे ख़ुद में देखने लगते हैं। यह करने के लिए हमें लोगों की बातें सुननी होंगी। हमें उन्हें शामिल करना होगा, हमें उनकी लगातार प्रशंसा करनी होगी और हमें यह काम न सिर्फ़ अपने शब्दों से करना होगा, बल्कि लीडरशिप की सभी 4 भूमिकाओं से करना होगा।

हर भूमिका क्या करती है, यह याद रखने का एक संक्षिप्त उपाय है। ध्यान दें कि हर भूमिका किस तरह प्रत्यक्ष या अप्रत्यक्ष रूप से पूर्ण व्यक्ति के रूप में लोगों के महत्व को प्रकट करती है और उनकी संभावना की अभिव्यक्ति को सशक्त बनाती है।

सबसे पहले, *प्रतिरूपण* (व्यक्ति, टीम)। प्रतिरूपण (modeling) अपेक्षा किए बिना विश्वास को प्रेरित करता है। जब लोग 8वीं आदत में समाहित सिद्धांतों के अनुरूप जीते हैं, तो जीवन की गोंद यानी विश्वास फलता-फूलता है। विश्वास सिर्फ़ विश्वसनीयता से आता है। संक्षेप में, प्रतिरूपण से *व्यक्तिगत नैतिक सत्ता* उत्पन्न होती है।

दूसरा, *अन्वेषण*। अन्वेषण (pathfinding) सुव्यवस्था की माँग किए बिना इसका निर्माण करता है। इसका मतलब है कि जब लोग रणनीतिक निर्णयों को पहचान लेते हैं और उनमें शामिल हो जाते हैं, ख़ास तौर पर जीवनमूल्यों और उच्च-प्राथमिकता के लक्ष्यों में, तो वे भावनात्मक रूप से जुड़ जाते हैं। ऐसे में प्रबंधन और प्रेरणा दोनों का केंद्र बाहर से अंदर पहुँच जाता है। अन्वेषण से *भविष्यदृष्टा नैतिक सत्ता* उत्पन्न होती है।

लीडरशिप की चार भूमिकाएँ	
प्रतिरूपण	विश्वास की अपेक्षा रखे बिना इसे प्रेरित करता है। (व्यक्तिगत नैतिक सत्ता)
अन्वेषण	व्यवस्था की माँग किए बिना इसे उत्पन्न करता है। (भविष्य-दृष्टा नैतिक सत्ता)
दिशाबद्धता	घोषणा किए बिना भविष्य-दृष्टि और सशक्तिकरण दोनों को पोषण देता है। (संस्थागत नैतिक सत्ता)
सशक्तिकरण	बाह्य रूप से इसे प्रेरित किए बिना मानवीय क्षमता को मुक्त करता है। (सांस्कृतिक नैतिक सत्ता)

फ़िगर 14.2

तीसरा, *दिशाबद्धता*। आधारभूत संरचनाओं, तंत्रों और प्रक्रियाओं को दिशाबद्ध (align) करना संस्था को पोषण देने का रूप है। यह विश्वास, भविष्य-दृष्टि और सशक्तिकरण के भाव को पोषण देने का भी रूप है। दिशाबद्धता से *संस्थागत नैतिक सत्ता* उत्पन्न होती है।

चौथा, *सशक्तिकरण*। सशक्तिकरण बाक़ी तीनों भूमिकाओं - प्रतिरूपण, अन्वेषण और दिशाबद्धता - का फल है। यह बिना किसी बाह्य प्रेरणा के मानवीय क्षमता को मुक्त करता है। सशक्तिकरण से *सांस्कृतिक नैतिक सत्ता* उत्पन्न होती है।

याद रखें, लीडर सबसे महत्वपूर्ण प्रतिरूपण तब करता है, जब वह *बाक़ी तीन भूमिकाओं का भी प्रतिरूपण* करता है। दूसरे शब्दों में, अन्वेषण दिशा तय करने के *साहस* का प्रतिरूपण है और दूसरों को इस निर्णय में सहभागी बनाने की *विनम्रता* तथा *आपसी सम्मान* का भी, जो बेहद महत्वपूर्ण है। दिशाबद्धता ऐसी आधारभूत संरचनाओं, तंत्रों और प्रक्रियाओं को निर्धारित करने की इच्छा का प्रतिरूपण है, जो "सबसे महत्वपूर्ण क्या है" के रणनीतिक निर्णयों के समनुरूप हों, ताकि संगठन अपने सर्वोच्च प्राथमिकता वाले लक्ष्यों पर लगातार केंद्रित रहे। सशक्तिकरण लोगों की चयन करने की क्षमता और सह-मिशनिंग प्रक्रियाओं द्वारा उनकी प्रकृति के चार हिस्सों में गहरे विश्वास का प्रतिरूपण है।

फ़ोकस और क्रियान्वयन

मेरा मानना है कि हमने अब तक जो बातें की हैं, उन्हें बहुत संक्षेप में सिर्फ़ दो शब्दों

क्रियान्वयन के अनुशासन के बिना लीडरशिप अपूर्ण और अप्रभावी है। इस योग्यता के बिना लीडरशिप के बाक़ी सभी गुण खोखले हैं।

कोई कंपनी अपने लक्ष्यों को पूरा नहीं कर सकती या परिवर्तन के साथ अच्छी तरह अनुकूलन नहीं कर सकती, जब तक कि सभी लीडर्स क्रियान्वयन के अनुशासन को सभी स्तरों पर लागू न करें। क्रियान्वयन को लक्ष्यों के संदर्भ में कंपनी की रणनीति का हिस्सा होना होता है। यह आकांक्षाओं और परिणामों के बीच की खोई हुई कड़ी है।[1]

राम चरण और लैरी बॉसिडी

में कहा जा सकता है : फ़ोकस और क्रियान्वयन। इन दो शब्दों में हम सचमुच "सरलता को जटिलता के दूसरी ओर" पा लेते हैं। एक बार फिर, *फ़ोकस* का संबंध उससे है, जो सबसे महत्त्वपूर्ण है और *क्रियान्वयन* का संबंध उसे साकार करने से है। रामचरण और लैरी बॉसिडी की बेस्टसेलर बिज़नेस पुस्तक *एक्ज़ीक्यूशन : द डिसिप्लिन ऑफ़ गेटिंग थिंग्स डन* ने इन दो शब्दों के सार के पीछे के मेरे चिंतन को प्रभावित किया है।

लीडरशिप की पहली दो भूमिकाओं - *प्रतिरूपण* और *अन्वेषण* - को एक शब्द में बताया जा सकता है : *फ़ोकस*। लीडरशिप की अगली दो भूमिकाओं - *दिशाबद्धता* और *सशक्तिकरण* - को एक शब्द में बताया जा सकता है : *क्रियान्वयन*। ऐसा कैसे? ज़रा इस बारे में सोचें। अन्वेषण मूलतः रणनीतिक कार्य है। इसका मतलब यह फ़ैसला करना है कि उच्च प्राथमिकता वाले लक्ष्य कौन से हैं। वे जीवनमूल्य कौन से हैं, जो उन लक्ष्यों को हासिल करने और बनाए रखने में मार्गदर्शक सिद्धांत बनेंगे। लेकिन इसके लिए संस्कृति में इन लक्ष्यों के प्रति गहरी समझ और समर्पण दोनों की ज़रूरत होती है। यह समर्पण विश्वास, विश्वसनीयता और सिनर्जी पर आधारित होता है - जो प्रतिरूपण का सार है। जब सच्ची व्यक्तिगत और पारस्परिक विश्वसनीयता होती है, तभी विश्वास विकसित होता है और टीम की सिनर्जी प्रभावकारी बनती है। इस व्यक्तिगत/पारस्परिक प्रतिरूपण में आपसी सम्मान, आपसी समझ और रचनात्मक सहयोग शामिल होते हैं (आदतें 4, 5 और 6), ताकि उच्च-प्राथमिकता के स्पष्ट और प्रतिबद्ध लक्ष्य बनें (आदत 2 : अंत को दिमाग़ में रखकर शुरुआत करें)। यह व्यक्तिगत-पारस्परिक विश्वसनीयता अपने जीवनमूल्यों और लक्ष्यों के प्रति लोगों के ईमानदार रहने पर आधारित होती है - दूसरे शब्दों में, व्यक्तिगत फ़ोकस और क्रियान्वयन पर। यह आदत 3 है : पहली चीज़ें पहले रखें। अभिव्यक्ति "पहली चीज़ें पहले रखें" फ़ोकस और क्रियान्वयन के वर्णन का एक और तरीक़ा है।

लीडरशिप की अगली दो भूमिकाएँ यानी *दिशाबद्धता* और *सशक्तिकरण* *क्रियान्वयन* का प्रतिनिधित्व करती हैं। इसका मतलब है ऐसी आधारभूत संरचनाओं,

तंत्रों और प्रक्रियाओं का निर्माण (दिशाबद्ध करना), जिनका लक्ष्य व्यक्तियों और टीमों को इतना समर्थ बनाना हो कि वे अपनी वास्तविक दिनचर्या और टीम के लक्ष्यों में संगठन के ज़्यादा बड़े "दिख सकने वाले" रणनीतिक लक्ष्यों या महत्वपूर्ण प्राथमिकताओं (अन्वेषण) को शामिल कर सकें। संक्षेप में, लोगों को काम करने के लिए *सशक्त* बना दिया जाता है।

फ़ोकस और क्रियान्वयन अविभाजित रूप से जुड़े हुए हैं। दूसरे शब्दों में, जब तक लोग एक ही पन्ने पर न हों और उसे एक साथ न पढ़ रहे हों, तब तक वे लगातार क्रियान्वयन नहीं कर पाएँगे। अगर आप फ़ोकस पाने के लिए औद्योगिक युग की आदेश-और-नियंत्रण नीति का पालन करेंगे, तो क्रियान्वयन के लिए ज्ञानकर्मी युग के सशक्तिकारक गहन परिवर्तनकारी (transformational) मॉडल का इस्तेमाल करने में समर्थ नहीं हो पाएँगे - सिर्फ़ इसलिए, क्योंकि सहभागिता और/या तादात्म्य (identification) के बिना आप फ़ोकस हेतु भावनात्मक निष्ठा नहीं पा सकते। क्रियान्वयन होगा ही नहीं। इसी तरह अगर आप ज्ञानकर्मी/सहभागिता/सशक्तिकरण की नीति का उपयोग साझे फ़ोकस को हासिल करने के लिए करते हैं, लेकिन क्रियान्वयन के लिए औद्योगिक युग की आदेश-और-नियंत्रण नीति का इस्तेमाल करते हैं, तो आप फ़ोकस क़ायम नहीं रख पाएँगे, क्योंकि लोग ईमानदारी और अखंडता की कमी को पहचान लेंगे।

दूसरी ओर, अगर आप फ़ोकस (प्रतिरूपण, अन्वेषण) और क्रियान्वयन (दिशाबद्धता, सशक्तिकरण) दोनों पर ज्ञान युग के मॉडल का प्रयोग करते हैं, तो आप संगठनात्मक संस्कृति में अखंडता और विश्वसनीयता उत्पन्न कर लेंगे। संगठन न सिर्फ़ अपनी आवाज़ खोज लेगा, बल्कि अपनी आवाज़ का इस्तेमाल अपने उद्देश्यों तथा शामिल लोगों की बेहतरीन सेवा के लिए भी करेगा।

क्रियान्वयन की बड़ी खाई

पुस्तक के शुरू में मैंने एक बात कही थी, "जानना और नहीं करना दरअसल नहीं जानने के बराबर है।" यह स्थापित सत्य है। 8वीं आदत में शामिल सिद्धांतों का मूल्य बहुत कम है, जब तक कि अभ्यास और *क्रियान्वयन* द्वारा वे हमारे चरित्र और योग्यता-समूह का हिस्सा न बन जाएँ - जब तक कि वे *आदत* न बन जाएँ।

क्रियान्वयन आज अधिकांश संगठनों में *एक* बहुत बड़ा मुद्दा है, जिस पर अक्सर ज़्यादा ध्यान नहीं दिया जाता है। स्पष्ट रणनीति एक चीज़ है; उस पर सचमुच अमल करना और उसे साकार करना, उसका क्रियान्वयन करना बिलकुल अलग चीज़ है। दरअसल ज़्यादातर लीडर्स इस बात से सहमत होंगे कि औसत रणनीति और बेहतरीन क्रियान्वयन बेहतरीन रणनीति तथा कमज़ोर क्रियान्वयन से कहीं बेहतर हैं। जो लोग क्रियान्वयन करते हैं, वे हमेशा ऊपर होते हैं। जैसा लुइस वी. जर्सनर, जूनियर ने कहा है, "दुनिया की सभी महान कंपनियाँ अपने प्रतिस्पर्धियों से *क्रियान्वयन में* हर दिन *आगे निकलती हैं*, बाज़ार में, सामान बनाने के कारख़ानों में, लॉजिस्टिक्स में, इनवेंट्री

> मैं आपकी सतत साथी हूँ। मैं आपकी सबसे बड़ी मददगार या सबसे भारी बोझ हूँ। मैं आपको ऊपर की तरफ़ धकेलूँगी या आपको असफलता की ओर नीचे खींच लाऊँगी। मैं पूरी तरह आपके आदेश पर निर्भर हूँ। आप अपने आधे काम मुझे सौंप सकते हैं और मैं उन्हें जल्दी और सही तरीक़े से कर दूँगी। मेरा प्रबंधन आसान है - आपको बस मेरे साथ दृढ़ रहना है। मुझे ठीक-ठीक बताएँ कि आप कौन सा काम कैसे करवाना चाहते हैं और कुछ सबक़ बाद मैं वह काम अपने आप कर लूँगी। मैं सभी महान लोगों की दासी हूँ और सभी असफल लोगों की भी। जो लोग असफल हैं, उन्हें मैंने ही असफल बनाया है। मैं मशीन नहीं हूँ। हालाँकि मैं मशीन जितनी सटीकता से काम करती हूँ, लेकिन मेरे साथ इंसान की बुद्धि भी है। आप लाभ या हानि दोनों के लिए मेरा इस्तेमाल कर सकते हैं - इससे मुझे कोई फ़र्क़ नहीं पड़ता। मुझे समझें, मुझे प्रशिक्षित करें, मेरे साथ दृढ़ रहें, और फिर देखते जाएँ, मैं दुनिया आपके क़दमों में रख दूँगी। मेरे साथ नरमी से पेश आएँगे, तो मैं आपको बर्बाद कर दूँगी।
>
> **मैं कौन हूँ? मैं आदत हूँ।**
>
> -अज्ञात

टर्न्स में - अपने हर काम में। महान कंपनियाँ शायद ही कभी यथास्थिति क़ायम रखती हैं, जो उन्हें प्रतिस्पर्धियों के साथ लगातार संघर्ष करने से सुरक्षा देता है।"[2]

क्रियान्वयन उत्पन्न करने में वैसे तो बहुत सी चीज़ों का योगदान होता है, लेकिन हमारे एक्सक्यू शोध से पता चला है कि किसी संगठन में क्रियान्वयन के छह मुख्य जनक होते हैं : *स्पष्टता, समर्पण, रूपांतरण, सामर्थ्य, सिनर्जी* और *जवाबदेही*। इसका मतलब यह है कि क्रियान्वयन में अवरोध आम तौर पर तब आते हैं, जब इन छह में से एक या अधिक में असफलता होती है। हम इन्हें *क्रियान्वयन की खाइयाँ* कहते हैं :

- स्पष्टता - लोगों को साफ़ तौर पर पता नहीं होता है कि उनकी टीम या संगठन के लक्ष्य या प्राथमिकताएँ क्या हैं;
- प्रतिबद्धता - लोग उन लक्ष्यों से सहमत नहीं होते हैं;
- रूपांतरण - लोग नहीं जानते कि टीम या संगठन के लक्ष्यों को हासिल करने में मदद के लिए उन्हें व्यक्तिगत रूप से क्या करने की ज़रूरत है;
- सामर्थ्य - लोगों के पास अपने काम अच्छी तरह से करने के लिए सही आधारभूत संरचना, तंत्र या स्वतंत्रता नहीं होती है;
- सिनर्जी - लोग मिलकर अच्छी तरह काम नहीं कर पाते या उनमें पटती नहीं है; और
- जवाबदेही - लोग नियमित रूप से एक-दूसरे को जवाबदेह नहीं ठहराते हैं।

जिसे हम मैनेजमेंट कहते हैं, उसका ज़्यादातर हिस्सा कर्मचारियों के लिए काम करना मुश्किल बनाने में निहित है।
पीटर ड्रकर

नीचे दिया चार्ट (टेबल 6) क्रियान्वयन की इन खाइयों/जनकों को पहचानता है। यह चार्ट बहुत आसानी से स्पष्ट करता है कि नियंत्रणकारी औद्योगिक युग की मानसिकता दरअसल इन खाइयों को किस तरह उत्पन्न करती है और ज्ञानकर्मी/पूर्ण-व्यक्ति का मॉडल, जिसमें 8वीं आदत समाहित है, इन्हें किस तरह दूर कर सकता है।

क्रियान्वयन की खाइयाँ	औद्योगिक युग का कारण	ज्ञानकर्मी युग समाधान
स्पष्टता	घोषणा	तादात्म्य और/या सहभागिता
प्रतिबद्धता	बेचना	पूर्ण काम में पूर्ण व्यक्ति
रूपांतरण	कार्य विवरण	परिणामों के लिए लक्ष्यों की दिशाबद्धता
समर्थ बनाना	गाजर और छड़ी (कर्मचारी व्यय के रूप में)	तंत्रों और संस्कृति को दिशाबद्ध करना
सिनर्जी	'सहयोग!'	तीसरे विकल्प का संप्रेषण
जवाबदेही	सैंडविच तकनीक प्रदर्शन मूल्यांकन	प्रायः, खुला, आपसी जवाबदेही अकाट्य संतुलित स्कोरबोर्ड

टेबल 6

1. **स्पष्टता :** श्रम-कर्मचारी/औद्योगिक युग की नीति सिर्फ़ यह घोषणा करती है कि मिशन, भविष्य-दृष्टि, जीवनमूल्य और उच्च-प्राथमिकता के लक्ष्य क्या हैं। जैसा कि हम देख चुके हैं, इन्हें अक्सर शीर्ष लोग तय करते हैं, जो ऑफ़िस से दूर वादियों में बैठकर मिशन स्टेटमेंट वर्कशॉप आयोजित करते हैं और लौटकर लच्छेदार भाषा में कर्मचारियों के सामने रणनीतिक निर्णयों की घोषणा करते हैं, जो संगठन के सभी भावी निर्णयों में मार्गदर्शन करने वाले हैं। समय के साथ ये मिशन स्टेटमेंट विज्ञापन की पंक्तियों से ज़्यादा सार्थक नहीं रह जाते हैं, सिर्फ़ इसलिए क्योंकि कोई सच्ची सहभागिता नहीं होती है; इसलिए वास्तविक तादात्म्य नहीं बन पाता है, जो ज्ञानकर्मी युग का सार है। याद रखें, तादात्म्य व्यक्तिगत नैतिक सत्ता है, जो प्रशंसनीय व्यक्ति के साथ सहभागिता से आती है। यह ज़रूरी नहीं है कि रणनीतिक निर्णयों में शामिल होने से तादात्म्य आ जाए।
2. **प्रतिबद्धता :** प्रतिबद्धता पाने की औद्योगिक युग की नीति है बेचना - इसे लगातार और अक्सर संप्रेषित करो, इसे स्पष्ट करो और समझदारीपूर्ण बनाने की कोशिश करो। बेचो, बेचो, बेचो! लेकिन शोध के आँकड़ों से पता चलता है कि पाँच कंपनियों में से सिर्फ़ एक में उनकी टीम और संगठन के

उच्च-प्राथमिकता वाले लक्ष्यों के प्रति जोशीली प्रतिबद्धता थी। ज्ञानकर्मी युग में 8वीं आदत की नीति पूर्ण व्यक्ति को पूर्ण कार्य - शरीर, मस्तिष्क, हृदय और आत्मा- में रखना है। मुझे उचित वेतन दें, दयालुता और सम्मान से व्यवहार करें, मेरे मस्तिष्क का रचनात्मक रूप से ऐसे काम में इस्तेमाल करें, जिससे सचमुच मूल्य बढ़े और ऐसा सिद्धांत-केंद्रित तरीक़े से करें। यह सिर्फ़ मानवीय प्रेरणा का खच्चर सिद्धांत नहीं है, जहाँ आप कर्मचारियों की तरफ़ सिर्फ़ ज़्यादा पैसे उछालकर उन्हें प्रेरित कर सकते हैं। दरअसल, अध्ययनों से पता चला है कि जब आप ज्ञानकर्मी नीति पर चलते हैं, तो कर्मचारी तनख़्वाह को विश्वास, सम्मान और गर्व के बाद प्राथमिकता के चौथे क्रम पर रख देते हैं; क्यों? क्योंकि जब लोगों को अपने काम में आंतरिक संतुष्टि मिलती है, तो बाहरी या बाह्य तत्व कम महत्वपूर्ण रह जाते हैं। लेकिन जब काम में आंतरिक संतुष्टि ज़रा भी न मिले, तब धन सबसे महत्वपूर्ण चीज़ बन जाता है। क्यों? क्योंकि पैसे से आप नौकरी के बाहर संतुष्टियाँ खोज सकते हैं। पूर्ण-व्यक्ति पर आधारित 8वीं आदत *आंतरिक* प्रेरणा को मुक्त करती है।

स्पष्टता और प्रतिबद्धता की क्रियान्वयन खाइयाँ समय प्रबंधन (time management) की समस्याओं का प्राथमिक स्रोत भी हैं। इसका एक आसान कारण है। लोग मिशन और जीवनमूल्यों के साथ उच्च-प्राथमिकता के लक्ष्यों को जिस तरह परिभाषित करते हैं, उससे उनका हर अन्य निर्णय शासित होगा। इसलिए जब स्पष्टता और प्रतिबद्धता की कमी हो, तो आपके पास दुविधा के सिवाय कुछ नहीं होगा। आपको पता ही नहीं होगा कि सचमुच महत्वपूर्ण क्या है। अंतिम परिणाम यह होगा कि अत्यावश्यकता महत्व को परिभाषित करेगी। जो काम लोकप्रिय है, दबाव डाल रहा है, सामने है और सुखद है - दूसरे शब्दों में, जो अत्यावश्यक है - वह महत्वपूर्ण बन जाता है। कुल परिणाम यह होता है कि हर व्यक्ति चाय की पत्ती में भविष्य पढ़ता है, अपनी उँगली राजनीतिक हवाओं की ओर रखता है और उच्च पदस्थ अधिकारियों की चापलूसी करता है। फिर यह दुविधा चक्रवृद्धि ब्याज के साथ पूरे संगठन में नीचे की तरफ़ धकेल दी जाती है। जब तक लोग संगठन के मिशन, भविष्य-दृष्टि और जीवनमूल्यों के प्रति स्पष्टता व प्रतिबद्धता विकसित न कर लें, तब तक आप टाइम मैनेजमेंट का कितना ही प्रशिक्षण दे दें, प्रभाव क़ायम नहीं रह पाएगा, हालाँकि यह लोगों के व्यक्तिगत जीवन में क़ायम रह सकता है। जैसा चार्ल्स हमेल ने एक बार कहा था :

> महत्वपूर्ण काम शायद ही कभी आज या इस हफ़्ते किया जाना होता है ... लेकिन अत्यावश्यक काम तत्काल कार्रवाई की माँग करता है ... इन कामों के

क्षणिक आकर्षण का प्रतिरोध नहीं करते बनता, इन्हें महत्वपूर्ण मान लिया जाता है और ये हमारी पूरी ऊर्जा चूस लेते हैं। लेकिन समय के दृष्टिकोण की रोशनी में उनकी भ्रामक प्रधानता धुँधली हो जाती है और हम नुक़सान के एहसास के साथ याद करते हैं कि हमने किस महत्वपूर्ण काम को दरकिनार कर दिया था। हमें एहसास होता है कि हम अत्यावश्यकता की तानाशाही के ग़ुलाम बन चुके हैं।[3]

3. **रूपांतरण** : औद्योगिक युग की नीति पद-विवरण है। ज्ञानकर्मी युग में आप लोगों के पदों को उनकी आवाज़ों (प्रतिभाओं और जोश) के साथ दिशाबद्ध करते हैं और उनके काम टीम तथा संगठन के उच्च-प्राथमिकता लक्ष्यों को हासिल करने की ओर संयोजित होते हैं।

4. **समर्थ बनाना** : समर्थ बनाना कई मायनों में क्रियान्वयन की सबसे मुश्किल खाई है। इससे निबटना बड़ा कठिन होता है। इसलिए क्योंकि इसमें आपको आधारभूत संरचना, तंत्रों और संस्कृति के अन्य सभी बेकार अवरोधों को हटाने की ज़रूरत होती है, जिनके बारे में हम इस पुस्तक में बात कर चुके हैं। इन समर्थ या असमर्थ बनाने वाली आधारभूत संरचना और तंत्रों - जैसे नियुक्ति, चयन, प्रशिक्षण और विकास, भुगतान, संप्रेषण, सूचना, आदि - से ही कई लोगों को अपने कार्यजीवन में सुरक्षा और भविष्य की निश्चितता का एहसास होता है। जब तक रणनीतिक निर्णय लेने में सच्ची सहभागिता नहीं होगी, ख़ास तौर पर जीवनमूल्यों और सर्वोच्च प्राथमिकताओं के संदर्भ में, तब तक आपको गहराई में निहित तंत्रों तथा आधारभूत संरचनाओं को दिशाबद्ध करने के लिए पर्याप्त भावनात्मक जुड़ाव, विश्वास और आंतरिक प्रेरणा नहीं मिल पाएगी।

   औद्योगिक युग में कर्मचारियों को व्यय माना जाता है, जबकि मशीनों और प्रौद्योगिकी जैसी वस्तुओं को निवेश। ज़रा इस बारे में दोबारा सोचें! कर्मचारी ... व्यय; वस्तुएँ ... निवेश! यह मुनाफ़े पर आधारित सूचना तंत्र है। यह बीमारों का इलाज करने के लिए उनका ख़ून निकालना है। ज्ञानकर्मी युग के प्रति 8वीं आदत की नीति से कर्मचारी परिणाम और क्षमता दोनों स्तरों पर बहुत सशक्त दृश्यात्मक, दिलचस्प स्कोरबोर्ड बनाने में सहभागी बन सकते हैं, जिससे स्पष्ट दिख जाता है कि तंत्र और आधारभूत संरचना कितनी अच्छी तरह दिशाबद्ध हैं। यह महत्वपूर्ण है, क्योंकि इसी से मुख्य लक्ष्यों को हासिल करने की सामर्थ्य मिलती है।

5. **सिनर्जी** : औद्योगिक युग की नीति सर्वश्रेष्ठ रूप में समझौते की नीति है। निकृष्टतम रूप में यह जीत-हार या हार-जीत की नीति है। ज्ञानकर्मी युग में सिनर्जी तीसरे विकल्पों को उत्पन्न करने की सामर्थ्य प्रदान करती है। यह 8वीं आदत जैसा संप्रेषण है, जहाँ लोगों की आवाज़ें पहचानी जाती हैं और

संगठन की आवाज़ों के साथ दिशाबद्ध की जाती हैं, ताकि विभिन्न टीमों या विभागों की आवाज़ें एक सुर में रह सकें।

6. **जवाबदेही :** औद्योगिक युग की "गाजर-और-छड़ी" की प्रेरणा की नीति और प्रदर्शन के मूल्यांकन की "सैंडविच तकनीक" की जगह आपसी जवाबदेही तथा उच्च-प्राथमिकता के लक्ष्यों पर सूचना का खुला आदान-प्रदान ले लेता है, जिसे हर व्यक्ति समझता है। एक तरह से यह सॉकर स्टेडियम या फ़ुटबॉल या बेसबॉल एरीना में जाने की तरह है, जहाँ स्कोरबोर्ड की जानकारी से पूरे स्टेडियम में बैठे हर व्यक्ति को पता चल जाता है कि क्या हो रहा है।

स्वीट स्पॉट

आइए, हम इन सबको एक सूत्र में पिरोते हैं। इस पुस्तक की शुरुआत में मैंने यह विचार दिया था कि हर व्यक्ति जीवन के दो मार्गों में से किसी एक को चुनता है - पहला मार्ग है दोयमता का, जिस पर बहुत से लोग चलते हैं, जबकि दूसरा है महानता का। हम देख चुके हैं कि दोयमता का मार्ग मानवीय क्षमता को किस तरह सीमित कर देता है, जबकि महानता का मार्ग मानवीय क्षमता को मुक्त और साकार करता है। 8वीं आदत महानता का मार्ग है और महानता अपनी आवाज़ खोजने तथा दूसरों को उनकी आवाज़ खोजने के लिए प्रेरित करने में निहित है।

हमने महानताओं के तीन प्रकार देख लिए हैं : *व्यक्तिगत* महानता, *नेतृत्वकारी* महानता *और संगठनात्मक* महानता।*

व्यक्तिगत महानता तब मिलती है, जब हम अपनी तीन जन्मजात योग्यताओं या उपहारों - चयन, सिद्धांत और चार मानवीय बुद्धियाँ- को खोज लेते हैं। जब हम इन प्रतिभाओं और योग्यताओं को विकसित कर लेते हैं, तो हम एक अद्‌भुत चरित्र बना लेते हैं, जो भविष्य-दृष्टि, अनुशासन और जोश से भरा हो, जो अंतरात्मा द्वारा मार्गदर्शित हो - जो साहसी भी हो और दयालु भी। इस तरह का चरित्र व्यक्ति को महत्वपूर्ण योगदान देने के लिए प्रेरित करता है। इसमें हम न सिर्फ़ मानव जाति की सेवा करते हैं, बल्कि उस "एक" तक पहुँचते हैं और उस पर अपना ध्यान केंद्रित करते हैं। इस तरह के चरित्र के लिए मैंने *प्राथमिक महानता* वाक्यांश का प्रयोग किया है, जबकि द्वितीयक महानता में योग्यता, प्रतिष्ठा, छवि, दौलत तथा मान्यता जैसी चीज़ें शामिल हैं।

नेतृत्वकारी महानता उन कर्मचारियों द्वारा हासिल की जाती है, जो दूसरों को उनकी आवाज़ खोजने के लिए प्रेरित करने का विकल्प चुनते हैं। इस बात से कोई

---

*महानता के सभी तीन रूपों के विकास द्वारा बेहतर सतत प्रदर्शन हासिल करने के लिए अधिक जानकारी हेतु देखें परिशिष्ट 8।

फ़र्क़ नहीं पड़ता है कि उनका पद क्या है। यह लीडरशिप की 4 भूमिकाओं को जीवन में उतारने से हासिल होता है।

संगठनात्मक महानता तब हासिल होती है, जब संगठन अपनी लीडरशिप भूमिकाओं और कामों (जिनमें मिशन, भविष्य-दृष्टि और जीवनमूल्य शामिल होते हैं) को किसी संगठन में क्रियान्वयन के प्रेरक तत्वों - स्पष्टता, प्रतिबद्धता, रूपांतरण, समर्थ बनाना, सिनर्जी और जवाबदेही - में रूपांतरित करने की अंतिम चुनौती का सामना करता है। ये प्रेरक तत्व - संगठनों के लिए - शाश्वत हैं, कालजयी हैं, स्वतः स्पष्ट सिद्धांत हैं।

आगे दिया चित्र व्यक्तिगत महानता, नेतृत्वकारी महानता और संगठनात्मक महानता के आपसी संबंध को सार रूप में बताता है। जो संगठन इन तीनों द्वारा शासित और अनुशासित होते हैं, वे उस बिंदु पर प्रहार करते हैं, जिसे आप *स्वीट स्पॉट* कहते हैं। स्वीट स्पॉट वह कटाव क्षेत्र होता है, जहाँ बाक़ी तीनों गोले एक-दूसरे को काटते हैं। यहीं पर शक्ति और क्षमता की महानतम अभिव्यक्ति होती है। जब आप टेनिस खेलते समय रैकेट के "स्वीट स्पॉट" से गेंद मारते हैं या गोल्फ़ क्लब के स्वीट स्पॉट से छोटी सफ़ेद गेंद पर प्रहार करते हैं, तो आप जान जाते हैं कि आपने इसे शानदार तरीक़े से मारा है। यह उल्लासपूर्ण होता है! इसकी गूँज साफ़ सुनाई देती है। यह बिलकुल सही लगता है। इसमें सामान्य से ज़्यादा कोशिश नहीं लगती है, लेकिन केंद्र के मिलाप से शक्ति का ज़बर्दस्त प्रवाह मुक्त होता है और गेंद सामान्य से ज़्यादा दूर तक, ज़्यादा तेज़ी से उड़ती हुई जाती है। यह उस शक्ति को बताने का एक और तरीक़ा है, जो तब मुक्त होती है, जब आप व्यक्ति, टीम और संगठन के रूप में "अपनी आवाज़ खोज" लेते हैं।

सिद्धांत-केंद्रित फ़ोकस और क्रियान्वयन

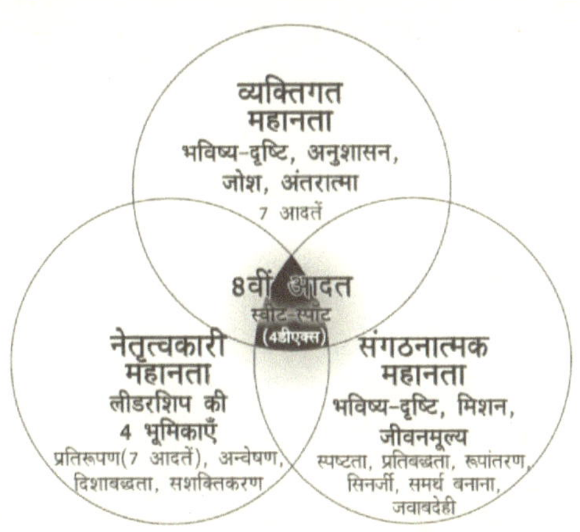

फ़िगर 14.3

क्रियान्वयन (4डीएक्स) के 4 अनुशासन

चार अनुशासन हैं, जिनका सतत अभ्यास किया जाए, तो ये क्रियान्वयन की इन खाइयों को पाट सकते हैं। ये अनुशासन शीर्ष प्राथमिकताओं पर फ़ोकस और क्रियान्वयन की टीमों तथा संगठनों की योग्यता को काफ़ी सुधार सकते हैं। हम इन्हें *क्रियान्वयन के 4 अनुशासन* कहते हैं। ज़ाहिर है, क्रियान्वयन को प्रभावित करने वाले दर्जनों कारक होते हैं। बहरहाल, हमारे शोध से पता चला है कि ये चार अनुशासन उन 20 प्रतिशत कामों से संबंधित हैं, जो 80 प्रतिशत परिणाम देते हैं, क्योंकि ये उत्कृष्टता के साथ शीर्ष प्राथमिकताओं पर सतत क्रियान्वयन से संबंधित हैं। आप देखेंगे कि ये चार अनुशासन महानता के तीन क्षेत्रों के तारतम्य में हैं और उन्हीं से प्रवाहित होते हैं। ये स्वीट स्पॉट हैं (देखें चित्र के केंद्र में 4डीएक्स)। ये शक्ति मुक्त करने वाले संपर्क बिंदु हैं, अगले क़दम के सूचक हैं, क्रिया में बदलने योग्य हैं, "पहिया सड़क से टकराता है", लेजर बीम तकनीक हैं, जो टीम और संगठन को लगातार परिणाम हासिल करने में समर्थ बनाते हैं।

नीचे इन चार अनुशासनों (4डीएक्स) का सार दिया गया है :

अनुशासन 1 : बेहद महत्वपूर्ण चीज़ों पर ध्यान केंद्रित करें

यह संगठन पर ध्यान केंद्रित करने के बारे में एक प्रमुख सिद्धांत है, लेकिन इसे कई लोग नहीं समझ पाते हैं : **लोग नैसर्गिक रूप से एक समय में सिर्फ़ एक चीज़ (या गिनी-चुनी चीज़ों) पर उत्कृष्टता के** साथ **ध्यान केंद्रित कर सकते हैं।**

मान लें, आपके पास किसी ख़ास लक्ष्य को उत्कृष्टता के साथ हासिल करने की 80 प्रतिशत संभावना है। शोध से पता चलता है कि अगर उस पहले लक्ष्य के साथ एक और लक्ष्य जोड़ दिया जाए, तो दोनों को हासिल करने की आपकी संभावना घटकर 64 प्रतिशत रह जाती है। लक्ष्य बढ़ाते जाएँगे, तो हासिल करने की संभावना तेज़ी से कम होती जाएगी। मसलन, अगर आप एक साथ पाँच लक्ष्य बना लेते हैं, तो आपके पास उन सभी में उत्कृष्ट परिणाम हासिल करने की संभावना सिर्फ़ 33 प्रतिशत ही रह जाएगी।

कम और बेहद महत्वपूर्ण लक्ष्यों पर मेहनत व एकाग्रता से ध्यान केंद्रित करना बहुत ही अहम है।

स्पष्ट रूप से कुछ लक्ष्य बाक़ी लक्ष्यों से ज़्यादा महत्वपूर्ण होते हैं। हमें "सिर्फ़ महत्वपूर्ण" (merely important) और "बेहद महत्वपूर्ण" (wildly important) के बीच फ़र्क़ करना सीखना चाहिए। "बेहद महत्वपूर्ण लक्ष्यों" के परिणाम गंभीर होते हैं। इन लक्ष्यों को हासिल करने की असफलता बाक़ी सभी उपलब्धियों को तुलनात्मक रूप से महत्वहीन बना देती है।

हवाई यातायात नियंत्रक की स्थिति के बारे में सोचें। हर वक़्त सैकड़ों हवाई जहाज़ हवा में रहते हैं और वे सभी महत्वपूर्ण होते हैं - ख़ासकर अगर आप उनमें से किसी में हों! लेकिन नियंत्रक सभी पर एक साथ ध्यान केंद्रित नहीं करता है। उसका काम *एक वक़्त में एक हवाई जहाज़ को उतरवाना है* और ऐसा दोषहीन तरीक़े से करना है। हर संगठन में ऐसी ही स्थिति होती है। बहुत कम लोग "विभाजित ध्यान" की विलासिता वहन कर सकते हैं; कुछ लक्ष्यों को तो इसी समय *निश्चित रूप से* उतार लेना चाहिए।

लेकिन हम कैसे जानें कि कौन से लक्ष्य "बेहद महत्वपूर्ण" हैं और रणनीतिक योजना के क्रियान्वयन में सबसे ज़्यादा मदद करेंगे? कई बार ये बिलकुल स्पष्ट होते हैं। बाक़ी मौक़ों पर विश्लेषण की ज़रूरत होती है। महत्व स्क्रीन एक मूल्यवान रणनीतिक नियोजन साधन है, जो आर्थिक, रणनीतिक और हिस्सेदारों (stakeholders) के दृष्टिकोण से आपके लक्ष्यों को प्राथमिकता के क्रम में जमाने में आपकी मदद करेगा। दूसरे शब्दों में, यह इस मूल्यांकन में आपकी मदद करेगा कि आपके कौन से संभावित लक्ष्य आर्थिक, रणनीतिक और सहभागियों के लाभों के संदर्भ में सबसे ज़्यादा लीवरेज प्रदान करेंगे। आप अपने शीर्ष लक्ष्यों को तय करने में महत्व स्क्रीन का प्रयोग कर सकते हैं। यह कर्म की पराकाष्ठा पर *अन्वेषण* है।

महत्व स्क्रीन				
निर्देश	**हिस्सेदार स्क्रीन**	**रणनीतिक स्क्रीन**	**आर्थिक स्क्रीन**	
1. अपनी टीम के संभावित लक्ष्यों की सूची बनाएँ। 2. हर स्क्रीन पर हर एक का मूल्यांकन -1 से 4 के पैमाने पर करें, जहाँ : 4= उच्च सकारात्मक प्रभाव 0= कोई प्रभाव नहीं -1= नकारात्मक प्रभाव 3. अपने स्कोर को जोड़ लें। 4. हिम्मत करके जाँच करें, "क्या हम बेरहम वास्तविकताओं का सामना कर रहे हैं?" 5. स्कोर के जोड़ और अपनी साहसिक जाँच करने के बाद सचमुच सबसे महत्वपूर्ण लक्ष्यों पर चेक मार्क लगा दें।	पैमाना -1 से 4 **हिस्सेदार के मानदंड, जिन पर विचार करना है :** ▪ ग्राहक वफ़ादारी बढ़ाता है ▪ हमारे कर्मचारियों के जोश और ऊर्जा को चिंगारी देता है ▪ सप्लायर्स/वेंडर्स, पार्टनर्स, निवेशकों पर सकारात्मक प्रभाव डालता है ▪ अन्य हिस्सेदार मानदंड	पैमाना -1 से 4 **रणनीतिक मानदंड, जिन पर विचार करना है :** ▪ संगठनात्मक लक्ष्यों का सीधे समर्थन करती है ▪ मूल योग्यताओं का लीवरेज करती है ▪ बाज़ार में शक्ति बढ़ाती है ▪ प्रतिस्पर्धी लाभ बढ़ाती है ▪ अन्य रणनीतिक मानदंड	पैमाना -1 से 4 **आर्थिक मानदंड, जिन पर विचार करना है :** ▪ आमदनी बढ़ाती है ▪ लागत घटाती है ▪ कैशफ़्लो सुधारती है ▪ लाभ सुधारती है ▪ अन्य आर्थिक मानदंड	
संभावित लक्ष्य :				कुल स्कोर

फ़िगर 14.4

सहभागी स्क्रीन। वे सबसे महत्वपूर्ण काम कौन से हैं, जो आपको अपने हिस्सेदारों की आवश्यकताओं को पूरा करने के लिए करने चाहिए? ग्राहक, कर्मचारी, सप्लायर्स, निवेशक और अन्य लोगों का इन लक्ष्यों में योगदान होता है। ज़रा सोचें कि किस तरह संभावित लक्ष्य :

- ग्राहक की वफ़ादारी बढ़ाते हैं।
- आपके कर्मचारियों के जोश और ऊर्जा को चिंगारी देते हैं।
- सप्लायर्स, वेंडर्स, बिज़नेस पार्टनर्स और निवेशकों पर अच्छा असर डालते हैं।

रणनीतिक स्क्रीन। सोचें कि संभावित लक्ष्य संगठन की रणनीति को किस तरह प्रभावित करते हैं, जिनमें यह भी शामिल है कि लक्ष्य हो या न हो :

- सीधे संगठन के मिशन या उद्देश्य का समर्थन करता है।
- मूल क्षमता का लीवरेज करता है।
- बाज़ार की शक्ति बढ़ाता है।
- प्रतिस्पर्धी लाभ बढ़ाता है।

ख़ुद से पूछें : वह सबसे महत्वपूर्ण काम कौन सा है, जो हम अपनी रणनीति को आगे बढ़ाने के लिए कर सकते हैं?

आर्थिक स्क्रीन। बेहद महत्वपूर्ण लक्ष्यों को संगठन के सकल अर्थशास्त्र में प्रत्यक्ष या अप्रत्यक्ष तरीक़े से योगदान देना चाहिए।

ख़ुद से पूछें : आपके सभी संभावित लक्ष्यों में कौन से चुनिंदा लक्ष्य आपको सबसे महत्वपूर्ण आर्थिक लाभ प्रदान करेंगे? नीचे दिए गए बिंदुओं पर विचार करें :

- आमदनी में वृद्धि
- लागत में कमी
- बेहतर कैशफ़्लो
- लाभकारिता

ग़ैरलाभकारी संस्था में भी अर्थशास्त्र महत्वपूर्ण होता है, क्योंकि हर संगठन को अपना अस्तित्व बचाए रखने के लिए कैशफ़्लो की ज़रूरत होती है।

सहभागी, रणनीतिक और आर्थिक स्क्रीन्स की कसौटी से लक्ष्यों को गुज़ारने के बाद हर लक्ष्य के "क्या" के पीछे "क्यों" स्पष्ट रूप से नज़र आने लगता है।

मेरा आकलन कहता है कि रणनीतिक योजना तब तक अस्पष्ट और हवाई रहेगी, जब तक कि इसे दो या तीन उच्च्च प्राथमिकताओं या "बेहद महत्वपूर्ण" लक्ष्यों

में न बाँट दिया जाए। संगठन के सभी स्तर के हिस्सेदारों को इन बेहद महत्वपूर्ण लक्ष्यों को पहचानने में शामिल करना चाहिए, ताकि उनमें समर्पण का ज़्यादा ऊँचा स्तर रहे और वे हर लक्ष्य के औचित्य को समझ लें।

उत्कृष्टता वाले परिणाम हासिल करने के लिए आपको कुछ बेहद महत्वपूर्ण लक्ष्यों पर फ़ोकस करना चाहिए और सिर्फ़ महत्वपूर्ण लक्ष्यों को दरकिनार कर देना चाहिए। चूँकि इंसानों को इस तरह बनाया गया है, कि वे उत्कृष्टता के साथ एक वक़्त में सिर्फ़ एक काम कर सकें (या अच्छे से अच्छा यह है कि गिने-चुने काम कर सकें), इसलिए हमें अपने फ़ोकस को संकीर्ण करना सीखना होगा। सच्चाई तो यह है कि हममें से बहुत ज़्यादा लोग बहुत ज़्यादा काम करने की कोशिश करते हैं। हवाई यातायात नियंत्रक की तरह हमें एक वक़्त में एक हवाई जहाज़ उतारना सीखने की ज़रूरत है - दोयमता के साथ बहुत सारी चीज़ें करने के बजाय उत्कृष्टता के साथ थोड़ी सी चीज़ें करने की आदत डालना ज़रूरी है।

इस अनुशासन के अभ्यास के लिए आपको अपनी टीम के शीर्ष दो या तीन "सबसे महत्वपूर्ण" लक्ष्य स्पष्ट कर लेने चाहिए और उन्हें संगठन की शीर्ष प्राथमिकताओं की दिशा में सावधानी से बुन लेना चाहिए।

फ़िल्म : *इट्स नॉट जस्ट इम्पॉर्टेन्ट, इट्स वाइल्डली इम्पॉर्टेन्ट!*

"बेहद महत्वपूर्ण कुछ चीज़ों" पर फ़ोकस करने की मूलभूत आवश्यकता का उदाहरण देने के लिए मैं आपको एक छोटी सी फ़िल्म देखने के लिए आमंत्रित करता हूँ, जिसका शीर्षक है *It's Not Just Important, It's Wildly Important!* यह फ़िल्म उन वास्तविक इंटरव्यूज़ पर आधारित है, जो हमने अपने ग्राहकों से लिए हैं। इसमें अभिनेता नहीं हैं। यह फ़िल्म ग़लत दिशाबद्धता और स्पष्ट लक्ष्य की कमी को रेखांकित करती है, जो अधिकांश संगठनों में नज़र आती हैं। यह मज़ेदार है, लेकिन इसके बावजूद अधिकांश संगठनों की फ़ोकस और क्रियान्वयन की समस्याओं का सूचक है। बस www.The8thHabit.com/offers पर जाएँ और *Films* मीनू में यह शीर्षक चुन लें। फिर बैठकर देखें कि क्या आप इसमें अपने संगठन को पहचान सकते हैं, जिसके लिए *आप* काम करते हैं।

अनुशासन 2 : स्कोरबोर्ड बनाएँ

स्कोरबोर्ड आपको एक मूलभूत सिद्धांत का लीवरेज प्रदान करता है : **जब स्कोर का हिसाब-किताब रखा जाता है, तो लोग अलग तरीक़े से खेलते हैं।**

क्या आपने कभी सड़क पर ऐसा खेल - बास्केटबॉल, हॉकी, फ़ुटबॉल - देखा है, जिसमें खिलाड़ी स्कोर नहीं रखते हों? खिलाड़ी मनमर्ज़ी से खेलते हैं, खेल के बीच हँसी-मज़ाक़ चलता रहता है। ऐसे में खेल कई बार रुक भी जाता है और इस पर

खिलाड़ियों का बहुत ज़्यादा ध्यान केंद्रित नहीं होता है। लेकिन जब स्कोर रखा जाने लगता है, तो स्थिति बदल जाती है। नया जोश आ जाता है। टीम बन जाती है, जो सिर से सिर सटाकर योजना बनाती है। रणनीतियों को पैना किया जाता है। खिलाड़ी जल्द ही हर नई चुनौती के हिसाब से ढल जाते हैं। गति तथा लय नाटकीय ढंग से बन जाती है।

ऑफ़िस में भी यही होता है। सफलता के एकदम स्पष्ट और पारदर्शी पैमानों के बिना कर्मचारियों को कभी यक़ीन ही नहीं होता कि लक्ष्य दरअसल क्या है। पैमानों के बिना उसी लक्ष्य को सौ कर्मचारी सौ अलग-अलग तरीक़ों से समझते हैं। परिणामस्वरूप, टीम के सदस्य राह भटककर ऐसे काम करने लगते हैं, जो अत्यावश्यक तो हो सकते हैं, लेकिन दरअसल कम महत्वपूर्ण होते हैं। वे अनिश्चित गति से काम करते हैं। प्रेरणा कम रहती है।

इसीलिए यह बहुत ज़रूरी है कि रणनीतिक योजना और अनिवार्य लक्ष्यों के लिए आपके पास एक स्पष्ट दिखने वाला, सर्वसुलभ, कम्पेलिंग स्कोरबोर्ड हो। अधिकांश कार्य-समूहों के पास सफलता के स्पष्ट पैमाने नहीं होते हैं, न ही उनके पास यह देखने का कोई तरीक़ा होता है कि वे अपनी मुख्य प्राथमिकताओं के मामले में कैसा प्रदर्शन कर रहे हैं।

हमारे एक्सक्यू अध्ययन के अनुसार तीन में से सिर्फ़ एक कर्मचारी ही प्रमुख लक्ष्यों के संदर्भ में अपनी प्रगति या सफलता मापने के लिए स्पष्ट, सटीक पैमानों का संदर्भ दे सकता है। 10 में से सिर्फ़ तीन मानते हैं कि पुरस्कारों या परिणामों का मापने योग्य लक्ष्यों पर किए गए काम से कोई संबंध है। स्पष्ट है कि बहुत कम कर्मचारियों के पास ऐसा फ़ीडबैक सिस्टम होता है, जिसके आधार पर वे सटीकता से क्रियान्वयन कर सकें।

स्कोरबोर्ड की ज़बर्दस्त प्रेरक शक्ति के बारे में विचार करें। यह *वास्तविकता* की स्पष्ट तस्वीर है, जिसे नज़रअंदाज़ नहीं किया जा सकता। रणनीतिक सफलता इसी पर निर्भर करती है। योजनाओं को इसके अनुरूप ढालना चाहिए। टाइमिंग को इसके अनुरूप तालमेल में लाना चाहिए। जब तक आप स्कोर न देख सकें, तब तक आपकी रणनीतियाँ और योजनाएँ सिर्फ़ अमूर्त विचार हैं। इसलिए आपको एक कम्पेलिंग स्कोरबोर्ड बनाना चाहिए और लगातार उसे अद्यतन करते रहना चाहिए। यह कर्म के धरातल पर *अन्वेषण* और *दिशाबद्धता* को जोड़ना है।

कम्पेलिंग स्कोरबोर्ड कैसे बनाएँ?

सहभागिता और सिनर्जी (7 आदतों के प्रतिरूपण) द्वारा अपने संगठन या टीम के लक्ष्यों के लिए मुख्य पैमानों को पहचानें और उनकी दृश्यात्मक प्रस्तुति करें। स्कोरबोर्ड से तीन चीज़ें बिलकुल साफ़ होनी चाहिए : *किससे? कहाँ तक? कब तक?*

1. अपनी शीर्ष प्राथमिकताओं या "बेहद महत्त्वपूर्ण लक्ष्यों" की सूची बनाएँ - जिन्हें आपकी टीम को हासिल करना ही है।
2. इन तत्वों में से हर एक के लिए एक स्कोरबोर्ड बनाएँ :
   - वर्तमान परिणाम (हम इस वक़्त कहाँ हैं)
   - भावी लक्ष्य के परिणाम (हमें कहाँ पहुँचना है)
   - डेडलाइन (कब तक)

   स्कोरबोर्ड बार ग्राफ़, ट्रेन्ट लाइन, पाई चार्ट या गैन्ट चार्ट किसी भी रूप में हो सकता है। यह किसी थर्मामीटर या स्पीडोमीटर या स्केल जैसा भी दिख सकता है। आप फ़ैसला करें कि यह कैसा हो - लेकिन इसे स्पष्ट दिखने वाला, प्रगतिशील और सर्वसुलभ बनाएँ। यह भी याद रखें कि चूँकि साध्य पहले से ही साधन में विद्यमान होता है, इसलिए आप स्कोरबोर्ड में सिद्धांत-केंद्रित जीवनमूल्यों से जुड़े पैमाने भी शामिल कर सकते हैं।
3. स्कोरबोर्ड लगा दें और हर दिन, हर सप्ताह, जैसा उचित लगे, कर्मचारियों से इसकी समीक्षा करने को कहें। इस पर मुलाक़ात करें, इस पर चर्चा करें और जैसे-जैसे मुद्दे आएँ, उन्हें सुलझाएँ।

   टीम के सभी सदस्यों को स्कोरबोर्ड देखने में समर्थ होना चाहिए। उन्हें हर पल, हर दिन या हर हफ़्ते इसमें बदलाव दिखना चाहिए। उन्हें इस पर हर वक़्त चर्चा करते रहना चाहिए। उन्हें इस पर से अपना दिमाग़ दरअसल कभी हटाना ही नहीं चाहिए। कम्पेलिंग स्कोरबोर्ड में सड़क के मैच का स्कोर रखने जैसा प्रभाव होता है। अचानक पूरी लय बदल जाती है। लोग ज़्यादा तेज़ी से काम

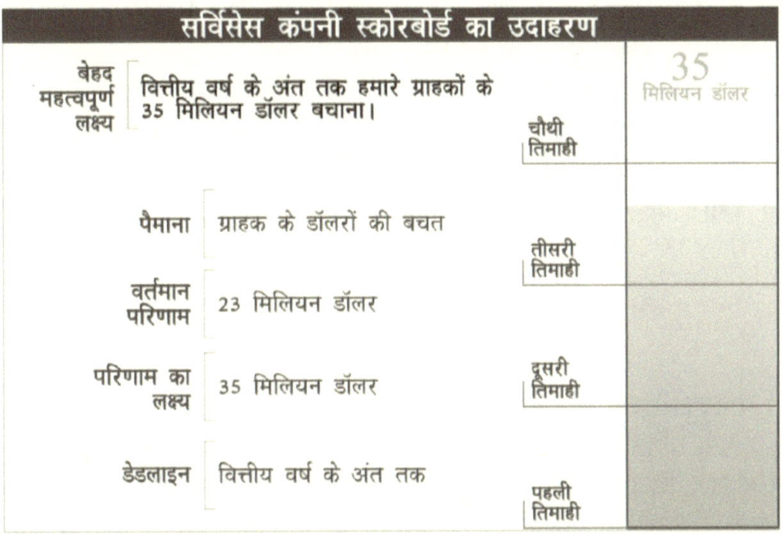

फ़िगर 14.5

करने लगते हैं। बातचीतें बदल जाती हैं। लोग नए मुद्दों के अनुरूप तेज़ी से ढलने लगते हैं। और आप लक्ष्य तक ज़्यादा सटीकता व तेज़ी से पहुँचने लगते हैं।

अनुशासन 3 : ऊँचे लक्ष्यों को विशिष्ट कार्यों में बदलें

किसी नए लक्ष्य या रणनीति का विचार आना एक बात है। उस लक्ष्य को सचमुच कर्म में बदलना बिलकुल अलग बात है। उसे हर स्तर पर नए व्यवहारों और गतिविधियों में बाँटना होता है, जिसमें अग्रिम पंक्ति में काम करने वाले कर्मचारी भी शामिल हैं। बताई जाने वाली रणनीति और वास्तविक रणनीति में बहुत बड़ा अंतर होता है। बताई जाने वाली रणनीति वह होती है, जो संप्रेषित की जाती है; वास्तविक रणनीति वह होती है, जिस पर लोग हर दिन काम करते हैं। ऐसे लक्ष्यों को पाने के लिए, जो आपने आज तक हासिल नहीं किए हैं, आपको ऐसे काम करने होंगे, जिन्हें आपने आज तक नहीं किया है। लीडर्स लक्ष्यों के बारे में जानते हैं, इसका यह मतलब नहीं है कि अग्रिम पंक्ति के कर्मचारी (जिन्हें वास्तविक कर्म करना है) भी जानते हैं कि क्या करना है। लक्ष्य तब तक हासिल नहीं किए जा सकते, जब तक टीम के हर कर्मचारी को ठीक-ठीक पता नहीं होगा कि उसे उनके बारे में *क्या करना है*। अंतिम विश्लेषण में, अग्रिम पंक्ति से ही प्रॉफ़िट एंड लॉस स्टेटमेंट का मुनाफ़ा आता है। अग्रिम पंक्ति के कर्मचारी रचनात्मक ज्ञानकर्मी होते हैं। याद रखें, लीडरशिप पद नहीं, बल्कि चयन का मामला है। यह हर जगह संचारित की जा सकती है - संगठन के सभी स्तरों पर। यह भी याद रखें, अगर आप लोगों की विधियों की लगातार निगरानी करते हैं, तो आप परिणामों के लिए उन्हें ज़िम्मेदार नहीं ठहरा सकते। उस स्थिति में *आप* परिणामों के लिए ख़ुद ज़िम्मेदार बन जाते हैं और नियम मानवीय निर्णयशक्ति, रचनात्मकता तथा ज़िम्मेदारी की जगह ले लेते हैं।

इस अनुशासन के अभ्यास के लिए आपकी टीम को रचनात्मक बनना होगा, अपने लक्ष्य हासिल करने के लिए आवश्यक *नए* तथा *बेहतर* व्यवहारों को पहचानना होगा, फिर उन्हें संगठन के सभी स्तरों पर साप्ताहिक व दैनिक कार्यों में विभाजित करना होगा। यह कर्म के धरातल पर *सशक्तिकरण* है।

अनुशासन 4 : एक-दूसरे को जवाबदेह ठहराएँ - हर वक़्त

सबसे प्रभावकारी टीमों में लोग अक्सर मिलते हैं - हर महीने, हर सप्ताह या हर दिन भी - अपनी प्रतिबद्धता बताने, स्कोरबोर्ड की जाँच करने, मुद्दे सुलझाने और यह तय करने के लिए कि एक-दूसरे का समर्थन कैसे करना है। जब तक टीम का हर व्यक्ति - *हर वक़्त* - दूसरों को जवाबदेह नहीं ठहराता हो, तब तक प्रक्रिया मुर्दा हो जाएगी।

मेयर रुडोल्फ़ गिलानी, जिन्हें न्यूयॉर्क सिटी के पुनर्जागरण का श्रेय दिया जाता है, हर दिन अपने स्टाफ़ के साथ "सुबह की मीटिंग" करते थे। विचार यह था कि मुख्य लक्ष्यों पर प्रगति की जवाबदेही हर दिन तय हो। सप्ताह में एक भी मीटिंग न हो, तो टीम दिशा भटक जाती है और फ़ोकस खो देती है।

आत्म-सशक्तिकारी टीम अक्सर जवाबदेही सत्रों में फ़ोकस और रिफ़ोकस करेगी। इस तरह की मीटिंगें आम तौर पर होने वाली स्टाफ़ मीटिंग की तरह *नहीं* होती हैं, जहाँ लोग दीन-दुनिया की हर चीज़ के बारे में बात करते हैं और मीटिंग ख़त्म होने का इंतज़ार करते हैं, ताकि वे अपने असल काम पर लौट जाएँ। प्रभावकारी जवाबदेही सत्र का उद्‌देश्य प्रमुख लक्ष्यों को आगे बढ़ाना है।

तीन प्रमुख अभ्यास प्रभावकारी जवाबदेही सत्रों के लक्षण हैं :

- ट्राएज रिपोर्टिंग
- तीसरे विकल्प खोजना
- रास्ता साफ़ करना

ट्राएज रिपोर्टिंग। अस्पताल के इमरजेंसी रूम में आप अक्सर एक बड़ा नोटिस चस्पा देखेंगे, जिसमें लिखा होता है : **रोगियों का उपचार आगमन के नहीं, बल्कि गंभीरता के क्रम में किया जाता है।** मेडिकल स्टाफ़ "ट्राएज" नामक प्रक्रिया संचालित करता है, जिसमें बीमारी को क्रमबद्ध किया जाता है और स्थिति की गंभीरता के आधार पर इलाज किया जाता है। इसीलिए आपके टूटे हुए हाथ को प्लास्टर का इंतज़ार करना पड़ता है, जबकि डॉक्टर दिमाग़ की चोट वाले मरीज़ पर काम करता है, हालाँकि हो सकता है कि आप उससे पहले आए हों।

ट्राएज रिपोर्टिंग में हर व्यक्ति जल्दी से कुछ बेहद अत्यावश्यक मुद्‌दों पर रिपोर्ट करता है और कम महत्वपूर्ण मुद्‌दों को किसी दूसरे वक़्त के लिए छोड़ देता है। लोग प्रमुख परिणामों, प्रमुख समस्याओं और उच्चस्तरीय मुद्‌दों पर ध्यान केंद्रित करते हैं। इसका यह मतलब नहीं है कि सिर्फ़ "अत्यावश्यक" मुद्‌दों पर ही बातचीत होती है। इसका मतलब तो यह है कि सिर्फ़ "महत्वपूर्ण" मुद्‌दों पर ही बात होती है, भले ही इनमें से कुछ "अत्यावश्यक" न हों। आगे दी गई टेबल सामान्य स्टाफ़ मीटिंग और प्रभावकारी जवाबदेही सत्र की तुलना करती है :

प्रभावकारी जवाबदेही सत्र (ट्राएज रिपोर्टिंग)	आम स्टाफ़ मीटिंग्स
बेहद महत्वपूर्ण कुछ मुद्दों की फटाफट रिपोर्टिंग	कमरे में 'मौत का दौर', जहाँ कर्मचारी बात करने का दबाव महसूस करते हैं, जबकि बाक़ी सभी चेकआउट करते हैं।
स्कोरबोर्ड की समीक्षा	प्रगति का कोई पैमाना नहीं
फ़ॉलो-अप	कोई फ़ॉलो-अप नहीं
आपसी जवाबदेही	सिर्फ़ मैनेजर कर्मचारियों को जवाबदेह ठहराता है
कर्मचारी खुलकर अपने संघर्षों और असफलताओं को बताते हैं	कर्मचारी अपने संघर्षों और असफलताओं को छिपाते हैं
सफलताओं का जश्न	सिर्फ़ समस्याओं पर ध्यान केंद्रित करना

टेबल 7

तीसरे विकल्प खोजना : प्रभावकारी जवाबदेही सत्रों में इस बात पर गहरा फ़ोकस होता है कि प्रमुख लक्ष्यों को कैसे हासिल किया जाए। यहाँ सिद्धांत यह है कि जिस लक्ष्य को हमने पहले कभी हासिल नहीं किया है, उसके लिए हमें ऐसे काम करने की ज़रूरत है, जो हमने पहले कभी नहीं किए। इसका मतलब है कि हम लगातार नए और बेहतर व्यवहार की तलाश कर रहे हैं, जो हमें लक्ष्य की ओर ले जाए। इसीलिए हमें "तीसरे विकल्प" खोजने होंगे - कार्य की ऐसी दिशाएँ, जो मेरे या आपके तरीक़े से बेहतर हों, लेकिन *हम दोनों* के ही सर्वश्रेष्ठ चिंतन का परिणाम हों। एक बार फिर याद रखें, हम विविधता या भिन्नताओं का सम्मान करके सिनर्जी उत्पन्न करते हैं - यानी मिशन, जीवनमूल्यों, भविष्य-दृष्टि और बेहद महत्वपूर्ण लक्ष्यों की *एकता* के संदर्भ में व्यक्तिगत भिन्नताएँ।

इस तरह के सत्रों में आप बहुत सा विचारमंथन होते देखेंगे, जिसमें रचनात्मक संवाद के लिए समय दिया जाएगा। आगे दी गई टेबल आम स्टाफ़ मीटिंग और प्रभावकारी जवाबदेही सत्र की तुलना करती है :

प्रभावकारी जवाबदेही सत्र (तीसरे विकल्प खोजना)	आम स्टाफ़ मीटिंग्स
ऊर्जावान, सिनर्जिस्टिक तरीक़े से समस्याएँ सुलझाना	सिर्फ़ बातें, कोई काम नहीं
नए और बेहतर विचार उत्पन्न होते हैं (1 + 1 = 3, 10, 100 या अधिक)	रचनात्मक संवाद के लिए कोई समय या माहौल नहीं, जबरन एकमत और समझौता
समूह की बुद्धिमत्ता	"एकाकी जीनियस"

टेबल 8

रास्ता साफ़ करना : काफ़ी हद तक प्रभावकारी लीडरशिप राह से बाधा हटाने, लक्ष्यों और तंत्रों को इस तरह दिशाबद्ध करने में निहित है, ताकि बाक़ी

लोग अपने लक्ष्य हासिल कर सकें। सच्ची "जीत-जीत अनुबंध" प्रक्रिया में मैनेजर रास्ता साफ़ करने के लिए सहमत हो जाता है- ऐसे काम करने के लिए, जिन्हें सिर्फ़ वही कर सकता है, ताकि वह कर्मचारी को लक्ष्य हासिल करने में समर्थ बना सके। ज़ाहिर है, सिर्फ़ मैनेजर ही दूसरों के लिए रास्ता साफ़ नहीं करता है। यह हर व्यक्ति का काम है।

इस तरह से, किसी प्रभावकारी जवाबदेही सत्र में आप लोगों को यह पूछते सुनेंगे, "मैं आपके लिए रास्ता कैसे साफ़ कर सकता हूँ?" या "मैं इस मुद्दे पर उलझा हुआ हूँ और मुझे मदद की ज़रूरत है।" या "हम इस काम को करने में आपकी मदद कैसे कर सकते हैं?" आगे दी गई टेबल आम स्टाफ़ मीटिंग और प्रभावकारी जवाबदेही सत्र की तुलना करती है :

प्रभावकारी जवाबदेही सत्र (रास्ता साफ़ करना)	आम स्टाफ़ मीटिंग्स
मेरी क़लम के एक वार से आपकी कई घंटों की मेहनत बच जाती है	फँसे होना, क्योंकि आप खुद बंधनों को पार नहीं कर सकते
हम इस काम में इकट्ठे हैं	आप अकेले अपने दम पर हैं
यह मानना कि आपको मदद की ज़रूरत है और उसे माँगना	जब आपको मदद की ज़रूरत हो, तो इसे स्वीकार करने से डरना

टेबल 9

यह कर्म के धरातल पर सशक्त *दिशाबद्धता* है।

क्रियान्वयन को संस्थागत बनाना

जैसा आप देख सकते हैं, 4 अनुशासन एक क्रमबद्धता का प्रतिनिधित्व करते हैं, जिसके द्वारा सतत क्रियान्वयन (जो सिर्फ़ कुछ उच्च प्रदर्शकों में ही देखा जाता है) को ऐसी चीज़ में बदल दिया जाता है, जो भविष्यसूचक, सिखाई जा सकने वाली और दोहराई जा सकने वाली हो। शोध और अनुभव से हमने सीखा है कि जब टीमों, यूनिटों या संगठनों में इन चार अनुशासनों का अभ्यास होता है, तो वे शीर्ष प्राथमिकताओं के क्रियान्वयन की ज़्यादा योग्यता बारंबार प्रदर्शित करते हैं। तब क्रियान्वयन संस्थागत बन जाता है और यह संयोग या कुछ प्रमुख लीडर्स के प्रभाव की बात नहीं रह जाती है। इसके अलावा, क्रियान्वयन की संस्कृति को संस्थागत बनाने की कुंजी इसे नियमित रूप से मापना है।

एक्ज़ीक्यूशन कोशंट (एक्सक्यू)

संगठनों को "फ़ोकस और क्रियान्वयन" करने की अपनी सामूहिक क्षमता को व्यक्त करने और मापने के एक नए तरीक़े की ज़रूरत है। एक बार फिर, हम इसे एक्सक्यू -

द एक्ज़ीक्यूशन कोशंट – कहते हैं। जिस तरह आईक्यू टेस्ट से बुद्धि की कमी का पता चलता है, उसी तरह एक्सक्यू मूल्यांकन "क्रियान्वयन की खाई" – लक्ष्य निर्धारित करने और उसे सचमुच हासिल करने के बीच की खाई – को मापता है। एक्सक्यू स्कोर किसी संगठन की अपने सबसे महत्वपूर्ण लक्ष्यों के क्रियान्वयन की योग्यता का प्रमुख सूचक है। अब यह ज़रूरी नहीं है कि लंबे समय के सूचकों का इंतज़ार किया जाए, जो आपको बताएँ कि आप सफल हुए हैं या नहीं। कर्मचारियों से सावधानीपूर्वक पूछे गए 27 सवालों की मदद से, जिनका जवाब देने में लगभग पंद्रह मिनट लगते हैं, आप प्रमुख सूचक पा सकते हैं।

क्या आप कल्पना कर सकते हैं कि हर तीन से छह महीनों में सबसे नीचे से ऊपर तक एक्सक्यू टेस्ट लेने में कितनी शक्ति होती है? क्या आप जानते हैं कि इससे संगठन के फ़ोकस और क्रियान्वयन की कितनी सटीक तस्वीर मिल सकती है? इसे औपचारिक और अनौपचारिक तरीक़ों से किया जा सकता है। दरअसल, संस्कृति जितनी ज़्यादा परिपक्व होती है, औपचारिक और अनौपचारिक सूचना संकलन में उतना ही कम अंतर रहेगा। फिर एक्सक्यू प्रश्नावली के आधार पर विभागों और प्रभागों के बीच लक्ष्यों को दिशाबद्ध करने पर प्रबल बुनियादी सांस्कृतिक ज़ोर दिया जाएगा, ताकि रणनीतिक अनिवार्य प्राथमिकताओं पर लगातार ध्यान केंद्रित किया जाए और उनका क्रियान्वयन किया जाए। यह ज्ञानकर्मी युग के मॉडल को बुद्धि के युग में ले जाएगा।*

आशा है, आप यह देखने लगे होंगे कि किस तरह 8वीं आदत – अपनी आवाज़ खोजें और दूसरों को उनकी आवाज़ खोजने के लिए प्रेरित करें – यह कहने का एक और तरीक़ा है, "ज्ञानकर्मी, पूर्ण-व्यक्ति के मॉडल के सशक्तिकरण का इस्तेमाल करें। उस मॉडल पर 7 आदतों (व्यक्तिगत महानता), लीडरशिप की 4 भूमिकाओं (नेतृत्वकारी महानता) और क्रियान्वयन के प्रेरक तत्वों के 6 सिद्धांतों (संगठनात्मक महानता) का इस्तेमाल करें।"

अब हम 8वीं आदत के शिखर की ओर चलते हैं : अपनी आवाज़ों का इस्तेमाल दूसरों की सेवा में समझदारी से करना।

---

*अगर आप बिना किसी शुल्क के एक्सक्यू प्रश्नावली का इस्तेमाल करना चाहते हों, ताकि आप व्यक्तिगत रूप से यह जाँच कर सकें कि *शीर्ष प्राथमिकताओं पर एकाग्र होने और क्रियान्वयन करने में आपकी व्यक्तिगत टीम और संगठन कितना योग्य है,* तो www.The8thHabit.com/offers पर जाएँ। वहाँ आपको निर्देश मिलेंगे कि यह परीक्षण कैसे करना है। परीक्षण पूरा करने के बाद आपको एक्सक्यू रिपोर्ट दी जाएगी, जिसमें *आपके* मूल्यांकन का सार होगा और इसकी तुलना कई हज़ार प्रतिभागियों के सकल औसत स्कोर से भी की जाएगी। आपको इस बारे में अधिक जानकारी भी दी जाएगी कि आप पूरी टीम या संगठन का मूल्यांकन कैसे कर सकते हैं।

सवाल-जवाब

सवाल : आपके द्वारा पारंपरिक तरीक़े से सिखाए अच्छे जीत-जीत अनुबंध के 5 तत्वों और क्रियान्वयन के 4 अनुशासनों में क्या अंतर है?

जवाब : मूलभूत सिद्धांत के स्तर पर कोई अंतर नहीं है। अंतर तो अर्थविज्ञान (शब्दों का किस तरह इस्तेमाल किया जाता है और उन्हें किस तरह परिभाषित किया जाता है) में है, और संपूर्ण संदर्भ में, जिसमें 4 अनुशासनों को रखा जाता है। मैं ज़्यादा स्पष्टता से समझा दूँ। अच्छे जीत-जीत अनुबंध के 5 तत्व ये हैं :

1. इच्छित परिणाम
2. दिशानिर्देश
3. संसाधन
4. जवाबदेही
5. परिणाम

इच्छित परिणाम और *दिशानिर्देश* मूलतः क्रियान्वयन के पहले दो अनुशासनों में समाहित हैं - बेहद महत्वपूर्ण लक्ष्य स्थापित करना और एक कम्पेलिंग स्कोरबोर्ड बनाना। जैसा पुस्तक में पहले बताया जा चुका है, साध्य और साधन अविभाजित हैं; इसलिए इच्छित परिणामों को बेहद महत्वपूर्ण लक्ष्यों को हासिल करने के साथ तभी गूँथा जा सकता है, जब ऐसा सिद्धांत-केंद्रित तरीक़ों से किया जाए।

जीत-जीत अनुबंध का तीसरा तत्व यानी *संसाधन* क्रियान्वयन के तीसरे अनुशासन में मूलभूत रूप से शामिल है - ज़्यादा ऊँचे लक्ष्यों को विशिष्ट कार्यों में रूपांतरित करें। जीत-जीत प्रदर्शन अनुबंध के चौथे और पाँचवें तत्व - *जवाबदेही* और *परिणाम* - चौथे अनुशासन में मूलभूत रूप से शामिल हैं : आप एक-दूसरे को जवाबदेह ठहराते हैं- हर वक़्त। चूँकि परिणाम दी गई जवाबदेही के स्वाभाविक फल हैं, इसलिए वे भी बुनियादी तौर पर शामिल होते हैं।

क्रियान्वयन और टीम के सशक्तिकरण की 4 अनुशासनों की नीति का बहुत बड़ा लाभ यह है कि यह क्रियान्वयन की खाइयों के शोध-आधारित अध्ययन से उत्पन्न होती है। इससे हमें यह व्यापक पृष्ठभूमि मिलती है कि औद्योगिक युग का मॉडल किस तरह इन खाइयों को उत्पन्न करता है और ज्ञानकर्मी युग का मॉडल किस तरह इन्हें भरता है।

• • •

अध्याय 15

दूसरों की सेवा के लिए अपनी आवाज़ों का समझदारी से इस्तेमाल करना

मैं अब युवा नहीं हूँ, इसलिए मेरी ऊर्जा और स्फूर्ति कम हो चुकी है। अब मैं चिंतन-मनन और प्रार्थना की दिशा में मुड़ गया हूँ। मुझे आरामकुर्सी पर बैठना, दवा खाना, मधुर संगीत सुनना और ब्रह्मांड की चीज़ों पर विचार करना अच्छा लगता है। बहरहाल, इस तरह के कामों में कोई चुनौती नहीं है और कोई योगदान भी नहीं है। मैं चाहता हूँ कि उठकर कुछ करूँ। मैं हर दिन को संकल्प और उद्देश्य के साथ जीना चाहता हूँ। मैं जागने वाले हर घंटे का इस्तेमाल उन लोगों को आशीष और प्रोत्साहन देने के लिए करना चाहता हूँ, जिनके बोझ भारी हैं। मैं उन्हें आस्था और शक्ति का प्रमाण देना चाहता हूँ। अद्‌भुत लोगों की उपस्थिति एड्रिनलिन को प्रेरित करती है। उनकी आँखों का प्रेम ही मुझे ऊर्जा देता है।[1]

गॉर्डन बीच हिंकले, उम्र बानवे साल

मैंने सोचा और सपने में देखा कि जीवन सुख था।
मैं जागा और मैंने देखा कि जीवन सेवा था।
मैंने काम किया और वाह, सेवा में ही सुख था।

रवीन्द्रनाथ टैगोर

मैं मानता हूँ कि उपयोगी सेवा करना मानव जाति का सामान्य कर्तव्य है। सिर्फ़ त्याग की पावन अग्नि में ही स्वार्थ का मैल जलता है तथा मानवीय आत्मा की महानता मुक्त होती है।[2]

जॉन डी. रॉकफ़ेलर, जूनियर

(1) अपनी आवाज़ खोजने और (2) दूसरों को उनकी आवाज़ खोजने के लिए प्रेरित करने की आंतरिक प्रेरणा को एक वृहद् परिदृश्यीय उद्देश्य से ईंधन मिलता है : मानवीय आवश्यकताओं की सेवा करना। यह इन दोनों को हासिल करने का सर्वश्रेष्ठ साधन भी है : दरअसल मानवीय आवश्यकताओं तक पहुँचे और पूरा किए बिना हम चयन की अपनी स्वतंत्रता का उतना विस्तार और विकास नहीं करते हैं, जितना इसके बाद करते हैं। हम जब दूसरों को देते हैं, तो व्यक्तिगत स्तर पर ज़्यादा विकास करते हैं। जब हम मिलकर अपने परिवार, किसी अन्य परिवार, किसी संगठन, किसी समुदाय या किसी अन्य मानवीय आवश्यकता की सेवा करने की कोशिश करते हैं, तो हमारे संबंध सुधर जाते हैं और गहरे हो जाते हैं।

पहले तो विद्यार्थी के रूप में मैं सिर्फ़ अपने लिए स्वतंत्रता चाहता था, इस तरह की क्षणिक स्वतंत्रताएँ, जैसे रात को बाहर रहना, मनचाही चीज़ पढ़ना और मनचाही जगह जाना। बाद में जोहान्सबर्ग में युवावस्था में मैं मूलभूत और गरिमामयी स्वतंत्रताओं की आकांक्षा करने लगा, जैसे अपनी संभावना तक पहुँचना, अपनी क्षमता के अनुरूप पैसे कमाना, विवाह करना और परिवार बनाना - क़ानूनसम्मत जीवन में बाधा न रहने की स्वतंत्रता। लेकिन धीरे-धीरे मैंने देखा कि न सिर्फ़ मैं स्वतंत्र नहीं हूँ, बल्कि मेरे भाई-बहन भी स्वतंत्र नहीं थे... तब मेरी ख़ुद की स्वतंत्रता की भूख मेरे लोगों की स्वतंत्रता की ज़्यादा बड़ी भूख बन गई।

मेरे लोग अपना जीवन गरिमा और आत्म-सम्मान के साथ जिएँ, इसकी स्वतंत्रता की यह आकांक्षा ही मेरे जीवन को प्रेरित करने लगी। इसी ने एक डरे हुए युवक को साहसी युवक बना दिया। इसी ने क़ानून की राह पर चलने वाले एक वकील को अपराधी बनने पर मजबूर किया। इसी ने परिवार से प्रेम करने वाले एक पति को बेघर कर दिया ... मैं बाक़ी लोगों से ज़्यादा पवित्र या त्यागी नहीं हूँ, लेकिन मैंने पाया कि मैं उन कमज़ोर और सीमित स्वतंत्रताओं का भी आनंद नहीं ले सकता, जिनकी मुझे इजाज़त दी गई थी, जब मैं जानता था कि मेरे लोग स्वतंत्र नहीं हैं।[3]

नेल्सन मंडेला

संगठनों का निर्माण मानवीय आवश्यकताओं की सेवा करने के लिए ही होता है। उनके अस्तित्व का और कोई कारण ही नहीं है। रॉबर्ट ग्रीनलीफ़ ने एक सुंदर निबंध लिखा है, "द इंस्टीट्यूशन एज़ सर्वेन्ट," जो संगठन में स्टीवर्डशिप की पूरी अवधारणा लागू करता है।

सेवा वह किराया है, जो हम इस दुनिया में रहने के एवज में चुकाते हैं।[4]
नैथन एल्डन टैनर

वर्ल्ड बिज़नेस अकैडमी के सह-संस्थापक विलिस हार्मन ने इन शब्दों में व्यवसाय के बारे में अपने विश्वास व्यक्त किए थे :

> व्यवसाय इस धरती पर सबसे सशक्त संस्था बन चुका है। किसी भी समाज की सबसे प्रमुख संस्था को पूरे समाज की ज़िम्मेदारी लेनी चाहिए। लेकिन व्यवसाय में ऐसी कोई परंपरा नहीं है। यह एक नई भूमिका है, जिसे अच्छी तरह समझा या माना नहीं गया है। शुरुआत से ही पूँजीवाद और मुक्त उद्यम की अवधारणा पर यह मान्यता बनी कि व्यक्तिगत उद्यम की कई इकाइयों के कार्य बाज़ार की शक्तियों पर प्रतिक्रिया करके और एडम स्मिथ के "अदृश्य हाथ" से मार्गदर्शन पाकर किसी तरह इच्छित परिणाम उत्पन्न कर देंगे। लेकिन 20वीं सदी के अंतिम दशक में यह स्पष्ट हो चुका है कि "अदृश्य हाथ" डगमगा रहा है। यह वृहद् अर्थों और जीवनमूल्यों पर निर्भर करता है, जो अब मौजूद नहीं हैं। इसलिए व्यवसाय को ऐसी परंपरा अपनानी चाहिए, जो पूँजीवाद के पूरे इतिहास में कभी नहीं अपनाई गई : संपूर्ण के प्रति ज़िम्मेदारी में हिस्सा लेना। हर लिए जाने वाले निर्णय और हर किए जाने वाले काम को इसी ज़िम्मेदारी की रोशनी में देखा जाना चाहिए।

बुद्धिमत्ता का युग

मैं मानता हूँ कि यह सहस्राब्दी बुद्धिमत्ता का युग *होगी*। यह या तो परिस्थिति की शक्ति से बनेगी, जो लोगों को विनम्र बनाती है या फिर अंतरात्मा की शक्ति से बनेगी - या शायद दोनों की शक्ति से।

सभ्यता की आवाज़ के पाँच युगों को न भूलें। शिकारी-एकत्रीकरण युग की प्रौद्योगिकी तीर-कमान थी। कृषि युग में खेती के औज़ार। औद्योगिक युग में फ़ैक्ट्रियाँ। सूचना/ज्ञानकर्मी युग में इंसान प्रौद्योगिकी था। बुद्धिमत्ता युग में एक कंपास है, जो हमारी दिशा और उद्देश्य चुनने की शक्ति का प्रतीक है। यह उन प्राकृतिक नियमों या सिद्धांतों का पालन करने का प्रतीक है (चुंबकीय उत्तर) जो कभी नहीं बदलते और शाश्वत, अमर और स्वतः स्पष्ट हैं।

याद रखें, इंफ्रास्ट्रक्चर (आधारभूत संरचना) में जब भी बदलाव आया है, 90 प्रतिशत से ज़्यादा लोगों का रोज़गार छिन गया है। मैं मानता हूँ कि यह इस वक़्त भी हो रहा है, जब हम औद्योगिक युग से सूचना/ज्ञानकर्मी युग की ओर बढ़ रहे हैं। या तो लोगों की नौकरियाँ छूट रही हैं या फिर वे धीरे-धीरे अपने नए कामों की नई माँगों के तालमेल में आने के लिए ख़ुद को बदल रहे हैं। मैं व्यक्तिगत तौर पर मानता हूँ कि वर्तमान कर्मचारियों में से 20 प्रतिशत से ज़्यादा पुरातनपंथी हो रहे हैं और

अगर वे दोबारा समर्पित नहीं होंगे और ख़ुद का कायाकल्प नहीं करेंगे, तो कुछ सालों में 20 प्रतिशत और पुरातनपंथी हो जाएँगे।

सूचना युग इतनी तेज़ी से ज्ञानकर्मी युग में बदल रहा है कि इसकी बराबरी में चलने के लिए हमें अपनी शिक्षा और प्रशिक्षण में सतत निवेश करना होगा। इसमें से ज़्यादातर कठोर अनुभवों के स्कूल में होगा। लेकिन जो लोग देखते हैं कि क्या हो रहा है और जो अनुशासित हैं, वे सुनियोजित तरीक़े से अपनी शिक्षा जारी रखेंगे, जब तक कि वे नई मानसिकता और नई योग्यताएँ नहीं सीख लेते हैं, जिनकी आवश्यकता नए युग की वास्तविकताओं को भाँपने और उनके प्रति अनुकूलन के लिए होगी। उम्मीद है कि यह धीरे-धीरे बुद्धिमत्ता के युग में रूपांतरित हो जाएगा, जब सूचना और ज्ञान उद्देश्य तथा सिद्धांतों से ओत-प्रोत हो जाएँगे।

बुद्धिमत्ता कहाँ है?

हम जानते हैं कि जानकारी या सूचना बुद्धिमत्ता नहीं है। हम यह भी जानते हैं कि ज्ञान बुद्धिमत्ता नहीं है।

कई साल पहले जब मैं एक यूनिवर्सिटी में पढ़ा रहा था और अपनी डॉक्टरेट पर काम कर रहा था, तो मैं एक मित्र से मिलने गया, जो मेरे सीनियर प्रोफ़ेसर भी थे। मैंने उनसे कहा, "मैं प्रेरणा और लीडरशिप के विषय पर डिज़र्टेशन करना चाहूँगा - व्यावहारिक अध्ययन नहीं, बल्कि एक दार्शनिक दस्तावेज़।"

उन्होंने मुझसे मूलतः यह कहा, "स्टीफ़न, तुम सही सवाल पूछना भी नहीं जानते हो।" दूसरे शब्दों में, मेरा ज्ञान एक स्तर पर था, लेकिन मेरे ज्ञान को वर्तमान स्तर से काफ़ी आगे होना चाहिए था। तभी मैं उन सवालों से निबट सकता था, जिनका मुझे सामना करना था। यह भावनात्मक रूप से मेरे लिए बहुत सदमे भरा था, क्योंकि मेरा दिलोदिमाग़ सचमुच व्यावहारिक के बजाय दार्शनिक नीति लेना चाहता था, जबकि मुझे अंततः व्यावहारिक नीति ही अपनानी पड़ी। मेरा मानना था कि मुझे बिज़नेस की अंडरग्रेजुएट और ग्रेजुएट क्लासों में जो अनौपचारिक दार्शनिक प्रशिक्षण मिला था, वही पर्याप्त था। बरसों बाद जाकर मुझे यह एहसास हुआ कि मेरे सीनियर प्रोफ़ेसर कितने सही थे। यह बहुत ही विनम्र बनाने वाला अनुभव था।

विनम्रता के उस सबक़ के बाद वाले वर्षों में भी मुझे कई क़ीमती सबक़ और ज्ञानवर्धक अनुभव मिले। अंततः हमने सीखा कि *आप जितना ज़्यादा जानते हैं, उतना ही ज़्यादा आपको पता चलता है कि आप नहीं जानते हैं*। इसकी तरफ़ इस तरह देखें (देखें फ़िगर 15.1)। यहाँ एक गोला है, जो आपके ज्ञान का प्रतिनिधित्व करता है। आपका अज्ञान उस गोले के बाहरी कोने पर है।

जब आपका ज्ञान बढ़ता है, तो आपके अज्ञान का क्या होता है? स्पष्ट रूप से यह भी ज़्यादा बड़ा हो जाता है, या कम से कम अपने अज्ञान के प्रति आपकी

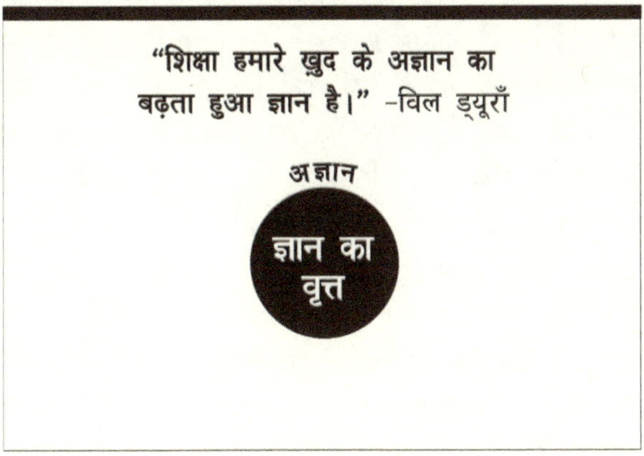

फ़िगर 15.1

फ़िगर 15.2

जागरूकता बढ़ जाती है (देखें फ़िगर 15.2)। तो आप जितना ज़्यादा जानते हैं, उतना ही ज़्यादा आपको एहसास होता है कि आप नहीं जानते हैं। अगर आप अपने ज्ञान से ज़्यादा बड़े उद्देश्यों को पूरा करने की कोशिश करें - जो आपके आरामदेह क्षेत्र से ज़्यादा बड़े हों, तो क्या होगा? इससे वास्तविक विनम्रता उत्पन्न हो जाएगी और आपके मन में दूसरों से मदद माँगने की इच्छा उत्पन्न हो जाएगी - पार्टनरशिप या टीम के माध्यम से। दूसरों के साथ सफलतापूर्वक काम करने से व्यक्ति का ज्ञान और योग्यताएँ उत्पादक बन जाती हैं। इससे लोगों की पूरक टीम बनाना ज़रूरी हो जाता है, जिनमें ऐसा ज्ञान और योग्यताएँ हों, जो किसी व्यक्ति के निजी अज्ञान और कमज़ोरियों की भरपाई कर सकें और उन्हें अप्रासंगिक बना सकें। ऐसा ही होना चाहिए।

एक अर्थ में, जैसे-जैसे बुद्धिमत्ता बढ़ती है, ज्ञान सिकुड़ता है, क्योंकि विस्तृत विवरण सिद्धांतों में खो जाते हैं। ज्ञान के लिए विस्तृत विवरण, जो महत्वपूर्ण हैं, जीवन के हर कार्यक्षेत्र में क्रमहीन तरीक़े से उठाए जाएँगे, लेकिन अच्छी तरह समझ लिए गए सिद्धांतों के सक्रिय इस्तेमाल की आदत बुद्धिमत्ता की आख़िरी पहचान है।[5]

अल्फ्रेड नॉर्थ व्हाइटहेड

इस जागरूकता से लगातार मार्गदर्शकों के अधीन सीखने की हमारी प्रतिबद्धता बढ़नी चाहिए, ख़ास तौर पर व्यक्तिगत विकास, संबंध और लीडरशिप जैसे महत्वपूर्ण विषयों में। मेरा मानना है कि जब सूचना और ज्ञान को अच्छे उद्देश्यों और सिद्धांतों से ओत-प्रोत कर दिया जाता है, तो आपमें बुद्धिमत्ता आ जाती है।

इसे कहने का दूसरा तरीक़ा यह होगा कि बुद्धिमत्ता अखंडता की संतान है - सिद्धांतों पर अखंड रहना और उन्हें अपने जीवन की धुरी बनाना। अखंडता विनम्रता और साहस की संतान है। दरअसल आप कह सकते हैं कि विनम्रता सभी गुणों की जननी है, क्योंकि विनम्रता यह स्वीकार करती है कि ऐसे प्राकृतिक नियम या सिद्धांत हैं, जो ब्रह्मांड पर शासन करते हैं। वे सर्वशक्तिमान हैं; हम नहीं हैं। दंभ हमें सिखाता है कि *हम* सर्वशक्तिमान हैं। विनम्रता हमें *सिद्धांतों* को समझना और उनके अनुरूप जीना सिखाती है, क्योंकि अंततः ये सिद्धांत ही हमारे कार्यों के परिणामों को शासित करते हैं। अगर विनम्रता बुद्धिमत्ता की जननी है, तो साहस जनक है। क्योंकि जब ये सिद्धांत सामाजिक लोकाचार, मानदंडों और जीवनमूल्यों के विरोध में होते हैं, तो इनके अनुरूप सचमुच जीने के लिए बहुत साहस की ज़रूरत होती है।

साहस डर की अनुपस्थिति नहीं है, बल्कि यह निर्णय है कि कोई और चीज़ डर से ज़्यादा महत्वपूर्ण है।

एम्ब्रोस रेडमून

आगे दिया गया चार्ट दृश्यात्मक रूप से इन तीनों पीढ़ियों का वर्णन करता है - तीनों पीढ़ियों में उनके विपरीत पर भी ध्यान दें (देखें फ़िगर 15.3)।

ध्यान दें कि अखंडता की दो संतानें हैं - बुद्धिमत्ता और प्रचुरता की मानसिकता। बुद्धिमत्ता उन लोगों को मिलती है, जो अपनी अंतरात्मा को शिक्षित करते हैं और उसका आदेश मानते हैं। प्रचुरता की मानसिकता को विकसित किया जाता है, क्योंकि अखंडता आंतरिक सुरक्षा उत्पन्न करती है। जब कोई व्यक्ति अपने व्यक्तिगत महत्व के एहसास के लिए बाहरी निर्णयों और तुलनाओं पर निर्भर नहीं होता, तो वह दूसरों की सफलताओं पर सचमुच ख़ुश हो सकता है। लेकिन तुलना पर आधारित पहचान वाले लोग दूसरों की सफलताओं पर सचमुच ख़ुश नहीं हो सकते, क्योंकि वे

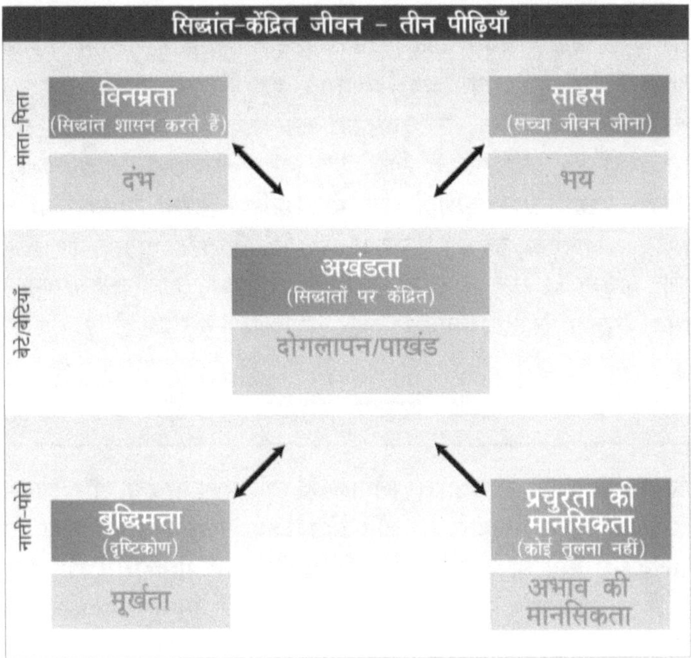

फ़िगर 15.3

भावनात्मक अभाव से काम करते हैं। बुद्धिमत्ता और प्रचुरता की मानसिकता इस तरह के पैरेडाइम उत्पन्न करती है, जिनका ज़िक्र इस पुस्तक में किया जा चुका है – ये पैरेडाइम लोगों में विश्वास करने, उनके महत्व और क्षमता को पुष्ट करने और नियंत्रण के बजाय मुक्ति के संदर्भ में सोचने की ओर ले जाते हैं। बुद्धिमत्ता और प्रचुरता की मानसिकता का तालमेल लोगों के चुनाव की शक्ति और क्षमता का सम्मान करता है। यह तालमेल इस तथ्य का भी सम्मान करता है कि प्रेरणा आंतरिक है, इसलिए जिन लोगों में यह तालमेल होता है, वे दूसरों का प्रबंधन करने, उन्हें नियंत्रित करने या उन्हें कोई काम करने के लिए बरगलाने की कोशिश नहीं करते हैं। ऐसे लीडर्स चाहते नहीं हैं, वे प्रेरित करते हैं। वे वस्तुओं का नियंत्रण करते हैं, लेकिन लोगों का नेतृत्व (सशक्तिकरण) करते हैं। वे यह या वह नहीं सोचते हैं; वे तीसरे विकल्प सोचते हैं – उच्चतर मध्यम तरीक़ा। वे सभी लोगों के प्रति कृतज्ञता, सम्मान और श्रद्धा से भरे होते हैं। वे जीवन को संसाधनों की प्रचुरता के रूप में देखते हैं – ख़ास तौर पर अवसर और सतत विकास के मानवीय संसाधनों की।

नैतिक सत्ता और सेवक नेतृत्व

आपने पर्याप्त नहीं किया है, आपने कभी पर्याप्त नहीं किया है, जब तक आपके पास योगदान देने के लिए कोई मूल्यवान चीज़ बची है।[6]

डैग हैमरस्कोल्ड

जब मैं आजकल अपने जीवन को पलटकर देखता हूँ, जो मैं कई बार करता हूँ, तो मुझे सबसे प्रबल एहसास यह होता है कि जो उस वक़्त महत्वपूर्ण और आकर्षक लग रहा था, अब सबसे निरर्थक और मूर्खतापूर्ण नज़र आता है। उदाहरण के लिए, हर रूप में सफलता; लोकप्रियता और प्रशंसा पाना; स्पष्ट ख़ुशियाँ जैसे पैसा हासिल करना या सुंदरियों को प्रेमजाल में फँसाना या यात्रा करना, शैतान की तरह दुनिया भर की सैर करना, दुनिया के मेले में मौज-मस्ती के हर साधन का स्वाद चखना और अनुभव करना। अब अवलोकन करने पर आत्म-संतुष्टि के ये सारे साधन शुद्ध फंतासी जैसे लगते हैं, जिसे पास्कल ने 'धूल चाटना'[7] कहा है।

मैलकम मगरिज

बुद्धिमत्ता ज्ञान का लाभकारी इस्तेमाल है; बुद्धिमत्ता सूचना और ज्ञान है, जिन्हें उच्चतर उद्देश्यों और सिद्धांतों से ओत-प्रोत किया गया हो। बुद्धिमत्ता सभी लोगों का सम्मान करना सिखाती है, जो एकल नीतिशास्त्र द्वारा मार्गदर्शित होते हैं और *सेवा को स्वयं से ऊपर* रखते हैं। बुद्धिमत्ता हमें लोगों की भिन्नताओं का जश्न मनाना सिखाती है। नैतिक सत्ता *प्राथमिक महानता* है (चारित्रिक शक्तियाँ); औपचारिक सत्ता *द्वितीयक महानता* (पद, दौलत, योग्यता, प्रतिष्ठा, लोकप्रियता) है।

नैतिक सत्ता के बारे में रोचक बात यह है कि यह बहुत बड़ा विरोधाभास है। डिक्शनरी में सत्ता को आदेश, नियंत्रण, शक्ति, आधिपत्य, नियम, हुक़ूमत, शक्ति आदि के संदर्भ में परिभाषित किया जाता है। लेकिन इसका विरोधाभासी शिष्टता, सेवा, कमज़ोरी, अनुयायी है। नैतिक सत्ता आगे दिए गए सिद्धांतों द्वारा प्रभाव हासिल करना है। नैतिक सत्ता दासता, सेवा और योगदान द्वारा हासिल की जाती है। शक्ति और नैतिक श्रेष्ठता विनम्रता से उत्पन्न होती है, जहाँ सबसे महान व्यक्ति सबका सेवक बन जाता है। नैतिक सत्ता या प्राथमिक महानता त्याग से हासिल की जाती है। सेवक नेतृत्व मुहिम के आधुनिक संस्थापक रॉबर्ट के. ग्रीनलीफ़ ने इसे इस तरह कहा है :

> एक नए नैतिक सिद्धांत का उदय हो रहा है, जो मानता है कि लोगों की निष्ठा सिर्फ़ सेवक नेतृत्व की सत्ता के प्रति होनी चाहिए। यह निष्ठा मुक्तता से और जानते-बूझते हुए उस लीडर के अधीन उसी अनुपात में और उसकी प्रतिक्रिया में होनी चाहिए, जितना लीडर सेवक रूप में स्पष्ट रूप से नज़र आता है। जो लोग इस सिद्धांत का अनुसरण करने का चुनाव करते हैं, वे विद्यमान संस्थाओं की सत्ता को यूँ ही स्वीकार नहीं करेंगे। इसके बजाय, वे मुक्तता से सिर्फ़ उन्हीं व्यक्तियों पर प्रतिक्रिया करेंगे, जिन्हें इसलिए लीडर्स चुना गया है, क्योंकि उन्होंने ख़ुद को सेवक साबित कर दिया है और लोगों का विश्वास अर्जित कर लिया है। अगर यह सिद्धांत भविष्य में सच होता है, तो एकमात्र सच्ची सार्थक संस्थाएँ वही होंगी, जिनमें मूलतः सेवक-नेतृत्व होगा।[8]

आम तौर पर मेरा अनुभव रहा है कि सचमुच महान संगठनों के सबसे शीर्षस्थ लोग सेवक-नेतृत्वकर्ता होते हैं। वे सबसे विनम्र, सबसे श्रद्धालु, सबसे खुले, सबसे सीखने वाले, सबसे सम्मानजनक, सबसे परवाह करने वाले होते हैं। जिम कॉलिन्स ने *बिल्ट टु लास्ट* नामक बहुत प्रभावशाली पुस्तक लिखी है और हाल ही में *गुड टु ग्रेट* नामक पुस्तक भी लिखी है। जैसा इस अध्याय में पहले कहा जा चुका है, उन्होंने पाँच साल का शोध प्रोजेक्ट किया था। वे यह जानना चाहते थे कि कौन सी चीज़ किसी संगठन को सिर्फ़ अच्छे से सचमुच महान (good to great) की ओर प्रक्षेपित करती है? उनके गहन निष्कर्ष से लीडरशिप के बारे में सोचने का हमारा तरीक़ा बदलना चाहिए। यहाँ बताया गया है कि वे "स्तर 5 लीडरशिप" का वर्णन किस तरह करते हैं :

> सबसे सशक्त रूप से रूपांतरकारी एक्ज़ीक्यूटिव्ज़ व्यक्तिगत विनम्रता और व्यावसायिक इच्छाशक्ति के विरोधाभासी संतुलन होते हैं। वे संकोची और आक्रामक होते हैं। शर्मीले और निडर। वे दुर्लभ हैं - और उन्हें रोका नहीं जा सकता ... अच्छे से महान के रूपांतरण पाँचवें स्तर के लीडर्स की सत्ता के बिना नहीं होते हैं, वे हो ही नहीं सकते हैं।[9]

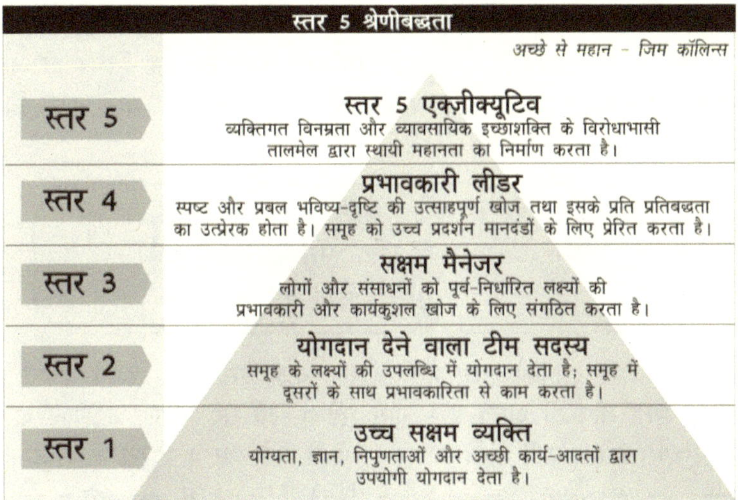

फ़िगर 15.4[10]

जब औपचारिक सत्ता या पद की शक्ति (द्वितीयक महानता) वाले लोग उस सत्ता और शक्ति का इस्तेमाल करने से इंकार कर देते हैं, सिवाय अंतिम विकल्प के रूप में, तो उनकी नैतिक सत्ता बढ़ जाती है, क्योंकि यह स्पष्ट है कि उन्होंने अपने अहं और पद की शक्ति को अपने अधीन कर लिया है और इसके बजाय वे तर्क, विचार-विमर्श, दयालुता, परानुभूति और संक्षेप में विश्वसनीयता का इस्तेमाल करते हैं। *लीडिंग बियॉन्ड द वॉल्स* पुस्तक में जिम कॉलिन्स इस सिद्धांत को अधिक व्यापक

संगठनात्मक परिवेश के परिप्रेक्ष्य में रखते हैं :

> पहले, एक्ज़ीक्यूटिव्ज़ को पारंपरिक सीमाओं के बजाय मूलभूत जीवनमूल्यों और उद्देश्य के संदर्भ में संगठन के आंतरिक और बाह्य हिस्सों को परिभाषित करना होगा। दूसरे, एक्ज़ीक्यूटिव्ज़ को बलप्रयोग और नियंत्रण के तंत्र पर भरोसा करने के बजाय चुनाव की स्वतंत्रता पर आधारित संबंध और प्रतिबद्धता के तंत्र बनाने होंगे। तीसरे, एक्ज़ीक्यूटिव्ज़ को यह तथ्य स्वीकार करना होगा कि सच्ची लीडरशिप का इस्तेमाल शक्ति के इस्तेमाल के विपरीत अनुपात में होता है। चौथे, एक्ज़ीक्यूटिव्ज़ को इस वास्तविकता को स्वीकार करना होगा कि परंपरागत दीवारें हट रही हैं और यह प्रवृत्ति बढ़ती जाएगी।[11]

बहुत ज़्यादा दुर्व्यवस्था, दुविधा और संकट के समय आते हैं, जब स्थितियों को वापस पटरी पर लाने, व्यवस्था तथा स्थायित्व के नए स्तर पाने या नई भविष्य-दृष्टि पाने के लिए औपचारिक सत्ता की प्रबल शक्ति के इस्तेमाल की ज़रूरत होती है। बहरहाल, अधिकांश मामलों में जब लोग उनकी औपचारिक सत्ता का शुरू में ही इस्तेमाल करने लगते हैं, तो उनकी नैतिक सत्ता कम हो जाती है। एक बार फिर यह बात याद रखें कि जब आप पद से शक्ति लेते हैं, तो आप तीन जगहों पर कमज़ोरी निर्मित कर रहे हैं : स्वयं में, क्योंकि आप नैतिक सत्ता का विकास नहीं कर रहे हैं; दूसरे में, क्योंकि वह औपचारिक सत्ता के इस्तेमाल के कारण सह-निर्भर हो जाता है; और संबंध की गुणवत्ता में, क्योंकि वास्तविक खुलापन और विश्वास कभी विकसित नहीं हो पाता है।

> *किसी के चरित्र को प्रकट करने का सबसे अचूक तरीक़ा विपत्ति द्वारा नहीं, बल्कि उसे शक्ति देना है।*
>
> **अब्राहम लिंकन**

आम तौर पर आपको उच्च नैतिक सत्ता वाले ऐसे लोग मिलेंगे, जिन्हें अंततः औपचारिक सत्ता सौंप दी जाती है – जैसे मंडेला, जो नए दक्षिण अफ़्रीका के जनक हैं। लेकिन ऐसा हमेशा नहीं होता – जैसे गाँधीजी, जो स्वतंत्र भारत के राष्ट्रपिता थे।

आप यह भी पाएँगे, लगभग हमेशा, कि जिन लोगों में औपचारिक सत्ता होती है और जो सिद्धांत-केंद्रित तरीक़ों से इसका इस्तेमाल करते हैं, उनका प्रभाव घातांकीय गति से (exponentially) बढ़ता है – जैसे अमेरिका के राष्ट्रपिता जॉर्ज वॉशिंगटन का।

नैतिक सत्ता औपचारिक सत्ता और शक्ति की प्रभावकारिता को घातांकीय गति से क्यों बढ़ा देती है? निर्भर लोग या तो "अपना वज़न चारों ओर फेंकने" के सबसे हल्के लक्षण के प्रति भी बेहद संवेदनशील होते हैं या फिर धैर्य, दयालुता, नम्रता, परानुभूति और नम्र प्रेरणा के प्रयोग के प्रति। ऐसी चारित्रिक शक्ति दूसरों की

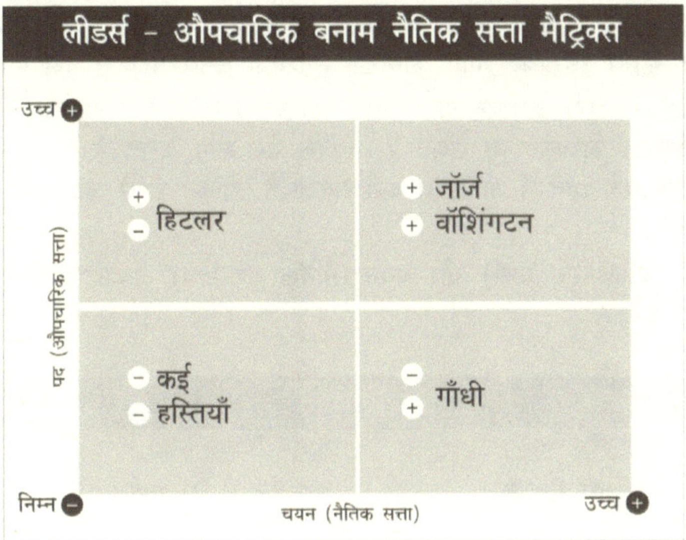

फ़िगर 15.5

अंतरात्माओं को क्रियाशील कर देती है और लीडर के साथ भावनात्मक तादात्म्य उत्पन्न करती है। साथ ही, लोगों में लीडर के उद्देश्यों या सिद्धांतों के प्रति भी भावनात्मक तादात्म्य उत्पन्न हो जाता है। फिर अगर औपचारिक सत्ता या पद की शक्ति का इस्तेमाल किया भी जाता है, तब भी लोग सही कारणों से अनुकरण करते हैं - डर के बजाय वास्तविक प्रतिबद्धता के कारण। यह तीसरे विकल्प का एक और रूप है। यही अभिभावक बनने की सरल कुंजी है - शायद जीवन में हमारी सबसे ऊँची "आवाज़" की ज़िम्मेदारी - सबसे ऊँचे मानदंडों, प्रबल जीवनमूल्यों और सतत अनुशासन के साथ बिना शर्त के प्रेम, गहरी परानुभूति और बेहद आनंद का तालमेल। इसीलिए अभिभावक का सबसे बड़ा इम्तहान - और स्वस्थ, पोषण वाली पारिवारिक संस्कृति बनाने की कुंजी - यह है कि हम उन लोगों के साथ कैसा व्यवहार करते हैं, जो हमारा सबसे ज़्यादा इम्तहान लेते हैं।

इसके अलावा, मुश्किल और कष्टकारी आर्थिक दौर में स्वाभाविक प्रवृत्ति औद्योगिक युग के आदेश-और-नियंत्रण मॉडल की ओर लौटना होता है, क्योंकि लोग अपनी आर्थिक सुरक्षा के लिए डरते हैं। यह ज़्यादा सुरक्षित महसूस होता है। लोगों में आदेश-और-नियंत्रण पर प्रतिक्रिया करने और अधिक निर्भर बनने की प्रवृत्ति भी होती है। लेकिन ऐसे ही समय में ज्ञानकर्मी मॉडल का सबसे ज़्यादा प्रभाव और शक्ति होती है - क्योंकि मुश्किल समय में ही हमें कम के बदले में ज़्यादा उत्पादन करना चाहिए।

कम के बदले में ज़्यादा उत्पादन करने की क्षमता पूरे संगठन में मानवीय क्षमता को उन्मुक्त करने पर आधारित है, बजाय इसके कि हम पारंपरिक जाल में फँस जाएँ

और सिर्फ़ शीर्ष पर बैठे लोगों को ही महत्वपूर्ण निर्णय लेने दें और बाक़ी लोग स्क्रूड्राइवर घुमाते रहें। यह नीति आधुनिक, मुश्किल समय में काम नहीं करती है।

संक्षेप में, बुरी अर्थव्यवस्था में हम गाजर-और-छड़ी वाली मानवीय प्रेरणा के खच्चर सिद्धांत की ओर जा सकते हैं, क्योंकि यह काम करता है। मगर जान लें, हालाँकि यह बचे रहने में तो समर्थ बना सकता है, लेकिन इससे अधिकतम परिणाम नहीं मिलेंगे।

पद (औपचारिक सत्ता) और चयन (नैतिक सत्ता) पर आधारित लीडरशिप की भिन्नताएँ देखें :

लीडरशिप है ...	
पद (औपचारिक सत्ता)	चुनाव (नैतिक सत्ता)
शक्ति ही सही होती है	सही होने में ही शक्ति है
वफ़ादारी अखंडता से ऊपर	अखंडता ही वफ़ादारी है
साथ चलने के लिए धारा में बह जाएँ	स्पष्टता से इंकार
पकड़े जाना "ग़लत" है	ग़लत काम करना "ग़लत" है
उच्च अधिकारी इसे नहीं मानते हैं	ईथॉस, पैथॉस, लोगॉस
उच्च अधिकारी इसका पालन नहीं करते हैं	आलोचक नहीं, मॉडल बनें
छवि ही सब कुछ है	"दिखावे के बजाय सचमुच बेहतर बनें"
"किसी ने मुझसे कहा नहीं था"	पूछें; अनुशंसा करें
मैंने वही किया जो आपने मुझसे करने को कहा था; यह कामयाब नहीं हुआ। अब क्या?	"मैं करना चाहता हूँ"
बहुत कम है	पर्याप्त है और इससे भी ज़्यादा है

टेबल 10

आइए हम इसके व्यावहारिक उदाहरण देखें कि किस तरह समुदाय और व्यक्ति मानवीय आवश्यकताओं की सेवा करने में अपनी समझदारीपूर्ण "आवाज़ों" का इस्तेमाल करते हैं। इनमें से कुछ लीडर्स के पास औपचारिक सत्ता नहीं थी, कुछ के पास सिर्फ़ नैतिक सत्ता थी, कुछ के पास नैतिक *और* औपचारिक *दोनों* तरह की सत्ताएँ थीं। विश्व के इन लीडर्स में एक महान सैन्य लीडर भी शामिल है।

समुदाय की चौकसी

अमेरिका और दुनिया भर में कई अन्य जगहों पर कई समुदायों ने सामाजिक संस्था द्वारा अपराध को 60 प्रतिशत तक कम कर दिया है – तीसरा विकल्प। पहला विकल्प है कि पुलिस क़ानून लागू करे। दूसरा विकल्प है व्यवहार के मानदंडों को कम कर दें और "समाज के नैतिक ढाँचे की कमज़ोरी" के साथ जिएँ। तीसरा विकल्प है नैतिक सत्ता का इस्तेमाल नागरिकों (सामाजिक संस्था) को साहसिक और सशक्त बनाने में करें, ताकि अपराध के निवारण तथा अपराधियों को पकड़ने और सज़ा दिलवाने में उनकी सक्रिय भूमिका हो। इस तरह की लीडरशिप कौन उपलब्ध कराता है? उस इलाक़े का पुलिस अफ़सर।

जब तक ये अफ़सर "विश्वसनीय रूप से अच्छे लोग" लगते हैं, (जैसा एल.ए. काउंटी शेरिफ़ बाका उनके उच्चतर नियुक्तिकरण चुनाव मानदंडों का वर्णन करते हैं), तब तक पड़ोसी, माता-पिता, शिक्षक और अन्य आम नागरिक अपराध के *निवारण* और अपराधियों की पहचान में पुलिस की मदद करेंगे। अगर लोग अपने दिल में विश्वसनीय सिपाहियों के साथ भावनात्मक जुड़ाव महसूस नहीं करेंगे, तो आप झुग्गियों और प्रोजेक्ट्स में सामाजिक मानदंडों लोकाचार को क़ानून तोड़ने की शून्य सहनशक्ति तक कैसे ला पाएँगे? महान समाजविज्ञानी एमाइल दुर्खीम की बात याद रखें: "जब लोकाचार पर्याप्त होता है, तो क़ानून अनावश्यक होते हैं। जब लोकाचार पर्याप्त नहीं होता, तो क़ानूनों को लागू नहीं किया जा सकता।"

मेरे एक सहकर्मी पूर्णकालिक रूप से क़ानून पालन क्षेत्र में प्रशिक्षण देते हैं। वे अक्सर अपने श्रोताओं से पूछते हैं, जो मूलतः औपचारिक लीडरशिप वाले (शेरिफ़, कप्तान, लेफ़्टिनेंट) होते हैं, "सामुदायिक चौकसी में सच्चे लीडर्स कौन हैं?" यह स्पष्ट हो जाता है कि सच्चे लीडर्स उस इलाक़े के पुलिस अफ़सर होते हैं। वही समाज से जुड़ते हैं और परिवारों के साथ विश्वास के संबंध बनाते हैं। वही अक्सर अपनी जान जोखिम में डालते हुए अपराध रोकते हैं और "सीटी बजाते हैं", ऐसे इलाक़े में जिसमें मादक द्रव्य बेचने और ख़रीदने वालों की बहुतायत होती है, बहुत से गैंग होते हैं और जो अक्सर हिंसा से भरा होता है। ऐसी स्थितियों में औपचारिक सत्ता काम नहीं करेगी – दरअसल इसका परिणाम ठीक उल्टा होगा और इससे संस्कृतियों का ध्रुवीकरण हो जाएगा। सिर्फ़ नैतिक सत्ता ही अपराध के निवारण और पहचान के लोकाचार को उत्पन्न करती है। गड़रिए की नीतिकथा की तरह उन्हें अपनी भेड़ों को जानना होगा और भेड़ों को भी उन्हें जानना होगा (वास्तविक संप्रेषण)। गड़रियों को इतनी परवाह होनी चाहिए कि वे भेड़ों के लिए अपनी जान देने के इच्छुक हों। इसीलिए वे सबसे आगे चलते हैं और भेड़ें पीछे चलती हैं। किराए के गड़रिए परवाह का दावा तो करते हैं, लेकिन वे सोचते हैं, "इसमें मेरा क्या फ़ायदा है" (तनख़्वाह), इसलिए जब "भेड़िया" आता है, तो वे भेड़ों को छोड़कर भाग खड़े होते हैं। इसीलिए नौकरी करने वालों को गाजर और छड़ी का इस्तेमाल करके पीछे से हाँकना पड़ता है।

औपचारिक लीडर्स दरअसल मैनेजर होते हैं या बेहतर कहा जाए, तो सेवक नेतृत्वकर्ता होते हैं। वे संभावित समस्याओं को पहचानने के लिए **कॉमस्टेट** या अन्य कंप्यूटर टेक्नोलॉजी का इस्तेमाल कर सकते हैं, ताकि सच्चे लीडर्स - उस इलाक़े के पुलिस अफ़सर - उसे उत्पन्न होने से पहले ही ख़त्म कर सकें।

यह कितनी बढ़िया अवधारणा है! उन लोगों के लिए कितना उल्टा लगता है, जो सोचते हैं कि पद ही लीडरशिप प्रदान करता है! यह नया मॉडल नैतिक सत्ता वाले पुलिस अफ़सरों को वास्तविक लीडर्स के रूप में देखता है। यह नया मॉडल बाक़ी "उच्च स्थान वालों" को नीचे वाले लोगों के सेवक लीडर्स के रूप में देखता है, जो पंक्तिबद्ध तंत्र का प्रबंधन करते हैं। क्या यह पैरेडाइम है या नहीं, ख़ास तौर पर एक परंपरागत, उच्च अधिकारवादी, श्रेणीबद्ध, आदेश-और-नियंत्रण के क्षेत्र में?

पुलिस का मूलभूत मिशन अपराध और अव्यवस्था को रोकना है। जनता पुलिस है और पुलिस जनता है और समुदाय की सुरक्षा की ज़िम्मेदारी दोनों की ही है।[12]

सर रॉबर्ट पील, आधुनिक पुलिस के संस्थापक

अगर इस बारे में सोचा जाए, तो सामुदायिक चौकसी का उदाहरण यही है - यह उस चीज़ का उदाहरण है, जो मानव व्यवहार के हर क्षेत्र में सच और युक्तियुक्त है : जो लोग छेनी की धार पर हैं, जहाँ टायर सड़क को छूता है, उन्हें अपने ग्राहकों आदि के सामने प्रभाव का इस्तेमाल करना पड़ता है। उन्हें ही विश्वास के संबंध बनाकर और रचनात्मक तरीक़े से समस्याएँ सुलझाकर सचमुच लीडरशिप का इस्तेमाल करना होता है।

जोशुआ लॉरेंस चैम्बरलेन

सैन्य इतिहास में नैतिक सत्ता वाले किसी व्यक्ति की इससे ज़्यादा प्रेरक कहानी नहीं मिलेगी, जितनी कि सिविल वॉर के हीरो जोशुआ लॉरेंस चैम्बरलेन की है। वे स्वयंसेवकों की यूनियन्स 20एथ मैन कंपनी के सेनापति थे। चैम्बरलेन बाउडॉइन कॉलेज में प्रोफ़ेसर थे, लेकिन उन्होंने कॉलेज से छुट्टी लेकर अब्राहम लिंकन द्वारा अतिरिक्त स्वयंसेवकों के आह्वान का पालन किया। गहरे चरित्र और नैतिक विश्वास वाले इस व्यक्ति ने मैन के गवर्नर को पत्र लिखा और उन्हें सेना में शामिल कर लिया गया। हालाँकि उन्हें युद्ध का ज़्यादा ज्ञान नहीं था, लेकिन उन्हें फटाफट तरक़्क़ी मिलती गई।

चैम्बरलेन को शायद गेटिसबर्ग के युद्ध में लिटिल राउंड टॉप पर बहादुरी और लीडरशिप के लिए सबसे अच्छी तरह जाना जाता है। उनके आदेश थे कि यूनियन की क़तार के बिलकुल बाईं ओर लंगर डालना है और हमलावर कॉनफ़ेडरेट सेनाओं

को बाज़ू से आगे नहीं बढ़ने देना है। उन्होंने और उनके दस्तों ने प्रतिरोध किया, जब तक कि उनका गोला-बारूद ख़त्म नहीं हो गया। हारने से इंकार करते हुए उन्होंने रेजिमेंट को "संगीन लगाने" के आदेश दिए। चैम्बरलेन के ख़ुद के शब्दों में :

> उस संकट में मैंने संगीन का आदेश दिया। यह शब्द पर्याप्त था। यह आग की तरह क़तार में इस सैनिक से उस सैनिक तक फैला और एक कोलाहल में बदल गया, जिसके साथ वे दुश्मन पर कूद पड़े, जो अब 30 गज से दूर नहीं थे। प्रभाव आश्चर्यजनक था; दुश्मन की पहली पंक्ति के कई सैनिकों ने अपने हथियार फेंक दिए और समर्पण कर दिया। एक अफ़सर ने एक हाथ से मुझे तलवार पकड़ाई और दूसरे हाथ से पिस्तौल से मेरे सिर के ऊपर से गोली चलाई। अपना दायाँ हिस्सा मज़बूत करके और बायाँ हिस्सा आगे बढ़ाते हुए हमने एक "दाहिना पहिया" बना लिया, जिसके सामने दुश्मन की दूसरी क़तार टूट गई और पेड़ों के पीछे जाने लगी। हमने कई सैनिकों को पकड़ लिया और तब तक नहीं रुके, जब तक कि हमने पूरी घाटी पार नहीं कर ली और हमारी पूरी ब्रिगेड के सामने के हिस्से को साफ़ नहीं कर दिया।[13]

कई लोग दावा करते हैं कि लिटिल राउंड टॉप पर शुद्ध साहस की इस विजय ने ही गेटिसबर्ग के युद्ध और सिविल वॉर का रुख़ पलटा था। चैम्बरलेन को एप्पोमैटोक्स में कॉनफ़ेडरेट यूनिट द्वारा समर्पित पहले हथियार प्राप्त करने के लिए सम्मानित किया गया। युद्ध के अंत तक उन्हें तरक़्क़ी देकर मेजर जनरल बना दिया गया और बाद में लिटिल राउंड टॉप पर उनके साहसिक प्रदर्शन के लिए उन्हें संसदीय मेडल ऑफ़ ऑनर से सम्मानित किया गया।

बरसों बाद उनके कार्यों की सराहना में उनके दोस्तों और पूर्व साथियों ने उन्हें एक उपहार दिया - पत्थर का एक भव्य भूरा घोड़ा, जिस पर सफ़ेद चित्तियाँ थीं। अपनी जानी-पहचानी विनम्रता की भावना के साथ उन्होंने उपहार लेते हुए कहा, "मेरे किसी भी त्याग या सेवा के बदले में किसी अन्य पुरस्कार की ज़रूरत नहीं है; मेरा पुरस्कार तो मुझे अंतरात्मा ने दे दिया है, जो यह हर उस व्यक्ति को देती है जो अपना कर्तव्य निभाता है।"[14]

राष्ट्रपति किम डे-जुंग

मुझे सिओल के ब्लू हाउस में दक्षिण कोरिया के पूर्व राष्ट्रपति किम और उनके कुछ सलाहकारों को सिखाने का सौभाग्य मिल चुका है। अंत के क़रीब राष्ट्रपति किम ने मुझसे पूछा, "डॉ. कवी, क्या आप सचमुच उन चीज़ों में यक़ीन करते हैं, जो आप सिखाते हैं?" मैं इस सवाल से हैरान था और गंभीर भी हो गया। कुछ समय बाद मैंने कहा, "हाँ, मैं करता हूँ।" फिर उन्होंने मुझसे पूछा, "आपको कैसे मालूम कि आप करते हैं?" मैंने जवाब दिया, "मैं इन सिद्धांतों के अनुरूप जीने की कोशिश करता हूँ। मैं जानता हूँ कि मैं पीछे रह जाता हूँ, कई बार गड़बड़ाता हूँ, लेकिन मैं उन तक

लौटता रहता हूँ। मैं उनमें यक़ीन रखता हूँ, उनसे प्रेरित होता हूँ और उन तक लौटता रहता हूँ।"

उनकी प्रतिक्रिया थी, "यह मेरे लिए पर्याप्त नहीं है।" मैंने कहा, "बेहतर होगा कि मैं आपकी बात सुनूँ।" उन्होंने पूछा, "क्या आप उनकी ख़ातिर मरने के लिए तैयार हैं?" मैंने कहा, "मुझे लगता है कि आप मुझे कुछ बताने की कोशिश कर रहे हैं।" वे मुझे सचमुच कुछ बताने की कोशिश कर रहे थे। उन्होंने मुझे अपनी कहानी सुनाई, जब उन्हें कई वर्षों के लिए निर्वासित कर दिया गया था, जेल में बंद कर दिया गया था, हत्या के कई प्रयास हुए थे, जिसमें पत्थरों से भरे बोरे में बंद करके उन्हें चाइना सी में फेंक दिया गया था, जहाँ से उन्हें सीआईए के हेलीकॉप्टर ने बचाया था। उन्होंने मुझे बताया कि उत्तर के सैन्य शासन के साथ सहयोग करने के लिए उन पर कितना दबाव डाला गया था। उन्हें राष्ट्रपति बनाने का प्रस्ताव तक रखा गया था, लेकिन उन्होंने स्वीकार नहीं किया, क्योंकि वे जानते थे कि वे अंततः तानाशाही के पुतले बनकर रह जाएँगे। तानाशाहों ने किम से साफ़ कह दिया था कि अगर उन्होंने उनका कहना नहीं माना, तो वे उन्हें जान से मार देंगे। उन्होंने कहा, "तो फिर मुझे मार डालो, क्योंकि अगर तुम मुझे मार डालते हो, तो मैं सिर्फ़ एक बार मरूँगा, लेकिन अगर मैं तुम्हारे साथ सहयोग करता हूँ, तो मैं ज़िंदगी भर हर दिन 100 बार मरूँगा।"

> *मैं अब यह बात जान गई हूँ। हर आदमी उसमें अपनी ज़िंदगी लगाता है, जिसमें वह यक़ीन करता है। हर औरत उसमें अपनी ज़िंदगी लगाती है, जिसमें वह यक़ीन करती है। कई बार लोग छोटी या शून्यप्राय चीज़ों में यक़ीन करते हैं और इसलिए उनकी ज़िंदगी छोटी या शून्यप्राय हो जाती है...*[15]
>
> **जोन ऑफ़ आर्क**

उन्होंने मुझे बताया कि उस लंबे, कष्ट भरे संघर्ष में उनके परिवार के संबल और निष्ठा ने उनकी मदद की। इसके अलावा ईसाई धर्म में उनकी आस्था, लोगों में उनके गहरे विश्वास और प्रजातंत्र की अद्‌भुत शक्ति में यक़ीन ने उन्हें संबल दिया। उन्होंने हर व्यक्ति के महत्व और क्षमता तथा आत्म-अभिव्यक्ति के अधिकार में अपने विश्वास को संप्रेषित किया। उन्होंने मुझे बहुत ही निजी पत्र दिखाए, जो उन्होंने जेल से अपने प्रियजनों को लिखे थे, जिनमें उनके गहरे विश्वास और प्रतिबद्धताएँ दर्ज थीं।

नैतिक सत्ता ईकोसिस्टम के रूप में

मैंने एक बार तीसरी दुनिया के देश के एक राष्ट्रपति के साथ काम किया। वह देश भ्रष्टाचार, हिंसा, बग़ावत और युद्ध से भरा था, जो कई सालों से चल रहा था। नए राष्ट्रपति बहुत साहसी थे। उन्होंने साहस के साथ क़ानून और संविधान के शासन के

महत्व का समर्थन किया। वे आतंकवादियों और आतंकवादी संगठनों के साथ समझौता नहीं करने की ठान चुके थे, जो साहसिक क़दम था। उन पर लोगों का भरोसा बढ़ता गया और वे काफ़ी लोकप्रिय बन गए। मैंने उनसे पूछा कि वे कौन सी विरासत छोड़ना चाहते हैं, ताकि उनका काम आगे चलता रहे और संस्थागत बन जाए। जब हम बात कर रहे थे, तो उनके सामने यह स्पष्ट हो गया कि व्यक्तिगत नैतिक सत्ता ही पर्याप्त नहीं है। वे *भविष्यदृष्टा* नैतिक सत्ता और *संस्थागत* नैतिक सत्ता की महत्वपूर्ण आवश्यकता को देख सकते थे, ताकि उनकी जनता क़ानून के शासन और समृद्धि द्वारा उनकी शांति की भविष्य-दृष्टि के साथ तादात्म्य कर ले। उन्होंने जान लिया कि यह तीसरे विकल्प/सिनर्जिस्टिक संप्रेषण द्वारा संभव होगा और तभी होगा जब मूलभूत सिद्धांत सरकार के तंत्रों और आधारभूत संरचनाओं में निहित हों। फिर धीरे-धीरे एक सभ्य समाज अपनी *सांस्कृतिक* नैतिक सत्ता के साथ विकसित हो सकता है - जहाँ समाज का लोकाचार और मानदंड क़ानून के शासन को क़ायम रखेंगे, निवारणात्मक सोच और सामुदायिक चौकसी को प्रोत्साहित करेंगे तथा आम जनता के कल्याण और शैक्षणिक आवश्यकता को पूरा करेंगे। वे भाँप सकते थे कि अपनी आवाज़ खोजने और दूसरों को उनकी आवाज़ खोजने के लिए प्रेरित करने की 8वीं आदत में निहित आधारभूत मॉडल नैतिक सत्ता के इन चार रूपों को प्रदर्शित करता है।

सांस्कृतिक नैतिक सत्ता हमेशा बहुत धीरे-धीरे विकसित होती है। यह पूरे संसार में हुआ है, जिसमें अमेरिका भी शामिल है। बहरहाल, यह देखना उपयोगी है कि नैतिक सत्ता के चार प्रकारों का ईकोसिस्टम कैसा है - किस तरह भौतिक ईकोसिस्टम की तरह ही वे सभी आपस में जुड़े हुए और एक-दूसरे पर निर्भर हैं। बुद्धिमत्ता का सार सभी चीज़ों का जुड़ाव देखना है।

फ़िल्म : *गाँधी*

मैं अब आपको *Gandhi* फ़िल्म का एक अद्‌भुत दृश्य देखने के लिए आमंत्रित करूँगा। यह दृश्य इस फ़िल्म के साथ वाली डीवीडी में मिलेगा। आप इसका ऑर्डर मुफ़्त दे सकते हैं, जिसके लिए सिर्फ़ शिपिंग और हैंडलिंग का ख़र्च लगेगा। इसे अगर आप www.The8thHabit.com/offers पर देखेंगे, तो आप कमज़ोरी और गर्व से भरा व्यक्ति देखेंगे। लेकिन एक ऐसा व्यक्ति भी, जिसने अपनी जन्मजात प्रतिभाओं का इस्तेमाल करके विनम्रता, साहस, अखंडता, अनुशासन और भविष्य-दृष्टि विकसित की। आप एक ऐसा व्यक्ति देखेंगे, जिसने अपनी समस्त बुद्धियों को अपनी अंतरात्मा, अपनी आत्मिक बुद्धि के अधीन कर लिया। आप एक ऐसा व्यक्ति देखेंगे, जिसने अपनी पत्नी के साथ संबंध बनाने में विजय हासिल की, जिसके बाद ही वह स्वतंत्रता, शक्ति और नैतिक सत्ता विकसित कर सकता था, ताकि नाराज़ भारतीय लोगों के बड़े समूह को तीसरे विकल्प तक उठा सके, उस बिंदु तक जहाँ वे साझे उद्‌देश्य की ख़ातिर अपने प्राणों की आहुति देने को तैयार हों। आप एक ऐसा व्यक्ति देखेंगे, जो

प्राचीन ग्रीक दर्शन में क्रम की शक्ति को प्रकट करता है, "ख़ुद को जानें, ख़ुद को नियंत्रित करें, ख़ुद को दें।"

अपूर्ण होते हुए भी गाँधीजी ऐसे व्यक्ति के सुंदर उदाहरण हैं, जिन्होंने भविष्य-दृष्टि, अनुशासन और जोश पर अंतरात्मा के शासन द्वारा काफ़ी नैतिक सत्ता विकसित कर ली - और उनके कारण दुनिया में फ़र्क़ पड़ा। भारत दुनिया का दूसरा सबसे बड़ा देश है, जहाँ एक अरब से ज़्यादा लोग रहते हैं। यह देश आज उन्हीं के कारण आज़ाद प्रजातंत्र है। क्या यह सचमुच आश्चर्यजनक नहीं है कि उन्हें किसी राजनैतिक पद के लिए कभी नहीं चुना गया और उनके पास कोई औपचारिक सत्ता नहीं थी? उन्होंने ख़ुद कहा था कि अपनी शक्तियों का इस्तेमाल करने वाला कोई भी आम आदमी यह काम कर सकता था।

जब आप *गाँधी* नामक फ़िल्म का यह दृश्य देखें, जिसे वर्ष की सर्वश्रेष्ठ फ़िल्म के रूप में अकादमी पुरस्कार मिल चुका है, तो शब्दों और चेहरे के भावों पर ग़ौर करें, पहल और प्रतिक्रियाओं पर ग़ौर करें, लोकाचार, मानदंडों, जीवनमूल्यों, लक्ष्यों और भविष्य-दृष्टि पर ग़ौर करें। यह एक ऐसा वीडियो है, जो ख़रीदने या किराए पर लेने लायक़ है और अपने प्रियजनों तथा सहकर्मियों के साथ अध्ययन करने लायक़ है। कृपया अब फ़िल्म का आनंद लें।

जन्मजात उपहार, हमारा सांस्कृतिक आवरण और बुद्धिमत्ता

अपनी आवाज़ खोजें और दूसरों को उनकी आवाज़ खोजने के लिए प्रेरित करें। इन दोनों को जो धागा जोड़ता है, वह बताता है कि कैसे धीरे-धीरे करके, हमारी जन्मजात दैवी प्रतिभाओं के बावजूद एक सांस्कृतिक आवरण आ जाता है, जिसे हम कंप्यूटर की भाषा में सॉफ़्टवेयर कह सकते हैं। जिस तरह एक ज़बर्दस्त शक्तिशाली कंप्यूटर अपने सॉफ़्टवेयर के बाहर काम नहीं कर सकता, उसी तरह व्यक्ति, संगठन और समाज भी अपने सांस्कृतिक लोकाचार, मानदंडों और विश्वासों के बाहर काम नहीं कर सकते - जब तक कि आप मुहम्मद यूनुस न हों (देखें अध्याय 1)। लोगों, अनुशासन और जोश की यूनुस की भविष्य-दृष्टि उनकी अंतरात्मा द्वारा संचालित थी, जब तक कि अंततः पुराने सॉफ़्टवेयर की जगह पर नया सॉफ़्टवेयर नहीं आ गया - न सिर्फ़ व्यक्तिगत मस्तिष्कों में, बल्कि परिवारों, संस्थाओं और समाज के सामूहिक मस्तिष्कों के भीतर मौजूद सख़्त, सीमित करने वाली धारणाओं में। यह पूर्वाग्रह और पूर्व आकलन से उबरने का सुंदर उदाहरण है। आप महसूस कर सकते हैं कि किस तरह यूनुस की विनम्रता और साहस उनकी अखंडता के जनक हैं और उनकी बुद्धिमत्ता तथा प्रचुरता की मानसिकता के दादा-दादी हैं।

आप भी ऐसा ही कर सकते हैं। आप भी अपनी आवाज़ खोज सकते हैं और दूसरों को उनकी आवाज़ खोजने के लिए प्रेरित कर सकते हैं। आप इसे **ज्ञान**,

नज़रिए और **योग्यता** की गहराई में स्थित आदत बना सकते हैं। बस अपनी अंतरात्मा की आवाज़ सुनें, बुद्धिमत्ता के अपने स्रोत की आवाज़ सुनें और देखें कि आप किस तरह अपने दोषपूर्ण सांस्कृतिक आवरण या सॉफ़्टवेयर से नीचे दी गई मानवीय आवश्यकताओं के भिन्न स्तरों को देख सकते हैं। हर आवश्यकता एक दुविधा के रूप में आएगी।

व्यक्तिगत स्तर पर क्या आप सहमत नहीं हैं कि *लोग मानसिक शांति और अच्छे संबंध चाहते हैं*, लेकिन क्या आप इससे भी सहमत नहीं हैं कि *लोग अपनी आदतें और जीवनशैली क़ायम रखना चाहते हैं?* बुद्धिमत्ता से परिपूर्ण *अंतरात्मा* क्या कहेगी? क्या आप सहमत नहीं हैं कि व्यक्ति को सही, अधिक उच्च और अधिक महत्वपूर्ण उद्देश्य के लिए अपनी मनचाही चीज़ का त्याग करने और स्वयं पर विजय पाने की ज़रूरत होगी?

दुविधा को संबंध के स्तर पर देखें। क्या आप सहमत नहीं हैं कि संबंध *विश्वास पर आधारित* होते हैं? क्या आप इस बात पर भी सहमत नहीं हैं कि *अधिकांश व्यक्ति "मैं" के संदर्भ में ज़्यादा सोचते हैं* - मेरी इच्छाएँ, मेरी आवश्यकताएँ, मेरे अधिकार? *बुद्धिमत्ता* क्या कहेगी - क्या यह हमें विश्वास बनाने वाले सिद्धांतों पर ध्यान केंद्रित करने और "मैं" का त्याग करके "हम" का चुनाव करने के लिए निर्देशित नहीं करेगी?

संगठनात्मक स्तर पर दो दुविधाओं को देखें। क्या यह सामान्य नहीं है कि *मैनेजमेंट कम के बदले में ज़्यादा चाहता है*, यानी, कम लागत में अधिक उत्पादकता, और *कर्मचारी कम समय और मेहनत के बदले में ज़्यादा से ज़्यादा भुगतान पाना चाहते हैं?* क्या यह आम नहीं है? *बुद्धिमत्ता* क्या फ़ैसला करेगी? को-मिशनिंग कैसी रहेगी, यानी तीसरे विकल्प के जीत-जीत प्रदर्शन अनुबंध विकसित करना, सशक्तिकरण की ख़ातिर नियंत्रण का त्याग करना, ताकि मानवीय क्षमता को उन्मुक्त करने और कम के बदले में अधिक उत्पादन करने के मामले में मैनेजमेंट और कर्मचारी एक ही पन्ने पर आ जाएँ?

एक और बहुत आम संगठनात्मक दुविधा को देखें - इस बारे में ध्यान से सोचें - *क्या कंपनियाँ बाज़ार के आर्थिक नियमों के हिसाब से नहीं चलती हैं?* लेकिन ज़रा इस बारे में भी सोचें - *क्या संगठन कार्यस्थल के सांस्कृतिक नियमों के हिसाब से नहीं चलते हैं?* दूसरे शब्दों में, दो अलग-अलग तरह के नियम काम कर रहे हैं - आर्थिक और सांस्कृतिक नियम। *बुद्धिमत्ता* किसके पक्ष में फ़ैसला करेगी? क्या होगा, अगर आप बाज़ार को कार्यस्थल की संस्कृति में ले आते हैं, ताकि हर व्यक्ति और टीम सिद्धांत-केंद्रित मानदंडों का इस्तेमाल करके 360 डिग्री और/या संतुलित स्कोरबोर्ड सूचना तक पहुँच रखे? क्या यह जानकारी, बाहरी और आंतरिक भुगतान के साथ मिलकर, उनके लिए एक स्वाभाविक प्रोत्साहन नहीं होगी, ताकि वे पूरी तरह बाज़ार में मानवीय आवश्यकताओं और *सभी* शामिल हिस्सेदारों की आवश्यकताओं को पूरा करें?

आप इस *बुद्धिमत्ता* चिंतन को समाज में भी लागू कर सकते हैं और इसकी मूलभूत दुविधा से निबट सकते हैं। संक्षेप में कहा जाए, तो क्या आप सहमत नहीं होंगे कि *समाज अपने प्रबल सामाजिक जीवनमूल्यों से संचालित होता है?* लेकिन इसके साथ ही, *क्या आप इससे भी सहमत नहीं होंगे कि समाज को प्राकृतिक नियमों और सिद्धांतों के शाश्वत संचालन के परिणामों के साथ जीना होता है?* क्या हो, अगर आप जनकल्याण के लिए विशिष्ट हितों का त्याग करके सामाजिक जीवनमूल्यों, मानदंडों और कानूनों को सिद्धांतों के साथ दिशाबद्ध कर सकें?

क्या आप देख सकते हैं कि मानवीय आवश्यकताओं की सेवा में *बुद्धिमत्ता* का अधिक बड़ा संदर्भ इस तरह की दुविधाओं को हल कर सकता है? क्या आप देख सकते हैं कि यह त्याग इतना अनिवार्य क्यों है? त्याग का मतलब है अच्छी चीज़ को किसी बेहतर चीज़ के लिए छोड़ देना। जब ख़ास आवश्यकता को पूरा करने के लिए आपमें प्रबल भविष्य-दृष्टि हो, तो आप वास्तविक संदर्भ में इसे त्याग नहीं कह सकते, हालाँकि किसी बाहरी दर्शक को ऐसा ही लगेगा। इस तरह का हार्दिक त्याग ही नैतिक सत्ता का सार है।

सिद्धांत-केंद्रित मॉडल से समस्या सुलझाना

मैंने पुस्तक में पहले ही कहा है कि अगर मानव प्रकृति का पूर्ण-व्यक्ति पैरेडाइम सटीक है, तो इससे आपको अपने संगठन की सबसे बड़ी समस्याओं को स्पष्ट करने, भविष्यवाणी करने और निदान करने की असाधारण योग्यता मिलना चाहिए। मैंने जो कहा था, उस पर मुझे पूरा भरोसा है। मैं सचमुच मानता हूँ कि पूर्ण-व्यक्ति का मॉडल और वैकासिक प्रक्रिया जटिलता के दूर वाले सिरे पर सरलता प्रदान करते हैं।

बरसों तक मैंने दुनिया भर के लाखों लोगों से उनकी सबसे बड़ी *व्यक्तिगत* चुनौती बताने को कहा है, जो उन्हें रातों को जगाए रखती है। फिर मैंने लोगों से उनकी सबसे बड़ी *व्यावसायिक* या *संगठनात्मक* समस्या बताने को कहा है। यहाँ सबसे आम प्रतिक्रियाओं का संक्षेप दिया जा रहा है (ग़ौर करें कि इस पुस्तक की शुरुआत में बताए गए दर्द और चुनौतियों से वे कितनी मिलती-जुलती हैं) :

व्यक्तिगत चुनौतियाँ	व्यावसायिक/संगठनात्मक चुनौतियाँ
1. वित्त, पैसा	1. काम का बोझ, डेडलाइन - लक्ष्य तक पहुँच पाने की अयोग्यता
2. जीवन का असंतुलन, पर्याप्त समय नहीं	2. अपर्याप्त समय और संसाधन
3. सेहत	3. वित्तीय बचाव
4. संबंध - जीवनसाथी, बच्चे, मित्र	4. कम विश्वास
5. बच्चों को पालना और अनुशासित करना	5. अशक्तिकरण
6. आत्म-शंका	6. परिवर्तन और अनिश्चितता
7. अनिश्चितता, परिवर्तन	7. नवीन टेक्नोलॉजी के साथ-साथ चलना
8. योग्यताओं, शिक्षा की कमी	8. दुविधा - साझी भविष्य-दृष्टि और जीवनमूल्यों का अभाव
9. अर्थ का अभाव	9. नौकरी में संतुष्टि - काम में आनंद नहीं आता
10. शांति का अभाव	10. बॉस/शीर्षस्थ मैनेजमेंट में अखंडता का अभाव

टेबल 11

एक बार फिर, मुझे यक़ीन है कि आप इन व्यक्तिगत या संगठनात्मक चुनौतियों में से किसी एक को चुन सकते हैं और इस पुस्तक में महानता के तीन मॉडलों में समाहित सिद्धांतों का इस्तेमाल करने पर आप जान जाएँगे कि समस्या को कैसे सुलझाना है। आप अपने सामने की किसी भी चुनौती को ले लें और इस बारे में सोचें कि आप *भविष्य-दृष्टि, अनुशासन, जोश, अंतरात्मा* और *7 आदतों* के साथ व्यक्तिगत स्तर पर क्या कर सकते हैं। आप लीडर के रूप में *प्रतिरूपण, अन्वेषण, दिशाबद्धता* और *सशक्तिकरण* द्वारा क्या कर सकते हैं? किसी संगठन में *मिशन, भविष्य-दृष्टि* और *जीवनमूल्यों* के संदर्भ में आप *स्पष्टता, प्रतिबद्धता, रूपांतरण, सिनर्जी, सामर्थ्यवान* बनाकर और जवाबदेही द्वारा क्या कर सकते हैं। नैतिक सत्ता के चार आयामों के बीच के ईकोलॉजिकल संबंध की तरह ही आप अपनी समस्याओं को सुलझाने में महानता के मॉडलों और उनके विभिन्न तत्वों के बीच गहरी ईकोलॉजी और क्रम पाएँगे। एक बार फिर सिद्धांत-केंद्रित फ़ोकस और क्रियान्वयन का मॉडल देखें, जो आगे दिया गया है (फ़िगर 15.6)।

यह देखने में आपकी रुचि हो सकती है कि इस पुस्तक का लीडरशिप फ्रेमवर्क कितना व्यावहारिक है, अगर आप *मैक्स एंड मैक्स* फ़िल्म देखें और ट्रिम-टैबर की तरह सोचें। परिशिष्ट 7 - *मैक्स एंड मैक्स* पर पुनर्विचार - बताता है कि मैक्स और मि. हैरॉल्ड किस तरह लीडरशिप की 4 भूमिकाओं के समस्या-सुलझाने वाले चश्मे का इस्तेमाल करके अपने काम के तरीक़े का कायाकल्प कर सकते हैं और अपनी सबसे मुश्किल चुनौतियों को सुलझा सकते हैं।

इसके बाद इस पूर्ण व्यक्ति (शरीर, मस्तिष्क, हृदय और आत्मा) मॉडल की समग्र शक्ति पर विचार करें। यह चार बुद्धियों/क्षमताओं से संबंधित है - आईक्यू,

फ़िगर 15.6

ईक्यू, पीक्यू और एसक्यू। यह जीवन की चार मूल प्रेरणाओं/आवश्यकताओं का प्रतिनिधित्व करता है - जीना, प्रेम करना, सीखना, विरासत छोड़ना। यह व्यक्तिगत लीडरशिप के चार गुणों का प्रतिनिधित्व करता है - भविष्य-दृष्टि, अनुशासन, जोश, अंतरात्मा द्वारा शासित। अंततः, यह चार भूमिकाओं के रूप में संगठनों (जिनमें परिवार भी शामिल हैं) के चार गुणों का प्रतिनिधित्व भी करता है - प्रतिरूपण, अन्वेषण, दिशाबद्धता और सशक्तिकरण (देखें फ़िगर 15.7)।

अपनी आवाज़ खोजें पूर्ण की सिनर्जिस्टिक अवधारणा है, जो हिस्सों के योग से बड़ा है। जब आप अपनी प्रकृति के चारों हिस्सों का सम्मान करते हैं, विकास करते हैं, मिलाते हैं और संतुलित करते हैं, तो आप अपनी पूर्ण क्षमता और स्थायी संतुष्टि हासिल करने की ओर पहुँच जाते हैं।

	4 बुद्धियाँ	4 गुण	4 भूमिकाएँ	
आत्मा (विरासत छोड़ना)	आत्मिक बुद्धि	अंतरात्मा	प्रतिरूपण	फ़ोकस
मस्तिष्क (सीखना)	मानसिक बुद्धि	भविष्य-दृष्टि	अन्वेषण	
शरीर (जीना)	शारीरिक बुद्धि	अनुशासन	दिशाबद्धता	क्रियान्वयन
हृदय (प्रेम करना)	भावनात्मक बुद्धि	जोश	सशक्तिकरण	

फ़िगर 15.7

अपना हृदय खोलें। पूर्ण-व्यक्ति - देह, मस्तिष्क, हृदय और आत्मा - की नीति अपनाएँ और एक सशक्त अनुभव देखें, जो "हृदय खोलने" से मिलेगा। *शारीरिक रूप से* उचित खानपान और व्यायाम से अपनी धमनियाँ साफ़ रखें, ताकि आपका हृदय सशक्त और स्वस्थ रहे। *भावनात्मक रूप से* अपना हृदय खोलें, ताकि आप समस्या में लोगों को शामिल करने और एक साथ समाधान खोजने तथा गहराई से सुनकर समझने के इच्छुक हों। अपना हृदय *मानसिक रूप से* खोलें, ताकि आप लगातार सीखते रहें, लोगों को पूर्ण व्यक्ति के रूप में देखें और ख़ुद को "तुरत-फुरत" चिंतन से मुक्त रखें, ताकि लीडरशिप सचमुच *आपका* चयन बन जाए। अपने हृदय को *आत्मिक रूप से* खोलें, ताकि आपका जीवन उच्चतर बुद्धिमत्ता, दैवी अंतरात्मा द्वारा संचालित हो, जिसका नीतिशास्त्र दूसरों की सेवा में ख़ुद को मिटाकर ख़ुद को पाना है - अच्छा करके अच्छा पाना है।

अपनी सभी बुद्धियों को एक साथ लाएँ और समस्या सुलझाएँ। विंस्टन चर्चिल की भावना से काम करें : "हर व्यक्ति के लिए वह ख़ास पल आता है, जब उसके कंधे पर हाथ आता है और उसे बहुत ख़ास काम करने का अवसर दिया जाता है, जो उसके लिए अनूठा होता है और उसकी प्रतिभाओं के अनुकूल होता है। कितना दुखद है, अगर वह उस पल तैयार न हो या उस काम के लिए अयोग्य हो, जो उसका सबसे बेहतरीन समय हो सकता था।"

निष्कर्ष

इस पुस्तक ने मूलतः एक मूल पैरेडाइम सिखाने की कोशिश की है : कि लोग *पूर्ण व्यक्ति* हैं - शरीर, मस्तिष्क, हृदय और आत्मा। जब कोई व्यक्ति अपनी आवाज़ खोजने की *8वीं आदत की क्रमिक प्रक्रिया* में संलग्न होता है और अपने प्रभाव को फैलाने का विकल्प चुनकर दूसरों को उनकी आवाज़ खोजने के लिए प्रेरित करता है, तो उसकी स्वतंत्रता बढ़ जाती है। अपनी सबसे बड़ी चुनौतियों को सुलझाने और मानवीय आवश्यकताओं की सेवा करने में उसके चयन की शक्ति भी बढ़ जाती है। वह सीखता है कि किस तरह *लीडरशिप अंततः* पद नहीं, *चयन बन सकती है,* ताकि लीडरशिप - सक्षम बनाने की कला-संगठनों और समाज में फैल जाए। वह यह भी सीखता है कि हालाँकि हम वस्तुओं का प्रबंधन या नियंत्रण करते हैं, लेकिन लोगों का नेतृत्व (सशक्तिकरण) करते हैं।

लोगों के पैरेडाइम के बारे में हमने सीखा है कि हर इंसान अपने आप में बेशक़ीमती है, जिसमें ज़बर्दस्त, लगभग असीमित, संभावना और क्षमता है। हमने सीखा है कि उस क्षमता को व्यापक बनाने का मार्ग हमारी वर्तमान प्रतिभाओं और योग्यताओं का विस्तार करना है। फिर जिस तरह वसंत में फूल खिलता है, उसी तरह हमें भी अतिरिक्त प्रतिभाएँ और योग्यताएँ दे दी जाती हैं या वे हमारे सामने खुल जाती हैं और सभी चार क्षेत्रों में हमारी "हार्डवायर्ड" क्षमताएँ उन्मुक्त हो जाती हैं,

ताकि हम संतुलित, एकीकृत, सशक्त जीवन जी सकें। इसका विपरीत भी सच है। अगर हम अपनी प्रतिभाओं और योग्यताओं को नज़रअंदाज़ करते हैं, तो वे अप्रयुक्त मांसपेशियों की तरह कमज़ोर होती रहेंगी और ख़त्म हो जाएँगी।

हमने यह भी सीखा है कि हम जिस संस्कृति में रहते और काम करते हैं, उसने हमें दोयमता का "सॉफ़्टवेयर" प्रदान कर दिया है या दूसरे शब्दों में, हमें अपनी क्षमता से काफ़ी नीचे गिरा दिया है। पूर्ण व्यक्ति से कम जो भी है, वह वस्तु है और वस्तुओं का प्रबंधन या नियंत्रण किया जाता है। औद्योगिक युग के आदेश-और-नियंत्रण के सॉफ़्टवेयर ने लोगों को यह यक़ीन दिला दिया है कि दौलत का सबसे बड़ा स्रोत कर्मचारी नहीं, पूँजी और मशीनें हैं। हमने यह भी सीखा है कि हममें उस सॉफ़्टवेयर को दोबारा लिखने की शक्ति है और यह शक्ति हमें प्रेरित करती है कि हम लोगों का *नेतृत्व* (सशक्तिकरण) करें, जिनमें चयन की शक्ति होती है और वस्तुओं का *प्रबंधन* करें, जिनमें यह शक्ति नहीं होती।

वैकासिक प्रक्रिया का पैरेडाइम "कैसे" और "कब" सवालों के जवाब देता है। यह हमें पहले ख़ुद पर विजय पाना सिखाता है, ताकि हम *अभी* जो चाहते हैं, उसे *बाद में* चाहने वाली चीज़ों के अधीन रखें। यह प्रक्रिया रोमांचक है, क्योंकि यह हमारे चयन और क्षमताओं का विकास करने में शक्तिशाली है। अगर हम सिद्धांतों का अनुसरण करेंगे (कंपास के प्रतीक के अनुसार) जो हमेशा उत्तर दिशा में संकेत करते हैं, तो हम धीरे-धीरे नैतिक सत्ता विकसित कर लेंगे। लोग हम पर भरोसा करते हैं और अगर हम सचमुच उनका सम्मान करते हैं, उनके महत्व और क्षमता को देखते हैं और उन्हें जोड़ते हैं, तो हम एक साझी भविष्य-दृष्टि तक पहुँच सकते हैं। अगर, हमारी नैतिक सत्ता (प्राथमिक महानता) द्वारा हम औपचारिक सत्ता या पद (द्वितीयक महानता) अर्जित करते हैं, तो हम इन सिद्धांतों को संस्थागत बना सकते हैं, ताकि शरीर और आत्मा को लगातार पोषण मिलता रहे। इससे हमें अपनी सेवा का विस्तार करने और उसे गहरा बनाने की अविश्वसनीय स्वतंत्रता तथा शक्ति मिल जाती है। संक्षेप में, अनुयायियों को प्रेरित करने वाली लीडरशिप तभी आती है, जब हम सेवा को स्वयं से ऊपर रखते हैं।

संगठन, चाहे वे निजी हों या सार्वजनिक, सीखते हैं कि वे सिर्फ़ तभी क़ायम रह सकते हैं, जब वे मानवीय आवश्यकताओं की सेवा करते हों। एक बार फिर, सेवा स्वयं से ऊपर। यह सफलता का सच्चा डीएनए है। यह इस बारे में नहीं है कि "इसमें मेरे लिए क्या है?" बल्कि इस बारे में है कि "मैं क्या योगदान दे सकता हूँ?"

मैंने अपने ईश्वर को खोजा और मैं उसे खोज न सका।
मैंने अपनी आत्मा को खोजा और वह मुझे छलावा देती रही।
मैंने ज़रूरतमंद व्यक्ति की मदद करने के लिए अपने भाई को खोजा,
और मुझे तीनों मिल गए - मेरा ईश्वर, मेरी आत्मा और आप।

अज्ञात

अंतिम शब्द

पाठक के रूप में मैं आपके महत्व और क्षमता की पुष्टि करता हूँ। मैं सचमुच आशा करता हूँ कि इस पुस्तक में दिए गए सिद्धांत स्पष्टता से बताए गए हैं, ताकि आप न सिर्फ़ ख़ुद में उस महत्व और क्षमता को देख सकेंगे, बल्कि आप अपनी आवाज़ भी खोज लेंगे और दूसरे लोगों, संगठनों तथा समुदायों को उनकी आवाज़ खोजने के लिए प्रेरित करके महानता का जीवन जिएँगे।

अगर आप भयंकर परिस्थितियों में रहते हों, तो इन्हीं परिस्थितियों में आप अपनी प्रतिक्रिया चुनने की आवाज़ पाएँगे। तभी "जीवन हमें पुकारता है" हमारे आस-पास के उन लोगों की सेवा के लिए, जिनकी ज़रूरतों के प्रति हम जागरूक बनते हैं। ऐसा करके हम जीवन में अपनी सच्ची "आवाज़" खोज लेते हैं। विक्टर और एली फ्रैंकल की ज्ञानवर्धक जीवनी *व्हैन लाइफ़ कॉल्स आउट टु अस* के लेखक हैडन क्लिंबर्ग जूनियर (उनके गुज़रने से पहले जिन दो प्रोजेक्ट्स पर उन्होंने काम किया था, उनमें से एक यह है) फ्रैंकल के जीवन की केंद्रीय विषयवस्तु को इस तरह से व्यक्त करते हैं :

> फ्रैंकल के अनुसार चूँकि आध्यात्मिकता का सार ख़ुद से ऊपर पहुँचना है, इसलिए यह अपने साथ मानवीय स्वतंत्रता लाती है। लेकिन यह स्वतंत्रता चीज़ों *से* उतनी नहीं होती है, जितनी कि उनकी *ओर* होती है। हम अपनी जीववैज्ञानिक प्रकृति से स्वतंत्र नहीं हैं, चाहे यह सहज अनुभूति के संवेग हों, आनुवंशिक विरासत हो या हमारे मस्तिष्क और शरीर के अच्छे-बुरे कार्य हों। न ही हम सामाजिक, वैकासिक और परिवेश के प्रभावों की पकड़ से स्वतंत्र हैं। लेकिन हम इनके प्रति, यहाँ तक कि इनके ख़िलाफ़ खड़े होने के लिए स्वतंत्र हैं। हमें जो पत्ते दिए गए हैं, हम उनके साथ अपनी इच्छा से खेलने के लिए स्वतंत्र हैं। हम अपने साथ संयोगवश होने वाली घटनाओं पर अपनी प्रतिक्रिया चुनने के लिए स्वतंत्र हैं, यह निर्णय करने के लिए स्वतंत्र हैं कि हमारी निष्ठा किस उद्देश्य या व्यक्ति के प्रति होनी चाहिए।
>
> और इस *स्वतंत्रता* के साथ एक *कर्तव्य भी* है। हममें से हर एक किसी न किसी चीज़, किसी न किसी व्यक्ति के लिए ज़िम्मेदार है। अपनी स्वतंत्रता का इस्तेमाल करके संसार में ज़िम्मेदारी से कार्य करके हम अपने जीवन में अर्थ प्रकट करते हैं। जब सार्थकता की हमारी इच्छा कुंठित होती है, सिर्फ़ तभी हम व्यक्तिगत आनंद (फ्रायड) या वित्तीय और सामाजिक सफलता (एडलर) की खोज से समझौता करते हैं।
>
> फ्रैंकल ने कहा था कि जब कोई व्यक्ति आत्मिक स्वतंत्रता और ज़िम्मेदारी का निर्वाह करता है, तो उसके बहुत से प्रभाव होते हैं : मानसिक शांति, अच्छी अंतरात्मा, और संतुष्टि। लेकिन ये प्राकृतिक रूप से उत्पन्न होते हैं – एक तरह से सह-उत्पाद। लेकिन इनमें से किसी का प्रत्यक्ष पीछा करना उसकी उपलब्धि को असंभव बना देता है। मानसिक शांति की खोज व्यक्ति को बेचैन करने के लिए काफ़ी है। अच्छी अंतरात्मा हासिल करने पर केंद्रित व्यक्ति के प्रयास पाखंड या अपराधबोध –

या दोनों - की ओर ले जा सकते हैं। स्वास्थ्य को अपना प्रमुख लक्षण बनाने से हम हाइपोकॉन्ड्रिया (रोगभ्रम) की ओर जा सकते हैं। फ्रैंकल के अनुसार इन साधनों का पीछा सिर्फ़ उनकी ख़ातिर या व्यक्तिगत भलाई के लिए नहीं किया जाना चाहिए। ये तो प्राकृतिक रूप से उन व्यक्तियों को मिलते हैं, जो किसी दूसरे के लिए, किसी ज़्यादा बड़ी चीज़ के लिए जीते हैं।[16]

मैं गहरे विश्वास के साथ जनरल जोशुआ लॉरेंस चैम्बरलेन के शब्दों से आपका समर्थन करता हूँ :

महान उद्देश्य की प्रेरणा दूर-दूर तक मानवीय हितों को शामिल करती है, लोगों को वह काम करने में समर्थ बनाती है, जिसके बारे में उन्होंने सपने में भी नहीं सोचा होगा कि वे उन्हें करने में सक्षम हैं और जिन्हें करने में वे अकेले सक्षम नहीं थे। व्यक्ति से परे किसी चीज़ से जुड़ने की चेतना; एक व्यक्ति का हिस्सा बनना, जो हम नहीं जानते काल और आकाश (space) में कहाँ पहुँचता है, हृदय को आत्मा के आदर्श की सीमा तक बड़ा बनाता है और चरित्र को महान बना देता है।[17]

मेरे नानाजी स्टीफ़न एल. रिचर्ड्स मेरे बहुत प्रभावी मार्गदर्शक रहे हैं। उनके प्रति मेरा प्रेम, सम्मान और प्रशंसा असीमित है। उनका जीवन दूसरों की सेवा के प्रति पूरी तरह समर्पित था। जो लोग उन्हें जानते थे, उनके अनुसार वे बहुत समझदार थे। मैं कृतज्ञतापूर्वक जीवन का वह सूत्र व्यक्त करता हूँ, जो उन्होंने मुझे बताया था :

जीवन कैरियर नहीं, मिशन है। हमारी सारी शिक्षा और ज्ञान का उद्देश्य यह है कि हम परमपिता का बेहतर तरीक़े से प्रतिनिधित्व कर सकें और उनके नाम तथा उद्देश्यों की ख़ातिर जीवन को सेवा का मिशन बना लें।

सवाल-जवाब

सवाल : नैतिक सत्ता के लिए त्याग इतना केंद्रीय क्यों है?

जवाब : त्याग का दरअसल मतलब है किसी बेहतर चीज़ के लिए किसी अच्छी चीज़ को त्यागना। इसे दरअसल ऊपरी स्तर पर पहुँचना भी कह सकते हैं। जब किसी व्यक्ति के पास ऐसी भविष्य-दृष्टि होती है, जो उससे ऊपर होती है, जो किसी महत्वपूर्ण उद्देश्य या प्रोजेक्ट पर ध्यान केंद्रित करता है, जिससे वह भावनात्मक रूप से जुड़ा है, तो न्यूनतम प्रतिरोध की वास्तविक दिशा सेवा को स्वयं से ऊपर रखना है। ऐसे व्यक्ति के लिए यह त्याग नहीं है। बाहर से देखने वाले को यह त्याग लग सकता है, क्योंकि वह वर्तमान अच्छाई को नकार रहा है। खुशी मूलतः इस बात का सह-उत्पाद है कि हम अभी जो चाहते हैं, उसे अंततः चाही गई चीज़ के अधीन रख

दें। सर्वाधिक प्रतिरोध की दिशा बनने के बजाय त्याग उस व्यक्ति के लिए न्यूनतम प्रतिरोध की दिशा है, जो गहराई, आध्यात्मिकता और भावनात्मकता से किसी उद्‌देश्य या दूसरे की सेवा से जुड़ा है। स्वयं से ऊपर सेवा सभी महान धर्मों, सभी दीर्घकालीन दार्शनिक विचारधाराओं और मनोविज्ञान का आचार-शास्त्र है। अल्बर्ट श्वेट्ज़र ने कहा था, "मैं नहीं जानता कि आपकी तक़दीर क्या होगी, लेकिन मैं एक चीज़ जानता हूँ : आपमें से सिर्फ़ वही सचमुच ख़ुश होंगे, जिन्होंने सेवा करना चाहा है और सेवा करने का तरीक़ा खोजा है।"

सवाल : पहले टीक्यूएम और गुणवत्ता फ़ैशन में थी; फिर सशक्तिकरण आया; आजकल नवाचार फ़ैशन में है। कल क्या होगा?

जवाब : मेरा अनुमान है कि यह बुद्धिमत्ता होगी। जब तक किसी व्यक्ति के हृदय और आत्मा और किसी संगठन के संबंधों व संस्कृति के केंद्र में सिद्धांत न हों, तब तक आप उच्च विश्वास निर्मित नहीं कर सकते। और उच्च विश्वास के बिना आप सशक्तिकरण नहीं कर सकते। जब नियम मानवीय निर्णयशक्ति की जगह ले लेते हैं, तो आप नवाचार और रचनात्मकता के माहौल को पोषण नहीं दे सकते। इसके बजाय आप झूठी तारीफ़ और चापलूसी की संस्कृति को पोषण देंगे। उच्च विश्वास और प्रचुरता के पैरेडाइम पर आधारित दिशाबद्ध तंत्रों और आधारभूत संरचनाओं के बिना आप टीक्यूएम या गुणवत्ता नहीं पा सकते। मेरी राय में सूचना के युग के बाद बुद्धिमत्ता का युग अवश्य आएगा, जहाँ लीडरशिप का मतलब सेवक लीडर बनना होगा।

सवाल : मैं सिद्धांत-केंद्रित संगठन की अवधारणा पसंद करता हूँ। क्या इसे किसी समुदाय तक ले जाना संभव है?

जवाब : बिलकुल। बशर्ते आप पर्याप्त परवाह करने वाले लोगों को एकत्रित कर सकें, जो शिक्षा, व्यवसाय, सरकार और अन्य व्यवसायों में नैसर्गिक तथा औपचारिक लीडर हों और ऐसे लोगों को भी, जिनके पास औपचारिक सत्ता न हो, लेकिन बहुत नैतिक सत्ता और प्रबल रुचि हो। आप उन्हें 7 आदतें सिखाने और पूरे समुदाय में संगठनों व परिवारों की चार भूमिकाएँ सिखाने की प्रक्रिया में शामिल कर लें। आप यह देखकर हैरान रह जाएँगे कि इससे कितनी भलाई हो सकती है। हम दुनिया भर में कई समुदायों के साथ यह कर चुके हैं।

• • •

सबसे ज़्यादा पूछे जाने वाले बीस सवाल

सवाल 1 : अपनी आदतें बदलना मुझे लगभग असंभव लगता है। क्या यह स्वाभाविक है? क्या मैं अनूठा हूँ?

जवाब : आप अकेले नहीं हैं। मैं बताता हूँ, ऐसा क्यों होता है।

शायद आपको वह फ़िल्म क्लिप याद होगी, जिसमें अपोलो 11 की चंद्रमा यात्रा दिखाई गई थी या शायद आपने इसे हाल ही के किसी वीडियो या फ़िल्म में देखा होगा। हममें से जिन लोगों ने इसे देखा था, वे बिलकुल हतप्रभ रह गए थे। जब हमने इंसानों को चंद्रमा पर चलते देखा, तो हमें अपनी आँखों पर यक़ीन नहीं हो रहा था।

आपको क्या लगता है, इस अंतरिक्ष यात्रा में सबसे ज़्यादा शक्ति और ऊर्जा कहाँ ख़र्च हुई होगी? चंद्रमा की ओर ढाई लाख मील जाने में? पृथ्वी पर लौटने में? चंद्रमा के चक्कर लगाने में? ल्यूनर और कमांड मॉड्यूल को अलग करने और दोबारा लगाने में? चंद्रमा की ओर उड़ान भरने के बाद अंतरिक्ष में ऊपर उठने में?

नहीं, इनमें से किसी में भी नहीं। इन सबको मिलाकर भी नहीं। सबसे ज़्यादा ऊर्जा तो पृथ्वी से ऊपर उठने में ख़र्च हुई थी। पृथ्वी से ऊपर उठने के शुरुआती कुछ मिनटों में यानी यात्रा के शुरुआती कुछ मील में जितनी ज़्यादा ऊर्जा ख़र्च हुई, उतनी कई दिनों की पाँच लाख मील की यात्रा में भी ख़र्च नहीं हुई।

उन शुरुआती मीलों का गुरुत्वाकर्षण बल बहुत ज़बर्दस्त था। गुरुत्वाकर्षण की नीचे खींचने वाली शक्ति और वायुमंडलीय प्रतिरोध इतने प्रबल थे कि इनसे बाहर निकलकर अंतरिक्ष तक पहुँचने के लिए उनसे ज़्यादा बल की ज़रूरत थी। लेकिन जब वे एक बार इससे मुक्त हो गए, तो बाक़ी सफ़र में न के बराबर शक्ति लगी। दरअसल, जब एक अंतरिक्ष यात्री से पूछा गया कि नीचे उतरने और चंद्रमा का सर्वेक्षण करने के लिए ल्यूनर मॉडल से अलग को कमांड मॉडल से अलग करने में कितनी शक्ति ख़र्च हुई, तो उसका जवाब था, 'बच्चे की साँस से भी कम।'

चंद्रमा की यह यात्रा एक सशक्त उपमा है कि पुरानी आदतें तोड़ने और नई आदतें स्थापित करने में कितनी शक्ति लगती है। गहराई तक जमी आदतों, विरासत, पर्यावरण, माता-पिता और अन्य महत्वपूर्ण व्यक्तियों द्वारा की गई प्रवृत्तियों की प्रोग्रामिंग से हम पृथ्वी की गुरुत्वाकर्षण शक्ति की तुलना कर सकते हैं। पृथ्वी के

वातावरण के भार की तुलना व्यापक सामाजिक और संगठनात्मक संस्कृतियों से की जा सकती है, जिनका हम हिस्सा हैं। ये दो शक्तियाँ बड़ी ही प्रबल हैं और आपमें इतनी प्रबल आंतरिक इच्छा शक्ति होनी चाहिए, जो इन दोनों शक्तियों से ज़्यादा बलवान हो, तभी आप इनसे ऊपर उठ सकते हैं।

लेकिन जब एक बार यह हो जाता है, तो आप मिलने वाली स्वतंत्रता पर हैरान हो जाएँगे। पृथ्वी से ऊपर उठते समय अंतरिक्ष यात्रियों के पास बहुत कम स्वतंत्रता या शक्ति थी। वे तो सिर्फ़ योजना का अनुसरण भर कर सकते थे। लेकिन जैसे ही वे पृथ्वी की गुरुत्वाकर्षण शक्ति और इसके चारों ओर के वातावरण के दबाव से मुक्त हुए, उन्हें मुक्ति का अविश्वसनीय एहसास हुआ। अब उनके पास बहुत सारे विकल्प तथा चयन मौजूद थे।

अगर आप सिर्फ़ अपनी आवाज़ खोजने और दूसरों को उनकी आवाज़ खोजने के लिए प्रेरित करने की राह पर चलने लगें और इसमें जुटे रहें, तो आप ज़बर्दस्त चुनौती, जटिलता और अवसर से भरे वर्तमान जगत में विकास और परिवर्तन करने की इस नई आदत की शक्ति विकसित कर लेंगे।

सवाल 2 : आप जो सिखा रहे हैं, उससे मैं एक मायने में बहुत रोमांचित हूँ, लेकिन मुझे कुछ शंका भी है। मेरा सवाल यह है कि क्या मैं इसे सचमुच कर सकता हूँ।

जवाब : आपने यह बहुत ईमानदारी की बात कही है, लेकिन मैं सुझाव देता हूँ कि आप सक्षमता के सवाल से निबटने की कोशिश करने से पहले दो अन्य सवाल पूछें। पहला सवाल है, क्या मुझे यह करना *चाहिए*? यह जीवनमूल्य का सवाल है। दूसरा सवाल है, क्या मैं इसे करना *चाहता* हूँ? यह प्रेरणा का सवाल है और आपकी अनूठी आवाज़ तथा जोश से जुड़ा है। अगर आप इन दोनों सवालों के जवाब हाँ में देते हैं, तब आप यह पूछ सकते हैं कि क्या मैं इसे कर सकता हूँ? यह सक्षमता का सवाल है और इसका संबंध उचित प्रशिक्षण और शिक्षा पाने से है। तीनों सवालों में घालमेल न करें। जीवनमूल्य के सवाल के जवाब में प्रशिक्षण संबंधी बात न कहें, प्रेरणा वाले सवाल के जवाब में जीवनमूल्य संबंधी बात न कहें या सक्षमता संबंधी सवाल के जवाब में प्रेरणा संबंधी बात न कहें। तीनों सवालों के बारे में स्पष्टता और सावधानी से सोचें : क्या मैं इसे कर सकता हूँ? क्या मैं इसे करना चाहता हूँ? क्या मुझे यह करना चाहिए? इन्हें अलग-अलग रखें, ताकि आप शुरुआत का सबसे अच्छा बिंदु पहचान सकें।

सवाल 3 : लीडरशिप आज इतना लोकप्रिय मुद्दा क्यों है?

जवाब : नई अर्थव्यवस्था मूलतः ज्ञान कर्म पर आधारित है। इसका मतलब है कि दौलत अब पूँजी और वस्तुओं से हटकर व्यक्तियों की ओर पहुँच गई है – बौद्धिक

और सामाजिक दोनों तरह की पूँजी। दरअसल, हमारा सबसे बड़ा वित्तीय निवेश ज्ञान कर्मियों में है। ज्ञान कर्म गणित के बजाय घातांकीय (exponential) तथा गुणोत्तर (geometrical) योगदान संभावना की ओर पहुँच गया है और इस तरह की बौद्धिक तथा सामाजिक पूँजी बाक़ी सभी निवेशों का लीवरेज करने या उन्हें अधिकतम करने की कुंजी है। इसके अलावा, औद्योगिक युग की मैनेजमेंट नियंत्रण शैली और 'कर्मचारी व्यय हैं' के तंत्र अब बाज़ार की प्रतिस्पर्धी शक्तियों के कारण लगातार पुरातनपंथी और/या हानिकारक बन रहे हैं। इस बारे में जागरूकता बढ़ती जा रही है कि मानवीय आयाम, ख़ासकर विश्वास का स्तर, सभी समस्याओं की मूल जड़ है। नर्म चीज़ ही सख़्त चीज़ है और हर व्यक्ति को यह बात पता चल रही है। इसीलिए लीडरशिप सर्वोच्च कला है; यह *समर्थ बनाने वाली* कला है।

सवाल 4 : यह सब मुझे बहुत आदर्शवादी और नैतिकतावादी लगता है। जिस तरह की परिस्थितियाँ हैं, उन्हें देखते हुए मुझे नहीं लगता कि इनमें से कोई भी चीज़ सचमुच संभव है।

जवाब : आपको ज़्यादा गहरा सवाल यह पूछना चाहिए, क्या उद्दीपन और प्रतिक्रिया के बीच ख़ाली जगह है? दूसरे शब्दों में, परिस्थितियाँ चाहे जैसी भी हों, क्या हमारे पास सचमुच विकल्प चुनने या चयन करने की शक्ति है? अगर आप इस सवाल के जवाब में ईमानदारी से हाँ कह सकते हैं, तो आप देखेंगे कि आदर्शवाद ही यथार्थवाद है। आप आज के इलेक्ट्रॉनिक चमत्कार 'देख' नहीं सकते, लेकिन इसके बावजूद आप उन पर भरोसा करते हैं और जानते हैं कि वे वास्तविक हैं। उनकी खोज या आविष्कार से पहले वे 'वास्तविक' नहीं थे। तब तो वे सिर्फ़ आदर्शवादी लगते थे। जब आप कहते हैं कि ये चीज़ें बहुत ज़्यादा नैतिकतावादी हैं, तो इसमें सही और ग़लत का मामला जुड़ जाता है। अपने दिल में आप जानते हैं कि सही और ग़लत में फ़र्क़ होता है और अगर आप सही को चुनते हैं, तो आपको ग़लत को चुनने से भिन्न परिणाम मिलेंगे। इसीलिए ये विचार आदर्शवादी और नैतिकतावादी तो हैं, लेकिन बहुत यथार्थवादी या वास्तविक भी हैं।

सवाल 5 : आप कहते हैं कि नैतिक सत्ता का सबसे उन्नत रूप सांस्कृतिक नैतिक सत्ता है - इसका क्या मतलब है?

जवाब : देखिए, उदाहरण के लिए, अमेरिका की स्वाधीनता घोषणा (declaration of independence) पर नज़र डालें। इस दस्तावेज़ के भाव भविष्यदृष्टा नैतिक सत्ता का प्रतिनिधित्व करते हैं। संविधान ने इन जीवनमूल्यों को *संस्थागत* बनाने की कोशिश की थी कि 'सभी व्यक्तियों को समान बनाया गया है' और 'उनके रचयिता ने उन्हें कुछ शाश्वत अधिकार दिए हैं, जिनमें जीवन, स्वतंत्रता तथा ख़ुशी की खोज शामिल हैं।'

संविधान स्वाधीनता की घोषणा की भविष्य-दृष्टि और जीवनमूल्य तंत्र के सामंजस्य में बनाया गया था। घोषणा में 'सभी' व्यक्ति कहा गया था, हालाँकि इसके बावजूद महिलाओं को कई दशकों तक मतदान का अधिकार नहीं मिला, दास प्रथा के चलते कई संस्थापक सेवकों के मालिक थे, मुक्ति उद्‌घोषणा (emancipation proclamation) अस्सी साल तक पारित नहीं हुई और नस्लीय पूर्वाग्रह के गहरे मुद्‌दे आज तक मौजूद हैं। *सांस्कृतिक* नैतिक सत्ता हमेशा संस्थागत या भविष्यदृष्टा नैतिक सत्ता से धीमी गति से विकसित होती है। लेकिन अंततः यह सद्‌भावनापूर्ण समाज के विकास की कुंजी साबित होती है। कुंजी सरकार में नहीं है, जो शक्ति या क़ानून का प्रतिनिधित्व करती है। कुंजी ख़ास व्यक्तियों या निजी व्यावसायिक संगठनों में भी नहीं है, जो स्वतंत्रता का प्रतिनिधित्व करते हैं। यह तो व्यक्तियों और समूहों में है, जो उन आम अर्थों और जीवनमूल्यों को अंगीकार करते हैं, जो उनके हृदय और मस्तिष्क में सचमुच जुड़े हैं। स्वैच्छिक सेवा का यह स्तर एक सभ्य समाज का निर्माण करता है, जो क़ानून और स्वतंत्रता के बीच उच्चतर तीसरा विकल्प है। यह *द वैल्थ ऑफ़ नेशन्स* के लेखक एडम स्मिथ के चिंतन और लेखन के पीछे की निहित मान्यता है। यह अमर पुस्तक लिखने से बहुत पहले उन्होंने *द थ्योरी ऑफ़ मॉरेल सेंटिमेंट्स* नामक पुस्तक लिखी थी। यह पुस्तक उनकी बाद की पुस्तकों की नीव थी, जिनमें द *वैल्थ ऑफ नेशन्स* शामिल थी। यह पुस्तक इस विचार पर आधारित थी कि इरादतन सद्‌गुण और सद्‌इच्छा पूँजीवाद के आर्थिक तंत्र और प्रतिनिध्यात्मक प्रजातंत्र के राजनीतिक तंत्र की नीव हैं। उन्होंने स्वीकार किया था कि अगर इंसान के गुणों का ह्वास होगा, तो अंततः न तो पूँजीवाद बच सकेगा, न ही प्रजातंत्र।

सवाल 6 : आप कहते हैं कि एक मूलभूत समस्या यह है कि हम ज्ञानकर्मी युग में औद्योगिक मॉडल का इस्तेमाल कर रहे हैं, लेकिन क्या हम आज भी औद्योगिक राष्ट्र नहीं हैं? हम जहाँ भी देखते हैं, वहाँ उद्योग-धंधे ही नज़र आते हैं।

जवाब : यह सच है, लेकिन इन विभिन्न उद्योगों में किए जाने वाले *वैल्यू-एडेड* काम श्रमिक नहीं, ज्ञानकर्मी कर रहे हैं। और यह बढ़ता जा रहा है। देखिए, हम उद्योगों को ख़त्म करने की बात नहीं कर रहे हैं। हम तो उन उद्योगों के भीतर लीडरशिप के एक अलग पैरेडाइम के इस्तेमाल की बात कर रहे हैं। दरअसल, यह पैरेडाइम कृषि युग जितना पुराना है। शहरों से बाहर आपको हर तरफ़ खेत नज़र आएँगे। वे औद्योगिक युग और सूचना युग की शक्तियों के माध्यम से मूल्य में वृद्धि करते हैं। हम भौतिक परिवेश के बजाय मानसिक ढाँचे की बात कर रहे हैं।

सवाल 7 : निरंकुश संस्कृतियाँ सहनिर्भरता कैसे उत्पन्न करती हैं?

जवाब : इस बारे में सोचें। अगर आप निरंकुश लीडर हैं, जो हर चीज़ का नियंत्रण करता है, तो कर्मचारी क्या करते हैं? दरअसल, ज़्यादातर कर्मचारी निष्क्रियता से आज्ञा का पालन करते हैं। वे तब तक इंतज़ार करते हैं, जब तक कि उन्हें कोई काम बताया नहीं जाता और इसके बाद वे उस काम को कर देते हैं। यह व्यवहार निरंकुश लीडर की इस अवधारणा की पुष्टि करता है कि कर्मचारियों को नियंत्रित करना चाहिए। इससे कर्मचारियों की निष्क्रियता भी तर्कसंगत साबित होती है। दूसरे शब्दों में, यह एक स्वतः पूरी होने वाली भविष्यवाणी बन जाती है। इससे कर्मचारियों की क्षमताओं और बुद्धियों की शक्ति कम होती है। यह लोगों को वस्तुओं में बदल देता है, जिनका प्रबंधन या नियंत्रण करने की ज़रूरत होती है। सह-निर्भरता का यह चक्र अंततः राजनीतिक चापलूस संस्कृति को पोषण देता है, जहाँ सही की परिभाषा आज्ञा पालन या निष्ठा है और ग़लत की परिभाषा पकड़े जाना है।

इसमें एक नकारात्मक अनुबंध भी विकसित होता है, जहाँ कर्मचारी हाँ कह देते हैं, जबकि वे दरअसल नहीं कहना चाहते हैं। इससे स्वस्थ संघर्ष ख़त्म होता है। इससे द्वेष, क्रोध, दुर्भावनापूर्ण आज्ञापालन, कम विश्वास, कम गुणवत्ता और न्यून प्रदर्शन बढ़ता है। इस तरह की अव्यक्त भावनाएँ दरअसल कभी ख़त्म नहीं होतीं - वे दफ़न रहती हैं और बाद में ज़्यादा बुरे तरीक़ों से उभरकर सामने आती हैं।

निरंकुश लीडर फिर परिणामों के लिए ज़िम्मेदारी लेता है और कार्यकुशलता पर ध्यान केंद्रित करता है - यानी विधियाँ, प्रक्रियाएँ और क़दम, ताकि नियम मानवीय निर्णय की जगह ले सकें। इस सबसे चयन के बजाय पद के रूप में लीडरशिप की शक्ति बढ़ती है। यह सांस्कृतिक डीएनए का हिस्सा बन जाता है। धीरे-धीरे आप लॉर्ड एक्टन के कथन की सच्चाई को देखते हैं कि 'शक्ति भ्रष्ट करती है और निरंकुश शक्ति पूरी तरह से भ्रष्ट कर देती है।' ऐसे माहौल में हर व्यक्ति स्वार्थी बन जाता है और अपनी अखंडता भूलकर बॉस को ख़ुश करने में जुट जाता है।

समस्या यह है कि नई अर्थव्यवस्था में संस्थागत सह-निर्भर संस्कृतियाँ सिर्फ़ बाज़ार के अज्ञान, कृत्रिम अनुदान, आतंक या प्रबल परंपरा द्वारा ही बच सकती हैं, और वह भी सिर्फ़ इसलिए, क्योंकि प्रतिस्पर्धी भी सह-निर्भर हैं।

यह पूरा चक्र एक व्यक्ति तोड़ सकता है, जो लीडरशिप को चयन के रूप में देखता है, जो प्रभाव के ज़्यादा बड़े वृत्त को ट्रिम-टैब करने लगता है और जो स्वयं पूरे होने वाले डाउनवर्ड स्पाइरल को तोड़ने के लिए प्रतिस्पर्धी बाज़ार के परिणामों पर भरोसा करता है। यह लीडरशिप नैतिक सत्ता का प्रतिनिधित्व करती है, जो सिद्धांतों के अनुरूप जीने का चयन करने से मिलती है। इसमें लगभग हमेशा किसी न किसी तरह का त्याग शामिल होता है। लेकिन एक मुक्त अर्थव्यवस्था में यह लीडरशिप इसलिए सफल होगी, क्योंकि इससे परिणाम मिलते हैं - यह कारगर तरीक़ा है; इससे कम में अधिक उत्पादन संभव होता है।

सवाल 8 : यह सब बुरी अर्थव्यवस्था में किस तरह लागू होता है, या अच्छी अर्थव्यवस्था के किसी गिरते उद्योग में?

जवाब : ऐसी स्थिति में यह और भी ज़्यादा लागू होता है, क्योंकि किसी भी उद्योग का सबसे बड़ा संसाधन कर्मचारियों की रचनात्मक क्षमता है, जो बुरे समय में तीसरे विकल्प के समाधान सोचते हैं। बहरहाल, कर्मचारियों की मूल प्रवृत्ति आदेश-और-नियंत्रण के औद्योगिक मॉडल में लौटने की होती है, जो लंबे समय में क़ायम नहीं रह सकता। अल्पकालीन संकट की स्थिति में, जहाँ संस्कृति में बचने का साझा लक्ष्य हो, निरंकुश नीति से परिणाम मिल सकते हैं। जैसा आइज़नहॉवर ने कहा था, 'आप खंदक में फँसे आदमी से प्रजातंत्र की बातें नहीं कर सकते।' लेकिन अंततः आपको महत्वपूर्ण परिवर्तनों को लगातार क़ायम रखने के लिए हर कर्मचारी के गहरे जुड़ाव की ज़रूरत है। इसमें विश्वसनीय नैतिक सत्ता वाली लीडरशिप की ज़रूरत होती है।

सवाल 9 : 7 आदतें *लीडरशिप की 4 भूमिकाओं* से किस तरह जुड़ी हैं? हमने 7 आदतों के प्रशिक्षण में बहुत समय और पैसा लगाया है।

जवाब : याद रखें, 7 आदतें सिद्धांतों पर आधारित हैं। ये आदतें चारित्रिक सिद्धांत हैं, जो इस बात को आकार देते हैं कि आप *कौन हैं और क्या हैं।* चार भूमिकाओं का संबंध इससे है कि *आप* संगठन में लीडरशिप के प्रभाव का इस्तेमाल करने के लिए *क्या करते हैं*। जब आप 7 आदतों को चार भूमिकाओं के संदर्भ में रखते हैं, तो वे प्रतिरूपण (modeling) भूमिकाएँ कहलाती हैं। ये 7 आदतों को रणनीतिक बना देती हैं, क्योंकि बाक़ी तीनों भूमिकाओं के तहत काम करते समय आप उनका प्रतिरूपण कर रहे होते हैं। 7 आदतों में अंतर्निहित सिद्धांत किसी गहरे कुएँ की तरह हैं, जो ज़मीन के नीचे वाले बाक़ी सभी ऊपरी कुओं को भरता है, जैसे टीक्यूएम, टीम निर्माण सशक्तिकरण, नवाचार आदि।

सवाल 10: कंपनियों के स्कैंडल के कारण अक्सर सभी व्यवसायों को 'जुड़ाव के कारण बुरा' बना देते हैं। इससे चरित्र का विषय बहुत महत्वपूर्ण बन जाता है। आप व्यक्तिगत और सांस्कृतिक चरित्र कैसे विकसित करते हैं? आप इस तरह की समस्याओं से कैसे बचते हैं?

जवाब : मुझे थ्री माइल आईलैंड की स्थिति, रॉडनी किंग दंगों और एक्सॉन वाल्डेज की स्थिति के बाद वहाँ काम करने का अवसर मिला था। मैंने वहाँ पाया कि सभी नकारात्मक हादसे एक गहरी सांस्कृतिक वास्तविकता की प्रबल अभिव्यक्तियाँ थीं। यानी ग़लत कर्मचारी ग़लत काम कर रहे थे, उनके दिमाग़ खुले नहीं थे, वे ग़लत चीज़ों को नज़रअंदाज़ कर रहे थे, पकड़े जा रहे थे, फिर मीडिया वालों को इसका प्रचार-प्रसार करने दे रहे थे। यह आइसबर्ग का ऊपरी हिस्सा था।

मुझे लगता है कि यह सभी संगठनों के लिए मूल्यवान सबक़ है। दोबारा याद करें कि आपके लिए सबसे ज़्यादा महत्वपूर्ण क्या है - आपकी भविष्य-दृष्टि और जीवनमूल्य तंत्र। यह देखने के लिए दोबारा अपनी सभी तकनीकों, परंपराओं, तंत्रों और आधारभूत संरचनाओं की जाँच करें कि क्या आपने अपनी भविष्य-दृष्टि और जीवनमूल्यों को संस्थागत बना लिया है। फ़ीडबैक में सलाहकारों, सप्लायर्स, ग्राहकों ओर पूरी चेन का ईमानदार मूल्यांकन झलकना चाहिए। आप बातें बनाकर उन समस्याओं से बाहर नहीं निकल सकते, जिन्हें आपने अपने व्यवहार से उत्पन्न किया है। अंततः मुर्ग़ी पक जाएगी। वफ़ादारी अखंडता से ज़्यादा बड़ा जीवनमूल्य नहीं होना चाहिए। दरअसल, अखंडता ही वफ़ादारी है। आप यह चाहते हैं कि आपका डॉक्टर आपको सच्चाई बताए, भले ही आप उसे सुनना न चाहते हों। आप चाहते हैं कि डॉक्टर आपको सच्चाई सबसे अच्छी तरह बताने के लिए अपने पेशे के प्रति सच्चा रहे। यही आपके संगठन में भी होना चाहिए। ख़ुद को एक प्रोफ़ेशनल के रूप में देखें, जिसकी सर्वोच्च निष्ठा संस्था के प्रति नहीं, बल्कि नैतिक और पेशेवर सिद्धांतों के प्रति होनी चाहिए। यह संस्था के प्रति निष्ठावान बनने का सबसे स्पष्ट तरीक़ा है।

किसी संगठन में चरित्र विकसित करने का सबसे अच्छा तरीक़ा जो मैं जानता हूँ, वह किसी तरह की जाँच सूची बनाना नहीं है, जहाँ कर्मचारी एक-दूसरे का मूल्यांकन करें। सबसे अच्छा तरीक़ा तो यह है कि कर्मचारियों को परिणामों के लिए ज़िम्मेदार ठहराया जाए, संतुलित स्कोरबोर्ड से परिणामों को मापा जाए, जिसमें चारित्रिक विकास के उच्चतर स्तर की ज़रूरत है। इस तरह से आप किसी दूसरे के चरित्र का मूल्यांकन नहीं कर रहे हैं। आप तो उन्हें ज़िम्मेदारी दे रहे हैं, जिसमें चारित्रिक विकास की ज़रूरत होती है।

सवाल 11 : आप छँटनी के बाद सकारात्मक, उच्च-विश्वास की संस्कृति किस तरह बनाए रखते हैं?

जवाब : आप जानते हैं कि छँटनी के बाद संस्कृतियों का विघटन क्यों होता है? इसलिए क्योंकि सिद्धांतों का अनुसरण नहीं किया जाता, कर्मचारियों को शामिल नहीं किया जाता, उन्हें जानकारी नहीं दी जाती और वे यह नहीं जानते कि अगला कोड़ा कब और किस पर पड़ने वाला है। वे कंपनी के निर्णयों के मानदंडों को नहीं समझते हैं। यह भी हो सकता है कि उन्हें उद्योग, अर्थव्यवस्था और कंपनी के बारे में पूरी आर्थिक बातें पता न हों। मैंने ख़ुद कई संगठनों को बहुत, बहुत मुश्किल समय से गुज़रते देखा है, जहाँ सख़्त निर्णयों की ज़रूरत थी, लेकिन उनका प्रबंधन बहुत ही सिद्धांतवादी तरीक़े से किया गया। पारदर्शी और खुले संप्रेषण द्वारा, सच्ची और सार्थक सहभागिता व जुड़ाव द्वारा, सिद्धांत-आधारित अटल जीवनमूल्यों का पालन करके और अतिरिक्त मील चलकर नकारात्मक रूप से प्रभावित होने वाले कर्मचारियों और उनके परिवारों को विश्वास दिला दिया गया कि संगठन ने उनकी ख़ातिर पूरी

कोशिश की थी, यहाँ तक कि अतिरिक्त कोशिश की थी। दरअसल, सिद्धांतवादी तरीक़े से की गई छँटनी के बाद समुदाय में सद्भावना बढ़ गई।

सवाल 12 : हमारे यहाँ लीडरशिप विकास की अकादमी है, दूर किसी जगह विशेष सत्र आयोजित किए जाते हैं, बाहर से विशेषज्ञ आते हैं। यह सब बहुत सहायक, प्रेरक और प्रोत्साहित करने वाला है, लेकिन कुछ दिनों बाद सब कुछ पहले जैसा ही हो जाता है। आप क्या सलाह देते हैं?

जवाब : जानना और न करना नहीं जानने के समान है। नए और महत्त्वपूर्ण ज्ञान व योग्यताओं से आप कुछ समय के लिए प्रेरित और साहसी बन सकते हैं, लेकिन जब तक आप उन्हें लागू नहीं करते, तब तक दरअसल आप उन्हें जान नहीं पाते हैं। अगर परिवेश के तंत्र और आधारभूत संरचनाएँ आपको उन्हें लागू करने के लिए प्रोत्साहित करती हैं, तो आप उन्हें लागू *नहीं करेंगे* और आप उन्हें नहीं *जान* पाएँगे। अंततः इस तरह के अनुभव पूरी संस्कृति का नुक़सान करते हैं और दोषदर्शिता उत्पन्न करते हैं। बदलने की कोशिशें और नई मैनेजमेंट शब्दावली अक्सर कॉटन कैंडी जैसी होती है, जो पल भर के लिए अच्छा स्वाद देती है और फिर काफ़ूर हो जाती है। कुंजी सामग्री लेना है, इसे सिखाना है, इस पर विचार-विमर्श करना है और इसे संस्थागत बनाने की कोशिश करना है। मूल बात यह है कि दैनिक प्रक्रियाओं में आधारभूत सिद्धांत यह होने चाहिए कि रोज़मर्रा का काम कैसे किया जाता है और कर्मचारियों को किस तरह पुरस्कृत किया जाता है। तब यह होगा। तब यह साइड शो नहीं होगा, बल्कि मुख्य तंबू के नीचे होगा।

सवाल 13 : अगर यह नीति काम ही न करे, तो?

जवाब : अगर लोग इसे लागू नहीं करेंगे, तो यह काम नहीं करेगी। यह कोई मीठी गोली नहीं है, जिसे आप फटाक से गटक सकते हैं। इसमें गहरी प्रतिबद्धता, धैर्य और लगन की ज़रूरत होती है, ख़ास तौर पर परिवर्तन करने में या एक मानसिकता व योग्यता-समूह से दूसरी मानसिकता और योग्यता-समूह तक के रूपांतरण में। सहयोगी चीज़ें बहुत मदद करेंगी, लेकिन अंतिम विश्लेषण में लोगों को काम करने के लिए प्रतिबद्ध होना होगा।

सवाल 14 : इन परिवर्तनों को शुरू करने का सबसे अच्छा तरीक़ा क्या है, यह मानते हुए कि आपने खुद में परिवर्तन कर लिए हैं?

जवाब : अगर आप ब्रेक दबाकर कार चला रहे हैं, तो आगे बढ़ने का सबसे तेज़ तरीक़ा क्या होगा - इसे और ज़्यादा दबाना या फिर ब्रेक को मुक्त कर देना। ज़ाहिर है, ब्रेक को मुक्त कर देना। इसी तरह, संगठनों की संस्कृतियों में भी चालक

शक्तियाँ होती हैं और बाधक शक्तियाँ भी होती हैं। चालक शक्तियाँ आम तौर पर तार्किक, अर्थव्यवस्था संबंधी वास्तविकताएँ होती हैं, जो एक्सीलरेटर की तरह होती हैं, जिस पर पैर दबाया जाना चाहिए। बाधक शक्तियाँ आम तौर पर सांस्कृतिक और भावनात्मक होती हैं तथा वे ब्रेक का प्रतिनिधित्व करती हैं। तीसरे विकल्पों और सिनर्जिस्टिक संप्रेषण द्वारा बाधक शक्तियों को चालक शक्तियों में बदल दिया जाता है। इससे न सिर्फ़ आप महत्वपूर्ण विकास करते हैं, बल्कि इस सहभागिता और निष्ठा के कारण वह सांस्कृतिक रूप से क़ायम भी रहता है। इस जवाब में कर्क लेविन की फ़ोर्स फ़ील्ड थ्योरी समाहित है।

सवाल 15 : क्या यह सामग्री नई है? मैंने ये विचार अपनी जवानी में सुने थे। मैं उन्हें इतिहास में हर जगह देखता हूँ।

जवाब : यह सही है। दरअसल, आपकी बात को आगे बढ़ा दूँ, सिद्धांत-केंद्रित संविधान और मुक्त अर्थव्यवस्था के कारण हम अमेरिका के भीतर मानवीय संभावना को उन्मुक्त होते देखते हैं, जहाँ विश्व की 4.5 प्रतिशत जनसंख्या विश्व के एक तिहाई सामान का उत्पादन करती है। इन पैरेडाइमों और सिद्धांतों की शक्ति के प्रमाण नाटकीय परिणामों में देखे जा सकते हैं। याद रखें, सिद्धांत शाश्वत और सार्वकालिक हैं। महत्वपूर्ण परिवर्तन शायद किसानों द्वारा सबसे अच्छी तरह *सीखे* जाते हैं, क्योंकि वे प्रकृति और प्राकृतिक नियमों या सिद्धांतों के बहुत क़रीब होते हैं। वे जानते हैं कि आप खेत में भीड़ नहीं लगा सकते, जिस तरह लोग स्कूल जैसी सामाजिक संस्थाओं में करने की कोशिश करते हैं। प्रतिस्पर्धी, उच्च-स्तरीय खेल जगत एक और उत्कृष्ट उदाहरण है, क्योंकि वहाँ भी भीड़ नहीं होती है। प्रतिस्पर्धी बनने के लिए क़ीमत चुकानी पड़ती है।

कॉमन सेंस आम आदत नहीं है। इसीलिए नवीनीकरण, नए समर्पण, चरित्र आधारित नीतिशास्त्र तथा सिद्धांत-केंद्रित लीडरशिप के पुनरुत्थान की ज़रूरत है।

सवाल 16 : क्या यह सामग्री शोध पर आधारित है?

जवाब : अगर शोध से आपका मतलब डबल-ब्लाइंड परीक्षणों या प्रयोगाश्रित अध्ययनों से है, तो जवाब है नहीं, हालाँकि हमने वैज्ञानिक क्रियान्वयन अध्ययन किए हैं। अगर शोध से आपका मतलब है ऐतिहासिक विश्लेषण, साहित्य की समीक्षा और गहन कर्म शोध का पर्यवेक्षण, तो जवाब है हाँ।

सवाल 17 : कौन से संगठन इस तरह के विचारों के मॉडल हैं?

जवाब : आप हर क्षेत्र में इस तरह के मॉडल पाएँगे। वे सब आपके चारों तरफ़ हैं : ए.बी. कूम्बस स्कूल और यूएसएस *सांता फ़े* पनडुब्बी जैसे संगठन। लिटमस टेस्ट

यह है, कर्मचारियों का कितना सशक्तिकरण किया गया है? वे संगठन की सर्वोच्च प्राथमिकताओं पर कितना ध्यान केंद्रित करते हैं और क्रियान्वयन करते हैं? जिम कॉलिस ने *गुड टु ग्रेट* में जिन कंपनियों पर शोध किया है, वे सशक्तिकृत संगठन हैं, जिनमें विनम्र लेकिन प्रबल संकल्पवान लीडर्स हैं और सशक्तिकरण का उच्च स्तर है। ज़ाहिर है, सशक्तिकरण पूरा जवाब नहीं है। अधिकांश शीर्ष संस्थान एक संतुलित रिपोर्ट कार्ड तक पहुँच चुके हैं या पहुँच रहे हैं। रणनीति या बाज़ार के साथ कार्यसंचालन को दिशाबद्ध करने के लिए बहुत विवेक की ज़रूरत होती है। कई संगठन कभी बहुत सफल थे, लेकिन आज उनका पतन हो चुका है। सर्वश्रेष्ठ कर्मचारियों को आकर्षित और विकसित करने, सांस्कृतिक डीएनए में लीडरशिप नीतिशास्त्र बनाने में सतत सावधानी की ज़रूरत होती है। इसके साथ ही महानता की राह पर क़ायम रहने के लिए व्यक्तिगत, भविष्यदृष्टा, संस्थागत और सांस्कृतिक नैतिक सत्ता की भी बहुत ज़रूरत होती है।

सवाल 18 : क्या यह मूलतः धार्मिक सामग्री है?

जवाब : सिद्धांतों की नीव निश्चित रूप से नैतिक और आध्यात्मिक है, लेकिन वे किसी ख़ास धर्म तक सीमित नहीं हैं। मैंने ख़ुद उन्हें अलग-अलग धर्मों के संदर्भ में दुनिया भर में सिखाया है और धार्मिक ग्रंथों के उद्धरण दिए हैं। सिद्धांत सचमुच शाश्वत और सार्वकालिक हैं। पहले मुझे यह देखकर झटका लगता था, लेकिन अब नहीं लगता, कि जब आप दुनिया में कहीं पर भी, किसी भी संगठन में, किसी भी स्तर पर कर्मचारियों को उनके जीवनमूल्य तंत्र विकसित करने में महत्त्वपूर्ण रूप से संलग्न करते हैं, तो क्या होता है। जब वास्तविक खुलेपन और सिनर्जी की भावना मौजूद हो और जब लोगों को सचमुच जानकारी दी जाए, तो सभी चुने हुए जीवनमूल्य मूलतः समान हो जाते हैं। शब्द अलग-अलग हैं, जीवनमूल्यों से संबंधित परंपराएँ अलग-अलग हैं, लेकिन निहित अर्थ हमेशा इस सामग्री में बताए गए सभी चार आयामों से संबंधित है - शारीरिक/आर्थिक, संबंध या सामाजिक, मानसिक या गुण विकास और आध्यात्मिक, जो अर्थ और अखंडता दोनों से संबंधित है। अगर आप ख़ुद रोचक अनुभव पाना चाहते हैं, तो उन संगठनों के मिशन स्टेटमेंट्स का अध्ययन करें, जिन्होंने संलग्नता और तादात्म्य द्वारा वे मिशन स्टेटमेंट्स बनाए हैं। शब्द अलग-अलग होंगे, लेकिन आप पाएँगे कि वे मूलतः वही बात कह रहे हैं, हालाँकि हो सकता है कि वे उसका पालन न कर रहे हों।

सवाल 19 : मैं हताश और अधीर हूँ। क्या मुझे बदलने के लिए देर हो गई है?

जवाब : बढ़िया सवाल। दरअसल मेरे हिसाब से इन विचारों की प्रामाणिकता पर शंका करने वाले लोगों की समस्या विचार नहीं हैं। उनमें तो लगभग हर व्यक्ति

को बहुत समझदारी नज़र आती है। उन्हें तो ख़ुद पर शंका होती है। मैं तो सिर्फ़ इतना कह सकता हूँ कि धीमी शुरुआत करें और छोटे-छोटे क़दम उठाएँ, ख़ुद से वादे करें और उन्हें निभाएँ। अपनी अंतरात्मा से मार्गदर्शन लें कि कौन से वादे करने हैं। जब वादे कर लें, तो वे चाहे जितने छोटे हों, उन्हें निभाएँ। धीरे-धीरे, आपके सम्मान का एहसास आपके मूड से ज़्यादा बड़ा बन जाएगा। जब आप आत्म-नियंत्रण, आत्म-विजय, सुरक्षा और सक्षमता के बढ़ते एहसास को हासिल कर लेंगे, तो आप ज़्यादा बड़े वादे करने और निभाने में सक्षम होंगे। तब आप नए क्षेत्रों में जाने, अपने आरामदेह इलाक़े को छोड़ने और ज़्यादा पहल शक्ति का इस्तेमाल करने में सक्षम होंगे। एक बार फिर चीनी बाँस के पेड़ की कहानी याद करें। चीन में बाँस की प्रजाति है, जिसे बोने के चार साल बाद तक आपको कुछ नहीं दिखता है। बस ज़मीन में से एक छोटा पौधा निकलता दिखता है और कुछ नहीं। आप इसे खरपतवार से बचाते हैं, सींचते हैं, पोषण देते हैं और इसे बड़ा करने के लिए हरसंभव काम करते हैं, लेकिन इसके बावजूद आपको कुछ नहीं दिखता। पाँचवें साल में चीनी बाँस की यह प्रजाति अस्सी फ़ुट लंबी हो जाती है। शुरुआती अवस्थाओं में इसका सारा विकास ज़मीन के नीचे जड़ों में हो रहा था। जब इसकी जड़ें सही तरीक़े से जम गईं, तो सारा विकास ज़मीन के ऊपर होने लगा और साफ़ दिखने लगा। इससे विकास के सभी आलोचकों को प्रमाण मिल गया, क्योंकि विकास तो पूरे समय हो रहा था। इसीलिए चारित्रिक विकास का व्यक्तिगत स्तर हमेशा आपसी संबंधों में विश्वास बनाने से पहले आता है। इसी तरह आपसी संबंधों में विश्वास किसी संगठन में संस्कृति के निर्माण से पहले होना चाहिए, जो सचमुच अपनी सर्वोच्च प्राथमिकताओं का क्रियान्वयन करती है। इसमें कभी देर नहीं होती। ज़िंदगी कैरियर नहीं, मिशन है।

सवाल 20 : आपको कैसे पता कि यह कारगर है?

जवाब : आप दरअसल सिर्फ़ तभी जानेंगे, जब आप इस पर काम करेंगे। जानने के बावजूद नहीं करना दरअसल नहीं जानने जैसा है। प्रमाण का एक और स्रोत वे व्यावहारिक परिणाम हैं, जो उन लोगों की तरफ़ से आए हैं, जिनकी सेवा की गई है - ग्राहकों, मालिकों, कर्मचारियों, नागरिकों या क्लाएंट्स - और पूरी सप्लाई टीम तथा आपकी अपनी संस्कृति की ओर से अच्छी जानकारी मिली है। अंतिम विश्लेषण में, मैं अंतरात्मा के *विवेक* में ज़्यादा आस्था रखता हूँ, जिसमें *अवलोकन* और *मापन* का तालमेल है। बिना विवेक के अवलोकन और मापन में मेरी उतनी आस्था नहीं है। मैं पाता हूँ कि ज़्यादातर लोग कई चीज़ें बहुत अच्छे से जानते हैं, जो उन्हें करनी चाहिए और वे चीज़ें भी, जो उन्हें नहीं करनी चाहिए। अगर वे उस ज्ञान पर बस काम करने लगें, तो उनके बाक़ी सवाल सिर्फ़ सैद्धांतिक रह जाएँगे। अंततः, इन सवालों का भी जवाब मिल जाएगा, लेकिन सिर्फ़ जवाब जानने से नहीं, बल्कि जवाबों के लिए *मेहनत करके* भी।

परिशिष्ट

परिशिष्ट 1

4 बुद्धियों/क्षमताओं को विकसित करना - कर्म की व्यावहारिक मार्गदर्शिका

शारीरिक बुद्धि विकसित करना – (पीक्यू)

आइए, शरीर से, शारीरिक बुद्धि (पीक्यू) से शुरू करते हैं, क्योंकि शरीर ही तो मस्तिष्क, हृदय और आत्मा का औज़ार है। अगर हम शरीर को आत्मा के अधीन कर लें - यानी अपनी भूख और चाहतों को अपनी अंतरात्मा के अधीन कर लें - तो हम अपने स्वामी बन जाएँगे। जिन लोगों का जीवन उनकी अंतरात्मा के बजाय भूख और इच्छाओं के अधीन है, वे ख़ुद को झोंक नहीं सकते। उद्दीपन और प्रतिक्रिया के बीच का उनका ख़ाली स्थान बहुत सँकरा है - वे व्यक्तिगत स्वतंत्रता खो देते हैं, हालाँकि उन्हें लगता है कि वे इसका इस्तेमाल कर रहे हैं। शरीर अच्छा सेवक, लेकिन बुरा मालिक है।

जीवन के लिए आत्म-विजय का ग्रीक सूत्रवाक्य - "स्वयं को जानें, स्वयं को नियंत्रित करें, स्वयं को दें" - बहुत बढ़िया क्रम है। मेरे हिसाब से शारीरिक बुद्धि विकसित करने के तीन मूलभूत तरीक़े हैं। पहला, *बुद्धिमत्तापूर्ण पोषण*; दूसरा, *सतत संतुलित व्यायाम*; तीसरा, *सही आराम, नींद, तनाव प्रबंधन* और *रोकथाम का नज़रिया*।

> *शोध का निष्कर्ष स्पष्ट है कि स्वयं का कुशलता से प्रबंधन करने की अयोग्यता से जल्दी बुढ़ापा आता है, मानसिक स्पष्टता घटती है और हमारी निहित बुद्धि के इस्तेमाल में भी कमी आती है। इसका उलट भी सच है : आंतरिक समन्वय बढ़ने से सभी मनोवैज्ञानिक तंत्रों में ज़्यादा कार्यकुशलता आती है और रचनात्मकता, अनुकूलन तथा लचीलेपन में वृद्धि होती है।*[1]
>
> **डॉक चिल्ड्रे और ब्रूस क्रायर**

पीक्यू	शारीरिक बुद्धि (पीक्यू) के तीन मुख्य घटकों को विकसित करना
	बुद्धिमत्तापूर्ण पोषण
	सतत संतुलित व्यायाम
	उचित आराम, विश्राम और तनाव प्रबंधन और निरोधात्मक सोच

फ़िगर A1.1

ज़्यादातर लोग इन तीनों तरीक़ों के बारे में जानते हैं। सभ्य समाज के ज़्यादातर लोग इन्हें सही भी मानते हैं। ये दरअसल सामान्य ज्ञान (common sense) की बातें हैं। लेकिन कॉमन सेंस आजकल आम नहीं है। शायद इसीलिए बहुत कम लोग इन तीनों का अभ्यास करते हैं।

अपनी पुस्तक *द पॉवर ऑफ़ फ़ुल एंगेजमेंट* में जिम लोहर और टोनी श्वार्ट्ज़ इस बात पर ज़ोर देते हैं कि उच्च प्रदर्शन और व्यक्तिगत नवीनीकरण की कुंजी समय नहीं, ऊर्जा का प्रबंधन है। वे निश्चित रूप से टाइम मैनेजमेंट का सम्मान करते हैं, लेकिन उनका सुझाव है कि समय के प्रबंधन में सबसे ज़्यादा ध्यान इस बात का रखना चाहिए कि आप अपनी ऊर्जा का प्रबंधन कैसे करते हैं। पूरी मानवता को नियंत्रित करने वाले प्राकृतिक नियमों और प्रकृति के अध्ययन द्वारा वे इस बात पर ज़ोर देते हैं कि सक्रियता/प्रदर्शन और विश्राम/नवीनीकरण के बीच झूलने वाले चक्र का सम्मान किया जाना चाहिए, क्योंकि यह महत्वपूर्ण है। वे पूर्ण व्यक्ति की नीति का इस्तेमाल करते हैं : शरीर, मस्तिष्क, हृदय और आत्मा। हमारी ऊर्जा और प्रदर्शन की क्षमता को बढ़ाने के लिए वे आदतों के महत्व पर ध्यान केंद्रित करते हैं, जिन्हें वे *रिचुअल्स* कहते हैं।

बुद्धिमत्तापूर्ण पोषण

हममें से ज़्यादातर लोग जानते हैं कि हमें क्या खाना चाहिए और क्या नहीं खाना चाहिए। कुंजी संतुलन है। मैं पहले ही यह बता देना चाहता हूँ कि मैं पोषण के क्षेत्र में विशेषज्ञ नहीं हूँ, लेकिन ज़्यादातर लोगों की तरह मुझे भी यह सिखाया गया है कि हमारे शरीर और इसके तंत्र, जिनमें प्रतिरक्षण तंत्र भी शामिल है, सबसे ज़्यादा सशक्त तब बनते हैं, जब हम खड़े अनाज, सब्ज़ियाँ, फल और कम फ़ैट वाला प्रोटीन ज़्यादा खाते हैं। मीट अगर खाया जाए, तो कम खाना चाहिए और यह लीन होना चाहिए। शोध में नियमित रूप से मछली खाने के लाभ बताए जा रहे हैं। फ़ास्ट फ़ूड, प्रोसेस्ड फ़ूड या मिठाइयाँ, जिनमें फ़ैट या शकर ज़्यादा हो, बहुत कम खाना चाहिए या बिलकुल

भी नहीं खाना चाहिए। लेकिन एक बार फिर याद रखें कि कुंजी संतुलन और संयम है। अपनी इच्छा के आवेग में बहकर पेटू न बनना सीखें। दूसरे शब्दों में यह सीखें कि कब खाना बंद करना है - जब आप संतुष्ट हों और आपका पेट इतना जमकर न भरा हो कि उससे आपको तकलीफ़ हो जाए। आख़िर में मैं यह कहना चाहूँगा कि पानी ज़्यादा पिएँ - हर दिन छह से दस गिलास। यह शरीर के क्रियाकलापों को बेहतर बनाता है और डाइट तथा नियमित व्यायाम से सही वज़न व शारीरिक फ़िटनेस बनाने के प्रयासों में *महत्वपूर्ण* योगदान देता है।

मैं कभी-कभार के उपवास की सफलता और बुद्धिमत्ता में भी यक़ीन करने लगा हूँ, जिसमें आप पूरी पाचन प्रक्रिया को आराम देने और साफ़-सफ़ाई के उद्देश्य से एक-दो वक़्त भोजन नहीं करते हैं। बहरहाल, मेरे हिसाब से मुख्य लाभ शारीरिक नहीं है। यह तो मानसिक और आध्यात्मिक है। उपवास का सिद्धांत दुनिया के लगभग सभी प्रमुख धर्मों में सिखाया गया है - आत्म-विजय और आत्म-नियंत्रण के ज़्यादा ऊँचे स्तर पर पहुँचने के साधन के रूप में। इससे हमें यह गहरी जागरूकता भी मिलती है कि दरअसल हम कितने निर्भर हैं।

मैं दृढ़ता से यक़ीन करता हूँ कि जब आप अपनी भूखों पर उचित नियंत्रण कर लेते हैं, तो चाहतों को नियंत्रित करने की आपकी योग्यता और इच्छाओं को शुद्ध करने की आपकी क्षमता बढ़ जाती है। इससे आपको विनम्रता का सच्चा एहसास और ज़्यादा व्यापक परिप्रेक्ष्य हासिल होता है कि जीवन में सचमुच महत्वपूर्ण क्या है।

मैंने ज़्यादा खाने, बहुत ज़्यादा डाइटिंग करने और बिना सोचे-समझे जंक फ़ूड खाने के नकारात्मक परिणामों का अनुभव भी किया है।

मेरे सामने सबसे बड़ा प्रलोभन तब आता है, जब मैं टूर पर होता हूँ और शाम को थका-हारा होटल में लौटकर रूम सर्विस को ऑर्डर देता हूँ। जब मैं समझदारी का परिचय नहीं देता हूँ और अपनी इच्छाओं के हिसाब से ऑर्डर देता हूँ, तो मैं पाता हूँ कि इससे मेरे दिमाग़ और आत्मा पर बुरा प्रभाव पड़ता है, और मेरी नींद की गुणवत्ता पर भी। महान कोच विन्स लॉम्बार्डी कहा करते थे, "थकान हम सभी को कायर बना देती है।" यह निश्चित रूप से मेरे मामले में सच है, क्योंकि जब मैं सचमुच थका होता हूँ, तो मैं ख़ुद को संतुष्ट करने वाली आदत में फिसल जाता हूँ और यह एक-दो दिन के लिए सचमुच मेरे मस्तिष्क और आत्मा को प्रभावित करती है। जब आप अपने शरीर को अपने मस्तिष्क तथा आत्मा के अधीन रखते हैं, तो इस अनुशासन व आत्म-विजय से ज़बर्दस्त शांति और आत्मविश्वास मिलता है। दरअसल, जब मुझे खाने की तलब लगती है, जिसका असली भूख से कोई संबंध नहीं होता, बल्कि जो शकर की चाहत के कारण लगती है, तो मैं ख़ुद से कहता हूँ, "किसी भी चीज़ का स्वाद उतना अच्छा नहीं है, जितना कि दुबलेपन का।" मैं यह कल्पना भी करता हूँ कि भूख की यह तथाकथित तलब मेरी चर्बी को कम कर रही है। जब हम स्वाद को पोषण के अधीन कर देते हैं, तो हम धीरे-धीरे अपनी स्वाद कलिकाओं को

प्रशिक्षित करते हैं कि वे उन ट्रिलियनों कोशिकाओं को आवाज़ दें, जो उचित पोषण के लिए चीख़ रही हैं।

लेकिन सच तो यह है कि यह एक निजी मामला है। यह फ़ैसला हर व्यक्ति को ख़ुद करना चाहिए कि उसके लिए बुद्धिमत्तापूर्ण पोषण क्या है। बहरहाल, मैं यक़ीन करता हूँ कि लगभग हर व्यक्ति शरीर पर निजी विजय पाने के ज़बर्दस्त लाभ महसूस कर सकता है। यह विजय दूसरों के साथ संबंधों में सार्वजनिक विजय पाने की हमारी योग्यता को भी प्रभावित करती है। और ख़ुद को सेवा तथा योगदान भरे जीवन की दिशा में ले जाने की योग्यता को भी।

सतत, संतुलित व्यायाम

नियमित व्यायाम - जो कार्डियोवैस्कुलर, शक्ति और लचीलेपन को बढ़ाए - महत्वपूर्ण रूप से जीवन की गुणवत्ता को बढ़ाता है और दीर्घायु भी बनाता है। एक बार फिर, कुंजी संतुलन में है। हमारा समाज लगातार ज़्यादा निष्क्रिय और आरामतलब जीवनशैलियाँ अपनाता जा रहा है। लेकिन नियमित व्यायाम करने के बहुत से तरीक़े हैं। छोटी शुरुआत करें, लेकिन ध्यान रहे, ऐसे तरीक़े आज़माएँ, जिन्हें आप क़ायम रख सकें। कोई काम हर दिन करें या कम से कम हफ़्ते में तीन से पाँच बार। कोई ऐसी चीज़ चुनें, जिसमें आपको आनंद आता हो और जो आपकी विशिष्ट आवश्यकताओं व परिस्थितियों के अनुकूल हो। अपने डॉक्टर से सलाह लें। व्यायाम के रूप बदलते रहें, ताकि आपके शरीर के अलग-अलग हिस्से मज़बूत बन सकें और आप एक ही व्यायाम से ऊब न जाएँ या थकान महसूस न करने लगें। कई लोग पैदल घूमना पसंद करते हैं, अगर संभव हो, तो तेज़-तेज़ चलना। कई लोग दौड़ते हैं, तैरते हैं, बागवानी करते हैं या साइकल चलाते हैं। कई लोग जिम में मशीनों का लाभ उठाते हैं, जहाँ आप एरोबिक/कार्डियोवैस्कुलर व्यायाम करते हैं, जैसे ट्रेडमिल, साइक्लिंग, सीढ़ियाँ चढ़ना, एलिप्टिकल मशीन, रोइंग मशीन आदि।

वेटलिफ़्टिंग और शक्ति बढ़ाने वाले अन्य प्रशिक्षणों से हर उम्र के लोगों को कई महत्वपूर्ण लाभ मिलते हैं। इससे शक्ति तो बढ़ती ही है, साथ ही शारीरिक गठन व ऊर्जा में भी वृद्धि होती है। इससे हड्डियों का क्षय मंद या ख़त्म होता है तथा कैलोरी जलाने की शरीर की योग्यता बढ़ती है।

सतत, संतुलित व्यायाम से मिलने वाले अपरिहार्य फलों के बारे में मैं व्यक्तिगत रूप से जितना भी कहूँ, कम है। हालाँकि मैं नियमित व्यायाम से मिलने वाले शारीरिक लाभों को बताने वाले शोध से काफ़ी प्रभावित हूँ, लेकिन मेरे लिए सबसे बड़ा लाभ शारीरिक के बजाय मानसिक और आत्मिक है। एरोबिक व्यायाम में आप पैर की बड़ी मासंपेशियों का इस्तेमाल हृदय और संचार तंत्रों को मज़बूत करने के लिए करते हैं, जिससे आप ऑक्सीजन को सबसे कार्यकुशल तरीक़े से कार्यशील कर सकें। एरोबिक व्यायाम हमेशा से मेरी व्यायाम योजना की नीव है।

मेरा प्रिय एरोबिक व्यायाम दौड़ना है, लेकिन खेल-कूद की कई गतिविधियों में मैंने अपने घुटने गड़बड़ कर लिए हैं, इसलिए अब मुझे स्थिर साइकल चलाने की ज़रूरत होती है। बहरहाल, मैंने पाया है कि साइकल चलाते समय मैं दूसरे काम भी कर सकता हूँ। साइकल चलाते-चलाते से बुरी तरह हाँफते समय भी मैं सेल फ़ोन पर लोगों से बात कर सकता हूँ और बिज़नेस कर सकता हूँ। मैं टीवी पर शैक्षणिक या मनोरंजन कार्यक्रम देख सकता हूँ। मैं उस वक़्त व्यायाम कर रही अपनी पत्नी, बच्चों या मित्रों के साथ सार्थक चर्चा कर सकता हूँ। हम एक-दूसरे को प्रोत्साहित करते हैं और अपने विचार बता सकते हैं कि कौन सी चीज़ कारगर है और कौन सी नहीं।

मैं मसल टोनिंग और लचीलेपन के व्यायाम के महत्त्व में भी दृढ़ता से यक़ीन करता हूँ। मुझे याद है, एक बार एक प्रशिक्षक ने मुझे बेंच प्रेस व्यायाम करते देखा। उसने मुझसे कहा कि मैं जितना कर सकूँ, उतना करूँ और फिर एक बार ज़्यादा करूँ। मैंने जब उससे इसका कारण पूछा, तो उसने कहा कि सबसे ज़्यादा लाभ व्यायाम के बिलकुल आख़िर में होता है, जब मांसपेशी का फ़ाइबर टूट जाता है (दर्द), क्योंकि लगभग अड़तालीस घंटों के भीतर जब यह दोबारा नया बनता है, तो ज़्यादा मज़बूत बनता है। यह मेरे लिए सीखने का आकर्षक अनुभव था, क्योंकि मैं थकान और दर्द महसूस होने पर व्यायाम छोड़ना चाहता था। लेकिन वह मेरे पास ही खड़ा रहा और बोला, "जैसे ही आप आगे नहीं कर पाएँगे, मैं रॉड पकड़ लूँगा।" यह ज़िंदगी के बाक़ी तीन आयामों के लिए भी बेहतरीन उपमा है। जब हम अपनी सीमा के बिलकुल आख़िरी छोर पर पहुँचने के बाद एक और कोशिश करते हैं, तो हमारी क्षमता बढ़ जाती है। इमर्सन ने इसे इस तरह से कहा था, "जो काम करने में हम लगन से जुटे रहते हैं, वह ज़्यादा आसान बन जाता है, इसलिए नहीं क्योंकि वह काम कम मुश्किल हो गया है, बल्कि इसलिए क्योंकि उसे करने की हमारी योग्यता बढ़ गई है।"

मेरा ख़ास संकल्प यह है कि मैं हफ़्ते में पाँच-छह दिन एरोबिक व्यायाम करूँ, तीन दिन मसल टोनिंग करूँ और छह दिन लचीलेपन के लिए स्ट्रेचिंग और/या योगा करूँ। आंतरिक केंद्र को मज़बूत करने में मुझे पायलेट्स से भी लाभ हुआ है। हर व्यक्ति को अपनी स्थिति के हिसाब से तय करना चाहिए कि उसके लिए सबसे ज़्यादा समझदारी भरा तरीक़ा कौन सा होगा। लेकिन एक बार फिर, मुझे यक़ीन है कि व्यायाम से आत्म-नियंत्रण और आत्म-विजय के एहसास में वृद्धि होती है, जिससे हमारे जीवन की संपूर्णता बढ़ती है और उद्दीपन तथा प्रतिक्रिया के बीच का स्थान सचमुच बड़ा हो जाता है।

जब मैं यूनिवर्सिटी के सेमिस्टर्स में पढ़ा रहा था, तो मैंने विद्यार्थियों को प्रोत्साहित किया कि वे अपने लिए ख़ास लक्ष्य बनाएँ, जिन्हें वे उस सेमिस्टर के अंत तक हासिल करना चाहते हों। ज़्यादातर विद्यार्थियों ने सही खान-पान और नियमित व्यायाम को अपने एक लक्ष्य के रूप में चुना। मैं इसे विद्यार्थियों के साथ "जीत-जीत अनुबंध" कहूँगा। इस बात पर सहमत होने के बाद अब वे ज़िम्मेदार और जवाबदेह थे। उन्हें

इस अनुभव से सीखी बातों की जानकारी दूसरों को देना था। साथ ही, उन्हें अपने चुने हुए लक्ष्यों के पैमाने पर ख़ुद का मूल्यांकन भी करना था। चूँकि यह मूल्यांकन कोर्स में मिलने वाले ग्रेड का महत्वपूर्ण हिस्सा था, इसलिए उनके पास बाहरी और आंतरिक दोनों तरह की प्रेरणाएँ थीं। कुछ विद्यार्थी इस शारीरिक हिस्से में नहीं जाना चाहते थे, इसलिए उन्होंने दूसरे लक्ष्य बनाए, जिनके प्रति वे जवाबदेह थे और जिन्हें वे हासिल करना चाहते थे।

आपको यक़ीन नहीं होगा कि इन लोगों ने ज्ञान के कितने मोती बिखेरे, जब उन्होंने शकर या जंक फ़ूड की बुरी लत पर विजय पाई और सप्ताह में कम से कम तीन बार आधे घंटे से ज़्यादा व्यायाम किया। इन नई आदतों को विकसित करने और पुरानी आदतों को तोड़ने से उनके जीवन पर इतना ज़बर्दस्त असर पड़ा कि इससे उनके सभी संबंध प्रभावित हुए। इससे उनकी ऊर्जा, मानसिक क्षमता, अध्ययन और आत्म-विजय के एहसास पर उल्लेखनीय प्रभाव पड़ा। सेमिस्टर के अंत में जब इन लोगों ने अपने अनुभव सुनाए, तो शारीरिक लक्ष्य न चुनने वाले विद्यार्थी अफ़सोस कर रहे थे कि उन्होंने शारीरिक विजय का लक्ष्य क्यों नहीं चुना।

इस बारे में पल भर के लिए सोचें। हर व्यक्ति के पास सप्ताह में 168 घंटे होते हैं। लेकिन अगर आप शारीरिक रूप से नियमित व्यायाम द्वारा आरी की धार तेज़ करते हैं (मान लें, सिर्फ़ दो-तीन घंटे के लिए), तो इस दो-तीन घंटे की मेहनत का सकारात्मक असर बाक़ी 166 घंटों पर दिखेगा, जिसमें आपकी नींद की गहराई और गुणवत्ता भी शामिल है। इसके अलावा इस आत्म-विजय से आपको जीवन में ज़बर्दस्त लीवरेज और शक्ति मिलेगी, जो आपको अविश्वसनीय लगेगी।

उचित विश्राम, नींद, तनाव प्रबंधन और रोकथाम का नज़रिया

तनाव के क्षेत्र में महान प्रवर्तक और लीडर डॉ. हैंस सीले के अनुसार तनाव दो तरह का होता है : दर्द (distress) और यूस्ट्रेस (eustress)। दर्द काम से नफ़रत करने, ज़िंदगी के बहुतेरे दबावों से द्वेष करने और ख़ुद को पीड़ित या शिकार (victim) महसूस करने से उत्पन्न होता है। दूसरी ओर, *यूस्ट्रेस* सकारात्मक तनाव से उत्पन्न होता है। आप वर्तमान में जहाँ हैं और भविष्य में जहाँ जाना चाहते हैं, इसके बीच का तनाव। कोई सार्थक लक्ष्य, प्रोजेक्ट या उद्देश्य जो हमें सचमुच प्रेरित कर देता है और हमारे गुणों तथा जोश का दोहन करता है। कुल मिलाकर, यह हमारी आवाज़ का दोहन करता है। अच्छे व्यावहारिक शोध के माध्यम से डॉ. सीले ने बताया है कि यूस्ट्रेस किस तरह प्रतिरोध तंत्र को मज़बूत बनाता है, दीर्घायु बनाता है और जीवन को ज़्यादा आनंददायक बनाता है। संक्षेप में, हमें तनाव से नहीं बचना चाहिए, बशर्ते यह सही तरह का तनाव हो - यूस्ट्रेस। यह हमें ज़्यादा शक्तिशाली बनाता है और हमारी क्षमता बढ़ाता है। ज़ाहिर है, इसे भी उचित विश्राम और नींद से संतुलित करने की ज़रूरत होती है, जिसे "तनाव प्रबंधन" कहते हैं, वैसे इसे "यूस्ट्रेस मैनेजमेंट"

कहना ज़्यादा उचित होगा। सीले ने स्पष्ट किया कि महिलाएँ पुरुषों के मुक़ाबले सात साल ज़्यादा ज़िंदा रहती हैं। ऐसा शारीरिक नहीं, बल्कि मनोवैज्ञानिक/आध्यात्मिक कारणों से होता है। "औरत का काम कभी ख़त्म ही नहीं होता।"

प्रोफ़ेशनल हलकों में यह माना जाता है कि कम से कम दो तिहाई बीमारियाँ लोगों द्वारा चुनी गई जीवनशैली के कारण होती हैं। ये चयन पोषण, धूम्रपान, कम विश्राम और नींद, दोनों सिरों पर मोमबत्ती जलाने की कोशिश और शरीर के साथ कई अन्य अत्याचारों से संबंधित होते हैं। कई लोग विभिन्न बीमारियों के लिए आनुवंशिक तत्वों को ज़िम्मेदार ठहराते हैं, लेकिन जैसा हम पहले ही ज़िक्र कर चुके हैं, उद्दीपन और प्रतिक्रिया के बीच में हमेशा स्थान होता है। जब लोग इस स्थान के बारे में जागरूक हो जाते हैं और सिद्धांतों पर आधारित अपनी चयन क्षमता के बारे में जागरूक हो जाते हैं, तो यह ज़रूरी नहीं है कि उन्हें आनुवंशिक बीमारियाँ हों। ज़्यादातर कैंसरों का भी इलाज हो सकता है, बशर्ते उन्हें आक्रामक होने से पहले शुरुआती अवस्था में ही पहचान लिया जाए।

आधुनिक पाश्चात्य चिकित्सा पद्धति मूलतः रोकथाम के बजाय उपचार पर केंद्रित है और उपचार को दो श्रेणियों में बाँटा जा सकता है : रसायन (chemicals) या ऑपरेशन। मैं चाहता हूँ कि चिकित्सा जगत का पैरेडाइम ज़्यादा विस्तृत, ज़्यादा गहरा और ज़्यादा पूरक बने, जिसके लिए इसे व्यावहारिक रूप से मान्यता प्राप्त वैकल्पिक चिकित्सा पद्धतियों के साथ तालमेल बैठाना चाहिए।

मैं सोचता हूँ कि नियमित रूप से मेडिकल चेकअप कराते रहना बहुत महत्वपूर्ण है, कम से कम साल में एक बार, ताकि बीमारी की प्रवृत्तियाँ या लक्षण समय पर रोके जा सकें और उनके बारे में बुद्धिमत्तापूर्ण विकल्प चुने जा सकें। मेरे पास एक डॉक्टर उपचार के लिए है और एक रोकथाम के लिए है। मैं दोनों का ही बहुत सम्मान करता हूँ। मैंने सीखा है कि सबसे मूलभूत सिद्धांत यह है कि हमें अपनी सेहत की ज़िम्मेदारी ख़ुद लेनी चाहिए। हमें सवाल पूछने चाहिए, गहराई से जुड़ना चाहिए, अध्ययन करना चाहिए, दूसरे विशेषज्ञ की राय लेनी चाहिए और वैकल्पिक चिकित्सा-पद्धतियों पर ग़ौर करना चाहिए। अपनी सेहत की ज़िम्मेदारी किसी बाहरी व्यक्ति या पेशे की तरफ़ उछालने भर से काम नहीं चलता है।

शरीर के विकास और सेहत को नज़रअंदाज़ करना

ज़रा सोचें कि शरीर को नज़रअंदाज़ करने पर बाक़ी तीन आयामों पर क्या असर होता है। हम न सिर्फ़ अपनी सेहत गँवाते हैं, बल्कि *मानसिक दृष्टि से* अपनी एकाग्रता, रचनात्मकता, सहनशक्ति, कठोरता, साहस, सीखने की क्षमता और स्मरणशक्ति भी गँवा देते हैं। इसके विपरीत जब हम सही तरीक़े से व्यायाम करते हैं, विश्राम करते हैं और खाते हैं, तो हमारी मानसिक एकाग्रता और कठोरता क़ायम रहती है; सीखने की हमारी प्यास भी।

जब हम अपने शरीर को नज़रअंदाज़ कर देते हैं और अपनी भूख तथा इच्छाओं के ग़ुलाम बन जाते हैं, तो हमारी *भावनात्मक* बुद्धि, हमारे दिल पर क्या असर होता है? धैर्य, प्रेम, समझ, परानुभूति, सुनने की योग्यता और करुणा में कमी आती है। वे सिर्फ़ शब्द रह जाते हैं, जिनके पीछे हाड़-मांस की शक्ति नहीं होती है।

मैंने ख़ुद के मामले में यह देखा है कि अगर मैं डाइट या व्यायाम (या किसी और चीज़) के बारे में ख़ुद से कोई वादा कर लूँ और उसे न निभाऊँ, तो मैं निश्चित रूप से दूसरों की आवश्यकताओं और भावनाओं के प्रति कम संवेदनशील बन जाता हूँ। मैं विचलित हो जाता हूँ और मुझे ख़ुद पर ग़ुस्सा आने लगता है। मुझे लगता है कि मेरी अखंडता कम हो रही है। जब तक मैं दोबारा संकल्प नहीं करता हूँ, अपना मन नहीं बनाता हूँ और वादा पूरा नहीं करता हूँ, तब तक मेरी स्थिति नहीं सुधरती है। तब कहीं जाकर मैं मूलभूत रूप से ख़ुद को भूल सकता हूँ और दूसरों के साथ वास्तविक परानुभूति महसूस कर सकता हूँ।

जो व्यक्ति पाँच मिनट बाद ही प्रलोभन के सामने हार मान लेता है, वह जानता ही नहीं है कि एक घंटे बाद कैसा हाल होता। इसीलिए एक अर्थ में बुरे लोग बुरेपन के बारे में बहुत कम जानते हैं। हमेशा हार मानकर एक संरक्षित जीवन जिया है।[2]

सी.एस. लुइस

हमारी *आत्मा* और हमारी मानसिक शांति पर क्या असर होता है? इससे सेवा करने, योगदान देने, त्याग करने और ख़ुद को उच्चतर अच्छाई के अधीन रखने की हमारी इच्छा पर बुरा असर पड़ता है। हमारी अंतरात्मा कुंद हो जाती है और किसी भी प्रलोभन के सामने समर्पण कर देती है। व्यक्तिगत अखंडता में कमी मुझे ज़्यादा स्वार्थी और आत्मकेंद्रित बना देती है। बहरहाल, मैं पाता हूँ कि जब मैं सिद्धांतों और अंतरात्मा के अनुरूप जीने का संकल्प करता हूँ, तो सार्थक सेवा करने और योगदान देने का मेरा संकल्प लौट आता है।

शारीरिक आत्म-विजय और विकास नीव है। यह बहुत स्पष्ट चीज़ भी है, जिसके बारे में हम तत्काल कुछ कर सकते हैं। हम इस तक ज़्यादा सीधे तरीक़े से पहुँच सकते हैं। हम इसे नियंत्रित कर सकते हैं। जब हम शरीर की भूख पर विजय पाते हैं और इसकी बुद्धि को मज़बूत बनाते हैं, तो हम उद्दीपन और प्रतिक्रिया के बीच के स्थान को बढ़ते देखेंगे, जिसमें मानसिक, भावनात्मक और आध्यात्मिक लाभ भी जुड़े होंगे।

मैंने पाया है कि ज़्यादातर लोग स्वीकार करते हैं कि वे समय-समय पर राह से भटक जाते हैं। लेकिन अगर वे अपने शरीर, मस्तिष्क, हृदय और आत्मा के फ़ीडबैक को सचमुच गंभीरता से सुनेंगे और आवश्यक परिवर्तन करेंगे, तो वे दोबारा सही मार्ग

पर लौट सकते हैं। यह हवाई जहाज़ की उड़ान की तरह है। ज़्यादातर हवाई जहाज़ ज़्यादातर समय मार्ग से दूर रहते हैं, लेकिन पायलट को विभिन्न यंत्रों से लगातार फ़ीडबैक मिलता रहता है, जिस वजह से वह उड़ान के सही मार्ग पर लौट आता है और लगभग सारी उड़ानें अपनी पूर्व-निर्धारित योजना के अनुरूप मंज़िल पर पहुँच जाती हैं।

अगर इंसान सुने, तो उसकी अंतरात्मा इन तीनों क्षेत्रों में उसे सही दिशा दिखा देगी। और वह इसका जितना ज़्यादा अनुसरण करेगा, यह उतनी ही ज़्यादा सशक्त बनेगी, जिससे वह दूसरों को योगदान देने में ज़्यादा से ज़्यादा आगे बढ़ सकता है। बुद्धिमत्तापूर्ण आहार, व्यायाम, विश्राम और नींद लेकर हम अपनी क्षमताओं को गहरा बनाते हैं। हम शरीर के प्रतिरक्षण तंत्र को मज़बूत बनाते हैं और इसके पुनर्निर्माण की शक्ति को बलवान बनाते हैं। बहरहाल, सबसे महत्वपूर्ण बात यह है कि ऐसा करके हम मस्तिष्क, हृदय और आत्मा में निहित बाक़ी तीन बुद्धियों को भी मुक्त कर देते हैं।

मानसिक बुद्धि – आईक्यू – को विकसित करना

मैं आईक्यू या मानसिक क्षमता विकसित करने के तीन तरीक़े सुझाता हूँ। पहला, *निरंतर, विधिवत, अनुशासित अध्ययन और शिक्षा*, जिसमें व्यक्ति के क्षेत्र के बाहर का अध्ययन शामिल हो। दूसरा, *आत्म-जागरूकता का विकास*, ताकि व्यक्ति मान्यताओं को स्पष्ट कर सके, "नवाचारी" तरीक़े से सोच सके और आरामदेह दायरे के बाहर सोच सके। तीसरा, *सिखाकर और करके सीखना।*

आईक्यू	मानसिक बुद्धि (आईक्यू) के तीन प्रमुख घटकों को विकसित करना
	सतत, सुनियोजित, अनुशासित अध्ययन और शिक्षा
	आत्म-जागरूकता का विकास (मान्यताओं को स्पष्ट करना)
	सिखाकर और करके सीखना

फ़िगर A1.2

निरंतर, विधिवत, अनुशासित अध्ययन और शिक्षा

जिन लोगों ने निरंतर सीखने, विकास करने और सुधार करने का संकल्प किया है, उनमें जीवन की बदलती वास्तविकताओं के साथ बदलने, उनके अनुरूप ढलने और उनके साथ लचीला बनने की योग्यता होती है। वे जीवन के किसी भी क्षेत्र में सफल

होने के लिए मूलभूत रूप से तैयार होते हैं। हमारी एकमात्र वास्तविक आर्थिक सुरक्षा मानवीय आवश्यकताओं को पूरा करने की हमारी शक्ति में निहित है। बुरी परिस्थितियों में मानवीय आवश्यकताएँ ज़्यादा प्रकट होती हैं। हमारी सुरक्षा हमारे संगठनों या नौकरियों में निहित नहीं होती है। प्रौद्योगिकी में होने वाले परिवर्तन उन्हें अप्रासंगिक बना सकते हैं। लेकिन अगर हमारे मस्तिष्क सशक्त हैं, सक्रिय हैं, जागरूक हैं, विकास कर रहे हैं और सीख रहे हैं, तो हम "बचे रहने" में कामयाब हो जाएँगे। मानसिक आईक्यू निश्चित होता है, यह मान्यता काफ़ी समय पहले ही ग़लत साबित हो चुकी है। मस्तिष्क का जितना ज़्यादा इस्तेमाल किया जाता है, यह उतना ही ज़्यादा शक्तिशाली बनता है। मस्तिष्क अंतरात्मा के प्रति जितना प्रतिक्रियाशील होता है, यह उतना ही ज़्यादा समझदार बनता है।

मेरा दृढ़ विश्वास है कि हमें अपने जीवन में टीवी देखने में काफ़ी कम समय देना चाहिए और पढ़ने की आदत डालना चाहिए। हमें व्यापकता से, गहराई से, अपने आरामदेह दायरों से बाहर और अपने प्रोफ़ेशनल क्षेत्रों से बाहर की चीज़ों का अध्ययन करना चाहिए। उदाहरण के लिए, मैं कई पत्रिकाएँ पढ़ता हूँ, जिनमें *साइंटिफ़िक अमेरिकन, द एकोनॉमिस्ट, साइकोलॉजी टुडे, हार्वर्ड बिज़नेस रिव्यू, फ़ॉरचून* और *बिज़नेस वीक* पढ़ना मुझे पसंद है। मेरी पत्नी लगातार मुझे ज़्यादा कथा-साहित्य, जीवनियाँ और आत्मकथाएँ पढ़ने के लिए प्रोत्साहित करती है, जिनमें उसकी मुख्य रुचि है। मुझे लगता है कि उसकी सलाह में समझदारी है। मुझे टिप्पणी लिखने के लिए कई पुस्तकें भेजी जाती हैं और मैंने अवधारणा से पढ़ने की कला सीख ली है, जिसमें मैं अध्यायों के शीर्षक पढ़कर और लेखक की शैली का अध्ययन करके यह पता लगा लेता हूँ कि मुख्य विचार कहाँ व्यक्त किए गए हैं या सार रूप में बताए गए हैं। इस तरह मैं एक दिन में कई पुस्तकों का सारांश ग्रहण कर सकता हूँ।

सीखने की एक और बहुत रोचक व मददगार शैली यह है कि आप अपने द्वारा सुनी प्रस्तुतियों या पढ़ी हुई पुस्तकों की सामग्री को चार क्षेत्रों में विभाजित कर सकते हैं : पहला, *उद्देश्य*; दूसरा, *मुख्य बिंदु*; तीसरा, *पुष्टि* – दूसरे शब्दों में प्रमाण; और चौथा, *प्रयोग* – दूसरे शब्दों में, उदाहरण और कहानियाँ। मैंने पाया है कि सुनते या पढ़ते समय अपने दिमाग़ को इस तरह से प्रशिक्षित करने से आप सामग्री को बहुत अच्छी तरह और सटीकता से पकड़ व समझ सकते हैं – इस हद तक कि आप उसी वक़्त सुनी प्रस्तुति स्वयं इस तरह दे सकते हैं, जैसे आपने उसे समझने में बहुत समय लगाया हो।

मूलभूत रूप से हर व्यक्ति को ख़ुद यह फ़ैसला करना चाहिए कि उसके लिए लगातार शिक्षा हासिल करने का सबसे अच्छा तरीक़ा क्या है। ज्ञानकर्मी युग में यह बेहद महत्वपूर्ण है। लोगों को सावधानी से ग़ौर करना होगा कि वे अपना समय कहाँ बिता रहे हैं और कहाँ बर्बाद कर रहे हैं। इसके बाद उन्हें मानसिक रूप से बहुत अनुशासित बनना होगा। पुस्तकों से बहुत लाभ होता है। ज़्यादातर लोग कहते हैं कि

वे इतने व्यस्त हैं कि उनके पास पढ़ने के लिए ज़्यादा वक़्त नहीं रहता - या बच्चों के लिए भी वक़्त नहीं रहता। बहरहाल, इस बारे में बहुत से प्रमाण हैं कि लोग अपना आधा समय ऐसे काम करने में बिताते हैं जो महत्वपूर्ण नहीं होते, हालाँकि वे तात्कालिक रूप से आवश्यक हो सकते हैं। लेकिन व्यक्ति बेहद महत्वपूर्ण चीज़ों पर *ध्यान केंद्रित करने* के बारे में जितना ज़्यादा अनुशासित बनता है, उसके हृदय के भीतर धधकती "हाँ" की भावना जितनी ज़्यादा प्रबल होती है, उसके लिए तमाम व्यवधानों को (जो अनिवार्य रूप से आते हैं) ख़ुशी-ख़ुशी, मुस्कराते हुए "नहीं" कह देना उतना ही आसान हो जाता है।

आत्म-जागरूकता का विकास (मान्यताओं को स्पष्ट करना)

आत्म-जागरूकता में सभी चार बुद्धियाँ शामिल हैं और यह एक अनूठा मानवीय वरदान है। मूलतः यह उद्दीपन और प्रतिक्रिया के बीच के स्थान का पर्यायवाची है - वह स्थान, जहाँ आप ठहर सकते हैं और फिर एक विकल्प चुन सकते हैं या निर्णय ले सकते हैं।

हमारी अंतर्निहित मान्यताओं, सिद्धांतों और पैरेडाइम्स को समझने तथा स्पष्ट करने की कोशिश की आत्म-जागरूकता विकसित करना निस्संदेह सबसे उच्च लीवरेज गतिविधियों में से एक है, जिसमें हम संलग्न हो सकते हैं। चूँकि हम हमेशा मान्यताएँ बना रहे हैं और चूँकि वे बहुत *आंतरिक* होती हैं (हम इस बारे में जागरूक नहीं होते हैं कि हम उन्हें बना रहे हैं), इसलिए उन्हें स्पष्ट करके हम विशाल क्वांटम छलाँग लगा सकते हैं। हम नवाचारी तरीक़े से सोचना सीख सकते हैं।

मैं इसके उदाहरण के रूप में एक अनुभव बनाता हूँ। इसे 9 बिंदुओं का अभ्यास कहा जाता है। भले ही आप इस अभ्यास में पहले शामिल हो चुके हों, लेकिन मैं आपको प्रोत्साहित करता हूँ कि आप इसे दोबारा करें, ताकि मान्यताओं को स्पष्ट करने और नवाचारी तरीक़े से सोचने के महत्व को प्रबलता से जान लें।

आगे नौ बिंदु दिए गए हैं। आपको अपना पेन या पेंसिल काग़ज़ से उठाए बिना इन सभी बिंदुओं पर चार सीधी, जुड़ी हुई रेखाएँ खींचना है, जो सभी नौ बिंदुओं को काटें (देखें चित्र A1.3)।

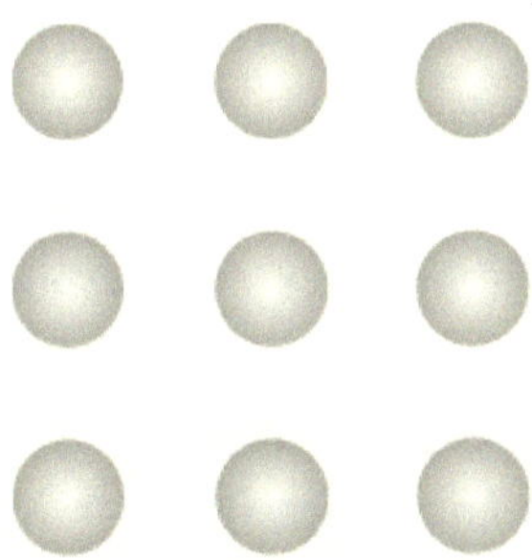

फ़िगर A1.3

मुश्किल आई? अगर ऐसा है, तो दोबारा कोशिश करें, लेकिन इस बार लीक से हटकर सोचें। आपने शायद यह मान लिया है कि आपकी रेखाएँ बॉक्स के अंदर रहनी चाहिए। (यहीं से "थिंक आउट ऑफ़ द बॉक्स" मुहावरा उत्पन्न हुआ है।) ध्यान दें कि आप इस समय क्या कर रहे हैं। आप अपने सोचने के बारे में सोच रहे हैं। कोई जानवर यह नहीं कर सकता। इसीलिए कोई जानवर अपना अन्वेषण नहीं कर सकता। आप और मैं कर सकते हैं। क्यों? हम अपनी मान्यताओं की जाँच कर सकते हैं। अब इसे दोबारा करने की कोशिश करें।

आइए देखते हैं, बॉक्स से बाहर सोचने पर क्या होता है। देखिए - पहली रेखा इस तरह खींचें, ताकि यह बॉक्स के बाहर चली जाए (देखें चित्र A1.4)।

फिर दूसरी, तीसरी और चौथी रेखाएँ (देखें चित्र A1.5)।

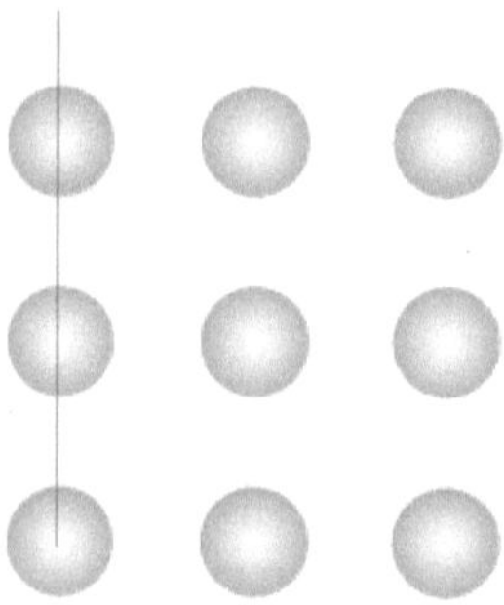

फ़िगर A1.4

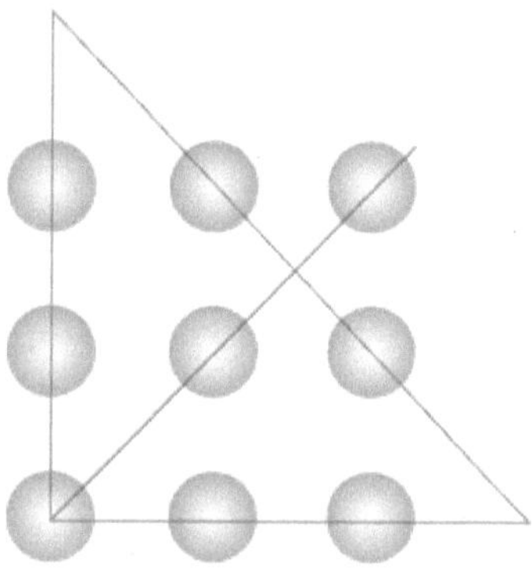

फ़िगर A1.5

ठीक है, मैं आपको एक और अभ्यास देता हूँ। एक सीधी रेखा खींचें, जो सभी नौ बिंदुओं के पार जाए। अब अपने मस्तिष्क के सोचने पर ग़ौर करें। आप क्या मानकर चल रहे हैं? यही कि एक सीधी रेखा सभी नौ बिंदुओं के पार जाए। आप बिंदुओं को दोबारा नहीं जमा सकते हैं। रेखा को उन्हीं नौ बिंदुओं के पार जाना है। आप क्या मानकर चल रहे हैं?

रेखा की चौड़ाई (देखें पृष्ठ 390 पर चित्र A1.6)।

आत्म-जागरूकता में सभी चार बुद्धियाँ शामिल होती हैं और यह एक अनूठा मानवीय वरदान है। मूलतः यह उद्दीपन और प्रतिक्रिया के बीच के स्थान का पर्यायवाची है - वह स्थान जहाँ आप ठहर सकते हैं और इसके बाद विकल्प चुन सकते हैं या निर्णय ले सकते हैं।

मैं आपको आत्म-जागरूकता को पोषण देने की कई अन्य नीतियाँ सुझाता हूँ। मेरी बेटी कॉलीन के पास शायद सत्तर जर्नल्स हैं, जिनमें उसने अपने व्यक्तिगत

विचार लिख रखे हैं, जो सिर्फ़ उसी की आँखों के लिए हैं। जर्नल लिखने से वह जीवन में अपने जुड़ावों की प्रेक्षक बनने और उन अवलोकनों पर आधारित विकल्प चुनने में भी समर्थ हुई है। उसने लगभग एक पल में ख़ुद को दोबारा गढ़ने की क्षमता विकसित कर ली है, सिर्फ़ इसलिए क्योंकि उसकी आत्म-जागरूकता बहुत गहरी और सशक्त है। मैंने उसे अंतरात्मा या आध्यात्मिक बुद्धि की दिशा पर आधारित महत्वपूर्ण निर्णय लेते देखा है, जिसमें उसने आईक्यू और ईक्यू दोनों को एसक्यू से नीचे रखा। बहरहाल, बाद में मुझे पता चला कि वे तीनों ही सामंजस्य में थे।

विचारों को शब्दों में लिखने का अनुशासन कष्टकारी होता है, लेकिन यह बहुत सशक्त होता है, क्योंकि इससे सब कुछ बहुत स्पष्ट हो जाता है। जिस असफलता से सबक़ लिया जाए, वह सफलता बन जाती है। इस मायने में दरअसल असफलता जैसी चीज़ होती ही नहीं है; सिर्फ़ सीखने के अनुभव होते हैं, जिनका हम जीवन में लाभकारी उपयोग कर सकते हैं।

अपने और दूसरों के बारे में जागरूकता विकसित करने तथा मान्यताओं को स्पष्ट करने का एक और सशक्त तरीक़ा है दूसरे लोगों से फ़ीडबैक माँगना। हम सभी में छिपी कमज़ोरियाँ होती हैं। उनमें से कुछ तो सचमुच हमारी प्रभावकारिता को पंगु बना देती हैं। लेकिन अगर हम औपचारिक या अनौपचारिक रूप से दूसरे लोगों से - जिनकी हम परवाह करते हैं और जिनके आस-पास हम काम करते या जीते हैं - फ़ीडबैक माँगने की यह आदत डाल लें, तो हमारे विकास की रफ़्तार तेज़ हो जाएगी। यह एक तरह से स्थानीय या क्षेत्रीय प्रतिस्पर्धियों के बजाय विश्व-स्तरीय उत्कृष्टता का पैमाना बनाने और मार्केट रिसर्च करने जैसा है। इससे अक्सर हमें उन छिपी कमज़ोरियों के बारे में जानकारी मिल जाती है, जो दूसरे लोगों को भी नहीं दिखती हैं।

कई लोग, जिनमें मैं भी शामिल हूँ, सच्ची प्रार्थना, चिंतन वाली प्रार्थना, सुनी हुई प्रार्थना को अंतरात्मा की दिशा मानते हैं और जीवन को मिशन, प्रबंधन (stewardship) और योगदान के अवसर के रूप में देखते हैं। प्रार्थना भी पीछे हटने, दूसरों के सामने ग़लतियाँ स्वीकार करने, माफ़ी माँगने, दोबारा संकल्प करने और फिर से सही मार्ग पर लौटने की शक्ति व साहस प्रदान कर सकती है।

सिखाकर और करके सीखना

दोबारा अध्याय 3 देखें। लगभग हर व्यक्ति यह मानता है कि आप सबसे अच्छी तरह तब सीखते हैं, जब आप किसी दूसरे को सिखाते हैं। आपके द्वारा सीखी गई चीज़ें तब आत्मसात होती हैं, जब आप उन्हें अपने जीवन में उतारते हैं। जानना और नहीं करना दरअसल नहीं जानने जैसा है। सीखना और नहीं करना दरअसल नहीं सीखने जैसा है। दूसरे शब्दों में, किसी चीज़ को समझना, लेकिन उस पर अमल न करना दरअसल उसे नहीं समझने जैसा है। सिर्फ़ उसे करके और उस पर अमल करके ही वह ज्ञान और समझ आत्मसात होती है।

मानसिक विकास की अवहेलना करना

हम गहन जटिलता और डिजिटल गति वाले संसार में जी रहे हैं। बाज़ार और टेक्नोलॉजी वैश्विक बनती जा रही हैं। एक नए तरह का आतंकवाद हर दिल में भय उत्पन्न कर रहा है, जिसके दुनिया भर में विनाशकारी परिणाम हो सकते हैं। पूरे समुदाय में जीवनमूल्य संबंधी दुविधा और विभ्रम का अनुभव हो रहा है। परिवारों पर आज जितना तनाव है, उतना पहले कभी नहीं रहा। इन चुनौतियों से निबटने का हमारा इंजन है मस्तिष्क यानी सोचने की शक्ति। जब इसकी अवहेलना की जाती है, तो *शरीर* को भी कष्ट उठाना पड़ता है। जैसा किसी ने कहा है, "अगर आप सोचते हैं कि शिक्षा महँगी है, तो अज्ञान को आज़माकर देख लें।" जीवन का नैतिक आदेश विकास करना या मरना है। कई पेशों का जीवन तो चंद सालों का ही होता है। अगर हम अपने मानसिक विकास की ज़िम्मेदारी अपने नियोक्ता संगठन पर डाल देते हैं, तो हम निरंतर सह-निर्भर बनते चले जाएँगे और अततः अपने व्यवसाय में दक़ियानूसी बन सकते हैं। इससे हमारी आमदनी की क्षमता घट जाती है। हमारी नौकरियाँ भी जा सकती हैं। शरीर का ज़्यादा तेज़ी से ह्रास होता है। हम जल्दी मर भी सकते हैं।

जब हम मस्तिष्क और इसके सतत विकास की अवहेलना करते हैं, तो इसका *हृदय* पर, संबंधों पर क्या प्रभाव पड़ता है? हम अज्ञान, पूर्वाग्रह, स्टीरियोटाइपिंग और लेबलिंग द्वारा ज़्यादा नियंत्रित होने लगते हैं। यह बहुत ही संकीर्ण सोच, यहाँ तक कि आत्म-मुग्धता (narcissism) और विभ्रम (paranoia) की ओर भी ले जा सकता है। जीवन का हमारा समग्र दृष्टिकोण निकट दृष्टि-दोष (myopia) से पीड़ित होकर संकीर्ण और आत्म-केंद्रित बन जाता है।

जब हम सीखना बंद कर देते हैं, तो हमारी *आत्मा* पर क्या प्रभाव पड़ता है? अंतरात्मा पहले तो सुन्न हो जाती है, फिर कुंद हो जाती है और अंत में ख़ामोश हो जाती है, क्योंकि यह हमें लगातार सीखने और विकास करने को कहती है। हम जीवन में भविष्य-दृष्टि के एहसास और अपनी आवाज़ खोजने के संघर्ष को भी खो देते हैं, जो जीवन में जोश के मूलभूत स्रोत हैं। हम बुद्धिमत्तापूर्ण साहित्य को उबाऊ, अप्रेरक या बेकार तक मानने लगते हैं।

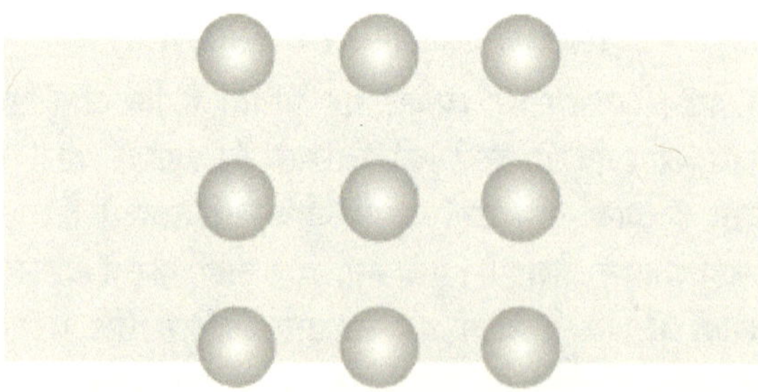

फ़िगर A1.6

भावनात्मक बुद्धि – ईक्यू विकसित करना

दिलचस्प बात यह है कि अगर आप भावनात्मक बुद्धि पर लिखे साहित्य का ग़ौर से अध्ययन करें, तो इसमें पहला सुझाव यह मिलता है कि दीर्घकालीन प्रभावकारिता में ईक्यू का ज़बर्दस्त महत्व होता है। दूसरा सुझाव यह है कि ईक्यू को विकसित किया जा *सकता* है। लेकिन दिलचस्प बात यह है कि इस साहित्य में यह बहुत कम बताया जाता है कि इसे विकसित *कैसे* किया जाता है।

ईक्यू	भावनात्मक बुद्धि (ईक्यू) के पाँच प्रमुख घटक
	आत्म-जागरूकता
	व्यक्तिगत प्रेरणा
	आत्म-नियमन
	परानुभूति
	सामाजिक योग्यताएँ

फ़िगर A1.7

भावनात्मक बुद्धि के आम तौर पर पाँच स्वीकृत मूलभूत घटक हैं। पहला है *आत्म-जागरूकता* - अपने जीवन पर विचार करने, आत्म-ज्ञान का विस्तार करने और कमज़ोरियों की भरपाई करने या उनसे उबरने तथा ख़ुद को बेहतर बनाने के लिए उस ज्ञान का इस्तेमाल करने की योग्यता। दूसरा घटक है *व्यक्तिगत प्रेरणा*, जिसका संबंध उस बात से है, जिससे लोग सचमुच रोमांचित होते हैं - भविष्य-दृष्टि, जीवनमूल्य, लक्ष्य, आशाएँ, इच्छाएँ और रुचियाँ, जो उनकी प्राथमिकताएँ तय करती हैं। तीसरा घटक है, *आत्म-नियमन* या अपनी भविष्य-दृष्टि और जीवनमूल्य हासिल करने की दिशा में ख़ुद का प्रबंधन करने की योग्यता। चौथा घटक है *परानुभूति*, यह देखने की योग्यता कि दूसरे लोग चीज़ों के बारे में किस तरह देखते और महसूस करते हैं। पाँचवाँ घटक है *सामाजिक और संप्रेषण योग्यताएँ*, जिनका संबंध इस बात से है कि अपने साझे उद्देश्यों को आगे बढ़ाने के लिए लोग किस तरह मतभेदों को सुलझाते हैं, समस्याओं का समाधान खोजते हैं, रचनात्मक समाधान उत्पन्न करते हैं और सर्वश्रेष्ठ व्यवहार करते हैं।

मुझे इस बात का गहरा विश्वास हो चुका है कि ईक्यू के इन पाँच आयामों को विकसित करने का सर्वश्रेष्ठ, क्रमबद्ध तरीक़ा अति प्रभावकारी लोगों की 7 आदतें के माध्यम से है। जैसा मैंने अध्याय 8 में ज़िक्र किया है, आदतें यहाँ पर इतने पर्याप्त

विस्तार से नहीं बताई जा सकतीं, जिसका सचमुच प्रभाव पड़े – उन्हें तो उस पुस्तक में ही सबसे अच्छी तरह अनुभव किया जा सकता है। लेकिन नीचे आपको एक चार्ट मिलेगा, जिसमें 7 आदतों में से हर एक का निहित सिद्धांत या सार दिया गया है। आप अध्याय 8 में 7 आदतों का सारांश भी देख सकते हैं।

7 आदतों में समाहित सिद्धांत	
आदत	*सिद्धांत*
❶ प्रोएक्टिव बनें	ज़िम्मेदारी/पहलशक्ति
❷ अंत को ध्यान में रखकर शुरू करें	भविष्य-दृष्टि/जीवनमूल्य
❸ पहली चीज़ें पहले रखें	अखंडता/क्रियान्वयन
❹ जीत/जीत सोचें	आपसी सम्मान/लाभ
❺ पहले समझने की कोशिश करें, फिर समझे जाने की	पारस्परिक समझ
❻ सिनर्जी का प्रयोग करें	रचनात्मक सहयोग
❼ आरी की धार तेज़ करें	नवीनीकरण

फ़िगर A1.8

7 आदतों के माध्यम से ईक्यू के 4 आयामों को विकसित करना

आइए भावनात्मक बुद्धि के 5 तत्वों पर इन 7 आदतों के संदर्भ में विचार करें :

ईक्यू	7 आदतें द्वारा भावनात्मक बुद्धि (ईक्यू) के पाँच प्रमुख घटक विकसित करना
आत्म-जागरूकता	❶ प्रोएक्टिव बनें
व्यक्तिगत प्रेरणा	❷ अंत को ध्यान में रखकर शुरू करें
आत्म-नियमितीकरण	❸ पहली चीज़ें पहले रखें ❼ आरी की धार तेज़ करें
परानुभूति	❺ पहले समझने की कोशिश करें, फिर समझे जाने की
सामाजिक योग्यताएँ	❹ जीत/जीत सोचें ❺ पहले समझने की कोशिश करें, फिर समझे जाने की ❻ सिनर्जी का प्रयोग करें

फ़िगर A1.9

आत्म-जागरूकता

ख़ुद की जागरूकता, हमारी स्वतंत्रता और चयन करने की शक्ति की जागरूकता प्रोएक्टिव बनें आदत के मूल में है। दूसरे शब्दों में, आप उद्दीपन और प्रतिक्रिया के बीच के स्थान के बारे में जागरूक हैं। आप अपनी आनुवंशिक, जीववैज्ञानिक विरासत, अपने लालन-पालन और अपने चारों ओर के वातावरण की शक्तियों के बारे में जागरूक हैं। जानवरों के विपरीत आप इन चीज़ों के बारे में बुद्धिमत्तापूर्ण चयन कर सकते हैं। आपको एहसास होता है कि आप अपने जीवन की रचनात्मक शक्ति हैं या बन सकते हैं। यह आपका सबसे *मूलभूत* निर्णय है।

व्यक्तिगत प्रेरणा

व्यक्तिगत प्रेरणा उन चयनों का आधार है - यानी आप फ़ैसला करते हैं कि आपकी सर्वोच्च प्राथमिकताएँ, लक्ष्य और जीवनमूल्य क्या हैं। दूसरी आदत इसी बारे में है - अंत को ध्यान में रखकर शुरू करें। अपने जीवन को दिशा देने का यह निर्णय आपका *मूलभूत* निर्णय है।

आत्म-नियमन

आत्म-नियमन पहली चीज़ें पहले रखें - तीसरी आदत और आरी की धार तेज़ करें - सातवीं आदत को व्यक्त करने का एक और तरीक़ा है। दूसरे शब्दों में, जब आप

यह फ़ैसला कर लेते हैं कि आपकी प्राथमिकताएँ क्या हैं, तो आप उनके अनुसार *जीते* हैं। यह अखंडता की आदत है, आत्म-विजय की आदत है, अपने जीवनमूल्यों के अनुसार जीना है, वह करना है जिसे करने का आप इरादा रखते हैं। फिर लगातार अपना नवीनीकरण करते रहें। क्रियान्वयन की रणनीतियाँ और उनके संबंध में लिए जाने वाले निर्णय आपके *द्वितीयक* या *गौण* निर्णय हैं।

परानुभूति

परानुभूति पाँचवीं आदत - पहले समझने की कोशिश करें, फिर समझे जाने की का पहला हिस्सा है। यह अपनी आत्मकथा के पार जाकर दूसरे लोगों के दिलोदिमाग़ में पहुँचना है। इसका मतलब है कि दूसरों को समझाने या प्रभावित करने की कोशिश करने या निर्णय लेने या मूल्यांकन करने से पहले हमें सामाजिक रूप से बहुत संवेदनशील और स्थिति के बारे में जागरूक बनना होगा।

सामाजिक संप्रेषण योग्यताएँ

चौथी, पाँचवीं और छठी आदतों का मिश्रण *सामाजिक संप्रेषण योग्यताओं* का प्रतिनिधित्व करता है। आप पारस्परिक लाभ और सम्मान के संदर्भ में सोचते हैं (चौथी आदत - जीत/जीत सोचें), आप आपसी समझ की कोशिश करते हैं (पाँचवीं आदत - पहले समझने की कोशिश करें, फिर समझे जाने की) ताकि रचनात्मक सहयोग उत्पन्न हो (छठी आदत - सिनर्जी)।

मैं एक बार फिर स्वीकार करता हूँ कि मैंने 7 आदतों और भावनात्मक बुद्धि के इन पाँच आयामों के विकास को बहुत ही संक्षिप्त रूप में बताया है। अगर ईक्यू विकसित करने में आपकी गंभीर रुचि हो, तो मैं आपको सुझाव देता हूँ कि आप *अति प्रभावकारी लोगों की 7 आदतें* में दिए गए सिद्धांतों का सचमुच अध्ययन करें और उन्हें अपने जीवन में उतारने की कोशिश करें। मैं अपनी पुस्तक की बिक्री बढ़वाने के उद्देश्य से ऐसा नहीं कर रहा हूँ, बल्कि इस विश्वास से कह रहा हूँ कि उसमें दिए गए सिद्धांत शाश्वत, सार्वकालिक और स्वतः स्पष्ट हैं - ऐसे सिद्धांत, जिनके लिए मैं श्रेय नहीं ले सकता, क्योंकि वे पूरी मानवता के हैं और हर उस देश, समाज, धर्म या समुदाय में मौजूद हैं, जो लंबे समय तक क़ायम रहा है और समृद्ध हुआ है।

भावनात्मक बुद्धि की अवेहलना करना

लेखकद्वय डॉक चिल्ड्रे और ब्रूस क्रायर बताते हैं कि हृदय की बुद्धिमत्तापूर्ण आवाज़ की अवहेलना का *शरीर* पर क्या असर होता है। "जब कुंठा, तनाव या आंतरिक उथलपुथल होती है, तो बौद्धिक क्षमता घट जाती है। इस तरह की भावनात्मक अवस्थाएँ हृदय की लय और इलेक्ट्रिक आउटपुट में असंगति उत्पन्न करती हैं और

न्यूरोलॉजिकल कार्यकुशलता को घटाती हैं। इस कारण समझदार लोग मूर्खतापूर्ण काम कर बैठते हैं। जब आप आंतरिक सामंजस्य को दैनिक प्राथमिकता बना लेते हैं, तो आप अपना समय और ऊर्जा बचाते हैं।" वे यह भी स्पष्ट करते हैं, "जब हम अपने गहरे जीवनमूल्यों और अंतरात्मा के ख़िलाफ़ काम करते हैं, तो हमारा प्रतिरोधक तंत्र कमज़ोर होता है। दूसरी तरफ़, जब हम हार्दिक प्रेम या परवाह महसूस करते और व्यक्त करते हैं, तो इसकी शक्ति बढ़ जाती है। द हार्टमैथ संगठन ने इसे वैज्ञानिक रूप से व्यक्तिगत प्रतिरोधक शक्ति के स्तर पर प्रमाणित किया है – क्या आप किसी बड़े झगड़े के बाद बीमार पड़े हैं या यह सुनने के बाद कि आप जिस ख़ास प्रोजेक्ट पर महीनों से काम कर रहे थे, वह रद्द हो गया है। हार्टमैथ संगठन ने इसे संगठनात्मक स्तर पर भी प्रमाणित किया है, जिस संदर्भ में उनका कहना है कि यह एक भावनात्मक वायरस है, जो संगठनात्मक आत्मा, जीवंतता और मनोबल को चूस लेता है।"[3]

अगर हम अपनी भावनात्मक बुद्धि के विकास की अवहेलना करते हैं और निजी विजय पाने के लिए अपने आत्म-अनुशासन में असफल हो जाते हैं, जो सार्वजनिक विजयों की ओर ले जाती है, तो हम भावनात्मक ट्रॉमा, तनाव और दबाव, क्रोध, ईर्ष्या, लोभ, जलन और अतार्किक अपराधबोध जैसी विघटनकारी भावनाओं का अनुभव करेंगे। जब किसी मुख्य संबंध पर दबाव पड़ता है या वह टूट जाता है या उसका अतिक्रमण किया जाता है, तो शरीर पर इसका असर पड़ता है और प्रतिरोधक तंत्र कमज़ोर हो जाता है। लोग कई तरह की मनोदैहिक बीमारियों और सिर दर्द के शिकार हो जाते हैं। उनके *मस्तिष्क* अक्सर तनावपूर्ण, अनमने और विचलित हो जाते हैं। वे अमूर्तता, सावधानी, विश्लेषण और रचनात्मक तरीक़े से सोचने की योग्यता गँवा बैठते हैं। *आत्मा* भी तनावपूर्ण और हताश हो जाती है। लोग अक्सर असहाय, निराश, शोषित और कई बार तो इतने हताश हो जाते हैं कि उनमें आत्महत्या की प्रवृत्ति जाग जाती है। इसीलिए दूसरे लोगों और ख़ुद के साथ संबंधों को लगातार पोषण देना इतना महत्वपूर्ण है।

आत्मिक बुद्धि – एसक्यू विकसित करना

शिक्षा का उद्देश्य मनुष्यों को पूर्ण बनाना है, सक्षमता में भी और अंतरात्मा में भी। अगर सक्षमता की शक्ति है, लेकिन उसके इस्तेमाल में मार्गदर्शन देने की कोई शक्ति नहीं है, तो वह शिक्षा बुरी है। इसके अलावा, अंतरात्मा से दूर रहने पर सक्षमता अंततः बिखर जाती है।

जॉन स्लोन डिकी

एसक्यू	आत्मिक बुद्धि (एसक्यू) के तीन प्रमुख घटकों को विकसित करना
	अखंडता (अपने सर्वोच्च जीवनमूल्यों और अंतरात्मा के प्रति ईमानदार रहना)
	अर्थ (लोगों और उद्देश्यों के प्रति योगदान का एहसास)
	आवाज़ (अपनी अनूठी क्षमता और प्रतिभाओं से काम को दिशाबद्ध करना)

फ़िगर A1.10

आत्मिक बुद्धि विकसित करने के लिए मैं तीन तरीक़े सुझाता हूँ। पहला है *अखंडता* - अपने उच्चतम मूल्यों, विश्वासों और अंतरात्मा के प्रति ईमानदार रहना और असीमित के साथ संबंध जोड़ना। दूसरा तरीक़ा है *अर्थ* - लोगों और उद्देश्यों के प्रति योगदान देने का एहसास होना। और तीसरा है *आवाज़* - अपने काम को अपनी अनूठी प्रतिभाओं या योग्यताओं तथा अपने व्यवसाय के एहसास के साथ दिशाबद्ध करना।

अखंडता - वादे करना और निभाना

अखंडता विकसित करने का सबसे अच्छा तरीक़ा छोटी शुरुआत करना है यानी छोटे वादे करें और उन्हें निभाएँ। कोई ऐसा वादा करें, जो दूसरों को बहुत छोटा और महत्वहीन लग रहा हो, लेकिन आपको उसमें सच्ची कोशिश करनी पड़े - दस मिनट तक व्यायाम करना, मिठाई न खाना, एक दिन में एक घंटे कम टीवी देखना और उस दौरान किसी पुस्तक का एक अध्याय पढ़ना, किसी को चिट्ठी लिखकर धन्यवाद देना, रोज़ प्रार्थना करना, माफ़ी माँगना या हर दिन दस मिनट तक धार्मिक ग्रंथ पढ़ना।

सबक़ यह है कि जब आप कोई वादा करते हैं और उसे निभाते हैं, तो ज़्यादा बड़े वादे करने और निभाने की आपकी क्षमता बढ़ जाती है। लगातार ऐसा करने पर जल्दी ही आपके सम्मान का एहसास आपके मूड से ज़्यादा ताक़तवर बन जाएगा। आप व्यक्तिगत अखंडता विकसित कर लेंगे - इसका मतलब है कि आप एकीकृत हो चुके होंगे - जो आपके लिए शक्ति का एक बहुत बड़ा स्रोत बन जाएगा। यह दरअसल एक छोटी आग *जलाना* है, जब तक कि भीतर एक बड़ी आग न धधकने लगे।

अखंडता - अपनी अंतरात्मा को शिक्षित करना और उसकी आज्ञा मानना

आत्मिक बुद्धि विकसित करने का शायद सबसे प्रबल तरीक़ा अपनी अंतरात्मा को

शिक्षित करना और उसकी आज्ञा मानना है। मादाम डे स्टेल ने इसे इस तरह से कहा था, "अंतरात्मा की आवाज़ इतनी नाज़ुक है कि इसका दमन करना आसान है, लेकिन यह इतनी स्पष्ट भी है कि इसे समझने में ग़लती होना असंभव है।" जब आप अपने धार्मिक ग्रंथों की बुद्धिमत्ता का अध्ययन करना शुरू करते हैं या जब आप उन लोगों के जीवन का अध्ययन करते हैं, जिन्होंने आपको प्रेरित किया है या ऊपर उठाया है, तो आपको एहसास होगा कि अंतरात्मा की आवाज़ आपको मार्गदर्शन दे रही है और राह दिखा रही है। यह एक धीमी, छोटी आवाज़ है। और जैसा सी.एस. लुइस कहते हैं, वह सचमुच घटित हो जाएगा। "आप अपनी अंतरात्मा की जितना ज़्यादा आज्ञा मानते हैं, आपकी अंतरात्मा आपसे उतनी ही ज़्यादा माँग करती है।" यह न सिर्फ़ आपसे माँग करती है, बल्कि यह आपकी क्षमताओं, बुद्धियों और योगदानों को भी बढ़ा देती है। जब आप मिले गए गुणों का समझदारी से इस्तेमाल करते हैं, तो वे दोगुना हो जाते हैं।

अर्थ और अपनी आवाज़ खोजना

ज़ाहिर है, यह इस पुस्तक का मुख्य विषय है और बाक़ी हर चीज़ के इर्द-गिर्द घूमता है। लेकिन जैसा पहले भी बताया जा चुका है, अपनी आवाज़ खोजने का एक आसान तरीक़ा सिर्फ़ यह सवाल पूछना है : मेरे जीवन की स्थिति मुझसे इस वक़्त क्या माँग करती है; मुझे अपनी वर्तमान ज़िम्मेदारियों, कर्तव्यों, प्रबंधकीय क्षेत्र में क्या करना चाहिए; बुद्धिमत्तापूर्ण काम कौन सा होगा? जब हम अपनी अंतरात्मा द्वारा दिए जाने वाले जवाबों के प्रति ईमानदारी से जीते हैं, तो स्थान ज़्यादा बड़ा बन जाता है और अंतरात्मा की आवाज़ ज़्यादा तेज़ हो जाती है।

जीने में मेरा उद्देश्य एक बनाना है
मेरे आनंददायक कार्य और व्यवसाय को
जिस तरह दो आँखें मिलकर देखती हैं,
जहाँ प्रेम और आवश्यकता एक हों
और काम मानवीय हितों के लिए खेल बन जाए,
क्या काम कभी सचमुच पूरा हो पाता है
ईश्वर और भविष्य के लिए।[4]

रॉबर्ट फ्रॉस्ट

अपनी आवाज़ का एहसास का पाने का एक और बहुत महत्वपूर्ण तरीक़ा तब है, जब आप कैरियर, नौकरी या उद्देश्य का चयन कर रहे हों। चारों बुद्धियों - शरीर, मस्तिष्क, हृदय और आत्मा - का प्रतिनिधित्व करने वाले मूलभूत सवाल

पूछना न भूलें। मुझे कौन सा काम करना सचमुच पसंद है, जिसे मैं अच्छी तरह से करता हूँ? क्या मुझे यह करना चाहिए? क्या मैं इसमें आजीविका कमा सकता हूँ? क्या मैं इसमें बेहतर बनना सीख सकता हूँ? क्या मैं सीखने की क़ीमत चुकाना चाहता हूँ? जिम कॉलिन्स अपनी प्रभावी पुस्तक *गुड टु ग्रेट* में लोगों और संगठनों को यह सवाल पूछने के लिए प्रोत्साहित करते हैं : मैं दुनिया में सबसे अच्छा कैसे बन सकता हूँ? मैं इस सवाल का कम से कम एक सही जवाब जानता हूँ, जो सभी माता-पिताओं पर लागू होता है। अगर हम ठान लें, तो हम अपने बच्चों को पालने के क्षेत्र में दुनिया में सर्वश्रेष्ठ बन सकते हैं। कोई भी उतनी ज़्यादा परवाह नहीं करता, जितनी हम करते हैं।

> *आज से सौ साल बाद इस बात से कोई फ़र्क़ नहीं पड़ेगा कि मैं किस तरह की कार चलाता था, किस तरह के मकान में रहता था, मेरे बैंक अकाउंट में कितना पैसा था, या मेरे कपड़े कैसे दिखते थे। लेकिन दुनिया शायद थोड़ी बेहतर बन सकती है, क्योंकि मैं किसी बच्चे की ज़िंदगी में महत्वपूर्ण था।*
>
> ***अज्ञात***

हमारी आध्यात्मिक बुद्धि की अवहेलना करना, नज़रअंदाज़ करना और उपेक्षा करना

जब हमारी अंतरात्मा और अखंडता की उपेक्षा होती है, तब *शरीर* के साथ क्या होता है? आप इसे आम तौर पर लोगों के चेहरों पर और उनकी आँखों में देख सकते हैं। आम तौर पर वे अपने शरीर की भी उपेक्षा करते हैं। वे अक्सर बुझे-बुझे रहते हैं, जब तक कि वे पहले से थके हुए न हों। उनके *मस्तिष्क* आम तौर पर तार्किकता से भरे होते हैं, जिसका दरअसल यह मतलब है कि वे ख़ुद से तार्किक झूठ बोल रहे हैं। वे अपराधबोध महसूस करते हैं, जो अखंडता और अंतरात्मा की सच्ची उपेक्षा होने पर बहुत स्वस्थ भाव है। उनमें शांति की कमी होती है। उनका विवेक दोषपूर्ण होता है। कैलिफ़ोर्निया यूनिवर्सिटी ने अपने एक शोध को न्यूज़लेटर में इस तरह से सार रूप में बताया था : "अच्छा काम करके सफलता पाना।"

हृदय के साथ क्या होता है? लोग अपनी भावनाओं पर नियंत्रण खो देते हैं, दूसरों को समझने की योग्यता गँवा देते हैं, दूसरों के साथ परानुभूति खो बैठते हैं। इसके अलावा, दूसरों के लिए प्रेम और करुणा महसूस करने की उनकी क्षमता भी काफ़ी कम हो जाती है।

जब कोई मनुष्य बेहतर बनता है, तो वह ज़्यादा स्पष्टता से समझता कि उसमें अब भी कितनी बुराई बची है। जब कोई मनुष्य बदतर बनता है, तो वह अपनी बुराई को कम समझता है। कम बुरा आदमी जानता है कि वह बहुत अच्छा नहीं है। पूरी तरह बुरा आदमी सोचता है कि वह बिलकुल सही है। यह दरअसल सहज बोध है। आप नींद को समझ सकते हैं, जब आप जागे हुए हों। तब नहीं, जब आप सो रहे हों। आप गणित में ग़लतियाँ देख सकते हैं, जब आपका दिमाग़ सही तरीक़े से काम कर रहा हो। जब आप वे ग़लतियाँ करते हैं, तो आप उन्हें नहीं देख सकते। अच्छे लोग बुराई और बुरे दोनों के बारे में जानते हैं; बुरे लोग इन दोनों में से किसी के बारे में भी नहीं जानते।[5]

सी.एस. लुइस

परिशिष्ट 2

लीडरशिप अवधारणाओं के साहित्य की समीक्षा

बीसवीं सदी में लीडरशिप अवधारणाओं की पाँच व्यापक नीतियाँ उभरकर आई हैं। इनमें गुण, व्यवहारवाद, शक्ति-प्रभाव, पारिस्थितिकीय और एकीकृत नीतियाँ शामिल हैं। सन् 1900 से पहले लीडरशिप की महान-व्यक्ति की अवधारणा बड़ी प्रबल थी और इसी ने लीडरशिप की गुणवादी अवधारणाओं को जन्म दिया। इसकी प्रतिक्रिया में सिद्धांतवादी पारिस्थितिकीय और परिवेशीय तत्वों पर ज़्यादा ज़ोर देने लगे। अंत में, एकीकरण के सिद्धांत व्यक्तियों और परिस्थितियों, मनोविश्लेषण, भूमिका प्राप्ति, परिवर्तन, लक्ष्यों और आपातकालीन स्थितियों के इर्द-गिर्द विकसित हुए। 1970 के बाद की लीडरशिप अवधारणाएँ इन्हीं मूलभूत सिद्धांतों का अनुसरण करती हैं।

लीडरशिप अवधारणाएँ : साहित्य की समीक्षा

अवधारणा	प्रतिनिधि लेखक/वर्ष	सार
महान-व्यक्ति की अवधारणाएँ	डाउड (1936)	महान व्यक्तियों के नेतृत्व द्वारा बनाई गई सामाजिक संस्थाएँ और इतिहास (उदाहरण के लिए, मोज़ेस, मुहम्मद, जोन ऑफ़ आर्क, वॉशिंगटन, गाँधी, चर्चिल आदि)। डाउड (1936) का मानना था कि "जनता के नेतृत्व जैसी कोई चीज़ नहीं होती। हर समाज में रहने वाले इंसानों में अलग-अलग बुद्धि, ऊर्जा और नैतिक शक्ति होती है। जनता को जिस दिशा में भी जाने के लिए प्रभावित कर दिया जाता है, यह कुछ श्रेष्ठ लोगों के नेतृत्व में उसी दिशा में चल पड़ती है।"

लीडरशिप अवधारणाएँ : साहित्य की समीक्षा (निरंतर...)

अवधारणा	प्रतिनिधि लेखक/वर्ष	सार
गुणवादी अवधारणाएँ	एल.एल. बर्नार्ड (1926); बिंगहैम (1927); किलबर्न (1935); कर्कपैट्रिक और लॉक (1991); कोह्ज और आइर्ल (1920); पेज (1935); टीड (1929)	लीडर कुछ श्रेष्ठ गुणों और विशेषताओं से संपन्न होता है, जो उसे उसके अनुयायियों से अलग करते हैं। गुणवादी अवधारणाओं पर हुआ शोध इन दो सवालों पर केंद्रित है : कौन से गुण लीडर्स को बाक़ी लोगों से अलग करते हैं? इन अंतरों की सीमा क्या है?
स्थितिवादी अवधारणाएँ	बोगार्डस (1918); हर्से और ब्लैंचर्ड (1972); हॉकिंग (1924); पर्सन (1928); एच. स्पेंसर	लीडरशिप स्थिति की माँगों का परिणाम है। व्यक्ति की विरासत के बजाय स्थिति संबंधी तत्व तय करते हैं कि लीडर के रूप में कौन उभरेगा। महान लीडर का उदय समय, स्थान और परिस्थिति का परिणाम है।
व्यक्तिगत स्थितिवादी अवधारणाएँ	बर्नार्ड (1938); बैस (1960); जे.एफ़. ब्राउन (1936); केस (1933); सी.ए. गिब (1947, 1954); जेंकिंस (1947); लापियर (1938); मर्फ़ी (1941; वेस्टबर्ग (1931)	व्यक्तिगत-स्थितिवादी अवधारणाएँ महान व्यक्ति, गुण और स्थितिवादी लीडरशिप का तालमेल हैं। शोध में सुझाव दिया गया है कि लीडरशिप के अध्ययन में प्रभावों, बौद्धिक और कर्म संबंधी गुणों के साथ-साथ उन विशिष्ट परिस्थितियों का भी अध्ययन किया जाना चाहिए, जिनमें व्यक्ति काम करता है। स्थितियों में निम्न शामिल हैं : (1) व्यक्तित्व के गुण, (2) समूह और इसके सदस्यों की प्रकृति, और (3) समूह के सामने मौजूद स्थितियाँ और घटनाएँ।
मनोविश्लेषकीय अवधारणाएँ	एरिकसन (1964); फ्रैंक (1939); फ्रॉयड (1913, 1922); फ्रॉम (1941); एच. लेवसन (1970); वोलमैन (1971)	लीडर पिता की भूमिका में होता है और प्रेम या डर का स्रोत होता है, सुपरईगो का मूर्त रूप होता है, अनुयायियों की कुंठाओं और विनाशकारी आक्रामकता के लिए भावनात्मक निकास होता है।
मानवतावादी अवधारणाएँ	आर्गिरिस (1957, 1962, 1964); ब्लैक और मोटन (1964, 1965); हर्से और ब्लैंचर्ड (1969, 1972); लिकर्ट (1961, 1967); कास्लो (1965); मैकग्रेगर (1960, 1966)	मानवतावादी अवधारणाएँ प्रभावकारी और संबद्ध संगठनों में व्यक्ति के विकास से संबंधित हैं। इन अवधारणाओं के दृष्टिकोण वाले लोग मानते हैं कि व्यक्ति प्रकृति से प्रेरित होते हैं और संगठन प्रकृति से तंत्रात्मक व नियंत्रित होते हैं। उनके अनुसार, लीडरशिप व्यक्तियों को स्वतंत्रता प्रदान करने के लिए संगठनात्मक बाधाओं में संशोधन करती है, ताकि वे अपनी पूर्ण क्षमता तक पहुँच जाएँ और संगठन में योगदान दें।

लीडरशिप अवधारणाएँ : साहित्य की समीक्षा (निरंतर...)

अवधारणा	प्रतिनिधि लेखक/वर्ष	सार
लीडर-भूमिका अवधारणा	होमन्स (1950); कोहून और क्विन (1970); केर और जर्मियर (1978); मिन्ट्ज़बर्ग (1973); ओसबोर्न और हंट (1975)	व्यक्ति की विशेषताएँ और स्थिति की माँगें इस तरह से आपस में अंतर्क्रिया करती हैं कि एक या कुछ व्यक्ति लीडर के रूप में उभर आते हैं। समूह अपने सदस्यों की अंतर्क्रियाओं के आधार पर बनते हैं और भिन्न भूमिकाओं तथा पदों के अनुसार संगठित होते हैं। लीडरशिप एक भिन्न भूमिका है और उस पद वाले व्यक्ति से समूह के बाक़ी लोगों से भिन्न व्यवहार की आशा की जाती है। लीडर इस अनुसार व्यवहार करते हैं कि वे अपनी भूमिका को कैसे देखते हैं और दूसरे उनसे क्या करने की उम्मीद करते हैं। मिंट्ज़बर्ग ने निम्न लीडरशिप भूमिकाएँ बताई हैं : मुखिया, लीडर, मध्यस्थ, प्रहरी, प्रचारक, प्रवक्ता, उद्यमी, समस्याओं का समाधान करने वाला, संसाधन बाँटने वाला और बातचीत से मतभेद दूर करने वाला।
राह-लक्ष्य अवधारणा	एम.जी. इवान्स (1970); जॉर्जोपोलॉस, मैहोनी और जोन्स (1957); हाउस (1971); हाउस और डैसलर (1974)	लीडर्स अनुयायियों को ऐसे व्यवहार (राहें) दिखाकर परिवर्तन को बलवती बनाते हैं, जिन पर चलकर पुरस्कार हासिल किए जा सकते हैं। लीडर्स अनुयायियों के लक्ष्यों को भी स्पष्ट करते हैं और उन्हें बेहतर प्रदर्शन करने के लिए प्रोत्साहित करते हैं। परिस्थितियाँ तय करती हैं कि लीडर्स इन राह-लक्ष्य उद्देश्यों को किस तरीक़े से हासिल करेंगे।
आकस्मिकता अवधारणा	फ़ीडलर (1967); फ़ीडलर, चेमर्स और मैहर (1976)	काम या संबंध पर केंद्रित लीडर की प्रभावकारिता स्थिति के अनुरूप आकस्मिक होती है। इस अवधारणा पर मॉडल लीडरशिप प्रशिक्षण कार्यक्रम लीडर की मदद करते हैं कि वह अपनी दिशाबद्धता को पहचाने और अच्छी या बुरी स्थिति के हिसाब से बेहतर तालमेल बैठाए।
संज्ञानात्मक नेतृत्व : बीसवीं सदी की महान व्यक्ति अवधारणा	एच. गार्डनर (1995); जे. कॉलिन्स (2001)	लीडर ऐसे "व्यक्ति होते हैं, जो शब्द और/या व्यक्तिगत मिसाल द्वारा, अपने बहुत सारे साथी इंसानों के व्यवहारों, विचारों और/या भावनाओं को महत्वपूर्ण रूप से प्रभावित करते हैं।" लीडर और अनुयायियों दोनों के मस्तिष्कों की प्रकृति की समझ लीडरशिप की प्रकृति में अंतर्दृष्टि प्रदान करती है। कॉलिन्स के शोध का निष्कर्ष है कि निरंतर महान परिणाम देने वाले

लीडरशिप अवधारणाएँ : साहित्य की समीक्षा (निरंतर...)

अवधारणा	प्रतिनिधि लेखक/वर्ष	सार
		संगठनों और बाक़ी संगठनों में फ़र्क़ यह है कि महान संगठनों का नेतृत्व स्तर 5 के लीडर्स करते हैं – जिनमें विनम्रता और प्रबल संकल्प का विरोधाभासी तालमेल होता है।
अंतर्क्रिया प्रक्रियाओं की अवधारणाएँ और मॉडल : मल्टिपल-लिंकेज मॉडल, मल्टिपल-स्क्रीन मॉडल, वर्टिकल-डायोड लिंकेज, एक्सचेंज थ्योरीज़, बिहेवियर थ्योरीज़, और संप्रेषण अवधारणाएँ	डेविस और लूथन्स (1979); फ़ीडलर और लीस्टर (1977); फ़ल्क और वेंडलर (1982); ग्रेन (1976); ग्रीन (1975); यूकी (1971)	लीडरशिप अंतर्क्रिया की प्रक्रिया है। उदाहरण में लीडर्स का दीक्षा तंत्र, लीडर की बुद्धि और उसके समूह के प्रदर्शन के आपसी संबंध, लीडर और समूह के बजाय हर व्यक्ति के पारस्परिक संबंध और आदान-प्रदान या व्यवहारवादी आकस्मिकता के रूप में सामाजिक अंतर्क्रिया अवधारणाएँ शामिल हैं।
शक्ति-प्रभाव : सहभागिता नेतृत्व, तार्किक-निष्कर्षवादी	कोच और फ्रेंच (1948); जे. गार्डनर (1990); लेविन, लिपिट और व्हाइट (1939); व्रूम और येटन (1974)	लीडरशिप की शक्ति-प्रभाव नीति में सहभागिता नेतृत्व शामिल है। शक्ति-प्रभाव शोध जाँच करता है कि लीडर के पास कितनी शक्ति है और वह कितनी शक्ति का इस्तेमाल करता है। यह नीति मानती है कि कारण-कार्य संबंध एक ही दिशा में होता है। सहभागिता नेतृत्व अनुयायियों का सशक्तिकरण करने और उन्हें शक्ति देने के बारे में है। व्रूम और येटन लीडरशिप की एक पुरानी अवधारणा का प्रस्ताव रखते हैं, जिसके अनुसार लीडर दिशा देते हैं और अधीनस्थ लोग निष्क्रिय अनुयायी होते हैं। जब अधीनस्थों के पास ज़्यादा ज्ञान हो जाता है, तो उनकी भूमिका ज़्यादा हिस्सा बाँटने वाली हो जाती है। गार्डनर का विश्वास है कि "लीडरशिप राज़ी करने या मिसाल देने की वह प्रक्रिया है, जिसके द्वारा कोई व्यक्ति (या लीडरशिप टीम) स्वयं द्वारा निर्धारित उद्देश्यों को हासिल करने के लिए किसी समूह को प्रेरित करता है या फिर ऐसे उद्देश्यों के लिए, जो लीडर और उसके अनुयायियों में साझे हों।" वे बताते हैं कि लीडरशिप एक भूमिका है, जिसे निभाया जाना होता है, इसलिए लीडर्स उस तंत्र में समग्र भूमिका निभाते हैं, जिसके वे प्रभारी होते हैं।

लीडरशिप अवधारणाएँ : साहित्य की समीक्षा (निरंतर...)

अवधारणा	प्रतिनिधि लेखक/वर्ष	सार
गुणारोपण, सूचना प्रोसेसिंग और खुले तंत्र	ब्रायन और कैली (1978); केट्ज़ और काह्न (1966); लॉर्ड (1976, 1985); लॉर्ड, बिनिंग, रश और थॉमस (1978); मिचेल, लार्सन और ग्रीन (1977); न्यूवेल और साइमन (1972); एच.एम. वीज़ (1977)	लीडरशिप सामाजिक रूप से निर्मित वास्तविकता है। मिचेल आदि के अनुसार, "प्रेक्षकों और समूह के सदस्यों द्वारा लीडरशिप के गुणारोपण उनकी व्यक्तिगत सामाजिक सच्चाइयों द्वारा पूर्वाग्रह से ग्रस्त रहते हैं।" इसके अलावा, व्यक्तिगत, प्रक्रिया संबंधी, तंत्र संबंधी और परिवेश संबंधी भिन्नताएँ लीडरशिप अध्ययनों में कारण बन जाती हैं, यानी इन भिन्नताओं के बीच कारण और परिणाम को स्पष्ट करना मुश्किल है।
समाकलनात्मक : ट्रांसफ़ॉर्मेशनल, जीवनमूल्य-आधारित	बैस; बेनिस (1984, 1992, 1993) बर्न्स (1978); डाउनटन (1973); फ़ेयरहॉम (1991); ओ'टूल (1995); डेप्री (1992); टिची और डेवाना, रेनेश्च	बर्न्स के अनुसार, ट्रांसफ़ॉर्मेशनल लीडरशिप एक-दूसरे प्रक्रिया है, जहाँ "लीडर्स और अनुयायी एक-दूसरे को नैतिकता और प्रेरणा के ज़्यादा ऊँचे स्तरों तक उठाते हैं।" माना जाता है कि अनुयायी अपनी आत्म-रुचि के पार जाकर समूह की भलाई के लिए दीर्घकालीन लक्ष्यों पर विचार करेंगे और इस बारे में जागरूकता विकसित करेंगे कि क्या महत्वपूर्ण है। बेनिस के अनुसार, प्रभावकारी लीडर्स तीन कार्य करते हैं : दिशाबद्ध करना, सृजन करना और सशक्त करना। लीडर मानवीय और अन्य संसाधनों को दिशाबद्ध करके संगठनों का कायाकल्प करते हैं। वे ऐसी संगठनात्मक संस्कृति रचते हैं, जो विचारों की मुक्त अभिव्यक्ति को प्रोत्साहित करती है। वे दूसरों को सशक्त बनाते हैं, ताकि वे संगठन में अपना योगदान दें। बेनिस को उस भिन्नता के लिए जाना जाता है, जो उन्होंने मैनेजमेंट और लीडरशिप के बीच बताई है। उनके ही शब्दों में इसका सार यह है : "लीडर्स वे लोग हैं, जो सही काम करते हैं; मैनेजर्स वे लोग हैं, जो काम को सही तरीक़े से करते हैं।"
करिश्माई नेतृत्व	कॉन्गार और कानूनगू (1987); हाउस (1977); केट्स से व्रीस (1988); जे. मैक्सवेल (1999); मेंडल (1990); शामिर,	दूसरी तरफ़, करिश्माई नेतृत्व अवधारणा मानती है कि लीडर्स में असाधारण गुण होते हैं, जिन्हें उनके अधीनस्थ पहचानते हैं। किसी लीडर का प्रभाव सत्ता या परंपरा पर आधारित नहीं होता, बल्कि अपने अनुयायियों की मान्यताओं

लीडरशिप अवधारणाएँ : साहित्य की समीक्षा (निरंतर...)

अवधारणा	प्रतिनिधि लेखक/वर्ष	सार
	हाउस और आर्थर (1993); वेबर (1947)	पर केंद्रित होता है। करिश्माई नेतृत्व के स्पष्टीकरणों में गुणारोपण, निरपेक्ष अवलोकन, आत्म-अवधारणा सिद्धांत, मनोविश्लेषक और सामाजिक संसर्ग शामिल हैं।
सक्षमता आधारित नेतृत्व	बेनिस (1993); बोयाटिजिस; कैमेरॉन; क्विन	कोई भी व्यक्ति महत्वपूर्ण क्षमताओं को सीख और सुधार सकता है, जो श्रेष्ठ परिणाम देने वालों (लीडर्स) और औसत परिणाम देने वालों के बीच के फ़र्क़ की भविष्यवाणी करती हैं।
आकांक्षी और भविष्य-दृष्टा नेतृत्व	बर्न्स; कूजेस और पोस्नर (1995); पीटर्स; वॉटरमैन (1990); रिचर्ड्स और एंगल (1986)	कूजेस और पोस्नर के अनुसार, लीडर्स अधीनस्थों के जोश में "चिंगारी" भर देते हैं और एक कंपास के रूप में काम करते हैं, जिसके द्वारा वे अनुयायियों को मार्गदर्शन देते हैं। वे लीडरशिप की परिभाषा इस प्रकार देते हैं, "दूसरों को इस तरह गतिशील करने की कला कि वे साझी इच्छाओं के लिए संघर्ष करना चाहें।" ज़ोर अनुयायियों की योगदान देने की इच्छा पर भी है और लीडर की दूसरों को कर्म करने के लिए प्रेरित करने की योग्यता पर भी। लीडर्स ग्राहकों पर प्रतिक्रिया करते हैं, भविष्य-दृष्टि उत्पन्न करते हैं, कर्मचारियों को ऊर्जावान बनाते हैं और तेज़ गति के "अस्त-व्यस्त" परिवेशों में ज़्यादा सफल होते हैं। लीडरशिप भविष्य-दृष्टि को स्पष्ट करने, जीवनमूल्यों को समाहित करने और ऐसा परिवेश बनाने के बारे में है, जिसके भीतर लक्ष्य हासिल किए जा सकें।
प्रबंधकीय और रणनीतिक नेतृत्व	ड्रकर (1999); जेकब्स और जेक्स (1990); जेक्स और क्लीमेंट (1991); कॉटलर (1998,1999); बकिंघम और कॉफ़मैन (1999); बकिंघम और क्लिफ़्टन (2001)	लीडरशिप आंतरिक और बाह्य साझेदारियों के बीच एकीकरण का प्रतिनिधित्व करती है। ड्रकर उस एकीकरण : वित्तीय, प्रदर्शन और व्यक्तिगत तीनों घटकों को रेखांकित करते हैं। वे मानते हैं कि लीडर्स अपने पूरे संगठन और समुदाय के प्रदर्शन के लिए उत्तरदायी हैं। लीडर्स भूमिकाओं को निभाते हैं और उनमें विशेष गुण होते हैं। कॉटलर के अनुसार लीडर्स भविष्य-दृष्टि और दिशा संप्रेषित करते हैं, लोगों को दिशाबद्ध करते हैं, अनुयायियों को प्रेरित करते हैं, प्रोत्साहित करते हैं और ऊर्जावान

लीडरशिप अवधारणाएँ : साहित्य की समीक्षा (निरंतर...)

अवधारणा	प्रतिनिधि लेखक/वर्ष	सार
		बनाते हैं। इसके अतिरिक्त, लीडर्स परिवर्तन के कारक भी होते हैं और अपने कर्मचारियों को शक्ति प्रदान करते हैं। लीडरशिप लोगों को उद्देश्य (सार्थक दिशा), सामूहिक प्रयास देने और उद्देश्य हासिल करने हेतु स्वैच्छिक प्रयास करने के लिए प्रेरित करने की प्रक्रिया है। इसके अलावा, प्रभावकारी प्रबंधकीय नेतृत्व में प्रभावकारी प्रबंधकीय कार्य भी शामिल है। ये लेखक उस आवश्यक नेतृत्व के पक्षधर हैं, जो समय और स्थान तथा व्यक्ति और स्थितियों पर निर्भर है।
परिणाम-आधारित नेतृत्व	अलरिच, जेंगर और स्मॉलवुड (1999); नोहरिया, जॉयस और रॉबर्टसन (2003)	अलरिच आदि ऐसे लीडरशिप ब्रांड का प्रस्ताव रखते हैं, जो "लीडर्स द्वारा दिए स्पष्ट परिणामों का वर्णन करता है।" वे परिणामों को तकनीकी ज्ञान और रणनीतिक चिंतन के अलावा चरित्र, अखंडता व ऊर्जा के साथ जोड़ते हैं। इससे भी बढ़कर, लीडर्स प्रभावकारी व्यवहार का प्रदर्शन करते हैं, जो संगठनात्मक सफलता को आगे बढ़ाता है। यही नहीं, चूँकि लीडरशिप के परिणाम मापे जा सकते हैं, इसलिए उन्हें सिखाया और सीखा भी जा सकता है। एवरग्रीन प्रोजेक्ट में नोहरिया आदि ने दस साल से ज़्यादा समय तक 200 से अधिक प्रबंधकीय व्यवहारों की जाँच करके यह पता लगाया कि कौन से प्रबंधकीय व्यवहार सचमुच श्रेष्ठ परिणाम देते हैं। चार मूल व्यवहार हैं रणनीति, क्रियान्वयन, संस्कृति और तंत्र। श्रेष्ठ परिणामों वाली कंपनियाँ नीचे दिए गए चार द्वितीयक व्यवहारों में से किन्हीं दो को अपनाती हैं : योग्यता, नवाचार, लीडरशिप और मर्जर्स तथा एक्विजिशन।
प्रदर्शनकारी कला के रूप में नेतृत्व	डेप्री (1992); मिंट्ज़बर्ग (1998); वैल (1989)	लीडरशिप इस अर्थ में गुप्त है कि लीडर्स बाहरी तौर पर लीडरशिप के कार्य (जैसे प्रेरित करना, प्रशिक्षण देना आदि) संपादित नहीं करते हैं, बल्कि न दिखने वाले कार्य करते हैं, जो लीडर या मैनेजर द्वारा किए गए सभी कामों को समाहित करते हैं। प्रदर्शनकारी कला के रूप में लीडरशिप का एक आम रूपक ऑर्केस्ट्रा कंडक्टर और ज़ैज़ एनसेंबल हैं।

लीडरशिप अवधारणाएँ : साहित्य की समीक्षा (निरंतर...)

अवधारणा	प्रतिनिधि लेखक/वर्ष	सार
सांस्कृतिक और समग्र नेतृत्व	फ़ेयरहोम (1994); सेंज (1990); स्कीन (1992); व्हीटले (1992)	लीडरशिप ज़्यादा अनुकूलनशील विकासवादी परिवर्तन प्रक्रियाओं को शुरू करने के लिए संस्कृति से बाहर क़दम रखने की योग्यता है। लीडरशिप में महत्वपूर्ण हिस्सेदारों को शामिल करने, अनुकरण को प्रेरित करने और दूसरों को सशक्त बनाने की योग्यता शामिल है। व्हीटले की संपूर्णतावादी नीति मानती है कि लीडरशिप पृष्ठभूमि और तंत्र से संबंधित है। लीडर्स व्यक्तियों, संगठनों और परिवेश के बीच सिनर्जिस्टिक संबंध उत्पन्न करते हैं। लीडर्स पाँच अनुशासनों का पालन करके संगठन में सीखने की प्रक्रिया को प्रोत्साहित करते हैं। सेंज के अनुसार लीडर्स तीन भूमिकाएँ निभाते हैं : डिज़ाइनर्स, स्टीवर्ड्स और शिक्षक।
सेवक नेतृत्व	ग्रीनलीफ़ (1996); स्पियर्स और फ़्रिक (1992)	सेवक नेतृत्व का मतलब है कि लीडर्स मूलतः दूसरों – कर्मचारियों, ग्राहकों और समुदाय – की सेवा करके नेतृत्व करते हैं। सेवक नेतृत्वकर्ता के गुणों में सुनना, परानुभूति, मरहम लगाना, जागरूकता, राज़ी करना, नवाचार, दूरदर्शिता, स्टीवर्डशिप, दूसरों के विकास के लिए समर्पण और सामुदायिक हित शामिल हैं।
आध्यात्मिक नेतृत्व	डेप्री (1989); एटजियोनी (1993); फ़ेयरहोम (1997); ग्रीनलीफ़ (1977); हाउले (1993); कीफ़र (1992); जे. मैक्सवेल; वैल (1989)	लीडरशिप में नियंत्रणकारी कार्य के बजाय लोगों के दिलों को प्रभावित करना शामिल है। फ़ेयरहोम का मानना है कि लीडरशिप में दूसरों के साथ जुड़ना शामिल है। इसके अलावा, "चूँकि लीडर्स पूर्ण व्यक्ति की परवाह के प्रति समर्पित होते हैं, इसलिए उन्हें अपने व्यवहार में आत्मिक परवाह को भी शामिल करना होगा ... नई सदी में लीडर्स को न सिर्फ़ खुद इन संबंधों को जोड़ने की सक्रिय कोशिश करनी चाहिए, बल्कि अपने अनुयायियों को भी संबंध जोड़ने के लिए सक्रियता से प्रोत्साहित करना चाहिए।" लीडर का प्रभाव संगठनात्मक संस्कृति, परंपराओं, जीवनमूल्यों और रीति-रिवाज़ों के ज्ञान से उत्पन्न होता है।

परिशिष्ट 3

लीडरशिप और प्रबंधन पर प्रतिनिध्यात्मक कथन

लेखक और संदर्भ	कथन : प्रबंधन बनाम लीडरशिप
वॉरेन बेनिस बेनिस, डब्ल्यू. जी. (1994)। "लीडिंग चेंज : द लीडर एज़ द चीफ़ ट्रांसफ़ॉर्मेशन ऑफ़िसर।" जे. रेनेश (संपादक), *लीडरशिप इन अ न्यू इरा : विज़नरी एप्रोचेस टु द बिगेस्ट क्राइसिस ऑफ़ अवर टाइम* (पृष्ठ 102-110)। सैन फ्रांसिस्को : न्यू लीडर्स प्रेस।	"मैनेजमेंट लोगों से वह करवाना है, जिसे किए जाने की ज़रूरत है। लीडरशिप लोगों में वह काम करने की *इच्छा जगाना* है, जिसे किए जाने की ज़रूरत है। मैनेजर्स धकाते हैं। लीडर्स खींचते हैं। मैनेजर आदेश देते हैं। लीडर्स संप्रेषित करते हैं।"
बेनिस, डब्ल्यू. जी. (1993)। *एन इनवेंटेड लाइफ़ : रिफ़्लेक्शन्स ऑन लीडरशिप एंड चेंज*। रीडिंग, एमए : एडिसन वीज़्ली।	"लीडर्स वे लोग हैं, जो सही काम करते हैं; मैनेजर्स वे लोग हैं, जो काम को सही तरीक़े से करते हैं।"
कार्टर-स्कॉट, सी. (1994)। "द डिफ़रेंसेस बिटवीन मैनेजमेंट एंड लीडरशिप" *में*। *मैनेज*, 10+.	"लीडर्स पृष्ठभूमि पर विजय पाते हैं : उथल-पुथल, उतार-चढ़ाव भरा और ढुलमुल परिवेश, जो कई बार हमारे ख़िलाफ़ षड्यंत्र करता है और निश्चित रूप से यह हमारा गला घोंट देगा, बशर्ते हम उसे करने दें - जबकि मैनेजर्स उसके सामने समर्पण कर देते हैं। मैनेजर शासन करता है; लीडर नवाचार करता है। मैनेजर प्रतिलिपि है; लीडर मूल प्रति है। मैनेजर क़ायम रखता है; लीडर विकास करता है। मैनेजर तंत्रों और सिस्टम्स पर ध्यान केंद्रित करता है; लीडर लोगों पर ध्यान केंद्रित करता है। मैनेजर नियंत्रण में विश्वास करता है; लीडर विश्वास को प्रेरित करता है। मैनेजर का दृष्टिकोण अल्पकालीन होता है; लीडर का दृष्टिकोण दीर्घकालीन होता है। मैनेजर पूछता है कब और कैसे; लीडर पूछता है क्या और क्यों। मैनेजर की निगाह मुनाफ़े पर होती है; लीडर की निगाह

लेखक और संदर्भ	कथन : प्रबंधन बनाम लीडरशिप
	क्षितिज पर होती है। मैनेजर अनुकरण करता है; लीडर प्रवर्तन करता है। मैनेजर यथास्थिति को स्वीकार करता है; लीडर उसे चुनौती देता है। मैनेजर अच्छा सिपाही होता है; लीडर अनूठा व्यक्ति होता है। मैनेजर्स काम को सही तरीक़े से करते हैं; लीडर्स सही काम करते हैं।"
जॉन डब्ल्यू. गार्डनर गार्डनर, जे. डब्ल्यू. (1990)। *ऑन लीडरशिप*। न्यूयॉर्क : कॉलियर मैकमिलन।	"लीडर्स और लीडर/मैनेजर्स सामान्य मैनेजर्स से कम से कम छह मामलों में अलग होते हैं : 1. वे दीर्घकालीन सोचते हैं... 2. वे जिस इकाई का नेतृत्व करते हैं, उसके बारे में सोचते समय वे ज़्यादा बड़ी वास्तविकताओं से इसके संबंध को भाँप लेते हैं... 3. वे अपने कार्यक्षेत्रों, अपनी सीमाओं से परे जाकर अवयवों तक पहुँचते हैं और उन्हें प्रभावित करते हैं... 4. वे भविष्य-दृष्टि, जीवनमूल्यों और प्रेरणा के अमूर्त विचारों पर अत्यधिक ज़ोर देते हैं और लीडर-अनुयायी संप्रेषण में अतार्किक व अचेतन तत्वों को सहज बोध से समझते हैं। 5. उनमें बहुल अनुयायियों की विरोधी आवश्यकताओं से निबटने का राजनीतिक कौशल होता है। 6. वे नवीनीकरण के संदर्भ में सोचते हैं..." "मैनेजर लीडर की तुलना में किसी संगठन से ज़्यादा कसकर जुड़ा होता है। दरअसल यह भी हो सकता है कि लीडर के पास कोई संगठन ही न हो।"
जेम्स कूज़ेस और बैरी पॉसनर कूज़ेस, जे.एम. और पॉसनर, बी.ज़ेड. (1995)। *द लीडरशिप चैलेंज : हाऊ टु कीप गेटिंग एक्स्ट्राऑर्डिनरी थिंग्स डन इन ऑर्गैनाइज़ेशन्स*। सैन फ्रांसिस्को : जॉसी-बैस।	"... *लीड* शब्द का मूल अर्थ है 'जाना, यात्रा करना, मार्गदर्शन देना।' लीडरशिप में एक गतिशील भाव होता है, गति का एहसास होता है... लीडर्स एक नई व्यवस्था की खोज शुरू करते हैं। वे अज्ञात क्षेत्र में क़दम रखते हैं और नई व अपरिचित मंज़िलों की ओर हमारा मार्गदर्शन करते हैं। इसके विपरीत, मैनेज शब्द का मूल उद्‌गम है "हाथ।" मूल रूप में प्रबंधन का मतलब चीज़ों को "सँभालना" है, व्यवस्था को क़ायम रखना है; यह सुव्यवस्था और नियंत्रण के बारे में है। मैनेजमेंट और लीडरशिप के बीच अनिवार्य अंतर दोनों शब्दों की मूल जड़ों में झलकता है - एक में चीज़ों को सँभालने पर ज़ोर दिया जाता है, दूसरे में नई जगह जाने पर।"
कार्टर-स्कॉट, सी. (1994)। "द डिफ़रेंसेस बिटवीन मैनेजमेंट एंड	कूज़ेस : "मैनेजमेंट और लीडरशिप के बीच एक बड़ा अनिवार्य अंतर दोनों शब्दों की मूल जड़ों में झलकता है -

लेखक और संदर्भ	कथन : प्रबंधन बनाम लीडरशिप
लीडरशिप" *में*। *मैनेज*, 10+.	एक में चीज़ों को सँभालने पर ज़ोर दिया जाता है, दूसरे में नई जगह जाने पर।"
अब्राहम जेलेज़्निक जेलेज़्निक, ए. (1977)। "मैनेजर्स एंड लीडर्स : आर दे डिफ़रेंट?" हार्वर्ड बिज़नेस रिव्यू, 55(5), 67-78।	मैनेजर्स इस बारे में चिंतित होते हैं कि चीज़ें कैसी होती हैं, जबकि लीडर्स इस बारे में चिंता करते हैं कि लोगों के लिए चीज़ों का क्या मतलब होता है। "लीडर्स और मैनेजर्स की अवधारणाएँ अलग होती हैं। मैनेजर काम को सामर्थ्यकारी प्रक्रिया के रूप में देखते हैं, जिसमें कुछ लोगों और विचारों का तालमेल होने पर रणनीति तय हो और निर्णय लिए जाएँ। "... जहाँ मैनेजर्स विकल्प सीमित करने के लिए काम करते हैं, वहीं लीडर्स विपरीत दिशा में काम करते हैं, लंबे समय से चली आ रही समस्याओं के प्रति नई नीतियाँ विकसित करते हैं और नए विकल्पों के लिए मुद्दे खोलते हैं... लीडर्स काम में रोमांच पैदा करते हैं।"
जॉन कॉटर कॉटर, जे. (1990)। "व्हॉट लीडर्स रियली डू।" *हार्वर्ड बिज़नेस रिव्यू*, 68, 103+.	"मैनेजमेंट जटिलता से जूझने के बारे में है। इसके व्यवहार और तरीक़े काफ़ी हद तक बीसवीं सदी के सर्वाधिक महत्वपूर्ण विकास में से एक : बड़े संगठनों का उदय - पर प्रतिक्रिया है। अच्छे प्रबंधन के बिना जटिल व्यवसाय इस तरह अस्त-व्यस्त हो जाते हैं, जिससे उनके अस्तित्व पर ही संकट आ जाता है। अच्छा प्रबंधन प्रॉडक्ट्स की गुणवत्ता और लाभकारिता जैसे अहम् पहलुओं में क्रमबद्धता और निरंतरता लाता है। "इसके विपरीत लीडरशिप परिवर्तन से जूझने के बारे में है। पिछले कुछ सालों में इसके महत्वपूर्ण बनने का एक कारण यह है कि कारोबार जगत ज़्यादा प्रतिस्पर्धी और उथल-पुथल भरा हो गया है। ज़्यादा तेज़ प्रौद्योगिक परिवर्तन, ज़्यादा अंतर्राष्ट्रीय प्रतिस्पर्धा, बाज़ार पर शासकीय नियंत्रण में कमी, पूँजी की माँग वाले उद्योगों में अधिक क्षमता, अस्थिर तेल जगत, जंक बॉण्ड वाले रेडर्स और काम करने वाले लोगों के बदलते डेमोग्राफ़िक्स उन कई तत्वों में हैं, जिन्होंने इस बदलाव में योगदान दिया है। इसका कुल परिणाम यह है कि कल जो काम किया जा रहा था, वह करना या उससे 5 प्रतिशत बेहतर करना अब सफलता का फ़ॉर्मूला नहीं रह गया है। अब इस नए माहौल में अस्तित्व बचाने और प्रभावकारी तरीक़े से समृद्ध होने के लिए महत्वपूर्ण परिवर्तन अधिकाधिक आवश्यक हो गए हैं। अधिक परिवर्तन हमेशा अधिक लीडरशिप की माँग करते हैं।"

लेखक और संदर्भ	कथन : प्रबंधन बनाम लीडरशिप
जेम्स एम. बर्न्स बर्न्स, जे.एम. (1978)। *लीडरशिप*। न्यूयॉर्क : हार्पर और रो।	ट्रांज़ेक्शनल (मैनेजमेंट) बनाम ट्रांसफ़ॉर्मेशनल (लीडरशिप) ट्रांज़ेक्शनल लीडरशिप : इस तरह की लीडरशिप तब होती है, जब कोई व्यक्ति मूल्यवान वस्तुओं के आदान-प्रदान के उद्देश्य से दूसरों के साथ संपर्क बनाने की पहल करता है। ट्रांसफ़ॉर्मिंग लीडरशिप : इस तरह की लीडरशिप तब होती है, जब एक या अधिक व्यक्ति दूसरों के साथ इस तरीक़े से संलग्न होते हैं कि लीडर्स और अनुयायी एक दूसरे को प्रेरणा तथा नैतिकता के अधिक उच्च स्तर तक उठाते हैं। हो सकता है कि शुरुआत में उनके उद्देश्य अलग-अलग, लेकिन आपस में संबद्ध रहे हों, जैसा कि ट्रांज़ेक्शनल लीडरशिप में होता है, लेकिन बाद में वे आपस में घुल-मिल जाते हैं।
पीटर ड्रकर गैलागान, पी.ए. (1998), *पीटर ड्रकर : ट्रेनिंग एंड डेवलपमेंट, 52, 22-27* में।	"किसी लीडर का इम्तहान यह नहीं है कि वह क्या हासिल करता है। यह तो इस बात में है कि जब वह परिदृश्य छोड़कर जाता है, तब क्या होता है। विरासत ही इम्तहान है। जिस पल ये अद्भुत, करिश्माई लीडर्स छोड़कर चले जाते हैं, अगर उसी पल संगठन भरभराकर गिर पड़ता है, तो यह लीडरशिप नहीं है। खरी भाषा में कहा जाए, तो यह धोखा है। "... मैंने हमेशा इस बात पर ज़ोर दिया है कि लीडरशिप ज़िम्मेदारी है। लीडरशिप जवाबदेही है। लीडरशिप काम करना है..." "... जहाँ तक मैनेजमेंट और लीडरशिप को अलग करने की बात है, यह बकवास है - जिस तरह मैनेजमेंट को उद्यमिता से अलग करना बकवास है। ये एक ही काम के हिस्से हैं। निश्चित रूप से वे अलग हैं, लेकिन सिर्फ़ उसी तरह जिस तरह दायाँ हाथ बाएँ हाथ से अलग होता है या नाक मुँह से अलग होती है। वे एक ही शरीर के हिस्से हैं।"
रिचर्ड पास्कल जॉनसन, एम. (1996)। "टेकिंग द लिड ऑफ़ लीडरशिप" में। *मैनेजमेंट रिव्यू*, 59-61।	"मैनेजमेंट प्रदर्शन के पुराने स्तरों के अनुरूप स्तर हासिल करने के लिए अधिकार और प्रभाव का इस्तेमाल है... लीडरशिप का काम वह करना है, जो उसके बिना नहीं होगा... (और हमेशा) इसमें स्वीकृत दायरे पर पहुँचकर काम करने की ज़रूरत होती है।"
जॉर्ज वेदर्सबी वेदर्स, जी.बी. (1999)। *"लीडरशिप*	"मैनेजमेंट किसी संगठन के लक्ष्य के अनुरूप सीमित संसाधनों का बँटवारा, प्राथमिकताएँ तय करना, काम की

लेखक और संदर्भ	कथन : प्रबंधन बनाम लीडरशिप
वर्सस मैनेजमेंट।" मैनेजमेंट रिव्यू, 88, 5+.	योजना बनाना और परिणाम हासिल करना है। सबसे महत्वपूर्ण बात यह है कि यह नियंत्रण के बारे में है। दूसरी तरफ़, लीडरशिप साझी भविष्य-दृष्टि के निर्माण पर ध्यान केंद्रित करती है। इसका मतलब है लोगों को उस भविष्य-दृष्टि में योगदान देने के लिए प्रेरित करना और उन्हें अपने स्वार्थ को संगठन के स्वार्थ के साथ दिशाबद्ध करने के लिए प्रोत्साहित करना। इसका मतलब आदेश देना नहीं, बल्कि राज़ी करना है।"
जॉन मैरियोटी मैरियोटी, जे. (1998)। *"लीडरशिप मैटर्स।" इंडस्ट्री वीक,* 247, 70+.	"हो सकता है कि अच्छी तरह 'प्रबंधित' लोगों में सफलता के लिए आवश्यक प्रयास करने की रुचि न हो – जब तक कि उनके पास अच्छे लीडर्स न हों। महान लीडर्स साधारण लोगों से असाधारण परिणाम हासिल करते हैं। महान मैनेजर अच्छी तरह योजनाबद्ध और कई बार अच्छी तरह अमल किए गए परिणाम पाते हैं, लेकिन शायद ही कभी ये परिणाम उन विराट सफलताओं के बराबर होते हैं, जो सच्ची लीडरशिप द्वारा प्रेरित जोश और उत्साहित प्रतिबद्धता से उत्पन्न होते हैं। लीडर्स आर्किटेक्ट होते हैं। मैनेजर्स भवन निर्माता होते हैं। दोनों ही ज़रूरी हैं, लेकिन आर्किटेक्ट के बिना बनाने के लिए कुछ ख़ास होता ही नहीं है।"
रोज़ाबेथ मॉस कैंटर कैंटर, आर.एम. (1989)। "द न्यू मैनेजेरियल वर्क।" *हार्वर्ड बिज़नेस रिव्यू,* 85+.	"मैनेजर की सत्ता के पुराने आधार कमज़ोर हो रहे हैं और लीडरशिप के नए साधन उनकी जगह ले रहे हैं। जिन मैनेजरों को श्रेणीबद्धता से शक्ति मिली है और जो व्यक्तिगत नियंत्रण के सीमित क्षेत्र के आदी थे, वे अब अपने दृष्टिकोण बदलना और क्षितिजों का विस्तार करना सीख रहे हैं। नए प्रबंधकीय कार्य में अवसरों को भाँपने के लिए ज़िम्मेदारी के परिभाषित क्षेत्र से बाहर देखना और उन्हें पाने के लिए किसी प्रासंगिक क्षेत्र से प्रोजेक्ट टीम बनाना शामिल है। इसमें कार्यों, विभागों और कंपनियों के पार संप्रेषण और सहयोग शामिल है, जिनकी गतिविधियाँ और संसाधन एक-दूसरे को स्पर्श करते हैं। इस तरह पद, पदनाम या आधिकारिक घोषणापत्र नए प्रबंधकीय कार्य में सफलता पाने के कम महत्वपूर्ण घटक होंगे, जबकि लोगों को एकजुट करने की संवेदनशीलता और उन्हें अपना सर्वश्रेष्ठ प्रदर्शन करने के लिए प्रेरित करने का ज्ञान व योग्यताएँ ज़्यादा महत्वपूर्ण घटक होंगी।"

लेखक और संदर्भ	कथन : प्रबंधन बनाम लीडरशिप
टॉम पीटर्स पीटर्स, टी. (1994)। *थ्राइविंग ऑन केओस*। न्यूयॉर्क : अल्फ्रेड ए. नोफ़।	पीटर्स ने बेनिस, कूजेस और पोसनर की लीडरशिप और मैनेजमेंट की ऊपर बताई गई अवधारणाओं को समाहित किया है। पीटर का मानना है कि "भविष्य-दृष्टि विकसित करना और अधिक महत्वपूर्ण बात यह है कि इसे उत्साह से जीना लीडरशिप के अनिवार्य तत्व हैं... भविष्य-दृष्टि सुपरवाइज़र या मध्यम मैनेजर की दुनिया में भी इतना ही महत्वपूर्ण स्थान रखती है।"

इस प्रोजेक्ट ने मुझे दोबारा याद दिलाया है कि हम अक्सर विरोधी चीज़ों को देखकर सबसे अच्छी तरह सीखते हैं। यहाँ पर लीडरशिप और मैनेजमेंट के बीच की भिन्नताओं का सार दिया गया है। इस पर विचार करें (फ़िगर A3.1) :

लीडरशिप	मैनेजमेंट
व्यक्ति	वस्तु
सहजता, स्वर्णिम	तंत्र
स्वतंत्रता, सशक्तिकरण	नियंत्रण
प्रभावकारिता	कार्यकुशलता
प्रोग्रामर	प्रोग्राम
निवेश	ख़र्च
सिद्धांत	तकनीकें
कायाकल्प	सौदा
सिद्धांत-केंद्रित	शक्ति उपयोगिता
विवेक	पैमाने
सही काम करना	कामों को सही तरीक़े से करना
दिशा	गति
टॉप लाइन	बॉटम लाइन
उद्देश्य	विधियाँ
सिद्धांत	व्यवहार
तंत्रों के ऊपर	तंत्रों के भीतर
"क्या सीढ़ी सही दीवार से टिकी है?"	सीढ़ी पर तेज़ी से चढ़ना

फ़िगर A3.1

परिशिष्ट 4

कम विश्वास की ऊँची लागत

लेखक, सहकर्मी और परामर्शदाता महान ख़ालसा ने परिवर्तन की इच्छुक कंपनी के एक्ज़ीक्यूटिव्ज़ को तैयार करने के लिए सबसे विनम्र तरीक़ा खोजा है। अगर आप किसी संगठन को विनम्र बनाना चाहते हों, ताकि इसके कर्मचारी परिवर्तन के लिए पहल करने और उसे क़ायम रखने में सक्षम हों, तो उन पर परिस्थितियों की शक्ति के हावी होने की ज़रूरत है। परिस्थितियों की ऐसी शक्ति पैदा करने के लिए आप सवालों की एक श्रृंखला का इस्तेमाल कर सकते हैं, ताकि लोगों के दिमाग़ परिवर्तन के लिए तैयार हो जाएँ।

प्रक्रिया में दो तरह के सवाल पूछना शामिल है, जो समस्या की तह तक जाते हैं : (1) *प्रमाण वाले सवाल* (कैसे, क्या, कहाँ, कौन सा, कौन, और कब... स्पष्टता से) जो स्थिति के बारे में आवश्यक तथ्य प्रदान करते हैं, भले ही वे सतही हों, और (2) *प्रभाव वाले सवाल*, जो मामले की तह तक जाते हैं – ऐसा एक बहुत सशक्त जवाब है "और फिर क्या होता है?"

आप और आपके साथी प्रोफ़ेशनल, मैनेजर या एक्ज़ीक्यूटिव के बीच काल्पनिक चर्चा का एक उदाहरण यहाँ दिया गया है कि कम विश्वास की ऊँची लागत से मुक्ति पाने के लिए निदान के इस साधन का इस्तेमाल किस तरह करना है (यही प्रक्रिया किसी भी स्तर पर उन लोगों द्वारा प्रयुक्त की जा सकती है, जिनकी आवश्यक जानकारी तक पहुँच हो) :

सहकर्मी : "हमारे कर्मचारी एक-दूसरे पर विश्वास नहीं करते हैं।"

इस बिंदु पर आप प्रमाण वाले अतिरिक्त सवाल पूछ सकते हैं, जैसे, "स्पष्ट बताएँ, कौन से कर्मचारी एक दूसरे पर विश्वास नहीं करते हैं? एक-दूसरे पर विश्वास न करना दरअसल कब प्रदर्शित हो रहा है? आपको किस बात से पता चलता है कि विश्वास की कमी है?" अंततः, अगर आप संगठन में विश्वास की कमी के प्रभाव खोजने की इच्छा रखते हैं, तो आपको प्रभाव वाला एक सवाल पूछना होगा।

आप : "और जब लोग एक-दूसरे पर विश्वास नहीं करते हैं, तो क्या होता है?"

सहकर्मी : "लोग जानकारी का आदान-प्रदान नहीं करते हैं।"

एक बार फिर, आप इस तरह के ज़्यादा प्रमाण वाले सवाल पूछ सकते हैं, "स्पष्ट बताएँ, कौन से लोग जानकारी का आदान-प्रदान नहीं करते हैं या करेंगे? वे कौन सी जानकारी एक-दूसरे को नहीं दे रहे हैं? आपको कैसे पता कि वे जानकारी का आदान-प्रदान नहीं कर रहे हैं?" बहरहाल, किसी बिंदु पर आप प्रभाव के ज़्यादा क़रीबी स्तर पर पहुँचना चाहेंगे, इसलिए आप पूछते हैं:

आप : "और जब लोग जानकारी का आदान-प्रदान नहीं करते हैं, तो क्या होता है?"

सहकर्मी : "उनके प्रोजेक्ट्स और कार्य कंपनी के व्यावसायिक उद्देश्यों के अनुरूप नहीं होते हैं।"

एक बार फिर, आप प्रमाण वाले सवाल पूछ सकते हैं, जैसे, "स्पष्ट बताएँ, कौन से उद्देश्यों के अनुरूप काम नहीं होता है? कौन से प्रोजेक्ट्स और कार्य? आपको कैसे पता कि वे अनुरूप नहीं हैं?" फिर आप प्रभाव वाला एक और सवाल पूछते हैं।

आप : "और जब लोग कंपनी के व्यावसायिक उद्देश्यों के प्रति दिशाबद्ध नहीं होते हैं, तो क्या होता है?"

सहकर्मी : "इससे नए प्रॉडक्ट के विकास की लागत बढ़ जाती है।"

अब आपका सहकर्मी आपको ऐसी चीज़ दे रहा है, जिससे आप प्रभाव को आँक सकते हैं, क्योंकि यह विश्वास की कमी से संबंधित है - नए प्रॉडक्ट के विकास की बढ़ती लागत। जब आप कोई मापी जा सकने योग्य जानकारी देखते या सुनते हैं, तो आप पाँच स्वर्णिम सवाल पूछते हैं :

1. आप इसे कैसे मापते हैं?
2. यह इस वक़्त क्या है?
3. आप इसे किस रूप में देखना पसंद करेंगे?
4. अंतर का मूल्य क्या है?
5. ओवर टाइम (उचित मैनेजमेंट टाइमलाइन)?

इसलिए जब आपके सहकर्मी ने कहा, "इससे नए प्रॉडक्ट के विकास की लागत बढ़ जाती है," तो आप ये पाँच सवाल पूछ सकते हैं।

आप : "आप नए प्रॉडक्ट के विकास की लागत को कैसे मापते हैं?"

सहकर्मी : "हर नए प्रॉडक्ट के लॉन्च में होने वाले प्रोजेक्ट पर हुए ख़र्च से।"

आप : "इस वक़्त ख़र्च कितना है?"

सहकर्मी : "5,00,000 डॉलर।"

आप : "आप इसे कितना देखना चाहेंगे?"

सहकर्मी : "हमें लगता है कि यह 3,50,000 डॉलर के क़रीब रहना चाहिए।"

आप : "तो फ़र्क़ 1,50,000 डॉलर का है। आप हर साल कितने नए प्रॉडक्ट विकसित कर रहे हैं?"

सहकर्मी : "बीस।"

अब आप अपने सहकर्मी या टीम के साथ गणित करते हैं।

आप : "तो हर नए प्रॉडक्ट के इस 1,50,000 को हम बीस नए प्रॉडक्ट्स से गुणा कर देते हैं... यह लगभग 3 मिलियन डॉलर प्रति वर्ष आता है। क्या यह आपको सही लगता है?"

सहकर्मी : "मुझे तो यह कम लगता है।"

आप : "तो मान लेते हैं कि अगर लागत घटती-बढ़ती नहीं हैं, तो अगले तीन सालों में हम नौ मिलियन डॉलर की समस्या को देख रहे हैं?"

सहकर्मी : "मुझे तो ऐसा ही लगता है।"

प्रभाव वाले सवाल पूछकर आप पता लगाते हैं कि "विश्वास की कमी" का सिर्फ़ एक आयाम ही दरअसल अगले तीन सालों में कंपनी को नौ मिलियन डॉलर नुक़सान पहुँचा सकता है। आपको इस आँकड़े की सत्यता की पुष्टि के लिए ज़्यादा काम करने की ज़रूरत होगी, लेकिन कम से कम अब आपके पास देखने के लिए कोई मापने योग्य चीज़ तो है; आपके पास ध्यान केंद्रित करने के लिए एक विशिष्ट चीज़ तो है। जब आपके सहकर्मी डॉलर की लागत के संदर्भ में समस्या को देखेंगे, तो उन्हें एहसास हो जाएगा कि बदलने की ज़रूरत है।

ग़ौर करें कि आप प्रमाण और प्रभाव वाले मिश्रित सवाल पूछते हैं, जब तक कि सवाल की प्रक्रिया दो लोगों को समस्या की तह तक नहीं ले आती है। फिर प्रभाव वाले सवालों का इस्तेमाल किया जाता है। सारे समय, दूसरा व्यक्ति या विस्तृत टीम बौद्धिक शक्ति है। आप सिर्फ़ निर्देशक शक्ति या मार्गदर्शक के रूप में काम करते हैं। परिणामस्वरूप, सहकर्मियों को आपसे भय नहीं होता, क्योंकि केंद्रीय शक्ति तो वे ही बने हुए हैं। सवालों का यह समूह बहुत सशक्त और तह तक पहुँचाने वाला है। यह लोगों को व्यक्तिगत और संगठनात्मक लागत तक निरपेक्षता से पहुँचने देता है, जो उन संगठनात्मक चुनौतियों से जुड़ी हैं, जिनके बारे में आपकी गहरी चिंता है।

सबसे महत्वपूर्ण बात यह है कि यह प्रक्रिया न सिर्फ़ आपकी टीम और संगठन के भीतर खुलेपन की संस्कृति स्थापित करेगी, बल्कि आपके बीच विश्वास के बंधनों को भी मज़बूत बनाएगी।

अधिक जानकारी के लिए www.franklincovey.com/letsgetreal देखें।

परिशिष्ट 5

क्रियान्वयन के 4 अनुशासन लागू करना

क्रियान्वयन के चार अनुशासन संगठन के हर व्यक्ति के लिए एक से तीन दिन के कार्य सत्र हैं। ये कार्य सत्र वरिष्ठ लीडरशिप टीमों, कार्यकारी टीमों, मैनेजरों या व्यक्तिगत कर्मचारियों के साथ आयोजित किए जा सकते हैं। ये फ्रैंकलिन कवी परामर्शदाताओं द्वारा संपन्न किए जाते हैं। वैकल्पिक रूप से ग्राहकों को भी लाइसेंस देकर इन चर्चाओं का नेतृत्व करने के लिए प्रमाणित किया जा सकता है। इन कार्य सत्रों में प्रतिभागियों को जवाबदेही सीखने की प्रक्रिया द्वारा उनके शीर्ष लक्ष्यों को स्पष्ट करने और इन लक्ष्यों को मापने के सूचक तथा स्कोरबोर्ड बनाने, लक्ष्यों को नई गतिविधियों और व्यवहारों में विभाजित करने तथा लक्ष्यों के प्रति समर्पण क़ायम रखने का मार्गदर्शन दिया जाता है। हम संगठन में मुख्य लक्ष्यों और रणनीतियों की ज़्यादा अच्छी समझ और समर्पण पैदा करके लक्ष्यों तक तेज़ी से पहुँचने और रणनीति पर अमल करने के प्रयासों में संगठन की सहायता करते हैं। हम इस तकनीक में सभी तरह के संगठनों की मदद करते हैं, जिनमें फ़ॉरचून 100 कंपनियाँ शामिल हैं। क्रियान्वयन के 4 अनुशासनों पर अधिक जानकारी के लिए कृपया 1-888-868-1776 या 1-801-817-1776 पर फ़ोन करें या हमारी वेबसाइट www.franklincovey.com पर जाएँ।

परिशिष्ट 6

एक्सक्यू परिणाम

एक्सक्यू परीक्षण प्रमुख लक्ष्यों तक पहुँचने की संगठन की योग्यता मापता है। जिस तरह आईक्यू परीक्षण बुद्धि की दरारों का ख़ुलासा करता है, उसी तरह एक्सक्यू मूल्यांकन "क्रियान्वयन की खाई" को मापता है - लक्ष्य तय करने और उसे सचमुच हासिल करने के बीच की खाई। "एक्सक्यू" "एक्ज़ीक्यूशन कोशंट" (Execution Quotient) का संक्षिप्त रूप है।

मैनेजरों की प्रभावकारिता के बारे में 25 लाख कर्मचारियों का सर्वे करने के बाद और हैरिस इंटरएक्टिव (हैरिस पोल के प्रवर्तक) के साथ संबद्ध होकर फ्रैंकलिनकवी ने क्रियान्वयन क्षमता मापने का तरीक़ा विकसित किया है।

एक्सक्यू अध्ययन के परिणाम आश्चर्यजनक और विचलित करने वाले हैं। क्रियान्वयन की खाई सचमुच गंभीर है, जैसा नीचे दिए गए प्रतिशत उजागर करते हैं :

क्रियान्वयन बिंदु	**सहमत होने वालों का प्रतिशत**
संगठनात्मक दृश्य : क्या सभी कर्मचारी संगठनात्मक लक्ष्यों पर ध्यान केंद्रित करते हैं?	22%
टीम लक्ष्य गुणवत्ता : क्या कार्यकारी टीमों के पास स्पष्ट और मापने योग्य लक्ष्य हैं?	9%
टीम नियोजन : क्या कार्यकारी टीमें मिलकर योजना बनाती हैं कि लक्ष्यों को कैसे हासिल करना है?	16%
टीम संप्रेषण : क्या कार्यकारी टीमों में आपसी समझ और रचनात्मक संवाद है?	17%
टीम का विश्वास : क्या कार्यकारी टीमें सुरक्षित, "जीत-जीत" माहौल में काम करती हैं?	15%
टीम सशक्तिकरण : क्या टीमों के पास पर्याप्त संसाधन और काम करने की स्वतंत्रता है?	15%

क्रियान्वयन बिंदु	सहमत होने वालों का प्रतिशत
टीम की जवाबदेही : क्या टीम के सदस्य अपने समर्पण के लिए एक-दूसरे के प्रति जवाबदेह हैं?	10%
टीम के क़दम - गुणवत्ता : क्या सफलता के पैमानों की सटीकता और खुलेपन से निगरानी की जाती है?	10%
व्यक्तिगत कार्य लक्ष्य : क्या कर्मचारियों के पास स्पष्ट, मापने योग्य, डेडलाइन वाले कार्य लक्ष्य होते हैं?	10%
व्यक्तिगत संलग्नता : क्या कर्मचारी प्रेरित हैं? क्या वे महत्वपूर्ण महसूस करते हैं?	22%
व्यक्तिगत नियोजन : क्या कर्मचारी सुनियोजित रूप से अपनी प्राथमिकताएँ निर्धारित करते हैं?	8%
व्यक्तिगत पहल : क्या कर्मचारी परिणामों के लिए व्यक्तिगत पहल करते हैं और ज़िम्मेदारी लेते हैं?	13%
संगठनात्मक दिशा : क्या संगठनात्मक रणनीति और लक्ष्य हर व्यक्ति द्वारा ठीक-ठीक समझे जाते हैं?	23%
संगठनात्मक सहयोग : क्या टीमें मिलकर सुचारु ढंग से काम करती हैं?	13%
संगठनात्मक विश्वसनीयता : क्या टीमें अपने जीवनमूल्यों और प्रतिबद्धताओं का सम्मान करती हैं?	20%
संगठनात्मक प्रदर्शन सुधार : क्या सतत, विधिवत नीति है?	13%
व्यक्तिगत प्रतिबद्धता : क्या लोग संगठन की दिशा में प्रतिबद्ध हैं?	39% बहुत ऊँचे या ऊँचे
संगठनात्मक समर्थन : क्या शीर्ष प्रबंधन सक्रियता से काम करने वाली टीमों के लक्ष्य का समर्थन करता है?	45% बहुत ऊँचे या ऊँचे
टीम फ़ोकस : क्या मेरा कार्य समूह पूरी तरह और मेहनत से इसके शीर्ष लक्ष्यों पर केंद्रित है?	14%
व्यक्तिगत समय आवंटन : हमारे कर्मचारी प्रमुख लक्ष्यों पर दरअसल कितना समय ख़र्च करते हैं?	60%

टेबल 14

फ्रैंकलिनकवी एक्सक्यू अध्ययन के निष्कर्ष

प्रमुख निष्कर्ष	किस तरह गणना की गई
सिर्फ़ एक तिहाई कहते हैं कि उन्हें स्पष्ट समझ है कि उनकी कंपनियाँ क्या हासिल करने की कोशिश कर रही हैं।	37 प्रतिशत ने यह विकल्प चुना : "मैं अपने संगठन की रणनीतिक दिशा के कारणों को स्पष्टता से समझता हूँ।"
6 में से सिर्फ़ 1 मेहनत से सबसे महत्वपूर्ण लक्ष्यों पर ध्यान केंद्रित करता है।	14 प्रतिशत ने यह विकल्प चुना "हम अपने सबसे महत्वपूर्ण लक्ष्यों पर मेहनत से ध्यान केंद्रित करते हैं।"
क्या लीडर्स उनके सबसे महत्वपूर्ण लक्ष्यों को संप्रेषित करते हैं?	44 प्रतिशत कहते हैं कि उनके संगठनों ने स्पष्टता से उनके सबसे महत्वपूर्ण लक्ष्य संप्रेषित किए।
क्या कर्मचारियों को उनके कार्यों और उनकी कंपनी के लक्ष्यों के बीच "स्पष्ट लक़ीर" दिखती है। 5 में से लगभग 1 ऐसा सोचता है।	22 प्रतिशत कहते हैं कि उन्हें अपने लक्ष्यों और संगठन के लक्ष्यों में "स्पष्ट लक़ीर" दिखती है।
क्या कर्मचारी अपनी कंपनी के लक्ष्यों के प्रति ऊर्जावान और पूरी तरह समर्पित हैं? 10 में से लगभग 1 ऐसा कहता है।	9 प्रतिशत ने विकल्प चुना : "बहुत ज़्यादा ऊर्जावान और समर्पित।"
3 में से सिर्फ़ 1 कर्मचारी के काम के लक्ष्य स्पष्टता से परिभाषित हैं।	33 प्रतिशत कहते हैं कि उनके कार्य लक्ष्य "लिखे हुए" हैं।"
कर्मचारी 4 में से 1 घंटे का समय तात्कालिक महत्व के, लेकिन अप्रासंगिक कामों में ख़र्च करते हैं।	प्रतिभागियों का अनुमान है कि उनका 23 प्रतिशत समय ऐसी गतिविधियों में लगता है, जिनका उनके मुख्य लक्ष्यों से बहुत कम संबंध होता है, लेकिन उन पर तत्काल ध्यान देना पड़ता है।
कर्मचारी 5 में से लगभग 1 घंटे का समय राजनीति और अफ़सरशाही से जूझने में बर्बाद करते हैं।	प्रतिभागी बताते हैं कि उनका 17 प्रतिशत समय अनुपयोगी गतिविधियों में लगता है, जैसे आंतरिक अफ़सरशाही से जूझना, आपसी संघर्ष, बहाने बनाना आदि।
सिर्फ़ आधे कर्मचारी महसूस करते हैं कि उनकी नौकरियाँ उन्हें उनकी पूरी	48 प्रतिशत इस कथन से सहमत हैं : *मेरे संगठन के अधिकांश कर्मचारियों में*

प्रमुख निष्कर्ष	किस तरह गणना की गई
क्षमताओं के इस्तेमाल का मौक़ा देते हैं।	*उससे ज़्यादा योग्यता, बौद्धिक क्षमता और रचनात्मकता है, जितनी उनके वर्तमान पद में ज़रूरत है या जितनी की उन्हें अनुमति दी जाती है।*
सिर्फ़ आधे महसूस करते हैं कि वे ऑफ़िस में खुलकर अपनी बात कह पाते हैं।	52 प्रतिशत इस कथन से सहमत हैं : *मैं प्रतिशोध के भय के बिना खुलकर अपनी राय व्यक्त करने में सुरक्षित महसूस करता हूँ।*
एक तिहाई कहते हैं कि वे "जीत-जीत" परिवेश में काम करते हैं।	33 प्रतिशत सहमत हैं कि "हम इस सिद्धांत द्वारा जीते हैं : 'मेरी सफलता ही आपकी सफलता है।'"
लगभग एक चौथाई कर्मचारी अपने मैनेजर्स से महीने में कम से कम एक बार मिलकर अपने कार्य लक्ष्यों की प्रगति की समीक्षा करते हैं।	26 प्रतिशत ऐसा कहते हैं।
एक तिहाई से कम कहते हैं कि उन्हें उनके बजट के लिए जवाबदेह ठहराया जाता है।	31 प्रतिशत इस कथन से सहमत हैं या प्रबलता से सहमत हैं : *हमें बजट पर क़ायम रहने के लिए जवाबदेह ठहराया जाता है।*
काम का बहुत ज़्यादा बोझ, संसाधनों की कमी और अस्पष्ट कार्य प्राथमिकताएँ क्रियान्वयन के तीन सबसे बड़े अवरोध हैं।	जब क्रियान्वयन के शीर्ष 3 अवरोधों के बारे में पूछा गया, तो 31 प्रतिशत ने "काम का बहुत ज़्यादा बोझ" को चुना, 30 प्रतिशत ने "संसाधनों की कमी" को चुना और 27 प्रतिशत ने "अस्पष्ट या बदलती कार्य प्राथमिकताओं" को चुना।
5 में से 3 लोग अपने नियोक्ताओं पर भरोसा नहीं करते कि वे कर्मचारियों के प्रति समर्पित रहेंगे।	43 प्रतिशत कहते हैं कि उनके नियोक्ता "लगातार अपने कर्मचारियों के प्रति प्रतिबद्धताओं का सम्मान करते हैं।"
टीमें संकीर्ण माहौल में काम करती हैं; काम के पार बहुत कम सक्रिय सहयोग होता है।	जब उनके संगठन के भीतर के अन्य समूहों के बारे में पूछा गया, तो 28 प्रतिशत इस कथन से सहमत हैं : *हम*

प्रमुख निष्कर्ष	किस तरह गणना की गई
	सक्रियता से अपने लक्ष्यों को हासिल करने में एक-दूसरे की मदद करते हैं।
सिर्फ़ एक तिहाई कहते हैं कि उनके पास अपने लक्ष्यों की सफलता को मापने का स्पष्ट पैमाना है।	35 प्रतिशत इस कथन से सहमत हैं : *पैमाने स्पष्ट हैं।*

टेबल 15

अगर *शीर्ष प्राथमिकताओं पर ध्यान केंद्रित करने और उन पर अमल करने के क्षेत्र में अपनी, टीम की और संगठन की योग्यता का मूल्यांकन करने के लिए* एक्सक्यू सर्वे का अनुभव करने में आपकी रुचि है, तो www.The8thHabit.com/offers पर जाएँ। बस ऑनलाइन निर्देशों का अनुसरण करें। इससे आप बिना किसी शुल्क के यह जाँच पर पाएँगे। सर्वे पूरा करने के बाद आपको एक्सक्यू रिपोर्ट दी जाएगी, जिसमें आपके मूल्यांकन का सार होगा और आपके स्कोर की तुलना हज़ारों संगठनों के सकल औसत स्कोर से की जाएगी। आपको इस बारे में अधिक जानकारी भी दी जाएगी कि आप पूरी टीम या संगठन का मूल्यांकन कैसे कर सकते हैं।

परिशिष्ट 7

मैक्स एंड मैक्स पर दोबारा

आइए, अब हम *मैक्स एंड मैक्स* फ़िल्म की ओर लौटकर और ट्रिमटैबर की तरह सोचकर बताते हैं कि इस पुस्तक में बताया गया लीडरशिप का ढाँचा कितना व्यावहारिक है। *आप इस बिंदु पर फ़िल्म दोबारा देख सकते हैं,* ताकि आप लीडरशिप की 4 भूमिकाओं के समस्या सुलझाने वाले चश्मे से इसका अनुभव करें।

मैक्स यथार्थवादी रूप से क्या कर सकता है? उसका बॉस मि. हैरॉल्ड तानाशाह की तरह नियंत्रण करता है। मैक्स अभाव की मानसिकता वाला है, अपने बॉस से डरता है और औद्योगिक युग के नियंत्रण, नियमों और गाजर-तथा-छड़ी वाली प्रेरणा के बॉस केंद्रित मॉडल के अलावा चीज़ों को बदलने का कोई तरीक़ा नहीं जानता।

मैक्स बिखर चुका है। वह कुंठित और शक्तिहीन हो चुका है। वह सहनिर्भर बना रह सकता है - यह उसका पहला विकल्प है। वह संघर्ष कर सकता है या प्रतिरोध को संगठित भी कर सकता है या फिर छोड़कर भाग सकता है - दूसरा विकल्प। या फिर वह अपने प्रभाव के वृत्त के भीतर पहलशक्ति का बुद्धिमत्तापूर्ण इस्तेमाल कर सकता है - तीसरा विकल्प।

तीसरे विकल्प की एक नीति मि. हैरॉल्ड के साथ ट्रिम-टैबिंग की *ईथॉस-पैथॉस-लोगॉस* नीति का इस्तेमाल करना होगा (अनुशंसा - पहलशक्ति का चौथा स्तर)। अगर आपको फ़िल्म याद हो, तो उसमें मैक्स अपनी अनुशंसा में सिर्फ़ *लोगॉस* (तर्क) का इस्तेमाल करता है और वह ऐसा सबसे बुरे पल में करता है - मि. हैरॉल्ड को उनके बॉस की फटकार पड़ने के ठीक बाद। संक्षेप में, मैक्स अपने प्रभाव के वृत्त के काफ़ी बाहर था, इसलिए मि. हैरॉल्ड उसे कच्चा चबा गए, हालाँकि उसने रचनात्मक तरीक़े से प्रोएक्टिव बनकर एक ग्राहक को "बचाया" था। इससे मैक्स का हौसला सचमुच पस्त पड़ गया और उसका प्रतिक्रियाशील सहनिर्भर चक्र गतिमान हो गया।

उसके प्रभाव का वृत्त छोटा हो गया था (देखें फ़िगर A7.1)।

मैक्स *ईथॉस-पैथॉस-लोगॉस* का इस्तेमाल कैसे कर सकता है? ईथॉस में यह शामिल है कि वह अपना काम प्रोएक्टिव तरीक़े से और ख़ुशी-ख़ुशी बहुत अच्छी तरह

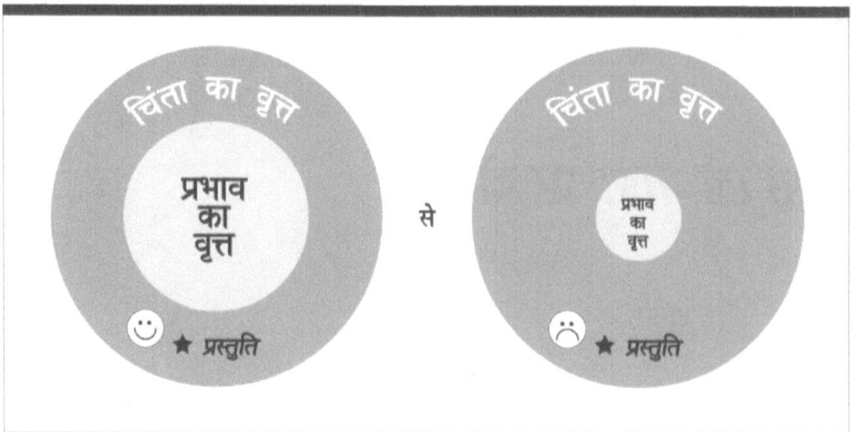

फ़िगर A7.1

करेगा तथा दूसरों की हर संभव मदद करेगा। माना कि ग़ैर-दोस्ताना ग्राहक दिशानिर्देशों से उसका दायरा बुरी तरह संकुचित हो गया है, लेकिन वह उतना सकारात्मक और रचनात्मक हो सकता है, जितना बिज़नेस उत्पन्न करने के लिए संभव हो। मि. हैरॉल्ड के बारे में बुरी बातें बोलना बंद। वह तो बस सबसे अच्छा काम करेगा, जो वह उन परिस्थितियों में कर सकता है और उसे दूसरों की मदद के स्रोत के रूप में देखा जाएगा - अपने प्रभाव के वृत्त के *भीतर* और अपने काम के *बाहर*। आलोचना करने के बजाय वह पूरक बन जाता है।

फिर वह मि. हैरॉल्ड के साथ एक और मुलाक़ात का आग्रह करता है। इस बार वह सुनता है, सचमुच सुनता है और जो वह समझता है, उससे प्रभावित होता है। उदाहरण के लिए, शायद मि. हैरॉल्ड को किसी रचनात्मक, अनुभवहीन बतोलेबाज़ का बुरा अनुभव हो, जिसने "ऊँचे वादे और कम परिणाम" दिए हों, जिससे कंपनी पर बुरा असर पड़ा हो - इसी झमेले में मि. हैरॉल्ड को सबसे ज़्यादा गर्मी झेलनी पड़ी हो। बतोलेबाज़ों की मूर्खतापूर्ण तकनीकों से बचने के लिए मि. हैरॉल्ड नए कठोर नियम बनाते हैं, हर एक का क़रीबी प्रबंधन करते हैं और पूरी संस्कृति को शक्तिहीन बना देते हैं।

एक बार जब मि. हैरॉल्ड को लगता है कि उन्हें समझ लिया गया है, तो उनकी ज़्यादातर रक्षात्मक, नकारात्मक ऊर्जा ग़ायब हो जाएगी। आप किसी ऐसे व्यक्ति से नहीं लड़ सकते, जो गंभीरता से समझने की कोशिश कर रहा हो। यह पैथॉस या भावनात्मक दिशाबद्धता का फल है। मि. हैरॉल्ड की आपत्तियों और चिंताओं को सटीकता से दोहराने के बाद मैक्स *लोगॉस* का प्रयोग कर सकता है - शायद यह सुझाव देकर कि एक व्यक्ति (मैक्स) का एक प्रयोगात्मक पायलट प्रोग्राम तीन माह के लिए तय कर दिया जाए, जिसमें उसे नए ग्राहक लाने और पुराने ग्राहकों को दोबारा सामान बेचने के लिए नए रचनात्मक काम करने का अवसर हो। मि. हैरॉल्ड को महसूस हो

रहा है कि उनकी बात समझ ली गई है और मैक्स के सहयोगपूर्ण नज़रिए व मेहनत (*ईथॉस*) तथा परानुभूति (*पैथॉस*) के कारण अब मैक्स में उनका विश्वास बढ़ रहा है, इसलिए वे पायलट विचार (*लोगॉस*) पर अमल करने के इच्छुक रहते हैं, जिसमें घाटे के बहुत कम आसार हैं, जबकि लाभ की संभावना बहुत ज़्यादा है।

आइए, मान लेते हैं कि मैक्स तीन महीने में अपनी बिक्री 25 प्रतिशत बढ़ा लेता है। वह मि. हैरॉल्ड के पास लौटकर सुझाव देता है कि पायलट प्रोग्राम जारी रखा जाए और उसमें उन तीन अन्य सेल्समैनों को भी शामिल कर लिया जाए, जिनमें मैक्स को बहुत विश्वास है। मि. हैरॉल्ड सहमत हो जाते हैं। वे तीनों सेल्समैन भी अपने उत्पादन को 25 प्रतिशत बढ़ा लेते हैं। फिर चारों लौटकर सुझाव देते हैं कि सभी सेल्समैनों के लिए एक ट्रेनिंग प्रोग्राम आयोजित किया जाए, जिसमें सख़्त प्रमाणीकरण मानदंड हों, ताकि नासमझ बतोलेबाज़ छँट जाएँ। मि. हैरॉल्ड सहमत हो जाते हैं - वे इस महत्वपूर्ण नई बिक्री से रोमांचित हैं। बॉस मि. हैरॉल्ड को बधाई देते हुए कहता है, "उस पार्टी ने सचमुच काम किया है, है ना?" मि. हैरॉल्ड साहस के साथ कहते हैं, "मैं आपको बताता हूँ कि कौन सी चीज़ काम कर रही है..."

संक्षेप में, ईथॉस-पैथॉस-लोगॉस की इस प्रक्रिया से (अनुशंसा - पहल शक्ति का चौथा स्तर) मैक्स अपने बॉस का लीडर बन गया और पूरी कंपनी में प्रभाव का बड़ा स्रोत भी।

माना कि यह सारा दृश्य काल्पनिक है और हो सकता है कि मि. हैरॉल्ड की समस्या बिलकुल अलग हो। अगर ऐसा है, तो मैक्स की प्रतिक्रिया में वह फ़र्क़ झलकेगा और उसकी उत्पादकता तथा प्रभाव किसी दूसरे तरीक़े से बढ़ेगा।

मुद्दे की बात यह है कि मैक्स ने अंतरात्मा द्वारा शासित भविष्य-दृष्टि, अनुशासन और जोश के ज़रिए अपनी नौकरी में आवाज़ पा ली।

मैंने यह भी सीखा है कि ज़्यादातर "बुरे बॉस" आम तौर पर सहनिर्भर संस्कृतियों का हिस्सा होते हैं और वे उस व्यवहार की मॉडलिंग करते हैं, जिसकी मॉडलिंग उनके सामने की गई थी। यह चक्र किसी ऐसे व्यक्ति द्वारा तोड़ा जा सकता है, जो अपने जीवन की रचनात्मक शक्ति है।

अब हम पूछते हैं कि मि. हैरॉल्ड - समझदार मि. हैरॉल्ड - टूटी आत्मा वाले मैक्स के साथ क्या कर सकते हैं। पहला विकल्प तो "दिशा में बने रहना" होगा - बस टोंचते रहो, दबाव डालते रहो, धमकाते रहो, पार्टियाँ देते रहो, मैक्स को सही काम करते पकड़ो और उसकी प्रशंसा करो - संक्षेप में, गाजर-और-छड़ी वाली नीति (औद्योगिक युग के मॉडल) से व्यवहार करो।

दूसरा विकल्प "हार मान लेना", हथियार डाल देना होगा और मैक्स को अपने तरीक़े से काम करने देना होगा। बहरहाल, इससे अनसोचे परिणाम उत्पन्न हो सकते हैं। बॉस मि. हैरॉल्ड को फटकार सकता है या नौकरी से निकाल सकता है कि उन्होंने बीच में दख़ल नहीं दिया और इतनी कमज़ोर, स्वच्छंदतावादी लीडरशिप का परिचय

दिया। इसके अलावा, इस नीति से "बतोलेबाज़ों" को प्रोत्साहन मिलेगा कि वे भी अयथार्थवादी वादे करें, ताकि उन्हें भी "नंबर मिल जाएँ।"

तीसरा विकल्प यह होगा कि मि. हैरॉल्ड पूरी तरह अपनी ग़लती स्वीकार कर लें कि उन्होंने ग्राहक बचाने के मैक्स के रचनात्मक तरीक़े पर नाहक ही उसे फटकार लगाई – और इसके लिए सच्चे दिल से माफ़ी माँगे। मैक्स अब भी सहनिर्भर है, इसलिए हो सकता है कि वह इस "नर्म" नीति पर विश्वास न करे और आगे भी "चापलूसी" करता रहे। मि. हैरॉल्ड को सच्चे अंदाज़ में बताने की ज़रूरत है कि वे किन परिस्थितियों से गुज़र रहे हैं और स्पष्टतापूर्वक विस्तार से बताने की ज़रूरत है, "देखो मैक्स, मैंने अपनी भड़ास तुम पर निकाल दी। तुमने उस ग्राहक के साथ एक मील आगे तक जाकर बहुत बढ़िया काम किया। लेकिन मैं 'कम पैसों के बदले ज़्यादा काम' करवाने के लिए इतना दबाव महसूस कर रहा था और दूसरे 'बतोलेबाज़ों' के मूर्खतापूर्ण काम करने और मुझे मुश्किल में डालने के बारे में इतना चिंतित था कि मैं नहीं जानता था कि नियमों के आधार पर भेड़ों को हाँकने के अलावा क्या किया जा सकता है। लेकिन मैक्स, तुम्हारे साथ यह ग़लत था। उस वक़्त मैं यह बात नहीं जानता था। मैंने काफ़ी सोच-विचार किया है और अब मैं सचमुच तुम्हारे सुझाव पर सोचना चाहूँगा। मुझे बस उम्मीद है कि हम ऐसा कुछ करें, जिससे आफ़त की पोटली न खुले। क्या तुम मुझे बेहतर तरीक़े से समझा सकते हो कि तुम्हारी क्या सलाह है?"

मि. हैरॉल्ड की संजीदगी और सच्चाई की गहराई से मैक्स को भी ज़्यादा ईमानदार बनने के लिए प्रोत्साहन मिल सकता है। एक ही समस्या से जूझ रहे दो इंसानों के बीच वास्तविक संप्रेषण – लंबवत् (vertical) के बजाय क्षितिजीय (horizontal) – से सिनर्जिस्टिक तीसरे विकल्प की ओर जाया जा सकता है, जिसका वर्णन हम पहले ही कर चुके हैं, जब हम इस सवाल को देख रहे थे कि मैक्स यथार्थवादी ढंग से क्या कर सकता है?

दोनों ही मामलों में क्रम की प्रक्रिया पर ग़ौर करें, अंदर से बाहर की ओर की नीति और पूर्ण व्यक्ति की नीव पर। व्यक्ति से वास्तविक विश्वास के *संबंध* की ओर जाने वाली गति पर ग़ौर करें और अंततः एक *संगठनात्मक* व्यवस्था के औपचारीकरण पर (जब विश्वास और विश्वसनीयता बढ़ी, तो पायलट प्रोग्राम विस्तृत हो गया)।

यह सचमुच तीसरे विकल्प का समाधान है, जिसकी कल्पना कोई भी शुरू में नहीं कर सकता था। यह रचनात्मक संप्रेषण से उभरा और संबंध में बाध्यकारी होगा। यह "प्रतिरक्षात्मक तंत्र" का निर्माण भी करेगा, जो भविष्य में दूसरी मुश्किल, यहाँ तक कि अंधी समस्याओं को भी सँभालेगा।

एक बार फिर, मैं पूरी तरह जानता हूँ कि मैंने इन दृश्यों का निर्माण किया है और परिस्थितियाँ बिलकुल विपरीत दिशाओं में भी जा सकती हैं। लेकिन मैं *व्यवहार* – क्या करना है – सिखाने की कोशिश नहीं कर रहा हूँ, मैं तो *सिद्धांत* – शाश्वत रूप से लागू सिद्धांत – सिखाने की कोशिश कर रहा हूँ, जो कई अलग-अलग

संभावित व्यवहारों में निहित होते हैं। मैं *मैक्स एंड मैक्स* को मिसाल के तौर पर बता रहा हूँ कि सिद्धांत आधारित व्यवहार किस तरह काम कर सकता है।

अब हम पीछे हटते हैं और अवधारणाओं की बात करते हैं। पहले तो मैक्स को देख लें। मैक्स के मि. हैरॉल्ड का लीडर बनने की प्रक्रिया में ग़ौर करें कि उसने कौन सी चार भूमिकाएँ निभाईं। ये चार भूमिकाएँ मेरे उस दृश्य में हैं, जो सफल रहा। पहली, *प्रतिरूपण*। मैक्स ने प्रोएक्टिव पहलशक्ति और *ईथॉस* हासिल करने का प्रतिरूपण किया। उसने *पैथॉस* हासिल करने में परानुभूति का प्रतिरूपण किया और *लोगॉस* हासिल करने में साहस का। जब दोनों ने सचमुच संप्रेषण किया, तो इस सिनर्जिस्टिक संप्रेषण से तीसरा विकल्प सामने आया, जो मि. हैरॉल्ड के अतीत के "जीत-हार आदेश-और-नियंत्रण" नीति से बेहतर था और मैक्स के कुछ न करके मुर्दा बने रहने तथा "आदेशों का पालन करते रहने" से तो बहुत बेहतर था।

एक बार फिर, व्यक्ति या टीम के रूप में प्रतिरूपण का सार *द 7 हैबिट्स ऑफ़ हाईली इफ़ैक्टिव पीपुल* में मिलेगा।

दूसरी भूमिका - *अन्वेषण* - जीत-जीत पायलट प्रोग्राम का प्रतिनिधित्व करती है। यह मैक्स और मि. हैरॉल्ड को एक ही पन्ने पर ले आती है, जहाँ सच्चे जीवनमूल्यों और अच्छे विवेक के दिशानिर्देशों के भीतर रचनात्मक तरीक़े से एक मील आगे तक जाकर ग्राहक की सेवा करके ज़्यादा बिज़नेस हासिल किया जा सके। विश्वसनीयता और वास्तविक संप्रेषण के प्रतिरूपण से वह विश्वास उत्पन्न होता है, जो अन्वेषण के लिए आवश्यक है। इस तरह मैक्स की आवाज़ इस पायलट प्रोग्राम के लिए संगठन की आवाज़ को लाँघती है।

तीसरी भूमिका - *दिशाबद्धता* - तब होती है, जब मि. हैरॉल्ड अन्वेषण पायलट प्रोग्राम अनुबंध को औपचारिक सहमति दे देते हैं - पहले मैक्स के साथ, फिर तीन अन्य लोगों के साथ और इसके बाद पूरी सेल्स टीम के साथ। दिशाबद्धता का मतलब है तय दिशानिर्देशों के भीतर अन्वेषण उद्देश्यों को हासिल करने के लिए आवश्यक तंत्रों, आधारभूत संरचनाओं और प्रक्रियाओं को तय करना। अब लाँघती आवाज़ों को पोषण दिया जाता है, समर्थ बनाया जाता है।

प्रतिरूपण, अन्वेषण और दिशाबद्धता की तीन भूमिकाओं ने *सशक्तिकरण* को संभव बनाया, जिससे शुरू में मैक्स और बाद में बाक़ी कर्मचारी तय दिशानिर्देशों के अनुरूप ग्राहकों को लाने और बनाए रखने के लिए आवश्यक हर काम करने में अपने ख़ुद के प्रशिक्षित विवेक और रचनात्मकता का इस्तेमाल कर पाए। इस तरीक़े से, अब नियम विवेक की जगह नहीं ले रहे थे। अगर आप उनकी विधियों की सख़्त निगरानी करते हैं और नियमों के घोड़े पर सवारी करते रहते हैं, तो आप कर्मचारियों को परिणामों के लिए ज़िम्मेदार नहीं ठहरा सकते। सशक्तिकरण ने *दिशाबद्ध स्वायत्तता* को समर्थ बनाया, जिससे हर व्यक्ति की आवाज़ को सम्मान मिला और वह व्यक्त हुई।

अब मि. हैरॉल्ड की बुद्धिमत्तापूर्ण ज्ञानकर्मी प्रतिक्रिया को देखते हैं। वे लीडरशिप

की उन्हीं चार भूमिकाओं को निभाते हैं – नियंत्रण की दिशा में बने रहना या स्वच्छंदता प्रदान करके हार मानने के बजाय तीसरे विकल्प का इस्तेमाल करना।

यह सब *प्रतिरूपण* से शुरू हुआ, जो अंदर से बाहर की ओर हुआ। मि. हैरॉल्ड ने सचमुच अपनी ग़लती स्वीकार की और एक सिनर्जिस्टिक संप्रेषण शुरू किया। जब विश्वास निर्मित हुआ और "अधिक वास्तविक" बना, तो *अन्वेषण* का समाधान उत्पन्न हुआ (सीमित पायलट प्रोग्राम)। मि. हैरॉल्ड की औपचारिक सत्ता विकसित नैतिक सत्ता से मिल गई और उन्होंने एक व्यक्ति के पायलट प्रोग्राम को औपचारिक या संस्थागत बनाया। इस *दिशाबद्धता* ने इसे संस्कृति में वैध बनाया और मैक्स को स्वायत्तता पाने तथा नया बिज़नेस लाने के लिए अपनी रचनात्मकता व लचीलेपन का इस्तेमाल करने में सक्षम बनाया। संक्षेप में, *सशक्तिकरण* की भूमिका।

जब चीज़ें सफलतापूर्वक आगे बढ़ीं (पूरक टीम का *प्रतिरूपण*), तो बाक़ी लोगों को भी नए रास्ते (*अन्वेषण*) में शामिल किया गया, उन्हें तंत्रों, आधारभूत संरचनाओं व प्रक्रियाओं की *दिशाबद्धता* द्वारा पोषण दिया गया और अंततः मानदंड पूरा करने वाले सभी लोगों को *सशक्त बनने में सक्षम* बनाया गया।

परिशिष्ट 8

फ्रैंकलिनकवी नीति

निरंतर, श्रेष्ठ प्रदर्शन ...

यह बिज़नेस और लगभग हर संगठन का मुश्किल हिस्सा है। निश्चित रूप से कोई भी एक-दो तिमाही तक बेहतर परिणाम दे सकता है। लेकिन असल चुनौती ऐसी संगठनात्मक संस्कृति का निर्माण है, जिससे साल दर साल लगातार बेहतर परिणाम मिल सकें।

आश्चर्यजनक बात यह है कि कुछ संगठन ऐसा कर सकते हैं। अग्रणी व्यावसायिक प्रकाशनों के नीचे दिए आँकड़ों पर ग़ौर करें :

- *जड़ से लाभ* : 1854 में से सिर्फ़ 111 कंपनियाँ (13 प्रतिशत) दस साल की अवधि तक लगातार लाभकारी विकास करने में समर्थ रहीं।
- *अच्छी से महान* : 1435 में से सिर्फ़ 126 कंपनियाँ (9 प्रतिशत) एक दशक या अधिक समय तक शेयर बाज़ार में औसत से बेहतर प्रदर्शन करने में सफल रहीं। इसके अलावा, 1435 में से सिर्फ़ 11 कंपनियों (1 प्रतिशत से भी कम) ने निरंतर श्रेष्ठ प्रदर्शन के अध्ययन मानदंड को पूरा किया।
- *रचनात्मक विनाश* : 1008 में से सिर्फ़ 160 कंपनियाँ (16 प्रतिशत), जिनका अध्ययन 30 साल की अवधि तक किया गया, अस्तित्व बचाने में कामयाब हुईं।
- *स्टॉल पॉइंट्स* : फ़ॉरचून 50 की सिर्फ़ 5 प्रतिशत कंपनियों ने सफलतापूर्वक अपने विकास को क़ायम रखा।

श्रेष्ठ प्रदर्शन करना और उसे बार-बार, निरंतर करते रहने की क्षमता का निर्माण महान संगठन की परिभाषा है। बहरहाल, अधिकांश संगठन और उनके लीडर्स इसे हासिल करने में असफल रहते हैं। उनकी असफलता की जड़ें उनकी नीति में निहित होती हैं।

ईसप की नीति कथा

एक दिन एक ग़रीब किसान को अपनी प्रिय मुर्ग़ी के दड़बे में सोने का एक चमचमाता अंडा मिलता है। पहले तो वह सोचता है कि यह किसी तरह की चाल है। लेकिन दोबारा सोचने पर वह अंडे की जाँच करवाने का फ़ैसला करता है।

किसान को अपनी ख़ुशक़िस्मती पर यक़ीन ही नहीं होता। अंडा ख़ालिस सोने का निकलता है! अगले दिन वह और भी ज़्यादा रोमांचित हो जाता है, जब मुर्ग़ी सोने का एक और अंडा देती है। हर दिन जागते ही वह दड़बे की ओर भागता है और उसे सोने का एक और अंडा मिल जाता है। जल्द ही वह बहुत दौलतमंद बन जाता है।

लेकिन दौलत के साथ-साथ उसके मन में लालच और अधैर्य भी आ जाता है। हर दिन सोने के अंडे का इंतज़ार करने के बजाय किसान मुर्ग़ी को मारकर सारे अंडे एक साथ हासिल करने का फ़ैसला करता है। लेकिन जब वह मुर्ग़ी का पेट चीरता है, तो वह उसे ख़ाली मिलता है। वहाँ सोने का एक भी अंडा नहीं है – और अब भविष्य में भी अंडा मिलने की कोई संभावना नहीं है। किसान ने उस मुर्ग़ी को ही नष्ट कर दिया, जो सोने के अंडे देती थी।

इस नीति कथा में संगठनात्मक प्रदर्शन का एक मुख्य सिद्धांत निहित है। दरअसल, निरंतर श्रेष्ठ प्रदर्शन दो चीज़ों का परिणाम है : जो उत्पन्न किया जाता है (सोने के अंडे) और उत्पन्न करने की क्षमता (मुर्ग़ी)।

अगर संगठन सिर्फ़ सोने के अंडे उत्पन्न करने (आज परिणाम हासिल करने) पर ध्यान केंद्रित करते हैं और मुर्ग़ी को (आने वाले कल के लिए क्षमता बनाने को) नज़रअंदाज़ कर देते हैं, तो जल्दी ही उनके पास वह संपत्ति ही नहीं रहेगी, जो सोने के अंडे देती है। दूसरी तरफ़, अगर संगठन सिर्फ़ मुर्ग़ी की ही देखभाल करते रहेंगे और सोने के अंडे पाने का लक्ष्य नहीं रखेंगे, तो जल्द ही उनके पास मुर्ग़ी को खिलाने-पिलाने के लिए संसाधन ही नहीं बचेंगे। कुंजी संतुलन में है।

शायद आपका संगठन ऐसा होगा :

परिणाम देने का दबाव आने पर हम सब कुछ दाँव पर लगा देते हैं। हम अपने सैनिकों को एकजुट करते हैं और हर एक पर दबाव डालते हैं कि वह तात्कालिक महत्व के इस उद्देश्य को हासिल करने में जुट जाए। हो सकता है, पहली बार यह बिक्री का लक्ष्य हो। अगला संकट लागत कम करने का लक्ष्य हो सकता है। अगली बार कुछ और हो सकता है। हम लगातार प्रतिक्रियाशील बन जाते हैं, एक "अत्यावश्यक लक्ष्य" या "आपातकालीन क़दम" से दूसरे की ओर भागते रहते हैं। समस्या यह है कि हम हमेशा कर्मचारियों, प्रक्रियाओं या औज़ारों में कम निवेश करते नज़र आते हैं, जिनकी ज़रूरत हमें अपने बिज़नेस को सचमुच बेहतर बनाने के लिए होगी। परिणामस्वरूप, हम कभी सतत प्रदर्शन की लय में नहीं आ पाते हैं।

या, आपका संगठन ऐसा है :

हमने कई सालों से कर्मचारियों और संस्कृति में भारी निवेश किया है। हम सोचते थे कि महान, योग्य कर्मचारी सर्वश्रेष्ठ तंत्रों और प्रौद्योगिकी के साथ अपने आप निरंतर श्रेष्ठ प्रदर्शन करेंगे। यह काम करने के लिए अच्छी जगह थी, लेकिन फिर मुश्किल समय आ गया। हमने पाया कि हममें दरअसल कठोर प्रतिस्पर्धा और अप्रिय आर्थिक परिवेश की चुनौतियों में काम करने की सख़्त योग्यता नहीं थी। हमें उन सभी निवेशों में कटौती के लिए विवश होना पड़ा, जिनके कर्मचारी स्वर्णिम वर्षों में आदी थे। कर्मचारियों का मोहभंग हो चुका है, मनोबल रसातल में पहुँच चुका है और हमारे सबसे अच्छे कर्मचारी नौकरी छोड़कर दूसरी जगह जा रहे हैं।

फ्रैंकलिनकवी ने यह सबक़ मुश्किल तरीक़े से सीखा है, क्योंकि हम भी इस प्रदर्शन-प्रदर्शन क्षमता के पेंडुलम पर झूल चुके हैं। इसलिए यह "अर्जित" सबक़ है और हमारी नीति कोरा सैद्धांतिक विश्वास ही नहीं है।

फ्रैंकलिनकवी में हम समीकरण के दोनों सिरों से सतत श्रेष्ठ प्रदर्शन के लक्ष्य की ओर बढ़ते हैं। हम संगठनों की मदद करते हैं कि वे विशिष्ट परिणामों पर ध्यान केंद्रित करें और उन्हें हासिल करें। हम अधिक क्षमता बनाने में भी उनकी मदद करते हैं। इनमें लीडर्स और व्यक्तिगत योगदानकर्ता दोनों शामिल हैं, जिनमें नए स्तरों पर प्रदर्शन करने की क्षमता होती है।

इन दो तंत्रों (परिणाम हासिल करना और क्षमता बनाना) में फ्रैंकलिनकवी ग्राहकों के साथ तीन विभिन्न "काम करती है, जिन्हें किया जाना है।" ये काम महानता के तीन मूलभूत क्षेत्रों का प्रतिनिधित्व करते हैं, जो 8वीं आदत में समाहित हैं : *संगठनात्मक महानता, नेतृत्वकारी महानता और व्यक्तिगत महानता।*

पल भर के लिए विचार करें कि आप एक चैंपियन खेल टीम कैसे बना सकते हैं। खिलाड़ियों की गुणवत्ता और कंडीशनिंग में निवेश करने से आपकी टीम सुधर जाएगी - बेहतर खिलाड़ियों से टीम बेहतर बनती है। बहरहाल, व्यक्तिगत खिलाड़ी चाहे जितने अच्छे हों, टीम तभी जीतती है, जब सभी विशिष्ट उद्‌देश्यों के लिए मिलकर काम करें और बार-बार उत्कृष्टता से "योजना पर अमल करें"।

आप महान खिलाड़ी और महान क्रियान्वयन चाहते हैं। जो टीम हर सीज़न में निरंतर बेहतर प्रदर्शन कर सके - विजेता फ्रैंचाइज़ी। यही फ्रैंकलिनकवी नीति का सार है : संगठनात्मक क्षमताओं का बार-बार विशिष्ट परिणामों में रूपांतरण, जिसका परिणाम विजेता संगठन है।

परिणाम हासिल करना
काम 1. प्रमुख प्राथमिकताओं पर क्रियान्वयन। हम विशिष्ट परिणाम पाने में ग्राहकों की मदद करते हैं - जैसे बिक्री बढ़ाना, विशिष्ट क़दमों को लागू करना या गुणवत्ता को बेहतर बनाना। हम शीर्ष प्राथमिकताओं में अधिक स्पष्टता लाकर और प्रतिबद्धता बढ़ाकर तथा उन प्राथमिकताओं पर क्रियान्वयन की प्रक्रियाएँ बनाकर ऐसा करते हैं। यह संगठनात्मक महानता का निर्माण है।
क्षमता बनाना
काम 2. लीडरशिप और मैनेजमेंट विकास। हम स्थायी लीडरशिप क्षमता बनाने में ग्राहकों की मदद करते हैं, जो चरित्र, टीम निर्माण और उत्कृष्टता के साथ परिणाम हासिल करने पर आधारित है। यह नेतृत्वकारी महानता का निर्माण है।
काम 3. व्यक्तिगत प्रभावकारिता। हम कर्मचारियों के ज्ञान, योग्यताएँ और व्यक्तिगत प्रदर्शन बढ़ाने में संगठनों की मदद करते हैं, जिससे व्यक्ति और टीमें ज़्यादा अच्छे परिणाम हासिल कर सकते हैं। यह *व्यक्तिगत महानता* का निर्माण है।

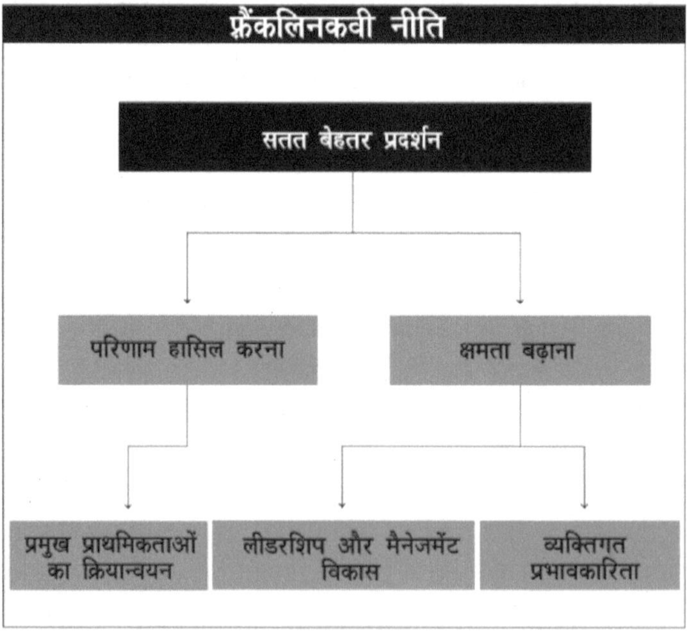

फ़िगर A8.1

नोट्स

अध्याय 1

1. Rogers, C.R., *On Becoming a Person* (Boston: Houghton Mifflin, 1961), p. 26.
2. Rick Levine, Christopher Locke, Doc Searls and David Weinberger, *The Cluetrain Manifesto* (Cambridge, MA: Perseus Books Publishing, 2000), pp. 36, 39.
3. AntonyJay, *The Oxford Dictionary of Political Quotations* (Oxford: Oxford University Press, 1996), p. 68.

अध्याय 2

1. Quoted from a speech given by Stanley M. Davis at a conference in Asia in which we both participated.
2. Drucker, Peter F., "Managing Knowledge Means Managing Oneself," *Leader to Leader*, 16 (Spring 2000), pp. 8-10.
3. Drucker, Peter F., *Management Challenges for the 21st Century* (New York: Harper Business, 1999), p. 135.

अध्याय 3

1. Henry David Thoreau, *Walden* (Boston: Beacon Press, 1997), p. 70.
2. Robert Frost, Elizabeth Knowles, ed., *The Oxford Dictionary of Quotations,* 5th ed. "The Road Not Taken," (1916) (Oxford: Oxford University Press, 1999).

अध्याय 4

1. Daniel Ladinsky, *The Gift:* Poems by Hafiz the Great Sufi Master (New York: Penguin Compass, 1999), pp. 67-68.
2. Marianne Williamson, *A Return to Love: Reflections on the Principle of a Course in Miracles* (New York : Harper Collins, 1992), pp. 190-191.

3. Michael C. Thomsett, speech, Oct. 9, 1956, in *War and Conflict Quotations* (North Carolina: McFarland & Company, 1997), p. 50.
4. *Munsey's Magazine* (February 1897), 554. Found on the Ella Wheeler Wilcox Society web site visited on May 15, 2004: http://www.ellawheelerwilcox.org.
5. C.S. Lewis, *Mere Christianity* (NewYork: Simon & Schuster, 1980), pp. 19-21.
6. Doc Childre and Bruce Cryer, *From Chaos to Coherence* (Boston: Butterworth-Heinemann, 1999), p. 23.
7. Ibid., p. 29.
8. Daniel Goleman, *Working with Emotional Intelligence* (New York: Bantam Books, 1998), p. 31.
9. Richard Wolman, *Thinking with Your Soul* (New York: Harmony Books, 2001), p. 26.
10. *The Hob: Bible,* King James Version.
11. Danah Zohar and Ian Marshall, SQ: *Connecting with Our Spiritual Intelligence* (New York and London: Bloomsbury, 2000).
12. William Bloom, *The Endorphin Effect* (United Kingdom: Judy Piatkus Publishers Ltd., 2001), p. 12.
13. Anwar el-Sadat, *In Search of Identity: An Autobiography* (New York: Harper and Row Publishers, 1978), p. 303.
14. "The Speaker's Electronic Reference Collection," AApex Software, 1994.
15. YMCA of the USA, Dartmouth Medical School, The Institute for American Values, *Hardwired to Connect: The New Scientific Cash for Authoritative Communities,* A Report to the Nation from the Commission on Children at Risk (2003), p. 6.
16. Dee Hock, "The Art of Chaordic Leadership," *Leader to Leader,* 15 (Winter 2000), pp .20-26.
17. Warren G. Bennis and Robert J. Thomas, *Geeks and Geezers: How Era, Values, and Defining Moments Shape Leaders* (Boston: Harvard Business School Publishing, 2002).
18. Jim Loehr and Tony Schwartz, *The Power of Full Engagement* (New York: Simon & Schuster, 2003).

अध्याय 5

1. Philip Massinger, Timoleon, in *The Bondman,* act 1, sc. 3 (1624), *Poems of Philip Massinger*, P. Edwards and C. Gibson, eds. (1976).
2. Susana Wesley letter to her son dated June 8, 1725. Found on the Wesleyan Church website www.wesleyan.org. visited on 5/14/04.
3. Polly LaBarre, "Do You Have the Will to Lead?," *Fast Company Magazine* 32 (March 2000), p. 222. Found on website visited on May 27, 2004: http://www.fastcompany.com/online/32/koestenbaum.html.
4. Lucinda Vardey. A Simple Path, introduction to Mother Teresa, Lucinda Vardey, ed. (New York: Ballantine, 1995), p. xxxviii.
5. Josef Hell, *Aufzeichnung,* (Institut für Zeitgeschichte, 1922) ZS 640, p. 5.
6. Dag Harnmarskjöld, *Markings* (New York: Alfred A Knopf, 2001), p. 124.
7. Albert E. N. Gray Essay *"The common denominator of success"* (Philadelphia: NALU annual convention, 1940).
8. Harold B. Lee, *Teachings of Harold B. Lee.* Clyde J. Williams, ed. (Salt Lake City: Bookcraft, 1996), p. 606.
9. Charles Moore, introduction to *Washington's School Exercises: Rules of Civility and Decent Behavior in Company and conversation,* Charles Moore, ed. (Boston: Houghton Mifflin Company, 1926), pp. xi-xv.
10. Elizabeth Knowles, ed., *The Oxford Dictionary of Quotations,* 5th ed. (Oxford: Oxford University Press, 1999.), P. 396.
11. JoAnn C. Jones, "Brockville," *Ontario-Guide Posts,* January 1996.
12. David O. McKay, *Conference Report,* The Church of Jesus Christ of Latter-day Saints, April 1964, p. 5.
13. John G. Whittier, *Maud Muller* (Boston: Riverside Press, 1866), p.12.

अध्याय 6

1. Peter F. Drucker, *Management Challenges for the 21st Century* (New York: Harper Collins, 1999), p. 8.
2. Philip Evans and Thomas S. Wurster, *Blown to Bits* (Boston: Harvard Businenss School Press), p. 13.
3. Dave Ulrich, Jack Zenger and Norm Smallwood, *Results Based Leadership* (Boston: Harvard Business School Press, 1999), p. 7.

अध्याय 7

1. Del jones, "What would Attila the Hun do?" USA *Today* (April 6, 2003). Found on *USA Today* website visited on May 27, 2004: http://www.usatoday.com/money/companies/management/2003-04-06-warleaders_x.htm.
2. Tom Peters, *The Project 50* (New York: Alfred A. Knopf, 1999), pp. 48-49.

अध्याय 8

1. American Museum of Natural History, found on web site visited on May 15, 2004: http://www.amnh.org/common/faq/quotes.html.
2. Eknath Easwaran, *Gandhi, the Man*, 2nd ed. (Nilgin Press, 1978), p.145.
3. Lieutenant General Dave R. Palmer '56 (retired) "Competence and Character: Schwarzkopf's Message to the Corps."*Assembly Magazine*, May 1992.

अध्याय 9

1. Gordon B. Hinckley, "The True Strength of the Church," *Ensign Magazine*, July 1973, p. 48.
2. Rick Pitino, *Lead to Succeed* (New York: Broadway Books, 2000), p. 64.
3. Elizabeth Knowles, ed., *The Oxford Dictionary of Quotations*, 5th ed. (Oxford: Oxford University Press, 1999), p. 503.
4. Dag Hammarskjöld, Marking (New York: Alfred A Knopf, 2001), p.197.
5. C.S. Lewis, *Mere Christianity* (New York: Simon & Schuster, 1980), pp. 165-166.

अध्याय 10

1. Warren Bennis, *Why Leader Can't Lead* (San Francisco, Jossey Bass Publishers 1989), p. 158.
2. Arun Gandhi, "Reflections of Peace," BYU Magazine, vol. 54, no.1 (Spring 2000) pp. 1-6. Found on website visited on May 14, 2004: http://magazine.byu.edu/bym/2000sp/pages/peace1.shtml#.
3. Ralph Roughton, M.D., used with permission.

अध्याय 11

1. J.A. Belasco, *Teaching the Elephant to Dance: The Manager's Guide to Empowering Change* (New York: Plume, 1991), p. 11.
2. Clayton M. Christensen, *The Innovators Dilemma* (Boston: Harvard Business School Press, 1997), pp. xviii-xix.
3. Jim Collins, *Good to Great* (New York: HarperCollins, 2001), p. 96.

अध्याय 12

1. Martin H. Manser, *The Westminister Collections of Christian Quotation* (Louisville: Westminister John Knox Press, 2001), p. 76.
2. Randall Rothenberg and Noel M. Tichy: "The Thought Leader Interview," *Strategy + Business Magazine* (Spring 2002), pp. 91-92.

अध्याय 13

1. Marcus Buckingham and Donald O. Clifton, *Now Discover Your Strengths* (New York: Simon & Schuster, 2001), p. 5.
2. Ibid.
3. Thomas Stewart, *Intellectual Capital: The New Wealth of Organizations* (New York: Doubleday Books, 1997).
4. Stuart Crainer, *The Management Century* (San Francisco: Jossey-Bass Publishers, 2000), p. 207.
5. Peter F. Drucker, *Managing for the Future: The 1990's and Beyond* (New York: Truman Tally Books, Dutton, 1992), p. 334.
6. Max De Pree, *Leadership Is an Art* (New York: Dell Publishing, 1989), pp. 28, 38.

अध्याय 14

1. Larry Bossidy and Ram Charan, *Execution: The Discipline of Getting Things Done* (New York: Crown Business, 2002), pp. 19, 34,
2. Louis V. Gerstner, *Who Says Elephants Can't Dance?* (New York: HarperCollins Publishers, 2002), p. 230.
3. Charles Hummel, *Tyranny of the Urgent* (Downers Grove, IL: Inter Varsity Christian Fellowship of the United States of America, 1967), pp. 9-10.

अध्याय 15

1. Gordon B. Hinckley, "Testimony," *Ensign Magazine* (May 1998), p. 69.
2. Engraved in a monument at Rockefeller Center, New York City, New York.
3. Nelson Mandela, *Long Walk to Freedom* (Boston: Little, Brown and Company,1994), pp. 543-544.
4. Engraved in a monument at the entrance of the Nathan Eldon Tanner Building, Marriott School of Management, Brigham Young University, Provo, Utah.
5. Alfred North Whitehead, "The Rhythmic Claims of Freedom and Discipline" *The Aim of Education and Other Essays* (New York: New American Library, 1929), p. 46.
6. Dag Hammarskjöld, *Markings* (New York: Alfred A Knopf 2001), p. 158.
7. Muggeridge, Malcolm, "A Twentieth Century Testimony" *Malcolm Muggeridge,* Thomas Howard, ed. (London: Collins, 1979).
8. Robert K. Greenleaf "The Servant as Leader," *Servant Leadership: A Journey into the Nature of Legitimate Power and Greatness,* 25th anniversary ed. (Mahwah, New Jersey: Paulist Press, 2002), pp. 23-24.
9. Jim Collins, "Level Five Leadership: The Triumph of Humility and Fierce Resolve," *Harvard Business Review,* vol. 79, no. 1(January 2001), p. 67.
10. Jim Collins, *Good to Great* (New York: HarperCollins Publishers, 2001), p. 20.
11. Jim Collins, "And the Walls Came Tumbling Down," *Leading Beyond the Walls,* The Peter F. Drucker Foundation for Nonprofit Management; Frances Hesselbein, Marshall Goldsmith and Iain Somerville, ed. (Jossey-Bass Publishers, 1999).
12. *Peel's Principles of Modern Policing,* 1829.
13. Report of Col. Joshua L. Chamberlain, Twentieth Maine Infantry Field Near Emmitsburg-July 6, 1863.
14. Alice Rains Trulock, *In the Hands of Providence: Joshua L. Chamberlain and the American Civil War* (Chapel Hill: The University of North Carolina Press, 1992), p. 5.
15. Maxwell Anderson, *Joan of Lorraine,* (Washington, D.C.: Anderson House, 1947).

16. Haddon Klingberg Jr., *When Life Calls Out to Us* (New York: Doubleday 2001), p. 8.
17. Trulock, p. 154. Excerpt from the dedication of the Maine Monuments at Gettysburg on the evening of October 3, 1889.

परिशिष्ट

1. Doc Childre and Bruce Cryer, *From Chao to Coherence* (Boston: Butterworth-Heinemann, 1999), p. 23.
2. C.S. Lewis, *Mere Christianity* (New York: Simon & Schuster, 1980), pp. 124-125.
3. Childre and Cryer, p. 69.
4. Robert Frost, "Two Tramps in Mud Time," *The Poetry of Robert Frost,* Edward Connery Lathem, ed. (New York: Henry Holt and Co.,1969).
5. Lewis, p. 88.

फ़्रैंकलिनकवी के बारे में

मिशन स्टेटमेंट

हम हर जगह लोगों और संगठनों को महान बनने में समर्थ बनाते हैं।

आधारभूत विश्वास

हम विश्वास करते हैं :

1. **लोग** मूलतः सक्षम हैं, महानता की आकांक्षा करते हैं और उनके पास चयन करने की स्वतंत्रता है।
2. **सिद्धांत** शाश्वत और अमर हैं तथा स्थायी प्रभावकारिता की नीव हैं।
3. **लीडरशिप** एक चयन है, जो चरित्र की नीव पर अंदर से बाहर की ओर निर्मित है। महान लीडर्स सही लक्ष्य की दिशा में लोगों की सामूहिक योग्यता और जोश को मुक्त करते हैं।
4. **प्रभावकारिता की आदतें** समाहित प्रक्रियाओं व साधनों के समर्पित इस्तेमाल द्वारा ही आती हैं।
5. **स्थायी श्रेष्ठ प्रदर्शन** के लिए पी/पीसी संतुलन की ज़रूरत होती है - यानी परिणाम हासिल करने और क्षमता बनाने पर ध्यान केंद्रित करना।

जीवनमूल्य

1. **सिद्धांतों के प्रति समर्पण।** हम अपनी सामग्री को लेकर जोशीले हैं और हमारे द्वारा सिखाए जाने वाले सिद्धांतों तथा व्यवहार के मॉडल बनने का प्रयास करते हैं।
2. **स्थायी ग्राहक प्रभाव।** हम अपने ग्राहकों से किए वादे पूरे करने का अथक प्रयास करते हैं। उनकी सफलता ही हमारी सफलता है।
3. **पूर्ण व्यक्ति के प्रति सम्मान।** हम एक-दूसरे का सम्मान करते हैं और जिसके साथ काम करते हैं, उसके साथ सच्चे पार्टनर के रूप में व्यवहार करते हैं।

4. **लाभकारी विकास।** हम लाभ और विकास को अपने संगठन का जीवनदायी रक्त मानते हैं। ये हमें अपने मिशन और भविष्य-दृष्टि को पूरा करने की स्वतंत्रता देते हैं।

फ्रैंकलिनकवी (NYSE:FC) संगठनों, टीमों और व्यक्तियों के प्रभावकारी प्रशिक्षण, उत्पादकता साधन और मूल्यांकन सेवाओं के क्षेत्र में दुनिया भर में अग्रणी है। इसके ग्राहकों में फ़ॉरचून 100 की 90 प्रतिशत कंपनियाँ, फ़ॉरचून 500 की 75 प्रतिशत से अधिक कंपनियाँ और हज़ारों छोटी तथा मझोली कंपनियाँ शामिल हैं। इसके अलावा बहुत सी सरकारी संस्थाएँ और शैक्षणिक संस्थाएँ भी लाभ उठा रही हैं। संगठन और व्यक्ति कॉरपोरेट प्रशिक्षण, लाइसेंस्ड क्लाएंट फ़ेसिलिटेटर्स, व्यक्तिगत कोचिंग, सार्वजनिक वर्कशॉप्स, कैटेलॉग्स, 140 से अधिक रिटेल स्टोर्स और www.franklincovey.com द्वारा फ्रैंकलिनकवी के प्रॉडक्ट्स व सेवाओं का लाभ लेते हैं।

फ्रैंकलिनकवी के 2,000 सहयोगी हैं, जो दुनिया के 100 से भी अधिक देशों में तथा 39 ऑफ़िसों के ज़रिए 28 भाषाओं में व्यावसायिक सेवाएँ, प्रॉडक्ट्स और सामग्री प्रदान कर रहे हैं।

Programs and Services

- xQ Survey and Debrief (*to help leaders assess their organization's "Execution Quotient"*)
- The 7 Habits of Highly Effective People workshop
- The 4 Disciplines of Execution worksession
- FOCUS : Achieving Your Highest Priorities workshop
- The 4 Roles of Leadership workshop
- The FranklinCovey Planning System

To learn more about FranklinCovey products and services, please call 1-888-868-1776 or 1-801-817-1776, or go to www.franklincovey.com.

लेखक के बारे में

स्टीफ़न आर. कवी अंतर्राष्ट्रीय ख्याति प्राप्त लीडरशिप विशेषज्ञ हैं। वे पारिवारिक विशेषज्ञ, शिक्षक, संगठनात्मक परामर्शदाता और लेखक हैं, जिन्होंने परिवारों तथा संगठनों दोनों को सिद्धांत-केंद्रित जीवन और लीडरशिप सिखाने के लिए अपना जीवन समर्पित किया है। उनके पास हार्वर्ड यूनिवर्सिटी से एम.बी.ए. और ब्राइघम यंग यूनिवर्सिटी से डॉक्टरेट की उपाधियाँ हैं, जहाँ वे संगठनात्मक व्यवहार तथा बिज़नेस मैनेजमेंट के प्रोफ़ेसर थे। वे विश्वविद्यालयीन जनसंपर्क के डायरेक्टर तथा प्रेसिडेंट के सहयोगी के रूप में भी काम कर चुके हैं।

डॉ. कवी कई मशहूर पुस्तकों के लेखक हैं, जिनमें अंतर्राष्ट्रीय बेस्टसेलर *द 7 हैबिट्स ऑफ़ हाईली इफ़ैक्टिव पीपुल* शामिल है, जिसे बीसवीं सदी की सबसे प्रभावी बिज़नेस बुक का ख़िताब मिला और 10 सार्वकालिक सबसे प्रभावी मैनेजमेंट पुस्तकों में से एक माना गया। दुनिया भर की अड़तीस भाषाओं में इसकी 15 मिलियन से भी अधिक प्रतियाँ बिक चुकी हैं। अन्य बेस्टसेलर पुस्तकों में *फ़र्स्ट थिंग्स फ़र्स्ट*, *प्रिंसिपल-सेंटर्ड लीडरशिप* और *द 7 हैबिट्स ऑफ़ हाईली इफ़ैक्टिव फ़ैमिलीज़* शामिल हैं, जिनकी कुल मिलाकर 20 मिलियन से भी अधिक प्रतियाँ बिक चुकी हैं।

नौ संतानों के पिता और तैंतालीस नाती-पोतों के नाना-दादा के रूप में उन्हें नेशनल फ़ादरहुड इनिशिएटिव द्वारा 2003 फ़ादरहुड अवॉर्ड मिला, जिसे वे अब तक मिला सबसे सार्थक पुरस्कार मानते हैं। डॉ. कवी को मिले अन्य पुरस्कारों में थॉमस मूर कॉलेज मेडेलियन शामिल है, जो उन्हें मानवता की सतत सेवा के लिए दिया गया। इसके अतिरिक्त उन्हें 1999 में स्पीकर ऑफ़ द ईयर अवॉर्ड, द सिख्स 1998 इंटरनेशनल मैन ऑफ़ पीस अवॉर्ड, 1994 इंटरनेशनल एंटरप्रेन्योर ऑफ़ द ईयर अवॉर्ड और नेशनल एंटरप्रेन्योर ऑफ़ द ईयर लाइफ़टाइम एचीवमेंट अवॉर्ड फ़ॉर एंटरप्रेन्योरियल लीडरशिप भी मिल चुके हैं। डॉ. कवी को *टाइम* मैग्ज़ीन ने 25 सबसे प्रभावी अमेरिकियों की सूची में शामिल किया है और उन्हें सात मानद डॉक्टरेट उपाधियाँ प्रदान की जा चुकी हैं।

डॉ. कवी फ्रैंकलिनकवी कंपनी के सह-संस्थापक और वाइस-चेयरमैन हैं, जो 123 देशों में अग्रणी वैश्विक प्रोफ़ेशनल सेवाएँ प्रदान करने वाली कंपनी है। यह कंपनी डॉ. कवी की भविष्य-दृष्टि, अनुशासन और जोश को दुनिया भर के लोगों और संगठनों तक पहुँचाती है तथा परिवर्तन व विकास के लिए उन्हें प्रेरित करती है, मनोबल बढ़ाती है और संसाधन उपलब्ध कराती है।

8 8वीं आदत चुनौती

एक : अध्याय पढ़ें।

दो : वह अध्याय कम से कम दो लोगों को सिखाएँ, जिनमें सहकर्मी, परिवार के सदस्य, दोस्त आदि शामिल हैं।

तीन : एक महीने तक उस अध्याय में शामिल सिद्धांतों के अनुरूप जीने का सच्चा, पूरा प्रयास करें।

चार : अध्याय के विचारों के अनुरूप जीने से आपने क्या सीखा और आपको क्या परिणाम मिले, यह किसी विश्वसनीय सहकर्मी, परिवारजन या मित्र को बताएँ।

अध्याय 1/ दर्द
अध्याय 2/ समस्या
अध्याय 3/ समाधान
अध्याय 4/ अपनी आवाज़ खोजें - अनखुले जन्मजात उपहार
अध्याय 5/ अपनी आवाज़ व्यक्त करें - भविष्य-दृष्टि, अनुशासन, जोश और अंतरात्मा
अध्याय 6/ दूसरों को उनकी आवाज़ खोजने के लिए प्रेरित करना - लीडरशिप की चुनौती
अध्याय 7/ प्रभाव की आवाज़ - ट्रिम-टैब बनें
अध्याय 8/ विश्वसनीयता की आवाज़ - चरित्र और क्षमता का रूपण
अध्याय 9/ विश्वास की आवाज़ और गति
अध्याय 10/ आवाज़ों का मिलान - तीसरे विकल्प की खोज
अध्याय 11/ एक आवाज़ - साझी भविष्य-दृष्टि, जीवनमूल्य और रणनीति
अध्याय 12/ क्रियान्वयन की आवाज़ और अनुशासन - लक्ष्यों और तंत्रों को परिणामों के लिए दिशाबद्ध करना
अध्याय 13/ सशक्तिकरण की आवाज़ - जोश और निपुणता को मुक्त करना
अध्याय 14/ 8वीं आदत और स्वीट स्पॉट
अध्याय 15/ दूसरों की सेवा के लिए अपनी आवाज़ों का समझदारी से इस्तेमाल करना
4 बुद्धियों/क्षमताओं को विकसित करना - कर्म की व्यावहारिक मार्गदर्शिका

अपनी आवाज़ खोजें और दूसरों को उनकी आवाज़ खोजने के लिए प्रेरित करें।

❶ पढ़ें	❷ दो को सिखाएँ	❸ सिद्धांतों को जिएँ	❹ परिणाम बताएँ
☐	☐ ☐	☐ 30 दिन	☐
☐	☐ ☐	☐ 30 दिन	☐
☐	☐ ☐	☐ 30 दिन	☐
☐	☐ ☐	☐ 30 दिन	☐
☐	☐ ☐	☐ 30 दिन	☐
☐	☐ ☐	☐ 30 दिन	☐
☐	☐ ☐	☐ 30 दिन	☐
☐	☐ ☐	☐ 30 दिन	☐
☐	☐ ☐	☐ 30 दिन	☐
☐	☐ ☐	☐ 30 दिन	☐
☐	☐ ☐	☐ 30 दिन	☐
☐	☐ ☐	☐ 30 दिन	☐
☐	☐ ☐	☐ 30 दिन	☐
☐	☐ ☐	☐ 30 दिन	☐
☐	☐ ☐	☐ 30 दिन	☐
☐	☐ ☐	☐ 30 दिन	☐

www.The8thHabit.com/challenge

FranklinCovey offices worldwide

FranklinCovey Argentina
LFCA S.A.
Cerrito 774, Piso 11
Ciudad de Buenos Aires, CP
Argentina C1O10AAP
Tel: +54 11 4372 5820
Fax: +54 11 4372 5648
info@franklincovey.com.ar
www.franklincovey.com.ar

FranklinCovey Pty Ltd Australia
GPO Box 2769
Brisbane, QLD 4001
Australia
Tel: +617 3259 0222
Fax: +617 3369 7810
info@franklincovey.com.au
www.franklincovey.com.au

FranklinCovey Austria
Leadership Institut GmbH
Kaasgrabengasse 52/1/I0
A-1190 Wien
Tel: +43 1 320 16 22
Fax: +43 1 320 16 23
info@franklincovey.com.at
www.franklincovey.com.at

FranklinCovey Belgium & Luxembourg
Warerstraat 1, 3900 Overpelt.
Belgium
Tel: +32 11 80 12 58
Fax: +32 11 80 12 54
info@franklincovey.com.be
www.franklincovey.com.be

FranklinCovey Netherlands
Ruimtesonde 3
3824 MZ Amersfoort
Netherlands
Tel: +31 33 453 0627
Fax: +31 33 456 7636
info@franklincovey.com.nl
www.franklincovey.com.nl

FranklinCovey Bermuda
Effective Leadership Bermuda
4 Dunscombe Rd.
Warwick,Wk08 Bermuda
Tel: +441 236 0383
Fax: +441236 0383
franklincoveybda@logic.bm

FranklinCovey Brasil
Rua Florida 1568
Brooklin - São Paulo - SP
CEP 04565-001
Brazil
Tel: +55 11 5105 4400
Fax: +55 11 5506 6965
info@franklincovey.com.br
www.franklincovey.com.br

FranklinCovey Canada
60 Struck Court
Cambridge, Ontario
Canada NIR 8L2
Tel: +519 740 2580
Fax: +519 740 8833
customercare@franklincovey.com.ca
www.franklincovey.ca

FranklinCoveyCentral Eastern Europe
FC PL Sp z o o
Ul. Wlodarzewska 33
02-384 Warszawa
Poland
Tel: +48 22 824 11 28
Fax: +48 22 824 11 29
office@franklincovey.pl
www.franklincovey.pl

FranklinCovey Chile
Avenida Bernardo O'Higgins
No. 292
Oficina 61
Santiago de Chile
Chile
Tel: +56 2 4489658 / 4489509

FranklinCovey Colombia
Calle 90 No. 11 A-34
Oficina 306
Santa Fé dc Bogotá, Colombia
Tel: +57 1 610 2736
Fax: +571 610 2723
clccolom@colomsat.net.com

FranklinCovey Costa Rica
AMI de Costa Rica, S. A.
Paseo Colón
200 mts Norte y 25 mts Este de
Pizza Hut
Edif. Blanco,
comiguo Laboratorio Gutis
San josé, Costa Rica
Tel: +506 256 4242
Fax: +506 248 1133
franklincoveycr@fcla.com

FranklinCovey Czech and Slovacs
Ohradni 1424/2b
140 00 Praha 4
Czeska Republika
Tel: +420 261 099 341
Fax: +420 261 099 343
info@franklincovey.cz
www.franklincovey.cz

FranklinCovey Ecuador
Avenida Primera Casa 118
Calle 3 Colina de los Ceibos
Guayaquil
Ecuador
Tel: +59 34 2850485

FranklinCovey Egypt
Egyptian Leadership Training & Consultancy
122 Mohie Eldin Abul Ezz Street,
Mohandesin, Giza, Egypt 12411
Tel: +202 336 8911 or
+2010 566 0149
Fax: +202 761 5181
customerservice@eltc.com.eg
www.eltc.com.eg

FranklinCovey El Salvador
AMI El Salvador, S.A. DE C.V.
Final Paseo General Escalón
Condominio Alpine, Local 2-4
Colonia Escalón
San Salvador, El Salvador
Tel/Fax: +503 263 3377
franklincovey@fcla.com

FranklinCovey France
Cegos
Conseil et Formation en
Management & Leadership
11 rue René Jacques
92798 Issy les Moulineaux
cedex 9
France
Tel: +33 1 55 00 90 00
franklincovey@cegos.com
www.cegos.com

FranklinCovey Germany
Leadership Institut GmbH
Bavariafilmplatz 3
D-82031 Grünwald bei München
Tel: +49 89 45 21 48 0
Fax: +49 59 45 21 48 48
info@franklincovey.de
www.franklincovey.de

FranklinCovey Gulf Middle East
Qiyada Consultants
PO Box 53703
Dubai, UAE
Tel: +971 4 33 222 44
Fax: +971 4 33 222 82
info@franklincoveyme.com
www.franklincoveyme.com

FranklinCovey Hellas
DMS Hellas Group
26 Perikou Street
115 24 Athens, Greece
Tel: +30 210 698 5946
Fax: +30 210 698 54947

19 Karolou Dil Str.
546 23, Thessaloniki
Greece
Tel: +30 2310 273 979
Fax: +30 2310 271 945
info@franklincovey.gr
www.franklincovey.gr

FranklinCovey Honduras
AMI Honduras
4 Calle S.O. Nro. 99
14 y 15 Avenida Barrio Suyapa
Sam Pedro Sula, Honduras
Tel: +504 552 1952
Fax: +504 552 1952
msabillon.fcla.com
franklincovey@fcla.com

FranklinCovey Hong Kong
Centre for Effective Leadership (Asia)
Room 1502, 15th Floor, Austin Tower
22-26A, Austin Avenue, Tsimshatsui
Kowloon, Hong Kong
Tel: +852 2541 2218
Fax: +852 2544 4311
training@asiacel.com
www.highlyeffectiveleaders.com

FranklinCovey Hungary
FCCoL Hungary Management Consulting and Training Ltd.
1134 Budapest, Lehel u. 11.
Hungary
Tel: +36 1 412 1884
Fax: +36 1 412 1885
office@franklincovey.hu
www.franklincovey.hu

FranklinCovey Indonesia
P.T. Dunamis Intermaster
Jl. Bendungan Jatiluhur 56
Pusat, Jakarta 12440
Indonesia
Tel: +62 21 572 0761
Fax: +62 21 572 0762
info@dunamis.co.id
www.dunamis.co.id

FranklinCovey Ireland
Alexander House
The Sweepstakes
Ballsbridge
Dublin 4
Tel: +353 1664 1706
Fax: +353 1631 9001
ireland@franklincoveyeurope.com
www.franklincoveyeurope.com

FranklinCovey Israel
Momentum Training Ltd
PO Box 469
Kfar Hess
40692 Israel
Tel: +97 2 979 61055
Fax: +97 2 979 61055
goz@momentumtraining.co.il

FranklinCovey Italy
Cegos Italia SpA
Piazza Velasca, 5
20122 Milano - Italy
Tel: +39 2 806 724 17
Fax: +39 2 720 016 47
roberto.monti@cegos.it
www.franklincovey.cegos.it

FranklinCovey Japan
Marumasu Koujimachi Bldg 7F
3-3 Kojimachi, Chiyoda-ku, Tokyo
Japan 102-0083
Tel: +81 3 3264 7417
Fax: +81 3 3264 7407
www.franklincovey.co.jp

FranklinCovey Korea
Korea Leadership Center
8F Rosedale Bldg
724 Soosur-dong Kanganm-gu
Seoul, 135-744 Korea
Tel: +82 2 2106 4000
Fax: +82 2 2106 4001
kengimm@eklc.co.kr
www.eklc.co.kr

FranklinCovey Lebanon
Starmanship & Associates
Badaro Street, Beirut, Lebanon
Tel: +961 1 393494
Fax; +961 1 486451
starman@cyberia.net.lb
www.starmanship.com

FranklinCovey Malaysia
Leadership Resources (Malaysia)
Sdn. Bhd.
Suite 5.02, Level 5, P J Tower
Amcorp Trade Center
No. 18 Jalan Persiaran Barat
46050 Petaling Jaya
Selangor Darul Ehsan
Malaysia
Tel: +603 79551148
Fax: +603 79552589
covey@po.jaring.my
www.franklincoveymalaysia.com

FranklinCovey Mexico
Arenal No. 24, Edificio B, Planta Baja, Col, Ex- Hacienda
Guadalupe Chimalisme
Del. Alvaro Obregon
Mexico DF 01050
Tel: +52 555 322 3800
Fax: +52 555 322 3896
fcmex@franklincoveymex.com
www.franklincovey.com.mx

FranklinCovey Nicaragua
AMI de Nicaragua, SA
Bosques dc Altamira # 268
Antiguo Banco de Café
2C al Lago 2C Arriba y 15 mts al Lago
Managua, Nicaragua
Tel: +505 270 7864
Fax: +505 270 5071
franklincovey@fcla.com

FranklinCovey Nigeria
ReStraL Ltd
12th Floor, St. Nicholas House
Catholic Mission Street
Lagos
Nigeria
Tell: +234 1 264 5885
Fax: +234 1 2635090
enquiries@restral.com
www.franklincoveynig.com

FranklinCovey Nordic Approach
Tuborg Boulevard 12,
2900 Hellerup,
Denmark
Tel: +45 70226612
Fax: +45 70226712
info@franklincovey.dk
www.franklincovey.dk

FranklinCovey Panama
Leadership Technologies, Inc.
Bella Vista, Avenida Federico Boyd
Edificio Alfaro - 1 er piso
Panama, Republic de Panama
Tel: +507 264 8899
Fax: +507 264 3728
franklincovey@fcpma.com
www.fcpma.com

FranklinCovey Perú
Avenida Guardia Civil 860
Oficina 204 - San Isidro
Lima, Peru
Tel: +51 1475 1000

FranklinCovey Philippines
Center for Leadership & Change, Inc.
4/F Ateneo Professional Schools
130 HV Dela Costa St.
Salcedo Village, Makati City
Philippines
Tel: +632 817 2726
Fax: +632 893 9556
covey@clci.ph
www.clci.ph

FranklinCovey Portugal
Cegoe-Tea, LDA.
Av. Antonio Augusto Aguiar
21 - 2°
1050-012 Lisboa
Portugal
Tel: +351 21 319 19 60
Fax: +351 21 319 19 99
info@franklincovey.pt
www.franklincovey.pt

FranklinCovey Puerto Rico
Advantage Management Intl.
1607 Ponce de Leon Ave., Suite
410, Cobian's Plaza, Bldg.
Santurce, PR 00909
Tel: +787 977 9094
Fax: +787 977 4067
franklincovey@fcla.com
www.fcla.com

FranklinCovey Quebec
BigKnowledge Entreprises Inc.
360 Saint-Jacques Street West,
Suite 111
Montreal, Quebec H2Y 1P5
Tel: +519 740 2580
partrick.obrien@versalys.com
www.bigknowledge.com

FranklinCovey Russia
Management Training Institute
(MTI)
Bryusov per, 2/14
Building 4
Moscow
103009
Russia
Tel: +7 095 787 8577
sp@inti.ru

FranklinCovey Singapore & China
Centre for Effective Leadership
(Asia) Pte Ltd
19 Tanglin Road
#05-18 Tanglin Shopping Centre
Singapore 247909
Tel: +65 6838 0777
Fax: +65 6838 9211
training@cel-asia.com
www.highlyeffectiveleaders.com

FranklinCovey South Africa
FCSA Organisation Services
(Pty) Ltd
PO Box 5783
Rivonia 2128
South Africa
Tel: +27 11 807 2929
www.franklincovey.co.za

FranklinCovey South Asia (India, Sri Lanka, Maldives, Bhutan, Nepal, Bangladesh)
Leadership Knowledge Consulting Private Limited
955, Sector 17-B, Defence
Colony, Near IFFCO Crossing,
Gurgaon,
(National Capital Region, New
Delhi)- 122001 Haryana, India
Tel/Fax: +91 124 5013032,
+91 9811174447,
+91 9820340000
connect@franklincoveysouthasia.com
www.franklincoveysouthasia.com

FranklinCovey Spain
TEA-CEGOS FranklinCovey
C/ Fray Bernardino de Sahagún,
24, 28036 Madrid
Spain
Tel: +34-912 705 000
Fax: +34-912 705 001
franklincovey@tea-cegos.es
www.tea-cegos-franklincovey.com

FranklinCovey Switzerland
Leadership Institut GmbH
Bogcnstrasse 7
CH-9001 St. Gallen
Switzerland
Tel: +41 71 277 19 33
Fax: +41 71 277 19 64
info@franklincovey.ch
www.franklincovey.ch

FranklinCovey Taiwan
Strategic Paradigm Consulting
Co. Ltd.
2F. 25, Alley 15, Lane 120,
Sec.1,
Nei-hu Road,
Taipei, Taiwan 114
Tel: +886 2 2657 8860
Fax: +886 2 2657 7370
smart@smartlearning.com.tw
www.smartlearning.com.tw

FranklinCovey Thailand
PacRim Leadership Center Co.
Ltd
59/387-389 Moo 4
Ramkhamhaeng Road
Sapansoong, Bangkok 10240
Thailand
Tel: +662 728 0200
Fax: +62 728 0210
plc@parcrimgroup.com
www.pacrimgroup.com

FranklinCoveyTurkey
ProVista Management Consulting
Mithatpasa Cad. No.: 1190/2
35260 Guzelyali, Izmir
Turkey
Tel: +90-232-247 50 21
Fax: +90-232-247 50 22
info@franklincovey.com.tr
www.franklincovey.com.tr

Franklincovey UK
Grimsbury Manor,
Grimsbury Green,
Banbury OX16 3JQ UK
Tel: +44 1295 274100
Fax:+441295 274101
info@franklincoveyeurope.com
www.franklincoveyeurope.com

FranklinCovey Uruguay
Torres Nautics
Torre 24 / Of. 1204
Calle Publica 1234
Montevideo, 11300
URUGUAY
Tel: +59-82 628 6139
Fax: +59 82 628 6117
franklincoveyur@fcla.com
www.fcla.com

FranklinCovey Venezuela
Avenida Romulo Gallegos
Edificio johnson & Johnson
Piso 3 Oficina 3A
Los Dos Camiuos
Caracas
Venezuela
Tel: +58 212 2350468
jmrconsultares@cantv.net

FranklinCovey West Indies
Leadership Consulting Group
Ltd.
#23 Westwood St.
San Fernando
Trinidad, West Indies
Tel: +868 652 6805
Fax: +868 657 4432
lcg@rave-tt.net
www.fcla.com

www.ingramcontent.com/pod-product-compliance
Lightning Source LLC
LaVergne TN
LVHW040002051026
849558LV00001B/32
9789355436436